Julie de Saint-Laurent

DE LA MÊME AUTRICE

J'AI UN BEAU CHÂTEAU, nouvelles, Québec Amérique, Montréal, 1991.

LA MUSIQUE REVIENT TOUJOURS, roman, Balzac-LeGriot, Montréal, 1997.

Janik Tremblay

# Julie de Saint-Laurent

Une héroïne méconnue de notre histoire

*roman historique*

ÉDITIONS TRAIT D'UNION
428, rue Rachel Est
Montréal (Québec)
H2J 2G7
Tél. : (514) 985-0136
Téléc. : (514) 985-0344
Courriel : editionstraitdunion@qc.aira.com

Mise en pages : Édiscript enr.
Révision : Louise Chabalier et Monique Thouin
Illustration de la couverture : *Baronne de Saint-Laurent*, gravure anonyme, Archives nationales du Québec à Québec
Maquette : Olivier Lasser

---

Données de catalogage avant publication (Canada)

Tremblay, Janik

    Julie de Saint-Laurent

    Comprend des réf. bibliogr.

    ISBN 2-922572-94-3

    I. Saint-Laurent, Julie de – Romans, nouvelles, etc., 1750-1830. 2. Edward, Duke of Kent, 1767-1820 – Romans, nouvelles, etc. I. Titre. II. Collection

PS8589.R443J84 2002     C843'.54     C2002-940412-6
PS9589.R443J84 2002
PQ3919.2.T73J84 2002

---

DISTRIBUTEURS EXCLUSIFS

POUR LE QUÉBEC ET LE CANADA
Édipresse inc.
945, avenue Beaumont
Montréal (Québec)
H3N 1W3
Tél. : (514) 273-6141
Téléc. : (514) 273-7021

POUR LA FRANCE ET LA BELGIQUE
D.E.Q.
30, rue Gay-Lussac
75005 Paris
Tél. : 01 43 54 49 02
Téléc. : 01 43 54 39 15

Nous remercions le Conseil des Arts du Canada de l'aide accordée à notre programme de publication.

Nous bénéficions d'une subvention d'aide à l'édition de la SODEC.

> Pour en savoir davantage sur nos publications, visitez notre site www.traitdunion.net

© ÉDITIONS TRAIT D'UNION et Janik Tremblay
Dépôt légal : 2ᵉ trimestre 2002
Bibliothèque nationale du Québec
Bibliothèque nationale du Canada
ISBN 2-922572-94-3
Tous droits réservés pour tous pays

*À Denis, dont la confiance et la complicité ne se sont jamais démenties tout au long de ces trois années de recherches et d'écriture. Je lui suis infiniment reconnaissante de m'avoir fait découvrir Julie de Saint-Laurent.*

*On ne peut me connaître
Mieux que tu me connais*

Louis ARAGON

## Note de l'autrice

Toutes les lettres citées dans le présent livre ont été puisées dans la correspondance du roi George III et dans celle du prince de Galles, répertoriées par Arthur Aspinall, sauf les lettres de Julie de Saint-Laurent et de Charles Jouve, qui ont été écrites par l'autrice.

Les lettres du prince Édouard adressées à Julie de Saint-Laurent et à M. Fontiny ont été transcrites en respectant le plus fidèlement possible le français utilisé par le prince.

Les références puisées dans les archives royales d'Angleterre proviennent de l'ouvrage de Mollie Gillen intitulé *The Prince and His Lady*.

Les extraits des lettres que la reine Victoria a envoyées à son oncle, le roi Léopold, proviennent du livre d'Anka Muhlstein intitulé *Victoria*.

Enfin, les lettres écrites en anglais par le prince Édouard ont été traduites librement par l'autrice.

Prologue

# Juin 1838
# Victoria doit prendre une grave décision

*L*a jeune reine Victoria s'est réveillée de bonne humeur même si elle n'avait pas très bien dormi. La veille, il y avait eu un bal en son honneur et elle s'en était donné à cœur joie ; elle adorait danser, surtout des quadrilles. Dans quelques semaines, elle serait officiellement couronnée reine et plusieurs réceptions royales de même que des bals étaient organisés pour célébrer l'événement. L'élite aristocratique courait ces festivités et Victoria était éblouie par le charme et la beauté de tous les jeunes hommes qu'elle rencontrait, au point de tempérer ses ardeurs à l'égard de son cousin Albert, qu'elle n'avait pas revu depuis trois ans. Quelques jours auparavant, elle s'était empressée d'écrire une longue lettre à son oncle bien-aimé Léopold parce qu'il favorisait leur union :

> *Bien que tous les rapports sur Albert soient très favorables et que je ne doute pas qu'il me plaise, on ne peut cependant jamais s'engager à l'avance en ce qui concerne les sentiments, et je n'aurai peut-être pas pour lui le sentiment nécessaire pour assurer notre bonheur. Je l'aimerai peut-être comme un ami, un cousin ou un frère, mais pas plus.*

Elle savait que son oncle Léopold espérait un mariage avec son neveu Albert, le fils du chef de la famille Saxe-Cobourg, son frère aîné, Ernest. Même si elle ne voulait pas décevoir cet oncle qu'elle aimait affectueusement et qu'elle estimait plus que quiconque, elle ne pouvait lui taire l'évolution de ses sentiments, parce qu'elle avait toujours fait preuve d'une grande franchise à l'égard de cet oncle qu'elle considérait comme un père. Elle désirait plus que tout faire un mariage d'amour et choisir, en temps et lieu, celui dont elle tomberait éperdument amoureuse et qui la comblerait de bonheur.

Elle s'étira longuement, décida de ne plus penser à ses petits problèmes de cœur et sortit du lit en enfilant sa robe de chambre de satin turquoise et ses mules blanches. Elle aurait dormi plus longtemps, mais elle devait rencontrer son Premier ministre, Lord Melbourne, à neuf heures, dans sa pièce préférée, son petit bureau bleu si douillet.

La duchesse de Sutherland, sa dame d'honneur, fit entrer la femme de chambre avec le plateau du déjeuner. Victoria engouffra son repas tant elle avait faim. D'ailleurs elle avait toujours faim. Elle avait tendance à grossir et s'en désolait. Elle l'avait même confié à son Premier ministre, qui lui avait conseillé de ne manger que lorsqu'elle avait vraiment faim. Elle lui avait avoué que, dans ces conditions, elle risquait de manger toute la journée. Lord Melbourne avait bien ri. Il aimait beaucoup cette jeune femme de dix-neuf ans qui lui témoignait une confiance totale et à qui il apprenait avec patience et compréhension les rigueurs de l'administration et la dimension politique de son métier de reine.

Après avoir bien mangé, la reine demanda à la duchesse de Sutherland de préparer ses vêtements et de l'aider à faire sa toilette. La duchesse lui apporta une robe bleu clair agrémentée de rubans de satin blanc. Victoria aimait beaucoup cette robe qui rehaussait la blancheur de son teint et mettait en évidence le bleu de ses yeux. Pour terminer, M$^{me}$ de Sutherland agrafa autour de son cou un superbe collier de perles naturelles offert par son cher oncle Léopold, le frère de sa mère, pour son dix-huitième anniversaire de naissance.

À dix heures précises, lorsqu'elle pénétra dans son bureau, Lord Melbourne l'y attendait déjà. Il vint à sa rencontre, la salua d'un signe de tête, lui baisa la main qu'elle présenta et attendit qu'elle se soit assise avant d'en faire de même. Il avait cinquante-huit ans, mais Victoria le trouvait séduisant. Il était plus qu'un maître ; elle en était même un peu amoureuse. Dans son journal, elle avait noté qu'elle adorait son travail. C'était surtout grâce au charme de Lord Melbourne, avec qui elle aimait tant s'entretenir. Ce matin-là, elle lui avoua d'emblée qu'elle n'avait pas l'humeur au travail après la soirée magique où elle n'avait pensé qu'à danser.

– La vie d'une reine est toute de labeur, lui dit-il d'une voix douce mais ferme, une vie de contraintes, presque jamais de loisirs.

Victoria le regarda, mais ne commenta pas ses propos. Elle savait qu'il avait raison et que sa réflexion n'était pas celle d'une souveraine. Elle était naïve et spontanée, mais elle faisait entièrement confiance à son Premier ministre, qui savait mieux que quiconque la guider dans son apprentissage politique. Elle se promit d'écrire dans son journal le soir même les sages paroles de Lord Melbourne.

– J'aimerais que Sa Majesté prête une attention toute particulière à la requête qu'un certain M. Lewis Mansse de Londres m'a fait parvenir il y a quelques jours, commença-t-il. Il y a aussi une lettre de M. Charles-Benjamin Montgenet adressée à Sa Majesté, le neveu de M$^{me}$ la comtesse de Montgenet, aussi appelée M$^{me}$ de Saint-Laurent, que votre père a très bien connue. M. Montgenet est un avocat attaché au Palais de Justice de Grenoble et il représente les héritiers de madame.

Victoria lança un regard glacial à son Premier ministre. Elle ne tolérait aucune allusion à la vie de son père avant son mariage avec la princesse de Leiningen, future duchesse de Kent. Lord Melbourne tendit la lettre à Victoria, qui la lut avec application.

*À Sa Majesté Victoria, reine d'Angleterre*

*Le soussigné a l'honneur de présenter ses hommages et son profond respect, et d'expliquer très humblement que Son Altesse Royale le duc de Kent, de glorieuse et affectueuse mémoire, a conclu en faveur de M$^{me}$ la comtesse de Montgenet divers engagements dont l'exécution cessa à la mort, aussi tragique qu'inattendue, de cet excellent prince arraché à son pays et à l'amour filial de Votre Majesté.*

*Les circonstances n'ayant laissé aucun droit à M$^{me}$ de Montgenet de réclamer quoi que ce soit, elle dut se soumettre à un état de fait très différent du désir que Son Altesse Royale avait si clairement manifesté dans les actions qu'il avait entreprises.*

*Mais M$^{me}$ de Montgenet n'a jamais cessé d'espérer qu'au moment où Votre Majesté hériterait du trône de ses illustres ancêtres, auquel les hautes vertus de ces derniers confèrent une telle dignité, tout ce qui concernerait la mémoire de son auguste père serait pour elle aussi précieux que sacré.*

*Ayant les mêmes sentiments, les héritiers de M$^{me}$ la comtesse de Montgenet implorent Votre Majesté de daigner examiner la présente requête, laquelle a pour objet la reconnaissance de l'engagement pris par Son Altesse Royale le duc de Kent à l'égard de M$^{me}$ de Montgenet…*

Victoria replia la lettre puis regarda Lord Melbourne et lui dit qu'elle n'avait rien à voir avec le neveu de M$^{me}$ de Montgenet. Elle détestait ce père qu'elle n'avait pas connu et qui avait aimé cette *French Lady* pendant presque trente ans. Elle ne voulait plus entendre parler de cette femme. Elle remit la lettre à son Premier ministre. Lord Melbourne s'enquit de ses intentions. La jeune reine se souvint alors d'un conseil que son oncle Léopold lui avait donné l'année précédente, dans une lettre qu'elle avait reçue quelques jours après avoir été proclamée reine : « Une décision d'importance ne devrait jamais être prise le jour même où un problème vous est soumis. » D'un ton empreint d'une colère qu'elle avait du mal à cacher, elle répondit simplement qu'elle discuterait de cette affaire dans quelques jours, que, pour le moment, elle avait besoin de réfléchir. Elle s'empara de tous les documents ainsi que d'une petite boîte entourée d'un large ruban de velours noir sur lequel elle pouvait lire : « Victoria, fille du duc de Kent ». Lord Melbourne n'insista pas, car il savait que la requête faisait resurgir des émotions que la jeune reine n'était pas encore prête à affronter. Il bifurqua sur un sujet d'ordre politique, lui expliquant les enjeux du traité de 1831 entre la Belgique et les Pays-Bas, qui accordait un gain territorial aux Pays-Bas. Comme ce pays avait mis sept ans avant de signer l'accord, soit en 1838, son oncle Léopold, roi des Belges depuis dix ans, désirait rouvrir les discussions et, pour ce faire, il avait besoin du soutien de sa nièce, la reine de Grande-Bretagne. Victoria souhaitait bien sûr aider son oncle. Par contre, elle ne voulait pas que son attachement plus qu'affectueux pour lui se transforme en une simple relation politique. Elle demanda conseil à Lord Melbourne, qui lui suggéra d'écrire à son oncle dans les plus brefs délais. Elle s'exécuta sur-le-champ :

> *Vous ne devez pas croire, mon cher oncle, que c'est par manque d'intérêt que je m'abstiens en général de toucher à ces sujets dans mes lettres, mais je crains, si je me laisse aller à le faire, de transformer notre correspondance charmante et familière en une discussion raide et formelle sur des sujets politiques, ce qui ne serait agréable pour aucun de nous.*

La fermeté et la simplicité de la jeune reine enchantèrent son Premier ministre ; elle avait du caractère et son règne n'en serait que plus glorieux.

Deux heures plus tard, Victoria prit congé de Lord Melbourne. Elle était épuisée. On lui servit un copieux repas parce qu'on connaissait son grand appétit, mais elle toucha à peine au rosbif saignant, qu'habituellement elle appréciait tant. Elle ne regarda pas les desserts et demanda qu'on lui serve le thé dans son bureau. La duchesse de Sutherland s'informa si elle désirait de la compagnie, mais Victoria ne répondit pas tant son esprit était préoccupé par la requête préparée par Lewis Mansse, domicilié au 2, Laurence Pountney Lane, le représentant du neveu de M$^{me}$ la comtesse de Montgenet à Londres.

Victoria s'assit confortablement, but lentement quelques gorgées de thé et passa au crible la requête faite par le neveu de M$^{me}$ de Montgenet. La demande était accompagnée d'extraits de lettres du duc de Kent à la comtesse, du duc d'Orléans, du prince Léopold, son oncle, bien avant qu'il devienne le premier roi de la Belgique, en 1831, et d'autres lettres faisant référence à un échange de courrier entre la duchesse de Kent et la comtesse de Montgenet. Victoria savait que le duc avait mis la duchesse au courant de sa longue liaison avec Julie de Saint-Laurent et que sa mère avait toléré la place de cette femme dans la vie de son époux, mais Victoria était choquée de constater que sa propre mère avait correspondu avec la maîtresse de son père. Elle ne se serait jamais permis de tels égarements et, qui plus est, ne les aurait jamais autorisés ; elle en voulait à sa mère de son manque de fierté. Il était mentionné également que le duc de Kent s'était engagé à verser une rente à la comtesse jusqu'à ce que celle-ci décède. Or, depuis le 15 janvier 1820, la comtesse n'avait rien reçu, soit depuis l'imprévisible maladie du duc qui l'avait prématurément entraîné à la mort, le 24 janvier. M$^{me}$ de Montgenet avait vécu encore dix ans (elle était morte le 8 août 1830) et, pendant toutes ces années, n'avait reçu aucune des rentes trimestrielles promises par le duc de Kent. Ses héritiers priaient Sa Majesté la reine d'Angleterre d'honorer la promesse faite par son père, le duc.

Victoria referma le document avec un certain agacement, se versa une autre tasse de thé et pensa à son père. Elle se souvenait d'avoir écrit dans son journal, quand elle était adolescente, que son enfance avait été très malheureuse et qu'elle n'avait jamais eu de père. Elle n'avait aucun souvenir de lui, aucune lettre, aucun objet pour créer un lien filial, même ténu. Tout ce qu'elle connaissait de lui, c'étaient les deux ou trois portraits accrochés sur les murs du palais de Kensington, dont celui peint par George Dawe, un an avant sa naissance. Elle ne trouvait pas qu'il avait été un homme particulièrement beau, avec son front dégarni, son double menton, ses lèvres charnues, ses épais sourcils et son long nez un peu courbé, dont elle avait hérité, mais dans son beau regard bleu elle devinait de la bonté, de la douceur et surtout de la distinction. Une ombre de tristesse embruma son regard. Elle n'avait jamais profité de cette bonté, et la présence d'un père lui avait tellement manqué. Maintenant, il n'en tenait qu'à elle de sauver l'honneur de ce père inconnu auprès des héritiers de la femme que le duc avait aimée passionnément pendant vingt-sept années, sans doute jusqu'à sa mort. Victoria refusait de s'attendrir sur les déboires de la famille Montgenet ; elle n'était pas responsable des promesses de son père et ne voulait en rien défendre cette requête devant son Conseil privé de ministres. Les arrérages d'une dizaine d'années constituaient une somme trop importante pour céder aux prières des Montgenet. D'ailleurs, se demandait-elle, existait-il une loi obligeant les amants à subvenir aux besoins de leur maîtresse après leur mort ? Elle ne pouvait se permettre de fléchir sous le poids de toutes les revendications qu'on lui soumettait. La décision de Victoria était définitive ; elle en ferait part le lendemain à son Premier ministre.

La jeune reine but quelques gorgées de thé, puis son regard se fixa sur la boîte qui accompagnait la requête. La curiosité l'anima et elle défit d'un geste inquiet le ruban solidement noué. Elle ouvrit la boîte et ne vit que des dizaines et des dizaines de lettres jaunies par le temps. Elle ne reconnut pas les écritures, mais, en lisant « chère adorable Julie » et « mon bien-aimé Édouard », Victoria comprit qu'elle avait sous les yeux la correspondance que son père avait entretenue avec sa maîtresse. Elle ne savait pas comment Charles-Benjamin Montgenet s'était trouvé en possession de ces lettres, ni pourquoi il lui avait envoyé cette correspondance – sans doute pour l'émouvoir et pour qu'elle accorde plus de crédibilité à la demande qui lui était faite. Elle parcourut plusieurs lettres et ne put s'empêcher de conclure que les deux amants s'étaient aimés passionnément pendant de nombreuses années et que leur séparation prématurée avait dû être déchirante. Victoria éprouva une folle jalousie à l'égard de cette femme qui avait retenu toute l'attention de son père. Par ces lettres, elle découvrait un homme capable d'amour profond et de tendresse, ce dont elle avait toujours douté. Que pouvait-elle faire de ces lettres ? Il était hors de question qu'elle en parle avec Lord Melbourne ; elle ne supporterait pas que d'autres yeux parcourent ces lignes remplies de passion et d'ardeur, et surtout que son règne soit déshonoré par les preuves évidentes d'un amour interdit. Elle décida de faire ce qui devait être fait.

Elle sonna et la duchesse de Sutherland entra. Elle lui demanda de faire préparer du feu dans la cheminée. La duchesse fronça les sourcils et voulut savoir si Sa Majesté se sentait bien, parce que la journée était chaude. Victoria affirma qu'elle se sentait parfaitement bien, mais qu'elle trouvait la pièce particulièrement humide et qu'un peu de feu dans le foyer la rendrait plus confortable. La duchesse sortit et appela le majordome, qui fit les arrangements nécessaires pour satisfaire la jeune reine. Victoria s'approcha de la cheminée, congédia M$^{me}$ de Sutherland et le majordome, en précisant qu'on ne la dérange sous aucun prétexte. Ensuite, elle saisit la boîte pleine des lettres compromettantes et les jeta une à une dans les flammes, qui s'emparèrent malicieusement de la vie amoureuse de Julie et d'Édouard. La reine se sentit soulagée et n'éprouva aucun remords parce qu'elle croyait fermement que la publication éventuelle de ces lettres aurait terni son règne. En faisant disparaître cette correspondance, elle voulait protéger les enfants qu'elle aurait un jour, ses héritiers, les futurs monarques du pays.

Elle ne voulait plus entendre parler de cette comtesse. Le lendemain, elle remettrait à son Premier ministre tous les documents liés à l'affaire Montgenet et lui interdirait, à l'avenir, de lui montrer toute correspondance provenant de la famille Montgenet. Du haut de ses dix-neuf ans, elle affirmait ainsi que, avant d'être la fille du duc de Kent, elle était Victoria, la reine d'Angleterre.

# 1
# Novembre 1790 – juin 1791
# Julie accepte de rencontrer le prince Édouard

*J*ulie écoutait attentivement M. Fontiny. Une certaine arrogance dans ses manières la décontenançait. Il était venu expressément à Marseille, disait-il, lui faire une offre de la part de Son Altesse Royale le prince Édouard, quatrième fils du roi George III d'Angleterre. Devant tant d'obséquiosité et de complaisance, Julie demeurait impassible tant l'invraisemblance de son discours la surprenait. Elle croyait avoir affaire à un hurluberlu de la pire espèce. Elle se tourna vers le marquis de Permangle, qui se tenait debout devant la cheminée. Il fuyait son regard et essayait de cacher son malaise parce que c'était lui qui avait organisé cette rencontre, à l'insu de sa maîtresse.

Le marquis avait connu Julie de Montgenet à Besançon, alors qu'il était lieutenant dans le Corps Royal de l'Artillerie. Le séduisant et arrogant militaire n'avait pas tardé à éclipser tous ses concurrents dans le cœur de cette magnifique jeune femme de vingt-six ans. Philippe Claude Auguste de Chouly, marquis de Permangle, avait trente-deux ans. Il était mousquetaire du roi et chevalier de l'Ordre royal et militaire de Notre-Dame du Mont-Carmel et de Saint-Lazare. Il était issu d'une vieille et riche famille d'aristocrates propriétaires de nombreux châteaux dans la région du Limousin. Comme la noblesse perdait de plus en plus de privilèges depuis le début de la Révolution française, il avait englouti des sommes faramineuses pour échapper aux violences du mouvement révolutionnaire. Le marquis, presque ruiné, n'avait plus les moyens de subvenir à ses propres besoins ni à ceux de sa maîtresse, dont il ne pouvait dorénavant assurer la sécurité. Le couple avait fui en France et en Angleterre pour échapper aux rebelles, mais maintenant, sa décision était prise, Philippe Claude émigrerait en Espagne. Plus tard, il irait rejoindre son frère dans le duché de Holstein, en Allemagne. Dans ce dangereux périple, il n'y avait plus de place pour Julie, qu'il abandonnait à regret même si elle était devenue un fardeau. Ils partageaient leur vie depuis maintenant quatre ans, mais il n'avait pas eu le courage de lui parler à cœur ouvert. Même si la jeune femme affichait une liberté et une désinvolture qui intimidaient le marquis, il n'en demeurait pas moins qu'il se sentait responsable de la sécurité et de l'avenir de sa maîtresse qui n'avait pourtant jamais rien exigé de lui. De passage à Marseille, Lord Cholmondeley, que le marquis avait connu à Londres, lui avait offert l'occasion de régler cette épineuse affaire en le mettant en contact avec M. Fontiny, qui recherchait désespérément une compagne pour le prince Édouard, en poste à Gibraltar. Il avait ensuite invité Fontiny à venir rencontrer Julie dans un petit hôtel particulier qu'un ami de sa famille lui prêtait en attendant l'arrivée du bateau qui l'emmènerait à Málaga.

Julie se demandait si elle pouvait accorder quelque crédit à cet inconnu qui se disait l'ami et l'envoyé spécial du prince. Celui-ci lui expliqua que le jeune prince Édouard, commandant du régiment royal de la reine à Gibraltar, souffrait de solitude et désirait la compagnie d'une dame. Avec une moue à peine perceptible, Julie dévisagea M. Fontiny sans un clignement de paupières. Ses mains se crispèrent sur le taffetas vert émeraude de sa robe dont l'élégant décolleté laissait entrevoir une poitrine généreuse. Dans son magnifique regard violet rempli de reproches, M. Fontiny devina qu'il risquait de repartir bredouille s'il ne déviait pas quelque peu de la vérité. C'est ainsi qu'il agrémenta sa proposition de privilèges alléchants auxquels Mlle de Saint-Laurent ne saurait résister. Pour ne pas offenser Julie, M. Fontiny usa de tout son tact en précisant qu'il désirait l'engager comme chanteuse et musicienne si elle consentait à venir avec lui jusqu'à Gibraltar dans le but de distraire le prince. Ce dernier possédait son propre orchestre et il recherchait constamment de nouveaux talents pour rehausser le niveau musical de sa formation. Julie ne put qualifier cette proposition autrement que d'exceptionnelle. Naturellement, ajouta-t-il pour s'assurer d'une réponse affirmative, elle pouvait venir avec sa femme de chambre, et un appartement serait mis à leur disposition. Julie ne put s'empêcher d'être reconnaissante envers le sieur Pierre-

Georges Bertrand, organiste à l'église Saint-Maurice de Besançon, sa ville natale, qui lui avait enseigné, ainsi qu'à sa sœur Jeanne Béatrix, le chant, la flûte et la harpe. Les deux sœurs avaient adoré ce professeur qui leur avait inculqué un goût certain pour la musique. Julie savait qu'elle avait une jolie voix ; on la complimentait souvent et, dans les soirées, on lui demandait de mettre à profit ses talents de chanteuse. Elle s'exécutait toujours avec joie et raffolait des applaudissements qui couronnaient ses interprétations.

M. Fontiny se tut et attendit que Julie daigne lui adresser la parole. Il observait cette femme superbe qui sans l'ombre d'un doute ferait le bonheur de son maître. Ses longs cheveux noirs épais et lustrés, son teint de nacre, ses yeux bleu foncé presque violets, ses sourcils noirs joliment dessinés, son nez droit, ses lèvres gourmandes, son long cou gracile : jamais il n'avait rencontré une femme aussi belle.

– Il est bien entendu que cette offre du prince Édouard, que je ne connais pas, est très intéressante, même si elle semble *a priori* assez farfelue.

– Madame, comprenez que ce n'est pas dans les intentions du prince d'être farfelu, comme vous dites, et si ce que j'ai dit a pu vous laisser supposer un seul instant que cette offre n'est pas sérieuse, veuillez m'en excuser, répondit M. Fontiny sans attendre.

– Vous comprendrez certainement, monsieur, que je ne peux vous donner ma réponse tout de suite, même si la proposition du prince mérite toute mon attention.

– Je comprends tout à fait, madame, et c'est pourquoi j'attendrai quelques jours avant d'envoyer au prince Édouard la réponse qu'il espère.

– Je vous en suis reconnaissante. Demain, vous pourrez venir chercher ma réponse définitive, assura Julie d'un ton ferme.

Elle se leva pour signifier que la visite était terminée. M. Fontiny se leva à son tour, s'inclina devant elle et salua le marquis de Permangle, qui s'approchait pour lui serrer la main. Avant de refermer la porte, M. Fontiny se retourna, fixa Julie et lui dit, avec une certaine solennité dans la voix :

– Je vous en conjure, madame, ne décevez pas le prince.

Un silence profond régnait maintenant dans la pièce. Julie retourna s'asseoir en essayant de garder son calme. Ce n'était pas de la colère qu'elle éprouvait, mais de la déception. Philippe Claude avait manqué de confiance en elle, il cherchait à l'éloigner au diable vauvert sans se préoccuper ni de ses désirs ni de ses intentions, comme si elle avait été un boulet dont il fallait se débarrasser au plus vite. C'était bien mal la connaître, elle dont la grande indépendance avait toujours choqué le marquis. Combien de fois le lui avait-il reproché ? Julie n'admettait pas une telle impertinence. Toutes ces manigances l'exaspéraient. N'était-il pas plus simple de se parler avec franchise ? Le marquis, ayant eu peur d'un tête-à-tête, avait opté pour une banale intrigue. Quelle pitié ! Une image traversa son esprit tourmenté : un homme qu'elle ne connaissait pas l'attendait au bout du monde, elle, Julie de Saint-Laurent, qu'il ne connaissait pas non plus. Elle pensait à cet homme et cet homme pensait à elle, et ce, sans qu'ils se connaissent. Et sans doute pensaient-ils tous les deux à la même chose : « Serai-je déçu(e) ? » Julie chassa cette idée saugrenue et regarda Philippe Claude qui ouvrait une bouteille de vin. Il lui proposa un verre, mais elle déclina son offre du revers de la main.

– Pourquoi ne m'avez-vous rien dit ? demanda Julie au marquis de Permangle, qui dégustait son vin en fin connaisseur qu'il était.

– C'est la révolution, Julie, dit-il d'une façon évasive.

– Ne louvoyez pas, répondez à ma question, insista-t-elle. Je sais parfaitement que la France vit des bouleversements douloureux. Par contre, ce que je sais moins, c'est pourquoi vous prenez des moyens aussi peu orthodoxes pour vous débarrasser de moi. Vous savez combien j'ai horreur de l'hypocrisie.

Philippe Claude comprit qu'il ne pouvait plus lui mentir. De toute façon, il était trop difficile de cacher la vérité à cette femme intelligente et perspicace.

– Je suis complètement ruiné, je ne peux plus subvenir à nos besoins, expliqua le marquis avec une certaine exaspération dans la voix. D'ailleurs, j'ai des projets qui, pardonnez-moi, ne concernent que moi, car je me refuse à vous faire courir des risques trop dangereux. Ça n'a rien à voir avec vous, ma chère Julie, c'est la situation politique de la France qui condamne l'aristocratie, qui veut l'éliminer même. La guillotine, très peu pour moi. Je dois agir, maintenant que j'ai tout perdu. Je veux émigrer en Espagne pour ma sécurité immédiate, et ensuite je compte rejoindre mon frère en Allemagne. Comprenez-moi bien, Julie, nous, les aristocrates, nous ne fuyons pas par peur, mais parce qu'à l'extérieur de la France il nous sera certainement plus facile d'organiser la protection de notre roi. Louis XVI et sa famille ont besoin de nous, nous ne les abandonnerons pas.

– Je vois, résuma-t-elle.

– Je crois que, vu les circonstances, vous ne pouvez refuser l'offre du prince Édouard. Je vous aime toujours, Julie, mais, malheureusement, l'amour n'est pas une garantie contre les révolutionnaires.

Julie croyait aussi qu'elle ne pouvait refuser cette offre. Elle comprenait que Philippe Claude ne l'aimait pas aussi profondément qu'il le laissait entendre. D'ailleurs, pouvait-elle lui en vouloir ? Elle l'aimait, mais elle n'avait jamais été follement amoureuse de lui. Depuis quelque temps, elle devinait qu'un sentiment proche de l'amitié (ou était-ce plutôt de l'indifférence ?) se développait à leur insu. Tôt ou tard, ils se seraient quittés ; les événements politiques qui bouleversaient la France avaient simplement précipité leur séparation. Julie n'était pas triste, elle ne lui en voulait pas, une vie nouvelle l'attendait. Demain, elle prendrait les dispositions nécessaires pour faire savoir à M. Fontiny qu'elle acceptait la proposition du prince Édouard.

Julie s'empressa d'écrire à sa sœur, Jeanne Béatrix. C'était son amie et sa seule confidente. Elle lui apprit qu'elle avait été engagée comme musicienne par le prince Édouard d'Angleterre et que, dans moins d'une semaine, elle partirait le rejoindre à Gibraltar.

*Je ne sais trop ce qui m'attend, poursuivait-elle, c'est un peu comme si je partais à l'aventure. Séverine, ma femme de chambre, m'accompagnera pendant mon séjour, dont j'ignore encore la durée. Tu sais mieux que quiconque comment j'aime exercer mes talents de musicienne. Je me sens grisée par cette chance que m'offre le prince Édouard. D'ailleurs, n'ai-je pas entendu dire à plusieurs reprises qu'il est jeune, certes, mais beau, élégant et très affable ? Qu'ai-je à craindre, sinon de me priver d'une nouvelle expérience qui sera sans aucun doute enrichissante ? Tu me manqueras beaucoup, ma tendre sœur. Je t'écrirai aussitôt que j'arriverai à Gibraltar, pour te raconter mon périple et surtout pour te parler du prince, qu'il me tarde, je l'avoue candidement, de rencontrer. Je te quitte le cœur en larmes en espérant te revoir dans un avenir pas trop lointain.*

Le lendemain, Julie fit mander M. Fontiny et lui remit une lettre adressée au prince Édouard, dans laquelle elle le remerciait de lui offrir l'occasion de faire valoir ses talents de musicienne. Fontiny se dépêcha d'écrire lui-même au prince pour lui annoncer la bonne nouvelle. Il lui décrivit la femme qu'il ramenait dans des termes si élogieux qu'Édouard ne pourrait qu'espérer sa venue dans les plus brefs délais. Lorsque ce dernier lut que Fontiny avait attiré Julie en lui disant qu'elle aurait son propre appartement et qu'elle pouvait venir avec sa femme de chambre, il entra dans une colère si grande qu'il lui envoya immédiatement une lettre dans laquelle il lui reprochait de n'avoir pas tenu compte des instructions précises qu'il lui avait données.

> *Je vous confesserai que je ne sais pas à quoi attribuer votre façon d'agir, quand vous l'avez tenu de ma propre bouche plus de vingt fois avant votre départ pour Marseille qu'aucune considération ne me ferait jamais consentir à loger sous un autre toit la personne qui doit devenir ma compagne et mon amie. Je vous ai prescrit que la jeune personne sur qui le choix tomberait ne devait pas être seulement l'ornement de mon concert, mais aussi ma compagne, mon amie, et qu'elle devait toujours, en même temps qu'elle partagerait mon lit, faire les honneurs de la maison en tout temps et m'aider à recevoir la société que je trouve bien de recevoir chez moi. Or donc, mon cher Fontiny, vous devez bien concevoir que, si je cédais à votre idée de loger M$^{lle}$ de Saint-Laurent autre part que chez moi, mes vues ne seraient point remplies, mes espérances se trouveraient toutes brisées, et ma situation deviendrait très désagréable.*

Le même jour, soit le 23 novembre 1790, le prince écrivit également à Julie, tant il avait hâte de la voir près de lui.

> *Au moment où j'ai reçu votre obligeante lettre contenue dans celle de M. Fontiny, j'ai cru devoir à l'instant faire partir mon domestique de confiance, Beck, pour vous rencontrer à Málaga et empêcher que rien ne vous y arrête et ne retarde le plaisir que j'aurai à vous embrasser chez moi.*
>
> *J'ose me flatter qu'en signant votre engagement vous avez bien senti que ce n'était qu'une simple formalité à observer en premier lieu par délicatesse pour Fontiny ; j'espère aussi qu'au moment où vous recevrez cette lettre vous serez convaincue que vous serez reçue en arrivant chez moi, de mon côté, avec tous les égards dont est capable un jeune homme flatté de faire votre aimable connaissance et, du côté de tous mes amis et de toute ma famille, avec tout l'empressement que pourront vous prouver des personnes qui n'auront rien de plus à cœur que d'obtenir votre*

*amitié en vous offrant la leur. Veuillez donc accepter ma reconnaissance pour le courage que vous avez montré en entreprenant un voyage si long et si fatigant. Ayez en même temps l'amitié pour moi de ne pas me refuser la première grâce que je vous demande, celle de partir le plus vite que vous pourrez, seule avec votre femme de chambre et mon domestique de confiance, qui aura l'honneur de vous montrer le chemin; ça me procurera le bonheur de vous voir beaucoup plus tôt et, en prenant tout de suite la place que je vous ai destinée, vous me donnerez la plus grande preuve de votre intention d'accepter les offres que je vous fais de mon amitié et de mon attachement. Je vous attends donc à bras ouverts pour vous mettre en main les rênes de ma petite famille, seulement n'oubliez pas que dans la chaumière d'un militaire un seul lit et quelques chaises font tout son petit bien. Vous voyez par là que, ayant passé votre contrat avec un militaire, il faudra vous résoudre à porter le havresac et ne pas songer aux duvets brodés occupés par les rois et les grands de la terre. En attendant le plaisir de vous embrasser, je vous annonce que je tiendrai bon feu dans la chaumière et que je compte que dès le moment de votre arrivée notre vie commencera à être gaie et contente. Permettez-moi de me souscrire votre très dévoué, Édouard, prince d'Angleterre.*

Malgré tout le bonheur que cette lettre lui procurait, Julie ne put s'empêcher d'éprouver quelques craintes concernant les réelles intentions du prince. Il lui parlait comme s'il l'avait connue depuis longtemps. «Quel homme étrange», pensa Julie. Sa lettre était claire, le contrat qu'elle avait signé avec Fontiny n'était qu'une simple formalité. Des tas de questions s'imposaient à elle, mais, comme elle n'avait aucune réponse, elle décida de ne pas se perdre en conjectures, sinon elle risquait de prêter au prince des intentions qui ne correspondaient peut-être pas à la réalité. Elle attendrait d'être en sa présence pour tirer ses propres conclusions. Elle désirait cette rencontre, mais en même temps elle l'appréhendait, et cette sensation l'exaltait.

Elle prépara minutieusement ses bagages aidée de Séverine, sa femme de chambre depuis maintenant un an, une solide jeune fille de vingt-deux ans aux joues rondes et aux yeux rieurs recommandée par sa sœur, Jeanne Béatrix, comtesse de Jansac. Elle emportait toutes ses robes, même celles qui étaient un peu défraîchies; Séverine et elle sauraient les rajeunir avec des rubans et des broderies. D'ailleurs, la reine Marie-Antoinette elle-même ne faisait-elle pas retoucher certaines de ses robes ? Julie n'oublia certes pas les quelques belles pièces d'argenterie que sa mère lui avait offertes à son vingt-sixième anniversaire.

Jeanne Claudine espérait secrètement que sa fille se marie avec le marquis de Permangle. Même si elle et son mari faisaient partie de la nouvelle classe bourgeoise, la mère de Julie ne pouvait s'empêcher de souhaiter que ses deux filles s'associent à la noblesse en épousant des aristocrates. Elle avait été comblée par le mariage de sa fille Jeanne Béatrix avec le comte de Jansac. Elle espérait une union semblable pour sa cadette. Même s'il l'avait autorisée, à l'occasion de leurs fiançailles, à porter le titre de baronne, Julie avait refusé la demande en mariage du baron de Fortisson. Elle lui avait préféré l'arrogant marquis de Permangle, tout en continuant de porter son titre de baronne avec beaucoup d'assurance. Quatre ans auparavant, le baron avait intenté une poursuite au civil contre le marquis, l'accusant d'avoir attiré celle qu'il appelait sa fiancée par la ruse et des manigances. Qu'était-il advenu de cette poursuite ? Julie n'en savait trop rien. Elle avait écrit au baron pour qu'il mette fin à sa démarche insensée, lui rappelant que, si elle avait refusé de devenir sa femme, cela n'avait rien à voir avec le marquis de Permangle ; c'étaient plutôt ses propres sentiments, pas assez profonds pour envisager de passer toute sa vie avec lui, qui étaient en cause. Elle avait ajouté qu'en intentant cette poursuite il la rabaissait au niveau d'un simple objet incapable de prendre sa vie en mains, ce qu'elle regrettait amèrement. Le baron ne lui avait jamais répondu. Elle avait toutefois appris, par des amis du marquis, que le baron de Fortisson parlait toujours d'elle en des termes élogieux. Julie déplorait la tournure qu'avait prise cette affaire, mais elle n'y pouvait plus rien. Elle espérait seulement que le temps arrange les choses et que le baron en vienne à de meilleurs sentiments envers le marquis, surtout maintenant que la noblesse française vivait des jours si sombres.

Julie, sa femme de chambre, le marquis de Permangle et M. Fontiny, accompagné des trois musiciens, deux clarinettistes et un trompettiste, qu'il avait engagés pour l'orchestre du prince embarquèrent sur le *Charlotte R.*, commandé par le capitaine Nicolas, le 30 novembre 1790. Le marquis avait annoncé à Julie qu'il ne partirait pas avec elle comme il le lui avait d'abord promis ; il avait réservé un carrosse qui l'emmènerait à Port-Bou, d'où il prendrait un bateau jusqu'à Málaga. Julie refusa de partir sans lui, insistant pour qu'il revienne sur sa décision. Vu les circonstances, le marquis se conforma au bon vouloir de sa maîtresse, qui se sentit rassurée. Elle ne savait trop pourquoi, mais elle était surexcitée, elle avait vraiment l'impression qu'une vie nouvelle s'amorçait. En même temps, cependant, des doutes l'accablaient : se trouver loin de sa famille et de son pays ne lui apporterait pas nécessairement le bonheur auquel elle aspirait.

Neuf jours plus tard, le *Charlotte R.* accosta au port de Málaga pour une escale de trois jours, le temps de décharger les marchandises et de charger les provisions pour Gibraltar. Avant de quitter le bateau, M. Fontiny prévint Julie que l'homme de confiance du prince, un dénommé Beck, l'accompagnerait jusqu'à Gibraltar. Il avait lui-même d'autres devoirs à remplir, il repartirait dans quelques semaines, après avoir rencontré, toujours à la demande du prince Édouard, d'autres militaires musiciens à Málaga.

Julie et le marquis de Permangle se quittèrent simplement. Leurs adieux furent polis, sans effusion ni larmes, et avec juste assez de compassion pour encourager l'autre dans sa vie future.

— Vous me manquerez, Julie, avoua le marquis.
— Vous me manquerez aussi, Philippe Claude.
— Je n'ai entendu que de bonnes choses sur le prince, vous savez.
— Je n'ai jamais rien entendu sur lui, alors je m'attends à tout.
— Vous serez loin de la Révolution, c'est déjà ça.
— Je n'ai pas peur de la Révolution, j'ai surtout peur des hommes qui la font.
— Je vous souhaite tout le bonheur que vous méritez et que je ne pouvais plus vous donner, lui confia le marquis en la prenant dans ses bras.
— Vous aussi, mon cher ami, je vous souhaite du bonheur.
— Adieu.
— Adieu, dit Julie, sans aucun regret.

Elle le regarda s'éloigner. Il se retourna et lui envoya un large signe de la main. Elle se douta qu'elle ne le reverrait plus jamais.

Les quelques passagers qui se rendaient à Gibraltar en profitèrent pour se promener dans les rues animées de Málaga. Julie et Séverine découvrirent des jardins somptueux qui invitaient à la promenade et à la détente. Cette escale de trois jours était loin de déplaire à Julie, elle qui avait peu le pied marin. Durant la traversée, elle n'avait été malade qu'une seule fois, mais elle préférait de beaucoup voyager en carrosse.

Lorsqu'elle remonta sur le navire pour franchir la dernière étape du voyage, un homme vint vers elle et se présenta comme étant Philip Beck, l'homme de confiance de Son Altesse Royale. Il lui remit une lettre de la part du prince Édouard. Julie prit la lettre en essayant de montrer de l'insouciance même si l'envie de la lire sur-le-champ la submergeait, mais elle la rangea négligemment dans son petit sac de velours noir. Elle fut impressionnée par cet homme grand et costaud, au regard enfantin. Il lui expliqua qu'il avait reçu des ordres très précis du prince et que, dès leur arrivée à Gibraltar, il la conduirait directement à l'hôtel particulier de Son Altesse Royale. Julie ne lui dit pas que M. Fontiny lui avait promis un appartement pour elle et sa femme de chambre. Elle préférait attendre d'en parler avec le prince lui-même lorsqu'elle serait rendue à destination. M. Beck ne semblait au courant de rien.

La traversée se déroula sans trop de difficulté. Malgré une mer houleuse, ni Julie ni sa femme de chambre ne furent malades. L'étroitesse de la cabine ne les empêchait pas de dormir de longues heures, de sorte que, à l'arrivée au port de Gibraltar, Julie était resplendissante de santé et de beauté. M. Beck était fier d'amener une femme si belle à son maître.

Pour sa première rencontre avec le prince, Julie avait choisi une robe en taffetas gris clair agrémentée de broderie blanche et de boutons recouverts de velours noir. Ses yeux scintillaient, ses cheveux brillaient, les hommes admiraient avec une certaine gourmandise cette jeune femme resplendissante qui, pensaient-ils tous, allait certainement rejoindre son amoureux. Julie aimait ces regards posés sur elle, constatant que, malgré ses trente ans, elle ne s'était jamais sentie aussi épanouie et aussi désirable. D'ailleurs, elle n'avait guère pensé à Philippe Claude et était même surprise de la rapidité avec laquelle elle l'avait relégué aux oubliettes ; elle en était même un peu honteuse. Elle constatait simplement qu'on se trompe parfois sur ses propres sentiments. Dorénavant, elle n'envisageait que son propre avenir, c'est tout ce qui l'intéressait.

Il était quinze heures quand M. Beck frappa à la porte de la cabine. Séverine ouvrit en entendant son nom. Il informa alors les deux femmes qu'elles pourraient descendre à terre dans une demi-heure. Il leur demanda de n'apporter qu'un sac de voyage, puisque les bagages seraient livrés le lendemain lorsque les débardeurs déchargeraient le navire. Julie était impatiente de rencontrer l'homme pour qui elle avait fait un si long voyage. Aidée de Séverine, elle mit quelques articles de toilette et des vêtements de nuit dans son sac de cuir bourgogne, offert par le marquis de Permangle. Pour tout bagage, Séverine ne possédait qu'un large sac en grossière toile beige qui contenait tous ses effets. Les deux femmes sortirent de la cabine en abandonnant quatre gros coffres remplis de vêtements et de souvenirs qui résumaient toute la vie de Julie et que celle-ci retrouverait le lendemain.

Elles montèrent dans une calèche et Philip Beck donna l'adresse au cocher. Lorsqu'ils furent arrivés devant l'hôtel particulier du prince, il aida les deux dames à descendre, paya le cocher et s'empara des sacs de voyage. Il n'y avait pas âme qui vive devant la demeure du prince. Julie frissonna, même si la température était clémente dans la capitale en ce mois de décembre ; il y avait encore du soleil, mais cela ne la rassura pas pour autant. Le prince ne lui avait-il pas écrit qu'il l'attendrait à bras ouverts ? Ne lui avait-il pas précisé qu'en attendant le plaisir de l'embrasser il maintiendrait un bon feu dans la chaumière ? Julie connaissait sa lettre par cœur, l'ayant relue tant de fois. M. Beck apprit d'un des serviteurs du prince que ce dernier avait quitté l'hôtel précipitamment, probablement vers les neuf heures, sans avoir pu laisser des consignes particulières concernant M$^{lle}$ de Saint-Laurent puisque lui-même s'était absenté pour aller acheter des provisions. Julie ne pensait qu'à s'enfuir devant un accueil si glacial. Le prince était un homme trop effronté pour qu'elle accepte de rester plus longtemps dans sa demeure, qui était loin d'être une chaumière, contrairement à ce qu'il lui avait écrit. C'était une demeure austère, sans vie, sans âme. Julie détestait cette maison, elle refusait de rester une seconde de plus dans un endroit si peu accueillant. En essayant de ne pas perdre son sang-froid, elle proposa que Beck la conduise, avec Séverine, à l'appartement réservé spécialement pour elle et sa femme de chambre par M. Fontiny, à la demande du prince Édouard. Philip Beck n'avait jamais entendu parler de cet appartement et ne pouvait donc l'emmener nulle part ailleurs que dans la maison du prince.

– Son Altesse a été formelle et je ne veux obéir qu'à ses ordres, expliqua Beck.

– Je vous demande, monsieur Beck, de nous emmener immédiatement, ma femme de chambre et moi, dans un hôtel où nous pourrons nous reposer en toute quiétude et nous remettre de cet affreux contretemps, dit Julie sur un ton qui ne tolérait aucune réplique.

– Je ne peux pas, madame, j'ai reçu des ordres, répéta Beck qui semblait complètement désemparé.

– Moi, monsieur, je n'ai reçu aucun ordre de la part du prince et rien ne m'oblige à rester une minute de plus dans cette maison, rétorqua Julie, qui essayait de cacher son exaspération.

Le serviteur, qui n'avait pas dit un seul mot depuis le début de cette altercation, vint à la rescousse de Beck en lui proposant d'offrir à ces dames deux chambres où elles pourraient se reposer et attendre le prince, qui ne saurait tarder. Beck regarda Julie, et Séverine dirigea vers sa maîtresse un regard affligé. Après d'interminables secondes de réflexion, Julie fit un signe d'approbation et remercia le serviteur. Un sourire radieux illumina le visage de Séverine, qui aimait cette maison propre et silencieuse. La femme de chambre suivit le serviteur, qui déjà s'était engagé dans le large corridor, non sans l'avoir d'abord libérée des bagages qu'elle transportait. Avant de quitter Beck, Julie le salua gentiment, s'étant rendu compte qu'il n'était vraiment au courant de rien. Beck respira mieux. Il était l'homme de confiance du prince Édouard, ce dont il était fier, et jamais il ne l'aurait déçu.

Seule dans sa chambre, Julie se retenait pour ne pas pleurer. Elle s'assit dans l'unique fauteuil en se demandant ce qu'elle était venue faire dans cette galère. Elle s'en voulait de sa naïveté ; il suffisait qu'un prince claque des doigts et elle accourait. Quelle idiote elle avait été ! Pourquoi ne s'était-elle pas mieux renseignée ? Elle décida de cesser de s'apitoyer sur son sort, de prendre quelques instants de repos et, après, de trouver une solution. Il y avait sûrement un bateau qui irait à Málaga dans les prochains jours. Elle voulait plus que tout retourner en France, fuir cet endroit qui n'était pas pour elle. Elle s'étendit sur le lit et s'endormit presque immédiatement. Un peu plus tard, de légers coups frappés à la porte la réveillèrent. Elle s'assit sur le bord du lit, enfila ses chaussures et alla ouvrir. Un serviteur la prévint que le souper serait servi dans quinze minutes dans la salle à manger. Elle n'osa lui demander si le prince était de retour. Quelques minutes plus tard, accompagnée de sa femme de chambre, elle s'installa à la table d'une immense pièce dépourvue de tout autre meuble. Un candélabre trônait au centre de l'unique table. Elles étaient seules. Un serviteur leur apporta leur repas, un potage aux légumes et aux herbes aromatiques, et du bœuf en croûte accompagné de carottes au beurre. Séverine mangeait avec appétit, alors que Julie chipotait dans son assiette en pestant contre cette nourriture immangeable.

– Demain, à la première heure, je prendrai les dispositions nécessaires pour que nous puissions retourner en France, Séverine.

– Si je peux me permettre, madame, je crois que vous devriez attendre le retour du prince Édouard. Il aura certainement d'excellentes raisons pour expliquer son absence, vous ne pensez pas ? avança Séverine, qui n'avait pas l'intention de repartir tout de suite.

— Tu es trop naïve, Séverine. Le prince a oublié que nous arrivions aujourd'hui, et cela, je ne le supporte pas. Prépare-toi, nous partirons demain à l'aube, trancha Julie.
— Si c'est ce que vous désirez, madame, je serai prête.

Les deux femmes terminèrent leur repas en silence. On n'entendait plus que le cliquetis des ustensiles.

Après le repas, Julie demanda au serviteur de lui apporter le café dans sa chambre. Elle était trop fatiguée pour attendre le prince ; elle le verrait le lendemain. Elle demanda également qu'on lui prépare un bain chaud. Séverine s'occupa de tout avec le serviteur. Ce dernier fit du feu dans la cheminée et remplit la baignoire d'une eau suffisamment chaude pour laisser à Julie tout le loisir de s'y prélasser. Séverine lui lava ses longs cheveux noirs qui retombaient jusqu'à la taille, les enduisit d'un doux parfum à la rose, puis les enroula dans une serviette. Lorsque Julie sortit de la baignoire, Séverine l'essuya délicatement et lui brossa les cheveux. Puis, fatiguée et ayant envie d'être seule, Julie demanda à sa femme de chambre d'aller dormir. Il était déjà vingt-trois heures.

La pièce était sombre. Julie s'approcha de la cheminée. Elle laissa retomber son épaisse chevelure et offrit son corps à la chaleur du feu qui l'effleurait comme une lente caresse bienfaisante. Elle pensait à sa sœur et à la lettre qu'elle lui écrirait le lendemain, une lettre remplie de désillusion et de déception, une lettre dans laquelle elle confierait à Jeanne Béatrix le désarroi que sa venue à Gibraltar lui avait causé. Des larmes glissèrent sur ses joues, elle renifla. Elle chercha un mouchoir de baptiste pour se moucher et essuyer ses larmes, qu'elle qualifia d'inutiles. Elle prit une longue respiration et se convainquit qu'il était hors de question qu'elle se laisse abattre par cette malheureuse situation qui relevait d'une mauvaise décision de sa part, une décision qu'elle avait prise à la hâte pour narguer le marquis de Permangle et lui signifier qu'elle n'avait plus besoin de lui. Elle entendit du bruit, mais ne bougea pas. Quelqu'un marchait dans le corridor, puis le bruit cessa et le silence revint. Elle était trop absorbée dans ses pensées pour avoir peur. C'était sans doute un serviteur qui faisait une dernière ronde avant d'aller se coucher. Demain matin, elle partirait avec Séverine. Elles iraient elles-mêmes récupérer leurs bagages et les feraient transporter dans un hôtel où elles s'installeraient pour quelques jours, le temps d'organiser leur retour en France. À la pensée de la France, le cœur de Julie se mit à battre plus fort. Elle avait l'impression d'avoir quitté son pays depuis si longtemps, même si, en réalité, elle n'était partie que depuis quelques semaines.

Avant que Julie ait le temps de sortir de ses rêveries, quelqu'un ouvrit la porte. Il était là, dans la chambre, entré tel un coup de vent, cet homme immensément grand, aux yeux très bleus, aux cheveux blonds, il la regardait, la bouche entrouverte, incapable d'articuler un seul mot. Ses yeux glissaient sur son corps. Julie, trop effrayée pour réagir, ne bougeait pas, oubliant sa nudité. Elle le regardait dans son uniforme rouge, refusant de croire que sa première rencontre avec le prince Édouard se déroulait d'une manière aussi déplacée. Elle attrapa sa robe de chambre et la plaça devant sa poitrine, mal à l'aise, ne sachant que faire ni que dire. Jamais elle ne s'était sentie aussi décontenancée devant un homme.

– Pardonnez-moi, madame, je suis le prince Édouard. Je vous prie de pardonner mon intrusion, mais vous n'avez pas répondu lorsque j'ai frappé. J'ai pris peur, j'ai cru que vous aviez quitté la maison. D'ailleurs, vous auriez eu parfaitement raison puisque je vous avais écrit que je vous attendrais avec un bon feu dans la cheminée. Mais je vous conjure de me croire, j'ai été obligé de partir contre mon gré. Je vous attendais, n'en doutez pas, je vous attends depuis si longtemps, chère mademoiselle de Saint-Laurent.

Édouard avait parlé rapidement, sans prendre le temps de respirer. Il ne pouvait détacher les yeux de cette femme si belle, si désirable. Julie l'avait écouté sans broncher, ne pensant qu'à se sortir de ce terrible imbroglio.

– Si Son Altesse Royale veut bien consentir à me laisser seule pendant que je m'habille, je lui promets de me rendre disponible pour que nous puissions discuter à tête reposée de toute cette affaire, lui dit Julie sur un ton qui laissait présager que son départ de Gibraltar ne se ferait peut-être pas aussi rapidement que prévu.

– Je vous en prie, rien ne me ferait plus plaisir que vous m'appeliez Édouard.

– C'est très bien, Édouard, et appelez-moi Julie.

– Retrouvez-moi dans le salon dans une demi-heure, je fais préparer du thé, dit Édouard d'une voix douce avant de refermer la porte.

Le cœur de Julie battait la chamade. Elle s'interdisait de réfléchir, sinon elle aurait refusé d'acquiescer à la demande du prince. Comme elle ne pensa pas à réveiller Séverine pour l'aider à s'habiller, elle enfila la même robe gris clair, attacha sa longue chevelure avec un large ruban de satin noir, s'aspergea le cou d'eau de toilette à la rose, puis sortit de la chambre le sourire aux lèvres en se disant que, tout compte fait, elle avait eu raison de ne pas quitter précipitamment l'hôtel particulier du prince.

Édouard attendait Julie dans le salon, en tournant machinalement les pages d'un livre sur les stratégies militaires pour essayer de calmer son impatience. Il n'avait pas pensé à se changer tellement sa hâte de parler à la belle Julie occupait tout son esprit et une odeur de transpiration flottait dans la pièce. L'image de cette femme nue l'accaparait entièrement, il ne pouvait s'empêcher de penser aux heures délicieuses qui l'attendaient. Il était émerveillé par la beauté de Julie, plus belle encore que la description que Fontiny lui en avait fait. Il s'en voulait de n'avoir pu respecter l'engagement qu'il avait pris envers elle et l'accueillir avec tous les égards dont il voulait l'entourer pour qu'elle se sente la bienvenue. Il était furieux contre le général O'Hara et le colonel Symes, deux officiers supérieurs qui avaient devancé la tournée de différents quartiers militaires, prévue dans trois jours. Cela l'avait accaparé tout l'après-midi et une bonne partie de la soirée.

Il ne pouvait faire fi des fonctions officielles liées à son rang de commandant du régiment royal de la reine. Il commandait six cents soldats et avait à cœur le bon fonctionnement de son régiment. Les soldats le trouvaient sévère et rigide, mais la discipline était une valeur à laquelle il croyait beaucoup. D'ailleurs, le prince prêchait par l'exemple : il ne buvait pas, ne jouait pas à l'argent et respectait les règlements à la lettre. La veille, il avait assisté à l'exécution de la sentence prononcée contre le soldat Guillaume La Rose, condamné à recevoir cinq cents coups de fouet pour s'être présenté dans un état avancé d'ivresse pour faire sa garde de nuit. Au petit matin, on avait découvert le jeune soldat dormant d'un sommeil de plomb et laissant échapper des vapeurs d'alcool dans des ronflements sonores qui ne laissaient planer aucun doute sur sa conduite. En manquant à son devoir, le soldat avait mis tous les soldats de la garnison en danger et, pour Édouard, la punition devait être exemplaire. Le prince s'était présenté quelques minutes avant le début de la flagellation. Les spectateurs s'agitaient en attendant que le spectacle commence ; pour eux, il ne s'agissait que d'un divertissement. Le bourreau s'était approché du soldat impassible, il avait levé son fouet pour asséner le premier coup et la foule s'était tue. On avait ensuite entendu un chuintement cinglant déchirer l'air, mais le condamné n'avait émis aucun son de douleur. Quelques femmes avaient laissé échapper une lamentation de pitié, qu'elles avaient aussitôt étouffée en couvrant leur bouche de leur main nue.

Guillaume La Rose regardait droit devant lui, ignorant cette foule malveillante qui n'espérait que des cris de désespoir et de souffrance. Jamais il n'offrirait ses hurlements à des spectateurs assoiffés de cruauté, jamais. Édouard avait été surpris du courage et du silence de La Rose. Le châtiment terminé, le soldat avait levé fièrement les yeux vers son commandant, le dévisageant effrontément, une esquisse de sourire au coin des lèvres. Édouard n'avait pas bronché, soutenant le regard du condamné sans cligner des yeux, même si des sueurs froides lui glaçaient le dos. L'arrogance du jeune homme ne l'étonnait pas, c'était un bon soldat, mais un rebelle dans l'âme qu'il fallait dompter avant qu'il commette des fautes irréparables.

Le prince ne pouvait s'empêcher de repenser à cette scène horrible qu'il avait lui-même ordonnée. « Ai-je raison ? se demandait-il. La discipline doit-elle s'acquérir à coups de fouet ? Peut-elle être inculquée par la violence au nom de la justice ? » Ces questions l'épuisaient. Il exhala un long soupir. « Pourquoi penser à de telles horreurs alors que la plus belle femme du monde sera avec moi dans quelques minutes ? L'image de Julie nue dans l'obscurité s'imposa à son esprit ; il l'accueillit avec enchantement.

Le colonel Symes n'était pas au courant de la venue de Mlle de Saint-Laurent, Édouard étant très discret pour tout ce qui concernait sa vie personnelle. Il exigeait la plus grande discrétion de la part de ses serviteurs, qui l'estimaient trop pour le décevoir volontairement. Perdu dans ses pensées, il n'entendit pas Julie qui entrait.

– Édouard, j'espère que je ne vous ai pas fait attendre trop longtemps, s'enquit Julie, intimidée par cet homme au charme irrésistible.

Édouard se leva précipitamment. Un large sourire illumina son visage. « Comme elle est belle ! » se dit-il. Il s'avança vers Julie, lui prit le bras et la dirigea vers le seul fauteuil du salon. Deux candélabres sur le manteau de la cheminée fournissaient le seul éclairage de la pièce pourtant très grande.

– Ma chère Julie, je vous aurais attendue tout le temps nécessaire, vous pouvez me croire.

Il s'assit en face d'elle sur une chaise de bois au confort douteux. Julie aperçut une théière, deux tasses et deux soucoupes dépareillées sur une petite table en acajou. Ce n'était pas l'idée qu'elle se faisait de la maison d'un prince, même si ce dernier lui avait écrit que, dans la chaumière d'un militaire, tout son bien se résumait à un seul lit et à quelques chaises. Julie n'avait pas pris ces mots au sérieux, mais se rendait maintenant compte qu'elle s'était trompée sur toute la ligne.

– J'ai donné congé à mon serviteur. Est-ce que je peux me permettre de vous servir un peu de thé ?
– Oui, je veux bien.
Pendant qu'Édouard versait le thé, Julie se demandait s'il était un prince comme les autres. Son affabilité et sa spontanéité l'attendrissaient.
– Je voudrais encore m'excuser de vous avoir importunée de la sorte tout à l'heure. Je suis vraiment confus. J'ai pensé que vous étiez partie sans m'attendre et j'étais bouleversé.
– Oublions cette pénible affaire, je vous en prie, n'en parlons plus, répondit Julie, qui voulait oublier au plus vite que le prince l'avait vue dans sa plus simple expression.
La pénombre de la pièce les enveloppait d'une intimité qui les enchantait. La douceur de leurs voix les transportait dans un monde ensorcelant à eux seuls offert. Édouard ne pensait qu'à la prendre dans ses bras, Julie ne pensait qu'à se réfugier dans les siens. Le prince toussa pour faire diversion.
– Vous avez sans doute remarqué, comme je vous l'avais écrit d'ailleurs, qu'il n'y a pas beaucoup de meubles dans la maison. Il faut comprendre que je n'habite ici que depuis très peu de temps et que je n'ai pas eu la possibilité de m'en occuper sérieusement. Mais je peux vous dire que j'ai déjà écrit à mon frère George, le prince de Galles, pour qu'il m'envoie deux ou trois douzaines de chaises en cuir rouge, quelques tables en acajou, des tapis et une demi-douzaine de miroirs aux encadrements en feuilles d'or. Ces meubles et objets arriveront incessamment. J'espère que vous vous plairez dans cette maison que vous aurez tout le loisir de décorer comme il vous plaira. Je ne doute pas de votre goût pour les décors raffinés.
Julie ne savait pas où il voulait en venir. M. Fontiny l'avait fait venir en tant que musicienne et non en tant que décoratrice de la maison du prince.
– Est-ce que vous pouvez me dire à quel moment je pourrai emménager avec ma femme de chambre dans l'appartement dont M. Fontiny m'a parlé à Marseille ? demanda Julie, bien qu'elle devinât déjà la réponse.
– Ma chère Julie, cette maison est la vôtre. Vous pourrez y demeurer le temps que vous jugerez nécessaire. Fontiny s'est permis une licence que je qualifierais plutôt de lâcheté lorsqu'il vous a promis un appartement, que je ne peux vous offrir, uniquement pour que vous acceptiez mon offre. Croyez bien que je l'ai sévèrement réprimandé

lorsque j'ai été mis au courant de cette infamie. Je voudrais que vous sachiez que je serais l'homme le plus malheureux de la terre si vous décidiez de partir après ce que je viens de vous révéler.

Tout s'éclaira dans l'esprit de Julie, bien qu'elle se sentît confuse. Elle ne comprenait pas pourquoi elle restait assise là sans un mot, pourquoi elle ne lui disait pas qu'elle ne demeurerait pas une minute de plus dans cette maison où on lui accordait si peu de considération. Les yeux suppliants d'Édouard agissaient comme un aimant sur son corps. Au lieu d'éprouver de l'humiliation, elle s'étonna de vouloir plus que tout rester aux côtés de cet homme qui avait besoin d'elle. Il la désirait, de cela Julie était certaine, mais elle voulait plus, elle voulait qu'il l'aime, parce que, pensait-elle, elle-même l'aimait déjà. À cette pensée, Julie tressaillit. Pourquoi une chose aussi incroyable et insensée lui traversait-elle l'esprit ? Complètement désemparée, elle se leva d'un bond.

– Il se fait tard et je suis fatiguée, j'ai besoin de réfléchir à tout ça, dit-elle froidement en tendant la main au prince.

Édouard prit sa main, la porta à ses lèvres tout en ne la quittant pas des yeux. Julie ne put s'empêcher de frissonner.

– Je vous raccompagne jusqu'à votre chambre, lui proposa Édouard en empoignant un lourd candélabre.

Il lui offrit son bras et tous les deux ne dirent plus un mot jusqu'à la porte de la chambre. Il plongea son regard dans les yeux violets de Julie. Elle crut qu'il allait l'embrasser. Elle lui chuchota : « Bonsoir » d'une voix à peine audible comme pour ne pas rompre le silence qui les entourait et referma doucement la porte derrière elle.

Julie se demandait ce qui lui arrivait. Elle avait l'impression d'être sans défense devant cet homme qui bouleversait sa vie.

Julie passa une nuit agitée. Elle fit des rêves qui la laissèrent ahurie. Lorsqu'elle ouvrit les yeux au petit matin, elle ne put oublier la petite fille que son rêve avait ressuscitée. Elle s'était retrouvée dans sa ville natale, Besançon, se promenant dans la Grand-Rue avec sa mère et sa sœur aînée, passant devant la librairie du sieur Charmet, la parfumerie du sieur Suard, puis arrivant, rue Neuve, chez le sieur Bertrand, son professeur de musique. La ville était sombre, les rues, désertes ; toutes les boutiques étaient fermées, les gens les épiaient derrière les rideaux. Julie pleurait, elle se sentait honteuse. Sa mère répétait sans cesse : « Thérèse Bernardine, arrête de pleurer, lève la tête. » Jeanne Béatrix souriait, ne semblant pas du tout importunée par l'atmosphère austère de la ville.

Julie s'était réveillée les yeux pleins de larmes. Elle ne comprenait pas son rêve et désirait l'oublier. Elle étouffa un sanglot. Il y avait si longtemps qu'on ne l'appelait plus Thérèse Bernardine, elle-même en oubliait parfois son véritable nom.

Trois coups secs se firent entendre à la porte. Julie se leva, enfila sa robe de chambre et ouvrit. Le serviteur du prince la salua.

– J'espère que madame a bien dormi. Madame est attendue par Son Altesse Royale pour le déjeuner, qui sera servi dans la salle à manger dans une heure.

– Quelle heure est-il, s'il vous plaît ?

– Il est exactement six heures quinze minutes.

– Auriez-vous la gentillesse de réveiller Séverine, ma femme de chambre, et de me l'envoyer au plus vite ?

– Avec plaisir, répondit le jeune serviteur, dont le visage s'illumina d'un sourire radieux à la seule mention du prénom de la femme de chambre.

Julie ne savait plus où donner de la tête, tellement elle désirait ne pas décevoir le prince. Dix minutes plus tard, Séverine entra dans la chambre de sa maîtresse.

– Fais-moi belle, Séverine, je rencontre Édouard, enfin, le prince Édouard dans moins d'une heure et je veux faire bonne impression, dit Julie d'une voix quelque peu excitée.

Séverine perçut le trouble dans la voix de sa maîtresse et s'en étonna puisque, habituellement, Julie maîtrisait si bien ses émotions.

– Ce ne sera pas très difficile de vous faire belle, madame. Je suis certaine que le prince n'a jamais rencontré une femme plus belle que vous, la rassura-t-elle. Vous savez, faire partie du grand monde des aristocrates n'apporte pas nécessairement la beauté, continua-t-elle sans se douter que ses propos quelque peu philosophiques faisaient sourire Julie, qui réalisait que, pour sa femme de chambre, elle ne faisait pas partie du « grand monde » qui l'impressionnait tant.

Julie admirait dans le petit miroir de la commode les mains habiles de Séverine, qui la coiffait d'une manière impeccable. Il suffisait à cette toute jeune fille de consulter les pages d'un magazine montrant les dernières coiffures à la mode pour qu'elle les reproduise parfaitement.

– C'est magnifique, Séverine, tu as des doigts de fée, la félicita Julie, qui contemplait le résultat en admirant son profil dans le miroir.

Édouard attendait Julie dans la salle à manger en sirotant un café. Il avait du mal à dissimuler sa nervosité. Lorsqu'il la vit, il se leva précipitamment et se dirigea vers elle avec un sourire plein d'admiration.

– Bonjour, chère Julie. Est-ce que vous avez bien dormi ?

Julie répondit dans l'affirmative. Elle lui posa la même question, il lui donna la même réponse. Édouard lui tendit le bras et la conduisit jusqu'à la table. Il tira une chaise et Julie s'assit. Elle se sentait revivre sous le charme de cet homme qui la regardait comme si elle avait été une femme exceptionnelle. Jamais elle n'avait éprouvé un sentiment d'une telle force et ressenti un tel bien-être ; elle en était tout étourdie. Elle n'arrêtait pas de se demander ce qui lui arrivait, pourquoi elle était si énervée devant ce jeune homme dont elle connaissait l'âge réel. Elle avait sept ans de plus que lui et était fermement déterminée à ne jamais lui révéler cette différence d'âge. Jusqu'à maintenant, elle avait très bien réussi à cacher ses trente ans ; on lui en donnait toujours cinq de moins. Elle-même avait du mal à réaliser qu'elle avait franchi le cap de la trentaine.

Édouard sonna et, lorsqu'un serviteur accourut, il lui demanda de servir le déjeuner. Quelques minutes plus tard, le serviteur apporta sur de larges plateaux des œufs brouillés, du bacon, des toasts, de la marmelade et une cafetière sur un réchaud. Comme Julie n'avait pas l'habitude de manger aussi copieusement le matin, elle se contenta de grignoter un morceau de toast tartiné de beurre et de marmelade. Elle avala un café chaud malgré la fadeur du liquide. Édouard ne mangea guère plus que son invitée. Une certaine gêne s'était installée entre eux comme si la nuit les avait éclairés sur les vraies raisons de leur présence respective dans cette maison. Ils se lançaient des regards furtifs sans oser briser la glace. Lorsque leurs regards se croisaient, ils se souriaient maladroitement comme deux enfants pris en flagrant délit d'indiscrétion. Pour mettre un terme à cette petite séance de séduction, Julie s'enquit auprès d'Édouard de l'heure à laquelle elle recevrait ses bagages. Édouard l'assura qu'elle recouvrerait toutes ses malles la journée même, qu'il s'en occuperait personnellement.

– J'ai décidé de rester dans cette maison pendant un certain temps, comme vous me l'avez demandé, l'informa-t-elle avec une certaine fermeté dans la voix comme si elle eût voulu lui montrer qu'elle avait mûrement réfléchi à la question.

– Je vous en remercie. Par ces simples mots, ma chère Julie, vous faites de moi l'homme le plus heureux de la terre.

– Avec votre permission, j'aimerais demeurer dans la chambre que j'occupe présentement. Ma femme de chambre occupe la chambre voisine et c'est beaucoup plus facile de la faire venir, dit Julie, même si elle se doutait que le prince avait des intentions tout autres.

Édouard acquiesça à sa demande, lui qui n'aurait pu lui refuser quoi que ce soit. Il était déçu, mais il ne voulait pas la brusquer et désirait que les choses se fassent naturellement parce que, maintenant qu'il la connaissait, il ne voulait pas la perdre. Il la désirait, certes, mais, plus encore, il commençait à l'aimer. Julie savait qu'elle avait pris la bonne décision parce que dans les yeux d'Édouard, qui ne mentaient pas, elle devinait ses sentiments.

Lorsqu'ils eurent fini de manger, Édouard emmena Julie faire une promenade dans les jardins de sa demeure. Même si le soleil resplendissait, l'air était frais et Julie montra quelques signes d'inconfort malgré le châle qui lui enveloppait les épaules. Édouard l'entoura de ses bras, la serrant contre lui. Julie se laissa réchauffer et abandonna sa tête sur son épaule large et forte. Ils marchèrent ainsi en silence pendant de très longues minutes, savourant ces instants, qu'ils jugèrent tous les deux uniques.

– Il est important que j'aie mes bagages le plus vite possible. Le temps est frais et je dois porter des vêtements plus appropriés, commenta Julie, dont les joues n'étaient pas rougies que par la fraîcheur du temps.

– Que ferez-vous lorsque je serai parti ?

– Je ne sais pas, mais soyez sans crainte, je saurai m'occuper. Je dois préparer ma chambre avec Séverine.

– Je demanderai à mon serviteur, John, de vous aider, dit Édouard, qui semblait vouloir que la promenade ne se termine pas.

– C'est très gentil de votre part, mais je crois que Séverine et moi pourrons accomplir la tâche sans l'aide de personne, répondit Julie, qui ne voulait pas qu'une tierce personne, et qui plus est le serviteur du prince, manipule ses effets personnels.

– Je m'occupe de vos malles immédiatement, chère Julie. Je vous retrouve ce soir pour le dîner, vers les huit heures, vous voulez bien ?

Avant de prendre congé de la jeune femme, il lui embrassa la main en fermant les yeux. Julie frissonna, et ce n'était pas de froid. Le prince la quitta bien malgré lui, mais avec la ferme intention de tout faire pour que cette journée se déroule le plus rapidement possible. Quand on a vingt-trois ans, retenir le temps est la dernière chose qui nous préoccupe.

Avant de retourner dans sa chambre, Julie demanda à John de lui procurer du papier à lettres, une plume et de l'encre. Puis elle s'enferma dans la pièce humide même si le soleil de décembre y pénétrait par la grande fenêtre dépourvue de rideaux, s'assit devant l'unique table et écrivit à Jeanne Béatrix.

*Ma très chère sœur,*

*Je ne sais par où commencer, mais je me dépêche de t'écrire parce que je crois avoir besoin de tes conseils, même s'il est probablement déjà trop tard pour que je puisse tenir compte ne serait-ce que de l'ombre de l'un d'eux.*

*Séverine et moi sommes arrivées à Gibraltar hier après-midi, mais je n'ai rencontré le prince qu'à vingt-trois heures, même s'il m'avait écrit qu'il m'attendrait dans sa chaumière (c'est le mot qu'il a utilisé pour parler de sa demeure) à bras ouverts avec un bon feu dans la cheminée. Quelle n'a été ma surprise de constater qu'il était absent! Je me suis sentie trompée et cette sensation me fut fort désagréable. Je ne pensais qu'à rentrer en France par le premier navire. J'ai su plus tard qu'il avait été retenu par des obligations officielles auxquelles il ne pouvait se soustraire.*

*Notre première rencontre, que je qualifierais d'inimaginable, a eu lieu dans des circonstances ne correspondant aucunement aux règles de la bienséance. Tu m'excuseras, chère Jeanne Béatrix, mais je ne me sens pas le courage de te divulguer les détails de ce premier contact que je tente par tous les moyens d'oublier. Dans quelques années peut-être consentirai-je à te raconter cet épisode de ma vie qui, pour l'instant, me couvre de honte. Pour le moment, je préfère tout oublier.*

*Le prince Édouard est un homme très grand avec de magnifiques yeux bleus. Je ne te cacherai pas que je suis sensible à son charme, trop, peut-être, et cela me fait peur. En l'espace de quelques heures, je suis passée de la colère au désarroi, pour revenir à des sentiments plus tendres et chaleureux, et finalement atteindre des émotions si intenses que j'en suis toute chavirée. Comme nous ne nous sommes jamais rien caché jusqu'à maintenant, chère Jeanne Béatrix, je dois t'avouer en toute simplicité qu'aucun homme n'a jamais eu un tel effet sur moi. Je suis complètement désemparée. Je crois que des sentiments d'une grande force sont en train de prendre racine tout au fond de mon cœur, et il semble que je ne puisse rien faire pour empêcher cette catastrophe (est-ce vraiment une catastrophe?). Mais ce qui me contrarie le plus, c'est que je ne veux rien faire de concret pour l'empêcher de se réaliser. Au contraire, je la désire et l'espère. Ne crois-tu pas que je suis en train de devenir folle ? Je sais pertinemment que cet amour, si tant est qu'il soit partagé, ne peut aboutir à un mariage autre que morganatique (comment puis-je écrire le mot « mariage », moi qui ne connais le prince que depuis quelques heures seulement ?). Est-ce que le prince Édouard sera intéressé à une telle issue à notre relation ?*

*En lisant ces dernières phrases, tu te dis certainement que ta jeune sœur est en train de perdre la tête et tu as sans doute raison, mais je te le redis, je ne sais plus ce qui m'arrive et des rêves insensés m'envahissent sans crier gare. Je te conjure, ma tendre et chère sœur, de ne révéler à personne ce que je te confie. Étant moi-même scandalisée par mes propos, je comprendrais que tu le sois. J'attends ta réponse avec impatience en espérant que tu ne me juges pas trop sévèrement.*

*Ta très dévouée et très affectueuse sœur,*

*Julie.*

Julie lut sa lettre et se demanda si elle ne devait pas la déchirer parce qu'elle était très troublée par ses propres confidences. Elle était certaine maintenant d'être très amoureuse d'Édouard.

On frappa à la porte, et le cœur de Julie bondit. Elle déposa sa plume, puis se dirigea vers la porte en essayant de contrôler sa respiration. Lorsqu'elle ouvrit, John la salua et lui désigna quatre hommes très robustes qui transportaient deux grandes armoires commandées par le prince pour que, précisa John en répétant les propos du prince, M$^{lle}$ de Saint-Laurent puisse ranger tous ses vêtements d'une façon satisfaisante. Julie débordait de joie parce qu'elle s'était demandé comment elle disposerait ses robes dans une pièce ne contenant qu'un lit vétuste, une petite commode avec un miroir dont le tain laissait à désirer et un fauteuil en piètre état, recouvert de velours rouge usé à la corde. Elle ne put s'empêcher de penser à Édouard qui semblait vraiment désirer qu'elle se sente à son aise dans sa nouvelle demeure. Elle attendrait avec impatience que l'imposante horloge du corridor central sonne huit heures pour le remercier de vive voix.

Une heure plus tard, ce fut au tour de ses quatre grosses malles, chargées sur les épaules de huit braves très costauds, d'apparaître dans sa chambre. Julie eut l'impression qu'elle s'installait non seulement dans la demeure, mais également dans la vie d'Édouard.

– Pourvu que cela se réalise, dit-elle à haute voix sans avoir remarqué, dans l'embrasure de la porte, la présence de Séverine, alertée par le brouhaha.

Les deux femmes passèrent l'après-midi à ranger les vêtements de Julie et ses effets personnels. Lorsqu'elles eurent terminé, elles constatèrent que les deux grandes armoires étaient pleines. Séverine commenta que le prince avait sans doute décidé d'acheter les armoires après avoir vu les énormes malles qui attendaient dans le port. Toutes les deux éclatèrent de rire.

Cinq heures sonnèrent. Plus que trois heures d'attente. Julie oublia la fatigue de l'après-midi et voulut se faire belle pour son prince. Elle choisit une robe de taffetas bleu clair rehaussée de broderie blanche qui faisait ressortir le violet de ses yeux. Des pendants d'oreilles en argent sertis de perles blanches de même qu'un collier, de magnifiques perles blanches également, agrémenté d'un joli fermoir en argent, complétaient sa toilette. Devant les yeux ébahis de Séverine, Julie tournait en se laissant admirer et espérait qu'Édouard la regarde avec la même admiration que lui témoignait sa femme de chambre.

À huit heures précises, on frappa à la porte. Séverine ouvrit. Édouard, magnifique dans son uniforme rouge et blanc, la salua et demanda si M$^{lle}$ de Saint-Laurent était prête. En entendant son nom, Julie tressaillit. Elle se leva doucement et se dirigea vers la porte. Séverine n'avait pas bougé, impressionnée par la taille de cet homme, elle qui n'avait jamais vu une personne aussi grande et que les quatre pieds et onze pouces satisfaisaient amplement. Séverine revint enfin à elle et, avec la permission de sa maîtresse, disparut dans le corridor en direction de la cuisine. Édouard regardait Julie comme s'il s'était agi d'une apparition. Elle ne s'était pas trompée : même s'il ne prononça aucune parole, elle devina qu'elle lui plaisait et qu'il était fier de l'avoir à son bras.

Lorsqu'ils entrèrent dans la salle à manger, Julie eut l'impression que la pièce avait rapetissé depuis le matin. Les larges fenêtres nouvellement habillées de tentures en velours vert olive, agrémentées d'embrasses torsadées de fil d'or, créaient cette impression, mais surtout favorisaient une intimité que ni Julie ni Édouard ne contestaient.

– J'ai reçu aujourd'hui une lettre de mon frère George. Il me confirme que les meubles que je lui ai commandés sont en route vers Gibraltar. Dans quelques semaines, cette demeure ne sera plus la même, chère Julie, et il sera beaucoup plus agréable d'y vivre et d'y recevoir des amis. Qu'en dites-vous ?

– En effet, votre demeure sera plus agréable, répondit laconiquement Julie, qui ne savait trop comment interpréter le mot *amis*.

– J'aurai grand besoin de votre aide pour recevoir certaines gens que mes fonctions m'obligent à fréquenter. Vous savez, Julie, mes fonctions militaires à titre de commandant du régiment royal de la reine et mon métier de prince ne sont pas de tout repos.

– Je comprends que vous ayez des obligations auxquelles vous ne pouvez vous soustraire, parce que vous êtes avant tout fils de roi.

– Je suis très heureux que vous ayez cette compréhension des choses, mais vous devez savoir que je suis un militaire comme les autres et que j'ai dû renoncer à tous les privilèges que mon titre de prince me conférait, précisa Édouard, qui savait maintenant que Julie était vraiment la femme qu'il lui fallait.

Ils mangèrent en silence. Julie avait des tas de questions à poser, mais elle n'osait pas. Dans le fond, elle connaissait toutes les réponses aux questions qui lui brûlaient les lèvres. Le prince avait besoin d'une compagne, d'une amie, d'une hôtesse et d'une musicienne, des rôles qu'elle pouvait jouer mieux que quiconque, et qu'elle acceptait de jouer parce qu'Édouard le désirait.

Au cours des jours suivants, elle et lui apprirent à mieux se connaître. Leurs longues promenades en cabriolet étaient des moments inoubliables, empreints de rire et de gaieté. Tous les deux savaient qu'ils s'aimaient, mais ni l'un ni l'autre ne s'était encore déclaré. Aucun baiser, aucune caresse n'avaient été échangés, seulement des regards qui en disaient long sur leurs sentiments respectifs. C'était comme s'ils avaient su que leur amour durerait longtemps et qu'il n'y avait pas de mal à éterniser le plaisir des préludes. Certains jours, leur entretien semblait plus propice à la confidence et ils se racontaient leur enfance respective, à Besançon pour Julie, à Saint James Palace, Buckingham Palace et Richmond Gardens pour Édouard. À d'autres moments, Édouard poussait la confidence jusqu'à évoquer sa relation difficile avec son père, le roi George III, dont il n'était malheureusement pas le fils favori, son père lui préférant le prince Frédérick, de quatre ans son aîné. Il raconta à Julie son éducation à Genève, l'informant même d'un épisode de sa vie qui avait fait la une du *General Evening Post* de Londres, le 16 janvier 1790, alors qu'il revenait en Angleterre sans y avoir été autorisé par son père.

– À Genève, j'ai rencontré une jeune actrice française du nom d'Adélaïde Dubus et de notre union est née, le 15 décembre de l'année dernière, une petite fille du nom d'Adélaïde Victoire Auguste. L'enfant est morte au mois de septembre sur le bateau qui l'emmenait à Gibraltar avec sa tante Victoire, la sœur d'Adélaïde. Un journal londonien a rapporté cette histoire en m'accusant à tort d'avoir fui Genève pour échapper à mes responsabilités, alors que j'étais revenu à Londres dans le but précis de parler à mon père, dont j'étais sans nouvelles depuis deux ans parce qu'il refusait de répondre à mes lettres. Ne croyez pas ce qu'on a écrit dans les journaux, Julie, ce ne sont que pures calomnies.

– Je vous crois, Édouard, je vous crois, n'en doutez pas. Mais dites-moi, pourquoi Adélaïde Dubus, la mère, n'est-elle pas venue elle-même avec sa petite fille à Gibraltar ? demanda Julie, qui avait du mal à cacher sa curiosité.

– Adélaïde est morte en mettant l'enfant au monde. L'accouchement a été long et pénible. La pauvre Adélaïde n'a pu passer au travers malgré sa jeunesse et son excellente santé.

– Vous m'en voyez affligée. Je suis désolée pour vous. Perdre la mère et l'enfant en moins d'un an, c'est bien triste, dit Julie, qui avait peine à retenir des larmes sincères même si un pincement au cœur la prévenait d'une jalousie naissante.

– Vous êtes là, maintenant, chère Julie, c'est tout ce qui compte. Oubliez tout le reste. Il ne faut penser qu'à l'avenir désormais, notre avenir, insista Édouard, en serrant ses mains dans les siennes pour la rassurer.

L'amour de Julie pour Édouard s'approfondissait de jour en jour. Elle aimait cet homme réservé qui ne voulait rien brusquer, qui n'avait rien exigé, qui attendait le moment propice pour favoriser l'union de leurs corps avides de passion. Il ne l'avait pas encore embrassée, mais l'intensité de son regard révélait son désir sans aucune réserve.

Édouard refusait d'envisager sa vie sans Julie. Il écrivit une longue lettre à son frère William, le duc de Clarence, dans laquelle il le mit au courant de sa nouvelle relation amoureuse avec une femme remarquable :

*À présent, une jeune femme vit à mes côtés. Elle est arrivée de France depuis quelques semaines maintenant, elle est intelligente, possède un très bon tempérament et, par-dessus tout, elle est belle et élégante, et je passe des heures merveilleuses en sa compagnie.*

Édouard, qui ne parlait jamais de sa vie privée avec qui que ce soit, avait ressenti le besoin d'exprimer son bonheur à quelqu'un parce que ce bonheur était trop intense pour le garder à l'intérieur de lui. Il savait que son frère William, à qui il avait demandé d'être discret, n'ébruiterait pas ses confidences. Édouard n'avait soufflé mot de Julie ni au colonel Symes ni au général O'Hara, qui entretenaient d'étroites relations épistolaires avec le roi, lui envoyant régulièrement des rapports détaillés sur l'entraînement militaire de première classe du prince, sur son comportement et sur ses dépenses, jugées exorbitantes. Heureux pour la première fois de sa vie, Édouard ne voulait pas passer à côté de ce bonheur qui lui arrivait au moment où il désespérait de le trouver enfin, et qui se présentait sous les traits d'une femme si belle qu'il avait du mal à détacher son regard d'elle. Édouard était à Gibraltar depuis presque un an maintenant, en disgrâce, son père l'ayant envoyé dans ce coin perdu après qu'il eut quitté Genève.

Édouard n'avait pas été aussi heureux depuis que, jeune garçon, il partageait une maison dans Kew Gardens avec son frère William. Même si le roi les réveillait tous les matins à six heures pour s'enquérir s'ils avaient passé une bonne nuit, Édouard se souvenait avec tendresse des journées merveilleuses passées à s'amuser dans les jardins. La complicité des deux garçons avait subitement pris fin lorsque le roi avait éloigné William pour le soustraire à l'influence néfaste de ses frères George et Frédérick. Le prince de Galles et le prince Frédérick vivaient ensemble et consacraient la majeure partie de leurs soirées à s'adonner aux plaisirs charnels avec des personnages libertins que leur présentaient les pages en cherchant à gagner la faveur des princes. À l'âge de dix-huit ans, le prince de Galles se laissa entraîner par l'actrice Perdita Robinson dans une aventure orageuse qui mit le roi dans une grande colère. Pour protéger son fils de quatorze ans de l'emprise de ses frères aînés, le roi envoya le jeune William outre-mer parfaire son éducation militaire. Cet éloignement ne servit pas à grand-chose puisque William se révéla à l'image de ses frères, un fieffé coureur de jupons de même qu'un buveur qui ne dédaignait pas d'abuser de l'alcool. Jusqu'à l'âge de dix-sept ans, Édouard avait vécu seul dans la grande maison, avec les sept domestiques qui en composaient le personnel. Il se rappelait avec tristesse les journées longues et ennuyeuses sans son frère. La sévérité de son tuteur, John Fisher, qu'il surnommait « le *Kingfisher* », ne faisait qu'augmenter son désarroi, même si ce dernier ne tarissait pas d'éloges à l'égard de son élève qu'il trouvait intelligent, cultivé et sobre. À l'opposé de ses frères, Édouard ne connaissait pas le mensonge, et son tuteur avait souligné au roi que son amour de la vérité était d'une importance suprême. Même avec toutes ces qualités, curieusement, Édouard ne trouvait pas grâce devant son père ; en fait, il était persuadé que son propre père ne l'aimait pas. Après cinq années de solitude, le jeune prince fut envoyé à Hanovre, en Allemagne, pour sa formation militaire. Il y demeura deux ans, pendant lesquels il subit un entraînement rigoureux que certains qualifiaient de cruel. Ensuite, à dix-neuf ans, il alla à Genève pour parfaire son éducation militaire sous la responsabilité du lieutenant-colonel George von Wangenheim, un vieil homme acariâtre. Le baron Wangenheim profitait de son statut de tuteur du prince pour exercer un contrôle malsain sur son jeune protégé et le priver de l'argent de poche qui lui revenait pourtant de plein droit, le roi ayant remis une somme très respectable au baron pour assurer l'entretien de son fils. Comme il était facile pour un prince d'Angleterre de faire des emprunts, Édouard ne se gênait pas parce qu'il aimait dépenser. Combien de fois avait-il écrit au roi pour qu'il augmente sa petite rente, sans se douter que le baron interceptait ses lettres avec la complicité de Rymer, le valet d'Édouard, un personnage fourbe ? Le baron détruisait les lettres du prince et écrivait lui-même au roi pour se plaindre des dépenses excessives et extravagantes du jeune homme, alors que le vieux despote, un jouisseur et un gastronome, dilapidait la rente d'Édouard, à qui il ne remettait qu'une somme ridicule pour un homme de son rang. Ajouté aux plaintes du baron, le fait de ne pas recevoir de courrier de la part d'Édouard aggravait la colère du roi. Alors, ce dernier envoyait des lettres remplies de sévères réprimandes à son fils, lequel ne comprenait pas la froideur et l'animosité qui caractérisaient la correspondance de son père.

L'attitude du roi attristait Édouard, qui était loin de se douter des manigances du lieutenant-colonel. Sa seule consolation, il la trouvait auprès de la jeune actrice Adélaïde Dubus. Adélaïde et sa sœur, Victoire, vivaient avec leur père. Édouard aimait fréquenter la maison des Dubus, la tranquillité d'esprit et la joie de vivre qu'il y trouvait lui rappelant certaines soirées consacrées à la musique et à la danse au château de Windsor. Lorsque Adélaïde lui apprit qu'elle attendait un enfant, Édouard ne put cacher son désarroi. Pour lui, il n'était pas question de mariage, surtout qu'il projetait, après avoir terminé son entraînement militaire, dans quelques mois, de rentrer secrètement à Londres pour voir son père et lui demander pourquoi il était sans nouvelles de lui depuis presque deux ans. Mais parce qu'il ne fuyait jamais ses responsabilités, il décida de ne mettre son projet à exécution qu'après l'accouchement. Adélaïde accoucha dans des douleurs extrêmes d'une jolie petite fille. Malgré les soins constants du médecin et l'aide d'une sage-femme, elle succomba aux petites heures du matin à une hémorragie. Pendant le travail, Édouard avait attendu dans le petit salon attenant à la chambre de la parturiente avec Victoire et M. Dubus. Les cris d'Adélaïde lui déchiraient le cœur ; impuissant, il ne pouvait qu'implorer Dieu de la sauver. Les larmes de Victoire et le visage exsangue de son père ne présageaient rien de bon. Édouard restait assis, ses jambes refusant de le porter. Lorsqu'ils entendirent les cris stridents de l'enfant, ils sursautèrent. Puis la porte s'ouvrit et le médecin sortit. Du sang avait éclaboussé sa chemise blanche. Sa mine déconfite annonçait une mauvaise nouvelle. Lorsqu'il dit, d'une voix à peine audible : « Je n'ai pu rien faire », ils comprirent que la jeune mère n'avait pas survécu. La douleur les paralysa. Après quelques minutes, seule Victoire réussit à sortir de cet état catatonique. Elle entra dans la chambre de la morte. On l'entendit pleurer, puis elle ressortit avec le bébé dans les bras. Édouard se leva, examina l'enfant et l'embrassa sur le front. M. Dubus ne broncha pas, indifférent à ce qui se passait autour de lui. Sa fille Adélaïde était morte, et ce qu'il voulait maintenant, c'était que cet homme, tout prince qu'il était, sorte de sa maison et de sa vie.

Avant de quitter définitivement Genève, Édouard fit préparer des documents officiels qui assuraient une pension confortable au père d'Adélaïde et à Victoire qui s'occuperait de l'enfant, à la condition que la petite soit élevée dans la religion protestante et qu'elle n'épouse pas la carrière d'actrice. L'entente précisait aussi qu'Édouard pouvait voir sa fille à sa simple demande. Malheureusement, le bébé mourut quelques mois plus tard pendant le voyage vers Gibraltar avec Victoire. Édouard ne revit plus jamais la famille Dubus, même s'il allait continuer de payer la rente jusqu'à sa mort.

En janvier 1790, toute la société londonienne avait été consternée d'apprendre le retour du prince Édouard. Toutes sortes de rumeurs circulaient à son sujet. Même les journaux ne se gênaient pas pour en inventer, ou carrément blâmer le comportement du prince. Toutefois, on soulignait qu'il était remarquablement attachant et aimable, et que, de tous les fils du roi, c'était celui-là qui lui ressemblait le plus.

Le 28 janvier, deux longues semaines après son arrivée à Londres, Édouard obtint enfin, grâce aux efforts acharnés de ses frères et du Premier ministre Pitt, l'autorisation de s'entretenir avec son père.

– Vous me décevez, Édouard, et surtout vous me faites beaucoup de peine.

– Je le regrette sincèrement, Votre Majesté.
– Vous vous êtes enfui de Genève comme un vulgaire malfaiteur. Je ne le supporte pas. Vous êtes fils de roi, mais vous semblez l'avoir oublié.
– J'étais sans nouvelles de vous, mon père, depuis deux ans et je ne comprenais pas ce qui se passait. J'ai voulu comprendre.
– Je ne suis pas que votre père, Édouard, je suis le roi, et je n'ai pas de temps à consacrer à vos balivernes.
– Que puis-je faire pour me faire pardonner, sire ?
– En plus, j'apprends que vous avez fait un enfant à une actrice. Vous ne savez pas tenir votre rang.
– La mère est morte en mettant au monde une petite fille. Je verse une rente à la famille pour qu'elle s'occupe de l'enfant.
– Toujours des dépenses… Si vous croyez que je rembourserai toutes les dettes, lesquelles sont astronomiques, que vous avez accumulées à Genève, vous vous trompez. Il est hors de question que je verse un seul shilling pour vous accommoder.
– Je rembourserai, père, je rembourserai jusqu'au dernier shilling.
– Ne faites pas de promesses que vous ne pourrez honorer, mon fils. Chose certaine, c'est que vous devrez rembourser tout ce que vous devez.
– Je vous le promets.
– Aussi, j'ai pris toutes les dispositions pour que le *Southampton*, en rade à Portsmouth, vous emmène à Gibraltar dans les plus brefs délais, où vous commanderez le 7e régiment des fusiliers royaux, conclut George III. Vous pouvez partir maintenant et, à l'avenir, sachez vous comporter comme un fils de roi.

L'entrevue n'avait duré qu'une quinzaine de minutes. Toutefois, malgré la disgrâce de son fils, le roi ne manqua pas d'envoyer à l'amiral Roddam, en poste à Portsmouth, l'ordre de recevoir Édouard en prince de sang. Après deux jours d'activités officielles organisées en l'honneur du prince, le *Southampton* prit la mer au son de la fanfare locale et des coups de canon qui étouffaient le ciel dans un immense nuage de fumée. À bord du navire se trouvait le capitaine Charles Gregan Craufurd, qui accompagna le prince Édouard pendant les vingt-quatre jours de la traversée. Chaudement recommandé par le prince Frédérick, le capitaine se révéla un précieux conseiller et un ami très compréhensif, mais, à la demande du roi, le colonel Richard Symes accepta à contrecœur de le remplacer comme mentor du jeune homme.

Édouard était honteux de sa disgrâce et, dans ses lettres à son père, il était sincèrement repentant. Il reconnaissait ses erreurs et promettait de restreindre ses dépenses, mais il ne pouvait s'empêcher d'acheter des chevaux de race, des meubles et des objets d'art. C'était sa passion et, toute sa vie, il aurait à combattre une réputation de grand dépensier. À Gibraltar, il remplissait ses devoirs à la perfection, mais il souffrait de solitude. En juin, il avait écrit à son frère William :

> *Il est une chose essentielle au bonheur d'un jeune soldat, dans un endroit retiré comme celui-ci, c'est une partenaire pour ses moments de liberté, partenaire que, selon mes goûts, je suis incapable de trouver ici. Vous savez, je suis assez difficile à satisfaire sur ce point puisque je méprise tout plaisir sensuel venant d'une prostituée. Je cherche une compagne, pas une putain. Je sais que vous rirez de mes idées plutôt étranges, mais consultez votre cœur, puis demandez-vous s'il m'est possible d'être heureux en vivant seul dans une forteresse comme celle-ci, où même ceux qui aiment les bordels sont obligés de pratiquer l'abnégation.*

La santé du jeune prince périclitait. De graves problèmes gastriques le faisaient tellement souffrir qu'il écrivit à son ami le lieutenant général sir William Fawcett qu'il était prêt à partir pour n'importe quel autre pays si le roi ne lui permettait pas de retourner en Angleterre. Il ne partit pas tout de suite parce que, en décembre, sa vie changea radicalement et sa santé s'améliora grandement. Julie de Saint-Laurent venait d'entrer dans sa vie et elle devait y rester pendant vingt-sept ans.

L'arrivée de cette femme ne fit pas que des heureux. Le colonel Symes comprenait le besoin d'affection d'Édouard, mais il avait du mal à tolérer que cette Française s'incruste dans la vie de son protégé. Il s'en ouvrit à son ami le général Grenville :

> *J'ai obtenu du prince la promesse qu'il cesse toute importation de l'Angleterre. Je regrette maintenant de n'y avoir pas inclus la France, d'où vient d'arriver une dame dont nous aurions facilement pu nous dispenser de la compagnie. Serait-elle arrivée cinq mois plus tôt, sa présence aurait pu avoir un bon effet et aurait peut-être empêché ce qui a failli entraîner de graves problèmes, qui, pour réussir à les éviter partiellement, ont exigé de moi de grands efforts et m'ont occasionné beaucoup d'anxiété. Cette femme pourra plus difficilement faire valoir ses prétentions à son*

> *attention ou à ses ressources financières futures, ayant effectué cette visite pour des raisons de convenance personnelle, puisqu'elle a laissé à Málaga son ancien pourvoyeur – un de ses compatriotes se faisant appeler le marquis de Permangle – parce qu'il ne pouvait couvrir ses dépenses. Elle semble près de la trentaine, est jolie et est déjà allée en Angleterre, avec je ne sais point qui, mais elle ressemble à une femme que j'ai déjà vue en compagnie de Lord Cholmondeley.*
>
> *Le prince dit qu'à partir de maintenant elle l'accompagnera, mais j'espère qu'il se lassera d'elle et qu'il continuera sa route sans s'embarrasser d'un tel fardeau.*
>
> *Je ne pense pas qu'il soit disposé à être dupe des femmes et, s'il était demeuré ici, cela aurait certes servi à une bonne cause. Puisque cela ne se produira pas, je regrette ce qui s'est passé autant que j'aurais dû me réjouir d'une telle arrivée.*

Comme la situation ne changeait pas et que le colonel se tracassait plus que jamais, il décida de prendre les grands moyens pour rencontrer Julie seul à seule. Lorsque Julie reçut le message du militaire, elle pensa tout de suite que quelque chose de grave était arrivé à Édouard. Elle lui répondit dans l'heure et envoya Séverine porter la dépêche dans laquelle elle le conviait à quinze heures, la journée même. À trois heures tapantes, le colonel frappa à la porte. Le serviteur John l'introduisit dans le salon et referma la porte derrière lui. Le colonel se présenta en s'inclinant devant Julie. Celle-ci lui ayant tendu la main droite, le colonel l'effleura de ses lèvres sèches. Elle lui indiqua un fauteuil, puis s'assit en face de lui dans un magnifique divan recouvert de brocart rose. Du regard, le militaire faisait le tour de ce magnifique salon rempli de meubles et d'objets d'art pour lesquels Édouard avait dépensé sans compter malgré les remontrances de son conseiller : des tables en acajou, des buffets en bois de rose, des miroirs aux encadrements en feuilles d'or, des tapis persans, de lourdes tentures en velours vert olive, des fauteuils et des divans en acajou recouverts de brocart, de nombreux chandeliers en argent aux quatre coins de la pièce, de gigantesques bouquets de fleurs et de jolies peintures bucoliques sur les murs. Pour lui, il était évident que son protégé avait fait des folies pour impressionner cette femme d'une grande beauté.

– Madame, vous devez vous douter de la raison de ma visite.

Le cœur de Julie se serra.

– Est-il arrivé quelque chose au prince ? Parlez, vous m'inquiétez.
 – Il n'est rien arrivé au prince, du moins pas encore, répondit le colonel en regardant Julie droit dans les yeux.
 – Que voulez-vous dire ? demanda Julie, qui avait du mal à cacher son inquiétude.
 – C'est très simple, madame. Vous savez sans doute que Son Altesse Royale le prince Édouard n'est pas dans les bonnes grâces du roi présentement et le fait qu'une femme vive sous le même toit que lui n'arrange rien. En d'autres mots, cela ne plaît guère au roi George III, affirma le colonel Symes sur un ton qui ne tolérait pas la réplique.

Dans ces paroles, Julie sentit le mépris que cet homme éprouvait à son égard. Aussitôt, elle le détesta. Qui était-il pour s'immiscer dans sa vie à l'insu d'Édouard ? Elle se leva d'un bond.

– Je crois que nous n'avons plus rien à nous dire, monsieur, et je vous demande de quitter ma maison tout de suite, dit-elle sur un ton qui trahissait la colère qui l'envahissait.

Le colonel Symes se mit à rire, resta assis et invita Julie au calme. L'instinct combatif de cette femme le déconcertait. Il usa de tout le cynisme dont il était capable pour désamorcer l'indignation que Julie essayait de cacher, mais qu'un léger pincement de lèvres dévoilait. Il allait devoir défendre habilement la proposition qu'il était venu lui faire, sans quoi il essuierait un refus, ce qu'il redoutait.

– Comment pouvez-vous dire « ma maison », alors que cette demeure n'appartient même pas au prince, madame ? demanda-t-il d'un air faussement indulgent.

Julie ne savait quoi répondre. Elle s'en voulait, les mots avaient dépassé sa pensée. Elle n'avait cherché qu'à se débarrasser de cet horrible personnage en utilisant un pouvoir qu'elle (le réalisait-elle à ses dépens, maintenant ?) ne possédait en aucune manière.

– Venons-en au fait. Que me voulez-vous ? Quel est le but de votre visite ? demanda-t-elle avec une assurance qui lui donna du courage.

– Eh bien ! voilà ! J'ai une proposition que je qualifierais de convenable à vous faire. Je vous offre trois cents livres pour quitter le prince et retourner en France. Nous ne lésinons pas lorsqu'il s'agit de choses sérieuses. Pensez-y, trois cents livres, c'est une somme importante pour une femme… disons, eh bien, pour une femme comme vous. J'ai le regret de vous dire, madame, qu'en demeurant dans la maison de Son Altesse vous ne faites que nuire à sa réputation. Vous ne semblez pas vous soucier outre mesure de la vôtre, mais, je vous en conjure, pensez à lui. D'expérience, je peux vous dire que jamais la famille royale ne vous acceptera. Vous n'êtes pas de sang bleu et, qui plus est, vous êtes catholique. Vous ne pouvez vivre au vu et au su de tous sans que le prince en subisse les conséquences. Croyez-moi, tout ce que j'entreprends aujourd'hui, je le fais pour le bien de Son Altesse Royale le prince Édouard. Nous avons un point en commun, n'est-ce pas, madame ? Tous les deux nous voulons le bonheur du prince, termina bêtement le colonel, croyant que son dernier argument viendrait à bout des réticences de Julie.

Julie essayait de garder son calme. Elle pensait à Édouard et ne voulait surtout pas faire une scène devant cet ignoble personnage qu'elle avait envie de griffer. On voulait l'acheter comme une vulgaire prostituée. Le colonel lui offrait trois cents livres, « une somme importante pour une femme comme elle », disait-il. Comme il fallait qu'elle aime Édouard pour se laisser humilier de la sorte !

– Vous pouvez m'offrir le royaume d'Angleterre et tout l'argent que vous voulez, je ne quitterai pas Édouard à moins qu'il ne me le demande lui-même. Je suis une femme honnête et respectable. Vos insultes et vos allégations mensongères à mon sujet n'avilissent que vous, monsieur le colonel Symes. Comme je ne peux vous demander de sortir, je sors moi-même sur-le-champ, à mon grand soulagement. Je ne vous salue pas, monsieur.

Julie quitta la pièce d'un pas alerte, laissant le colonel pantois. Elle se dirigea vers sa chambre et en referma la porte avec une violence telle qu'elle sursauta. Elle ne pleura pas tant sa colère et son désenchantement étaient grands. Elle savait maintenant comment elle était considérée par les gens qui gravitaient autour d'Édouard. Elle savait aussi qu'ils feraient tout en leur pouvoir pour qu'Édouard se désintéresse d'elle. Le prince l'aimait-il suffisamment pour résister à leurs manigances ? Et elle, aimait-elle assez cet homme pour tolérer leur arrogance et leur condescendance ? L'horloge sonna quatre coups. Il était encore tôt, pensa-t-elle, il restait quatre longues heures avant de le revoir. Elle prit le temps d'écrire à Jeanne Béatrix car elle avait grand besoin de s'épancher avec abandon sur ses malheurs. « Tout s'effondre autour de moi », écrivit-elle d'une main tremblante. Sa sœur serait toute retournée de recevoir cette lettre désespérée, elle qui, dans une précédente missive, se disant si heureuse du bonheur de sa jeune sœur, l'avait encouragée à profiter pleinement de ce nouvel amour qui s'offrait à elle. Comme Julie terminait sa lettre, six heures sonnèrent. Écrire à sa sœur bien-aimée l'avait quelque peu rassérénée. Elle rangea plume et papier et appela Séverine.

– Séverine, ce soir je porterai ma robe blanche.

– Votre belle robe blanche ! Madame, vous ressemblez à une mariée dans cette robe, ne put s'empêcher de dire la femme de chambre, qui ne fut pas sans remarquer que les yeux de sa maîtresse s'étaient assombris et ses joues empourprées.

Sans dire un mot, elle sortit la magnifique robe de l'armoire et l'étala sur le lit. Julie n'avait que deux ou trois fois porté cette robe et elle comprenait parfaitement l'émerveillement de Séverine devant cette tenue simple qui la mettait en valeur. Dans les bals, les commentaires retenus qu'elle lisait dans les yeux envieux des autres femmes la confirmaient dans sa beauté et son élégance. Dans cette robe, il lui suffisait de paraître pour susciter l'admiration de tous les hommes, et son carnet de bal regorgeait d'invitations.

Séverine brossa les longs cheveux noirs de sa maîtresse, qu'elle enroula ensuite savamment autour de la tête en laissant retomber de larges boucles sur ses épaules. Quand tout fut bien en place, elle y déposa un magnifique diadème orné de saphirs et de diamants, offert par le marquis de Permangle. Aidée de Séverine qui souriait d'admiration, Julie enfila la robe blanche. Elle se sentait belle et désirable. Patiemment, elle attendit le retour d'Édouard.

Édouard frappa discrètement à sa porte et elle lui ouvrit aussitôt. Un sourire illumina le visage du prince quand il aperçut la femme qu'il aimait dans toute sa splendeur.

– Comme vous êtes belle !

Il lui offrit le bras et l'emmena dans la salle à manger. Édouard s'assit à la grande table, mais la tension qu'il lisait sur le beau visage de Julie le troubla. Inquiet, il lui demanda si la journée lui avait apporté des contrariétés. Elle nia en lui offrant un sourire qui ne chassa cependant pas la tristesse de son regard. Ils mangèrent en s'observant mutuellement et en parlant de tout et de rien. Ils terminèrent la soirée au salon. John fit du feu dans la cheminée et Julie interpréta un morceau de harpe qui enchanta son compagnon. Elle était une excellente musicienne et elle mit toute son âme dans son jeu pour lui plaire. Elle avait chanté quelques fois à la demande du prince, mais c'était la première fois qu'elle jouait de cet instrument devant lui. Il ne l'applaudit pas, se levant simplement, et seule l'intensité de son regard révéla à la musicienne qu'elle l'avait profondément troublé. Julie en fut ravie. Elle se leva à son tour. Édouard embrassa ses mains, desquelles avait jailli une musique divine. Ses yeux ne la quittaient pas. Julie comprit alors que son destin se jouait dans cette minute même.

– Je vous aime, Julie. Je vous attendais depuis si longtemps, dit Édouard en la serrant de toutes ses forces.

– Édouard, chuchota Julie.

Il la serra plus fort encore et ils s'embrassèrent longuement.

– Mon amour, vous me rendez tellement heureux, lui avoua Édouard en caressant son joli visage.

Il lui prit la main et ils quittèrent le salon, Julie se laissant guider sans aucune résistance. Elle l'aimait et c'était tout ce qui comptait puisqu'elle était aimée en retour. Édouard ouvrit la porte de sa chambre. Il porta Julie comme on porte une mariée et la déposa sur le grand lit. La seule source de lumière était le feu qui pétillait dans la cheminée. Ils s'embrassèrent avidement, ne relâchant leur étreinte que pour se débarrasser de leurs vêtements. Leurs joues brûlaient de désir. Leurs baisers ininterrompus les magnétisaient, leurs corps étaient agités par des vagues de sensualité qui les emportaient loin de tout. Leurs mains fébriles s'amusaient à découvrir le corps de l'autre en créant des jouissances nouvelles dont ils ne se rassasiaient pas. Leurs bouches insatiables ne servaient plus qu'à insuffler de l'ardeur et du désir à l'autre. Lorsque Édouard la pénétra, Julie ne put étouffer un long gémissement de bonheur retrouvé. Ils jouirent ensemble, puis fermèrent les yeux. Ce n'était pas pour dormir, mais plutôt pour revivre en pensée leur enivrante extase. Quelques minutes plus tard, Julie sentit à nouveau sur sa cuisse le désir de son amant. « Mon amour », lui souffla-t-elle à l'oreille. La nuit fut le seul témoin de leurs désirs sans cesse inapaisés. Ils ne s'endormirent qu'au lever du soleil, le corps fatigué mais heureux à la pensée des prochaines nuits d'ivresse.

Ils se réveillèrent en même temps, se sourirent, s'embrassèrent, étonnés d'un bonheur si grand et si inespéré, et recommencèrent leurs ébats amoureux. Une heure plus tard, Édouard sonna. John fit une entrée discrète et son maître lui demanda d'apporter le déjeuner dans la chambre. Le prince prit dans un tiroir de sa commode une de ses chemises de nuit, que Julie enfila avec ravissement. Ils rirent de bon cœur en voyant qu'elle flottait dans ce vêtement fait pour un homme de six pieds et deux pouces, elle qui ne mesurait que cinq pieds et trois pouces. Après avoir mangé avec appétit, ils se quittèrent en espérant que la journée s'écoulerait rapidement.

Dorénavant, le prince Édouard d'Angleterre se montrerait sans honte aucune au bras de la femme qu'il aimait. Quant à Julie, parce qu'elle ne voulait pas entacher leur amour naissant avec des propos frisant la diffamation, elle ne lui divulgua pas l'offre abjecte que le colonel Symes lui avait faite la veille.

Édouard rentra à sept heures. Il se rendit directement à la chambre de Julie, encercla la jeune femme de ses bras et l'embrassa avec toute la fougue de son attente.
– Dorénavant, votre place est à mes côtés.
– Je vis dans votre maison.
– Ce que je veux vous dire, mon amour, c'est qu'à partir de maintenant nous dormirons toutes les nuits ensemble. Je vous veux toujours à mes côtés, déclara Édouard en la serrant dans ses bras.
Il relâcha son étreinte et lui demanda, craintif :
– Est-ce que vous le voulez aussi, ma douce ?
Pour toute réponse, Julie se blottit dans ses bras.
– Dès demain, mes serviteurs déménageront vos affaires dans ma chambre, je veux dire dans *notre* chambre.
Cette décision fut scellée par un tendre baiser qui semblait ne jamais vouloir se terminer.

Le colonel se remit difficilement de son échec. Il se rendit vite compte que le prince était vraiment épris de cette dame française à la beauté remarquable. Quelques jours plus tard, il écrivit de nouveau au général Grenville :

*Je vais utiliser tous les moyens possibles pour dissuader Son Altesse Royale de prendre comme compagne cette femme qui l'a rejoint récemment et dont il semble épris. Nous devons cependant considérer cela comme un mal qu'il faut enrayer et agir en conséquence.*

Le 14 février 1791, le prince Édouard reçut l'ordre d'embarquer son régiment pour le Canada. Le départ était prévu au milieu du mois de mai, mais des vents défavorables allaient immobiliser la flotte pendant un mois. Le 11 mai, un bal fut donné en l'honneur du prince, dont l'excellent travail et le comportement exemplaire méritaient d'être soulignés. Même le colonel Symes ne manqua pas d'écrire au prince de Galles pour lui confirmer le jugement de ses pairs. En quittant Gibraltar, le prince laissait une réputation intacte sauf en ce qui concernait ses habitudes irresponsables et extravagantes à l'égard de l'argent. Toute sa vie, il accumulerait les dettes, et sa réputation de dépenser inconscient le suivrait partout.

Julie n'oublierait jamais la réception. Quand elle entra dans la salle de bal au bras du prince Édouard, tous les visages se tournèrent vers elle. Elle était resplendissante et ressentait toute la fierté d'Édouard ; son bonheur n'en était que plus grand. À la demande de son prince, elle portait sa magnifique robe blanche. Il avait attaché à son cou un superbe collier de rubis. Quand il le lui avait offert, la surprise de Julie n'avait eu d'égale que la joie d'Édouard de la voir si heureuse. Jusque très tard dans la nuit, les invités dansèrent et chantèrent au son de l'orchestre du régiment. De toutes les femmes présentes à cette réception, Julie était sans nul doute la plus belle et la plus élégante, au grand désespoir des coquettes qui gravitaient autour de Son Altesse dans le but d'attirer son attention. Elles se rendaient bien compte que le gentil prince n'avait d'yeux que pour cette femme au charme irrésistible. Lorsque le prince et sa dame dansaient, malgré l'envie de certains, la plupart les admiraient.

Les deux amants rentrèrent au milieu de la nuit la tête pleine de musique. En unissant leurs corps, cette nuit-là, ils se firent le serment de vivre un amour éternel.

Le 24 juin, le prince Édouard et Julie de Saint-Laurent montèrent à bord du *Résistance*, impressionnant navire muni de vingt-quatre canons. Édouard était accompagné de son homme de confiance Philip Beck et de ses deux serviteurs, John Woolmer et Robert Wood, ainsi que de tous ses officiers et, pour certains, leur famille. C'est avec une joie indicible que Séverine embarqua sur le navire qui l'emmènerait dans le Nouveau Monde. Partir au bout du monde avec madame était une expérience qu'elle n'aurait jamais osé imaginer, même dans ses rêves les plus fous. Même si l'inconnu l'inquiétait un peu, elle avait confiance en l'avenir.

Le *Résistance* était suivi de l'*Ulysse*, qui transportait également vers le Canada les soldats du 7e régiment des fusiliers royaux, des hommes jeunes, en bonne santé et impatients de commencer la nouvelle vie qui s'annonçait à eux. Le voyage en mer dura quarante-neuf jours.

# 2

# Août 1791 – décembre 1791
# Julie et Édouard s'installent à Québec

Les navires royaux *Ulysse* et *Résistance* arrivèrent à Québec le jeudi 11 août 1791 après une longue traversée de sept semaines. Debout sur le pont, Édouard et Julie s'émerveillaient du décor féerique qui s'offrait à eux. Comment ne pas admirer l'île d'Orléans avec ses jolies maisons blanches tapies dans les arbres, l'impressionnante chute Montmorency, les villages pittoresques de Pointe-Lévis, de Beauport et d'Ancienne-Lorette ? Le couple royal fut grandement impressionné par le majestueux cap Diamant qui semblait narguer le puissant fleuve Saint-Laurent du haut de ses trois cent quarante-cinq pieds. Julie et Édouard en avaient le souffle coupé. Captivé par les charmes de ce nouveau pays, le prince, dans son uniforme d'apparat blanc et rouge, attendait patiemment, mais avec une certaine nervosité, que l'imposant *Résistance* accoste au port de Québec. Julie se tenait derrière lui, quelque peu en retrait. Elle avait revêtu une robe dont la couleur bleu pervenche faisait ressortir le violet de ses yeux. Édouard avait du mal à ne pas se retourner pour l'admirer. Il était tellement heureux qu'elle ait accepté de le suivre au Canada qu'il n'avait pu résister à l'envie de lui offrir un superbe collier dont les trois rangs de perles blanches rehaussaient admirablement la délicatesse de son cou. Elle le portait avec toute la fierté qu'un cadeau royal peut engendrer. Julie et Édouard avaient vécu intensément chacune des journées de la traversée, sans trop penser à leur prochaine vie parmi les gens de Québec.

Un grand nombre d'hommes, de femmes et d'enfants s'étaient entassés sur le quai pour ne rien manquer de cet événement unique qui se transformait presque en fête nationale. Des magistrats, des bourgeois, des marchands et des soldats étaient également présents pour accueillir le prince Édouard d'Angleterre. Parmi, les curieux dans la foule qui s'étiraient le cou pour tenter d'apercevoir le jeune prince se trouvait François Bonniot, qui attendait ce moment depuis si longtemps qu'il n'aurait pu préciser depuis quand exactement. Il mit sa main en visière pour se protéger du soleil ardent et plissa ses yeux myopes pour qu'aucun détail ne lui échappe. La venue du quatrième fils du roi George III constituait sa dernière chance, il ne la laisserait pas passer. Il devait bien cela à sa pauvre mère. Parmi les gens sur le quai, plusieurs se demandaient qui était cette remarquable jeune femme habillée à la dernière mode de Paris, derrière le prince. Même si on lui souriait avec une certaine déférence, Julie savait que les sept merveilleuses semaines passées à bord du *Résistance* avec son prince devaient être reléguées dans son cœur parmi ses plus beaux souvenirs. Dans certains regards inquisiteurs, elle décelait un avant-goût de sa vie future, celle d'une intruse.

– J'ai l'intuition, ma chère Séverine, que notre vie ici ne sera pas facile, chuchota Julie à sa femme de chambre tout en continuant de sourire aux gens.

– Vous êtes avec le prince Édouard, madame de Saint-Laurent. Je crois au contraire que votre vie sera très agréable, répondit à mi-voix Séverine, qui avait de la difficulté à comprendre les craintes de sa maîtresse.

Julie la regarda en souriant pour la remercier de sa confiance.

Plusieurs se remémoraient avec une certaine nostalgie la venue, quatre ans plus tôt, d'un des frères du prince Édouard, William, le premier membre de la famille royale à venir à Québec. Il avait été reçu en grande pompe et des bals, des dîners, des soupers et des feux d'artifice avaient été organisés, non pas pour l'impressionner, mais pour lui montrer que les aristocrates, malgré leur éloignement de la mère patrie, savaient s'occuper dignement des personnages de haut rang qui daignaient leur rendre visite. Il avait fait un malheur auprès d'une douzaine de jeunes filles toutes plus jolies les unes que les autres, mais naïves au point d'entretenir des rêves de mariage princier. On racontait qu'une beauté américaine du nom de Betsy Green lui avait offert sa virginité contre promesse de mariage. Les rumeurs les plus farfelues circulaient allègrement et l'arrivée d'un autre prince célibataire, agréable de sa personne, permettait les espoirs les plus insensés chez la gent féminine de la ville de Québec, surtout que le jeune Édouard ne venait pas pour une simple visite, mais pour s'installer, pensait-on, à demeure. Les chimères les plus folles étaient permises.

Lord Dorchester, le gouverneur de Québec, et son épouse, dignes représentants de Sa Majesté le roi d'Angleterre, régnaient sur la petite cour de Québec, et Lady Dorchester ferait le nécessaire pour faciliter les rencontres entre l'illustre visiteur et les belles de la ville, même si son mari et elle devaient s'embarquer pour l'Angleterre dans une semaine, sur un vaisseau du roi, l'*Alligator*.

Le samedi suivant l'arrivée de Son Altesse Royale, Lord Dorchester reçut officiellement au château Saint-Louis, avec beaucoup d'enthousiasme, le prestigieux personnage. Les officiers civils et militaires de la garnison, les dignitaires, les représentants de la noblesse locale, les membres du clergé, les négociants et quelques éminents citoyens vinrent offrir leurs respectueux hommages.

Dans l'après-midi, Lady Dorchester présenta les dames de Québec au prince, lequel, à l'instar de son frère William quatre ans plus tôt, se plia de bonne grâce aux exigences de l'étiquette. Même si Édouard était sensible à la beauté des jeunes demoiselles qui n'avaient lésiné sur rien pour se mettre en valeur, aucune ne retint véritablement son attention. Les propos futiles dont elles l'entretenaient l'ennuyaient, mais jamais il ne montra le moindre signe d'irritation. Il souriait en essayant d'être attentif à leur discussion, mais son esprit errait dans la maison de la rue Saint-Louis avec Julie, la seule femme qu'il aimait.

Le lendemain, le prince fut présenté par Lord Dorchester à une délégation de quarante chefs indiens, députés des Nations confédérées de l'Ouest. Ces derniers étaient accompagnés de sir John Johnson et du colonel Brant, un réputé chef mohawk qui s'était comporté en héros pendant la guerre de l'Indépendance américaine. Ils étaient venus demander à Lord Dorchester de communiquer au roi leurs récriminations concernant l'empiétement des États-Unis d'Amérique sur les territoires indiens et de faire intervenir le gouvernement britannique pour régler leur mésentente avec les États-Unis. Lord Dorchester leur promit de transmettre fidèlement l'objet de leur mission au roi dès son arrivée en Grande-Bretagne et de faire tout en son pouvoir pour ramener la paix dans des conditions avantageuses et durables. Il profita de l'occasion pour leur présenter le fils de George III, de la façon suivante :

– Frères ! voici le prince Édouard, fils de notre roi, qui vient juste d'arriver avec un régiment de guerriers pour protéger ce pays. Je le laisse commandant en second de tous les guerriers du roi au Canada, et il s'occupera de vous.

Édouard fut autant impressionné par les guerriers indiens que ces derniers le furent par le fils du grand roi britannique. Il parla longuement avec le chef mohawk Joseph Brant, entre autres de son voyage en Angleterre en 1775, au cours duquel il avait rencontré le roi à deux reprises. Le colonel Brant avait même assisté à une représentation de la pièce *Roméo et Juliette*. Édouard se rappelait, même s'il n'avait que huit ans alors, avoir entendu Lady Ossory raconter à la reine l'anecdote suivante, qu'il se garda bien de rappeler à Grant lui-même. Après la représentation, Lady Ossory avait demandé au colonel ce qu'il pensait de l'amour entre Juliette et Roméo. Il lui avait répondu : « C'est beaucoup trop, madame la comtesse. » Celle-ci l'ayant invité à préciser sa pensée, il avait ajouté : « Parce que, madame, l'on perd beaucoup de temps et d'énergie dans tout ce beau discours. Si mon peuple abordait l'amour de cette façon, notre race s'éteindrait en deux générations. » Le soir venu, Édouard raconta cette petite histoire à Julie, qui ne put, malgré ses rires, que constater la grande sagesse du chef indien.

Cinq jours plus tard, sous les regards complaisants des nombreux spectateurs, le prince Édouard rassembla son régiment sur la grève de la basse ville pour faire les saluts d'usage au rythme des battements du tambour. L'orchestre du prince jouait le *God Save the King*. Le régiment, sous son commandement, marcha d'un pas énergique jusqu'à la place d'Armes, devant le château Saint-Louis, pour être passé en revue par Lord Dorchester et le général Clarke. *La Gazette de Québec* rendit compte de cet événement, en précisant que « ce serait manquer à la justice que nous devons à ce régiment si nous ne disions pas que nous ne nous rappelons pas d'en avoir vu aucun en ce pays d'une aussi belle apparence ».

Plusieurs soldats du 7$^e$ régiment fréquentaient la taverne de John Franks, rue Buade, dans la haute ville. Ceux-ci n'étaient arrivés que depuis quelques jours, et déjà cet endroit était devenu leur lieu de prédilection. Le propriétaire bénissait l'arrivée des fusiliers royaux car grâce à leur présence les affaires étaient florissantes.

M. Franks apporta de grands verres remplis de bière en fût aux soldats, et à François Bonniot dont la cordialité et la générosité incitaient les nouveaux clients à sympathiser avec lui.

— Messieurs, j'ai été très impressionné par le défilé de votre régiment, avança Bonniot en s'assoyant à côté des soldats du prince.

— Nous impressionnons toujours les spectateurs quand nous défilons, répondit Guillaume La Rose en riant aux éclats, ce que firent

également ses quatre compagnons en choquant leurs verres pour porter un toast à leur commandant.
– Je me présente, François Bonniot, dit le civil en tendant la main à La Rose.
– Guillaume La Rose, et voici James Shaw, Joseph Draper, Timothy Kennedy et James Landrigan.
– Messieurs, je vous salue bien bas, John ! cria Bonniot, apporte encore de la bière pour nos valeureux soldats.
– Tout de suite, lança l'aubergiste.

Le jeudi suivant, soixante-dix citoyens parmi les plus renommés de la ville de Québec présentèrent, au cours d'une autre cérémonie officielle, une adresse au prince dans laquelle ils lui souhaitaient la bienvenue en des termes ronflants. Le lendemain, les habitants de la ville de Québec purent la lire à la une de la *Gazette*.

*Qu'il plaise à Votre Altesse Royale de permettre aux fidèles et loyaux sujets de Sa Majesté les citoyens de Québec de présenter à Votre Altesse Royale leurs sincères congratulations sur votre heureuse arrivée en cette province, et d'exprimer à Leur Auguste Souverain leur vive reconnaissance de ce qu'il a pu accorder à ses fidèles sujets du Canada l'honneur distingué de recevoir deux princes de son sang royal, qui ont daigné visiter cette partie éloignée de ses domaines.*

*Vivement pénétrés des sentiments du plus respectueux et inviolable attachement à la famille de Notre Auguste Souverain, votre Père Royal, nous pressentons avec joie l'époque où Votre Altesse Royale, par son séjour parmi nous, sera témoin des marques indubitables de loyauté inaltérable de tous les sujets de cette province envers sa personne sacrée et son gouvernement.*

L'adresse se terminait comme suit :

*Puisse le séjour de Votre Altesse Royale en Canada être long et heureux! Puisse Votre Altesse Royale jouir dans notre climat d'une santé parfaite! Fasse le ciel que Sa Majesté, votre Père Royal, règne longtemps dans les cœurs de ses sujets!*

*Et qu'il plaise à Votre Altesse Royale de croire que tels sont nos vœux les plus sincères.*

Édouard répondit d'une manière tout aussi sincère dans un excellent français qui en surprit plus d'un. (Ce que personne ne savait, cependant, c'est que Julie corrigeait les textes qu'il était obligé d'écrire en français.)

> *Je vous prie d'être persuadés de la reconnaissance dont je suis pénétré, pour les sentiments flatteurs que vous exprimez à mon égard ; je désire que, pendant mon séjour ici, ma conduite m'en rende digne. Je me croirai encore plus heureux si je puis par la suite avoir l'occasion de vous être personnellement utile. Veuillez en attendant accepter de nouveau les assurances des sentiments les plus distingués que je tiendrai toujours à votre égard.*

Parmi les signataires de l'adresse se trouvait Louis de Salaberry, avec qui Édouard et Julie entretiendraient une longue amitié. Cette dernière, par contre, n'assistait pas à la cérémonie. Même si la compagne du prince suscitait la curiosité, elle n'était pas la bienvenue dans de telles rencontres officielles. Malgré son exclusion de la petite noblesse, Julie refusait de vivre en recluse. Souvent, elle faisait de longues promenades dans les rues de Québec. Elle aimait particulièrement les rues Saint-Louis et Saint-Jean et admirait les beaux jardins des résidences des aristocrates et des notables de la haute ville. Parfois, elle sillonnait avec Séverine les rues boueuses de la basse ville où s'entassaient d'étroites maisons en pierre aux longues lucarnes. Pour remonter vers la haute ville, elles empruntaient un chemin tortueux entre des rochers, après quoi elles avaient peine à reprendre leur souffle. À l'occasion, elles s'attardaient devant la vitrine de M. William Hall, le chapelier très couru de la gent féminine de la haute société de Québec. Julie lui avait d'ailleurs commandé, pour affronter l'hiver rigoureux du pays, un chapeau en fourrure de castor dont elle avait elle-même dessiné le modèle en s'inspirant d'une image dans un magazine qu'elle avait rapporté de Paris. Le chapelier, impressionné par son dessin, l'avait chaleureusement félicitée en lui promettant de redoubler d'efforts pour ne pas la décevoir.

C'est avec beaucoup d'entrain que Julie s'occupait de l'aménagement de l'immense maison de deux étages en pierre grise située au numéro 6 de la rue Saint-Louis, en face du Palais de Justice. Il y avait un salon spacieux, une vaste salle à manger, une salle de réception, un petit salon, une cuisine, un cellier, une cave, un caveau. Un magnifique escalier en chêne menait à l'étage, où se trouvaient plusieurs chambres, des cabinets et un vaste grenier. De plus, derrière la maison, il y avait une glacière et des jardins dans lesquels on pouvait admirer de nombreux arbres fruitiers. Cette demeure appartenait au juge Thomas Adam Mabane, membre du Conseil législatif, qui l'avait louée au prince pour la somme de quatre-vingt-dix livres par année. Elle remontait aux premiers temps de la colonie et n'avait logé que des gens prestigieux qui avaient marqué l'histoire de la ville de Québec. Le juge Mabane s'était retiré dans sa villa à Samos, à deux kilomètres de la ville, avec sa sœur Isabella. Il avait laissé quelques meubles et objets, dont des tables de différentes grandeurs en acajou, un buffet en cerisier, des miroirs, des instruments de foyer, des vieux rideaux rouges en soie damassée et huit vieilles chaises en acajou que le juge avait confiées à M. Wyles, un charpentier, qui avait promis de les remettre en bon état. En examinant tout cela de près, Julie avait décidé de ne conserver que le buffet en cerisier, les miroirs et trois petites tables en acajou. Avec les nombreux meubles apportés de Gibraltar, elle réussit à faire de la maison plus que centenaire un endroit chaleureux où le luxe côtoyait le raffinement. Mais pour compléter la décoration, elle dut recevoir quantité de marchands afin de choisir les rideaux, les tapis et les meubles pour la salle de réception, qu'elle voulait somptueuse. Elle fut très impressionnée par le travail de précision des artisans de Québec, et elle se procura de nombreuses pièces d'argenterie dont l'exclusivité impressionna, à leur tour, les invités.

Même si ses journées étaient très remplies, elle écrivait régulièrement à sa famille, surtout à sa sœur qui lui manquait tant. La séparation d'avec son aînée était sûrement le sacrifice le plus pénible qu'il lui avait été demandé de faire pour vivre avec Édouard. Elle se demandait souvent s'il comprenait tout ce à quoi elle avait dû renoncer pour vivre un amour aussi fou.

*Québec, le vendredi 8 septembre 1791*

*Ma très chère Jeanne Béatrix,*
*Édouard et moi sommes arrivés à Québec depuis bientôt un mois. C'est un endroit merveilleux, la beauté du paysage nous enchante. Nous avons bien hâte d'explorer les alentours. La traversée de l'Atlantique s'est très bien déroulée même si les quarante-neuf jours en mer me parurent interminables. Quoique la température se soit en général montrée assez clémente, nous avons eu droit à deux orages mémorables. Mais avec Édouard je suis*

*disposée à affronter n'importe quelle intempérie. Je l'aime et il m'aime, n'est-ce pas merveilleux ? Quoi demander de plus à la vie ? Tous les jours je remercie le ciel de l'avoir mis sur ma route. Je suis heureuse, Jeanne Béatrix, comme jamais je ne pensais l'être un jour. C'est un homme généreux, attentionné, sensible, il me comble. J'ai de la difficulté à comprendre pourquoi il avait une réputation d'homme sévère et intransigeant à Gibraltar. Dans l'armée, la discipline ne doit-elle pas être une règle essentielle ? Édouard ne méritait pas la réputation d'homme insensible que plusieurs soldats lui attribuaient. Malgré cela, je suis très fière de lui.*

*J'ai commencé, avec ma femme de chambre, à faire de longues promenades dans les rues étroites de Québec pour me familiariser avec la ville. Certaines de ces rues me rappellent Besançon, alors je ne me sens pas trop perdue. Parfois, lorsque je me sens seule, j'accompagne Séverine à la place du marché. J'aime les gens simples et chaleureux qu'on y côtoie. Depuis notre arrivée, Édouard est accaparé par de nombreuses cérémonies et réceptions officielles dont je suis naturellement exclue, mais cela ne nous empêche pas de passer de merveilleuses heures ensemble. Pour le moment, je consacre presque tout mon temps libre à l'aménagement de la maison de quinze pièces que nous habitons rue Saint-Louis. Ne te moque pas de moi si je te dis que je prends mon rôle très au sérieux, parce que la maison où habite le fils d'un roi doit refléter son rang princier. Je vise donc un niveau d'excellence jamais égalé. Édouard me fait entièrement confiance et, jusqu'à maintenant, je crois que je ne l'ai pas trop déçu.*

*Malgré toutes mes occupations, il n'y a pas une journée où je ne pense à toi et à la France. L'inquiétude ne me quitte guère. Il faudra que tu m'expliques dans tes prochaines lettres les déchirements que notre pays vit présentement. Tes lettres, je les attends toujours impatiemment et les lis avec enthousiasme et, dois-je l'avouer, beaucoup de réconfort.*

*Ma grande sœur, mon amie, sois assurée que je ne t'oublie pas et que tu occupes toutes mes pensées. Je t'embrasse tendrement.*

*Julie.*

Julie déposa sa plume le cœur gros. Jeanne Béatrix lui manquait terriblement. Quand la reverrait-elle ? Elle se souvenait avec une certaine nostalgie des délicieuses soirées consacrées à coudre les robes dont elles avaient dessiné le patron en s'inspirant des modèles glanés dans le *Cabinet des modes*, qui devint, au bout d'un an, le *Magasin des modes nouvelles françaises et anglaises*. Les deux sœurs attendaient toujours impatiemment la parution bimensuelle de ce premier journal de mode français qui, en plus des trois gravures de mode publiées en noir ou en couleurs, présentait également, au grand bonheur de Julie, des variétés littéraires. Elles passaient des heures à coudre en parlant de tout et de rien, mais surtout de leur avenir. Les sœurs Montgenet croyaient sincèrement être victimes d'une erreur de naissance, ce dont elles ne parlaient jamais avec leur mère parce que toutes les deux adoraient cette femme qui traitait royalement ses filles et en était extrêmement fière. Certes, elles riaient de leurs rêves insensés, mais jamais elles ne désespéraient de rencontrer celui qui les ferait accéder au monde de la haute noblesse par un mariage digne de leur beauté. C'est Jeanne Béatrix qui, la première, combla ses attentes en épousant le comte de Jansac. Elle aimait beaucoup son mari, sans en être passionnément amoureuse, mais surtout, avait-elle expliqué à sa sœur, le titre de comtesse et les privilèges qui s'y rattachaient avaient exaucé tous ses vœux de bonheur.

C'est d'ailleurs elle, devenue comtesse de Jansac, qui lui avait suggéré de prendre Séverine à son service parce que cette dernière avait travaillé comme couturière avec la célèbre marchande de modes Rose Bertin, tant appréciée par les aristocrates. Après un apprentissage de trois ans, Séverine en avait passé quatre chez M$^{lle}$ Bertin, qui possédait, en plus d'un talent reconnu par tous, des qualités évidentes de femme d'affaires. Avec une trentaine d'autres ouvrières, Séverine travaillait de longues heures sous les yeux attentifs et sévères de leur patronne. Toutes les ouvrières étaient au courant du succès sans pareil que Rose Bertin avait obtenu en exécutant le trousseau de mariage de la duchesse de Chartres. Elles admiraient son habileté et son indéniable imagination. N'avait-elle pas créé un nombre incroyable de bonnets ayant chacun sa particularité et qui faisaient le bonheur des aristocrates de Paris et d'ailleurs ? Séverine travailla sept ans, rue Saint-Honoré, à Paris, mais une grossesse inattendue la ramena à Besançon chez ses parents, qui ne savaient trop comment s'accommoder de deux bouches supplémentaires à nourrir. Malheureusement, l'enfant mourut au bout de quelques semaines, laissant Séverine dans un grand désarroi, elle dont le soupirant, qu'elle avait cru fou d'amour, l'avait laissée partir sans chercher à la retenir lorsqu'elle lui avait dit qu'elle retournerait dans sa famille s'il ne la demandait pas en mariage. Le père de l'enfant, Antoine

Garsault, qu'elle avait connu par l'entremise d'une amie couturière, travaillait comme chapelier dans l'île de la Cité, rue Saint-Denis. Son silence peina la jeune fille, qui décida sur-le-champ de changer de vie, mais sans trop savoir en quoi allait consister ce changement. Elle quitta l'atelier avec beaucoup de regrets, laissant derrière elle plus que des compagnes de travail, des amies.

C'est à quatorze ans qu'elle était partie à Paris sur les recommandations de la duchesse de Besançon, une bonne amie de la comtesse de Jansac qui l'avait fait entrer chez Rose Bertin. Cette dernière avait accepté de la prendre comme apprentie, ne pouvant refuser de rendre ce service à une fidèle cliente. La réputation d'excellence des ateliers de Mlle Bertin n'était plus à faire, surtout depuis que la duchesse de Chartres lui avait présenté la dauphine Marie-Antoinette, future reine de France, dont plusieurs portraits étaient accrochés dans ses salons. En femme d'affaires accomplie, Rose Bertin avait parfaitement conscience de son importance et ne traitait qu'avec les personnes qui lui présentaient des commandes avantageuses et qui étaient, selon la célèbre marchande de modes, dignes d'être habillées par sa maison. Aussi, elle en profitait pour gonfler légèrement ses factures et ne se gênait pas pour rappeler à des clientes mesquines qu'elle habillait la reine de France en personne.

Mlle Bertin s'était vite rendu compte du talent de Séverine, dont le travail frisait la perfection. Rapidement, sa patronne la cita en exemple, ce qui contribua à créer un climat de tension entre les ouvrières, qui travaillaient de longues heures pour satisfaire leur maîtresse. Séverine rassura ses amies ouvrières en leur disant qu'elle n'était pas dupe, qu'elle savait que tous les beaux compliments de la patronne à la dernière arrivée avaient pour but de les faire travailler encore plus fort. Puis elle conclut en précisant que, si elles n'étaient pas toutes excellentes, Mlle Bertin ne les garderait certainement pas. Les ouvrières comprirent alors que « la petite protégée de la duchesse de Besançon », comme elles l'appelaient, était une fille chaleureuse qui n'avait pas la grosse tête et qui jamais ne prendrait avantage de sa situation.

Julie écrivait à sa sœur deux ou trois fois par semaine, et assez régulièrement à sa mère et à son frère aîné, Charles Claude, maintenant établi à Grenoble avec sa nouvelle épouse, où il travaillait comme ingénieur. Elle accumulait les lettres et, avant de se rendre au bureau de poste général, surveillait dans *La Gazette de Québec* la date à laquelle la prochaine malle pour l'Angleterre serait mise à bord du paquebot du roi à la Nouvelle-York pour Falmouth. Avec patience, elle attendait le retour du paquebot pour recevoir les lettres des gens qu'elle aimait et qu'elle lisait avec tant d'émotion, surtout maintenant qu'elle entendait parler des ravages de la Révolution par les Français nés au Canada, qui pouvaient, eux, contrairement aux Français vivant dans leur pays et qui ne pouvaient en sortir, aller en France et en revenir avec des nouvelles fraîches qui faisaient plus souvent qu'autrement dresser les cheveux sur la tête. On avait salué avec beaucoup d'enthousiasme le déclenchement de la Révolution française en 1789. Julie avait même entendu certains affirmer que c'était le plus grand événement depuis la naissance du Christ, mais aujourd'hui on utilisait le mot *horreur* pour décrire la Révolution. Que s'était-il donc passé ? Elle avait quitté la France depuis un an déjà et elle se rendait bien compte qu'elle s'était complètement désintéressée de son pays et de ses malheurs. Elle n'avait pensé qu'à son nouvel amour, n'avait vécu que pour son prince pendant que des gens qu'elle connaissait peut-être se faisaient massacrer. Elle comprenait maintenant le marquis de Permangle dont la famille avait tout perdu en renonçant à ses privilèges, selon le désir du peuple qui ne tolérait plus les inégalités sociales depuis la *Déclaration des droits de l'homme et du citoyen*, votée par l'Assemblée nationale constituante le 26 août 1789. Une vague de culpabilité lui envahissait le cœur. Il est vrai qu'elle ne s'était jamais vraiment intéressée à la politique, mais, maintenant, avec ce qui se passait en France, l'inquiétude ne la quittait guère. Entre ce qu'elle lisait dans *La Gazette de Québec*, qui était prorévolutionnaire, et ce qu'elle entendait des voyageurs qui revenaient de France, il y avait un gouffre. Édouard essayait de la rassurer du mieux qu'il pouvait, mais jamais il ne trouva les mots qui auraient pu dissiper ses craintes.

Les jours s'écoulaient paisiblement dans la maison de la rue Saint-Louis, si loin des grands chambardements révolutionnaires que Julie en venait à se demander si la Révolution avait vraiment eu lieu.

Pour le moment, elle planifiait un dîner de fête pour célébrer le vingt-quatrième anniversaire d'Édouard. Il y aurait uniquement elle et lui. Édouard était si entouré, si occupé qu'elle avait pensé qu'un tête-à-tête en amoureux le comblerait de bonheur. Elle avait mis beaucoup de soin à préparer avec le chef le menu de ce repas, composé exclusivement des plats dont Édouard raffolait. Même si le général Clarke, successeur de Lord Dorchester, donnait un souper et un bal en son honneur le lendemain de son anniversaire, au château Saint-Louis, où la présence de Julie n'était pas requise, jamais elle n'aurait passé sous silence cet événement sous prétexte qu'il était célébré ailleurs avec tout le faste lié à son rang. Elle était heureuse parce qu'elle pouvait le fêter simplement, le 2 novembre, comme il avait fêté son anniversaire à elle, le 30 septembre précédent, avec leurs nouveaux amis, Louis-Antoine d'Irumberry de Salaberry, seigneur de Beauport, et son épouse Catherine Hertel de Rouville. Comme elle avait aimé ces gens !

Les Salaberry descendaient d'une famille noble dont le château seigneurial était situé au pays de Cize, dans les Basses-Pyrénées. L'ancêtre de M. de Salaberry avait été anobli par le roi Henri IV à la suite de la célèbre bataille de Coutras, en 1587. « *Force à superbe, mercy à faible*, telle sera ta devise, Salaberry », lui avait dit le monarque, impressionné par son courage. Le père de Louis, Michel de Salaberry, arriva au pays en 1735 ; il commandait la frégate française *L'Anglesea*. Il participa à l'historique bataille des plaines d'Abraham et, lorsque le Canada fut cédé à la Grande-Bretagne, Michel d'Irumberry de Salaberry devint sujet britannique. À l'âge de huit ans, son jeune fils Louis-Antoine fut envoyé en France pour étudier. Il revint au pays en 1768 et termina ses études au Séminaire de Québec. En 1775, pendant la guerre de l'Indépendance américaine, il s'enrôla comme volontaire et fut fait prisonnier au fort Saint-Jean. L'année suivante, il fut gravement blessé au genou, mais il continua de servir jusqu'à la fin de la guerre en 1783. On loua son grand courage, sa gentillesse et sa courtoisie envers ses amis. D'ailleurs, tout au long de sa vie, il fit honneur à la devise de sa famille. Lorsqu'il prit sa retraite, une pension de lieutenant lui fut attribuée à vie. Édouard appréciait cet homme costaud aux larges épaules et à la verve féconde.

Les deux femmes s'étaient tout de suite plu. Julie avait été ravie de rencontrer cette femme simple, souriante, élégante et cultivée qui ne s'attardait pas aux commérages véhiculés par la gent féminine de l'élite de la société québécoise. Julie n'ignorait pas que sa présence dans les cérémonies officielles n'était pas désirée, ni même dans les rencontres sociales où l'aristocratie frayait. Elle souffrait de cet ostracisme, mais n'osait en parler avec Édouard. D'autant plus qu'il n'avait rien fait pour remédier à son exclusion de la société de Québec ; son silence semblait cautionner leur comportement. Toutefois, jamais Julie ne lui fit le moindre reproche parce qu'elle se doutait bien que son amant ne voulait surtout pas être objet de scandale au Canada. Peut-être le prince pensait-il naïvement que, en faisant preuve de discrétion en ce qui concernait sa maîtresse, les gens finiraient par l'oublier. Julie refusait de laisser libre cours à son imagination, car celle-ci risquait de s'aventurer sur des chemins périlleux qui envenimeraient leur relation et mettraient en péril leur bonheur, qui, lui, existait vraiment. Malgré cela, Julie ne comprenait pas pourquoi on la dédaignait autant. Les gens de Québec connaissaient l'existence des maîtresses des frères aînés d'Édouard, M$^{mes}$ Fitzherbert et Jordan, de qui elles avaient des enfants illégitimes certes, mais connus de la cour. Édouard ne lui avait-il pas dit que le prince de Galles, qui allait un jour succéder à George III, et le prince Frédérick étaient loin de cacher leur liaison, la vivant au contraire au grand jour ? Julie se posait beaucoup de questions, mais, plus souvent qu'autrement, elle les remisait au creux de son cœur, cherchant à taire certaines réponses qui lui auraient empoisonné l'existence. Parfois, pour calmer ses angoisses, elle écrivait de longues lettres à sa douce confidente, Jeanne Béatrix, qui souvent trouvait les mots rassurants pour lui redonner confiance en elle-même. Malgré ses peurs et ses tourments, Julie aimait la vie, et vivre avec Édouard la comblait. De plus, elle était convaincue que lui-même lui portait un amour véritable.

François Bonniot entra dans la taverne de John Franks, qu'il salua de la main. Il aperçut tout au fond le soldat La Rose, qui contait fleurette à une jolie demoiselle qui l'encourageait en laissant les mains du soldat se balader sur ses cuisses. James Shaw et Joseph Draper riaient très fort en portant un toast à chaque gorgée qu'ils ingurgitaient. Timothy Kennedy discutait ferme avec un autre client que ses amis avaient toutes les peines du monde à empêcher d'en venir aux poings. Il était tard et plusieurs clients étaient passablement éméchés.

– Bonniot, nos amis soldats sont très bruyants ce soir, dit John Franks à François en lui tendant un verre de bière. Essaie de les calmer un peu, sinon je me verrai dans l'obligation de fermer la taverne. Je ne veux pas de dégâts, surtout qu'il est minuit passé.

– Je vais voir ce que je peux faire, répondit Bonniot en se dirigeant vers la table où les soldats étaient assis.

– Voilà Bonniot, s'écria Guillaume La Rose en se levant. Je pars, mon vieux. Tu m'excuseras, mais je ne peux abandonner une demoiselle aussi jolie.

– Une demoiselle, tu dis ? s'exclama Joseph avec un rire narquois, qui par son commentaire ne laissait planer aucun doute sur la raison de la présence de la jeune femme.

– Je te réserve une heure de mon temps demain soir, soldat. Je peux t'assurer que tu ne le regretteras pas, dit Antoinette, la demoiselle en question, en lui décochant une œillade qui mit le soldat mal à l'aise.

– On te l'amène demain soir, la belle, c'est promis, déclarèrent James et Timothy, qui dévisageaient Joseph pour ne rien manquer de sa réaction.

– Pas si vite, pas si vite, dit Joseph, je vais arranger ça moi-même avec la dame.

– Ce n'est plus une demoiselle maintenant, c'est une dame ? le taquina Guillaume La Rose.

– Toi, occupe-toi de tes affaires, ça vaudra mieux, intervint Draper.

– Je n'ai pas encore eu le temps de faire la cour à une jeune Canadienne pour lui demander de m'épouser, répondit sarcastiquement La Rose, qui provoqua l'hilarité de ses compagnons, même celle de la jolie prostituée, qui ne demandait qu'à partir pour faire son travail.

– C'est évident que ça te coûterait moins cher, répliqua Draper en faisant des clins d'œil aux autres soldats.

– Mais il y a des dépenses dont je ne peux me passer, jeunesse oblige, mon très cher Draper, toi qui ne délierais jamais les cordons de ta bourse pour te procurer le seul plaisir que notre dure vie de soldat nous permet de transgresser.

– Au lieu de dire des bêtises, l'arrêta Draper, occupe-toi de la jeune dame.

– C'est exactement ce que je m'en vais faire, dit La Rose en prenant le bras de la fille, qui s'agrippa à son client.

– À demain, Joseph, lança Antoinette en éclatant de rire.

– La Rose, fais de beaux rêves, cria James Shaw en levant son verre au couple qui se dirigeait vers la sortie au son des rires tonitruants des soldats qui, avec un peu d'envie, imaginaient sans peine les délicieux moments que La Rose s'apprêtait à vivre dans les bras de cette jeune femme aux formes rondes et sensuelles.

– C'est un drôle de gaillard, ce Guillaume La Rose, pas vrai ? lança François Bonniot, qui avait suivi cette amicale chamaillerie avec intérêt.

– C'est un rebelle, notre ami La Rose, confia Kennedy, qui s'était joint au groupe.

– Rebelle, c'est un grand mot, rétorqua James Shaw. C'est juste un soldat qui n'aime pas se faire marcher sur les pieds.

– James, tu ne peux nier qu'il n'aime pas la discipline.

– Qui aime la discipline, Joseph, surtout celle qui est imposée par notre commandant ?

– Vous voulez sans doute parler du prince Édouard ? s'informa Bonniot.

– Oui, monsieur, le prince en personne, répondit Timothy Kennedy.

– Qu'est-ce qu'il fait dans l'armée, alors, notre ami La Rose ? demanda Bonniot d'un air qui se voulait détaché.

– Tu parles d'une question, Bonniot, répliqua Kennedy. Quand on ne sait ni lire ni écrire et qu'on n'a pas de famille, est-ce que tu crois qu'on a d'autres choix ?

– Je rentre, déclara Draper, qui ne voulait pas poursuivre cette conversation et en venir à parler de leurs conditions de vie de soldats. Il est tard et demain on doit travailler tôt.

Draper se leva, suivi de Kennedy et de Shaw. Ils saluèrent Bonniot, qui se leva à son tour. Les trois soldats titubaient. John Franks les raccompagna jusqu'à la porte en leur souhaitant une bonne nuit et en manifestant son désir de les revoir très bientôt.

Édouard avait offert à Julie, pour son anniversaire, une magnifique boîte à musique en bois de rose gravée d'une tendre dédicace agrémentée de saphirs : « À Julie pour toujours. » Émerveillée par tant de beauté, elle avait fondu en larmes en entendant la musique que cette jolie boîte produisait. Quelle aimable pensée, quelle délicatesse à son égard ! Elle avait reconnu un air de Mozart. Jeanne Béatrix et elle avaient découvert ce jeune compositeur autrichien, qui avait été l'élève de Joseph Haydn, avec leur professeur de musique, sieur Bertrand.

– Vous ne savez sans doute pas que ce Mozart est venu en Angleterre et qu'il a donné un concert à la cour de mon père, avait dit Édouard.

– Avez-vous assisté à ce concert ? avait-elle demandé.

– Je n'étais pas né, ma douce amie, je suis né deux ans plus tard, mais j'en ai beaucoup entendu parler. Ce Mozart n'était qu'un enfant, il avait peut-être sept ou huit ans. Ses parents l'accompagnaient, de même que sa sœur Maria Anna.

– C'était un enfant prodige, avait déclaré Julie en caressant le doux bois de la boîte d'où s'échappait une si belle musique.

Julie était plutôt contente de ne pas avoir reçu un autre bijou. Cette boîte à musique si originale la comblait. Elle voulait elle aussi offrir un cadeau inusité à l'homme qu'elle aimait. Même si elle avait tout prévu, elle avait peur de ne pas être à la hauteur. C'était la première fois qu'elle célébrait l'anniversaire d'Édouard et elle voulait à tout prix que cette soirée laisse une impression unique, presque magique, dans l'esprit de son compagnon.

Elle avait terminé l'aménagement de leur maison depuis peu, et en était très fière. Édouard était enchanté de sa réussite, ayant toujours su que le goût exquis de Julie accomplirait des miracles. Il n'y avait rien d'extravagant ou d'opulent, mais le raffinement et la simplicité du décor soulignaient discrètement le statut royal de l'hôte de la maison.

Tout était fin prêt pour la petite fête très intime. Ne restait que la question du cadeau. Julie se rendit chez le sieur Jouve, musicien nouvellement arrivé de France, pour lui demander de donner un concert en l'honneur d'Édouard le jour de son anniversaire. Malgré les arguments très persuasifs invoqués par Julie, le sieur Jouve montrait quelque réticence à accepter cette proposition pourtant alléchante. Ne jouait-il pas le lendemain au château, en l'honneur du prince justement ? Finalement, il se laissa convaincre plus facilement qu'il n'aurait cru. De son regard averti, il détaillait cette femme si belle, si désirable, lui expliquer la passion du prince Édouard pour la musique. Il abdiqua devant son insistance toute féminine.

– Je comprends difficilement, malgré la beauté de la musique que je célèbre tous les jours, que votre prince puisse avoir une autre passion que vous, lui dit-il en lui baisant la main.

– L'une n'empêche pas l'autre, répondit Julie en riant devant le beau compliment de ce très audacieux musicien.

– Il est vrai que les gens passionnés sont d'agréables compagnons. J'espère que vous partagez, comme moi, cette même passion pour la musique.

– Oh oui ! Depuis que je suis toute petite, la musique me fascine. J'ai déjà suivi des cours de chant, de harpe et de flûte à Besançon, ma ville natale.

– Vous êtes musicienne, c'est merveilleux ! Pourquoi ne me l'avez-vous pas mentionné ? Chère madame, c'est avec un immense plaisir que j'agrée votre demande.

– Je vous remercie infiniment, monsieur Jouve, vous ne pouvez savoir l'immense bonheur que vous me procurez.

– Ce bonheur dont vous parlez, madame, sera-t-il dû à ma présence ou à la satisfaction du prince ? s'enquit le musicien d'un air moqueur.

Julie se contenta de sourire.

– Dites-moi, chère madame de Saint-Laurent, combien de personnes assisteront à mon concert ?

– Deux personnes, monsieur Jouve, le prince et moi. Votre concert est le cadeau d'anniversaire que j'offre au prince. C'est une surprise, répondit Julie, quelque peu inquiète de la réaction du musicien.
– Je vois… et vous espérez ma présence à quelle heure ?
– J'aimerais que le concert débute à vingt et une heures. J'enverrai quelqu'un vous chercher à vingt heures, répondit Julie en lui remettant une enveloppe contenant une somme plus qu'appréciable que M. Jouve ne vérifia pas.

Lorsque Julie quitta la maison du musicien, rue Sainte-Geneviève, vis-à-vis du jardin du Fort, une certaine perplexité s'empara d'elle. Ce beau musicien français l'avait troublée par son humour quelque peu déroutant. Charles Jouve, qui avait quarante-deux ans, était un homme très séduisant avec ses cheveux de jais et ses yeux noirs pleins de douceur et de charme. Il avait aimé beaucoup de femmes, et ces dernières le lui avaient bien rendu, mais il ne s'était jamais marié parce que la musique avait toujours occupé la première place, pour ne pas dire la seule place dans sa vie. Ses concerts étaient très courus et ses compositions, grandement appréciées. Mais maintenant que la Révolution faisait rage dans son pays, il était devenu presque impossible d'organiser des concerts et il avait de sérieux problèmes d'argent. À son grand désespoir, il n'avait pu se rendre à Londres, quelques mois plus tôt, pour entendre le grand musicien allemand Joseph Haydn, fort apprécié des connaisseurs ayant eu l'honneur d'entendre ses nouvelles symphonies. Après mûre réflexion, il décida de s'exiler temporairement au Canada pour fuir les horreurs de la guerre civile, en espérant que, dans quelques années, la cause révolutionnaire aboutirait à une vie plus calme et plus sereine pour les habitants de la France. Dès son arrivée à Québec, en septembre, il s'était joint à la formation musicale du prince, qui s'enorgueillissait de compter parmi ses musiciens un artiste dont la réputation n'était plus à faire. Édouard en avait tant parlé à Julie que cette dernière en avait conclu que rien ne ferait plus plaisir à son prince, pour son anniversaire, qu'un concert privé.

En arrivant à Québec, Charles Jouve avait passé une annonce dans *La Gazette de Québec* afin d'offrir ses services comme professeur de musique ; il enseignait la guitare française, le violoncelle et le chant. Il n'avait jamais donné de concert privé, préférant les grands auditoires. Il se glorifiait des applaudissements interminables à la fin de ses concerts. C'était une nourriture dont il ne pouvait se passer, elle aiguisait son instinct musical. Après le départ de la compagne du prince, il était encore étonné d'avoir accepté sa proposition. Ses magnifiques yeux violets avaient eu gain de cause. Charles ne savait résister aux jolies femmes. « Si la musique était une femme, j'en deviendrais complètement fou », se dit-il en glissant son archet sur les cordes de son violoncelle. L'instrument lui renvoya une nouvelle mélodie qu'il s'empressa de noter sur des feuilles de musique éparses traînant sur sa table de travail. Il y avait tant de sensualité dans cette musique qu'il en fut lui-même surpris.

– Mon cher Charles, cette Julie de Saint-Laurent vous a fait un bien grand effet, chuchota-t-il, comme s'il n'eût pas voulu ébruiter cette déclaration.

Un sourire parut sur ses lèvres, mais il l'estompa aussitôt et se concentra sur la musique qu'il était en train de composer pour Julie. Mais cela, elle ne le saurait jamais.

Le matin du 2 novembre, Julie se réveilla avant Édouard. Elle enleva sa chemise de nuit en batiste et caressa délicatement le dos de son amant. Elle s'étendit sur lui, sentit ses fesses chaudes au creux de son ventre et murmura doucement à son oreille :

– Bon anniversaire, Édouard, mon seul, mon grand amour.

Édouard ouvrit les yeux. Un sentiment de bien-être incomparable l'envahit lorsqu'il aperçut la responsable de ce réveil enchanteur. Il se tourna et sa poitrine reçut deux magnifiques seins ronds telle une offrande érotique présentée candidement. Ses mains et sa bouche furent attirées comme des aimants. Édouard pétrit passionnément les beaux seins de Julie à la manière du sculpteur comblé par son modèle. Son regard ne lâchait plus le visage de son amante, il se soûlait de sa beauté.

– C'est le plus beau réveil qu'un homme puisse avoir le matin de son anniversaire, murmura Édouard en lui mordillant un lobe d'oreille.

Julie embrassa son visage, frotta langoureusement sa joue contre la sienne. Couchée sur son amant, elle sentit son érection entre ses cuisses. Avec ses lèvres humides, elle captura sa bouche et lui donna un baiser passionné. Alors, Édouard s'empara de son corps, écarta ses cuisses, la pénétra et, avant de jouir, attendit le chant de sa jouissance, si doux à ses oreilles. Bien attachés l'un à l'autre, ils se rendormirent.

Lorsqu'ils se réveillèrent, une heure plus tard, Édouard avoua à Julie qu'il n'avait guère envie de se lever et d'assister à une autre des nombreuses cérémonies officielles qui l'accaparaient tant depuis son arrivée à Québec.

– Vous n'avez guère le choix, mon ami, un fils de roi n'a pas le droit de faire la grasse matinée, même le jour de son anniversaire, lui dit Julie d'un air taquin en se blottissant contre lui.

– Vous ne m'aidez guère, mon amour, en me provoquant avec votre nudité impressionnante. Comment vous résister ? lui répondit-il en lui administrant des baisers sonores sur les joues.

Édouard se leva d'un bond pour ne pas céder à la belle tentation et surtout pour ne pas se présenter en retard au château Saint-Louis, où il devait rencontrer, à dix heures précises, le général Clarke, président du Conseil législatif et lieutenant-gouverneur par intérim pendant l'absence du gouverneur Dorchester.

Accompagné du général Clarke, le prince distribua des médailles de bonne conduite à plusieurs soldats de son régiment. C'était une cérémonie toute simple, mais Édouard aimait récompenser ses soldats les plus dévoués et les plus disciplinés. Dans la cour du château, les futurs décorés formaient une ligne très droite, attendant de recevoir leur médaille des mains du prince. Le temps était anormalement froid, mais la fierté qu'on pouvait lire sur le visage des soldats faisait oublier la froidure de novembre, qui laissait augurer un hiver rigoureux. Après la cérémonie, le prince et le lieutenant-gouverneur partagèrent un vin d'honneur avec les militaires, intimidés par le faste de ce lieu surtout fréquenté par les dignitaires et les aristocrates de la ville. Après le classique *God Save the King*, l'orchestre du prince interpréta des pièces plus légères qui permirent aux soldats de profiter pleinement de cette pause inattendue mais ô combien appréciée. Une heure plus tard, l'orchestre se tut et le général Clarke félicita une dernière fois les soldats nouvellement décorés en les remerciant d'avoir participé à la petite cérémonie informelle. On entendit l'angélus de midi et les hommes quittèrent en silence la grande salle du château Saint-Louis.

Au 6 de la rue Saint-Louis, Julie avait donné des ordres très précis au cuisinier. Depuis très tôt ce matin-là, Hubert Beaunoir s'affairait à préparer les mets favoris du prince. Il avait mitonné le potage Parmentier selon sa propre recette, dont lui seul connaissait le secret, ainsi que le coq au vin dont le prince raffolait. Séverine était venue l'aider dans la cuisine, histoire de s'éloigner de Julie qui n'arrêtait pas de courir en donnant des ordres. Celle-ci étourdissait le personnel, qui espérait que cette journée d'anniversaire se termine le plus rapidement possible.

– Sois gentille, ma petite, coupe-moi le lard en dés et après tu mettras tout ça dans une petite casserole remplie d'eau froide, demanda le chef en décochant à Séverine un clin d'œil.

– Vous savez, monsieur Hubert, je n'ai jamais mangé de coq au vin de ma vie, confessa Séverine en murmurant presque, comme pour éviter que les deux aides-cuisiniers ne l'entendent. Est-ce que c'est aussi bon qu'on le dit ?

– C'est encore meilleur que ce qu'en disent les gens, n'est-ce pas, messieurs ? commenta le chef sans réellement attendre une réponse de ses marmitons. Vous savez, ce plat était l'un des préférés du Roi-Soleil, Louis XIV, continua-t-il en s'adressant aux trois jeunes qui l'entouraient. C'était un fin gastronome, notre roi, et son chef ne préparait le coq qu'avec du vin des côtes d'Auvergne, le chanturgue rouge. Mais ici en Nouvelle-France, je fais ce que je peux avec le vin des arrivages, et le goût du coq au vin en subit parfois les conséquences, qui peuvent être désastreuses.

Hubert Beaunoir, chef cuisinier chez le prince Édouard depuis bientôt six semaines, fit une mimique exprimant le découragement.

– Ce doit être extrêmement bon si c'était le plat favori du roi Louis XIV, conclut Séverine avec un certain étonnement dans la voix. Je comprends maintenant pourquoi madame a choisi du coq au vin pour le dîner d'anniversaire du prince. C'est normal, puisque c'est un plat de roi.

– Je ne te le fais pas dire, ma petite. Demain, je m'arrangerai pour que tu manges du coq, en trichant un tout petit peu sur les portions. Tu verras, tu ne perdras rien au change puisque c'est encore meilleur réchauffé, dit Hubert, content de plaire à cette petite si loin de son pays.

Il fit un clin d'œil aux garçons, qui comprirent aussitôt qu'eux aussi dégusteraient ce délicieux coq au vin. Au même moment, Julie entra dans la cuisine pour s'enquérir si tout se déroulait rondement.

– Est-ce que tout sera prêt à l'heure convenue, monsieur Beaunoir ? demanda Julie, qui avait du mal à cacher son inquiétude.

– Tout sera prêt à l'heure convenue, dit Hubert en détachant bien chacune des syllabes. Permettez-moi, madame, de vous dire que ce n'est pas la première fois que je prépare des dîners d'anniversaire. Vous n'avez aucune raison de vous inquiéter puisque j'ai été chef au château Saint-Louis pendant quatre ans et que Lord Dorchester et son épouse n'ont jamais été déçus. Je tiens à le souligner encore une fois à madame de Saint-Laurent, même si elle sait tout cela depuis longtemps. Dans une vingtaine de minutes, mon coq mijotera et je préparerai le plus beau gâteau d'anniversaire pour votre prince, ajouta Hubert qui se voulait rassurant mais qui avait du mal à cacher son exaspération.

– Ah ! monsieur Beaunoir, veuillez me pardonner. Je vous fais confiance, mais je ne peux m'empêcher de m'en faire, avoua, le plus naturellement du monde, Julie, dont la nervosité rosissait joliment le visage.

Hubert éclata d'un rire sonore qui étonna les deux femmes, mais quelques secondes plus tard elles l'imitèrent. Rassérénée, Julie demanda à Séverine, si bien sûr M. Beaunoir n'y voyait aucun inconvénient, précisa-t-elle, de venir l'aider à se coiffer et à s'habiller. Il était déjà quatre heures et le prince ne saurait tarder. Hubert salua les deux femmes en faisant une petite révérence. Julie et Séverine quittèrent la cuisine en n'essayant plus de contrôler le fou rire qui s'emparait d'elles. Julie, tout en jouant avec beaucoup de classe son rôle de maîtresse de maison, entretenait avec le personnel de la rue Saint-Louis des rapports cordiaux. Tous la respectaient et personne ne voulait la décevoir, d'aucune façon.

Julie choisit une robe de velours noir dont le large décolleté accrocherait à n'en pas douter le regard d'Édouard et dont la simplicité rehaussait son élégance et sa distinction. Séverine remonta l'épaisse chevelure noire de sa maîtresse en un chignon savamment étudié, dégageant ainsi la finesse du cou, autour duquel elle attacha ensuite un magnifique collier composé de trois rangs de perles dont la blancheur ranimait les reflets nacrés de la peau. Quand elle eut terminé, Séverine s'éloigna pour mieux admirer son œuvre. Elle tourna lentement autour, examinant chaque détail d'un œil averti. Ne trouvant rien qui soit susceptible de lui déplaire, elle sourit et se félicita du résultat obtenu.

Au moment où l'horloge sonnait six coups, le valet du prince vint prévenir Julie que Son Altesse Royale l'attendait dans le petit salon. Tout de suite, elle rejoignit Édouard, qui lisait *La Gazette de Québec*. En la voyant, il se leva et ne put s'empêcher de l'attirer contre lui. Il ne se priva pas de lui dire comment il la trouvait merveilleuse dans sa robe de velours noir. Édouard n'avait pas l'habitude de boire avant de manger, mais il ne refusa pas l'apéritif que John servit à la recommandation de Julie. Celle-ci porta un toast à la santé de son prince en lui souhaitant une année remplie d'événements heureux. Édouard la remercia avec beaucoup d'enthousiasme :

– Ma douce Julie, votre venue dans ma vie est le plus heureux des événements. Cette journée a débuté sous le signe de la passion, merveilleux présage de bonheur pour la prochaine année, n'est-ce pas ?

Ils choquèrent leurs coupes et trinquèrent à leur avenir. Le délicieux vin blanc conseillé par Hubert Beaunoir les enchanta. Édouard emmena Julie jusqu'à la fenêtre, où ils contemplèrent la ville, splendidement illuminée en l'honneur du prince. Ce dernier confia à Julie que c'était la première fois de sa vie qu'on lui accordait autant d'importance. En admirant le château Saint-Louis entièrement illuminé, Julie ne put s'empêcher de penser que cet endroit si magnifiquement situé sur le cap Diamant aurait dû être la demeure d'un prince.

Le fidèle serviteur John Woolmer vint prier le couple de bien vouloir prendre place à la table de la salle à manger où l'attendait un délicieux repas. Des roses rouges, dont Julie et Édouard humèrent le parfum, égayaient la blancheur de la nappe, et les chandeliers en argent disposés à des endroits stratégiques de la vaste pièce contribuaient à créer une atmosphère plutôt solennelle. Julie fit signe à John de commencer le service.

Lorsque, un peu plus tard, le sieur Jouve fut introduit dans le salon par le serviteur, Édouard remerciait Julie du merveilleux repas préparé par leur chef, en dégustant un doigt de cognac. Il lui révéla qu'il n'avait jamais mangé un coq au vin aussi bon de toute sa vie et que ce mets demeurait sans conteste son plat préféré. À la vue du musicien qui transportait son violoncelle, Édouard, étonné, se leva pour lui souhaiter la bienvenue et demanda à John de servir à leur ami un verre de cognac. M. Jouve offrit ses meilleurs vœux de bonheur et l'informa, en regardant Julie d'un air complice, que sa présence était due à l'intervention d'une dame aussi charmante que persuasive. Il porta un toast à la beauté étonnante de cette femme dont l'élégance, précisat-il, ravissait le regard le plus difficile. Julie, intimidée par les propos audacieux de leur invité, expliqua à Édouard que M. Jouve avait accepté de donner un concert privé pour souligner son anniversaire. Édouard regarda intensément Julie, puis lui prit la main et la porta à ses lèvres.

– Monsieur Jouve, cette femme est merveilleuse, elle lit dans mes pensées, dit-il.

Édouard invita le musicien à s'installer le plus confortablement possible et à commencer à jouer dès qu'il le jugerait approprié. M. Jouve vida son verre d'un trait, repéra un fauteuil, regarda John, qui l'apporta à l'endroit désiré, s'assit, ajusta l'instrument à sa convenance et commença à jouer sous le regard admiratif du prince et de Julie. Les sons envoûtants qui sortaient de l'instrument étaient d'une pureté qui les laissa sans voix. Ils n'osaient applaudir entre les morceaux de peur de rompre le charme qui enveloppait la pièce. M. Jouve, les yeux fermés, attaqua la pièce qu'il avait composée pour Julie. Il y avait tant de sensualité dans l'air qu'Édouard frémit à la pensée de se retrouver bientôt seul avec la femme qu'il aimait.

Au bout d'une heure, l'instrument se tut. M. Jouve, sous les applaudissements du couple, se leva pour saluer. Édouard et Julie étaient séduits par le talent du musicien qui venait de faire pénétrer la magie dans la maison de la rue Saint-Louis.

– Monsieur Jouve, quel merveilleux concert ! lança spontanément le prince en lui tendant la main.

– Merci, Votre Altesse Royale, vous m'en voyez ravi.

– Vous êtes un musicien exceptionnel, confirma Julie en laissant transparaître son enchantement, je vous remercie de tout cœur.

– Je ne puis taire ma joie devant les compliments d'une musicienne comme vous.

– Soyez sérieux, monsieur Jouve, le fait de jouer d'un instrument ou deux ne fait pas de moi une musicienne accomplie.

– Vous avez raison, madame, mais perfectionner son jeu peut développer un talent ignoré.

– Comme cela est bien dit, confirma Édouard. Peut-être, ma chère Julie, aimeriez-vous perfectionner votre jeu et peut-être M. Jouve aimerait-il vous aider à développer votre talent.

À ces mots, Julie regarda Édouard d'un air étonné. M. Jouve approuva immédiatement la proposition du prince.

– Soyez assuré, Votre Altesse, que ce serait avec le plus grand des plaisirs que je viendrais deux fois par semaine donner des cours à M$^{me}$ de Saint-Laurent, si elle le désire.

– Vous voyez, Julie, vous n'auriez pas à vous déplacer, dit Édouard. Comme c'est aimable de votre part, ajouta-t-il en se tournant vers le musicien. Qu'en pensez-vous, Julie ?

– Je ne sais trop qu'en penser en cette journée d'anniversaire où c'est à moi d'offrir les cadeaux, répondit Julie en riant. Mais vous savez, Édouard, que j'aime la musique autant que vous, et je serais très honorée qu'un musicien comme M. Jouve me donne des cours.

– Voilà, tout est dit, conclut Édouard. Quand pouvez-vous commencer, monsieur ? demanda-t-il en faisant signe à John de remplir les verres de cognac pour sceller un si agréable engagement.

– En ce qui me concerne, je peux commencer quand madame le voudra bien, affirma le musicien.

– Je vous attendrai mardi prochain, dit Julie.

Ils portèrent un dernier toast à la musique. Charles Jouve prit congé de ses hôtes en emportant son violoncelle, merveilleux instrument porteur de promesses enivrantes.

Édouard ne cessait de répéter à Julie qu'il était un homme heureux. Cette soirée en tête-à-tête l'avait comblé. Il se faisait tard et tous les deux ne désiraient que se retrouver enlacés pour attendre le sommeil, qui ne tarderait pas à venir maintenant que le cognac commençait à produire son effet.

Lorsque Édouard quitta la maison, tôt le lendemain matin, Julie, bien que réveillée, se prélassait dans le lit. Elle se demandait si M. Jouve avait vraiment l'intention de lui donner des cours. Le regard du musicien avait manifesté un intérêt qui n'était pas sans déplaire à Julie, mais, pour elle, un seul homme comptait, et cela, il ne faudrait jamais que Charles Jouve l'oublie. Rassurée, elle se leva, sonna pour que John lui apporte son déjeuner et s'habilla, aidée de Séverine, qui se dépêcha de satisfaire sa maîtresse parce que le chef Beaunoir lui avait demandé de l'accompagner au marché public de la basse ville.

Séverine aimait se rendre au marché. L'ambiance de fête qui y régnait la charmait au plus haut point. M. Beaunoir discutait ferme avec les marchands de légumes, de volailles, de viande. Il scrutait à la loupe tout ce qu'il achetait en spécifiant bien au vendeur que ce n'était pas une question de prix, mais de qualité parce qu'il lui fallait nourrir rien de moins qu'un prince et sa dame. Séverine s'amusait des longs discours accompagnés de gestes autoritaires du chef cuisinier. Quant aux marchands, certains se montraient impressionnés par ce client prestigieux alors que d'autres riaient gentiment de lui, sachant que le cuisinier du prince finissait toujours par acheter les produits au prix demandé.

Séverine déambulait entre les étals de marchandises avec son petit panier rempli de légumes et d'œufs en attendant que M. Beaunoir lui fasse signe pour rentrer à la maison. Il était presque neuf heures et le chef cuisinier s'attardait devant des volailles dont la grosseur l'impressionnait. Il essayait d'en faire baisser le prix, ce que le marchand refusait. Celui-ci savait bien, puisque Hubert Beaunoir ne se gênait pas pour le chanter sur tous les toits, que le cuisinier d'un prince avait tout l'argent nécessaire pour payer le gros prix. Finalement, le chef paya le prix exigé et deux énormes poulets aboutirent dans son grand panier d'osier. Il salua quand même le marchand de volailles, dont les produits étaient toujours d'excellente qualité, et se mit à la recherche de Séverine.

En passant à côté du marchand de tabac, Séverine aperçut un soldat qui l'observait. Ses yeux noirs attirèrent son attention. Elle ralentit le pas tout en faisant semblant de s'intéresser à des objets colorés, qu'elle regardait sans les voir, proposés par une jeune Indienne de Lorette. Sans même lever les yeux, Séverine savait que le jeune homme continuait à la regarder.

– Ça vous plairait, un petit mouchoir brodé ? entendit-elle dans son dos.

Le séduisant soldat s'était approché pour faire connaissance, pensa-t-elle.

– J'ai tous les mouchoirs dont j'ai besoin, je vous remercie, répondit-elle en se retournant vers lui.

Elle rougit. Le soldat sourit.

– Je m'appelle Guillaume La Rose, se présenta le soldat, encouragé par la réaction de la jeune femme.

Il attendit qu'elle fasse de même, mais Séverine ne semblait guère pressée de lui donner son nom. Elle se méfiait de ses yeux noirs.

– Est-ce que je peux pousser l'audace jusqu'à vous demander votre nom ? demanda Guillaume, qui n'admettait pas qu'une si jolie fille l'ignore.

Séverine gardait toujours le silence. Elle semblait réfléchir en regardant autour d'elle. Ses yeux se posèrent enfin sur le jeune soldat.

– Séverine Boucher.

– C'est un très joli nom.

– Mon ancien amoureux me disait la même chose, répondit coquettement Séverine, désirant défier le beau séducteur.

– Parce qu'il y a déjà eu un amoureux ? s'enquit le soldat La Rose, dont l'intérêt pour la jeune fille augmentait.

– Qu'est-ce que vous croyez ? fit Séverine, légèrement offensée par ce commentaire. Que vous êtes le premier homme qui ose m'aborder ?

– Est-ce que je peux vous raccompagner chez vous, jolie demoiselle ? demanda en riant le soldat, qui s'amusait de la résistance de la jeune fille.

Trop préoccupés par leur petit jeu de séduction, ils ne s'aperçurent pas que quelqu'un les observait d'un œil plutôt désapprobateur. Hubert Beaunoir, les bras chargés de victuailles, s'avança d'un pas alerte vers

Séverine pour la délivrer de cette conversation avec un soldat un peu trop entreprenant à son goût pour être sérieux.

– Je ne crois pas que cela sera possible, monsieur. Cette jolie demoiselle est venue avec moi et elle retournera avec moi, lança-t-il sans laisser le temps à Séverine d'intervenir.

– À qui ai-je l'honneur, monsieur ? demanda Guillaume La Rose en levant le menton devant cet individu qui osait s'interposer dans ses affaires personnelles.

Insulté, il ne réussit pas à cacher l'arrogance que lui inspirait le vieil homme.

– Hubert Beaunoir, chef cuisinier chez Son Altesse Royale le prince Édouard d'Angleterre, débita son interlocuteur avec une grande fierté dans la voix. Et vous, qui êtes-vous, jeune homme ? demanda-t-il d'un ton condescendant qui déplut à Séverine.

– Guillaume La Rose, soldat du 7$^e$ régiment des fusiliers royaux de Sa Majesté le roi George III sous le commandement de Son Altesse Royale le prince Édouard d'Angleterre, pour vous servir, monsieur, déclama La Rose en se mettant au garde-à-vous et en faisant le salut militaire.

Le large sourire sarcastique qui lui traversait le visage laissait douter qu'il tirât de la fierté de son travail.

– Tout porte à croire que nous travaillons pour la même personne, mais je suis persuadé que le prince est moins sévère pour son cuisinier que pour ses soldats, continua Guillaume La Rose, dont le visage s'était rembruni.

Séverine ne savait que faire ni que dire. Elle regardait les deux hommes qui s'affrontaient sans aucune raison valable.

– Vous n'allez quand même pas vous battre en duel, dit-elle, irritée.

Les deux hommes rirent à gorge déployée devant la candeur de la jeune fille. Quelques badauds observèrent avec un certain intérêt ces hommes dont le rire communicatif les portait à rire, eux aussi.

– Je ne sais me servir ni d'une épée ni d'un pistolet, ma pauvre petite, affirma Hubert Beaunoir pour rassurer Séverine. Il y a assez de gentilshommes qui sont morts dans un duel en défendant leur honneur et, de toute façon, chère enfant, je suis beaucoup trop vieux pour m'exhiber de la sorte.

Profitant de cette accalmie, Guillaume réitéra sa demande. Séverine accepta et Hubert Beaunoir ne put que plier devant son désir de se laisser raccompagner par un soldat du régiment des fusiliers royaux.

Le chef cuisinier les laissa partir seuls, prétextant d'autres courses à faire. Guillaume s'empara du panier de Séverine en jetant un regard victorieux à Beaunoir et les deux jeunes gens marchèrent lentement, malgré le froid inhabituel de novembre, vers la rue Saint-Louis.

Devant la maison du prince, Guillaume demanda à Séverine si elle accepterait de sortir avec lui le samedi soir suivant. Elle acquiesça à sa demande et il lui rendit son panier en précisant qu'il viendrait la chercher à vingt heures.

Une heure plus tard, Hubert était de retour. Il fit demander Séverine.

– Ma petite, ne vous attachez pas à ce jeune homme, c'est une forte tête. Il ne vous apportera que des ennuis. Voilà tout ce que je voulais vous dire. Je ne vous en reparlerai plus jamais. J'ai du travail à faire, maintenant. Soyez gentille, partez, lui dit-il, l'air déconfit.

Hubert Beaunoir n'aimait guère ce jeune homme, qu'il avait aperçu à quelques reprises chez son ami John Franks, où il allait s'approvisionner en vins de Bordeaux. Guillaume buvait beaucoup, parlant et riant fort avec d'autres soldats de son acabit. La taverne semblait être son lieu favori. Franks lui avait confirmé qu'il était un client fidèle et que parfois il recherchait la compagnie de femmes à la moralité douteuse. Ce solide gaillard s'était présenté avec une telle fatuité que le cuisinier du prince en avait été choqué, comme si le soldat avait voulu ridiculiser le régiment du roi. Ce comportement de rebelle ne lui disait rien qui vaille ; il ne voyait pas le bonheur de Séverine, qui aurait pu être sa fille, dans les bras de cet effronté personnage. Comment lui parler de tout cela, lui qui, à l'orée de la soixantaine, avait bien souvent analysé la nature humaine et ses travers ? D'ailleurs, à quoi bon dicter à la jeunesse la marche à suivre pour accéder au bonheur et à la tranquillité d'esprit ? Les jeunes voulaient faire leurs propres expériences sans se soucier des conseils des vieilles gens dont il faisait maintenant partie.

Séverine resta songeuse tout l'avant-midi, ne comprenant pas pourquoi M. Beaunoir lui avait parlé de la sorte. Elle trouvait Guillaume La Rose très gentil et très beau, et ne voyait pas quels ennuis il pourrait bien lui apporter. Elle était très contente de sortir avec lui le samedi suivant. Elle décida de ne pas tenir compte de ce qu'Hubert Beaunoir lui avait dit dans la matinée et, avec la permission de Julie, consacra l'après-midi à faire des petites retouches sur une jolie robe en taffetas bleu que cette dernière lui avait donnée. En s'inspirant des magazines de mode de Julie, Séverine réussit à la transformer complètement en une robe à la dernière mode de Paris. « M$^{lle}$ Bertin serait très fière de moi », se dit-elle en admirant son travail. Elle voulait se faire belle pour que le soldat La Rose n'ait pas à regretter de lui avoir demandé de sortir avec lui. Le jeune homme aux yeux noirs lui plaisait et, pour le moment, c'était tout ce qui comptait. Mais les paroles d'Hubert Beaunoir revinrent la hanter. « Il ne vous apportera que des ennuis. » Pourquoi un jugement aussi cruel ? Pourquoi un tel acharnement sur quelqu'un qu'il ne connaissait même pas ? Même si Séverine aimait beaucoup le chef cuisinier, elle n'appréciait pas du tout qu'il se comporte comme un père avec elle, et elle se promettait de lui en parler le moment venu.

– Au diable tout cela ! lança-t-elle pour mettre un terme à ses interrogations.

Lorsque Julie entendit les douze coups de midi, elle réalisa qu'elle avait consacré toute la matinée à sa correspondance. C'était toujours avec une très grande émotion qu'elle écrivait aux membres de sa famille, qu'elle chérissait tant. Par l'écriture, elle se rapprochait d'eux, elle leur parlait de sa vie à Québec, de son amour pour Édouard qui grandissait de jour en jour. À Jeanne Béatrix, elle parlait du vide que son absence causait ; à son frère Claude Charles, elle parlait de politique et des ravages de la Révolution. Ce matin-là, elle avait écrit à sa nouvelle amie, M$^{me}$ de Salaberry, qu'elle appelait maintenant Catherine à la demande de cette dernière.

*3 novembre 1791*

*Chère Catherine,*
*C'est avec un immense plaisir que je prends le temps de vous écrire quelques mots en cette matinée froide mais ensoleillée de novembre.*

*Vous vous en souvenez certainement, je vous avais fait part, lors de notre dernière rencontre dans votre beau manoir de Beauport, que je préparais un dîner et un concert-surprise pour l'anniversaire d'Édouard. Ceux-ci l'ont comblé de bonheur, et j'en suis très fière. M. Jouve nous a donné un concert exceptionnel. C'est un excellent violoncelliste, j'irais même jusqu'à dire sans me tromper que c'est un virtuose. J'aimerais beaucoup que vous l'entendiez un jour, vous l'apprécieriez certainement puisque je connais votre bon goût et votre amour de la musique.*

*Je suis si heureuse de vous avoir rencontrée, chère Catherine et chère Souris, comme vous surnomme si tendrement votre époux, Louis-Antoine ; je désespérais de me faire une amie dans ce nou-*

*veau pays si grand, si beau. Je le suis d'autant plus qu'Édouard apprécie réellement votre époux.*

*J'espère que nous aurons l'occasion de nous revoir dans un avenir très rapproché. C'est ce que je souhaite de tout mon cœur.*

*Veuillez accepter, chère Catherine, toute mon affection.*

*De votre amie sincère,*

*Julie de Saint-Laurent.*

Les deux femmes découvrirent très vite qu'elles partageaient une habileté commune, la broderie. Elles commencèrent à effectuer des travaux d'aiguille ensemble et, au fil des jours, devinrent d'excellentes amies, à la grande satisfaction du prince, qui voyait d'un bon œil cette amitié qui sortait Julie de l'isolement dans lequel elle se trouvait par sa faute.

À deux reprises en octobre, quand les couleurs de l'automne étaient à leur paroxysme de beauté, Édouard et Julie s'étaient rendus à Beauport chez leurs amis les Salaberry, qui y possédaient un manoir magnifique, une grande demeure en pierre grise aux volets rouges. Julie revoyait l'immense jardin derrière le manoir, lieu de prédilection des enfants Salaberry, qui invitait à la promenade et à la détente, et où, avec Édouard, elle avait tant aimé se trouver. Les immenses érables qui alternaient les rouges, les jaunes et les roux, les géraniums qui affrontaient l'automne froid bien qu'ensoleillé avec arrogance, les marguerites blanches qui étiraient sereinement l'été et les éclatantes fleurs sauvages qui tardaient à tirer leur révérence avaient fasciné le jeune couple. L'un et l'autre ne s'étaient pas lassés d'admirer les feuilles virevolter pendant de longues secondes avant de se laisser choir sur le sol jonché de feuilles mortes.

C'est après avoir admiré le manoir de son ami qu'Édouard se rappela ce que le général Clarke lui avait raconté au sujet du général Haldimand, ancien gouverneur de la province du Bas-Canada. En 1780, le gouverneur avait fait construire une villa dont le belvédère, appuyé sur huit énormes poutres, était suspendu au-dessus de la chute Montmorency, située dans la paroisse de Beauport. La beauté du site l'avait tellement enchanté qu'il avait décidé d'y vivre tous les ans de mai à octobre. Mais Frederick Haldimand avait quitté le Canada pour Londres au mois de novembre 1784 et était mort en juin 1791, soit quelques mois auparavant, dans sa ville natale, en Suisse. Après sa mort, ses héritiers avaient mis en vente sa villa et ses terres, mais personne ne s'était montré intéressé à en faire l'acquisition. L'annonce publiée dans *La Gazette de Québec* n'avait été suivie d'aucune offre. Comme la villa était toujours inhabitée, Édouard demanda à son ami Salaberry de venir la visiter avec lui. Il ne voulait pas en parler à Julie, souhaitant lui faire une surprise. Louis-Antoine et Édouard découvrirent une demeure magnifique dans un coin de pays enchanteur. Alors, Édouard offrit aux héritiers de louer la villa, à la condition d'en demeurer le locataire jusqu'à son départ de Québec. Son offre fut acceptée. Julie fut séduite par la maison et par le site, et cette belle demeure devint la résidence estivale du couple pendant toute la durée de son séjour à Québec. Julie appréciait la villa au-dessus de la chute Montmorency, la préférant même à la maison de la rue Saint-Louis parce qu'elle était près de la famille Salaberry et surtout de son amie Catherine.

Julie et Édouard aimaient recevoir des amis dans cette villa. Leurs invités se promenaient en silence sur le balcon suspendu et se laissaient envelopper d'un bien-être incomparable malgré le bruit de l'eau. De cet endroit, ils pouvaient admirer la chute de son meilleur point de vue. Le décor majestueux qui s'offrait à eux les émerveillait.

François Bonniot, qui se promenait souvent dans la rue Saint-Louis, avait rapidement repéré la maison du prince et les allées et venues de tout le personnel. Il n'avait aperçu qu'une seule fois la compagne du prince, une femme d'une beauté incomparable. Un jour, alors qu'elle descendait de sa carriole aidée par un serviteur, Bonniot, en passant à côté d'elle, fit semblant de trébucher en la frôlant. Julie l'aida à se relever. Philip Beck intervint immédiatement et repoussa l'intrus.

– Philip, je vous en prie, laissez ce pauvre homme tranquille. Et vous, monsieur, vous êtes-vous fait mal ?

– Je n'ai rien, madame. Veuillez me pardonner. Je crois qu'un caillou m'a fait perdre pied.

– Tout va bien, alors, monsieur ?

– Tout va très bien, madame, je vous remercie. Je vous demande pardon de vous avoir importunée.

– Vous ne m'avez pas du tout importunée, dit Julie avec un délicieux sourire.

– Je m'appelle François Monniot, madame, pour vous servir. Et encore une fois, veuillez pardonner ma maladresse, insista son interlocuteur en la dévisageant tellement cette femme le subjuguait.

– Enchantée, monsieur Bonniot, répondit Julie sous le regard mécontent de Philip Beck. Je suis madame de Saint-Laurent.

Elle lui tendit la main. François se pencha et déposa ses lèvres sur les longs doigts gantés qui lui étaient présentés.

– Je suis enchanté de vous rencontrer, chère madame.

– Je vous souhaite une bonne journée, monsieur.

– Je vous souhaite également une bonne journée, dit-il à Julie, qui gravissait déjà les marches de sa résidence.

Philip Beck ouvrit la porte et, avant de pénétrer dans la maison, Julie se retourna et salua François Bonniot d'un geste de la main.

« Il faut que je revoie cette femme, il le faut », se dit Bonniot, ensorcelé. De découvrir que le prince partageait sa vie avec une femme aussi charmante et chaleureuse n'avait fait qu'aiguiser son désir de vengeance. Le prince avait tout, il était comblé ; lui n'avait rien, on lui avait tout arraché, sauvagement. Depuis trente ans, les mots de sa mère agonisante résonnaient dans sa tête : « Sauve-toi, mon enfant, et venge-nous. » Il avait dix ans à l'époque. François Bonniot était petit, dépassant à peine les cinq pieds. La lourde responsabilité qui lui pesait sur les épaules semblait non seulement l'avoir empêché de grandir, mais aussi l'avoir fait vieillir prématurément. À dix ans, il avait été seul au monde, sans famille, sans toit, ne sachant ni lire, ni écrire, ni compter. Aujourd'hui, grâce à ses parents adoptifs, il avait tout appris, il était presque heureux. Il savait que l'heure de la vengeance approchait ; ce n'était qu'une question de jours, de semaines, ou de quelques mois. Il attendait ce moment depuis si longtemps que la patience ne l'abandonnerait pas si près du but.

Le lendemain, au début de l'après-midi, François Bonniot vint frapper à la porte de la rue Saint-Louis. John ouvrit ; il n'avait jamais vu ce visiteur.

– Bonjour, monsieur, qu'est-ce que je peux faire pour vous ? demanda-t-il avec une certaine impatience dans la voix.

– J'aimerais être reçu par M$^{me}$ de Saint-Laurent.

– Avez-vous pris rendez-vous, monsieur ?

– J'ai rencontré madame hier, précisa François. Auriez-vous l'amabilité de la prévenir de ma venue ?

– Qui dois-je annoncer ? demanda John en dévisageant ce visiteur qui tenait dans ses mains une boîte joliment emballée.

– François Bonniot.

– Veuillez entrer. Attendez-moi, je vais prévenir madame.

François ne bougeait pas. Il regardait autour de lui, surpris de la richesse des meubles et des tapis, mais surtout de la senteur de propreté qui embaumait la maison. Il crut reconnaître des arômes de lavande et de menthe poivrée. Rapidement, John revint l'informer que madame le recevrait dans le petit salon et le pria de le suivre.

– Monsieur François Bonniot, madame, annonça John.

François salua M$^{me}$ de Saint-Laurent en inclinant le buste, et cette dernière lui indiqua un fauteuil de la main en lui demandant ce qui l'amenait.

– Je suis venu vous apporter un petit cadeau pour me faire pardonner ma maladresse d'hier, chère madame, dit François en lui présentant une boîte décorée de jolis rubans.

– Mais il n'y avait rien à vous pardonner, cher monsieur, déclara candidement Julie. Ce n'était vraiment pas nécessaire de vous déplacer pour si peu et surtout de m'apporter un présent.

– Faites-moi plaisir, madame, ouvrez votre cadeau, demanda François d'un ton affecté.

Julie s'exécuta lentement, même si l'envie de déchirer le papier la tenaillait. Après avoir ouvert la boîte, elle s'émerveilla de ce qu'elle y découvrit.

– Comme c'est beau ! s'exclama-t-elle. Je ne sais quoi dire, ces dentelles sont tout simplement merveilleuses.

– Ma mère était dentellière et elle m'a légué des coffres pleins de dentelles toutes plus jolies les unes que les autres. Elle me disait que c'était pour la femme qui deviendrait mon épouse, mais, malheureusement, je ne me suis jamais marié et je ne crois pas que je me marierai un jour.

– Il ne faut pas dire cela, monsieur Bonniot, certaines rencontres sont tellement inattendues qu'il ne faut jamais désespérer.

– Je ne veux pas me marier, c'est tout.

– Parlez-moi de votre mère, demanda Julie, qui ne voulait pas que la discussion prenne une tournure plus personnelle.

– Madeleine Le Mons, c'était son nom, n'était pas ma vraie mère, mais elle m'a aimé comme un fils et moi, je l'ai aimée comme une mère.

– Et qu'est-il arrivé à votre vraie mère ?

– Elle est morte brûlée vive par les soldats du colonel Robert Monckton lorsque je n'avais que dix ans. C'était le 29 juin 1759 à onze heures le matin. Cette date restera gravée dans ma tête jusqu'à ma mort.

– C'est horrible, compatit Julie.

– C'était encore plus horrible pour l'enfant que j'étais de voir mourir toute sa famille sans rien pouvoir faire.

– Je comprends.
– Pardonnez-moi, madame, c'est impossible de comprendre. Même moi, à l'âge où je suis rendu, je ne comprends toujours pas.

Julie dévisageait François Bonniot sans dire un mot. Elle se sentait mal à l'aise devant cet homme qui la regardait si intensément, comme s'il avait espéré une intervention miraculeuse qui effacerait tous les cauchemars qui hantaient sa vie. Elle se demandait pourquoi il était là, dans son salon, à lui raconter l'horreur de sa vie. Prise au dépourvu, Julie lui demanda s'il désirait un peu de thé.

– Ne vous dérangez pas pour moi, madame. Je ne suis venu que pour vous offrir ces dentelles, qui, je le souhaite, vous plaisent.
– Comment un travail si raffiné, si beau pourrait-il ne pas me plaire ? Votre mère avait des doigts de fée.
– Je suis très heureux de vous faire plaisir.
– D'après ce que j'ai cru comprendre, dit Julie, votre mère adoptive est morte, elle aussi.
– Oui, confirma François en se levant pour prendre congé de son hôtesse. L'année dernière, après une longue maladie.

Julie appela John, que François Bonniot suivit après avoir remercié son hôtesse de l'avoir accueilli aussi gentiment. Seule enfin, Julie respira mieux. L'intensité du regard de cet homme lui donnait froid dans le dos. Elle prit le livre de Jean-Jacques Rousseau qui traînait sur un fauteuil et se plongea dans la lecture des *Rêveries du promeneur solitaire* pour essayer d'oublier cette visite inattendue qui lui avait laissé un arrière-goût de déception qu'elle n'arrivait pas à s'expliquer.

Le 10 novembre fit naître toutes sortes d'émotions tant chez les enfants que chez les adultes : la première neige s'installa timidement pour disparaître en fin de journée sous une pluie fine qui glaçait jusqu'à l'os. Le lendemain, sous une neige plus déterminée à rester, la frégate *Triton* arrivait à Québec avec à son bord le lieutenant-colonel John Graves Simcoe et son épouse Élisabeth. Le lieutenant-colonel, un vétéran de la guerre de l'Indépendance des États-Unis, avait été choisi par le gouvernement anglais pour devenir lieutenant-gouverneur de la nouvelle province du Haut-Canada. L'Acte constitutionnel du Canada, voté par le Parlement de Londres et signé par le roi George III le 10 juin 1791, partageait officiellement la colonie en deux entités, soit le Haut-Canada et le Bas-Canada.

Par la fenêtre de la poupe, Élisabeth découvrit cette nouvelle ville qui lui apparaissait plutôt lugubre avec son mélange de brouillard, de grésil et de neige. Toutefois, elle se laissa charmer par les maisons aux toits recouverts de neige. Ils avaient quitté l'Angleterre le 26 septembre et la traversée avait été longue et orageuse, les tempêtes se succédant au grand désespoir des passagers et de l'équipage. En ce 11 novembre, en fin d'après-midi, Élisabeth Simcoe, tremblante de froid, quitta le *Triton* et monta dans la carriole du général Clarke. Un aide de camp de ce dernier, le lieutenant Talbot, la conduisit à son hôtel dans la haute ville. L'hôtel ressemblait plus à une maison flamande qu'à un véritable hôtel. Trois gros poêles débordant de bois dégageaient une telle chaleur qu'Élisabeth se sentit mal et fit ouvrir une fenêtre. Malgré sa petite taille et sa maigreur, Élisabeth Simcoe savait en imposer. Du haut de ses vingt-cinq ans, elle regardait les gens droit dans les yeux, mais sans aucune animosité. Elle savait qu'elle n'était pas jolie, que son long nez durcissait ses traits, mais sa belle chevelure abondante et son teint radieux adoucissaient le tout. Élisabeth charmait les gens par sa vivacité, sa curiosité intellectuelle et sa grande culture. Elle parlait magnifiquement le français et l'allemand en plus de sa langue maternelle, elle dessinait et peignait à l'aquarelle, elle aimait la musique, les livres et la danse, et, plus que tout, elle adorait les longues promenades au grand air. Même si John Graves Simcoe avait vingt-quatre ans de plus que sa femme, ils formaient un couple très heureux.

Une heure plus tard, on lui servit de délicieuses perdrix qu'elle mangea avec avidité. Elle termina son repas en se délectant de pommes délicieuses dont le goût de fraise, tout en la surprenant, la ravit au plus haut point. Le serveur lui apprit que ces pommes étaient hâtives et qu'elles ne se conservaient pas longtemps ; on les appelait des « roseaux ». Élisabeth fut enchantée de ces explications et elle se promit de coucher ces informations dans son journal avant d'aller dormir.

Il neigea toute la nuit et Élisabeth et le lieutenant-colonel Simcoe dormirent paisiblement. Au petit matin, ils réalisèrent qu'ils ne s'étaient guère reposés de la sorte depuis leur départ de Plymouth. De meilleure humeur qu'à leur arrivée, ils planifièrent leur journée avec un certain enthousiasme. Ils se faisaient une fête de rencontrer l'aristocratie tant anglaise que française qui constituait la haute société canadienne, puisque l'honorable juge Thomas Dunn, membre du Conseil législatif, ainsi que sa charmante épouse Henriette Guichaud donnaient une réception le soir même, dans leur grande maison de pierre située à l'angle des rues Sainte-Ursule et Saint-Louis, une réception en l'honneur de Son Altesse Royale le prince Édouard.

Vers vingt et une heures, une quarantaine d'invités, déjà, se partageaient les deux grands salons du rez-de-chaussée, conversant en français de choses et d'autres. Un serviteur se promenait parmi eux pour offrir du vin de Madère aux dames et du cognac aux messieurs. Lorsque M. et M$^{me}$ Simcoe arrivèrent, le général Clarke les accueillit chaleureusement, puis les présenta à leurs hôtes qui se hâtèrent de faire le tour des salons en compagnie de leurs prestigieux invités. Élisabeth sympathisa immédiatement avec Henriette Guichaud, qu'elle trouva très charmante. Un cercle de femmes s'improvisa autour de M$^{me}$ Simcoe.

– Comment s'est déroulée la traversée ? demanda, intéressée, M$^{me}$ Clarke, l'épouse du général.

– Horrible ! répondit spontanément Élisabeth. Des poussées de vents contraires, des tempêtes de pluie et de neige, d'affreuses bourrasques, d'énormes coups de vent… Il a même plu dans mon lit et le plancher de ma cabine n'a presque jamais été sec. Rien ne nous a été épargné. Ne parlons pas du mal de mer, c'était affreux. D'ailleurs, le seul moyen que j'ai trouvé pour m'en débarrasser, c'était de manger du bœuf salé recouvert de moutarde.

Les femmes grimacèrent de dégoût, ce qui fit rire Élisabeth. Puis elle continua le récit de son voyage.

– Cette traversée fut inoubliable, surtout avec deux enfants de deux ans et trois mois. J'ai beaucoup apprécié mes domestiques. Sans eux, je n'y serais jamais arrivée. Plusieurs membres de l'équipage ont souffert du froid, certains étaient à demi gelés. Il y avait un si grand nombre de malades que c'était très difficile de faire les manœuvres contre des vents adverses. Quelques voiles se sont déchirées pendant les fortes bourrasques. J'ai bien cru que nous n'arriverions jamais à Québec. J'avais l'impression que les vents nous repoussaient hors du fleuve et voulaient nous entraîner vers New York et, qui sait ? jusqu'aux Antilles.

Toutes les femmes l'écoutaient avec grand intérêt, considérant presque Élisabeth Simcoe comme une héroïne même si ce n'était pas la première fois qu'elles entendaient de telles histoires d'horreur.

– Combien de temps a duré la traversée ? s'enquit M$^{me}$ Baby.

– Quarante-sept longs jours qui me parurent interminables.

– Comme je vous comprends ! Passer plusieurs semaines en mer, ce n'est pas de tout repos, surtout lorsque le temps est aussi mauvais, commenta M$^{me}$ de Salaberry. Le général Haldimand a déjà raconté à mon mari que la traversée pouvait se faire en seulement dix-huit jours.

– Comment est-ce possible ? demanda avec beaucoup de curiosité Élisabeth.

Plusieurs des dames présentes, qui connaissaient l'anecdote, encouragèrent M$^{me}$ de Salaberry à renseigner la nouvelle venue.

– Vous savez sans doute que le général était très ami avec le baron et la baronne de Riedesel. Ceux-ci s'étaient installés à Sorel, vers 1781, parce que le général Haldimand avait confié au baron le commandement des troupes chargées de surveiller la vallée du Richelieu. Ils quittèrent le Canada il y a sept ou huit ans, je crois, pour retourner en Allemagne. Le père du baron venait de mourir et la santé du baron lui-même commençait à péricliter. Ils restèrent cependant en contact avec le général, enfin jusqu'à sa mort. Et c'est dans une lettre au général que la baronne racontait que, poussé par une tempête d'une violence inouïe qui dura trois semaines, leur convoi n'avait pris que dix-huit jours pour traverser l'Atlantique. C'est un véritable record, vous ne trouvez pas ?

– En effet, je n'ai jamais entendu une histoire pareille. C'est extraordinaire, affirma Élisabeth, sous le choc de cette anecdote véridique.

– Tout est une question de vent, mais à la condition, bien sûr, que le vent nous pousse dans la bonne direction, n'est-ce pas, mesdames ? conclut M$^{me}$ Dunn sur un ton amusant.

Les dames rirent toutes de bon cœur en réitérant leurs souhaits de bienvenue à Élisabeth. Cette dernière, en guise de remerciement, leva son verre à la ville de Québec et à la société canadienne.

Une quinte de toux sonore fusa du côté de la cheminée, où étaient assis quelques messieurs parmi lesquels se trouvaient le juge Adam Mabane, qui avait loué sa maison de la rue Saint-Louis au prince Édouard – qui n'était toujours pas arrivé –, le général Clarke, le juge Dunn, François Baby, adjudant général de la milice du Bas-Canada, grand ami et conseiller de Lord Dorchester, et le lieutenant-colonel Simcoe. Ces messieurs fumaient tous le cigare et le juge Mabane, enveloppé dans les volutes de fumée grise et rose, avait du mal à reprendre son souffle. M$^{me}$ Dunn lui apporta un verre d'eau froide que le juge cala sous les sarcasmes de son ami Thomas Dunn. Cette eau fraîche le calma. Il ralluma son cigare et avala une bonne gorgée de cognac, puis tout sembla rentrer dans l'ordre.

– Quelles sont les dernières nouvelles d'Europe, lieutenant-colonel ? demanda le général Clarke.

– Mon cher général, j'ai eu la chance de voir le roi George et la reine Charlotte avant de m'embarquer. Ce sont des gens tout à fait charmants. Le roi et moi avons longuement discuté. Depuis bientôt deux ans, Sa Majesté n'a eu aucun problème de santé. Vous devinez, bien sûr, de quoi je veux parler, enfin… passons. Cependant, ses fils lui donnent bien des soucis, vous savez. Je ne voudrais pas me faire l'écho de tous les ragots qui circulent à son sujet, mais le prince de Galles est drôlement entiché de cette M$^{me}$ Fitzherbert, au grand désespoir de son père, le roi. Les ducs d'York et de Clarence ont des conduites tout aussi condamnables. Ils peuvent bien s'exhiber avec des actrices, on les comprend, certainement, mais de là à les épouser… C'est une autre histoire, c'est scandaleux, ne trouvez-vous pas, messieurs ?

– C'est honteux et tout à fait indigne de leur part, trancha le juge Mabane.

– C'est vrai qu'ils ont un rang à garder et pas n'importe lequel. On parle d'un futur roi tout de même, ajouta le juge Dunn, quelque peu offusqué.

– Vous avez entièrement raison, messieurs, continua le général Clarke, la jeunesse est parfois ingrate.

– Et qui plus est, murmura le lieutenant-colonel, on parle beaucoup, à Londres, du quatrième fils de Sa Majesté, le prince Édouard, qu'il me tarde de connaître d'ailleurs, et de cette baronne de… Comment l'appelle-t-on, déjà ?

– Fortisson, la baronne de Fortisson. Ici, à Québec, elle est mieux connue sous le nom de M$^{me}$ de Saint-Laurent, précisa l'honorable François Baby, qui, avec son épouse Marie-Anne Tarieu de Lanaudière, personnifiait la vieille aristocratie française.

– Cette dame, nous ne la voyons jamais, dit le juge Dunn. Mon épouse l'a vaguement aperçue chez le chapelier Hall de la rue Saint-Jean. Elle était avec une jeune fille, sa femme de chambre sans doute. C'est à se demander si le prince a honte de nous la présenter, s'il ne la cache pas de peur de se la faire voler.

Tous rirent à gorge déployée devant les insinuations malveillantes de Thomas Dunn.

– On m'a dit que c'est une très belle femme, très élégante aussi, déclara le général Clarke. On la dit intelligente et cultivée, mais moi non plus, je ne l'ai jamais rencontrée.

– La baronne et le prince sont des amis très proches des Salaberry, dit à mi-voix Adam Mabane en regardant dans la direction du couple.

Louis de Salaberry et sa femme Catherine, ainsi que M. Paul-Roch de Saint-Ours, membre du Conseil législatif, écoutaient Josephte Murray, M$^{me}$ de Saint-Ours, nièce de l'ancien gouverneur James

Murray, raconter quelque chose d'amusant avec son joli accent anglais qui ajoutait du piquant à ses propos.

– Il y a pire, Messieurs, reprit le lieutenant-colonel Simcoe, il y a pire. Que faut-il penser du roi français, qui n'arrive pas à reprendre la situation en main ? Durant la traversée, j'ai réussi à lire l'excellent livre *Réflexions sur la Révolution française*, d'Edmund Burke, un adversaire acharné de la Révolution dont les idées sont très intéressantes, mais, personnellement, je considère que nous n'avons rien à faire dans cette galère.

– Louis XVI semble avoir perdu tout crédit en France, renchérit le lieutenant-gouverneur Clarke.

– J'aimerais bien lire ce livre que vous venez de mentionner, lieutenant-colonel, dit le juge Mabane. Vous n'ignorez sans doute pas qu'il se dit beaucoup de choses sur cette révolution. Certains considèrent même qu'elle représente les bases de la liberté et de l'intégrité humaines.

– Vous faites certainement allusion aux idées de Charles James Fox, le chef du parti des whigs. C'est un admirateur de la Révolution. D'ailleurs, il s'est brouillé avec Burke. Leurs idées sont trop divergentes. Je me ferai un plaisir de vous prêter le livre de Burke, monsieur le juge. Dès demain, j'enverrai mon aide de camp vous le porter, répondit le lieutenant-colonel Simcoe.

– À vous entendre, monsieur le lieutenant-colonel, il semble que la monarchie française soit bien malade, dit François Baby, et que le roi et la reine courent de graves dangers.

– Monsieur l'adjudant général, la contagion révolutionnaire fait des ravages dans nos classes inférieures, il faut une vigilance de tous les instants. Il faut être prêt à réagir. Il y a quelques mois, l'Angleterre a chassé un vil individu, un certain Thomas Paine, un ignoble pamphlétaire qui semait des idées révolutionnaires malsaines dans l'esprit de notre peuple. Le gouvernement ne s'est pas montré assez ferme envers lui. Moi, je l'aurais fait pendre, conclut le lieutenant-colonel Simcoe.

– Vous avez entièrement raison lorsque vous dites qu'il faut être prêt à réagir, ne serait-ce que pour défendre nos institutions, continua François Baby, qui était devenu sujet anglais, mais sans cesser d'être canadien et fervent catholique.

Le général Clarke regarda les autres notables de son petit groupe et demanda à la ronde si on n'exagérait pas les répercussions de cette révolution qui sévissait en France et nulle part ailleurs.

– Pour le moment seulement, général. Ce n'est qu'une question de temps. Ne minimisez pas l'influence de certaines gens sur le peuple. Ce serait une grave erreur, affirma le lieutenant-colonel en levant les yeux au ciel.

Un malaise s'installa dans le petit cercle. Les hommes, songeurs, burent leur cognac et fumèrent leur cigare en silence.

Dans l'autre salon, d'autres personnages importants discutaient à voix basse de la nouvelle Constitution qui serait bientôt adoptée et des élections qu'il faudrait préparer. Les uns se demandaient ce que leur réservait cette nouvelle Constitution, d'autres s'interrogeaient sur l'avenir de la société canadienne.

Ces ardentes discussions furent interrompues par de joyeuses exclamations féminines :
– Enfin, le prince arrive !

Les quelques jeunes filles et les jeunes messieurs présents accueillirent cette arrivée avec la plus grande joie. La soirée allait pouvoir vraiment commencer puisque les musiciens avaient reçu l'ordre de faire danser les invités seulement lorsque tous seraient arrivés, sans exception. Il était vingt et une heures trente et certains désespéraient de jamais voir le prince. « Il n'est pas seul. Elle est venue », entendit-on. Le juge Dunn et sa femme accueillirent le prince et M$^{me}$ de Saint-Laurent avec beaucoup de courtoisie. La majorité des invités attendaient avec impatience de rencontrer le célèbre couple. Les femmes s'extasièrent en silence devant le manchon et la capeline de martre zibeline que portait Julie. Un valet la débarrassa de son magnifique manteau en velours noir bordé de la même fourrure. Julie avait fière allure dans sa ravissante robe en taffetas bleu ornée de dentelle blanche qu'elle avait elle-même cousue, aidée de Séverine. Édouard, élégant dans son uniforme chamarré, souriait aimablement à tous les gens que le juge et sa dame lui présentaient. Julie suivait en silence. On la présentait comme M$^{me}$ de Saint-Laurent et non comme la baronne de Fortisson. Chaque fois, elle saluait d'un hochement de tête en esquissant un sourire malgré la froideur et l'indifférence avec lesquelles certaines personnes l'accueillaient. Cette tournée fut pour Julie le pire des supplices. Les hommes la regardaient d'un œil intéressé, les femmes la dévisageaient effrontément, avec une pointe d'envie, crut-elle remarquer.

Quand Édouard s'arrêta pour discuter avec le lieutenant-colonel et M$^{me}$ Simcoe, qui avaient rencontré le roi et la reine avant de s'embarquer pour le Canada, et puisqu'on l'ignorait complètement, Julie en profita pour s'esquiver. Quelle ne fut sa surprise d'apercevoir son amie

Catherine ! Les deux femmes se jetèrent dans les bras l'une de l'autre sous les rires amusés des autres dames, qui agissaient par ailleurs comme si la compagne du prince Édouard n'avait pas été là. Lorsque ce dernier l'avait présentée à M. et M$^{me}$ Simcoe, malgré une gentillesse de circonstance, Julie avait très bien senti une antipathie naturelle dans les yeux d'Élisabeth. La beauté resplendissante de Julie n'était pas étrangère à la réaction d'Élisabeth, dépourvue de tout attrait physique. On la jugeait sans la connaître, et cela, Julie avait beaucoup de difficulté à l'accepter. De voir qu'Édouard ne tenait pas compte de l'attitude désagréable des gens de la haute société de Québec envers elle la peinait beaucoup, mais elle n'en laissait rien paraître de peur de contrarier le prince, qui ne savait sans doute pas comment affronter cette réalité.

– J'ai quelque chose de très important à vous dire, chère Julie, annonça Catherine de Salaberry.

Les deux femmes s'éloignèrent et s'installèrent dans un coin tranquille près d'une fenêtre, loin de la musique et des rires des jeunes danseurs qui s'en donnaient à cœur joie. Confortablement assise, Julie attendit, en regardant son amie dans les yeux, que cette dernière lui confie ce qui semblait d'une importance capitale.

– J'ai reçu la visite de mon médecin ce matin, commença Catherine en chuchotant presque.

– Ne me dites pas que vous êtes malade, ma très chère amie, dit Julie en fronçant les sourcils, ne pouvant cacher son inquiétude.

– Au contraire, Julie, rassurez-vous. Le médecin m'a confirmé une merveilleuse nouvelle que je soupçonnais depuis quelque temps déjà. Je suis enceinte, j'attends un enfant, révéla une Catherine souriante et heureuse.

– Quelle merveilleuse nouvelle, Catherine, quelle joie pour Louis et vous ! Je suis tellement heureuse pour vous deux et les enfants, s'exclama Julie, qui ne pouvait dissimuler la joie sincère qu'elle ressentait.

– Pourquoi ces larmes, ma tendre amie ? demanda Catherine en voyant l'émotion dans ses yeux.

– Je ne peux m'empêcher de vous envier. Je voudrais tellement donner un enfant à Édouard, confia-t-elle en séchant discrètement ses larmes avec un joli mouchoir en batiste brodé de fleurs rouges.

– Ne soyez pas triste, Julie, implora Catherine.

– Pardonnez-moi, chère amie. En me comportant de la sorte, je mets de l'ombre sur votre joie, qui doit être grande en ce moment, dit Julie avec un sourire qui illumina le violet de ses yeux.

Elle rangea son mouchoir dans sa petite bourse du même bleu que sa robe.

– C'est notre septième enfant. Je crois que ce sera notre dernier. J'ai trente-huit ans, vous savez, et j'ai besoin de toutes mes forces pour m'occuper des enfants, même si nos domestiques me sont d'un très grand secours dans cette tâche lourde mais ô combien enrichissante, confia Catherine.

Les deux femmes, trop absorbées par leur discussion, n'entendirent pas Édouard venir vers elles. Il semblait préoccupé.

– Que vous arrive-t-il, douce Julie ? demanda-t-il en la fixant tendrement.

– Nos amis les Salaberry ont appris aujourd'hui une merveilleuse nouvelle qui m'a beaucoup émue, n'est-ce pas, chère Catherine ?

– Je vais avoir un enfant, expliqua Catherine.

– Quelle réjouissante nouvelle, en effet, et quand doit avoir lieu cet heureux événement ?

– Au mois de juin.

– Je vous félicite, chère madame, et je vous avoue que je serais le plus heureux des hommes si on me faisait l'honneur de me choisir comme parrain de ce petit, parce que ce sera un garçon, j'en suis persuadé, dit Édouard le plus naturellement du monde. Je vais de ce pas en parler avec le père. Veuillez m'excuser, jolies mesdames.

Catherine et Julie se mirent à rire devant la réaction assez inattendue du prince. Quelques femmes avaient entendu les propos de ce dernier et elles se demandaient si M$^{me}$ de Saint-Laurent serait choisie comme marraine de l'enfant. Elles s'approchèrent de Catherine de Salaberry.

– Je n'ai pu m'empêcher d'entendre quelques bribes de votre conversation, tant le prince Édouard paraissait excité d'apprendre une telle nouvelle, dit l'une d'entre elles. Toutes mes félicitations, chère madame de Salaberry.

– Merci beaucoup, madame de Lanaudière.

Les trois autres femmes qui formaient le petit groupe offrirent également leurs félicitations à Catherine. Marie-Josephte Rolette, l'épouse du major Samuel Holland, hollandais de naissance et arpenteur général, poussa même l'audace jusqu'à demander à Julie si elle avait des enfants avec le prince.

– Non, je n'ai pas d'enfants, répondit-elle sèchement, choquée de l'effronterie de cette vieille dame.

Les femmes se dispersèrent parce qu'elles sentaient que les propos de M$^{me}$ Holland étaient déplacés et avaient blessé la conjointe du prince.

Catherine de Salaberry appuya la main sur le bras de son amie et l'encouragea à ne pas accorder d'importance à une femme aussi malveillante. Les deux amies se levèrent et rejoignirent Louis de Salaberry et le prince Édouard, qui discutaient avec le grand-voyer de la province, François-Marie Picoté de Bellestre, membre du Conseil législatif, qui ponctuait ses phrases de coups de canne sur le parquet, ce qui amusait fort Julie et Catherine, ainsi qu'avec Joseph-Gaspard Chaussegros de Léry, seigneur de Gentilly et également membre du Conseil législatif. Ces deux conseillers frisaient les soixante-dix ans, mais ils étaient écoutés avec sérieux par leurs interlocuteurs. Lorsqu'ils réalisèrent que deux jolies femmes s'étaient jointes à leur groupe, ces messieurs cessèrent leur discussion, qui tournait principalement autour de la nouvelle Constitution qui fixait les limites territoriales des provinces du Haut et du Bas-Canada. Le prince Édouard profita de la venue de ces dames pour proposer un toast à la santé de M. et M$^{me}$ de Salaberry dont la famille s'agrandirait bientôt. Tous ces messieurs levèrent leur verre à la santé des heureux parents et quelques-uns osèrent même trinquer à la beauté de M$^{me}$ de Saint-Laurent, au grand bonheur d'Édouard.

Un peu passé minuit, M$^{me}$ Dunn proposa à ses invités de se diriger vers la salle à manger, où un buffet froid leur était offert, composé de pâtés de foie gras, de salades de légumes et de desserts tous plus appétissants les uns que les autres. À tous ceux qui s'extasiaient devant une table si bien garnie, l'hôtesse ne cessait de répéter que ce n'était qu'un simple goûter de fin de soirée, rien de très compliqué. Les dames mangèrent avec parcimonie, mais les messieurs s'empiffrèrent avec appétit.

Vers une heure du matin, les musiciens firent une pause à la suggestion de M$^{me}$ Dunn, qui les entraîna vers le buffet. Ne pouvant plus danser, les jeunes, mécontents, protestèrent. Le prince Édouard et Julie profitèrent de cette accalmie pour remercier leurs hôtes avant de quitter la réception. Ils furent suivis de plusieurs autres invités quelques minutes plus tard. À deux heures, tout le monde était parti.

Le juge Dunn, en rejoignant sa femme dans leur chambre, n'essayait plus de retenir ses bâillements. Avant de fermer les yeux, il dit : « Elle est vraiment belle, cette Julie de Saint-Laurent », puis s'endormit aussitôt. Il n'entendit pas le commentaire de sa femme : « Il ne faudrait quand même pas exagérer au sujet de la beauté de cette femme dont on ne sait rien, d'ailleurs. » Aux ronflements de son mari, Henriette comprit que la conversation était terminée. Elle se tourna et, quelques minutes plus tard, elle ronflait elle aussi.

Ce soir-là, en se rendant rue de Buade à la taverne de son ami, François Bonniot était passé par la rue Saint-Louis et avait aperçu un carrosse dans lequel il avait reconnu le prince et sa dame. Il avait suivi la voiture en rasant les murs des maisons pour ne pas être repéré. Le cocher s'était arrêté à l'angle de la rue Sainte-Ursule. Bonniot s'était caché derrière une clôture, sans quitter le prince des yeux. « Il ne te reste plus longtemps à vivre, fils de roi, amuse-toi bien », avait-il marmonné en rebroussant chemin vers la taverne Franks.

Cette nuit-là, Julie eut du mal à dormir. Elle tournait et se retournait dans son lit sans trouver la position idéale pour apprivoiser le repos. En se couchant, Édouard avait juste eu le temps de l'embrasser et de lui souhaiter une bonne nuit que déjà il sombrait dans un sommeil profond. Le sommeil ne venant pas, Julie ruminait chacun des mots qu'elle avait confiés à Catherine. Elle s'en voulait de s'être laissée aller à s'épancher sur sa vie de femme incapable de satisfaire son instinct maternel. Par contre, elle avait eu la décence de ne pas révéler à son amie qu'elle avait déjà eu deux fausses couches. La première à vingt-sept ans, lorsqu'elle vivait avec le marquis de Permangle. Une chute de cheval l'avait plongée dans de grandes douleurs et, à sa grande surprise, elle avait perdu le fœtus de huit semaines qui prenait forme dans son ventre. Quel n'avait pas été son étonnement, elle qui n'avait jamais soupçonné un tel bouleversement dans son corps ; pas la moindre nausée, pas la moindre fatigue. Elle avait même perdu son sang comme les autres mois. Comme elle ne comprenait rien à ce qui lui arrivait, elle avait demandé au docteur L'Érigault de n'en souffler mot à Philippe Claude. Il le lui jura, non sans se sentir offensé du peu de confiance de sa patiente. « J'ai prêté le serment d'Hippocrate, madame, ne l'oubliez pas », lui avait-il dit d'un air contrarié avant de la quitter. Elle avait éprouvé de la tristesse, de la déception, mais pas une grande peine puisque jusqu'alors elle avait ignoré l'existence de cet enfant en elle.

Puis, en février dernier, à Gibraltar, à la première nausée, elle avait su qu'elle portait l'enfant d'Édouard. Lorsqu'elle lui annonça la bonne nouvelle, sa première réaction fut de lui dire qu'il ne voulait pas la perdre. Inconsciemment, le prince associait la venue au monde d'un enfant à la mort de la mère ; il se rappelait les douleurs insupportables qu'Adélaïde avait endurées avant de mourir. « Vous ne me perdrez pas, Édouard, je porte la vie en moi, c'est merveilleux », lui avait dit Julie en souriant, tant son bonheur était grand. La confiance de Julie rassura tellement Édouard qu'il lui fit l'amour, cette nuit-là, avec toute l'insouciance de ses vingt-trois ans.

Tous les matins avant de s'habiller, Julie tâtait son ventre toujours trop plat et s'en désolait. Séverine, elle, s'amusait de l'impatience de sa maîtresse.

– Il faut attendre au moins le cinquième mois pour que ça commence à paraître vraiment. Je ne sais pas si c'est comme ça pour toutes les femmes, mais pour moi, ça a commencé à paraître au cinquième mois seulement, expliqua-t-elle tout en ayant peur de déplaire à Julie.

– Ce n'est pas très encourageant, ce que tu me dis, ma pauvre Séverine. Mais il faudra bien que je m'y fasse et que je maîtrise mon impatience, n'est-ce pas ?

– En attendant, madame, nous ferons des robes de maternité.

Julie n'avait pu s'empêcher de penser à toutes les contraintes auxquelles elle devrait s'astreindre pour que le scandale n'éclate pas. Elle n'était pas mariée avec le prince et ce dernier, malgré sa grossesse, ne lui avait jamais parlé de mariage. Un voile de tristesse s'était étendu sur la joie que la venue de cet enfant lui procurait. Le colonel Symes allait certainement essayer de décourager Édouard en lui disant que son père, le roi, serait déçu s'il apprenait une telle nouvelle. Tout compte fait, Julie réalisait que sa grossesse n'était pas un événement aussi merveilleux qu'elle espérait. Tous les matins, les nausées la sortaient du lit et les vomissements ne la laissaient tranquille qu'une heure plus tard. Édouard, lui, éprouvait un sentiment d'impuissance auquel il ne s'habituait pas. La peur ne quittait pas Julie. Elle se cachait pour que le personnel ne la voie pas dans cet état. Elle écrivait de longues lettres à Jeanne Béatrix et, souvent, Séverine la surprenait à pleurer dans le petit salon qui lui était réservé.

À la mi-avril, une douleur insupportable sortit précipitamment Julie de son sommeil. Édouard demanda à son homme de confiance, Philip Beck, d'aller chercher immédiatement le chirurgien du régiment, le docteur de Bonne. Celui-ci arriva aussi vite qu'il le put, pour découvrir la maîtresse du prince gisant dans des draps ensanglantés. Julie faisait des efforts surhumains pour ne pas crier même si d'atroces douleurs lui tordaient le ventre. Édouard faisait les cent pas dans la pièce à côté. Il était persuadé que Julie mourrait dans les prochaines minutes et il ne pouvait supporter une telle tragédie. Perdre Julie, jamais il ne pourrait accepter pareille injustice. Le docteur de Bonne avait accouché quelques épouses des officiers du régiment, lorsque des complications dépassaient les compétences de la sage-femme, mais, en pénétrant dans la chambre, il vit tout de suite que cette grossesse était terminée. Une heure plus tard, lorsqu'il eut fini son travail de curetage, il parla longuement à Julie. Il lui apprit que son utérus était trop petit et que cela la prédisposait à faire des fausses couches. «J'ai bien peur qu'il vous soit presque impossible, dorénavant, de mener à terme vos grossesses. Vous vous devez d'être très prudente, madame», affirma-t-il. Il l'exhorta à prendre du repos. Puis, voyant les larmes dans ses yeux, il lui dit doucement: «Vous savez, madame, la nature nous fait de bien grandes surprises, parfois. Elle est tout à fait imprévisible, alors ne désespérez pas.» Ces paroles rassérénèrent Julie, qui ferma les yeux et s'endormit aussitôt.

Ces réminiscences semèrent de l'inquiétude dans l'esprit de Julie. Elle se disait qu'il n'était pas facile d'aimer un prince, mais. maintenant, elle ne pouvait plus vivre sans lui. Elle entendit l'horloge sonner quatre coups. «Déjà», pensa-t-elle. Elle se tourna vers Édouard et posa la tête sur son épaule. Machinalement, celui-ci l'encercla de ses bras. Elle l'embrassa tendrement sur la joue, ferma les yeux et s'endormit.

Guillaume La Rose arriva à vingt heures tapantes au domicile du prince. Séverine l'attendait impatiemment. C'était la première fois qu'un jeune homme l'invitait à sortir depuis qu'Antoine Garsault l'avait abandonnée, enceinte et sans ressources. Guillaume se présenta à l'entrée principale, non à la porte de service comme le lui avait suggéré Séverine. John, le majordome, vint la chercher dans sa chambre, où elle finissait de mettre son manteau et ses gants. C'est avec une certaine gêne qu'elle pénétra dans le petit salon, où John avait fait attendre Guillaume.

– Ne t'avais-je pas demandé de passer par la porte de service, Guillaume ? demanda Séverine d'un ton qui se voulait autoritaire.

– Je ne suis pas un domestique, mademoiselle, répondit-il, humilié, je suis un soldat du 7$^e$ régiment des fusiliers royaux de Sa Majesté le roi George III...

– ... sous le commandement de Son Altesse Royale le prince Édouard d'Angleterre, oui, je sais, coupa Séverine.

– Tu vois bien qu'avec un tel titre tu ne peux me faire passer par la porte de service, expliqua à la blague Guillaume, qui ne voulait surtout pas que Séverine se fâche et annule la soirée.

– Il est vrai que, en raison de ton statut, ma demande est tout à fait irrecevable. Veuillez m'excuser, cher soldat du 7$^e$ régiment des fusiliers, et ainsi de suite, blagua Séverine en éclatant de rire.

Guillaume en fit autant, puis il lui présenta le bras et ils se dirigèrent, bras dessus, bras dessous, jusqu'à l'auberge du Chien-d'Or, rue Buade dans la haute ville, où, espéraient-ils, un délicieux repas les attendait. Avant d'entrer dans cette auberge que Séverine ne connaissait pas, elle s'attarda à lire la devise accompagnant la gravure d'un chien belliqueux qui donnait froid dans le dos :

*Je suis un chien qui ronge l'os.*
*En le rongeant je prends repos.*
*Un temps viendra qui n'est venu*
*Où je mordrai qui m'a mordu.*

– C'est horrible, dit-elle, étonnée, ce chien méchant qui ne pense qu'à se venger.
– Si ce chien ne pense qu'à se venger, c'est qu'il y a eu affront, affirma Guillaume, et s'il y a eu affront, il faut absolument réparer.
– Réparer en tuant, je suppose ?
– La plupart du temps, oui. C'est avant tout une question d'honneur.
– L'honneur, l'honneur, les militaires n'ont que ce mot à la bouche !
– Parce que c'est un grand mot, Séverine. On ne discute jamais l'honneur d'un homme, précisa le soldat.
– Mais qu'est-ce qui s'est passé, au juste, pour susciter un tel désir de vengeance ?
– Moi aussi, j'ai été intrigué par cette inscription. On m'a raconté, il y a quelque temps, une légende, mais il y en a plusieurs. Laquelle est la bonne ? Va savoir. C'est arrivé au début du siècle. Un bourgeois du nom de Philibert habitait cette maison. Il s'est disputé, à la porte de sa maison, avec un officier qui s'appelait Le Gardeur de Repentigny. Au cours de la dispute, l'officier plongea son épée dans le corps de Philibert, qui mourut sur-le-champ. Le Gardeur de Repentigny s'enfuit dans un autre pays pour ne pas subir les affres d'un procès qui le déshonorerait. La veuve de Philibert, inconsolable, ne vécut que pour venger son mari. C'est elle qui a fait placer le chien et l'inscription sur la façade de la maison. Elle voulait que son jeune fils s'imprègne de ces mots et qu'il développe un sentiment de vengeance à l'égard de celui qui l'avait privé d'un père. Lorsque l'enfant est devenu un homme, il est parti à la recherche de l'assassin de son père. Il le trouva dans les Indes françaises et le tua avec son épée. Son père était enfin vengé.

– Qui avait commencé la dispute ? s'enquit Séverine, bien décidée à mettre au clair certains éléments obscurs de cette histoire.

– La légende ne le dit pas, mais ça n'a aucune importance. Celui qui a tué doit mourir à son tour, c'est une question d'honneur, je te l'ai dit, résuma Guillaume, qui voulait changer de sujet de conversation, exaspéré par les commentaires de Séverine qui ne semblait rien comprendre à la notion d'honneur.

– J'ai faim, déclara subitement Séverine, qui ne voulait plus continuer à discuter avec quelqu'un d'aussi entêté.

– De toutes les choses que j'ai entendues ce soir, voilà la plus sensée.

– Cela inclut tout ce que tu as dit toi-même ? demanda Séverine avec un sourire qui en disait long.

– Je n'aurai jamais le dernier mot avec toi, à ce que je peux voir. Tu sais, Séverine Boucher, c'est la raison pour laquelle tu me plais autant, lui dit Guillaume en lui administrant un baiser sonore sur la joue.

Ils pénétrèrent dans la taverne et s'installèrent dans l'une des deux salles à manger, qui regorgeaient de monde. Un serveur arriva précipitamment, déposa deux verres et un pichet de vin, et prit leur commande.

– Ce soir, leur dit-il, on sert du pâté de perdrix, des poulardes à la braise et du bœuf en croûte, accompagnés de haricots verts et de navets au beurre.

Lorsque le repas fut servi, et voyant que la bonne humeur ne quittait pas le visage de Guillaume, Séverine se risqua :

– Tu as dit tout à l'heure qu'il y avait plusieurs légendes sur le Chien d'Or. Est-ce que tu en connais d'autres ?

– Oui.

– Pourrais-tu m'en raconter une autre ?

– Oui, pour te faire plaisir, mais à une condition.

– Laquelle ? demanda Séverine en prenant une bouchée de poularde.

– C'est que tu ne fasses plus de commentaires négatifs.

– C'est entendu.

– Jure-le.

– Je le jure.

– L'histoire se déroule au milieu du siècle, cette fois-ci. C'est toujours le même Philibert, un bourgeois prospère propriétaire de l'auberge du Chien-d'Or où nous sommes présentement. Un officier de marine français, un certain Le Gardeur de Repentigny, lui demande sur un ton de commandement une chambre pour la nuit. Philibert ne peut tolérer qu'un jeune prétentieux à perruque s'adresse à lui, un riche marchand de Québec, d'une façon aussi condescendante et cavalière. Il répond que l'auberge est pleine, mais l'officier insiste. Il veut une chambre au Chien-d'Or et nulle part ailleurs. Une discussion animée commence, le ton monte et la dispute prend des proportions qui surprennent tous les clients de l'auberge. L'aubergiste frappe l'officier avec un lourd bâton et ce dernier, sans réfléchir, sort son épée de son fourreau et transperce le corps de Philibert, qui s'écroule et meurt quelques minutes plus tard. Le Gardeur de Repentigny s'enfuit aux États-Unis. On lui fera un procès par contumace et il sera condamné à mort, mais un an plus tard le roi lui accordera un pardon et il pourra revenir au pays. C'est une histoire qui finit bien tout de même, tu ne trouves pas ?

– Un homme est mort, on ne peut pas dire que l'histoire finisse bien.

– Mais l'assassin obtient le pardon du roi. Il n'y aura pas de vengeance. Tu dois être contente, pas vrai ?

– Oui, c'est vrai.

– J'entends de la musique à l'étage. Si on allait danser ?

– Oh oui ! j'aime danser.

Ils dansèrent toute la soirée, presque sans s'arrêter. À minuit, Guillaume raccompagna Séverine. Avant qu'elle puisse lui expliquer qu'elle ne le ferait pas entrer, Guillaume avait déjà emprisonné son joli visage dans ses mains et l'embrassait avidement. Séverine se libéra bien malgré elle. Elle retrouvait avec enchantement les merveilleuses sensations qu'elle avait éprouvées dans les bras d'Antoine Garsault, il y avait deux ans déjà, peut-être trois ; comme le temps passait vite.

– J'ai passé une merveilleuse soirée, réussit-elle à dire, la voix tremblante.

– On recommencera alors, déclara Guillaume, l'esprit rempli de promesses inavouées.

– Peut-être.

– Peut-être ? demanda Guillaume en écarquillant les yeux.

– En fait, je veux dire certainement, si tu le veux toi aussi, s'entendit formuler Séverine.

– Si je le veux moi aussi ? Mais qu'est-ce que c'est que ces façons de parler ? Pour moi, tout est très simple. Ou bien nous sortirons de nouveau ensemble parce que nous avons aimé notre soirée, ou bien nous ne recommencerons plus parce que cette soirée ne fut pas très agréable. Voilà, conclut Guillaume. Maintenant, Séverine, j'attends ta réponse.

Séverine resta bouche bée pendant quelques secondes. Elle ne savait plus quoi dire tant le comportement de Guillaume la désarçonnait. C'était un garçon très soupe au lait qui n'avait aucun sens de la nuance. Il n'aimait pas les jeux liés à la séduction qui plaisaient tant à Séverine. Quelque peu déçue, elle répondit :
– Ma réponse est oui, je veux que nous recommencions.
– Voilà la réponse que je désirais entendre, dit Guillaume en l'emprisonnant dans ses bras et elle s'y réfugia avec soulagement.
Guillaume retourna à la caserne le cœur léger. La nuit était froide, il accéléra le pas en pensant à cette jolie fille qui lui faisait tant d'effet.

Deux semaines plus tard, un événement majeur remplit de bonheur Julie et Édouard. Accompagnés des Salaberry, ils assistèrent à la représentation de *L'Avare* de Molière, à l'étage de la taverne du Chien-d'Or de John Franks, donnée par la troupe des Jeunes Messieurs canadiens. Après avoir reçu en 1780, du gouverneur Haldimand, le droit de s'installer à Montréal dans le vestibule de l'église abandonnée des jésuites, la troupe des Jeunes Messieurs monta *Les Fourberies de Scapin*, aussi de Molière. Le capitaine Joseph Quesnel de La Rivaudais en était le directeur et, comme il était également écrivain et musicien, il composa, entre autres, un opéra, le premier au Canada, *Colas et Colinette*, créé à Montréal le 14 janvier 1790. D'autres musiciens et comédiens s'associèrent au capitaine Quesnel : Jean-François Perrault ; l'avocat et notaire Pierre-Louis Panet, seigneur d'Argenteuil ; l'imprimeur et journaliste Jacques-Clément Herse ; l'officier François Vassal de Monviel ; le notaire Jean-Guillaume de Lisle ; les avocats François-Roch Rolland et Pierre-Amable de Bonne de Missègle ; et deux décorateurs, Jean-Louis Foureur dit Champagne et Louis Dulongpré. En se déplaçant temporairement à Québec, la troupe dut recruter d'autres comédiens puisque les fonctions officielles des membres fondateurs les retenaient à Montréal. La troupe était formée uniquement de jeunes hommes, dont quelques-uns faisaient partie de la milice urbaine ou de l'armée. Ils devaient assumer les rôles des personnages féminins, le mélange des sexes au théâtre n'étant pas permis par l'Église catholique. Charles-Michel, l'aîné des Salaberry, qui n'avait que quatorze ans, s'était engagé, sous la protection du prince Édouard, comme volontaire dans l'infanterie britannique. En garnison à Québec, il fit ses premiers pas sur les planches dans la troupe des Jeunes Messieurs canadiens avec ses amis Michel-Flavien Sauvageau et François Romain.

Catherine et Louis-Antoine de Salaberry ainsi que l'aînée de leurs filles, Adélaïde, rencontrèrent Julie et le prince Édouard à l'étage de la taverne. Toute la haute société de Québec était présente, les nobles et les riches, saluant tantôt M$^{me}$ de Salaberry et M. de Salaberry, tantôt le prince Édouard, mais dévisageant la dame qui l'accompagnait sans même la saluer. Julie discutait avec Adélaïde, qui lui racontait une anecdote sur son père.

– Vous savez, madame de Saint-Laurent, que mon père est retourné en France, il y a six ans maintenant, et qu'il a été présenté au roi Louis XVI.

– Mais oui, ma chère enfant, je le sais très bien. Il désirait également revoir sa famille.

– Pendant son séjour en France, il a assisté à des représentations de pièces de théâtre, dont celle du *Barbier de Séville*, continua Adélaïde.

– Avant la Révolution, il se faisait beaucoup de théâtre en France, commenta Julie.

– Tu ne vas pas raconter cette histoire, Adélaïde ! Tu vas ennuyer M$^{me}$ de Saint-Laurent, interrompit Catherine, qui voulait surtout ne pas mettre son mari mal à l'aise.

– Mais, maman, c'est tellement drôle, dit Adélaïde, qui commençait déjà à rire.

– Vous m'intriguez, toutes les deux. Je veux connaître la suite, insista Julie, avec un certain enthousiasme dans la voix.

– Quelques mois après le retour de mon père au Canada, une troupe de jeunes amateurs canadiens monta *Le Barbier de Séville*, reprit Adélaïde en regardant dans la direction de son père, en grande conversation avec le prince et le gouverneur Clarke.

– Tu vas ridiculiser ton père, la semonça mollement Catherine.

– Des amis l'invitèrent à assister à la pièce, mais il hésitait, continua Adélaïde sans tenir compte de l'avertissement de sa mère, et en imitant la voix grave de son père pour la suite. « Qu'irais-je faire à votre théâtre, sinon voir massacrer une pièce que j'ai vu jouer à Paris par les meilleurs acteurs français ? » Il y alla quand même avec maman pour ne pas décevoir ses amis. Dès la première scène, entre le comte Almaviva et le barbier, papa fut tellement impressionné par le talent du jeune acteur, un certain M. Ménard, je crois, qu'il se leva spontanément et s'écria d'une voix retentissante : « Courage, Figaro ! On ne fait pas mieux à Paris ! » Alors, tous les spectateurs se sont levés et ont aussi crié, en oubliant les acteurs : « Courage, Figaro ! On ne fait pas mieux à Paris ! » On n'arrêtait pas de lancer des hourrahs à mon père, paraît-il, termina Adélaïde en riant aux éclats, imitée par sa mère et Julie qui cachaient leur visage de leur main gantée.

Les trois femmes cherchèrent des mouchoirs dans leur petit sac pour sécher leurs yeux.

– C'est tellement drôle, réussit à dire Julie à travers ses rires, mais ce comportement ressemble tellement à Louis-Antoine.

– Je le crois aussi, dit Catherine.

– Mais toi, ma belle Adélaïde, tu es une raconteuse hors pair, dit Julie en regardant la jeune fille avec un regard admiratif. Au fait, ton frère, quel rôle joue-t-il?

– Celui de Valère, l'amant d'Élise, l'informa fièrement Catherine.

– J'espère que papa ne se lèvera pas pendant la pièce pour féliciter Charles-Michel, car mon grand frère ne s'en remettrait jamais. Courage, Valère! On ne fait pas mieux à Paris! ajouta Adélaïde, imitant encore son père.

– Tu exagères, ma fille, il ne faudrait pas que tu fasses passer ton père pour un bouffon, dit Catherine, qui arrivait difficilement à retenir son fou rire.

– Et savez-vous qui tient le rôle de Frosine, madame de Saint-Laurent? C'est son ami François Romain, dit Adélaïde avec un large sourire moqueur.

– J'ai l'impression que notre belle Adélaïde ne s'ennuiera pas de toute la soirée. Est-ce que je me trompe? demanda Julie à la jeune fille d'un petit air narquois.

Sur ces entrefaites, M$^{me}$ Simcoe et M$^{me}$ Baby vinrent saluer Catherine de Salaberry.

– Qui est cette belle jeune fille qui semble tant s'amuser? demanda Élisabeth Simcoe.

– Mesdames, permettez-moi de vous présenter l'aînée de mes filles, Adélaïde, répondit Catherine avec toute la fierté d'une mère.

– Ravies de vous rencontrer, dirent en chœur les deux amies.

– J'espère que vous passerez une charmante soirée. J'ai très hâte de voir cette pièce jouée par des acteurs canadiens, commenta M$^{me}$ Simcoe. Il y a quelques années, le colonel et moi avons passé quatre mois dans la campagne française, même si notre vie à Wolford, dans le Devon, nous satisfaisait entièrement, afin de permettre à mon mari de profiter du merveilleux climat français et de recouvrer ainsi sa santé, qui avait été fort ébranlée, vous savez, par ses nombreuses années de guerre aux États-Unis. Pendant un court séjour à Paris, nous avons eu le grand bonheur d'assister à une représentation extraordinaire de *L'Avare*, donnée par la troupe des Comédiens-Français dans sa magnifique salle du faubourg Saint-Germain. Quelle remarquable soirée nous avons passée et quels acteurs extraordinaires nous avons découverts ! Ce fut un enchantement, je vous l'assure ! Je souhaite ne pas être trop déçue, ce soir, mais disons que mes exigences ne sont pas trop grandes, vu le calibre amateur de la troupe. Bonne soirée, madame, mademoiselle, dit Élisabeth pour terminer, tout en glissant un œil furtif sur Julie.

Julie ne releva pas cet affront parce qu'il ne révélait qu'envie et rivalité, deux sentiments qu'elle abhorrait.

– Quelles curieuses dames, elles ne vous ont même pas saluée, madame de Saint-Laurent, déclara Adélaïde, stupéfaite du comportement de Mmes Simcoe et Baby.

Catherine, décontenancée par la réflexion de sa fille, regardait Julie. Celle-ci, digne et altière, ne semblait guère se laisser impressionner par la noblesse canadienne.

– Ce n'est pas très grave, ma chère Adélaïde. Si je suis venue ici ce soir, c'est pour assister à une pièce de théâtre et non pour frayer avec la haute société de Québec.

Les spectateurs entendirent le signal les invitant à se rendre à leurs places. Édouard s'approcha de Julie et lui tendit le bras. Elle s'y accrocha et les deux amants se dirigèrent vers leurs sièges, suivis des Salaberry. Lorsque Julie s'assit, les hommes autour d'elle la saluèrent sans cacher l'admiration qu'elle leur inspirait, tant par son élégance que par sa beauté. Adélaïde, ayant observé la scène, ne put s'empêcher de glisser à l'oreille de sa mère :

– Tous les hommes la regardent. Est-ce la raison pour laquelle les femmes l'ignorent, parce qu'elles sont jalouses ?

Comme on entendit frapper les trois coups marquant le début de la pièce, le silence se fit et Catherine fut dispensée de répondre à sa fille qui faisait de bien drôles de commentaires. Elle se promit d'avoir dès le lendemain une sérieuse discussion avec Adélaïde, qui dorénavant fréquenterait de plus en plus le grand monde.

Le rideau s'ouvrit sur un décor qui enchanta l'assistance.

– Champagne et Dulongpré se sont surpassés, glissa Salaberry à l'oreille d'Édouard.

– Qui sont ces gens ? chuchota Édouard.

– Des décorateurs professionnels, mais ce sont aussi des musiciens. Ils sont excellents, ne trouvez-vous pas ?

Édouard acquiesça de la tête pendant qu'une vieille dame dévisageait M. de Salaberry d'un œil mauvais tout en l'intimant par des chuts sonores de se taire. Louis salua la vieille dame d'un signe de la main et celle-ci détourna la tête, au grand soulagement de son époux qui n'appréciait guère son comportement de pimbêche. C'est à ce moment que Charles-Michel fit son entrée sur la scène, accompagné d'Élise, la fille d'Harpagon, jouée par Michel-Flavien Sauvageau.

– *Hé quoi ? charmante Élise, vous devenez mélancolique, après les obligeantes assurances que vous avez eu la bonté de me donner de votre foi ? Je vous vois soupirer, hélas ! au milieu de ma joie ! Est-ce du regret, dites-moi, de m'avoir fait heureux, et vous repentez-vous de cet engagement où mes feux ont pu vous contraindre ?*

Tout de suite après la première réplique, Louis de Salaberry se pencha vers son épouse. Catherine sourit à son mari. Leur fils était crédible et il ne déshonorerait pas la famille. Quelques rangées plus loin, Élisabeth Simcoe ne pouvait s'empêcher de comparer les comédiens avec les professionnels de la troupe des Comédiens-Français de Paris. « Qu'est-ce que c'est que cette façon de faire jouer les rôles féminins par des hommes ? se disait-elle. Nous ne sommes plus au Moyen Âge, que je sache. » Mais elle se garda bien de montrer la moindre déception de peur d'offenser son amie M$^{me}$ Baby qui semblait tant apprécier la performance des Jeunes Messieurs.

Le premier acte se déroula sans anicroche, puis quelqu'un vint annoncer un entracte de quinze minutes. Dans les coulisses, les comédiens, maintenant rassurés, s'encourageaient en se serrant la main et en se félicitant. Les spectateurs se levaient pour, disaient-ils, se dégourdir les jambes, mais c'était surtout pour s'aérer un peu tant la salle était surchauffée.

– Charles-Michel s'en sort très bien, affirma Julie à Louis et Catherine de Salaberry.

– Vous trouvez, vous aussi ? dit Louis.

– Merci, Julie, vous me rassurez, dit Catherine. Pour une première expérience, je crois aussi qu'il s'en tire très bien.

– Julie a tout à fait raison, je le trouve très bien, Charles-Michel, continua Édouard. J'aime beaucoup cette pièce. Harpagon, ce vieil avare, me fait bien rire.

– Charles-Michel m'a informé que la troupe a l'intention de monter l'an prochain, toujours de Molière, *Le Malade imaginaire*, annonça M. de Salaberry.

– C'est une excellente nouvelle, commenta Julie. J'ai vu cette pièce à Paris et ce fut un très gros succès.

– Je ne crois pas que la taverne de John Franks soit l'endroit idéal pour voir du théâtre, dit Édouard, au grand étonnement de ses amis.

– Que voulez-vous dire au juste ? demanda Catherine.

– Nous sommes plutôt à l'étroit, vous ne trouvez pas ? De plus, l'étage est surchauffé, répondit Édouard.

– Que pouvons-nous faire ? demanda Louis. Québec n'est pas Paris. mon cher ami, nous ne pouvons nous payer les services des architectes Peyre et de Wailly qui ont construit un magnifique théâtre dans le faubourg Saint-Germain. Les Parisiens sont bien chanceux de profiter de cette salle depuis bientôt dix ans. Mais j'y pense, peut-être devrions-nous écrire à ces éminents architectes français et les inviter à venir à Québec explorer les possibilités de construire une salle de théâtre ?

– Je ne veux surtout pas vous décevoir, mon cher Salaberry, mais il serait impossible à Joseph Peyre d'accéder à votre demande, dit Julie.

– Mais pourquoi donc, madame de Saint-Laurent ? demanda Louis-Antoine, curieux.

– Tout simplement parce qu'il est mort depuis au moins cinq ans, l'informa Julie.

Tous éclatèrent de rire, sauf Édouard, qui, le visage tendu, cherchait une solution réaliste pour continuer la merveilleuse aventure du théâtre à Québec.

– Père, pardonnez-moi, mais n'auriez-vous pas par hasard des idées de grandeur depuis que vous avez visité à Paris la superbe salle de théâtre dont vous parlez tant ? demanda, coquine, Adélaïde.

Salaberry haussa les épaules et sourit à son aînée, dont la perspicacité l'étonnait toujours.

– L'important, c'est que nous puissions voir du théâtre et profiter de la troupe des Jeunes Messieurs, que je trouve très courageuse, dit Julie.

– Chère Julie, vous avez le don de toujours trouver les bons mots pour nous encourager, commenta Louis-Antoine.

– Nous devrons donc nous contenter de cette salle, aussi surchauffée soit-elle, pour satisfaire notre amour du théâtre, conclut Catherine.

– Que diriez-vous, Louis-Antoine, d'une des casemates près de la porte Saint-Louis ? demanda Édouard, semblant sortir d'une pénible réflexion, mais affichant le visage heureux de celui qui a trouvé la clé du mystère.

– Cette idée m'apparaît très intéressante, répondit son ami, vraiment très intéressante.

– Dès demain, je prendrai toutes les dispositions nécessaires pour l'aménagement de cette salle, affirma Édouard, l'esprit rassuré.

Au même moment, on entendit le signal qui invitait les spectateurs à retourner à leurs sièges dans les plus brefs délais. Dans la pièce surchauffée, les dames s'éventaient avec leur éventail, les hommes essuyaient la sueur sur leur front avec leur mouchoir, mais tous semblaient parfaitement heureux d'assister à la première pièce jouée à Québec par les Jeunes Messieurs canadiens.

Deux heures plus tard, le rideau tomba sur des comédiens fatigués, mais ô combien heureux de leur performance. Ils vinrent saluer le public, qui, debout, manifestait son enthousiasme par des applaudissements à tout rompre. Plusieurs spectateurs, dont Louis-Antoine de Salaberry, leur lançaient des bravos. Charles-Michel aperçut Adélaïde dans la foule, qui lui fit un salut de la main. Il répondit par une révérence théâtrale qui fit rire François Romain et rougir la jeune fille. Élisabeth Simcoe, demeurée assise, applaudissait mollement. La déception se lisait sur son visage. M$^{me}$ Baby, par contre, s'était régalée du début à la fin. Élisabeth ne comprenait pas l'engouement du public, composé en majeure partie de nobles et de riches, pour cette troupe de comédiens amateurs dont les prétentions professionnelles l'agaçaient, et parmi lesquels certains ne possédaient même pas le ton juste pour jouer du Molière. « La haute société de Québec n'a-t-elle donc aucune culture théâtrale ? se demandait-elle. C'est à croire que tous ces nobles ne sont jamais allés au théâtre. Ils crient des bravos à tue-tête à des comédiens amateurs. Qu'en serait-il si les comédiens étaient des professionnels de Paris ? Ce serait l'émeute à coup sûr. » Elle se garda bien d'exprimer son opinion à son amie Marie-Anne Baby, qui de toute évidence avait apprécié la performance des Jeunes Messieurs. Élisabeth se leva enfin et, avec son mari, qui s'était endormi durant la pièce, alla rejoindre le général Clarke et son épouse, et les Baby.

Julie, Édouard et les Salaberry étaient enchantés de leur soirée. En quittant la salle de théâtre, à l'exemple de plusieurs spectateurs, ils passèrent à la taverne de John Franks, où on leur apporta du vin rouge. Catherine et sa fille commandèrent de la limonade, que le serveur tarda à apporter.

– La soirée fut délicieuse, déclara Julie.

– Vous n'avez pas été trop déçue ? demanda Catherine.

– Certainement pas. Au contraire, je me suis bien amusée. Faisons preuve d'indulgence envers ces jeunes messieurs qui montaient sur les planches, comme on dit, pour la première fois de leur vie et qui désiraient plus que tout faire plaisir à leur public, répondit Julie.

– J'ai vu du théâtre à Londres et à Genève, mais je vous assure que nos jeunes acteurs ont bien tenu la route, ajouta Édouard. Soyons indulgents, mes amis, comme Julie nous le suggère.

– L'important, c'est que nous ayons passé une belle soirée tous ensemble, n'est-ce pas ? conclut Louis-Antoine.

– Voilà. Comme c'est bien dit ! approuva Julie.

– Le théâtre en français est plutôt rare à Québec, déclara Catherine avant d'avaler une bonne gorgée de la limonade que le serveur avait enfin apportée. Il faut encourager cette troupe qui est très active à Montréal depuis une dizaine d'années. Il y a un public pour le théâtre en français, ici, et je suis heureuse que ces comédiens viennent jouer des pièces de Molière. N'êtes-vous pas d'accord, Louis ?

– Absolument, vous avez tout à fait raison. Mais il y a aussi une troupe anglaise à Montréal, qui porte le nom de ses fondateurs, Allen & Moore, précisa Louis-Antoine. J'ai appris qu'Allen a joué au Théâtre royal d'Édimbourg et Moore, au théâtre de Liverpool. Ce n'est pas rien. Ce sont des acteurs professionnels à n'en pas douter. La troupe a même joué devant votre frère le prince William, mon cher Édouard, lorsqu'il est venu à Québec en 87. C'est Lord Dorchester qui avait commandé la pièce, qui s'intitulait *She Stoops to Conquer*. Vous en avez peut-être entendu parler à l'époque, Édouard ? Non ? Ça m'étonne ! Cette troupe a aussi joué *L'Avare* en anglais ici même à Québec. Dans cette langue, le titre était *The Miser*, n'est-ce pas, Catherine ?

Son épouse acquiesça de la tête, mais, comme elle voulait changer de sujet de conversation, elle en profita pour suggérer quelque chose d'inusité à Julie et Édouard.

– Ne serait-il pas agréable d'organiser un pique-nique à la campagne dans les prochaines semaines ? Nous inviterions quelques amis et nous apporterions un repas froid.

– Où irions-nous ? demanda Édouard.

– À Lorette ou à la chute de Montmorency, répondit Catherine, c'est à peu près à une heure en carriole, guère plus. Ou peut-être tout simplement à Pointe-Lévis, pourquoi pas ?

– C'est une excellente idée puisque nous pourrions nous rendre jusqu'à la maison du gouverneur Haldimand, que j'ai louée il y a quelques semaines, dit Édouard.

– Ça me plairait beaucoup, mais ne fait-il pas trop froid pour une telle escapade ? demanda Julie, quelque peu effrayée, elle qui tolérait difficilement le climat de ce pays.

– Oh, non ! madame de Saint-Laurent, s'exclama Adélaïde. C'est tellement agréable. Il suffit de porter des vêtements très chauds.
– Adélaïde a raison. Ne vous en faites pas, Julie, expliqua Catherine. Je vous indiquerai quels vêtements sont les plus appropriés pour les promenades d'hiver. De plus, Louis-Antoine possède une panoplie de masques d'escrime doublés de fourrure pour affronter le pire des froids canadiens. Avec ces masques, impossible de geler dans nos carrioles ouvertes, soyez-en certaine, très chère amie.
– Maman, il faudra en parler à Charles-Michel pour qu'il vienne aussi avec nous. Il pourrait amener quelques amis…
Catherine et Julie rirent de bon cœur devant la candeur d'Adélaïde.
– Dont un certain François, par exemple ?
– Maman ! s'exclama Adélaïde, indignée, je vous assure que je ne pensais à personne en particulier.
– Les chemins m'ont semblé particulièrement mauvais ces derniers temps. N'avez-vous pas peur, dans votre état, Catherine ? s'informa Julie.
– Non. Si les chemins ne sont pas praticables, nous attendrons qu'ils le soient sinon nous utiliserons le traîneau. Ne soyez pas inquiète, Julie, Louis-Antoine et moi sommes très prudents.
– Un traîneau ? fit Julie.
– Oui, c'est une espèce de carriole munie de patins au lieu de roues pour glisser sur la neige ou la glace.
– Je présume que c'est un moyen de transport très utilisé dans les pays de neige.
– Oui, vous avez tout à fait raison. Les enfants, ici, adorent les promenades en traîneau, spécifia Catherine.
– J'aimerais bien me promener, moi aussi, dans un traîneau, comme vous dites, dit Julie.
– Ça viendra plus tôt que vous ne le croyez, puisque la neige a commencé à tomber dès le début du mois de novembre, cette année, précisa Catherine.
Comme il se faisait tard et qu'Adélaïde avait de la difficulté à retenir ses bâillements, Julie et Catherine se levèrent pour signifier à Édouard et à Louis-Antoine qu'elles désiraient rentrer. Lorsqu'ils sortirent, un vent violent leur gifla le visage. Les dames s'accrochèrent au bras de leur compagnon. Malgré le froid, les salutations s'éternisaient devant les carrioles. Finalement, c'est Adélaïde qui demanda à son père de rentrer. Les voitures se mirent à avancer lentement. Julie se protégeait le visage de ses mains gantées tellement le vent lui brûlait la

peau. Quelques minutes plus tard, les carrioles disparurent dans les rues de Québec.

Cette nuit-là, Édouard fit l'amour à Julie en la regardant comme si elle avait été une apparition.

– Je ne sais pas ce que je ferais sans vous dans ce pays si froid, lui susurra-t-il à l'oreille. Vous me manqueriez tellement que je préfère ne pas penser à ma vie sans vous.

– Édouard, mon amour, libérez votre esprit de ces pensées désagréables et inutiles. Nous sommes ensemble et c'est tout ce qui compte. Le froid intense de ce pays ne réussira jamais à refroidir nos cœurs. Je vous aime.

– Je vous aime tant, Julie.

Ils dormirent d'un sommeil de plomb, emmitouflés dans les couvertures même si la chambre était surchauffée.

Au petit matin, le froid les réveilla. Édouard se leva, grelottant, pour faire du feu dans la cheminée. John lui avait appris comment faire du feu puisque les deux amants refusaient d'être dérangés avant le déjeuner.

– J'ai oublié de vous dire, Julie, que ce soir j'assisterai à un concert donné par la fanfare de mon régiment, dit Édouard en mettant deux grosses bûches dans le foyer.

Julie ferma les yeux sans rien dire. Il la prévenait à la dernière minute comme d'habitude, en prétextant avoir oublié de lui en parler. Julie considérait ce comportement comme un manque de confiance à son égard.

– Ce concert est prévu depuis quand ? demanda Julie en essayant d'afficher un air tout à fait détaché.

– Depuis quelques semaines déjà, mais j'ai complètement oublié de vous en informer.

– Ah bon ! dit Julie en cachant un bâillement.

– J'ai bien peur de ne pouvoir revenir avant minuit. Je suis désolé de vous laisser toute seule, mais je me dois d'être présent. Je n'ai pas le choix. Je suis certain que vous comprenez.

– Soyez sans crainte, Édouard, je vous comprends très bien.

« J'aime cet homme plus que ma propre vie, se disait-elle, et je suis une intruse. Je serai toujours cette femme qu'il ne faut pas montrer pour ne pas offenser la haute société canadienne, cette société puritaine de la ville de Québec que j'ai beaucoup de difficulté à apprécier. Je savais qu'en quittant Gibraltar ma vie avec Édouard ne serait plus du tout la même, mais je ne m'y fais pas. Pourquoi cette tristesse qui ne me quitte jamais ? J'espérais qu'Édouard accepterait de vivre au grand jour avec la femme qu'il dit aimer. Le mariage que je souhaitais tant aurait réglé bien des problèmes. Comme je déteste être réduite à un simple objet de suspicion ! Je suis plus, tellement plus que tout ce que l'on peut penser de moi, mais est-ce qu'Édouard le sait ? Se doute-t-il de ce que je suis vraiment ? »

Lorsque le feu commença à propager sa chaleur, Édouard vint retrouver Julie dans leur lit douillet. Au contact de sa peau chaude, il chercha sa bouche, mais elle lui refusa le baiser qu'il souhaitait. Elle se tourna et ferma les yeux, mais ce n'était pas pour dormir. Son corps meurtri n'aspirait qu'à s'abandonner à la tristesse qui l'enveloppait telle une chaleur réconfortante. Édouard n'insista pas. Il se leva et regarda cette femme malheureuse à cause de lui, qu'il aimait pourtant de toutes ses forces. Il s'apprêtait à lui rappeler qu'il l'aimait plus que tout, mais n'en fit rien. Il enfila sa robe de chambre, sortit lentement de la pièce en espérant un mot de Julie, qui ne vint pas, puis referma la porte sur le silence étouffant.

Une heure plus tard, il quitta la maison sans un au revoir. Julie n'avait pas bougé du lit, mais elle ne dormait pas. Ils étaient ensemble depuis bientôt un an et c'était la première fois qu'une telle tension s'immisçait dans leur couple. « Est-ce la fin ? » se demandait Julie. Après avoir laissé échapper un bâillement, elle consentit à se réfugier dans le sommeil pour fuir des réflexions qui l'auraient attristée encore davantage. Elle dormit deux bonnes heures sans que de malencontreux rêves viennent perturber son sommeil.

C'est la fraîcheur de la chambre qui la sortit de sa léthargie. Elle se leva, ranima le feu et tourna en rond dans la pièce. Ses yeux s'arrêtèrent sur la boîte à musique offerte par Édouard pour son anniversaire. Elle ouvrit le couvercle et la musique de Mozart se répandit, ce qui eut pour effet de la rasséréner. Elle s'assit à côté de la cheminée dans un confortable fauteuil de brocart apporté de Gibraltar et feuilleta la dernière publication de Jean-Pierre Claris de Florian, que Jeanne Béatrix lui avait envoyée. Elle relut son histoire favorite, *Célestine, nouvelle espagnole*. Elle s'attarda à la romance si pleine de vérités que l'héroïne entendit chanter un jour au sortir d'une grotte. Dans la nouvelle, une flûte accompagnait la douce voix.

*Plaisir d'amour ne dure qu'un moment*
*Chagrin d'amour dure toute la vie.*

Elle relut de nombreuses fois ces deux vers qui, comme un écho à sa mélancolie, la renvoyaient à la dure réalité de sa vie à Québec. « Et pourquoi en serait-il toujours ainsi ? se demanda Julie. Pourquoi, au contraire, le chagrin d'amour ne durerait-il pas qu'un moment et le plaisir d'amour, toute la vie ? Je suis vraiment en train de me complaire dans un chagrin qui n'a rien à voir avec Édouard, mais plutôt avec les gens qui nous entourent. » Après avoir réalisé que sa vie était en fait extraordinaire, elle relut une dernière fois le poème de Claris de Florian. « Malgré tout, c'est une très jolie romance. Martini a écrit une jolie musique sur ces paroles si douces. Celle de Mozart ne convient pas du tout à ce poème, se dit Julie en fermant délicatement la boîte à musique. Il faudra que je demande à M. Jouve de m'apporter la partition. Je me ferai un plaisir… d'amour de l'interpréter. »

– Pourquoi pas ? dit-elle à haute voix en éclatant de rire.

Elle appela Séverine. Cette dernière arriva rapidement, étonnée de voir sa maîtresse encore en robe de chambre à une heure aussi avancée de la matinée.

– Je meurs de faim, Séverine. Voudrais-tu demander à M. Beaunoir de me préparer une omelette et du café très fort ?

– Tout de suite, répondit Séverine. John m'a remis cette lettre qui vous est adressée. Un messager l'a apportée.

Séverine donna la lettre à sa maîtresse avant de se rendre à la cuisine transmettre ses demandes au chef cuisinier. Croyant que la missive venait de son amie Catherine, Julie sourit en la prenant, mais elle fut déçue en ne reconnaissant pas son écriture.

Le mot était de Charles Jouve. Il se voyait dans l'obligation d'annuler « à contrecœur » le cours de quinze heures. Sa présence était requise à la caserne des fusiliers, où une répétition était prévue dès treize heures en prévision du concert qui serait donné à dix-neuf heures le soir même. Il se confondait en excuses et assurait Julie de sa présence le lendemain à l'heure qui lui conviendrait. Il attendait ses instructions, qu'elle lui donnerait sans doute dans la soirée, précisait-il, au concert à la caserne du régiment.

Comme elle n'assisterait à aucun concert, Julie répondit tout de suite au sieur Jouve pour l'informer qu'elle serait enchantée de le recevoir le lendemain soir à dix-neuf heures pour son cours de flûte. Elle remit la missive à John et lui demanda de la faire parvenir à l'adresse indiquée dans les plus brefs délais.

Julie mangea avec appétit. Les deux heures de sommeil de plus qu'elle s'était accordées lui avaient redonné confiance en l'avenir. Elle décida de ne plus s'apitoyer sur son sort. En acceptant de partager la vie d'Édouard, elle savait très bien dans quelle situation elle se trouverait. Elle ne devait surtout pas désespérer de l'avenir, mais plutôt faire confiance à cet homme qui l'aimait.

Julie consacra tout l'après-midi à coudre, avec Séverine, une robe dans un tissu de laine à carreaux rouges et bleus qu'elle avait acheté en prévision des sorties en plein air qu'elle et Édouard feraient au cours de l'hiver. La suggestion de Catherine d'une promenade jusqu'à la chute Montmorency arrivait au bon moment. L'exécution de la robe ne se fit cependant pas aussi facilement que ce que croyait Séverine.

– Il nous faudrait des poupines, affirma Séverine.

– Qu'est-ce que c'est que ce mot ? Qu'est-ce que tu veux dire au juste ? demanda Julie, dont la curiosité était aiguisée.

– Vous connaissez le roi Henri IV ?

– Mais bien sûr, qui ne connaît pas le « Vert Galant » ?

– Lorsqu'il était fiancé à l'Italienne Marie de Médicis, pour lui faire connaître les modes françaises, il lui envoyait des ambassadrices de modes, c'est-à-dire des poupées habillées à la toute dernière mode par des couturières françaises très habiles. C'est M$^{lle}$ Bertin qui nous racontait cela. Ensuite, les couturières italiennes les plus expertes reproduisaient parfaitement les robes, même les dessous, pour la future reine de France, qui se devait d'être la plus élégante de toutes les femmes du pays. C'est une merveilleuse idée que d'envoyer des poupées pour reproduire des vêtements, vous ne trouvez pas, madame ?

– Effectivement, c'est une excellente idée, confirma Julie, mais pour le moment nous devrons faire appel à notre imagination pour créer une robe élégante dans ce tissu plus épais que du velours, à ce qu'il me semble.

– Il est épais, c'est vrai. Je n'ai jamais travaillé dans un tissu aussi épais, mais il est magnifique. J'aime les couleurs, dit Séverine, qui prenait une infinité de mesures en vraie couturière qu'elle était.

À la fin de l'après-midi, la robe était taillée et on avait même commencé à en assembler quelques morceaux. Julie se frottait le cou et Séverine s'étirait les bras.

– Je crois que ce sera tout pour aujourd'hui, dit Julie. La lumière commence à faire défaut.

– C'est vrai. De toute façon, à la fin de la semaine, votre robe sera terminée.

Julie accueillit cette nouvelle avec plaisir. Malgré la complexité du travail, elle ne doutait pas que les doigts de fée de Séverine feraient des miracles. La couture était une activité difficile, qui mettait à l'épreuve les doigts et le dos des couturières parce que ces dernières passaient de longues heures assises, penchées sur leur travail et répétant constamment les mêmes gestes. C'est pourquoi Julie ne travaillait jamais plus de trois ou quatre heures d'affilée sur un vêtement. Elle incitait Séverine à en faire autant parce que la jeune fille, âgée d'à peine vingt-trois ans, se plaignait souvent de douleurs dans les mains qui avaient commencé à se manifester lorsqu'elle travaillait chez M$^{lle}$ Bertin, à Paris.

À vingt heures trente, Julie se fit servir le souper dans sa chambre. Comme c'était la première fois que cela arrivait, le chef Beaunoir, inquiet et curieux, vint lui-même porter son plateau.

— Bonsoir, madame, je vous ai préparé du métiffe aujourd'hui, dit-il.

— Qu'est-ce que c'est ?

— C'est un oiseau entre l'outarde et l'oie domestique. Vous verrez, c'est un plat délicieux, plus savoureux que de l'oie domestique. De plus, je vous ai concocté une petite sauce qui régalera vos papilles gustatives. Vous m'en donnerez des nouvelles. Une purée de navets au beurre et d'oignons grillés accompagne le tout. Mais auparavant il faudra avaler un bouillon de bœuf auquel j'ai ajouté des morceaux de carotte et de haricot, le tout parfumé d'herbes aromatiques. Pour dessert, parce qu'il faut bien en venir là, pour dessert, comme je le disais, continuait Hubert en y mettant tout le mystère qui amusait tant Julie, j'ai fait des crêpes au sirop d'érable, lesquelles, vous le savez comme moi, font toujours le bonheur de notre prince bien-aimé.

— Je ne veux surtout pas vous décevoir, monsieur Beaunoir, mais je n'ai pas très faim.

— Mais il faut manger pour se faire des forces, chère madame. Vous êtes, excusez-moi de vous le dire, trop mince, et nous vivons dans un pays où il fait froid pendant si longtemps que nous devons constamment refaire nos forces pour ne pas tomber malades, affirma très sérieusement Hubert Beaunoir.

— Vous n'exagérez pas un tout petit peu, monsieur Beaunoir ?

— Peut-être un petit peu, après tout, mais juste un petit peu, concéda le chef en hochant la tête.

— Je veux bien prendre quelques bouchées de votre métiffe, dit Julie, à la grande joie du chef.

Il lui versa du vin blanc dans une coupe en cristal. Julie en but la moitié sous le regard interrogateur de M. Beaunoir.

– Vous avez l'air triste, madame, osa-t-il dire, un peu gêné.
– Pensive, plutôt, rectifia Julie.
– Si vos pensées effacent votre si joli sourire, c'est que vos pensées ne sont pas bonnes.
– C'est délicieux, dit Julie, qui n'avait pas l'intention de discuter de ses états d'âme avec son cuisinier. Vous avez raison, la sauce est tout simplement sublime. Merci, monsieur Beaunoir.

Hubert Beaunoir sortit en refermant délicatement la porte derrière lui. Il s'en voulait de s'être aventuré sur un terrain plus que glissant. Il ne s'était pas mêlé de ses affaires, et cela, il ne se le pardonnerait jamais.

– Qu'est-ce que j'ai à vouloir régler les problèmes de tout le monde ? dit-il à voix haute. Je suis payé pour faire la cuisine et rien d'autre, il faut que je me rentre cela dans la tête. À mon âge, citrouille vermeille, ça ne devrait pas être trop compliqué de comprendre ça.

Julie avait à peine mangé. Assise près de la cheminée, elle s'était réfugiée dans la lecture du roman de Frances Moore intitulé *Histoire d'Émilie Montague*. Son amie Catherine lui avait prêté ce livre, d'ailleurs hautement recommandé par Adélaïde, qui, à quatorze ans, savourait pleinement les élans de l'héroïne Émilie. Le roman racontait sous la forme épistolaire les relations sentimentales entre la charmante Émilie et le beau chevalier Rivers. Julie apprit de M$^{me}$ de Salaberry que la romancière anglaise avait épousé le révérend John Brooke, aumônier de la garnison et curé anglican de la population anglaise, de qui elle avait eu trois filles qu'elle avait amenées avec elle, ainsi que sa sœur, lorsqu'elle s'était embarquée pour le Canada afin de rejoindre son époux installé à Québec depuis trois ans. L'arrivée de la célèbre romancière fut accueillie avec beaucoup d'enthousiasme par la société québécoise. Vu sa réputation, elle était invitée à tous les bals, à toutes les réceptions et à tous les dîners. À l'encontre de son mari, même si Frances Brooke parlait un excellent français, elle s'intéressa peu à l'aristocratie canadienne de Québec. Elle préférait fréquenter les chefs du parti anglais, dont quelques-uns devinrent de grands amis puisqu'ils habitaient Sillery tout comme les Brooke.

Après une cinquantaine de pages, Julie, déçue, constata que la romancière s'était largement inspirée du merveilleux chef-d'œuvre de Jean-Jacques Rousseau *La Nouvelle Héloïse* qu'elle avait lu avec délectation à quinze ans. « Jeanne Béatrix et moi, se remémorait Julie, passions des heures à lire et relire des pages entières de la correspondance que les deux amants échangeaient. » Son esprit se mit à vagabonder et elle se souvint en souriant de certains passages que sa sœur et elle apprenaient par cœur.

*Soyons heureux et pauvres, ah! quel trésor nous aurons acquis! Mais ne faisons point cet affront à l'humanité, de croire qu'il ne restera pas sur la terre entière un asile à deux amants infortunés. J'ai des bras, je suis robuste; le pain gagné par mon travail te paraîtra plus délicieux que les mets des festins. Un repas apprêté par l'amour peut-il jamais être insipide?*

« J'ai oublié le reste, moi qui connaissais de très longs passages par cœur, mais il y a plus de quinze ans que je n'ai pas rouvert le roman de ce cher M. Rousseau. » Julie referma le livre interminable de la romancière anglaise, qu'elle se promit tout de même de terminer, ne serait-ce que pour ne pas décevoir la belle Adélaïde, dont l'engouement pour l'ouvrage lui rappelait le sien à son âge et qui ne tarissait pas d'éloges à l'égard de ce roman, que Julie trouvait tout compte fait assez médiocre.

Vingt-trois heures trente, déjà! Julie se dit qu'il était trop tard pour appeler Séverine. Elle se déshabilla avec une certaine lassitude, enfila une chemise de nuit, s'assit devant le miroir de sa coiffeuse, défit son chignon et brossa avec langueur ses beaux cheveux noirs en pensant à sa vie de femme amoureuse qui n'était pas complètement heureuse.

– J'adore les gestes d'une femme qui se brosse les cheveux, lança Édouard, touché par la beauté de sa maîtresse.

– Vous rentrez tôt, dit Julie, qui avait du mal à cacher la joie qui l'envahissait à la vue du prince.

– Au contraire, il est tard, précisa Édouard en s'approchant d'elle. Vous m'avez manqué, j'ai pensé à vous durant toute cette soirée qui semblait ne jamais vouloir se terminer.

– Vous avez aimé le concert?

– L'orchestre a joué des extraits d'opéras de Rameau, de Gluck, de Monsigny, et un concerto de Haydn.

– Un programme très intéressant.

– M. Jouve est venu me saluer après le concert. Il aurait aimé vous voir.

– Il n'en tenait qu'à vous, déclara Julie d'un ton acerbe.

– Ne m'en voulez pas, ma douce amie. Vous savez dans quelle position je me trouve. Tous mes gestes sont passés à la loupe par la société de cette ville, qui est bien petite et bien bavarde. Le moindre écart de ma part sera rapporté à mon père, qui ne m'aime pas beaucoup, il faut bien le dire. Être fils de roi représente pour moi plus de problèmes que de compensations, et m'apporte plus d'ennuis que de satisfactions, croyez-moi. Et être la compagne d'un prince dans un pays comme celui-ci n'a rien d'enviable. Je me rends très bien compte comment les gens vous regardent. J'en souffre parce que vous en souffrez, même si je sais que les hommes m'envient et que les femmes vous jalousent. De plus, votre beauté exceptionnelle ne nous facilite pas les choses. Je sais que la vie à Gibraltar était plus facile pour vous, et je vous demande de me pardonner de vous faire vivre comme une recluse dans un pays si froid et si hostile.

Le prince avait parlé calmement, sans grandiloquence. Julie l'avait écouté sans l'interrompre. Que pouvait-elle ajouter qu'il ne sache déjà ? Elle l'aimait, et imaginer un seul instant la vie sans Édouard lui donnait des vertiges. Elle se leva, fit glisser sa chemise de nuit, avança vers lui et l'embrassa tendrement. Il la porta sur le lit. Julie le regarda se dévêtir. Il ne la quittait pas des yeux. Il s'étendit à côté d'elle, la prit dans ses bras et lui fit l'amour avec toute la passion qui l'animait depuis qu'il la connaissait. Bien emmitouflés sous l'édredon de plumes, ils dormirent ensuite paisiblement dans les bras l'un de l'autre.

Julie ouvrit les yeux la première et regarda son amant. Édouard laissait échapper un léger grésillement de sa bouche entrouverte. Elle se dit qu'elle était heureuse et que sa vie la comblait. Elle se lova contre lui. À moitié endormi, il l'entoura de ses bras et la pénétra doucement. Puis il s'arrêta de bouger, ne voulant ressentir que l'union de leurs deux corps chauds.

– Fais-moi l'amour encore, chuchota Julie à l'oreille d'Édouard sans se rendre compte qu'elle l'avait tutoyé.

– Mon désir de toi ne s'estompera jamais, mon amour. Jamais.

Ils se rendormirent, mais, quelques minutes plus tard, on cogna à la porte de leur chambre.

– Il est huit heures, Votre Altesse, et le déjeuner est servi, fit une voix feutrée dans le corridor.

– Merci, John, répondit Édouard, encore sous l'emprise de cette délicieuse nuit et en essayant de retenir un bâillement, mais auriez-vous l'amabilité de nous servir le déjeuner dans notre chambre ? Madame et moi vous en saurions gré.

Julie approuva d'un large sourire.

– Il sera fait comme vous le désirez, Altesse, répondit John.

La journée se déroula agréablement même si Édouard dut quitter la maison vers les dix heures pour se rendre au château Saint-Louis, où l'attendait le général Clarke. Julie ne ressentait plus cette tristesse qui s'était emparée d'elle ces dernières semaines. Au contraire, un étrange sourire illuminait son visage. Édouard ne reviendrait qu'en fin de soirée, car il soupait chez le major Stewart avec, entre autres, les Simcoe. Il lui avait demandé si elle désirait l'accompagner, même s'il espérait un refus, mais elle avait décliné gentiment en expliquant qu'elle préférait l'attendre à la maison, d'autant plus que M. Jouve viendrait lui donner un cours de flûte dans la soirée. « L'idée même de rencontrer M$^{me}$ Simcoe, s'était-elle dit, ne m'enchante guère. » Elle avait tu cette réflexion parce qu'elle ne voulait pas ternir sa nouvelle complicité avec son amant de propos malveillants. Avant de la quitter, Édouard l'avait serrée dans ses bras en lui rappelant :

– Au cas où vous l'auriez déjà oublié, je vous aime plus que tout.

La matinée fut consacrée à terminer la robe de Julie. Séverine profita de l'occasion pour parler à sa maîtresse de son nouvel amoureux. Julie l'écoutait attentivement.

– C'est un garçon qui a de la difficulté à tolérer l'autorité, dit Séverine.

– Que fait-il dans l'armée, alors, puisque tu sais comme moi qu'obéir aux ordres est capital pour un soldat ? Défier l'autorité peut entraîner des conséquences très graves, expliqua Julie en prenant un ton qui ne se voulait surtout pas caustique.

– Je crois qu'il aime l'armée, mais c'est difficile pour lui de suivre tous les règlements à la lettre.

– Il a quel âge, au juste, ton amoureux ?

– Vingt-huit ans.

– C'est un homme, ce n'est plus un garçon, comme tu l'appelles. Il doit certainement comprendre les rouages de l'armée.

– Il n'aime pas être contrarié.

– En avez-vous parlé ensemble ? Lui as-tu dit que tu avais de la difficulté à accepter certains aspects de son caractère ?

– Non, nous n'en avons pas parlé. J'ai peur qu'il se fâche. Vous savez que M. Beaunoir l'a rencontré au marché. Il ne l'aime pas beaucoup, il m'a même mise en garde contre lui. « Ne vous attachez pas à ce jeune homme, c'est une forte tête, il ne vous apportera que des ennuis », dit Séverine en essayant d'imiter la voix grave d'Hubert Beaunoir. Je n'ai pas oublié ce qu'il m'a dit parce que ça m'a beaucoup troublée.

– Je suis certaine que M. Beaunoir ne voulait pas te faire de la peine, ma chère Séverine, dit Julie. Peut-être voulait-il seulement t'ouvrir les yeux avant qu'il soit trop tard.
– Que voulez-vous dire par « avant qu'il soit trop tard » ?
– Tout simplement avant que tu deviennes trop amoureuse pour le voir comme il est vraiment.

Devant le regard hébété de sa femme de chambre, Julie comprit que cette dernière s'était déjà amourachée de ce jeune homme et qu'elle souffrirait sans doute autant qu'elle avait souffert quand son Antoine Garsault l'avait abandonnée.

– Je ne voudrais pas m'immiscer dans tes affaires personnelles, dit Julie, mais si j'avais un conseil à te donner, ce serait de sonder ton cœur afin de savoir si tu aimes vraiment cet homme et si tu es prête à t'engager avec lui pour longtemps.
– Je crois que je l'aime, madame, mais je ne sais pas si je suis prête à m'engager avec lui. D'ailleurs il n'a pas, jusqu'à maintenant, parlé d'engagement.
– Alors, pose-toi la question avant qu'il te la pose, pour ne pas être prise au dépourvu quand le moment viendra. Sois prudente.
– Je le serai, madame.
– Je suis fatiguée, dit Julie. Allons voir ce que M. Beaunoir nous a concocté. Il est treize heures et j'ai faim.

Les deux femmes se levèrent et se dirigèrent vers la cuisine, où le chef sortait du four un ragoût de perdrix fumant.

– Ça sent bon, dit Séverine, dont les papilles commençaient déjà à saliver.
– Mesdames, pour dessert, j'ai fait des crêpes que je vais fourrer avec de la confiture de bleuets que j'ai moi-même faite, le tout arrosé de crème fraîche, décrivit le chef devant les yeux gourmands de Julie et de Séverine.
– J'ai hâte de goûter à cela, monsieur Beaunoir. Nous mangerons dans la cuisine aujourd'hui, si vous n'y voyez pas d'inconvénient. Ainsi, nous profiterons de la chaleur du four, dit Julie.
– Je suis heureux de constater que madame est rayonnante, ce qui fait ressortir sa beauté naturelle, n'est-ce pas, Séverine ?
– Vous allez me faire rougir, monsieur Beaunoir, dit Julie en retenant son rire. Et maintenant, si vous nous serviez votre ragoût de perdrix avant de mettre Séverine mal à l'aise et de la rendre complice de votre beau discours de séducteur ?

Julie et Séverine dégustèrent avec une réelle joie le ragoût que le chef avait aromatisé d'herbes sèches. Des carottes au beurre et une purée de pois verts accompagnaient le plat. Puis, même si elles n'avaient plus très faim, pour ne pas décevoir le chef, elles mangèrent chacune une petite crêpe, qu'elles apprécièrent grandement. M. Beaunoir prépara du café très fort, que Julie, plus particulièrement, savoura lentement.

    Julie libéra sa femme de chambre pour l'après-midi, voulant se trouver seule pour écrire à sa tendre sœur Jeanne Béatrix. Elle lui écrivit une longue lettre dans laquelle elle s'abandonna entièrement à de douces confidences. « Quand nous reverrons-nous ? demanda-t-elle en terminant. Très chère sœur, comme tu me manques. » En déposant sa plume, Julie ressentit une immense fatigue. Elle s'étendit sur le lit et, en fermant les yeux, elle plongea dans un sommeil profond. Un peu plus tard, elle se réveilla en sursaut et se demanda où elle était. Elle entendit le carillon de l'horloge sonner six coups et se leva précipitamment en se rappelant que M. Jouve devait arriver vers dix-neuf heures. Elle se promit de ne plus manger aussi copieusement au dîner – elle en parlerait avec le cuisinier – et décida de ne rien avaler de toute la soirée, car elle voulait conserver sa taille de guêpe. Elle appela Séverine et lui demanda de l'aider à changer de robe. Dans moins d'une heure, son professeur de musique s'annoncerait.

    – Je veux porter ma robe gris clair en taffetas et mon rang de perles, dit Julie à Séverine, qui avait déjà ouvert l'immense armoire remplie de robes toutes plus élégantes les unes que les autres.

    – Je vais faire quelques retouches à votre coiffure et vous serez parfaite, déclara Séverine, qui s'acquittait de son travail avec un souci du détail hors du commun.

    John vint frapper à la porte et annonça que M. Charles Jouve attendait madame au petit salon.

    – Il ne se fait jamais attendre, ce cher professeur de musique, il a cinq minutes d'avance. J'aime la ponctualité. Tu as fait un travail remarquable, comme toujours, Séverine, ajouta-t-elle en contemplant sa coiffure dans le miroir que la jeune fille déplaçait autour de sa maîtresse pour que celle-ci soit en mesure d'admirer son travail.

    Lorsque Julie se présenta au petit salon, quelques minutes plus tard, Charles Jouve s'avança vers elle avec empressement et lui baisa la main.

    – Je vous ai cherchée hier soir, après le concert, mais votre prince m'a dit que vous ne vous sentiez pas très bien, dit le musicien en plongeant son regard dans celui de Julie.

    – En effet, je me sentais fatiguée et j'ai préféré me reposer, mentit Julie, un peu troublée par l'intensité du regard de son vis-à-vis.

– Comment vous sentez-vous aujourd'hui, chère madame ?
– Mieux, je me sens beaucoup mieux, merci. Édouard m'a confié qu'il avait beaucoup aimé le concert de l'orchestre, dit Julie pour faire diversion parce qu'elle ne voulait pas que la conversation s'attarde uniquement sur elle.
– Je suis très heureux que Son Altesse ait apprécié le concert, mais je l'aurais été davantage si vous-même l'aviez apprécié, avoua Charles Jouve, mettant Julie mal à l'aise.
– Nous pouvons commencer maintenant, dit-elle en sortant sa flûte de son étui.

Puis elle s'assit face au musicien sur une chaise Louis XV apportée de Gibraltar et déposa son instrument sur ses cuisses en attendant les consignes de son professeur.

– Nous commencerons par des exercices de respiration, puis nous attaquerons quelques gammes et des arpèges si vous le voulez bien, dit le professeur en comprenant, par son comportement, qu'aujourd'hui son élève ne tolérerait aucun manquement aux règles élémentaires de la bienséance.
– Quelles pièces répéterons-nous ce soir ?
– J'ai choisi des concertos de Joseph Bodin de Boismortier et des concerts pour la flûte traversière de Michel Pignolet de Montéclair.
– Je ne connais ni l'un ni l'autre.
– Ce sont deux excellents musiciens partisans de la musique italienne, expliqua Charles Jouve, ce en quoi ils étaient les rivaux de Jean-Philippe Rameau, qui, lui, était partisan de la musique française. C'est cette opposition qui donna naissance à la célèbre querelle des Bouffons.
– La querelle des Bouffons ? Je n'ai jamais entendu parler de cette querelle !
– C'est tout à fait normal qu'une si jeune personne n'en ait jamais entendu parler, chère madame, puisqu'elle a eu lieu au début des années cinquante. Or, juste à vous voir, on comprend que bien des années se sont écoulées après cette polémique avant que vous voyiez le jour, osa dire Charles Jouve en usant de toute son habileté pour servir un charmant compliment à Julie, dont l'absence de réaction l'étonna.
– Parlez-moi de cette querelle des Bouffons. Pourquoi ce nom ?
– Il fait référence à la troupe italienne des Bouffons, qui remporta un succès retentissant avec la représentation à Paris, en août 1752, de la pièce de l'Italien Pergolèse intitulée *La Servante maîtresse*. D'un côté, il y avait les partisans de la musique italienne, parmi lesquels

figurait l'écrivain Rousseau, et de l'autre, les partisans de la musique française, dont le musicien Rameau.

– Et vous, monsieur Jouve, vous êtes partisan de quelle musique ? demanda Julie avec une certaine curiosité.

– Moi, madame, j'aime la musique, c'est tout, qu'elle soit italienne, française, anglaise ou allemande. Et maintenant, si nous les faisions, ces gammes et ces arpèges. Je vous écoute.

Après quelques exercices de respiration, Julie commença à exécuter quelques gammes et arpèges, pendant que son professeur hochait la tête en signe d'appréciation. Celui-ci la savait douée et souhaitait l'aider à développer son talent, peu encouragé dans ce pays. Il lui présenta un concerto de Boismortier, dont elle déchiffra facilement la partition, faisant seulement quelques petites fautes de lecture rapidement corrigées.

– Maintenant, il faut l'interpréter, dit Charles Jouve. Mettez-y du cœur.

– Comme un partisan de la musique italienne ? suggéra Julie sarcastiquement.

– Vous croyez qu'il n'y a pas d'émotion dans la musique française ?

– Je vous taquinais, c'est tout. D'ailleurs, je crois que toutes les musiques en contiennent, sinon elles ne nous toucheraient pas autant.

– C'est très bien répondu, madame. Trêve de plaisanteries, il est grand temps de jouer maintenant.

Julie s'exécuta. M. Jouve se leva et marcha lentement dans la pièce en écoutant attentivement son élève, l'interrompant parfois pour rectifier le rythme ou, après un passage particulièrement réussi, pour la féliciter par un « Très bien, continuez ».

Au bout de quelques minutes, Julie entendit un grondement qui ressemblait à un ronflement. Comme elle n'entendait plus son professeur, elle croyait bêtement qu'il s'était endormi, mais le grondement s'accentua, et elle réalisa alors qu'il ne pouvait s'agir d'un ronflement. Elle cessa immédiatement de jouer lorsqu'un chandelier tomba sur le plancher et que Charles Jouve accourut pour étouffer le feu en piétinant les chandelles blanches. Il se précipita également pour éteindre celles de l'autre chandelier, sur une table près de la fenêtre, avant qu'il tombe. Julie ne comprenait pas ce qui se passait. Elle se leva et sentit que le plancher se dérobait sous ses pieds. Elle ne put retenir un cri lorsqu'elle pensa que sa dernière heure était venue, et ce, loin d'Édouard. Des larmes lui montèrent aux yeux.

– Où êtes-vous ? cria-t-elle.

– Près de vous, répondit M. Jouve, dont la voix étouffée ne pouvait cacher un certain affolement. Je crois que c'est un tremblement de terre.

Dans la pénombre de la pièce, Julie, telle une aveugle, battit l'air de ses bras à la recherche du seul être humain pouvant la rassurer. Lorsque sa main toucha son visage, elle s'accrocha à Charles Jouve, qui la serra très fort dans ses bras. Julie pleurait. Des objets tombaient sur le sol, des tableaux se décrochaient des murs, le carillon de l'horloge sonnait sans débrider en une cacophonie exaspérante. Même des meubles se déplacèrent. Charles resserra son étreinte parce que c'était la seule façon pour lui de vaincre la peur qui l'envahissait. Soudain, le grondement s'arrêta. Un silence bienfaisant s'établit. Julie laissa échapper un soupir de soulagement et Charles relâcha son étreinte. Julie leva les yeux vers son protecteur. Ce dernier s'empara alors de sa bouche avec une telle fougue que le corps de Julie frissonna de plaisir. Puis il s'arrêta net.

– Je suis fou, pardonnez-moi, madame. Je vais partir maintenant, puisque le danger semble écarté. C'est ce que j'ai de mieux à faire pour le moment.

– Oui, je crois qu'il n'y a plus de danger. Nous reprendrons le cours une autre fois, si vous le voulez bien.

Séverine, M. Beaunoir, John, Robert et Philip arrivèrent rapidement, armés de chandeliers, pour s'enquérir de l'état de Julie. Ils la trouvèrent désemparée, les yeux remplis de larmes, tandis que M. Jouve, les yeux exorbités, ramassait ses partitions tombées sur le plancher.

– J'ai eu très peur, j'ai réellement cru que la fin du monde était arrivée, dit Julie.

– Nous avons tous pensé la même chose, dit Hubert Beaunoir.

– C'est la première fois que je vis un tremblement de terre, dit Séverine. Je crois que je ne pourrais survivre à un deuxième tellement la peur m'a paralysée.

Au même moment, une deuxième secousse se fit sentir, moins violente que la première, mais assez prononcée pour que les femmes prennent panique et que les hommes éteignent leurs chandeliers.

– Ne paniquons pas, ce sera bientôt terminé, prédit M. Beaunoir, qui avait vécu les tremblements de terre des 2 et 12 janvier 1784.

– Je ne m'habituerai jamais à ces secousses, déclara Séverine, dont le cœur battait à tout rompre.

– Il y en a souvent à Baie-Saint-Paul, aux Éboulements et à La Malbaie. Nous sommes chanceux d'habiter Québec, dit Hubert Beaunoir.

– Chanceux ! s'exclama Séverine. Vous appelez cela de la chance ? J'ai failli mourir de peur.

– Mais oui, nous avons de la chance. Vous n'avez que failli mourir de peur, comme vous dites, alors qu'à Montréal, en 1732, une jeune fille pas plus vieille que vous est bel et bien morte, frappée par des pierres de cheminées qui s'écroulaient, et plusieurs personnes furent blessées, certaines gravement. Vous voyez, ma chère enfant, que l'on s'en sort assez bien, à part quelques assiettes cassées, n'est-ce pas ?

– Vous avez raison, monsieur Beaunoir, mais on ne peut nier la peur inouïe que nous avons tous ressentie. Heureusement, par la grâce de Dieu, nous sommes tous vivants, dit Julie. John, faites le nécessaire pour allumer les chandelles, cette totale obscurité me donne froid dans le dos.

John, aidé de M. Beaunoir et de Robert, rétablit un peu de clarté dans le petit salon. Julie aperçut alors Charles Jouve serrant ses partitions sur sa poitrine, les yeux hagards.

– Monsieur Jouve, croyez bien que je ne vous en voudrai pas si vous décidez de rentrer chez vous pour vous assurer que votre maison n'a subi aucun dommage irréparable, dit Julie.

– Je crois en effet que c'est la meilleure chose à faire dans les circonstances, madame.

Julie se demanda s'il faisait allusion au tremblement de terre ou au baiser qu'il lui avait donné. « J'ai embrassé un autre homme », se dit-elle, en essayant de cacher la consternation dans laquelle ce baiser l'avait plongée. Charles Jouve, après avoir salué tout le monde, sortit d'un pas alerte. Séverine, encore sous le choc des paroles de M. Beaunoir, ne bougeait pas.

– Séverine, l'appela Julie, qu'as-tu ? Tu sembles tellement loin. Est-ce que ça va ? Cet événement m'a beaucoup fatiguée, je crois que je vais aller dormir. Au fait, monsieur Beaunoir, combien de temps ce tremblement de terre a-t-il duré ?

– Environ une minute et demie, peut-être deux.

– Vous en êtes certain ? C'est incroyable, j'ai eu l'impression de vivre un cauchemar de dix longues minutes.

Julie se sentit un peu rassurée puisque, maintenant, elle savait que le baiser de Charles ne pouvait avoir duré que quelques secondes.

– Séverine, viens m'aider. J'aimerais que tu me brosses les cheveux.

– Avec plaisir.

Les deux femmes quittèrent le petit salon, soulagées d'être passées à travers cette aventure sans trop de séquelles. Le calme était revenu dans la maison lorsqu'elles entendirent un vacarme accompagné de cris qui les immobilisa complètement. Julie et Séverine ne bougeaient pas, attendant une autre secousse, qui ne vint pas. La porte s'ouvrit et elles poussèrent un cri d'effroi. Édouard apparut, le regard perdu, le souffle court, comme quelqu'un qui aurait couru sans s'arrêter. Il cria :

– Julie, ma Julie ! comme vous avez dû avoir peur, et moi qui assistais à cet ennuyeux souper au lieu d'être ici avec la femme que j'aime. Me pardonnerez-vous jamais ? demanda-t-il en la serrant dans ses bras à l'étouffer.

– Je vais très bien, maintenant. Calmez-vous, mon amour. Je n'ai rien, tout le monde a été très gentil avec moi. Il est vrai que j'ai eu très peur. Je croyais que ma dernière heure était arrivée et que je la passerais loin de vous. C'est ce qui m'a le plus peinée, dit Julie, étonnée de la réaction d'Édouard.

Elle se tourna vers Séverine et lui fit signe de se retirer.

– Je suis revenu le plus vite que j'ai pu. Tous les invités sont retournés chez eux, inquiets des dommages que le tremblement de terre a pu causer à leur demeure, sauf M$^{me}$ Simcoe, qui s'est évanouie de peur, mais le major Stewart a fait venir le médecin.

– Comment va-t-elle ?

– Je ne sais pas, mais son mari s'est dépêché de retourner à sa demeure de la rue Saint-Jean, où leurs deux jeunes enfants ont dû avoir très peur, même si des domestiques consciencieux s'occupent d'eux.

– Je ne savais pas que les Simcoe avaient des enfants.

– Ils ont cinq filles, mais ils n'ont amené que la petite dernière, âgée de deux ans, Sophia, et Francis, l'héritier du nom, âgé d'à peine six mois.

– Comme leurs parents ont dû manquer à ces chers enfants pendant le tremblement de terre, dit Julie, sincèrement désolée.

– Le lieutenant-colonel m'a ramené. Il ne cessait de crier à son cocher : « Plus vite, Albert, plus vite, mes petits m'attendent ! » Nous avons vu plusieurs cheminées complètement écroulées, les pierres jonchant le sol. Les gens étaient affolés, des femmes pleuraient, des enfants criaient.

– Mon Dieu, quelle horreur !

– Nous sommes sauvés, mais je me rends compte que j'aurais pu vous perdre, et cela, je ne me le serais jamais pardonné, avoua Édouard.

– C'est terminé, il faut oublier tout cela. Faites-moi plaisir, mon bel amour, ne vous mettez pas martel en tête en vous croyant responsable de quoi que ce soit. Vous ne pouviez prévoir ce tremblement de terre qui a pris tout le monde par surprise. Ne vous sentez plus coupable, je vous en conjure.

– Merci, mon amour, mais je me sens tellement responsable de vous et de votre bonheur.

Ce soir-là, les deux amants eurent de la difficulté à s'endormir. Édouard ne pouvait pas se rassasier de Julie, qui, elle, s'accrochait à lui telle une noyée à une bouée de sauvetage. Le goût du baiser de Charles Jouve persistait dans sa bouche et cela l'embarrassait car elle ne pouvait nier le plaisir qu'elle avait ressenti.

En quittant sa maîtresse, Séverine ne s'était pas réfugiée dans sa chambre. Elle avait besoin de confier ses inquiétudes à quelqu'un. Elle trouva Robert Wood et M. Beaunoir dans la cuisine en train de siroter un café. Les deux hommes discutaient des dommages que le tremblement de terre avait probablement causés dans la basse ville et peut-être aussi à quelques maisons de la haute ville, même si la maison du juge Mabane et plusieurs autres de la rue Saint-Louis n'en avaient subi aucun. L'affolement du prince les avait tant étonnés qu'ils étaient convaincus que les dommages étaient certainement sérieux. Lorsque Séverine se joignit à eux, M. Beaunoir lui offrit une tasse de café, qu'elle accepta avec plaisir.

– Que d'émotions dans une seule soirée ! dit-elle.

– Ça n'arrive pas tous les jours, par chance, la rassura Hubert Beaunoir.

– Croyez-vous qu'il y a eu des morts ? demanda Séverine d'un air qu'elle voulait détaché.

– Ça, nous le saurons demain matin ou dans *La Gazette* de jeudi, répondit Hubert.

– Vous pensez à votre soldat ? devina Robert.

– Pas du tout, dit Séverine.

– Vous êtes bien ingrate si vous ne vous souciez pas de lui dans de pareilles circonstances.

– Ne la troublez pas ainsi, rétorqua Hubert. Rassurez-vous, Séverine, s'il y avait eu des morts parmi les soldats du régiment, vous pouvez être certaine qu'un messager serait venu immédiatement prévenir le prince. Pauvre enfant, ne vous faites pas de soucis inutilement.

– Merci, monsieur Beaunoir, dit Séverine avec un large sourire teinté de tendresse.

– Je viens d'apprendre une belle nouvelle, annonça Hubert. Notre bon ami Robert se marie à la fin du mois, le 29 décembre.

– Quelle belle surprise ! dit Séverine.

– J'ai rencontré une fille merveilleuse au mois de septembre, une Canadienne française. Elle s'appelle Marie, Marie Dupuis. Elle est si belle ! expliqua Robert. Nous sommes tombés amoureux. J'ai fait la grande demande la semaine dernière et, voilà, nous nous marions à la fin du mois.

– C'est une belle histoire, n'est-ce pas, ma petite Séverine ? demanda Hubert Beaunoir.

– Oh, oui ! c'est une très belle histoire ! répondit la jeune fille, les yeux pleins d'eau.

– Ne le prenez pas comme ça, ma chère enfant. Notre Robert, il se marie, il ne va pas à l'abattoir, blagua Hubert. Enfin, je ne crois pas…, ajouta-t-il en faisant un clin d'œil et en esquissant un sourire qui se changea en un désagréable rictus dans son visage ravagé de rides.

– Excusez-moi, je suis très contente pour vous, Robert. Je vous souhaite beaucoup de bonheur, dit Séverine, la voix étranglée de chagrin.

– Je vous remercie, et je vous souhaite de vous marier dans la prochaine année, répondit Robert en levant sa tasse de café pour porter un toast à la santé de la jeune fille.

– Il faut que j'aille dormir, dit-elle, ayant du mal à parler. Bonne nuit, messieurs.

Hubert Beaunoir, la mort dans l'âme, regarda Séverine se précipiter en direction de sa chambre pour pleurer.

– Elle n'est pas heureuse, cette petite, confia-t-il à Robert.

– Pourquoi ?

– Elle a rencontré un soldat du régiment du prince et je crois qu'il n'est pas l'homme qu'il lui faut. Elle pleure plus souvent qu'à son tour, si vous voyez ce que je veux dire.

– Oui, je vois.

– C'est évident que cette petite voudrait se marier, mais je ne crois pas que le soldat le veuille aussi.

– Tout cela est bien triste, commenta Robert dans un bâillement sonore.

– Nous aussi, nous ferions mieux d'aller dormir, conclut M. Beaunoir.

La nuit sembla s'étirer comme pour permettre aux gens de profiter d'un repos bien mérité après la soirée effroyable qu'ils avaient tous traversée. C'était une nuit froide et calme de décembre, une nuit coupable d'avoir tant apeuré les gens qu'elle s'interdisait le moindre vent.

Le lendemain, Édouard partit tôt. Julie s'était réfugiée dans le petit salon, où elle dégustait une tasse de thé vert bien chaud. Elle pensait à tout ce qu'Édouard lui avait révélé au sujet de son père. Le lieutenant-colonel Simcoe avait apporté à Édouard une lettre du roi dans laquelle il offrait à son fils de régler toutes les dettes qu'il avait contractées à Gibraltar. Le roi lui faisait également part des rapports favorables qu'il avait reçus du colonel Symes, en reprenant mot pour mot des passages concernant « la réjouissante et courageuse manière par laquelle Son Altesse Royale a renoncé à plus de la moitié du revenu alloué par Votre Majesté pour payer ses dettes et, pour réussir à le faire, a procédé à une proportionnelle réduction de ses dépenses ». La lettre du roi avait rempli Édouard d'une grande joie. Dans sa réponse à son père, il avait laissé transparaître toute la fierté d'un fils qui avait bien des choses à se faire pardonner.

> *J'ai réduit mes dépenses pour être en mesure d'acquitter d'ici avril prochain toutes les dettes que j'ai laissées derrière moi à Gibraltar au moment de mon embarquement pour venir en garnison : si Votre Majesté avait la bonté de m'offrir son aide, j'ose espérer qu'elle m'approuverait de l'employer à régler une partie de l'infortunée charge de Genève.*

Julie réfléchissait avec bonheur aux rapports, moins tendus enfin, qu'Édouard entretenait avec le roi lorsque Séverine pénétra dans le petit salon avec une lettre qu'un messager venait tout juste d'apporter. Julie reconnut l'écriture et s'empressa de décacheter la missive, inquiète de ce qu'elle pouvait contenir. Elle parcourut rapidement, les mains tremblantes, chacune des lignes de la courte lettre que son professeur de musique lui envoyait.

> *Chère madame de Saint-Laurent,*
> *C'est un homme malheureux qui vous écrit ce matin parce que je suis envahi par la honte d'un geste que je n'arrive pas à regretter. Je dois vous avouer que le baiser que nous avons échangé dans des circonstances indépendantes de notre volonté m'a plongé dans un bonheur que j'ai rarement éprouvé. Devrais-je avoir honte de ce bonheur qui me vient de vous ? Poser la question est une offense pour vous, si belle et si honnête. Justement parce qu'il me vient de*

*vous, ce bonheur m'est d'autant plus précieux parce que rare. Après la lecture de ces lignes, vous devinerez les sentiments que j'éprouve à votre égard, dont la puissance me suggère la question suivante : serait-il préférable, pour la paix d'esprit de madame, que je cesse de lui donner des cours de musique à raison de deux fois par semaine ? Voilà, la question est posée. J'attends humblement votre verdict.*
 *Avec toute ma sincérité,*
*Charles Jouve.*

Julie relut la lettre de Charles avec ravissement. Cette déclaration d'amour l'enchantait, mais en même temps l'inquiétait. Elle lui répondit tout de suite parce qu'il ne fallait pas laisser traîner des choses comme cela, de peur de susciter de l'espoir chez le musicien.

*Cher monsieur Jouve,*
 *Je vous remercie de votre franchise et je serai franche, moi aussi. Certes, vos déclarations me touchent et je vous avoue que votre baiser m'a un peu troublée, mais je ne peux vous cacher la profondeur des sentiments que j'éprouve pour Édouard. Il est mon seul amour, aucun autre homme ne m'émeut autant que lui et, si Dieu le veut, j'espère que ce sera pour la vie. Vous savez aussi combien j'aime la musique et combien j'appréciais vos cours, mais si vous préférez rompre nos relations, disons musicales, je n'en serai pas offusquée et je comprendrai la position dans laquelle vous vous trouvez. Sincèrement, j'aimerais continuer les cours de flûte et de harpe, et peut-être commencer l'apprentissage du violoncelle, dont vous jouez divinement, mais je crois que la décision doit venir de vous et non de moi, comme vous le suggérez dans votre lettre. Vous écrivez que vous ne voulez pas troubler la paix de mon esprit par votre présence. Je vous sais gré de votre délicatesse, mais je voudrais vous préciser, amicalement, que mon esprit ne fut que très légèrement troublé. Il ne faudrait pas oublier que c'est la terre qui a tremblé, non mon cœur. En espérant que cette lettre rétablira nos bonnes relations, veuillez accepter, cher monsieur Jouve, mes salutations les plus sincères,*
 *Julie de Saint-Laurent, baronne de Fortisson.*

Son professeur lui répondit le lendemain, laconiquement :

*Chère madame,*
*Veuillez m'attendre mardi prochain à la même heure.*
*Votre tout dévoué,*
*Charles Jouve.*

Cette réponse enchanta Julie, qui aurait difficilement pu renoncer à la musique dans un pays hostile où sa présence était tout juste tolérée. Lorsque M. Jouve se présenta chez elle la semaine suivante, il la regarda à peine et ne parla guère non plus, s'en tenant à des instructions d'ordre musical. Même si Julie essayait d'entretenir la conversation d'une manière qu'elle voulait désinvolte, le malaise de Charles Jouve était presque palpable malgré ses efforts pour paraître décontracté.

– Monsieur Jouve, j'aimerais beaucoup que nous redevenions amis, déclara Julie au moment où son professeur s'apprêtait à partir.
– L'avons-nous déjà été, madame ?
– Je comprends votre réticence, mais j'insiste parce que pour moi l'amitié est d'une importance capitale.
– J'ai besoin de temps, chère madame.
– Je comprends.
– Merci.
– Avant que vous partiez, je veux que vous sachiez combien j'apprécie vos leçons et combien votre présence amicale est nécessaire dans ma vie.
– Nécessaire ? Ai-je bien entendu ?
– Oui, vous avez bien entendu, nécessaire. Je suis très souvent seule dans cette ville, où, il faut bien le dire, je ne suis pas la bienvenue, et le prince ne peut échapper aux obligations qui lui incombent. Parfois, les journées sont longues et les soirées, bien tristes, croyez-moi. La musique est devenue un refuge qui m'enchante et dont je ne puis plus me passer.
– Vous m'en voyez flatté, chère madame, alors je vous donne rendez-vous jeudi à quatorze heures.
– Je vous attendrai, dit Julie en tendant la main à Charles Jouve, qui la baisa et la glissa sur sa joue en fermant les yeux.

Les jours suivants, il neigea abondamment. La neige recouvrait le sol en cachant les dégâts du tremblement de terre, qui n'était déjà plus qu'un mauvais souvenir. Julie, émerveillée, regardait par la fenêtre cette neige tomber et entendait le craquement du bois dans la cheminée. Les bras repliés sur la poitrine, elle pensait qu'il était bon d'attendre, au chaud dans sa maison, l'homme qu'elle aimait. Les dîners, les soupers et les réceptions se succédaient, dans un tourbillon qu'Édouard semblait accepter avec un certain plaisir, notait Julie. De son côté, elle s'accommodait de son absence avec un certain détachement. Elle écrivait de longues lettres à sa sœur, dans lesquelles elle lui racontait les rigueurs de l'hiver canadien, auquel elle avait beaucoup de difficulté à s'habituer, et sa relation avec la famille Salaberry, au sujet de laquelle elle ne tarissait pas d'éloges ; elle s'informait aussi de la France, dont elle se sentait bien loin, et de sa famille, qui lui manquait. Elle lisait beaucoup : Rousseau, Restif de la Bretonne (*Le Paysan perverti ou les Dangers de la ville*, envoyé par Jeanne Béatrix), Shakespeare, traduit en français par Letourneur (même si elle lisait parfaitement l'anglais), *Les Liaisons dangereuses* de Choderlos de Laclos, *Les Essais* de Montaigne et une belle traduction d'Antoine Galland des contes des *Mille et Une Nuits*. De plus, elle passait de longues heures à jouer tantôt de la harpe, tantôt de la flûte. Souvent, Séverine s'assoyait dans le petit salon avec la permission de sa maîtresse et, en cousant, écoutait sans se lasser cette musique qui la plongeait dans d'innocentes rêveries.

3

# Décembre 1791 – janvier 1792
# Julie s'initie à la vie culturelle et sociale de Québec

*L*e 18 novembre, le lieutenant-gouverneur Clarke fixa au 26 décembre l'entrée en vigueur de l'Acte constitutionnel, qui avait reçu la sanction royale le 10 juin 1791 et qui partageait le pays en deux provinces, soit le Haut-Canada et le Bas-Canada. Naturellement, les citoyens de Québec désiraient célébrer cet heureux événement la journée même de la proclamation officielle de la nouvelle Constitution. Dans *La Gazette de Québec*, dès le 16 décembre, on publia l'annonce suivante :

> *Une liste est ouverte à la taverne de Franks pour tous les bons citoyens, sans distinction, qui voudront se joindre aux amis de la Constitution, lesquels s'assembleront le lundi 26 courant pour célébrer cet heureux jour qui formera une époque mémorable dans les annales de cette province et à laquelle tous les citoyens commenceront à jouir des droits et de la liberté qui leur ont été accordés par la sagesse et la générosité de notre gracieux Souverain et du Parlement britannique.*

Ce matin-là, en lisant le journal, Julie comprit qu'elle serait seule pendant cette période de festivités. Elle se demandait si sa vie à Québec serait différente si elle était mariée avec Édouard. Elle enviait M^me Fitzherbert, l'épouse du prince de Galles, lequel ne s'était pas laissé impressionner par les réactions du roi et avait balancé du revers de la main tous les avertissements l'exhortant à quitter cette femme. Non seulement il n'avait fait qu'à sa tête, mais il la présentait dans les réceptions officielles et, surtout, il ne cachait pas les enfants qu'il avait conçus avec elle. Julie savait qu'elle avait plus de choses à surmonter que M^me Fitzherbert, qui était anglaise et protestante. Une catholique, française de surcroît, qui ne faisait pas partie de la noblesse ne pouvait espérer épouser un fils de roi, comme le lui avait fait remarquer le colonel Symes à Gibraltar. Édouard, ce soir-là, lui confirma ce dont elle se doutait :

– C'est un événement très important, mon amour. En tant que fils du roi, je me dois d'être présent aux dîners donnés par les délégués de la haute ville chez Franks, et par ceux de la basse ville au café des Marchands. Tous porteront certainement un toast en mon honneur et je ne peux me soustraire à de telles manifestations d'estime. Est-ce que vous me comprenez, ma chérie ?

– Vous savez bien que oui, Édouard.

– Les Canadiens semblent très heureux de l'Acte constitutionnel. La plupart ont compris qu'on n'abroge pas réellement l'Acte de Québec de 1774, mais qu'on y apporte quelques modifications, c'est tout.

– Que voulez-vous dire par « quelques modifications » ?

– Comme vous le savez déjà, le territoire canadien est divisé en deux nouvelles provinces, le Haut-Canada, à forte majorité anglaise, et le Bas-Canada, à forte majorité française. De plus, une Chambre d'assemblée sera ajoutée au Conseil législatif déjà existant.

– Qu'en est-il de la langue et de la religion ? demanda avec beaucoup de curiosité Julie.

– Par l'Acte de Québec de 1774, qui d'ailleurs abolissait le serment du Test, les Canadiens conservaient leur langue et leur religion. Avec l'Acte constitutionnel, on conserve les lois civiles françaises pour les habitants de langue française, mais le Haut et le Bas-Canada seront régis par le code criminel anglais.

– Le serment du Test que vous venez de mentionner, qu'est-ce que c'était ?

– Les catholiques devaient obligatoirement prêter serment en reconnaissance du pouvoir absolu de leur souverain en matière de religion pour pouvoir occuper une fonction publique. En d'autres mots, on leur demandait de nier l'autorité du pape. Plusieurs Canadiens ont refusé de prêter serment, préférant renoncer à des postes importants.

– Alors, tout le monde est heureux maintenant que l'obligation de prêter serment a été abolie, dit Julie.

– Ce n'est pas aussi simple.
– Que voulez-vous dire ?
– La France a grandement aidé les colonies américaines lorsque ces dernières voulaient obtenir leur indépendance de l'Angleterre.
– Comment l'a-t-elle fait ?
– En apportant une aide financière et surtout militaire. Le marquis de La Fayette s'est hautement distingué dans des batailles très importantes. C'est le traité de Versailles qui a officiellement reconnu l'indépendance des États-Unis. Les Canadiens ont été très heureux du déroulement des événements, croyant sans doute que tous les Anglais iraient se réfugier aux États-Unis, mais il n'en fut rien, puisque les Américains fidèles au roi George vinrent s'installer au Canada. Je crois qu'il y en a eu autour de huit mille et ces intrus, comme les perçoivent les Canadiens, ne veulent pas des lois françaises. Les Canadiens ont été extrêmement déçus lorsqu'ils ont compris que la France avait renoncé au Canada pour toujours. Par l'Acte de Québec, l'Angleterre permettait aux Canadiens de conserver leur langue et leur religion, mais les Américains contestèrent cette décision. Pendant la guerre de l'Indépendance, les habitants du Canada ont choisi la neutralité, une initiative que je trouve tout à fait louable mais que les Américains ont eu du mal à digérer. Il y avait un buste de George III sur la place d'Armes, à Montréal, et des Anglais y ont écrit la phrase suivante pour ridiculiser notre souverain : « Voici le pape du Canada et l'idiot d'Angleterre. »
– Ce sont des barbares ! s'exclama Julie, offusquée.
– Vous avez raison, ce n'était que barbarie. Avec l'Acte constitutionnel du 10 juin, la séparation de la province en deux parties réglera bien des problèmes et, de ce fait, permettra une vie plus tranquille.
– Y a-t-il eu des opposants à l'Acte constitutionnel ?
– Bien sûr qu'il y a eu des opposants. Rien ne se décide sans heurt. Le projet de loi a suscité beaucoup d'insatisfaction et de crainte au Canada. Le marchand Adam Lymburner s'est même présenté à la Chambre des communes, à Londres, pour demander le rappel de l'Acte de 1774.
– À quel titre ?
– Comme agent des colons britanniques de Québec.
– Il n'a pas réussi, bien entendu.
– Non, mais il a fourni des armes à l'opposition.
– Comment ?
– En soulevant le fait que les habitants de langue anglaise sont minoritaires dans le Bas-Canada. Lymburner déclara que, tout le

commerce étant entre les mains des Anglais, il serait préférable que les lois et les coutumes anglaises du commerce soient les seules permises puisque les lois françaises sont une source constante de problèmes.
– Il n'exagère pas un peu, ce M. Lymburner ?
– Pas vraiment, mais le Premier ministre William Pitt, même s'il a déposé le projet de loi en Chambre, préconise plutôt l'union entre les habitants anglais et français en espérant que leurs distinctions nationales vont s'atténuer à la longue. Pour M. Pitt, l'assimilation n'est qu'une question de temps.
– C'est absurde ! Vous ne pouvez croire à de telles balivernes, n'est-ce pas, Édouard ? Comment votre M. Pitt, fût-il Premier ministre, peut-il espérer que les Canadiens vont renoncer à leur langue et à leur religion pour faire plaisir aux Anglais ?
– Edmund Burke n'a pas totalement tort lorsqu'il mentionne que souhaiter l'union entre les conquérants et les conquis relève de la pure fabulation.
– En voilà un qui ne se berce pas de chimères, mais qui est Edmund Burke ?
– C'est un député de l'opposition.
– Et vous, mon très cher Édouard, êtes-vous d'accord avec l'Acte constitutionnel de George III ?
– Je suis tout à fait d'accord. D'ailleurs, notre ami Salaberry est très heureux de la tournure des événements.
– Vous en avez discuté ensemble ?
– Bien sûr, ma chère, et je vais même vous confier quelque chose d'extrêmement important si vous me promettez de n'en souffler mot à personne.
– Vous pouvez compter sur moi. D'ailleurs, je ne vois pas à qui je pourrais en parler puisque je ne rencontre presque personne en dehors des Salaberry, dit Julie dans un éclat de rire qui sonna faux aux oreilles d'Édouard, qui eut du mal à l'interpréter, se demandant si sa chère Julie lui faisait des reproches.
– Vous vous sentez prisonnière dans cette maison, n'est-ce pas ?
– Je ne me sens pas prisonnière, rassurez-vous, Édouard, c'est plutôt l'hiver rigoureux de ce pays qui nous confine dans nos maisons. Je mentirais si je ne vous disais pas que j'ai très hâte que le beau temps revienne. Vous savez comme j'aime marcher dans les rues de Québec, qui me rappelle Besançon, et que votre idée de passer l'été dans votre villa de Montmorency me séduit au plus haut point.

– Comme je suis heureux que vous aimiez Montmorency. Je vous promets que la vie sera plus facile à la campagne, où nous pourrons parcourir les champs en toute tranquillité.
– Qu'alliez-vous me confier au sujet de Louis de Salaberry ?
– Eh bien, voilà, notre bon ami veut se présenter comme député à la Chambre d'assemblée des comtés de Québec et de Dorchester aux élections générales qui se tiendront sans doute à la fin du printemps prochain.
– Quelle bonne nouvelle !
– Il fera un excellent député.
– Vous oubliez qu'il doit se soumettre à une campagne électorale avant d'être élu, mon cher ami.
– Vous avez parfaitement raison, comme toujours. Alors, il ne nous reste qu'à attendre le verdict des citoyens.

La politique n'était pas le sujet de conversation préféré de Julie, mais elle aimait en discuter avec Édouard parce qu'il était au courant de tout et que, en plus c'était une occasion unique de passer d'heureux moments avec lui. Édouard appréciait ces moments privilégiés avec sa compagne, qui semblait s'intéresser à la politique canadienne malgré l'hostilité de l'aristocratie locale, tant anglaise que française, à son égard. Elle lisait *La Gazette de Québec* toutes les semaines et, souvent, s'adressait à lui pour éclaircir des éléments obscurs d'un article.

– J'ai reçu une invitation assez surprenante, avoua Édouard.
– De quoi s'agit-il ? s'informa Julie, convaincue que cette invitation ne la concernait pas.
– Il y a quelque temps, j'ai manifesté le désir d'assister à une cérémonie religieuse au monastère des ursulines.
– Laissez-moi deviner, mon cher Édouard. Vous avez demandé à votre bon ami le curé Hubert d'intercéder pour vous auprès de la révérende mère supérieure Saint-Louis-de-Gonzague.
– Vous avez tout compris, ma douce amie. J'ai obtenu la permission d'assister à la profession de foi de la sœur Marie-Berthe de Sainte-Anne.
– C'est pour quand ?
– Pour très bientôt, soit le 20 décembre, mardi prochain.
– En effet, c'est pour très bientôt, répondit Julie en retenant un bâillement.
– Je me ferai accompagner d'un grand nombre de mes officiers, précisa Édouard pour faire comprendre à Julie que cette invitation était des plus officielles.

Il l'attira à lui et l'invita à venir se coucher en lui murmurant à l'oreille qu'il aimerait bien l'endormir lui-même. Julie se lova tout contre lui et, serrés l'un contre l'autre, ils marchèrent lentement jusqu'à leur chambre, savourant d'avance les délicieux moments qui les attendaient. Dehors, le vent hurlait, mais la chaleur du lit sous l'édredon épais rempli de plumes permettait des ébats amoureux des plus audacieux. Une autre nuit s'écoula au rythme des serments d'amour sans cesse renouvelés et des gémissements des corps repus et comblés.

Le jeudi suivant, M. Jouve arriva comme prévu à deux heures tapantes, le visage resplendissant de joie. Julie croyait naturellement qu'elle était la source d'un tel bonheur. Pendant le cours, le professeur de musique montra une certaine désinvolture, sans se départir du sérieux qui le caractérisait.

– Ce sera tout pour aujourd'hui, dit-il cinq minutes avant la fin du cours, ce qui étonna Julie parce que son professeur dépassait toujours l'heure prévue, perdant toute notion du temps lorsqu'il se trouvait en la présence de son élève préférée.

– Nous finissons bien tôt aujourd'hui, souligna Julie.

– Ne m'en veuillez pas, chère madame, mais j'ai des obligations auxquelles je ne peux malheureusement me soustraire, déclara-t-il en affichant un sourire heureux.

Malgré sa curiosité, Julie ne posa aucune question, préférant attendre les explications de son professeur. En le regardant ranger ses partitions, elle se demandait pourquoi le mot *malheureusement* que Charles Jouve avait employé semblait, paradoxalement, susciter de la joie chez lui.

– Je ne pourrai venir la semaine prochaine… ni la suivante, ni la suivante, apprit Charles Jouve à son élève.

– Ah bon ! commenta-t-elle laconiquement, l'étonnement la laissant sans voix.

– Je ne serai pas à Québec. Je quitte la ville demain matin.

– …

– Je pars pour Montréal. J'ai reçu une lettre hier matin. Des amis m'invitent à aller passer les deux prochains mois dans leur résidence de la rue Saint-Paul.

– Ah bon !

– Je vous sais plus loquace d'habitude, dit M. Jouve d'un air qui se voulait narquois.

– Cher professeur, c'est la surprise, rien de plus.
– C'est la première fois que je vais à Montréal depuis mon arrivée au Canada, et je ne vous cacherai pas que ce voyage me ravit.
– Vous manquerez alors les festivités prévues le 26 décembre pour célébrer l'Acte constitutionnel du Canada.
– La politique ne m'intéresse pas tellement. Déjà qu'elle ne m'intéressait guère en France, alors vous pouvez imaginer mon peu d'intérêt pour la politique canadienne.
– Il n'y a que la musique pour vous.
– Il n'y a pas que la musique, mais je ne peux nier son importance dans ma vie.
– Je vous comprends, car la musique m'est indispensable. Elle occupe une place capitale dans ma vie.
– À plusieurs égards, nous nous ressemblons, madame de Saint-Laurent. Cela dit sans vouloir vous offenser, s'empressa d'ajouter le professeur, qui voulait éviter tout malentendu après le baiser qui avait bouleversé sa vie.
– Oui, vous avez raison, je crois que nous nous ressemblons, monsieur Jouve.
– Je suis heureux que vous le constatiez vous aussi.
– Il y a la musique qui nous réunit, n'est-ce pas ? Cette merveilleuse musique, et aussi…

Julie s'interrompit, réalisant subitement qu'elle allait dire des choses qu'elle regretterait sûrement. Une chaleur violente s'empara de ses joues.

– Et aussi ? répéta Charles Jouve pour l'inviter à continuer.

Le musicien attendit la réponse, qui tardait à venir. Il regardait intensément son élève, qui semblait se débattre intérieurement. Elle le dévisageait avec ses magnifiques yeux violets, dans lesquels il crut déceler quelques larmes naissantes.

– La solitude, monsieur Jouve, la solitude.
– Vous êtes une femme aimée, vous ne pouvez souffrir de solitude.
– C'est beaucoup plus compliqué.
– …
– Je vous souhaite un bon voyage, monsieur Jouve, dit Julie en se ressaisissant et en lui tendant la main.
– Merci, dit Charles en serrant la main de Julie et en ne la quittant pas des yeux. Merci. Je vous ai laissé quelques nouvelles partitions que vous pourrez étudier pendant mon absence, ajouta-t-il avant de quitter le salon en refermant doucement la porte derrière lui.

Après le départ de son professeur de musique, Julie alla s'asseoir dans la bergère près de la fenêtre et se remémora la conversation qu'elle venait d'avoir avec lui. C'était la première fois qu'elle utilisait le mot *solitude* pour définir sa vie avec Édouard. Elle dut reconnaître, non sans remords, que cette solitude dont elle avait osé parler ouvertement lui pesait plus qu'elle ne voulait le croire. Par ailleurs, elle avait vaguement l'impression que son aveu rendrait le séjour à Montréal de M. Jouve moins pénible. Elle s'en voulait de sa naïveté (mais était-ce vraiment de la naïveté ?), elle qui se permettait, même involontairement, de semer le doute dans l'esprit du malheureux musicien qui, pour s'éloigner temporairement de la femme qu'il aimait, avait accepté – avec grand soulagement, à ce qu'il semblait – la première invitation qui s'était présentée. Le départ de Charles Jouve peinait Julie, elle le reconnaissait, mais elle ne comprenait pas pourquoi elle en était si troublée. Elle se demandait si sa solitude pouvait expliquer sa réaction et elle s'en affola. Elle envoya chercher Séverine, qui arriva quelques minutes plus tard.

– Tu as les yeux rouges, constata Julie, désemparée. Pourquoi pleures-tu ?

– Je n'ai pas pleuré, dit Séverine, en se mouchant bruyamment.

– Mais si, ma pauvre enfant. Qu'est-ce qui te cause autant de chagrin ?

– Je ne veux pas vous ennuyer avec mes problèmes.

– Tu ne m'ennuies pas du tout. Raconte-moi ce qui ne va pas.

– Je n'ai plus de nouvelles de Guillaume.

– Il y a certainement une raison à son silence. Vous vous entendez bien, non ? C'est toi-même qui le disais.

– Nous nous entendons très bien, c'est vrai. Je ne comprends pas pourquoi il ne me donne plus signe de vie, dit Séverine en triturant son mouchoir.

– Depuis quand te laisse-t-il sans nouvelles ?

– Depuis le tremblement de terre.

– Voilà presque dix jours, constata Julie, quelque peu surprise.

– Il ne veut plus me voir, mais pourquoi ?

– Il y a sûrement une explication. Dès l'arrivée du prince, je m'informerai discrètement, dit Julie, qui se voulait rassurante.

– Merci, madame, vous êtes bien bonne. Me donnez-vous la permission de retourner dans ma chambre ?

– Bien sûr, même si je ne suis pas certaine que ce soit une bonne idée que tu t'isoles pour ressasser ta peine.

– Je ne m'isole pas, je fais de la couture. J'ai presque terminé votre robe, madame.

– Merci, Séverine. Tu peux retourner à ton travail alors.

« Les femmes de cette maison ne sont pas très heureuses, c'est le moins que je puisse dire, pensa Julie. Nous sommes des exilées, loin de notre pays et de notre famille. Combien de temps resterons-nous encore dans cette ville remplie de gens distants et dans ce pays qui nous impose un hiver si long et si rigoureux ? »

Ce soir-là, Édouard ne rentra qu'à vingt heures, exténué. Il avait passé toute la journée avec les membres du nouveau Conseil législatif et le président par intérim, le lieutenant-gouverneur Alured Clarke, en l'absence du gouverneur en titre, Lord Dorchester. Sept membres du Conseil législatif siégeaient également au Conseil exécutif. Après avoir discuté du fait que les membres francophones étaient en minorité même si la majorité de la population était de souche française et avoir consommé du bon *porter*, ils s'étaient tous donné rendez-vous le 26 décembre, les uns au café des Marchands, les autres chez Franks.

– J'ai faim, dit Édouard en embrassant rapidement Julie.

– Je fais servir tout de suite. M. Beaunoir apportera lui-même les plats puisque Robert a demandé sa soirée pour rendre visite à Marie Dupuis. Vous savez que le grand jour approche, n'est-ce pas, Édouard ?

– Je tiens à ce qu'on leur offre un joli cadeau. Ce cher Robert Wood est à mon service depuis deux ans et j'en suis très satisfait. Je lui souhaite tout le bonheur du monde avec sa nouvelle épouse. On me dit que cette petite Québécoise est très jolie.

– Je ne l'ai pas encore vue, mais je ne doute pas qu'elle le soit.

– Avez-vous une petite idée pour le cadeau ? s'informa Édouard.

– Certains artisans travaillent l'étain et font des choses très intéressantes. Ne soyez pas inquiet, nous trouverons quelque chose d'utile et de ravissant.

– Merci de vous en occuper. Je passe beaucoup de temps à la caserne pour régler des conflits qui me prennent toutes mes énergies.

– Des conflits ? Quelle sorte de conflits ? demanda Julie, qui pensa tout de suite à Guillaume La Rose.

– J'exige que les soldats du 7$^e$ régiment des fusiliers royaux de Sa Majesté se comportent de façon irréprochable.

– Et certains manquent à leur devoir ? demanda encore Julie, qui n'osait parler ouvertement du soldat La Rose.

– Plusieurs manquent à leur devoir, comme vous dites.
– Que font-ils de si répréhensible ?
– Certains ont une allure négligée dans les parades, d'autres, malgré une interdiction formelle, achètent de l'alcool et boivent pendant leur tour de garde, d'autres encore dépensent leur paie dans les tavernes, énuméra Édouard. Comme vous voyez, il faut que je sois des plus vigilants et que je règle ces problèmes au plus vite.
– Y a-t-il parmi ces rebelles des personnes que nous connaissons ?
– Que voilà une drôle de question ! En tant que commandant du régiment, je suis en mesure de vous dire que je connais chacun de mes soldats, qu'ils soient rebelles ou non.
– Mon tendre ami, excusez-moi si je me suis mal exprimée. En fait, je voulais savoir si l'amoureux de Séverine était en cause. La pauvre est sans nouvelles de lui depuis plus de dix jours. Encore aujourd'hui, je l'ai surprise en train de pleurer, alors j'ai essayé de la rassurer en lui disant que je m'informerais auprès de vous.
– Je n'ai pas le droit de discuter des comportements condamnables de mes soldats. Cela ne regarde que moi et les hommes qui sont sous mes ordres. Vous comprenez sans doute cela, très chère.
– Je suis désolée. Oubliez tout ce que je viens de vous dire, dit Julie, confuse.
– Mais je peux ajouter, sous le sceau de la confidentialité, que Séverine n'est pas au bout de ses peines si elle continue de fréquenter le soldat La Rose. C'est un excellent soldat, mais une forte tête qui a du mal à se conformer à la discipline militaire.
– C'est presque mot pour mot ce que M. Beaunoir a dit à Séverine et qu'elle n'a pas voulu entendre.
– Elle n'a pas fini de pleurer, cette pauvre petite. Vous devriez essayer de lui faire comprendre qu'il y a des dizaines de soldats qui ne demanderaient qu'à l'aimer et lui feraient oublier rapidement le soldat La Rose.
– Un de perdu, dix de retrouvés, comme on dit. Nous les femmes, nous connaissons la chanson, ne put s'empêcher de rétorquer Julie avec un certain cynisme.
– Pourquoi cette amertume, mon cher amour ?
– J'ai de la peine pour Séverine, et je ne lui dirai certainement pas qu'il y a d'autres soldats qui n'attendent qu'un mot d'elle pour se déclarer. Je connais trop la souffrance des femmes pour banaliser l'amour qu'elle porte à Guillaume La Rose. Ce n'est pas de cette façon que Séverine a besoin d'être consolée.

– J'ai l'impression de découvrir une autre Julie, commenta Édouard, décontenancé. Que se passe-t-il, mon amour ? Je vous sens si tendue, si tourmentée.

– Je suis fatiguée, Édouard, confia Julie en fondant en larmes et en laissant son compagnon.

Édouard ne comprenait pas pourquoi cette femme si forte, si courageuse, toujours en pleine possession de ses moyens, pleurait sur les malheurs de sa femme de chambre. Il la prit dans ses bras et, ne sachant que dire, il attendit que cessent les pleurs de la femme qu'il aimait. En ce moment même, sans trop savoir pourquoi, il sentit qu'il l'aimait plus encore. Il savait que Julie menait une vie de recluse à Québec et que la société se montrait sévère et intolérante à son égard, mais que pouvait-il y faire ? Les moindres critiques négatives sur sa vie privée seraient rapportées à son père, qui prolongerait de plusieurs années encore son exil en Amérique. D'ailleurs, tout Londres était au courant de sa liaison avec Julie. Il avait reçu, deux jours auparavant, le journal londonien *The Time*, dans lequel il avait lu un article intitulé « Un délicieux scandale » :

> *Un certain colonel Royal, y était-il mentionné, a amené dans ses quartiers à Québec une dame espagnole dans les bras de laquelle il entend se protéger des rafales hivernales de cette région glaciale. Son exquise beauté a tellement charmé les habitants qu'ils la décrivent comme l'Astre céleste de leur hémisphère.*

Personne n'était nommé, mais on savait bien de qui il s'agissait. Tout le monde savait que Julie n'était pas espagnole, sauf peut-être le journaliste anglais, à moins qu'il n'ait voulu mettre un peu d'exotisme dans son article. Édouard s'était gardé de montrer le journal à Julie, qui se croyait à l'abri des commérages de la cour de l'autre côté de l'Atlantique mais faisait quand même parler d'elle à Londres. Tout ce qu'Édouard espérait, c'était que ces informations ne parviennent pas jusqu'au roi.

– J'ai faim, dit Julie, la tête toujours appuyée contre l'épaule d'Édouard.

– Est-ce que ça va mieux maintenant ? lui demanda-t-il en lui baisant le front.

– Oui, beaucoup mieux.

– Attendez-moi ici, ma chérie. Je demande à M. Beaunoir de servir le dîner.

Il était vingt-deux heures et Hubert Beaunoir, dans sa cuisine, accueillit le prince avec surprise mais soulagement. « Enfin ! Ce n'est pas trop tôt », se dit-il, sans oser exprimer à haute voix son impatience. Il ne savait plus où donner de la tête dans cette cuisine où les fourneaux, chauffés à bloc, faisaient couler la sueur sur son front et dans son cou. D'une main, il surveillait le potage pour éviter qu'il ne bouille, et de l'autre il brassait la sauce brune afin qu'elle ne colle pas, en regardant le rosbif, qu'il n'osait trancher de peur qu'il sèche. Le pauvre Hubert Beaunoir était dans tous ses états. Quand madame lui avait demandé s'il pouvait faire le service lui-même en l'absence de Robert Wood qui désirait passer quelques heures avec sa future épouse, il avait accepté d'emblée. Comme le prince et madame avaient l'intention de manger vers les vingt heures, il avait libéré les cuistots à dix-huit heures. En voyant le prince dans la cuisine pour la première fois depuis qu'il y travaillait et en constatant qu'il prenait tout son temps comme s'il avait voulu entamer une conversation, Hubert Beaunoir eut du mal à se retenir de le mettre dehors. Il fallait servir le repas immédiatement si on ne voulait pas qu'il soit complètement immangeable. Le chef, dont la réputation était connue jusqu'à Montréal, serait mort plutôt que d'accepter que l'un de ses plats soit qualifié de mauvais. Il avait l'impression que son enviable réputation se jouait à cet instant précis, pendant que le prince, insouciant, parlait de choses et d'autres alors qu'un potage et une sauce risquaient à tout moment de se gâter. N'en pouvant plus, il demanda poliment :

– Permettez-moi, Votre Altesse, de m'enquérir si madame désire manger quelque chose ou, vu l'heure tardive, si elle ne prendra qu'un peu de thé.

– Mon cher Beaunoir, nous avons très faim. Auriez-vous la gentillesse de commencer le service dès maintenant, si ce n'est pas trop vous demander ?

– Tout est prêt, affirma le chef. Si Son Altesse veut bien prendre place dans la salle à manger, il me fera un immense plaisir de la servir, ainsi que M$^{me}$ de Saint-Laurent. Mais, j'allais oublier, excusez-moi. Avant que vous partiez, j'aimerais savoir si vous avez remarqué un rôdeur près de la maison, un homme plutôt petit qui me donne l'impression de chercher quelque chose.

– Non, je n'ai rien remarqué. Vous l'avez vu souvent ?

– Je l'ai aperçu sept ou huit fois, peut-être plus. Il regarde la maison quelques minutes, puis il repart.

– La prochaine fois, demandez-lui si nous pouvons l'aider, suggéra le prince. Comme ça, nous en aurons le cœur net et nous serons rassurés. Je m'inquiète pour M$^{me}$ de Saint-Laurent.
– Je n'y manquerai pas, car moi aussi je m'inquiète pour madame. Elle est si belle et si bonne.

Le prince quitta la cuisine et Hubert Beaunoir, enfin, respira mieux. Il fit le service avec entrain, appréciant les compliments que lui adressèrent le prince et sa compagne. Pour dessert, Édouard se régala d'une copieuse portion de gâteau aux pommes nappé de sirop d'érable et de crème. Julie ne succomba pas à cette tentation, ayant perçu la semaine précédente un certain épaississement de sa taille auquel elle voulait remédier au plus vite pour ne pas être obligée d'agrandir ses robes. Elle demanda à M. Beaunoir de leur servir le café dans le petit salon. Aussitôt le café terminé, Julie et Édouard se retirèrent dans leur chambre. La journée avait été épuisante, une bonne nuit de sommeil leur serait à tous deux bénéfique.

Le 25 décembre, Julie et Édouard se rendirent à Beauport chez les Salaberry pour fêter Noël autour d'un repas de viandes sauvages préparé par un chef cuisinier embauché quelques mois auparavant, sur les recommandations d'Hubert Beaunoir. Louis et Catherine avaient invité quelques amis en plus de Julie et d'Édouard : le juge Mabane et sa sœur Isabella, M. Charles-Louis Roch de Saint-Ours et son épouse Josephte Murray, le capitaine Alexander Grant et sa femme Marie-Charlotte, fille unique de la troisième baronne de Longueuil, Charles-Louis de Lanaudière, son épouse Élisabeth de La Corne et leur seul enfant encore vivant, Marie-Anne, âgée de quatorze ans, qui était très heureuse de retrouver les demoiselles de Salaberry. Les invités se régalèrent en dégustant un potage aux légumes et un autre aux fines herbes du jardin soigneusement entreposées dans le caveau pendant la saison froide, des pâtés de perdrix et de lièvre, un rôti d'orignal accompagné de pommes de terre, de navets et de carottes, des carrés de caribou nappés de sauce aux canneberges et au sirop d'érable, du chevreuil braisé rôti dans le lard, deux terrines de lièvre dont les noisettes décortiquées croquaient sous la dent et, pour finir, de succulents desserts aux pommes, aux fruits confits et au sirop d'érable qui enchantèrent tout le monde, mais surtout le prince, qui ne put résister aux fines crêpes au sirop d'érable nappées de crème fraîche, même s'il répétait qu'il ne pouvait plus rien avaler. En le regardant manger sa dernière crêpe, Isabella Mabane succomba à l'envie de le taquiner gentiment :

– Comme vous avez bon appétit, Altesse, lui lança-t-elle en riant.

– Chère mademoiselle Mabane, je me punirais si je refusais de me régaler de ces si délicieuses crêpes, répondit Édouard, un large sourire sur les lèvres. Et, surtout, comment pourrais-je faire de la peine à notre si charmante hôtesse, qui a fait préparer ces merveilleuses crêpes spécialement pour moi.

– Cher Édouard, ne soyez pas si taquin, intervint Catherine, quelque peu mal à l'aise de la révélation d'Édouard, qui était loin d'être fausse.

Tout le monde riait de bon cœur en voyant Catherine essayer de se dépêtrer de cette situation embarrassante.

– Mon cher ami, déclara Louis de Salaberry pour venir en aide à son épouse tout en ayant du mal à garder son sérieux, vous êtes, parmi les hommes présents à cette table, incontestablement le plus jeune, mais, pardonnez-moi de vous le dire, sans doute le moins sage.

– Il est beaucoup trop jeune pour être sage, renchérit le juge Mabane.

Un immense éclat de rire fusa autour de la table. Les nombreuses bouteilles de vin qui s'accumulaient n'étaient certes pas étrangères à ce sans-gêne que les hommes manifestaient à l'égard du prince. Charles-Louis de Lanaudière se leva et demanda l'attention de tous. Il voulait porter un toast amical à la jeunesse de leur prince et à son extravagance. Les femmes protestèrent, enjoignant aux messieurs de faire preuve de la plus élémentaire des politesses.

– Laissez le prince Édouard manger les crêpes qu'il aime tant, dit M$^{me}$ de Saint-Ours le plus sérieusement du monde.

– Soyez tranquille, madame de Saint-Ours, ces messieurs, avec leurs sarcasmes, ne m'empêcheront pas de terminer ce délicieux dessert, répliqua le prince. Avez-vous vu, messieurs, comment ces jolies dames prennent ma défense ? Qu'en dites-vous ?

– J'en dis que ces dames, et vous avez parfaitement raison, elles sont toutes très jolies, savent apprécier la jeunesse, rétorqua le capitaine Grant.

– Vous voyez bien, messieurs, dit M$^{me}$ de Lanaudière, que vous n'aurez pas le dernier mot.

– Vous, madame de Saint-Laurent, qu'en pensez-vous ? demanda le juge Mabane.

– J'en pense que le prince est un homme qui aime la bonne chère et que, en raison de sa grandeur, il peut se permettre de prolonger les repas.

– Il est vrai que son haut rang et sa valeur lui donnent bien des droits, dont celui de manger toutes les crêpes au sirop d'érable qu'il désire, dit naïvement la sœur du juge Mabane.

– Chère mademoiselle Mabane, reprit immédiatement Julie en riant, je parlais non pas de son importance en tant que fils de roi, mais de sa hauteur de six pieds et deux pouces.

Isabella se confondit en excuses sous les rires des hommes et les quolibets du juge, son frère. Louis de Salaberry mit fin à la torture de la pauvre demoiselle en se levant et en suggérant aux messieurs de le suivre dans le fumoir, où ils pourraient non seulement fumer, mais se retrouver entre hommes tout en dégustant un excellent cognac.

– Libérons ces charmantes personnes de notre présence pendant un certain temps.

Pendant qu'ils quittaient la salle à manger, les femmes allèrent s'asseoir dans l'immense salon bleu du manoir. Un serviteur apporta les boissons chaudes et servit du café à certaines, dont Julie qui le préférait noir, et du thé aux autres.

– Hier, on a annoncé que le pont était pris, mentionna Catherine.

– Déjà ? fit Élisabeth de La Corne. Il est bien tôt pour que la glace s'étende d'une rive à l'autre.

– Vous avez raison, madame de Lanaudière, mais l'hiver a débuté plus tôt cette année. Souvenez-vous que le froid a commencé à sévir dès le début de novembre, répliqua Catherine de Salaberry.

– L'année dernière, on n'a pu traverser le fleuve en carriole que le 14 février, dit Marie-Charlotte Grant.

– Je suis étonnée de vous entendre, mesdames. Cela me paraît tellement invraisemblable que toute cette eau en mouvement se fige et que l'on puisse s'y promener en carriole comme sur une route de campagne, déclara Julie.

– Avant que la glace prenne, expliqua Isabella Mabane, d'immenses morceaux de glace dérivent sur le fleuve, et les habitants de la rive opposée viennent quand même au marché. Ils traversent en canot, ramant où il y a de l'eau et transportant leur canot sur leurs épaules là où il y a de la glace, ce qu'ils doivent faire de nombreuses fois avant d'atteindre l'autre côté du fleuve, où ils vendent toutes sortes de provisions.

– Comme ils sont courageux, ces habitants ! dit Julie, impressionnée par tant de détermination.

– C'est tellement dangereux que je ne l'aurais jamais cru si le capitaine Grant ne m'avait pas emmenée sur la rive au mois de janvier dernier pour que je le constate de mes propres yeux, déclara Marie-Charlotte Grant.

– Nous ne parlerons jamais assez du courage des habitants du Canada. L'hiver est si rude et si long, renchérit Josephte de Saint-Ours.

– C'est la raison pour laquelle nous devons en profiter, mesdames. Après le jour de l'An, notre famille projette d'aller faire un pique-nique à la campagne, à Pointe-Lévis. Les enfants nous en parlent depuis si longtemps. Que diriez-vous de nous accompagner ? Le prince et M$^{me}$ de Saint-Laurent viendront sûrement, n'est-ce pas, Julie ? Nous utiliserons nos traîneaux, qui avancent à une vitesse folle sur la glace, au grand bonheur des enfants.

– Ne trouvez-vous pas cela quelque peu aventureux de la part d'une femme enceinte, madame de Salaberry ? s'inquiéta Élisabeth de La Corne.

– Pas du tout, madame de Lanaudière. Je ne suis pas malade, j'attends un enfant, et je me porte on ne peut mieux, la rassura l'intéressée.

– Il faudrait que vous soyez prudente, tout de même, Catherine, poursuivit Julie.

– Je porte mon septième enfant, et, avec l'aide de Dieu, je n'en ai perdu aucun, et je vous assure qu'ils sont tous en bonne santé.

– J'envie votre chance, madame de Salaberry. Comme j'aimerais pouvoir en dire autant, confia Élisabeth de La Corne.

– Pardonnez-moi, je ne voulais pas vous replonger dans un passé si douloureux pour une mère, implora M$^{me}$ de Salaberry.

– Que voulez-vous dire, madame de Lanaudière ? demanda Julie.

– J'ai perdu deux enfants, Charles-Luc à un an et Geneviève à cinq ans. Je ne m'en remettrai jamais, expliqua Élisabeth. Il me semble que ma peine aurait été moins grande si je n'avais pu rendre ces grossesses à terme. Je ne les aurais pas connus, je ne les aurais jamais serrés dans mes bras et je ne les aurais jamais aimés comme je les aime, continua Élisabeth en séchant ses yeux. Est-ce que vous me comprenez, madame ?

– Oui, je sais, répondit laconiquement Julie, émue par la douleur de son interlocutrice.

– Vous avez déjà fait une fausse couche ? lui demanda, curieuse, M$^{me}$ de Saint-Ours.

– Non, bien sûr que non, mentit Julie, qui se sentit prise au piège. Je veux simplement dire que je comprends M$^{me}$ de Lanaudière de penser qu'il est sans aucun doute plus facile de se remettre d'une fausse couche que de la perte d'un enfant auquel une mère s'est attachée pendant quelques mois, voire quelques années.

– Merci de si bien me comprendre, madame.

Constatant que la tristesse venait d'assombrir cette fête si réussie jusqu'à maintenant, M$^{me}$ de Salaberry s'enquit de la décision de ses amies quant à la promenade sur le fleuve glacé :

– Des huttes en bois ont été érigées en bordure du fleuve et nous pouvons y acheter des gâteaux tout chauds et des boissons, dit-elle.

– Vous avez bien dit des gâteaux chauds ? releva Julie.

– Mais oui, dans ces huttes, il y a des poêles, annonça en riant Catherine à son amie, qui ne pouvait cacher sa surprise.

– Je crois bien que nous viendrons, dit M$^{me}$ de Saint-Ours.

– Nous aussi, ajouta M$^{me}$ de Lanaudière.

– Il faudra que j'en parle au capitaine Grant et je vous le ferai savoir, dit Charlotte Grant.

– Je ne crois pas que nous pourrons venir, mon frère et moi, affirma Isabella Mabane. Nous sommes trop vieux pour festoyer de la sorte.

– Les enfants seront si heureux. Ils attendent ce moment avec tant d'impatience. Ils en parlent sans arrêt. Ils ne pensent qu'à patiner, glisser et courir sur la glace. Ils en rêvent, conclut Catherine de Salaberry.

– Le prince et moi serons très heureux de nous joindre à vous, l'informa Julie. Ce sera notre première expérience de patinage à tous les deux.

– Que diriez-vous, mesdames, de faire quelques pas de danse ? s'enquit Catherine d'un air taquin.

– J'aimerais bien danser, approuva M$^{me}$ de Saint-Ours, mais comment le faire sans cavalier et sans musique ?

– C'est très simple, il suffit d'aller chercher les musiciens que le prince dans sa grande générosité a amenés de Québec, expliqua Catherine.

– Où sont-ils donc ? voulut savoir M$^{lle}$ Mabane, qui, malgré le fait qu'elle se disait trop vieille pour festoyer, n'avait pas sa pareille lorsqu'il s'agissait d'exécuter un quadrille.

– Ils sont avec les jeunes dans le grand salon à l'étage, sans doute en train de faire la cour à Geneviève et à Adélaïde, répondit Catherine avec beaucoup de malice dans le regard.

– Madame de Salaberry, vous ne devriez pas dire des choses pareilles, s'offusqua M$^{me}$ de Lanaudière, ma petite fille n'a que quatorze ans.

– Ne vous en faites pas, Élisabeth, Charles-Michel est là-haut et il a reçu des consignes très strictes de son père, expliqua l'hôtesse pour calmer les appréhensions de son amie.

– Vous me rassurez, fit en soupirant Élisabeth de La Corne.

– Si je ne savais pas nos filles entre des mains entièrement dignes de confiance, jamais ces musiciens n'auraient même franchi la porte de cette maison, fussent-ils recommandés par le roi en personne, affirma Catherine.

– Mesdames, laissez-moi ajouter ceci, déclara Julie. Vous pouvez être certaines que ces musiciens ont été choisis pour leur sérieux avant de l'être pour leur talent, qui est par ailleurs incontestable. De plus, Édouard ne tolérerait pas la moindre incartade de la part des soldats de son orchestre dont il est si fier. Jamais, au grand jamais, il ne mettrait la vertu de vos filles en danger. Le pauvre est un homme droit et intègre, d'une grande moralité.

Un silence de mort enveloppa la pièce. Les dames prirent toutes une gorgée de café ou de thé en évitant de regarder en direction de Julie, sauf Catherine de Salaberry qui remercia gentiment son amie d'avoir fait cette mise au point pour rassurer les mères inquiètes. Isabella Mabane ne put s'empêcher de penser que la moralité du prince avait certaines limites puisqu'il vivait avec une femme qui n'était pas son épouse.

– Je crois que nous devons faire confiance à nos filles, qui ont reçu une éducation digne des meilleures familles de la société de Québec, dit M$^{me}$ de Saint-Ours.

– Vous avez parfaitement raison, lança M$^{me}$ de Lanaudière.

– Il est temps maintenant d'aller chercher nos musiciens pour que nous puissions danser, dit Catherine, qui voulait couper court à cette conversation inutile.

Elle monta le grand escalier de chêne aussi rapidement que le lui permettait son état, et tout le monde l'entendit demander aux musiciens et aux jeunes gens et jeunes filles de se préparer à descendre parce que c'était l'heure de danser.

– Je vais prévenir le prince que nous avons besoin de nos danseurs, dit Julie en souriant, se servant de ce prétexte pour fuir ces femmes, et, avec beaucoup d'aisance, elle se dirigea vers le fumoir au bout du corridor.

– M$^{me}$ de Saint-Laurent est une femme bien, déclara Charlotte Grant.

– Elle a pris la défense de son amant avec beaucoup d'assurance et de conviction, c'est tout à son honneur, renchérit Isabella Mabane presque à voix basse.

– J'ai entendu dire que le prince et la baronne s'étaient mariés à Gibraltar avant de venir au Canada, révéla M$^{me}$ de Saint-Ours.

– Ce ne sont que des racontars, ma chère. Personne ne sait si c'est vrai parce que le prince ne l'a jamais confirmé. Il s'est toujours refusé à en parler à qui que ce soit, et, naturellement, personne n'a eu l'audace de l'interroger sur un sujet aussi délicat, commenta Élisabeth de Lanaudière.

– S'ils sont mariés, pourquoi M$^{me}$ de Saint-Laurent n'accompagne-t-elle jamais le prince dans les réceptions officielles ? demanda Isabelle Mabane.

– Ils ont sans doute de bonnes raisons de se comporter comme ils le font, répondit M$^{me}$ de Lanaudière. Peut-être M$^{me}$ de Saint-Laurent n'est-elle pas intéressée à se mêler à la bonne société canadienne.

– Qu'est-ce que ces idées ? s'offusqua M$^{me}$ de Saint-Ours. Nous sommes des gens très bien, il n'y a aucune honte à nous fréquenter.

– Quelles que soient les raisons de M$^{me}$ de Saint-Laurent, poursuivit M$^{me}$ Grant, je ne lui en veux pas. Elle est une femme charmante, aimable et d'une élégance remarquable. Vous avez vu sa robe de velours émeraude ? Elle est magnifique.

Le petit salon où s'étaient réunis les hommes était enfumé et ces messieurs y discutaient allègrement des prochaines élections en buvant du cognac.

– Vous avez décidé de vous présenter comme député à la Chambre d'assemblée, Salaberry. C'est une excellente décision, commenta le juge Mabane.

– Oui, mon cher juge, je crois que l'Acte constitutionnel est une bonne chose pour les Canadiens et j'ai décidé de jouer un rôle actif en politique. C'est pourquoi je veux me présenter aux élections.

– Je crois comme vous que l'Acte constitutionnel sera plus avantageux pour les Canadiens que l'Acte de Québec de 1774, qui fut très mal accueilli par les Anglais, dit Saint-Ours.

– Par une certaine classe d'Anglais seulement, et par les Anglo-Américains, naturellement, précisa Louis-Antoine de Salaberry.

– Vous avez raison, mon cher Salaberry. Et ce qu'ils ont dit il y a dix-sept ans déjà, nous ne l'avons pas oublié, relève presque de l'infamie, continua Saint-Ours. Ils ont exprimé leur mécontentement au Parlement britannique dans une adresse au peuple de la Grande-Bretagne. C'est comme cela qu'ils ont intitulé l'expression de leur colère.

– Et que disait cette adresse ? s'informa M. de Lanaudière.

– On y présentait l'Acte de Québec comme une loi ennemie de l'Amérique britannique, en précisant qu'il était inacceptable que le

Parlement britannique tolère dans ses colonies la religion catholique qui avait répandu tant de sang. Il y était également question d'impiété, de persécution, de meurtres, et que sais-je encore ?

— C'est odieux, dit le juge Mabane.

— Tout ça a bel et bien été écrit au cours d'une réunion du Congrès de Philadelphie. Je ne vous donne que les grandes lignes, continuait Saint-Ours, mais les délégués à cette réunion ont envoyé une lettre remplie de propos hypocrites aux habitants de la colonie du Québec pour les encourager à s'associer avec les États-Unis dans leur guerre contre l'Angleterre.

— Mais les États-Unis n'ont pas réussi à berner les Canadiens, dit Salaberry. Nous les avons repoussés, ils ne se sont emparés ni de Montréal ni de Québec, et nous nous remettons de nos blessures avec beaucoup de fierté, n'est-ce pas, Saint-Ours ?

— Même si nous avons été faits prisonniers, nous sommes sortis grands vainqueurs de cette guerre de l'Indépendance des États-Unis. Nous sommes des sujets britanniques et heureux de l'être.

— Merci, monsieur de Saint-Ours, pour ces belles paroles. Je me ferai un plaisir de les transmettre au roi lui-même dans ma prochaine missive, déclara le prince Édouard.

Lorsque les jeunes descendirent le grand escalier en riant et en plaisantant, les dames se turent de peur d'être surprises en train de déblatérer sur un sujet qui en embarrasserait plus d'un. Les musiciens pénétrèrent dans le salon avec leurs instruments et, avant de prendre place près de la plus grande fenêtre, saluèrent poliment les invitées. Au moment où Julie revint du fumoir avec le prince et ses compagnons, Catherine fit signe aux musiciens de commencer à jouer. Les couples se levèrent au son des premières notes et attaquèrent un quadrille avec enthousiasme. Une ambiance de fête s'empara du manoir jusqu'à une heure avancée de la nuit.

Le retour se déroula normalement. La nuit calme arborait une lune pleine, étincelante. Les carrioles glissaient les unes derrière les autres sur un chemin de neige dure en se moquant de l'arrogance du froid de la fin de décembre. Des voitures s'échappaient parfois des rires et des éclats de voix. Les épaisses peaux recouvrant les passagers de la taille jusqu'aux pieds leur permettaient de tolérer ce froid intense qui glaçait les joues et gelait les lèvres. Bientôt, un profond silence s'installa. Quelques fêtards s'étaient endormis, bercés par le crissement des lisses du traîneau sur la neige. Lorsque leur carriole arriva enfin devant leur maison de la rue Saint-Louis, Julie et Édouard étaient trop frigorifiés pour ressentir la fatigue de cette merveilleuse soirée de Noël à la canadienne. John, qui n'était rentré que depuis une heure seulement, s'était assuré avant d'aller dormir que tous les poêles et toutes les cheminées de la maison procuraient une chaleur réconfortante. Julie et Édouard pénétrèrent dans une maison chaude qui les ragaillardit.

– Je n'ai jamais eu aussi froid de toute ma vie, se plaignit Julie.

– L'hiver canadien est extrêmement rigoureux. Il faudra que nous nous y fassions parce que je crains de devoir passer encore quelques années dans ce pays, l'informa Édouard.

– Qu'est-ce qui vous faire dire cela ?

– Je n'ai pas reçu de bonnes nouvelles de Londres. On me suggère d'être patient. Le roi n'a pas voulu donner suite à ma demande de rapatriement en Angleterre.

– Je ne comprends pas. N'était-il pas satisfait de votre comportement et du sérieux que vous mettiez dans le remboursement de vos dettes ?

– Il faut croire que l'exil auquel le roi mon père me condamne n'est pas sur le point de se terminer, résuma Édouard, et je suis d'autant plus désolé qu'il est devenu le vôtre sans que vous l'ayez voulu.

– Mon cher amour, lorsque vous m'avez demandé de vous suivre au Canada, je n'ai pas hésité une seule seconde parce que je savais que mon bonheur se trouvait auprès de vous où que vous alliez. Je vous aurais suivi au bout du monde, Édouard, n'en doutez pas un seul instant.

– Et moi, égoïstement, je vous aurais emmenée dans les contrées les plus lointaines plutôt que de vivre loin de vous.

– Je ne vous aurais jamais laissé partir sans moi, affirma Julie en s'approchant de lui.

– Je ne me suis jamais interrogé sur les immenses sacrifices que vous auriez à faire pour vivre avec moi. Je dois vous avouer sincèrement que le grand bonheur que vous me procurez est hélas assombri par la vie lamentable que je suis obligé de vous offrir dans ce pays que je n'ai pas choisi.

– N'en rajoutez plus. Je vous aime, vous m'aimez. Pour moi, c'est tout ce qui compte. Aucune vie, aussi misérable fût-elle, ne pourrait assombrir le bonheur que j'ai de vous appartenir.

– Comme je vous aime, Julie, comme je vous aime.

Cette nuit-là, ils ne firent pas l'amour. Blottis l'un contre l'autre, ils s'endormirent en pensant à la chance qu'ils avaient d'être ensemble.

Au matin, Édouard se réveilla le premier, mais il ne bougea pas. Il attendit que Julie ouvre les yeux pour la serrer dans ses bras et la plonger dans un monde de plaisirs intenses et ensorcelants. Ils se levèrent enfin, rassasiés, sereins et heureux. Édouard était prêt à s'acquitter avec sérénité de ses obligations en ce « premier jour de la nouvelle constitution du Canada », comme il était écrit dans *La Gazette de Québec*, même si la tentation de consacrer plutôt la journée à la femme qu'il aimait plus que tout le tourmentait.

À quinze heures, le prince se présenta chez Franks en compagnie des deux lieutenants-gouverneurs, Alured Clarke et John Graves Simcoe. Plus de cent soixante-cinq citoyens de la haute ville étaient venus, confiants que cette journée représentait le commencement d'une ère nouvelle pour le Canada. Godfrey King, le président de l'Assemblée, y alla d'un laïus dès le début de la rencontre :

– Voilà la fin de cette époque si longtemps désirée et laquelle doit nous cimenter par la véritable amitié. Puissent toutes les distinctions entre les anciens et les nouveaux sujets se terminer et que nous soyons unis en un seul corps, comme l'unique moyen d'assurer le bonheur et la prospérité des uns et des autres.

Il fut chaudement applaudi par tous ceux qui avaient tenu à participer à la célébration d'une journée mémorable dans l'histoire de la province de Québec et du Canada. De nombreux toasts furent portés au roi, au prince de Galles, au prince Édouard, à la reine et à toute la famille royale, au lieutenant-gouverneur du Bas-Canada, Alured Clarke, ainsi qu'à celui du Haut-Canada, John Simcoe, et ainsi de suite jusqu'aux membres des deux chambres du Parlement et aux « amis de la Liberté » réunis ce jour-là. L'assistance entonna ensuite le *God Save the King*, qui fut suivi d'un impromptu composé par François Baby pour la circonstance. En tout, les cent soixante-cinq personnes présentes portèrent vingt-trois fois des toasts, tous plus cordiaux les uns que les autres. Le repas se déroula dans l'allégresse, les convives mangèrent à satiété et burent jusqu'à l'ivresse.

Quelques heures plus tard, le prince se rendit au café des Marchands, dans la basse ville, où une rencontre analogue avait été organisée, accompagné des lieutenants-gouverneurs Clarke et Simcoe, de Louis de Salaberry, de Godfrey King, de François Baby, d'Adam Mabane, de Paul-Roch de Saint-Ours, de François-Marie Picoté de Bellestre, d'Edward Harrison, de John Collins, de Charles-Louis Tarieu de Lanaudière et d'une dizaine d'autres. L'arrivée de ces personnages sema l'émoi dans le café, où la grande majorité des hommes présents étaient des marchands. Ces derniers, qui en étaient à leur vingt-deuxième toast, avaient levé leur verre, entre autres, « à la Révolution française et à la vraie liberté dans tout l'Univers ». Par politesse, ils portèrent un toast à la santé du prince Édouard, puis continuèrent leur longue série de toasts. Ils burent à l'argent comptant et à la santé, au succès de l'agriculture et à l'abondance de bons vins, à la liberté de conscience, à l'abolition du système féodal, à l'agriculture pour faire fleurir le commerce et au commerce pour soutenir l'agriculture. Puis, pour terminer, sous un déluge de rires et de hourras, un trente-sixième toast fut porté à des jours d'aisance et des nuits de plaisir sous la nouvelle Constitution. L'alcool coulait à flots. Bon nombre des participants étaient passablement éméchés, mais cela ne les empêcha pas de se rendre chez Franks dans la haute ville pour faire un échange de vœux. Aux deux endroits, les célébrations se terminèrent vers une heure du matin. De nombreux fêtards cuvaient leur vin en ronflant sur les tables. Certains n'arrivaient même plus à se tenir debout. D'autres, les yeux hagards, se demandaient où ils étaient. Quelques-uns réussirent tant bien que mal à se rendre chez eux pour dormir. Les deux hôteliers étaient exténués, mais ils réalisèrent très vite que l'argent entré dans leur tiroir-caisse dépassait toutes leurs espérances ; pour eux, le 26 décembre avait été une journée très profitable.

Malgré les efforts qu'Édouard faisait pour ne pas la réveiller, Julie ouvrit les yeux et constata que son amant s'était couché sans retirer ses vêtements.

– Édouard, que vous arrive-t-il ? Vous empestez l'alcool, s'indigna Julie.

Pour toute réponse, elle n'entendit que des ronflements enveloppés de senteurs d'alcool. Elle éclata de rire.

– Son Altesse Royale est soûle ! Comme c'est touchant ! dit-elle avant de se rendormir.

Le réveil fut pénible pour Édouard. Il se prenait la tête entre les mains et suppliait Julie de faire quelque chose pour que cesse son insupportable douleur.

– C'est la première fois que je vous vois ivre, mon ami, dit-elle en lui appliquant des compresses d'eau froide sur le front et en essayant de retenir ses rires.

– J'ai de la difficulté à supporter l'alcool. Je bois très peu, vous le savez mieux que personne. C'est la raison pour laquelle vous ne m'aviez jamais vu ivre avant hier soir et, croyez-moi, vous ne me verrez plus jamais dans un état aussi lamentable, déclara Édouard, qui arrivait à peine à bouger tant le moindre mouvement lui occasionnait des haut-le-cœur et lui martelait la tête.

– Que s'est-il passé ?

– Vous ne devinerez jamais le nombre de toasts portés en l'honneur de la nouvelle Constitution, ma chère.

– Une dizaine ?

– Vous voulez rire, réussit-il à articuler. Vingt-trois chez Franks et trente-six au café des Marchands.

– Maintenant, je comprends tout, dit Julie en pouffant de rire. Cinquante-neuf toasts, ce n'est pas rien.

– J'ai levé mon verre à presque tous ces toasts, mais je n'ai pas bu à chacun. Comment l'aurais-je pu ?

– Vous n'aviez pas vraiment le choix. En tant que fils du roi qui a sanctionné l'Acte constitutionnel, vous ne pouviez ignorer aucun de ces toasts.

– Vous êtes si bonne, si compréhensive. Que serait ma vie sans vous ?

– C'est facile pour moi, je vous aime tant.

– Le toast que j'ai le plus aimé, c'est celui qui fut porté aux nuits de plaisir sous la nouvelle Constitution, révéla Édouard en grimaçant, tellement sa tête lui faisait mal. Ce toast m'a enchanté parce que c'était le seul qui ne vous oubliait pas.

Julie éclata de rire. Même Édouard, qui continuait de se lamenter et de grimacer de douleur, semblait avoir envie de rire. Avec l'aide de Julie, il réussit à enlever ses vêtements, puis se recoucha, incapable de rester debout ne serait-ce que quelques instants tant son corps endolori le faisait souffrir.

– Désirez-vous manger un peu ? Je peux demander à M. Beaunoir de vous préparer quelque chose de léger.

– Merci, mais je ne peux encore rien avaler.

– Vu les circonstances, je vous laisse dormir. Je crois que c'est le meilleur remède que je puisse vous conseiller, chuchota Julie en l'embrassant tendrement.

À peine eut-elle refermé la porte de la chambre qu'Édouard s'était rendormi.

Julie avertit John qu'elle déjeunerait seule et lui demanda de prévenir Séverine qu'elle désirait la voir.

– Séverine n'est pas encore revenue, madame, dit John.

– Vous voulez dire qu'elle n'est pas rentrée cette nuit ? s'inquiéta Julie.
– C'est cela, madame.
– Il est bientôt neuf heures. J'aimerais bien savoir où elle se trouve puisqu'elle ne m'a pas dit qu'elle s'absenterait aussi longtemps. Ne vous a-t-elle rien dit ?
– Non, madame, elle ne m'a rien dit.
– Êtes-vous certain qu'il ne lui est rien arrivé de grave ? Vous savez comme moi qu'elle n'aurait jamais passé la nuit dehors sans m'en parler auparavant.
– Ne vous inquiétez pas, madame, parfois nous agissons sans réfléchir, dit John en essayant de la rassurer.
– Que voulez-vous dire au juste ? Parlez, John, je sens que vous savez certaines choses que vous ne voulez ou que vous ne pouvez pas divulguer pour ne pas nuire à Séverine. Je me fais un tel souci pour elle.
– Je ne sais rien, à part le fait qu'elle est sortie avec le soldat La Rose...
– Je le sais très bien, le coupa Julie, puisqu'elle m'a elle-même prévenue qu'elle passerait la soirée chez des amis de Guillaume La Rose.
– Le soldat La Rose est venu chercher Séverine vers les six heures trente hier soir, et je ne les ai pas revus depuis.
– Merci, John. Venez me prévenir aussitôt que Séverine rentrera, s'il vous plaît. Maintenant, vous pouvez dire à M. Beaunoir que je désire prendre mon déjeuner dans le petit salon.

Julie désirait se retrouver seule. L'inquiétude ne la quittait pas. Elle refusait de penser que sa femme de chambre avait peut-être commis une erreur dont elle se repentirait amèrement. Hubert Beaunoir lui-même lui apporta son déjeuner. En lui versant du café, il ne put s'empêcher de lui confier sa propre inquiétude au sujet de Séverine :

– Je l'attends moi aussi avec impatience, dit-il Hubert.
– C'est une brave petite. Nous nous inquiétons sans doute pour rien.
– Comme j'aimerais vous croire, madame.
– Pourquoi êtes-vous si peu confiant ? Savez-vous des choses que j'ignore ?
– Non, je ne sais rien et j'essaie de ne penser à rien même si j'imagine le pire.
– Mon Dieu ! vos paroles me troublent.

– Même si de plus en plus de jeunes se baladent dans les rues de Québec bras dessus, bras dessous, sans aucune surveillance, parce qu'il faut être de son époque, dit-on, je trouve que la présence d'un chaperon évite bien des soucis, et surtout dans le cas de cette pauvre petite qui n'a que nous pour la protéger des dangers qui la guettent, si vous comprenez ce que je veux dire.

– Un chaperon ? Comment trouver une personne digne de notre confiance dans Québec ?

– La veuve de Joseph LaFrance, que je connais, serait disposée à servir de chaperon à nos deux tourtereaux le temps que dureront leurs fréquentations.

– Mais le soldat La Rose ne s'est pas encore déclaré, d'après Séverine, précisa Julie devant le regard ébahi de M. Beaunoir.

– Il faudrait que quelqu'un parle très sérieusement à ce soldat, lança Hubert Beaunoir. Je le crois capable de tout.

– Vous me faites peur, monsieur Beaunoir. Vous me faites très peur.

– Oubliez ce que je viens de dire. Je ne veux surtout pas vous tourmenter. C'est vous qui avez raison, madame, Séverine est une brave petite.

– Cessons de dramatiser, suggéra Julie, le cœur confiant. Nous parlons comme si le malheur l'avait frappée.

– Vous avez raison, madame. Veuillez m'excuser de vous avoir troublée.

– J'aimerais que vous prépariez un bouillon ou quelque chose de léger pour le prince lorsqu'il se réveillera, demanda Julie, pour changer de sujet de conversation. Il ne se sent pas très bien. C'est la raison pour laquelle je l'ai laissé se reposer plus longtemps.

– Comptez sur moi, tout sera prêt lorsque madame le demandera, déclara Hubert Beaunoir avec un sourire de connivence qui déplut à Julie.

Le chef connaissait d'excellentes recettes pour les personnes peu habituées à l'alcool mais qui en avaient tout de même abusé. Il retourna immédiatement à la cuisine concocter une soupe à base de bouillon de bœuf et de légumes.

Séverine entra par la porte de service en essayant de faire le moins de bruit possible. L'horloge sonnait dix heures. En se rendant à sa chambre, elle rencontra John.

– Bonjour, Séverine, commença ce dernier, qui remarqua tout de suite le sourire heureux de la jeune fille et son regard perdu dans de

doux souvenirs. Je ne vous cacherai pas que votre absence a causé des émois. M$^{me}$ de Saint-Laurent est très inquiète.
— Que lui avez-vous dit ? s'informa la jeune fille, un peu sur la défensive.
— Je ne lui ai rien dit parce que je ne savais rien à part le fait que vous êtes sortie hier soir avec le soldat Guillaume La Rose.
— J'en avais déjà informé M$^{me}$ de Saint-Laurent.
— C'est exactement ce que madame m'a dit, confirma le majordome. D'ailleurs, elle vous attend. Je vais la prévenir de ce pas que vous êtes rentrée parce qu'elle m'avait demandé de le faire aussitôt que vous seriez de retour.
— Allez-y, je vous suis dans quelques minutes, lui dit Séverine, peu convaincante.

Elle n'avait qu'une envie, rester seule avec ses souvenirs pour replonger avec délices dans les bras de Guillaume, avec qui elle avait vécu une merveilleuse nuit d'amour. Elle voulait par contre oublier l'insistance de Guillaume quand il l'avait emmenée à l'auberge, où il avait réservé une chambre sans même lui en avoir parlé. Elle n'avait pas aimé le clin d'œil complice que Guillaume avait décoché à l'aubergiste et le regard sévère que l'épouse de celui-ci lui avait lancé. Elle aurait tant voulu se soustraire aux interprétations de ces gens sur leur première nuit d'amour. Elle en avait voulu à Guillaume de manquer autant de discrétion et de réduire ainsi ce qui devait être un beau moment de leur vie à une vulgaire escapade sexuelle. « Guillaume a tout gâché », s'était-elle dit lorsqu'elle s'était retrouvée nue dans le grand lit. Elle ne pouvait profiter d'une belle intimité avec son soldat sachant que l'aubergiste et sa femme pouvaient imaginer les ébats qui se dérouleraient dans la chambre 3 au premier étage. « Qu'est-ce que je fais ici ? » s'était-elle demandé avant d'éclater en sanglots. Séverine repassait dans sa tête la suite de sa nuit de la veille...

— Pourquoi pleures-tu ? demanda Guillaume, affolé, qui était peu disposé à consacrer sa nuit de congé à rassurer la jeune fille en la berçant de mots d'amour.
— Est-ce que tu m'aimes ?
— Bien sûr que je t'aime, s'empressa-t-il de répondre en sortant de sa poche une chaîne en or au bout de laquelle pendait une petite pierre rouge en forme de cœur, qu'il accrocha au cou de la jeune fille.
— Tu m'as acheté un cadeau ? fit Séverine, toute remuée.
— En fait, je l'ai gagné aux cartes, avoua Guillaume.

Séverine en oublia de remercier Guillaume. Elle pensa plutôt à la jeune fille qui serait privée de ce joli pendentif parce que son ami de cœur avait préféré le jouer aux cartes.
– Est-ce que tu l'aimes au moins ?
– C'est un très joli bijou, mais je ne peux m'empêcher de penser que ce pendentif ne devrait pas être autour de mon cou, mais autour de celui d'une autre jeune fille.
– Mon Dieu que les femmes sont compliquées !

Séverine ne prêta aucune attention à cette remarque. Elle ferma les yeux et laissa les mains de Guillaume glisser habilement sur son corps. Le jeune homme s'étendit à côté d'elle et l'emprisonna dans ses bras, puis l'embrassa avec une avidité qu'elle n'avait jamais connue avec Antoine Garsault. Cela lui plut et elle répondit aux baisers avec la même avidité. Lorsqu'il la pénétra, elle ressentit une vive douleur qui lui arracha un cri étouffé mais qui s'estompa peu à peu pour laisser place à une jouissance nouvelle qui la mit dans un état euphorique. Leurs ébats terminés, les amants s'endormirent tout de suite.

Lorsque Séverine rouvrit les yeux, elle vit Guillaume qui enfilait son pantalon à la hâte comme s'il n'avait pensé qu'à se sauver. C'est alors qu'elle aperçut d'horribles marques de lacérations dans son dos. Elle s'assit dans le lit pour mieux voir.
– Qu'est-ce que c'est que ça ? demanda-t-elle, horrifiée.
– Bonjour, ma belle chérie. Je ne me sauve pas, je vais chercher quelque nourriture et du café.
– Non, je parle de ces marques dans ton dos, dit-elle d'un ton effrayé.
– Ce n'est rien, dit-il en enfilant rapidement sa chemise.
– Comment ça, rien ? C'est horrible. Qui t'a fait ça ?
– Ma très chère, commença-t-il, c'est ton beau prince qui m'a fait ça.
– Que veux-tu dire ?
– J'ai reçu cinq cents coups de fouet à Gibraltar.
– Ce n'est pas possible, jamais le prince Édouard n'aurait pu faire une chose aussi horrible !
– Oh ! que si ! Bien entendu, ce n'est pas lui qui a manipulé le fouet parce que ces gens ne se salissent pas les mains de la sorte, mais je peux t'assurer que c'est bien lui qui a donné l'ordre. Il a même assisté à l'exécution de la sentence sans sourciller.
– Je n'arrive pas à le croire.

– Même toi, tu te ranges du côté des puissants ! cria Guillaume. Des soldats illettrés comme moi, jamais personne ne les croit.
– Cesse de hurler, tu me fais peur, le supplia Séverine. Qu'avais-tu fait pour mériter une telle punition ?
– J'avais trop bu.
– Vous n'avez pas le droit de boire pendant vos journées de permission ?
– Je n'étais pas en permission, j'étais de garde.

Séverine ne posa plus aucune question. Elle se recoucha et ferma les yeux. Guillaume finit de s'habiller et sortit acheter de quoi manger.

– Séverine… Séverine… Tu es dans la lune ? demanda Julie, amusée.
– Non… non, madame. Excusez-moi. Je ne suis pas dans la lune, se défendit Séverine, qui ne voulait surtout pas déplaire à sa maîtresse si gentille et si bonne.
– J'étais très inquiète, chère Séverine. À l'avenir, j'apprécierais que tu évites de passer la nuit à l'extérieur de la maison sans m'en avoir informée au préalable, dit Julie sur un ton on ne peut plus clair.
– Je vous le promets, madame. Je suis tellement désolée de vous avoir causé de l'inquiétude, déclara Séverine, penaude.
– N'en parlons plus maintenant. Oublions cette affaire.
– Ce n'est pas moi qui avais organisé tout ça, madame. J'ai été prise au dépourvu, si je peux m'exprimer ainsi.
– Que veux-tu dire au juste ? J'ai de la difficulté à bien saisir tes propos.
– Après la soirée que nous avons passée avec des amis de Guillaume, il m'a amenée à l'auberge pour prendre un dernier verre, mais il avait déjà retenu une chambre sans m'en parler. Je vous assure que je ne voulais pas au début, madame, mais je me suis laissé entraîner sans trop d'objections. Je dois vous le dire si je veux être tout à fait honnête avec vous. Aussi, il m'a offert un joli bijou, dit Séverine en montrant le pendentif au cœur rouge qu'elle portait à son cou, mais sans souffler mot de ce que Guillaume lui avait appris au sujet du prince.
– C'est un joli pendentif, mais je n'aime pas la façon dont ton soldat t'a attirée dans ce qui me semble être un piège. Je ne veux pas te faire de reproches, mais je te conjure d'être prudente et de résister à l'envie de fréquenter cette auberge car cela pourrait nuire à ta réputation.

– Vous croyez que j'ai fait une grave erreur en acceptant cette invitation ?

– Seul l'avenir nous le dira, chère Séverine, mais la prochaine fois que tu verras le soldat La Rose, essaie d'en savoir un peu plus sur la profondeur des sentiments qu'il éprouve à ton égard.

– Oui, madame, je lui demanderai.

– J'ai confiance en toi.

Julie énuméra les travaux à faire dans la journée, puis Séverine quitta le petit salon le cœur léger, mais l'esprit tourmenté. Julie alla vérifier si Édouard dormait toujours. Il était emmitouflé sous l'édredon de plumes. Un léger ronflement berçait son sommeil. Ce tableau rassura Julie. Elle referma délicatement la porte en sortant. Dans l'immense armoire qui trônait dans le corridor, Julie chercha un présent pour Séverine. Elle trouva rapidement ce qu'elle voulait offrir à sa femme de chambre. Elle alla frapper à sa porte. Lorsque Séverine vint ouvrir, l'étonnement se lisait sur son visage. Sa maîtresse venait sans doute lui faire des reproches, se dit-elle, et elle croyait savoir pourquoi.

– Je n'ai pas encore terminé de nettoyer vos chaussures, madame. Je me suis changée, je ne voulais pas salir ma robe neuve, expliqua Séverine, qui avait l'impression d'être prise en flagrant délit de paresse.

– Je ne suis pas ici pour te faire des remontrances, mais plutôt pour t'offrir un petit cadeau.

– Un cadeau ?

– Voilà, dit Julie en lui présentant un joli coffret et une pelote à épingles que le prince avait reçus des ursulines lors de sa visite du 20 décembre.

Julie ne savait pas qu'une heure après son départ le généreux prince avait envoyé la somme de deux cent quatre-vingts livres à la communauté.

– Oh ! comme c'est joli !

– Ces objets sont faits par les ursulines avec de l'écorce de bouleau et cousus avec du poil d'orignal teint.

– Comment font-elles pour coudre avec des poils d'orignal ?

– Le poil d'orignal est solide et résistant, mais très court. Alors elles doivent enfiler un poil pour chaque point exécuté. C'est un travail qui demande de la dextérité, certes, mais surtout beaucoup de patience.

– Moi qui suis couturière, jamais je n'aurais la patience de faire de tels travaux, déclara Séverine, mais je suis contente que ces religieuses l'aient, cette patience, sinon je ne pourrais pas profiter de ces si beaux cadeaux.

– Je suis heureuse de te faire plaisir, souligna Julie.
– Je vous remercie de tout mon cœur, madame. Je vais pouvoir mettre mon pendentif dans le coffret d'écorce de bouleau.
– Je te laisse à tes devoirs, maintenant, conclut Julie en s'éloignant, contente d'avoir, par son geste, démontré à Séverine qu'elle était beaucoup plus qu'une simple domestique pour elle.

Comme elle se sentait le cœur léger, elle décida de faire un peu de musique et se rendit dans le petit salon. Elle chercha une partition de Michel Pignolet de Montéclair. Le nom de Charles Jouve figurait sur toutes les partitions, ce qui lui fit réaliser qu'elle n'avait pas pensé à son professeur depuis son départ pour Montréal. Au moment où elle sortait sa flûte de son étui, John vint lui remettre une lettre qu'un messager venait tout juste d'apporter. Julie, qui ne reconnut pas tout de suite l'écriture, se hâta de lire la missive.

*Chère madame de Saint-Laurent,*
*Je me permets de vous envoyer cette lettre qui vous surprendra certainement puisque vous ne l'attendiez sans doute pas, mais je tenais à vous donner des nouvelles de mon séjour à Montréal et à m'enquérir de vos progrès musicaux.*

*Même si je suis absent de Québec pour quelque temps, je reste toujours votre professeur, et je vous supplie de consacrer quelques heures par semaine à vous exercer à la flûte ou à la harpe. Je vous répète que vous avez beaucoup de talent. Ce serait le desservir que de le laisser dormir pendant mon absence. Vous avez manifesté le désir d'apprendre le violoncelle et, depuis, je ne cesse de penser à la manière de satisfaire ce désir. Mes amis m'ont présenté au musicien Joseph Quesnel de La Rivaudais qui, vous le savez sûrement, a été le premier à composer, entre autres, un opéra au Canada,* Colas et Colinette. *Cette comédie en prose a été jouée en février dernier à Montréal et la critique de* La Gazette de Montréal *publiée deux jours plus tard fut excellente, comme j'ai pu m'en rendre compte en lisant l'article, que mes amis avaient soigneusement conservé. J'ai également rencontré son épouse, Marie-Josèphe, une femme exquise et charmante. Même si Joseph Quesnel est négociant dans la petite ville de Boucherville, il n'en demeure pas moins qu'il exerce une influence des plus enviables sur la vie culturelle et littéraire de la société canadienne. J'espère très sérieusement m'en faire un ami pour longtemps parce que sa passion de la musique n'a d'égale que la mienne.*

*Si je vous raconte tout cela, chère madame de Saint-Laurent, c'est que j'ai parlé de vous à ce cher Quesnel, et de votre désir d'apprendre le violoncelle, et que ce dernier m'a montré un magnifique instrument, fabriqué par un luthier italien de Crémone, qu'il vendrait à un prix des plus raisonnables, quatre-vingts livres. Si vous m'en donnez la permission, je conclurais le marché en votre nom et, à mon retour dans quelques semaines, nous pourrions commencer les cours de violoncelle, si vous voulez toujours apprendre à jouer de cet instrument. Je ne ferai rien sans votre accord écrit et Joseph Quesnel est prêt à attendre le temps qu'il faudra. Je vous demande donc de m'écrire dès que vous le pourrez pour me permettre de me procurer pour vous ce merveilleux instrument. Vous trouverez ci-joint l'adresse de mes amis, où vous pourrez me faire parvenir votre réponse. Si je ne recevais aucune nouvelle de vous, je comprendrai que vous avez renoncé à apprendre le violoncelle ou que vos obligations vous empêchent de vous consacrer à l'apprentissage d'un nouvel instrument.*

*En espérant votre lettre, je vous prie d'agréer, très chère madame de Saint-Laurent, mes salutations les plus chaleureuses et je demande à la musicienne que vous êtes de ne pas oublier que la musique est le meilleur remède à la solitude. Aussi, à l'orée de la nouvelle année, permettez-moi de vous souhaiter tout le bonheur du monde.*

*Votre dévoué et cher ami,*

*Charles Jouve.*

Après la lecture de cette lettre, Julie ne savait que penser. Elle avait l'impression que son professeur de musique croyait qu'elle était la femme la plus malheureuse du monde. Elle s'en voulut de s'être épanchée avec autant d'abandon avec son professeur, qui, de toute évidence, essayait de lui remonter le moral en lui trouvant un violoncelle.

– Madame, vint dire Robert, Son Altesse désire vous voir dans sa chambre.

– Prévenez le prince que je serai là dans quelques minutes, dit Julie en repliant la lettre de Charles Jouve.

– Très bien, madame.

– Le mariage, c'est pour bientôt, Robert ?

– Dans deux jours, madame.

– Ce sera un grand jour. Toutes mes félicitations. On m'a dit que votre future épouse est très jolie.

– Merci, madame. En effet, c'est une très jolie femme. Elle s'appelle Marie.

– Le prince et moi avons un cadeau pour souligner cet heureux événement. Le prince vous le remettra au courant de la journée.

– Ce n'était pas nécessaire, mais, au nom de ma future épouse et en mon nom, je vous remercie sincèrement.

– Allez prévenir le prince, maintenant, dit Julie en souriant.

Avant d'aller rejoindre Édouard, Julie rangea la lettre de Charles Jouve dans un tiroir secret du bonheur-du-jour. Elle se dit qu'elle répondrait à son professeur dès le lendemain, après avoir discuté de l'achat du violoncelle avec Édouard. Tout comme M. Jouve, elle trouvait que le prix du violoncelle était plus qu'acceptable et elle croyait que le prince ne verrait aucun inconvénient à ce qu'elle donne son accord à son professeur. Lorsqu'elle pénétra dans la chambre, son amant était en train de ranimer le feu dans la cheminée. Il avait dormi presque toute la matinée – il était près de onze heures trente – et il portait encore son épaisse robe de chambre.

– Est-il trop tôt pour manger ? demanda-t-il en continuant d'alimenter le feu.

– Non, je ne crois pas. J'ai demandé à M. Beaunoir de préparer un repas léger. Il nous le servira lorsque je lui en ferai la demande.

– Et si nous retardions ce repas de quelques heures ? suggéra spontanément Édouard, qui, en voyant cette femme si belle et si désirable, ne pensait qu'à assouvir le désir qui l'envahissait.

Il s'empressa de verrouiller la porte, puis prit Julie dans ses bras encore tout chauds de la chaleur du feu et déposa sa bouche gourmande sur ses lèvres pulpeuses.

– Est-ce raisonnable, à cette heure du jour ? lui chuchota Julie entre deux baisers langoureux.

– Je n'ai pas envie d'être raisonnable, affirma-t-il en l'aidant à se déshabiller et à libérer sa longue chevelure noire.

Lorsqu'elle fut entièrement nue, Édouard retira sa robe de chambre, serra sa maîtresse dans ses bras et la souleva de terre. Julie se pendit à son cou et s'accrocha à son amant en lui entourant la taille de ses fines jambes. Édouard la pénétra, et les gémissements de Julie, qu'elle essayait de réprimer, accompagnèrent le pétillement du feu dans la cheminée. Il caressa habilement ses douces fesses rondes et l'étouffa de baisers. Julie sentit monter en elle une jouissance qu'elle ne put taire. Alors, Édouard la porta jusqu'à leur lit. Il enfouit son visage entre ses cuisses, et rapidement sentit les secousses du plaisir dans le ventre de Julie, qui ne cherchait plus à retenir ses gémissements et ses cris. Elle prit la tête de son amant et celui-ci glissa sur son corps. Leurs bouches s'unirent et il la pénétra pour prolonger le plaisir jusqu'à ce que leurs corps exultent. C'était la première fois, depuis qu'elle faisait l'amour avec Édouard, qu'elle l'entendait crier au moment de l'orgasme, et ce cri aiguisa son propre plaisir.

Julie s'endormit ensuite sur l'épaule d'Édouard, qui la regarda dormir pendant un moment. Il s'émerveilla de la douceur qui émanait de son visage. Il s'émut d'une petite ride à peine visible entre ses sourcils noirs. Il respira le parfum ambré de sa chevelure et embrassa son front lisse. Julie ouvrit alors les yeux et sourit à son amant qui essayait de sortir du lit en prenant toutes les précautions pour ne pas la réveiller.

– Vous pouvez dormir encore, si vous le désirez, lui chuchota Édouard.

– Vous n'y pensez pas, mon ami! Les domestiques auraient raison de croire que leur maîtresse n'est qu'une paresseuse.

– Vous pouvez faire ce que vous voulez précisément parce que vous êtes la maîtresse de la maison.

– Que me dites-vous là, Édouard? Vous m'étonnez grandement. N'êtes-vous pas le premier à croire que les maîtres, justement parce qu'ils sont les maîtres, doivent montrer l'exemple?

– Vous êtes sage, mon bel amour, trop sage, mais je vous adore, dit Édouard en admirant la nudité de Julie qui ramassait ses vêtements éparpillés autour du lit.

Il se souvint de la première fois qu'il l'avait vue complètement nue. Il avait été fasciné par la beauté du corps de cette femme. Aujourd'hui, plus d'un an plus tard, elle l'éblouissait toujours autant.

Ils s'habillèrent et s'installèrent dans la salle à manger, où un domestique leur servit un délicieux repas. Pendant plusieurs minutes, ils n'échangèrent que regards et sourires.

– Ce soir, on donne un bal au château Saint-Louis pour souligner l'entrée en vigueur de la nouvelle Constitution, annonça Édouard.

– Vous sentez-vous assez bien pour vous y présenter?

– Je me sens très bien, et c'est grâce à vous, répondit Édouard en s'emparant de la main de Julie, qu'il baisa amoureusement.

L'après-midi se déroula calmement auprès d'un bon feu dans le petit salon, Julie lisant un roman de Restif de la Bretonne, Édouard répondant aux lettres qui s'accumulaient depuis quelques jours. Souvent, Julie levait les yeux et le regardait. Elle savourait ces instants de bonheur tranquille et se disait qu'il était si facile d'être heureux, qu'il suffisait d'être là, tous les deux, sans histoire, à regarder le temps passer. Parfois, Édouard jetait un regard à Julie absorbée dans sa lecture. Il se disait qu'il était chanceux de vivre avec une femme aussi belle.

– Julie, ma chérie, si vous nous jouiez quelque chose à la harpe ?
– Oui, je veux bien.

Elle s'exécuta et il l'écouta religieusement. Au bout d'une dizaine de minutes, elle s'arrêta.

– Comme j'aime la musique ! dit Édouard. Il est dommage que je n'aie aucun talent pour jouer d'un instrument, comme vous ou comme mon frère George.
– Il suffirait d'apprendre. Je suis certaine que M. Jouve se ferait un plaisir de vous enseigner les rudiments de la guitare ou du piano-forte.
– Oh ! j'ai déjà essayé lorsque j'étais enfant, mais mon professeur était au désespoir d'entendre un élève qui avait si peu le sens du rythme et de l'harmonie.
– C'est dommage, vous aimez tellement la musique.
– J'adore la musique et je ne me lasse jamais d'en entendre. C'est la raison pour laquelle l'orchestre de mon régiment occupe une si grande place dans ma vie.

À dix-neuf heures, le prince quitta la résidence de la rue Saint-Louis pour assister au bal donné par le lieutenant-gouverneur Clarke au château, qui était entièrement illuminé pour célébrer l'heureux événement. La soirée se déroula agréablement. Édouard, qui était un habile danseur, invita plusieurs dames à danser, dont M$^{me}$ Simcoe, qui se montra des plus charmantes. L'absence de Julie ne semblait étonner personne, sauf Catherine de Salaberry qui déplorait en silence cette situation intolérable. Elle avait de la peine pour son amie, qui ne méritait pas que l'aristocratie de Québec l'exclue ainsi de la vie sociale. Elle n'osait en parler avec Julie parce qu'elle ne voulait pas la froisser. Elle ne doutait pas que le prince et Julie avaient contracté un mariage morganatique en Europe, même si nombreux étaient les aristocrates de la ville qui en doutaient. Elle profita tout de même de cette soirée pour inviter le prince à accompagner sa famille, le samedi 7 janvier, le lendemain du jour des Rois, pour une randonnée sur le fleuve jusqu'à Lorette ou ailleurs.

– Bien entendu, Édouard, précisa Catherine, j'aimerais que vous transmettiez cette invitation à Julie. Toute la famille souhaite partager avec elle cette journée de plaisir.

– Soyez assurée que Julie et moi nous ferons un plaisir de vous accompagner.
– Avez-vous déjà patiné, mon cher ami ? s'informa Louis de Salaberry.
– Je n'ai jamais patiné, mais je compte bien accrocher solidement les lames sous mes bottes pour glisser sur le fleuve et me laisser pousser par le vent d'hiver.
– Comme vous me faites rire, mon cher Édouard !
– Qu'est-ce qui vous fait tant rire ?
– Étant donné que vous n'avez jamais patiné, ne vous attendez pas à glisser telle une carriole au vent, dit Louis en pouffant de rire.
– Que voulez-vous dire au juste ?
– Le patinage, c'est un art, mon cher ami, affirma Salaberry avec un sourire qui en disait long.
– Arrêtez, mon cher Louis, le pria sa femme. Cessez de vous moquer de notre ami. Vous-même avez toutes les peines du monde à garder votre équilibre lorsque vous patinez.
– J'en apprends, des choses, se moqua Édouard.
– Lorsqu'on patine pour la première fois, il est très difficile de garder son équilibre. Il faut s'exercer longtemps avant de pouvoir se laisser pousser par le vent, comme vous dites, expliqua Catherine. Mais ne vous affolez pas, vous apprendrez. Les enfants vous aideront.
– Merci, ma chère Catherine. Malgré les craintes que m'inspirent les propos de votre époux, j'ai très hâte d'apprendre à patiner.
– Catherine est une femme merveilleuse, s'exclama Louis, admiratif.
– Alors, madame, permettez-moi de vous inviter à danser, lança Édouard en tendant la main à Catherine sous le regard heureux de son mari.
– Ce serait un immense plaisir, très cher Édouard.
Ils dansèrent deux danses d'affilée, après quoi Catherine voulut s'asseoir parce qu'elle se sentait étourdie.
– Dans mon état, ce sont des choses qui arrivent, s'excusa-t-elle.
– Ma chère amie, prenez mon bras et allons rejoindre votre mari.
Louis de Salaberry était entouré de quelques membres du nouveau Conseil exécutif, Saint-Ours, Adam Mabane, François Baby, Thomas Dunn, Le Moyne de Longueuil et Hugh Finlay. M. de Salaberry ne comprenait pas pourquoi il n'y avait que quatre membres de langue française alors que c'était la langue de la grande majorité de la population. Chacun y allait de ses explications, mais Édouard se lassa de ce

débat qui n'en finissait plus. Il s'esquiva et rejoignit un groupe de dames qui ne demandaient qu'à se distraire sur la piste de danse. Le prince fit bien des heureuses. Elles vantaient ses qualités de danseur et se trouvaient chanceuses d'exécuter quelques pas avec un cavalier aussi expérimenté.

À minuit passé, après avoir salué les gens autour de lui, le prince quitta le château avec son aide de camp. La lune brillait, mais la nuit était extrêmement froide. Édouard se disait qu'il n'y aurait jamais de vêtements assez chauds pour affronter le froid canadien, si intense. Aussitôt arrivé chez lui, il se dépêcha d'aller se réfugier au chaud sous l'édredon de plumes où Julie, simplement vêtue d'une légère chemise de nuit en batiste, dormait déjà. Il prit grand soin de ne pas la réveiller, puis sombra presque instantanément dans un profond sommeil.

Le 31 décembre 1791, à midi, le prince organisa un repas spécial à la redoute Dauphine pour tous les officiers de la garnison. La nouvelle année devait commencer sur une note joyeuse, surtout après l'entrée en vigueur de la nouvelle Constitution. Le repas se termina tard en après-midi. Le prince avait reçu de nombreuses invitations pour assister à un bal ou à un souper, mais tout ce qu'il désirait vraiment, c'était célébrer le début de l'année 1792 avec Julie.

Lorsqu'il rentra, vers les cinq heures, sa compagne, plus belle que jamais, l'attendait impatiemment. Il lui tardait de lui offrir les cadeaux qu'elle avait choisis pour lui : une chemise de nuit sur laquelle elle avait brodé *Édouard, prince d'Angleterre*, des pantoufles de maroquin brun et un chapeau en fourrure de castor fait sur mesure par le chapelier William Hall.

– Jamais je n'ai reçu d'aussi jolis cadeaux, lui confia Édouard en l'embrassant tendrement.

– Comment un prince peut-il dire cela? demanda Julie, quelque peu sceptique.

– Parce que c'est la plus stricte vérité.

– Je suis heureuse de vous avoir fait plaisir.

– Moi aussi, j'ai un cadeau pour vous.

– Vraiment?

– Pensiez-vous sincèrement que je vous aurais oubliée, mon bel amour, à l'occasion du Nouvel An?

Il lui présenta une boîte recouverte de taffetas bleu foncé dans laquelle Julie trouva une broche en or sertie de diamants et de saphirs. Elle ne sut que dire devant la beauté exceptionnelle de ce bijou.

Édouard prit la broche et la fixa délicatement sur sa robe de velours noir.

– Voilà! dit-il en reculant pour l'admirer. Ce bijou n'a d'égal que votre beauté.

Il appela John et ce dernier ouvrit une bouteille de champagne. Les amoureux trinquèrent à la nouvelle année, à leur amour et à leur retour prochain – «Espérons-le, glissa Édouard» – à Londres. À vingt-deux heures, John vint les prévenir que le souper serait servi dans quelques minutes. M. Beaunoir s'était surpassé; il avait préparé un succulent festin pour le couple princier. Un peu avant vingt-trois heures, Séverine (qui était sans nouvelles du soldat La Rose), John Woolmer, Robert Wood et sa nouvelle épouse Marie ainsi que Philip Beck se rassemblèrent dans la cuisine et se régalèrent des bonnes choses que le chef Beaunoir étala devant eux. Ce réveillon du jour de l'An se déroula dans la joie et l'allégresse. Les domestiques dégustèrent les bonnes bouteilles de bordeaux que madame de Saint-Laurent leur avait offertes. Tous parleraient longtemps de cette fête qui avait eu lieu dans la cuisine de la résidence de Son Altesse Royale le prince Édouard d'Angleterre.

Un autre réveillon pour souligner la nouvelle année se déroulait dans la maison de François Bonniot, à la différence que celui-ci fut improvisé à la dernière minute. François passa d'abord la soirée à la taverne de John Franks. Il ne but pas beaucoup, mais il paya souvent à boire et, pour cette raison, les soldats anglais s'en étaient fait un ami. Aux douze coups de minuit, les clients portèrent des toasts à une année 1792 remplie de paix et de bonheur, de santé et de richesses, au succès de la nouvelle Constitution. Certains proposèrent même des toasts au roi George et au prince Édouard. «Qu'il crève, celui-là!» marmonna Guillaume La Rose, qui n'avait pas oublié le supplice que son bourreau lui avait fait subir à Gibraltar. Une demi-heure plus tard, Bonniot invita La Rose, Draper, Shaw, Kennedy, Landrigan et le sergent Thomas Wigton à venir réveillonner chez lui, dans la basse ville. Il avait hérité de la maison de Madeleine Le Mons, sa mère adoptive en quelque sorte, qui était morte l'année précédente en lui laissant ses biens. Veuve et sans enfant, elle s'était vite attachée au petit garçon de dix ans que son frère Nicolas lui avait ramené de Beaumont après que tous les membres de sa famille eurent été assassinés par des soldats anglais. Elle avait mis de longs mois à le consoler de la mort affreuse de son père et de sa mère ainsi que de ses frères et sœurs.

L'enfant refusait de parler. Pendant de longues semaines, aucun son ne sortit de sa bouche, sauf la nuit, où il était torturé par d'horribles cauchemars. Il criait alors à fendre l'âme. Madeleine Le Mons accourait et le consolait en lui chantant des berceuses, seules douceurs parvenant à le calmer. De rieur et heureux, cet enfant était devenu taciturne et sombre. Il ne riait jamais, au grand désespoir de Madeleine qui ne parvenait pas à lui redonner goût à la vie.

Un jour pourtant, il se décida à parler et raconta à sa bienfaitrice, dans les moindres détails, l'horreur de cette journée du 29 juin 1759. Il tut cependant les dernières paroles de sa mère agonisante – « Sauve-toi, mon enfant, et venge-nous » – parce qu'il les considérait comme un secret entre sa mère et lui. C'est ainsi que Madeleine apprit comment Joseph Bonniot, le père de François, avait été scalpé par les soldats du colonel Robert Monckton. Les autres membres de la famille s'étaient réfugiés dans la cave, mais, quand les Anglais incendièrent la maison, ils périrent tous brûlés, à l'exception de François. Une poutre était tombée sur les épaules de Françoise Bonniot, qui s'était écroulée à côté de son fils aîné. C'est à ce moment, juste avant de mourir, qu'elle lui avait murmuré de se sauver et de les venger. En pleurant sur le corps de sa mère morte, l'enfant de dix ans avait aperçu un trou béant qui l'invitait à fuir. Ce trou laissé par la poutre qui avait tué sa mère le sauva. Il avait regardé une dernière fois ses frères et sœurs qui gisaient inanimés contre leur mère et était sorti de cette fournaise le plus rapidement possible. Il avait pris ses jambes à son cou et couru de toutes ses forces. Les soldats avaient bien tenté de le rattraper, sans succès. Même les balles ne l'avaient pas atteint. Il ne se rappelait plus quand exactement il avait cessé de courir, mais quand il se rendit compte qu'il était désormais seul au monde, il se jura d'exaucer le dernier vœu de sa mère.

M$^{me}$ Le Mons l'avait écouté en silence jusqu'à la fin, sans pouvoir retenir les larmes qui inondaient ses joues. François, après lui avoir demandé pourquoi les soldats anglais avaient tué sa famille, s'endormit aussitôt. Madeleine le veilla toute la nuit.

C'est Joseph Le Mons qui, quelques années plus tard, répondit à la question de l'enfant. Et c'est à ce moment-là que François comprit réellement ce que sa mère avait voulu dire par « venge-nous ».

– Maintenant que tu as quatorze ans, je vais tenter de t'expliquer pourquoi les Anglais ont tué ta famille. D'abord, il faut que tu saches que la France a fait tout ce qu'elle a pu pour ne pas nous abandonner.

– Je ne suis pas certaine que cette affirmation soit juste, coupa Madeleine Le Mons.

– Il y avait la famine.
– Par la faute de qui ?
– Que veux-tu dire, Madeleine ?
– Le peuple criait famine, mais cela n'empêchait pas l'intendant Bigot et le gouverneur Vaudreuil de faire bombance et d'organiser de somptueux repas et des bals pour la grande société de Québec. Le peuple n'était pas fou, il se rendait bien compte que cette famine avait été créée de toutes pièces.
– Il ne faudrait pas exagérer, Madeleine, tout de même.
– Je crois que je n'exagère pas beaucoup. Souviens-toi, Joseph, c'est nous, les femmes, qui sommes allées manifester devant le palais de l'intendant – on était plusieurs centaines – pour que la ration quotidienne de pain soit portée à une demi-livre par personne au lieu d'un quart de livre comme l'intendant Bigot l'avait ordonné. Et je suis convaincue que cet homme sans scrupules se gavait comme un porc. Le peuple n'avait plus confiance dans le gouvernement parce que ce gouvernement n'aimait pas le peuple.
– C'est vrai que l'intendant Bigot n'était pas très aimé.
– Et que dire des sommes considérables que l'intendant aurait perdues à l'hiver 58 ? Certains ont avancé le chiffre de quatre-vingt-onze mille livres. Ce fut un véritable scandale, cet argent de la colonie qui partait en poussière. Et c'est sans compter l'argent qu'il avait dépensé pour faire construire un abri chez sa maîtresse, M$^{me}$ Péan, pour la protéger contre les bombes. C'est incroyable, mais c'est la pure vérité.

François écoutait en silence, avec beaucoup d'intérêt, les critiques de Madeleine Le Mons. Celle-ci laissait s'exprimer sa colère au sujet de toutes les injustices que la Nouvelle-France avait subies à cause de la mauvaise administration de l'intendant Bigot et surtout de sa cruauté envers le peuple canadien. François emmagasinait ces informations, mais il attendait toujours la réponse à la seule question qui l'intéressait vraiment.

– Vaudreuil et Bigot ont quitté la Nouvelle-France depuis belle lurette, depuis sept ans plus exactement. Pourquoi ressasser ces vieilles histoires ? dit Joseph.

– Tu as raison, mon mari. Nous appartenons aux Anglais aujourd'hui, conclut Madeleine, à la grande satisfaction de son mari.

François se dit qu'il allait enfin avoir les explications qu'il espérait.

– C'est George II qui a déclaré la guerre à la France en 56, reprit son père adoptif. William Pitt, lorsqu'il est devenu Premier ministre en

Grande-Bretagne, a vite compris que la guerre contre la France ne se gagnerait pas en Europe, comme plusieurs le croyaient, mais en Amérique, et l'avenir allait lui donner raison.

– Pourquoi venir se battre ici, si loin de l'Angleterre ? demanda François.

– Parce que la Grande-Bretagne voulait prendre le contrôle du commerce en Amérique et qu'il n'y avait pas d'autre moyen que la guerre, répondit Joseph Le Mons.

– Pour de l'argent, mon petit François, les hommes politiques sont prêts à faire n'importe quoi, affirma Madeleine.

– Comme tuer des familles entières qui ne comprennent rien à ces affaires de guerre et de politique, déclara François d'un ton agressif.

Madeleine et Joseph le regardèrent d'un air ébahi. Ils ne savaient que répondre à cet enfant qui avait vieilli prématurément. La colère qui jaillissait de ses yeux noirs était loin de les rassurer.

– En 58, le général Amherst a bombardé sans arrêt Louisbourg et les Français n'ont eu d'autre choix que de hisser le drapeau blanc, reprit Le Mons.

– Aussi rapidement ?

– Les officiers voulaient continuer le combat, mais les habitants de la ville n'en pouvaient plus de vivre un tel cauchemar, des jours et des jours de bombardements. Ils ont demandé au gouverneur Drucourt de capituler et il a accepté.

– Moi, je n'aurais jamais capitulé, trancha François.

– Ne parle pas comme ça, mon enfant, dit Madeleine. La guerre, il faut bien qu'elle se termine un jour. Vient un moment où les morts sont tellement nombreux qu'il ne sert plus à rien de se battre.

– Ce n'est pas ma compréhension de la guerre, dit François, surtout que la guerre ne s'est pas terminée à Louisbourg, elle a continué à Québec.

– C'est là que je voulais en venir, poursuivit Joseph. Pitt savait qu'en s'emparant de Louisbourg il serait ensuite plus facile de prendre Québec. Pendant l'été 59, il y a eu des bombardements presque tous les jours. Nos maisons, notre cathédrale et nos églises ont été incendiées ou carrément démolies par les canons anglais. Nous avons vécu l'enfer, mon garçon. De nombreuses personnes sont mortes. J'ai entendu dire que pas moins de douze mille boulets avaient été lancés sur Québec. Douze mille ! C'est incroyable ! J'ai vu Québec en ruine, François, et il n'y avait plus de vivres. Malgré tout cela, nous ne voulions pas nous soumettre aux Anglais, même si le général Wolfe avait fait afficher à la porte des églises des placards assurant que le roi George II tendait une main «puissante et secourable» aux Canadiens. Le 13 septembre, je n'oublierai jamais cette date, Wolfe et Montcalm se sont rencontrés sur les plaines d'Abraham. Wolfe avait près de cinq mille hommes et la bataille n'a duré que trente minutes. Montcalm a été pris par surprise, il a réagi trop rapidement. Nous aurions dû gagner parce que nos soldats étaient les meilleurs. Les deux généraux sont morts pendant le combat et, le 18, la ville de Québec capitulait.

– Et le massacre de ma famille dans tout ça? s'enquit François, un peu déçu de la tournure de la discussion.

– Depuis le mois de mai, Québec organisait son état de siège, continua Joseph. Les habitants désertaient l'île aux Coudres de même que l'île d'Orléans. Les navires anglais envoyés par Pitt accostèrent à la hauteur de l'île d'Orléans; ils attendaient le général Wolfe. Il y eut des petites escarmouches entre les Anglais et les Canadiens, mais quand, à la fin du mois de juin, le général Wolfe arriva avec ses troupes et débarqua sur l'île d'Orléans, il fit poser des placards invitant les habitants à ne pas s'impliquer dans ce conflit qui ne concernait que les rois de France et d'Angleterre. Ta famille a sans doute été exterminée par les soldats du colonel Robert Monckton avant d'avoir eu le temps de prendre connaissance du placard cloué sur la porte de l'église de Beaumont. Je ne te raconterai pas la suite parce que tu la connais mieux que moi.

– Mes parents ne savaient pas lire.

– Il y avait un crieur à la porte des églises qui lisait le placard du général Wolfe, expliqua Madeleine.

– Ma famille ne se serait jamais rendue, j'en suis certain, affirma François, l'œil mauvais et les deux poings fermés.

– Ça ne sert à rien d'entretenir de la haine, dit calmement Madeleine. La vengeance ne fera pas revenir ta famille et la rancœur ne fera qu'empoisonner ton existence. Réfléchis à ça, mon pauvre petit.

– Ne l'accable pas, Madeleine.

François se leva, regarda intensément ses deux parents adoptifs et les remercia de lui avoir donné toutes ces explications. Il sortit, prit la hache qui traînait dans la cour et fendit du bois jusqu'à ce que des ampoules apparaissent dans ses mains. «Je vengerai ma famille même au prix de mon sang, se dit-il. Je vengerai ma famille.» Il éclata en sanglots et se mit à courir dans les champs qui s'étendaient à perte de vue. Certain de n'être entendu de personne, il cria comme un enragé jusqu'à épuisement.

François Bonniot se souvenait comme si c'eût été hier de l'incroyable bien-être que ce cri lui avait procuré. Il dévisagea soudain les soldats anglais qu'il avait emmenés dans sa maison en ce soir de réveillon et éclata de rire.
– Qu'est-ce qu'on peut manger, ici ? s'enquit le sergent Wigton.
– Qu'est-ce qu'on peut boire, plutôt ? demanda Guillaume La Rose, ce qui déclencha l'hilarité générale.
François sortit des caisses de bouteilles de bordeaux et de bière et recouvrit la table de pâtés de chevreuil, d'orignal, de perdrix, de canard et de lièvre, dont se délectèrent les soldats. L'alcool coulait à flots et les soldats en abusèrent. Après avoir ingurgité jusqu'à plus faim, certains s'endormirent dans les fauteuils moelleux du salon. La Rose ne cessait de donner des coups de pied à Kennedy et à Landrigan, dont les affreux ronflements dérangeaient ceux qui discutaient.
– Tu sais recevoir, Bonniot, déclara Joseph Draper, même si tu n'as pas de femme, pas d'enfant.
Bonniot le regarda avec un sourire narquois, leva son verre à sa santé et lui dit :
– En effet, je suis seul dans cette maison.
– Une belle maison, confortable, dit Guillaume La Rose. Tu ne trouves pas que c'est trop grand pour toi ? Il te faudrait une belle petite femme pour égayer cette maison-là.
– Je n'ai pas besoin de femme, rétorqua François, qui détestait être le centre d'attraction.
– Un homme normal ne peut se passer de femme, répliqua Draper. On a des besoins que seules les femmes peuvent satisfaire, n'est-ce pas vrai, vous autres ? poursuivit-il en s'adressant à ses compagnons.
Des rires gras résonnèrent dans la maison. Kennedy ouvrit un œil, mais le referma aussitôt.
– C'est bien vrai, on ne peut pas dire que tu n'as pas raison, répondit le sergent Wigton en riant plus fort que les autres.
– Ça, mon cher Bonniot, c'est la nature, et on ne peut pas aller contre la nature. Notre ami La Rose ici présent sait de quoi je parle. Hein, La Rose ? dit Shaw en s'adressant à Guillaume qui riait à gorge déployée.
– Y a des femmes pour ça, répliqua sèchement Bonniot.
– Ouais, y a des femmes pour ça, dit La Rose, mais je ne les marierais pas, ces femmes-là, parce que je ne suis pas certain qu'elles savent faire la cuisine.

Les dernières paroles de La Rose les firent tous rire. Cependant, François riait sans conviction. Ces discussions vides entre soldats l'ennuyaient. Il essaya d'amener la conversation sur le prince Édouard :
– J'en connais un qui n'a pas besoin de faire appel à ce genre de femme...
– De qui tu parles ? s'enquit Draper, intrigué.
– De votre commandant, le prince Édouard.
– C'est vrai que sa femme est belle comme c'est pas possible, belle à faire damner un saint, dit Shaw.
– Le prince est un homme exceptionnellement chanceux, ajouta Bonniot pour susciter des réactions.
– Un homme qui a une femme comme elle dans son lit tous les soirs, dit le sergent Wigton, l'œil libidineux, oui, on peut dire que c'est un homme sacrément chanceux.
– J'espère qu'il est moins sévère avec sa femme qu'avec ses soldats, commenta La Rose.
– Que veux-tu dire, mon ami ? demanda François, intéressé.
– Le prince a facilement recours au fouet pour dompter ses soldats. C'est un homme dur et intransigeant, déclara La Rose en élevant la voix.
– Pour lui, la discipline est très importante, ajouta Draper.
– Connais-tu des soldats qu'il a fait fouetter ? demanda Bonniot à La Rose tout en se doutant de la réponse.
– T'en as un juste devant toi. Cinq cents coups de fouet que j'ai reçus sans broncher, avoua fièrement La Rose.
– Si on parlait d'autre chose, suggéra James Shaw.
– Parce que tu ne veux pas parler des trois cents coups de fouet que tu as toi-même reçus ? fit Guillaume en affrontant son camarade.
– Mais qu'est-ce qui peut vous mériter une punition pareille ? demanda François.
– Des peccadilles, toujours des peccadilles, dit le sergent Wigton. Messieurs, je suggère fortement que nous changions de sujet, sinon nous allons gâcher cette première nuit de la nouvelle année.
– Si j'étais officier, continuait La Rose, je lui dirais ce que j'ai sur le cœur.
– Il faudrait que tu apprennes à lire et à écrire, dit James Shaw. C'est parce que nous ne sommes pas instruits que nous sommes de simples soldats.
– On n'est pas des soldats, on est des esclaves, rectifia Joseph Draper.

François Bonniot se leva et proposa un toast à la nouvelle année :
– Que nos rêves les plus insensés se réalisent et que nos désirs les plus profonds s'accomplissent ! À la bonne vôtre, chers amis !

Tous les hommes, même Kennedy et Landrigan, qui s'étaient finalement réveillés, choquèrent leur verre à l'année 1792. Quelques heures plus tard, les soldats partirent en se soutenant les uns les autres et en entonnant des chansons grivoises. Seul François était sobre. Il se coucha épuisé, mais le cœur léger, comme quelqu'un qui a bien accompli sa mission. « Maintenant, je peux faire ce que j'ai à faire, il suffit d'attendre le moment propice », se dit-il avant de sombrer dans un sommeil si profond qu'il n'allait se réveiller que onze heures plus tard.

Le 7 janvier arriva enfin. Julie attendait ce grand jour depuis longtemps : une journée entière avec Édouard et la famille Salaberry. Édouard et elle devaient partir tôt le matin, vers huit heures. Hubert Beaunoir avait rempli un immense panier d'osier de pâtés de perdrix, de canard et de chevreuil ainsi que de tartes aux pommes et de gâteaux aux fruits confits. Des bouteilles de bordeaux complétaient le tout.

– Mais, monsieur Beaunoir, c'est beaucoup trop ! s'exclama Julie en voyant cet amoncellement de nourriture. Comment arriverons-nous à manger tout ce que vous avez fait ?

– La vie au grand air stimule l'appétit, chère madame. Patiner sur la glace, marcher dans le froid épuisent les forces, alors il faut manger. Croyez-moi, vous n'en aurez pas de reste.

– Eh bien ! merci.

– Est-ce que je peux me permettre de vous demander pourquoi vous faites un si long détour pour vous rendre de l'autre côté du fleuve, à Pointe-Lévis, qui est juste en face du château Saint-Louis ? Pourquoi passer par Beauport ?

– Parce qu'à Beauport nous laisserons notre carriole et prendrons un traîneau pour emprunter le pont de glace du fleuve. C'est plus facile pour les chevaux, je crois. De plus, comme le prince souhaitait faire l'expérience de conduire un traîneau, M. de Salaberry lui en offre l'occasion. Aussi, nous devons prendre des enfants avec nous pour rendre service à nos amis.

– C'est une excellente idée, en effet.

– Je le crois aussi.

– Alors, je vous souhaite une très belle journée, à vous et à Son Altesse.

Julie et Édouard quittèrent la maison après qu'un domestique eut chargé la carriole de victuailles et de quelques couvertures supplémentaires. Julie portait sa robe de laine à carreaux rouges et bleus et un épais manteau de velours bleu marine doublé de fourrure. Elle était coiffée du magnifique chapeau de castor qu'elle avait commandé au chapelier William Hall et elle avait enfilé de jolies mitaines, également de castor, pour protéger ses mains des gerçures. Édouard s'était procuré un manteau de cuir doublé de laine, avec un col de fourrure de castor, et il étrennait le superbe chapeau de castor offert par Julie. Il conduirait lui-même la carriole jusqu'à Beauport. Il ne put s'empêcher d'esquisser un sourire en remarquant que les joues de Julie rougissaient à vue d'œil alors qu'ils avaient à peine parcouru un mille.

Ils arrivèrent à Beauport une heure et demie plus tard. Les enfants Salaberry les accueillirent avec des hourras tant leur impatience de partir pour Pointe-Lévis était grande. Catherine et Louis-Antoine invitèrent Julie, complètement frigorifiée, à venir se réchauffer dans leur maison avant de repartir pour Pointe-Lévis.

– Vos joues sont presque de la même couleur que vos yeux, ma chère Julie, se moqua Louis.

– Malgré les épaisseurs de fourrure que je porte, le froid me traverse quand même.

– C'est parce que vous êtes inactive, dit Catherine. Votre corps s'habituera lorsque vous ferez quelques exercices.

– Il faudra que je m'habitue au rude hiver canadien parce que nous resterons ici encore quelques années, confia Julie à son amie en entrant dans la maison des Salaberry.

– Est-ce une bonne nouvelle pour vous, chère Julie ?

– Je n'en sais trop rien. Si vous n'étiez pas mon amie, ma vie à Québec serait pénible, je dois l'avouer.

Même si Catherine comprenait très bien ce que Julie voulait dire, elle ne poursuivit pas la conversation dans cette direction, jugeant qu'il y avait trop de personnes autour d'elles pour encourager la confidence. Une servante apporta une tasse de thé à son amie, qui la but rapidement et s'en trouva immédiatement ragaillardie. Adélaïde vint prévenir les deux femmes que le prince et son père étaient prêts à partir. Louis-Antoine installa Julie avec Maurice-Roch et François-Louis dans un traîneau tiré par deux chevaux qu'Édouard était impatient de conduire. Dans un deuxième traîneau prirent place Louis-Antoine, Catherine, Adélaïde et la cadette Hermine. Catherine avait décidé de ne pas emmener Amélie. La petite n'avait que deux ans et demi et elle craignait que l'enfant n'attrape un mauvais rhume ou, pire encore, une grippe. Sa gouvernante Josephte s'en occuperait. Pour le moment, elle dormait, au grand soulagement de Catherine, qui redoutait que l'enfant pleure en les voyant partir sans elle. Le troisième traîneau était conduit par l'aîné, Charles-Michel, que deux camarades accompagnaient : Michel-Flavien Sauvageau et François Romain.

– En route ! cria M. de Salaberry.

Charles-Michel prit la tête, suivi d'Édouard. Louis-Antoine fermait le cortège, à la déception d'Adélaïde, qui aurait préféré se rapprocher des amis de Charles-Michel. Louis-Antoine entonna des chansons à répondre et tous chantèrent avec lui, ce qui contribua à dégeler un peu les mâchoires ankylosées par le froid de janvier. Édouard y alla de quelques chansons anglaises de son enfance, qui amusèrent son auditoire même s'il chantait faux.

– Mon cher Édouard, comment pouvez-vous chanter aussi faux ? cria Louis-Antoine sous les éclats de rire des jeunes Salaberry.

– Ma chère Julie, mon ami Salaberry a-t-il raison ?

– Je ne saurais être objective.

– Julie ne veut surtout pas vous faire de la peine, le taquina Louis-Antoine.

– Cet homme est-il réellement mon ami ? demanda Édouard, qui avait du mal à se retenir de rire.

– Si vous connaissez le proverbe « Qui aime bien châtie bien », vous avez votre réponse, répondit spontanément Julie en se retournant pour regarder ses deux amis.

– Vous avez tout compris, ma très chère amie, déclara Catherine, sous le regard amusé de son mari.

– Nous arrivons au pont de glace ! s'écria celui-ci. Les enfants, si vous voulez mettre vos patins pour nous accompagner à côté des traîneaux, allez-y.

Comme il n'y avait pas trop d'aspérités sur la surface, on pouvait y patiner en toute sécurité. Des dizaines de personnes se promenaient sur le fleuve en traîneau ou en patins. Certains essayaient même de simplement marcher sur la glace vive. Sur les rives, des marchands avaient installé des huttes en bois munies d'un poêle où les promeneurs du samedi trouvaient à boire et à manger. Les enfants Salaberry se dépêchèrent d'attacher leurs lames sous leurs bottes. François-Louis et Maurice-Roch sautèrent sur la glace et voulurent aussitôt faire une course. Leur mère leur cria d'être prudents et de ne pas trop s'éloigner des traîneaux. Adélaïde et Hermine, moins audacieuses, patinaient en se tenant par la main. Julie les regardait, ébahie, en se disant qu'elle n'arriverait jamais à se tenir debout sur ce qui lui semblait être des cothurnes glissants.

Elle descendit du traîneau et s'approcha de Catherine, qui commençait à distribuer une collation à ses enfants. Édouard et Louis-Antoine avaient déjà ajusté les lames sous leurs bottes et Édouard, sous les regards amusés de Louis-Antoine et de ses deux fils, était parti à la conquête de la glace canadienne. Son aventure ne dura pas longtemps. Très vite, il se retrouva couché sur le dos, les deux jambes en l'air. Il tenta de se relever, mais sans succès. Il essaya de nouveau, mais ne réussit pas davantage. Il se tenait maintenant à genoux, cherchant à s'agripper à un des traîneaux. Il parvint à se mettre debout, mais, manquant d'équilibre, il s'affala encore une fois de tout son long. Ses amis étaient demeurés immobiles, captivés par cette scène aussi hilarante que prévisible. Des patineurs s'étaient agglutinés devant ce spectacle et les rires se communiquaient d'un groupe à l'autre. Quelques enfants, malgré les remontrances de leur mère, ne se gênèrent pas pour scander, telle une comptine apprise par cœur : « Le prince ne sait pas patiner ! Le prince ne sait pas patiner ! Le prince ne sait pas patiner ! » Lorsque Édouard les entendit, il éclata de rire puis jeta en direction de la famille Salaberry :

– La vérité sort de la bouche des enfants !

Les gens l'applaudirent pour lui signifier qu'il les avait conquis par sa bonhomie et son sens de l'humour. Louis-Antoine s'avança tant bien que mal vers son ami qui n'arrivait pas à se tenir debout tout seul. Avec l'aide de Charles-Michel, il réussit finalement à mettre ce colosse de six pieds et deux pouces debout sur ses patins, au grand soulagement de Catherine et Julie qui n'en pouvaient plus de rire tellement leurs mâchoires étaient douloureuses. Les curieux se dispersèrent et les enfants continuèrent à s'élancer à toute vitesse sur le fleuve glacé. Les deux jeunes fils de Louis-Antoine s'approchèrent du patineur humilié, qui confiait à son ami que le patinage était une activité dans laquelle il n'excellerait jamais. Ils s'emparèrent chacun d'une main du prince et la serrèrent fermement afin qu'Édouard puisse apprendre à se tenir sur ses patins une fois pour toutes. Catherine était touchée par le comportement généreux de ses fils. Édouard écouta attentivement leurs conseils et, une quinzaine de minutes plus tard, Maurice et François desserrèrent les doigts du prince, qui prenait de plus en plus d'assurance. Ils le laissèrent à lui-même en le suivant de très près, et, à leur grande joie, le prince patina sans l'aide de personne, donnant l'impression qu'il pratiquait cette activité depuis qu'il était enfant. Les fils Salaberry n'en revenaient tout simplement pas.

– Ne vous retournez pas, regardez droit devant vous, sinon vous perdrez l'équilibre, conseilla le jeune Maurice-Roch.

– Bravo, prince Édouard, bravo ! s'écrièrent Adélaïde et Hermine, qui applaudissaient leur héros.

Au même moment, François Romain demandait à Adélaïde si elle voulait patiner avec lui. La jeune fille, émue et contente, accepta la main que François lui tendait et ils glissèrent sur le fleuve en accordant leurs mouvements. Charles-Michel et Michel-Flavien Sauvageau les poursuivaient en se moquant amicalement d'eux. Mine de rien, le frère aîné d'Adélaïde surveillait sa sœur, que ses camarades trouvaient trop jolie à son goût. Adélaïde ne comprenait pas pourquoi son frère se comportait en chaperon, mais elle n'en voulut pas à Charles-Michel parce qu'elle savait que son grand frère ne voulait que la protéger. Finalement, les trois amis patinèrent avec Adélaïde, y allant de prouesses et de pirouettes toutes plus comiques les unes que les autres pour la faire rire, et surtout l'impressionner.

Julie et Catherine se promenaient lentement en traîneau sur la glace, Julie ayant renoncé à patiner tellement elle trouvait cette activité dangereuse, lorsqu'elles aperçurent M$^{me}$ de Lanaudière et sa fille Marie-Anne qui leur faisaient de grands signes de la main. Élisabeth de Lanaudière s'installa dans le traîneau à l'invitation de Catherine pendant que Marie-Anne fixait les lames à ses bottes pour aller rejoindre Adélaïde et ses compagnons.

– Nous avons passé la soirée avec M$^{lle}$ Mabane, la pauvre, racontait M$^{me}$ de Lanaudière. La mort du juge, son frère, l'a anéantie. Il y avait tant de monde aux funérailles qu'il nous a été impossible de la réconforter comme nous l'aurions voulu, mon mari et moi.

– Il est vrai que le juge avait de nombreux amis. M. de Salaberry et moi irons également la voir dans les prochains jours, dit Catherine. Nous avons été très touchés par la disparition du juge Mabane, et aux funérailles nous n'avons pu exprimer à Isabella la tristesse que nous ressentons de la perte de cet homme intègre et droit, et surtout d'un ami si dévoué.

– Le grand nombre de personnes qui ont assisté à ses funérailles porte à croire que c'était un homme estimé de tous, commenta Julie. Je ne l'ai guère connu, mais il m'est apparu comme un homme discret, distingué et d'une exquise politesse.

– C'est très juste, renchérit Catherine. Il est arrivé à Québec à titre de médecin et chirurgien, et c'est le gouverneur Murray qui lui donna un emploi à l'hôpital militaire. Il avait à peine vingt-cinq ans.

– On m'a rapporté qu'il avait une excellente réputation et qu'il jouissait d'une remarquable popularité comme médecin auprès de la population tant anglaise que canadienne. Il était considéré par tous comme un être supérieurement intelligent.

– Il ne soignait pas que les militaires, il s'occupait de tous les habitants de la ville, quelle que soit leur classe sociale, et souvent il ne demandait aucun paiement.

M$^{me}$ de Salaberry et M$^{me}$ de Lanaudière continuèrent encore un certain temps à vanter les qualités du juge Mabane à Julie, qui ne savait rien de lui. Toutefois, elles passèrent sous silence les démêlés qu'il avait eus avec le gouverneur Murray, qui l'avait nommé juge pour qu'il abolisse le régime militaire au Canada (c'est plutôt à contrecœur que le docteur Mabane avait accepté de présider les cours de justice du Québec), et plus tard avec le lieutenant-gouverneur Carleton, le futur Lord Dorchester, qui demanda au gouvernement britannique de le destituer de ses fonctions. Les Canadiens le trouvaient trop « anglais », et les Anglais lui reprochaient de privilégier les Canadiens à leur détriment. M. Mabane, lui, ne voulait que servir son roi le plus honnêtement possible. Julie n'apprit pas non plus ce jour-là que le juge avait été traîné dans la boue et qu'il avait souffert en silence de sa destitution sans jamais en connaître les vrais motifs, sa requête au gouvernement britannique étant demeurée sans réponse.

*Je souhaite au roi et au pays d'avoir des hommes plus éclairés ; mais il n'en rencontrera jamais de plus dévoués, car j'ai toujours été prêt à servir mon souverain et mes concitoyens fidèlement*, écrivait-il après vingt ans de loyaux services.

Louis-Antoine de Salaberry, le prince Édouard, MM. de Lanaudière et de Saint-Ours, M$^{me}$ de Saint-Ours ainsi que le capitaine Grant et son épouse vinrent ensemble retrouver Julie, Catherine et Élisabeth de Lanaudière.

– Si nous ouvrions nos immenses paniers remplis de victuailles ? suggéra M. de Salaberry. Nous pourrions nous sustenter. Il est midi passé, l'Angélus a sonné tout à l'heure.

– C'est une excellente idée, entendit-on à la ronde.

Les femmes s'emparèrent des paniers de provisions et allèrent demander aux marchands dans les cabanes de chauffer les aliments moyennant quelques sous, puis distribuèrent la nourriture à la ronde. Les enfants dévorèrent du pain de ménage tartiné de terrine de canard et de moutarde. Ils attaquèrent ensuite de gigantesques gâteaux aux fruits et d'épaisses pointes de tarte aux pommes, et burent de grandes rasades de lait crémeux. Ensuite, le ventre plein, ils repartirent dépenser leur énergie dans une autre course folle sur la glace. Les hommes mangèrent du pâté de chevreuil, de perdrix ou de caribou en buvant du vin de Bordeaux trop froid pour être savoureux, mais assez bon pour réchauffer le corps. Ils discutaient la bouche pleine de politique et de la mort prématurée du juge Mabane, qui, le pauvre, en voulant faire à pied le trajet d'une lieue entre Woodfield et Québec, s'était perdu dans les champs, aveuglé par la poudrerie. Il avait tant marché qu'il s'était épuisé. Quand on l'a retrouvé, il était pâle, transi et éperdu. Le médecin appelé à son chevet diagnostiqua une grave inflammation des poumons.

– Le prince et moi sommes allés le voir vendredi de la semaine dernière, raconta Louis de Salaberry. Il était très affaibli. Son regard était chargé de tristesse et il parlait avec peine ; sa voix tremblait. Il avait le front creusé de rides profondes. Je crois que les souffrances morales qui l'accablaient ces dernières années ont précipité sa mort.

– C'est une très lourde perte pour notre ville, dit Louis-Roch de Saint-Ours.

– À cinquante-huit ans, il aurait dû prendre une carriole ou un traîneau pour se rendre à Québec, surtout qu'une tempête sévissait et que le froid était d'une rare intensité. Quelle idée de marcher seul dans des champs où il n'y a pas âme qui vive ! Sa témérité nous prive depuis mardi dernier d'un excellent compagnon, dit Charles-Louis de Lanaudière.

– Je sais que sa sœur a essayé de le retenir, de le convaincre de prendre une carriole, mais il tenait à se dégourdir les jambes, m'a-t-elle dit.

– Se dégourdir les jambes, c'est ce qu'Isabella vous a dit, Salaberry ? demanda Saint-Ours. Comme c'est étrange.

Pendant que les hommes s'entretenaient de la mort du juge Mabane, les femmes mangeaient des gâteaux et buvaient du thé tout en parlant du prochain bal au château Saint-Louis, le 18 janvier, en l'honneur de l'anniversaire de la reine Charlotte. Ces dames se demandaient quel âge pouvait avoir la reine, question à laquelle Julie ne pouvait malheureusement pas répondre. Elles s'amusèrent à émettre des hypothèses, puis passèrent à la description de la robe qu'elles porteraient pour la circonstance. Certaines se demandaient si elles avaient assez de temps pour se faire confectionner une nouvelle robe. Elles riaient, s'accusaient d'être trop coquettes, s'échangeaient les noms de leurs couturières, se demandaient s'il était trop tard pour trouver du beau tissu chez le marchand général. Pendant qu'elles palabraient ainsi, Julie les écoutait sans dire un mot. Elle savait qu'Édouard ne l'emmènerait pas avec lui. Elle ne connaissait pas les bals du château Saint-Louis ; d'ailleurs, elle n'était jamais entrée dans cet endroit. Elle se rappelait les doux moments passés à Besançon avec sa sœur à coudre de nouvelles robes pour un bal ou un dîner important. Ces heures de bonheur à imaginer leur avenir lui manquaient tant. Elle se sentit triste et fit de gros efforts pour refouler les larmes qui remontaient du plus profond de ses souvenirs. Soudain, M$^{me}$ Grant lui demanda le nom de sa couturière.

– Vos robes sont tellement jolies qu'il faut avoir des doigts de fée pour les confectionner, déclara Marie-Charlotte Grant.

– Merci, madame Grant, vos compliments me touchent. Pour répondre à votre question, je dois vous avouer que je fais moi-même mes robes, aidée de ma femme de chambre Séverine qui a déjà travaillé à Paris chez Rose Bertin, la célèbre marchande de modes.

À l'exception de Catherine qui connaissait les dons de son amie pour la couture, toutes les dames demeurèrent bouche bée.

– Comme je n'ai aucun talent pour la couture, dit Élisabeth de Lanaudière, tout mon temps libre, je le consacre à la musique. J'apprends à jouer du piano-forte avec M. Glackmeyer.

– Ma chère Élisabeth, nous aimerions vous entendre. Nous pourrions organiser un petit concert intime un après-midi, suggéra Catherine de Salaberry, et M$^{me}$ de Saint-Laurent pourrait également jouer de la harpe ou de la flûte.

– Mais vous avez tous les talents, chère madame ! s'exclama Marie-Charlotte Grant.

– Prenez-vous aussi des cours avec M. Glackmeyer ? demanda M$^{me}$ de Saint-Ours.

– Non, répondit Julie, avec M. Charles Jouve.

– Il joue dans l'orchestre du prince Édouard, ajouta Catherine.

– Oui, je sais de qui il s'agit, dit M$^{me}$ de Lanaudière. C'est un très bel homme, il a des yeux noirs magnifiques.

– Vous en avez de la chance, ne put s'empêcher de dire M$^{me}$ de Saint-Ours sous le regard stupéfait de ces dames.

Cette réflexion dite avec une pointe d'envie étonna Julie. Ces femmes croyaient-elles qu'entre son professeur de musique et elle il y avait plus qu'une simple relation entre un maître et son élève ? Ou bien M$^{me}$ de Saint-Ours rêvait-elle à une aventure ?

– Il est presque trois heures, dit Catherine. J'ai mal aux pieds d'avoir tant marché et, surtout, je me sens fatiguée. Il faudrait penser à rentrer si nous ne voulons pas nous faire surprendre par la brunante.

– Et moi, j'ai froid, ajouta M$^{me}$ de Saint-Ours, qui semblait sortir d'une rêverie. Cette promenade au grand air m'a épuisée.

– Installez-vous dans les traîneaux pendant que je cours chercher nos maris et nos enfants, dit M$^{me}$ de Lanaudière.

– Ce serait préférable de glisser au lieu de courir, madame de Lanaudière, suggéra M$^{me}$ Grant en se moquant gentiment.

– Mon Dieu que je suis bête ! s'exclama Élisabeth de Lanaudière, qui s'éloignait en riant.

Elle revint finalement avec les maris et les enfants. Ces derniers, exténués, avaient de la difficulté à se tenir debout. Adélaïde et Marie-Anne se tenaient par la main pour ne pas tomber. Elles s'aidèrent mutuellement pour enlever leurs patins. Maurice-Roch, François-Louis et Hermine montèrent dans un traîneau sans enlever les lames fixées à leurs bottes, tellement ils étaient fatigués. Charles-Michel, Michel-Flavien et François riaient aux éclats, sans pouvoir expliquer cette hilarité. Louis-Antoine offrit à Julie et à Édouard de garder le traîneau pour rentrer directement chez eux. Comme il devait revenir à Québec le lendemain avec Charles-Michel, son fils se ferait un plaisir de ramener leur carriole et de revenir avec le traîneau. Édouard accepta parce qu'il ne se sentait pas le courage d'aller jusqu'à Beauport. Les au revoir se firent assez rapidement. Les dames se donnèrent rendez-vous le 18 janvier au château Saint-Louis, puis les traîneaux se remplirent et les joyeux promeneurs s'acheminèrent vers Beauport ou vers les rues de la haute ville.

Julie et Édouard se retrouvèrent seuls dans le traîneau, qui glissait allègrement vers le château Saint-Louis.

– Ma douce, j'aimerais que vous portiez votre magnifique robe de satin blanc, dit Édouard à brûle-pourpoint.

– Ce soir ? fit Julie, qui n'avait nullement l'intention de se changer pour le dîner, tellement elle était fatiguée.

– Non, pas ce soir, pour le bal donné en l'honneur de l'anniversaire de la reine le 18 janvier.

– Je ne comprends pas.

– C'est très simple, je voudrais que vous m'accompagniez à ce bal.
– Vous voulez que je vous accompagne ? Vous le voulez vraiment ? Vous n'avez pas peur que l'aristocratie de Québec vous désapprouve ?
– Que l'aristocratie de Québec me désapprouve ? Où allez-vous chercher de telles balivernes ?
– Ce ne sont pas des balivernes, comme vous dites, affirma Julie sur un ton qu'elle voulait le plus calme possible. Vous ne pouvez nier qu'on ne souhaite ma présence nulle part et que je suis à peine tolérée par une grande partie de la gent féminine de Québec.
– Je crois que vous exagérez, dit Édouard, qui avait du mal à conserver un ton convaincant. En ce qui me concerne, continua-t-il, les gens de la haute société de Québec peuvent penser ce qu'ils veulent à votre sujet, il n'en demeure pas moins que mon désir le plus cher, c'est que vous soyez à mes côtés à ce bal en l'honneur de la reine. Vous y serez de toute évidence la plus belle et la plus élégante. Toutes les femmes vous envieront et tous les hommes me jalouseront.
– Alors, vos désirs seront des ordres, Votre Altesse Royale, se moqua Julie.
– Je vous aime.
– Je vous aime aussi.
Julie prit le bras d'Édouard et elle déposa sa tête sur son épaule. Elle ferma les yeux en se disant qu'elle ne devait penser qu'à la réussite de cette soirée et ne pas gâcher son bonheur en s'inquiétant de l'opinion des gens, à laquelle elle ne pouvait rien changer.

Le 14 janvier, le prince fut invité par le célèbre marionnettiste Jean-Sébastien Natte, dit le père Marseille, à venir assister à un spectacle créé en son honneur. Le prince et Julie se firent accompagner de Catherine et Louis-Antoine de Salaberry de même que de leurs enfants, Charles-Michel, Adélaïde et Maurice-Roch. Rue d'Aiguillon, une enseigne immense sur laquelle on reconnaissait un grenadier indiquait l'emplacement du théâtre, installé, en fait, dans la propre maison du père Marseille. Lorsque l'invité d'honneur arriva, à quatorze heures, plusieurs aristocrates étaient déjà là, attendant le prince avant de s'asseoir. À quatorze heures trente, un tambour se fit entendre pour marquer le début du spectacle, qui porta sur le siège de la ville de Québec par les Américains. Le père Marseille, un conteur hors pair, en assura la narration, faisant tenir à ses marionnettes des propos tantôt sarcastiques, tantôt méprisants. Même si les spectateurs riaient beaucoup, ils demeuraient concentrés sur l'action pour ne pas perdre un mot de ce qui était dit. Deux heures plus tard, la victoire des Canadiens et des Anglais sur les Américains fut accueillie par des hourras pendant que, sur un petit air de violon et de tambour, les marionnettes dansaient pour la victoire. La fin du spectacle fut saluée par des éclats de rire et des applaudissements accompagnés de bravos. Le prince s'avança pour féliciter le père Marseille :

– Nous venons d'assister à un spectacle des plus réussis, le complimenta-t-il. Vous avez beaucoup de talent.

– Je remercie Votre Altesse. Permettez-moi de vous présenter mon épouse, Marie-Louise Fluette, qui agrémente le spectacle de ses chansonnettes.

– Je suis enchanté, madame. Le côté musical de ce spectacle est également très intéressant.

– Merci, Votre Altesse, répondit timidement Marie-Louise.

– Qui fabrique les marionnettes ?

– Je fabrique moi-même toutes mes marionnettes de même que tous mes accessoires, répondit avec beaucoup de fierté dans la voix le père Marseille.

– Quelle dextérité vous avez ! Vous étiez marionnettiste en France également ?

– Non, pas du tout. Je suis arrivé au Canada à vingt-trois ans comme soldat du régiment de la reine. Après la Conquête, j'ai mis fin à ma carrière militaire, mais je suis resté à Québec et me suis marié.

– Je comprends tout maintenant. Il n'y avait qu'un militaire pour raconter de façon aussi réaliste une histoire pareille.

– Tant mieux si Votre Altesse est satisfaite.

– Dites-moi, je suis curieux, pourquoi ce nom de père Marseille ?

– Simplement parce que je suis natif de Marseille, mon bon prince. Cela ne s'entend-il pas ? répondit le marionnettiste en éclatant de rire.

– Permettez-moi de vous offrir de nouveau mes félicitations pour votre spectacle, dit Édouard en serrant la main au père Marseille. Je vous souhaite tout le succès que vous méritez.

Le prince alla retrouver Julie et les Salaberry en profitèrent pour aller saluer à leur tour le père Marseille, qu'ils connaissaient. Ils avaient vu tous les spectacles qu'il avait présentés et, comme leurs enfants adoraient les marionnettes, ils ne tarissaient pas d'éloges à l'endroit du « joueur de marionnettes », ainsi que le père Marseille se faisait amicalement appeler depuis qu'il exerçait ce métier. Julie aussi adorait les spectacles de marionnettes. Elle se rappela ceux auxquels elle avait assisté à Besançon, pendant l'été, avec Jeanne Béatrix. « Quels délicieux souvenirs ! » se disait-elle.

Les journées précédant le bal s'écoulèrent dans l'effervescence. Julie et Séverine passèrent des heures à scruter presque à la loupe la belle robe en satin blanc pour y déceler la moindre petite tache ou le plus petit faux pli, à solidifier une agrafe ou un bouton, à choisir les bijoux les plus appropriés et les plus élégants, ceux qui, le mieux, mettraient en évidence la beauté de Julie.

Le grand jour arriva enfin. Ce matin-là, Julie dormit plus longtemps que d'habitude. Sa longue nuit se termina sur un rêve qui se déroulait à Besançon. Elle ne se rappela pas son rêve, mais elle ressentit un malaise qu'elle ne pouvait expliquer. Elle pensa que les appréhensions qui s'étaient emparées d'elle ces derniers jours étaient en cause. C'est à peine si elle toucha au morceau de pain tartiné de beurre et de confiture dont elle se régalait tous les matins, mais elle but trois cafés coup sur coup. Séverine allait et venait sans relâche. Elle se sentait comme un poisson dans l'eau : enfin, elle pouvait vraiment se rendre utile et s'occuper de sa maîtresse, « la préparer à affronter la faune aristocratique de Québec », comme elle se plaisait à lui dire, même si Julie lui faisait des remontrances. À Gibraltar, il y avait eu des bals presque toutes les semaines, et Julie et le prince n'en manquaient pas un seul. Quel plaisir c'était pour Séverine d'habiller sa maîtresse, de la coiffer et de la parfumer. À Québec, la pauvre vivait en recluse. Ses magnifiques robes de velours, de satin et de taffetas croupissaient dans les armoires. La plupart du temps, elle ne portait que ses robes de coton et de batiste. Mais aujourd'hui Séverine s'en donnait à cœur joie. Elle avait préparé un bain à l'essence de rose, dans lequel Julie s'était prélassée pendant trente minutes. Ensuite, elle lui avait lavé les cheveux et y avait versé de l'eau de rose en les faisant sécher à côté de la cheminée dans la grande chambre de ses maîtres. Après avoir enfilé des dessous de batiste et de dentelle, Julie revêtit finalement sa robe blanche. Séverine mit une heure à coiffer sa maîtresse. Pour terminer, elle attacha un superbe collier de diamants et de saphirs à son cou et posa dans sa chevelure un joli diadème serti de diamants. Séverine, comme toutes les fois où elle préparait sa maîtresse pour une sortie importante, tournait autour d'elle pour admirer sa beauté et son élégance. L'horloge sonna sept coups. Julie était enfin prête, mais elle se sentit mal, et c'est alors seulement qu'elle réalisa qu'elle n'avait rien mangé de la journée. Immédiatement, Séverine courut à la cuisine et revint avec M. Beaunoir portant un plateau rempli de différents plats.

– Madame de Saint-Laurent, qu'est-ce j'apprends ? Vous vous êtes trouvée mal ? Vous n'avez rien avalé de la journée ! Est-ce raisonnable ? Vous allez me faire le plaisir de goûter ce délicieux potage aux légumes, et je ne veux pas de discussion, insista le chef cuisinier.

– Je veux bien manger ce potage qui me semble délicieux, consentit Julie.

– Voilà qui est raisonnable.

Julie mangea rapidement la soupe mais déclina les autres plats. M. Beaunoir s'en retourna à la cuisine en ayant du mal à cacher son désappointement.

– Comment une femme si belle peut-elle se laisser mourir ? Julie et Séverine l'entendirent-elles grogner dans le corridor.

Les deux femmes éclatèrent de rire.

– J'aime beaucoup M. Beaunoir, mais il a tendance à exagérer, dit Julie.

Elles rirent de plus belle. Julie se sentait déjà mieux. Elle était enfin prête à affronter, comme disait Séverine, la faune aristocratique de la ville de Québec. Elle se rendit au petit salon, où Édouard l'attendait. Il se leva pour l'accueillir. Les yeux de Julie brillaient. Le prince chercha les mots français pour décrire ce qu'il voyait, mais seuls des mots anglais lui vinrent à l'esprit pour exprimer ce qu'il ressentait :

– *Gorgeous, marvellous! What a fortunate man I am!*

John vint alors prévenir que la carriole attendait Son Altesse et Mme de Saint-Laurent. Le prince était attendu à huit heures au château Saint-Louis.

À huit heures trente minutes, Édouard et sa compagne firent une entrée très remarquée dans la grande salle de bal du château. Tous les regards se posèrent sur le couple princier. Les hommes présents écarquillaient les yeux au passage de Julie. Quelques commentaires chuchotés, dont certains plutôt malveillants, parvinrent aux oreilles de cette dernière, qui ne cessa jamais de sourire. C'est ce qu'Édouard attendait d'elle et pour rien au monde elle ne l'aurait déçu. Toujours avec Julie à son bras, le prince se dirigea vers le lieutenant-gouverneur Alured Clarke et son époux. Celle-ci salua gentiment Julie avec un sourire de circonstance, mais, devant Édouard, elle fit une profonde révérence qui étonna son mari. Presque immédiatement arrivèrent le lieutenant-colonel Simcoe et son épouse Élisabeth. Mme Simcoe salua poliment Julie, puis se tourna vers le prince, à qui elle raconta une visite à la chute Montmorency.

– On m'a dit que vous avez loué la magnifique maison de sir Frederick Haldimand sur le bord du fleuve, dit-elle.

– Oui, M$^{me}$ de Saint-Laurent et moi comptons nous y installer dès que l'hiver sera terminé. Je crois que cela sera possible au mois de mars, l'informa Édouard, qui s'était rapproché de Julie afin qu'elle puisse suivre la conversation.

– Cette maison offre une superbe perspective, continua M$^{me}$ Simcoe. Je projette de retourner à la chute Montmorency pour en faire des dessins au crayon.

– C'est une excellente idée. M$^{me}$ de Saint-Laurent et moi nous ferons un plaisir de vous recevoir avec le lieutenant-colonel Simcoe.

– Ce sera un plaisir pour nous, lui assura Élisabeth Simcoe.

– Si vous voulez bien m'excuser, chère madame, j'aimerais inviter M$^{me}$ de Saint-Laurent à danser.

Julie et Édouard se rendirent sur l'immense piste et dansèrent au son de l'orchestre du régiment du prince. Plusieurs couples les imitèrent. Nombreux furent ceux qui admirèrent l'élégance de ce couple si bien assorti. Certaines personnes voyaient Julie pour la première fois. Les hommes étaient éblouis par sa beauté. Quant aux dames, elles ne pouvaient douter, à la façon dont le prince la regardait, qu'il en était très amoureux. Quelques danseuses au bras de leur cavalier la saluèrent timidement au passage. Julie leur répondait d'un signe de la tête. Elle en reconnut certaines, mais la plupart lui étaient inconnues. La musique la faisait tourbillonner de bonheur. Les gens cessèrent peu à peu de l'examiner comme une bête rare, et Julie crut revivre. À un moment, Louis de Salaberry vint tapoter l'épaule d'Édouard et suggéra un échange de partenaires, lequel fut accepté d'emblée par Julie et Catherine.

– Nous allons danser lentement, chuchota Édouard à Catherine, qui commençait à s'arrondir quelque peu.

– Édouard, je ne pourrai plus danser dans quelques semaines tellement je m'alourdis. Puisque le bal de ce soir est sans doute le dernier auquel j'assisterai avant bien longtemps, je veux en profiter.

– Comme vous aimez beaucoup la danse et, de surcroît, êtes une excellente danseuse, ce sera probablement un réel sacrifice de vous abstenir de danser pendant quelques mois. Est-ce que je me trompe, chère madame de Salaberry ?

– Vous ne vous trompez pas, bien que je ne considère pas comme un sacrifice ce que l'on s'impose pour accueillir un enfant.

– Comme c'est joliment répondu, Catherine.
– Julie est radieuse ce soir. Je suis très heureuse de la voir enfin au château Saint-Louis.
– Vous avez raison, elle est radieuse, approuva Édouard, qui accepta le reproche sous-entendu de Catherine parce que cette femme merveilleuse ne connaissait pas la méchanceté et surtout parce qu'elle éprouvait une amitié sincère pour Julie.

Plus loin, sous les regards amusés de Catherine et d'Édouard, Julie, dans les bras du colosse aux larges épaules qu'était Louis de Salaberry, savourait l'aisance avec laquelle son cavalier et ami la faisait tournoyer.

– Tout le monde vous admire, ce soir, chère Julie, lui confia celui-ci.
– Je n'en suis pas aussi certaine que vous, mais ce soir je veux bien le croire.
– Ne soyez pas aussi modeste, vous voyez bien que tous les hommes vous dévisagent ouvertement.
– C'est un peu normal, vu les circonstances, déclara Julie en riant. Je suis une attraction rare, n'est-ce pas, monsieur de Salaberry ? Mais oublions tout ça, ce soir je suis heureuse et je ne veux pas gâcher mon bonheur.

Louis de Salaberry n'eut pas le temps de commenter les paroles de Julie parce que l'orchestre s'était arrêté de jouer pour laisser le lieutenant-gouverneur Clarke prononcer un laïus en l'honneur de la bien-aimée reine Charlotte, dont c'était le quarante-huitième anniversaire de naissance en ce 18 janvier 1792. Louis offrit son bras à Julie et la mena à la table où Édouard et Catherine étaient déjà assis. Dans la salle de bal, tout le monde se tut et, pendant une dizaine de minutes, le lieutenant-gouverneur parla du roi George, de la reine et de la mère patrie. Il fut chaleureusement applaudi, et termina son discours en portant un toast au digne représentant de la famille royale à Québec, Son Altesse Royale le prince Édouard. Les verres se levèrent en direction du prince et chacun y alla d'un « À Édouard » qui résonna à l'unisson, au grand plaisir des invités heureux de souligner leur amitié pour le prince.

L'orchestre se remit à jouer et les danseurs exécutèrent des menuets et des contredanses jusqu'à ce que la fatigue ait raison de leurs pieds endoloris. Julie admirait les officiers du régiment royal, si beaux et élégants et qui plaisaient tant aux jeunes femmes canadiennes parce qu'ils étaient d'excellents danseurs. Il était connu que les

Canadiens aimaient danser. Julie ne s'étonna donc pas lorsqu'elle entendit Marie-Josephte Rolette, la femme du major Samuel Holland, raconter qu'elle aimait tellement danser qu'elle avait suivi des cours à Montréal avec le maître de danse Joseph Carpillet dit Fleurdorange.

– C'était un ancien caporal du régiment de La Sarre, spécifiat-elle.

– Est-ce à dire que les caporaux sont de meilleurs danseurs que les autres? demanda Catherine de Salaberry, qui aimait taquiner Marie-Josephte.

– Je n'en sais rien mais, pour un homme de son âge, je puis vous assurer que la danse n'avait aucun secret pour lui, affirma Marie-Josephte, rieuse.

Les dames autour s'amusaient de ces taquineries lorsqu'elles virent s'approcher le lieutenant-gouverneur.

– Madame, me feriez-vous l'honneur d'accepter cette danse? demanda-t-il à Julie.

– Avec le plus grand plaisir, monsieur le lieutenant-gouverneur, répondit-elle, enchantée de cette demande.

Il lui offrit le bras et la guida jusqu'à la piste au son d'un menuet qui commençait à peine. Le lieutenant-gouverneur, qui montrait beaucoup de souplesse et d'aisance dans ses mouvements, fut ravi de l'élégance et de la grâce naturelle de sa partenaire. «Pourquoi Édouard nous cachait-il ce joyau?» se demandait-il en souriant à Julie. Édouard en profita pour demander à M$^{me}$ Clarke si elle voulait lui faire l'honneur de lui accorder la prochaine danse, ce qu'elle accepta avec le plus grand bonheur parce qu'elle dansait rarement avec son mari, qui se devait, de par ses fonctions, de se montrer galant avec les épouses des citoyens du Bas-Canada. En attendant que se termine le menuet, M$^{me}$ Clarke et le prince ne quittèrent pas des yeux leurs partenaires de vie respectifs sur la piste, mais pas pour les mêmes raisons. Le lieutenant-gouverneur dévorait Julie des yeux, il était littéralement tombé sous le charme de son regard violet et de son sourire enjôleur. Julie devinait ce qui se passait dans la tête du lieutenant-gouverneur et s'en amusait, mais jamais elle n'aurait adopté un comportement qui puisse être perçu comme un encouragement. Quand la danse se termina, c'est à regret que le lieutenant-gouverneur se sépara de sa cavalière.

– Permettez-moi de vous dire que votre mari est aussi bon danseur que le prince, dit Julie à M$^{me}$ Clarke, qui s'était déjà levée pour prendre le bras d'Édouard.

– C'est ce que nous allons voir tout de suite, répondit celle-ci en entraînant Édouard sur la piste de danse, l'orchestre ayant déjà commencé de jouer.

– Si vous voulez bien m'excuser, je dois aller retrouver mon amie M$^{me}$ de Salaberry, dit Julie au lieutenant-gouverneur, qui était déjà entouré du juge Thomas Dunn, de Joseph-Gaspard Chaussegros de Léry, de François-Marie Picoté de Bellestre, de François Baby, du capitaine François Vassal de Monviel et du colonel Henry Caldwell, qui discutaient des élections qui auraient lieu vers la fin du printemps.

– Vous êtes excusée, chère madame de Saint-Laurent, déclara M. Clarke. Il est tout à fait normal qu'une belle jeune femme comme vous ne veuille pas, particulièrement en ce jour de fête, demeurer avec des personnes discutant d'un sujet aussi aride que la politique.

– Je ne trouve pas que la politique soit un sujet aussi aride que cela, affirma Julie. Quoi qu'il en soit, avant de partir, je tiens à vous remercier pour cette agréable danse.

Julie s'esquiva après avoir offert son sourire dévastateur aux hommes réunis autour du lieutenant-gouverneur.

– J'ai peut-être soixante-dix ans, messieurs, déclara Joseph-Gaspard Chaussegros de Léry, mais je suis encore très sensible à la beauté des femmes, et croyez-moi, cette beauté-là ferait damner un saint.

– Elle est vraiment belle, la compagne du prince, confirma le juge Dunn.

– Pourquoi dites-vous « la compagne » ? Ne sont-ils pas mariés ? demanda M. Picoté de Bellestre.

– Le prince ne la présente jamais comme son épouse, mais plutôt comme M$^{me}$ de Saint-Laurent, dit Alured Clarke.

– J'ai entendu dire qu'ils s'étaient mariés à Gibraltar avant de venir au Canada, dit François-Marie Picoté de Bellestre.

– Ce ne serait pas plutôt à La Valette, sur l'île de Malte ? intervint le colonel Caldwell. L'évêque de Malte lui-même aurait célébré le mariage catholique, parce que madame est catholique.

– Nous n'en savons rien, trancha le lieutenant-gouverneur. Cette discussion est stérile, messieurs.

– Quoi qu'il en soit, cette femme pourrait rendre fou l'homme le plus sensé de la terre, conclut Chaussegros de Léry, encore sous le charme.

– Reprenez-vous, Joseph-Gaspard, reprenez-vous. À votre âge, tout de même, mon cher ami…, le sermonna gentiment François Baby.

Tous se mirent à rire et à se moquer amicalement de Joseph-Gaspard et de son âge trop avancé pour qu'il puisse encore plaire aux femmes.

– Qu'est-ce qui vous fait rire autant, messieurs ? demanda, intriguée, M$^{me}$ Clarke, qui revenait au bras du prince.

– Rien de vraiment important, répondit le lieutenant-gouverneur. Nous essayons de nous distraire un peu.

Ces messieurs rirent de plus belle.

– N'en prenez pas ombrage, chère madame Clarke. Je crois que, l'alcool aidant, nous déraisonnons un peu, s'excusa François-Marie Picoté de Bellestre.

– Voilà des propos d'homme sensé, dit l'épouse du lieutenant-gouverneur, qui regardait son mari avec une mine confite.

La conversation redevint plus sérieuse lorsque le prince se joignit au groupe et que M$^{me}$ Clarke se dirigea vers M$^{me}$ Simcoe, avec qui se trouvaient M$^{me}$ Baby ainsi que M$^{me}$ Henry Caldwell, sœur du baron Hamilton, M$^{me}$ Elzéar Taschereau et la très populaire, malgré son grand âge, M$^{me}$ Smith, dont le mari, le juge en chef William Smith, était allé rejoindre le lieutenant-gouverneur et ses amis.

Il y avait trois cents invités dans la salle de bal du château Saint-Louis, mais la chaleur qui régnait dans l'immense pièce ne semblait pas incommoder les nombreux danseurs, qui continuaient de virevolter sans donner l'impression de vouloir s'arrêter. Toute l'aristocratie s'en donnait à cœur joie.

Catherine de Salaberry était confortablement assise dans un fauteuil à côté de Julie. La fatigue se lisait sur son visage, mais elle ne se plaignait pas car elle savait que, bientôt, elle ne pourrait quitter sa résidence de Beauport, et ce, pour de longs mois. Les deux amies étaient entourées de M$^{mes}$ de Saint-Ours et de Lanaudière. Ces dernières voulaient organiser un après-midi de tricot afin d'aider Catherine à préparer les vêtements pour le bébé qui s'annonçait. Julie offrit ses services en précisant qu'elle était libre tous les après-midi.

– Vous avez abandonné vos cours de musique avec M. Jouve ? s'étonna M$^{me}$ de Lanaudière.

– Non, pas du tout, mais mon professeur est en voyage à Montréal. Il n'en reviendra que dans quelques semaines, l'informa Julie.

– Voilà pourquoi nous ne le voyions plus aux concerts de l'orchestre du régiment, déclara M$^{me}$ de Saint-Ours.

– Naturellement, il est parti avec l'approbation du prince, les rassura Julie.

– Nous savons tous que le prince Édouard est très fier de son orchestre et qu'il ne laisserait pas partir un de ses meilleurs musiciens sans sa permission, dit Catherine. Édouard est un homme bon et compréhensif.

Les dames approuvèrent Catherine et discutèrent encore de choses et d'autres tout en agitant leur éventail pour se rafraîchir un peu, la chaleur devenant de plus en plus intense. Les serveurs se promenaient avec des plateaux remplis de coupes de vin blanc tiède, que les dames goûtaient du bout des lèvres. Les hommes s'épongeaient le front avec leur mouchoir sans toutefois s'arrêter de discuter ou de danser.

Le bal se termina tard dans la nuit. Édouard dansa avec Julie jusqu'à ce qu'elle lui demande de partir parce que la fatigue avait eu raison de son endurance.

Cette nuit-là, la jeune femme s'endormit le cœur léger. Elle rêva de Besançon et de sa sœur, de qui elle était sans nouvelles depuis au moins dix longues semaines. Lorsqu'elle se réveilla, Édouard, penché au-dessus d'elle, la regardait.

– Vous souriiez en dormant, dit Édouard en déposant un baiser sur sa bouche chaude. Rêviez-vous de moi ?

– J'ai rêvé à Besançon et à Jeanne Béatrix.

– Et que se passait-il dans ce rêve ?

– C'est plutôt flou, mais le visage de ma sœur était très clair. Elle souriait. C'est tout ce dont je me souviens pour le moment.

– J'aimerais connaître la ville qui vous a vue grandir, Besançon, comme vous l'appelez.

– Je ne crois pas que ce soit le meilleur moment pour aller en France, Édouard. La France actuelle n'est plus la France de mon enfance.

Édouard ne voulait pas que la tristesse s'empare de Julie. Il la prit dans ses bras et l'embrassa tendrement jusqu'à ce qu'elle s'abandonne entièrement à lui. Une heure plus tard, ils prirent leur déjeuner, puis Édouard s'absenta pour aller assister au service religieux. Celui-ci avait lieu dans la salle du Conseil, qui servait de temple pendant la saison froide. Même si les Français catholiques permettaient aux protestants de se servir de l'église des récollets entre leurs cérémonies, il était interdit d'y faire du feu pendant l'hiver, alors les protestants se réfugiaient dans la salle du Conseil, que l'on chauffait. La fanfare du régiment des fusiliers royaux, à l'heureuse initiative du prince, jouait pendant le service.

Julie, pourtant de confession catholique, assistait rarement aux cérémonies religieuses à l'église des récollets. Il y avait longtemps qu'elle avait renoncé à pratiquer une religion qui ne lui apportait plus aucune consolation. Ainsi, en ce dimanche matin ensoleillé, elle avait préféré consacrer la matinée à écrire à sa chère sœur. Une idée folle lui était passée par la tête, elle voulait inviter sa sœur bien-aimée à venir passer quelques mois avec elle à Québec. Elle n'en avait pas encore parlé avec Édouard, mais pourquoi s'objecterait-il à un tel projet ? Jeanne Béatrix pourrait passer l'été avec eux à Montmorency, et si le comte de Jansac désirait accompagner la comtesse, ce serait encore mieux. « Est-ce que je suis en train de rêver ? se demandait Julie. Ou est-ce que je veux combler ma solitude qui est toujours aussi grande même si le bal au château Saint-Louis m'a démontré que je peux encore plaire ? Serais-je ingrate si j'osais demander à ma tendre sœur de traverser l'océan au risque de sa vie ? Que suis-je en train de comploter, folle que je suis ? » Elle avait envie de pleurer parce qu'elle savait très bien qu'elle ne pouvait exposer Jeanne Béatrix aux rigueurs d'une traversée. Libérée de ses rêveries insensées, elle écrivit à celle-ci une longue lettre émouvante dans laquelle elle s'épanchait sur sa vie à venir.

Le froid persistait et la neige tombait toujours. Julie se disait que l'été n'était plus qu'un mot qui disparaîtrait bientôt de la langue française. Les promenades dans les rues de Québec et dans les champs des alentours lui manquaient. Elle repensait à Besançon et à la douceur de son climat, et elle préférait s'enfermer dans la maison surchauffée de la rue Saint-Louis plutôt que d'affronter cet hiver québécois qui n'en finissait plus de la narguer. De plus, elle ne voulait pas s'exposer aux épidémies diverses qui circulaient à la vitesse de l'éclair, tels la grippe, le rhume ou la pneumonie, la pire. Son amie Catherine, dont trois enfants souffraient de la grippe et de douleurs aux oreilles, avait été obligée d'annuler leur rendez-vous de couture. Elle-même d'ailleurs, lui avait écrit Catherine, avait attrapé un rhume accompagné d'une violente toux qui l'empêchait de dormir.
– Le mois de février sera-t-il aussi difficile que le mois de janvier ? demanda Julie à Édouard après lui avoir lu le billet de Catherine.
– C'est presque toujours comme ça dans des pays de grands froids, ma chère Julie. Les citoyens sont vite affectés par les maladies des voies respiratoires. Les médecins du régiment ne suffisent pas à la tâche. Plusieurs de nos soldats et de nos officiers souffrent de la grippe. Ils sont soignés soit à l'Hôtel-Dieu, soit à l'Hôpital général, qui n'est qu'à un mille de la ville. Les médecins de la garnison se rendent tous

les jours dans les deux hôpitaux et ils ne tarissent pas d'éloges à l'endroit des religieuses, qui travaillent sans relâche auprès des malades.

– Faites attention à ne pas être contaminé. Ces hommes sont très contagieux, dit Julie, qui s'inquiétait.

– Il est très difficile d'échapper à la contagion, mais, pour le moment, je me sens bien.

– Je vais envoyer des tablettes de sucre d'érable à Catherine, dit Julie. M. Beaunoir m'a dit que c'était excellent pour adoucir la gorge.

– Un des médecins du régiment m'a parlé des tisanes de ginseng. Il s'agit d'un remède concocté par les Indiens qui s'avère assez efficace. C'est aussi un fortifiant pour le corps, d'après le médecin.

– Je croyais que dans un nouveau pays comme celui-ci, où l'air est si pur, on ne rencontrait pas les mêmes maladies qu'en Europe, commenta Julie.

– Lorsque le froid est insupportable, peut-être attrape-t-on plus facilement une grippe, un rhume, une pneumonie, proposa Édouard comme explication.

– Par bonheur, jusqu'à maintenant, personne dans la maison n'est malade, conclut Julie, qui changea ensuite de sujet en annonçant qu'elle avait reçu le matin même deux lettres de Jeanne Béatrix, la malle d'Angleterre du mois de décembre étant enfin arrivée la veille.

– Vous vous êtes peut-être inquiétée inutilement, très chère. Comment va votre sœur ?

– Elle va très bien, compte tenu des circonstances. Elle me parle, entre autres choses, d'une certaine Olympe de Gouges, qui a écrit, en septembre dernier, une *Déclaration des droits de la femme et de la citoyenne*.

– Comme c'est intéressant ! se moqua Édouard.

– Attendez que je vous lise quelques articles de sa *Déclaration*.

– Je vous écoute, je suis très curieux.

– Article premier : « La femme naît libre et demeure égale à l'homme en droits. Les distinctions sociales ne peuvent être fondées que sur l'utilité publique », commença Julie en jetant un coup d'œil furtif à Édouard.

– Continuez.

– Je vous lis au hasard l'article dixième : « Nul ne doit être inquiété pour ses opinions même fondamentales. La femme a le droit de monter sur l'échafaud ; elle doit avoir également celui de monter à la tribune, pourvu que ses manifestations ne troublent pas l'ordre public établi par la loi. »

– Voyez où mène la Révolution. Si les femmes s'en mêlent en plus, ce sera beau demain, s'insurgea Édouard. Je suis outré et très déçu de ce qui se passe en France.

– Écoutez bien ce qu'elle dit dans le préambule : « Bizarre, aveugle, boursouflé de sciences et dégénéré, dans ce siècle de lumière et de sagacité, dans l'ignorance la plus crasse, l'homme veut commander en despote sur un sexe qui a reçu toutes les facultés intellectuelles ; qui prétend jouir de la Révolution et réclamer ses droits à l'égalité, pour ne rien dire de plus. Les mères, les filles, les sœurs, représentantes de la nation, demandent d'être constituées en assemblée nationale. »

– Si votre sœur vous envoie de pareilles insanités, est-ce parce qu'elle partage les opinions de cette M$^{me}$... comment encore ?

– Olympe de Gouges. Mais pas du tout. Jeanne Béatrix me raconte simplement ce qui se passe dans mon pays, où il y a la Révolution et où tout est en train de changer.

– Vous avez raison, la France n'est plus la France. On s'y débarrasse du roi comme d'une pomme pourrie, et c'est le peuple qui mène ! s'exclama Édouard, dont la colère augmentait. Elle est bien belle, la France, maintenant, avec sa Révolution, où l'on guillotine pour un oui ou pour un non après des procès la plupart du temps bâclés, et tout cela au nom de la justice. Oui, elle est bien belle, la France. Votre sœur en sait-elle plus au sujet de Louis XVI, de la reine et de leurs enfants ?

– Non, elle ne sait rien, et le sort du roi et de la reine est toujours une source d'angoisse chez les aristocrates, répondit Julie, qui regrettait d'avoir commencé cette discussion. Ne vous emportez pas comme ça, Édouard. Je suis tellement inquiète de voir mon pays dans cet état.

– Veuillez me pardonner.

– Je voulais vous faire rire, rien de plus, en vous lisant quelques articles de la *Déclaration des droits de la femme et de la citoyenne*, mentit Julie, pour ne pas envenimer les choses avec son compagnon, mais en se promettant de relire tout ce que Jeanne Béatrix lui avait envoyé concernant Olympe de Gouges.

> *C'est quelqu'un d'unique*, lui écrivait Jeanne Béatrix. *Il est vrai qu'on la ridiculise, mais je ne suis pas prête à la condamner parce qu'il faut un courage à toute épreuve pour oser écrire ce qu'elle écrit.*

Comme Julie avait confiance au jugement de sa grande sœur, elle voulait relire à tête reposée les déclarations de cette courageuse Française.

— N'en parlons plus, ma chérie, c'est déjà oublié, dit Édouard, qui se plongea dans la lecture de *La Gazette*.

Le mois de février ressembla en tout point au mois de janvier par le froid et aussi par la neige qui continuait d'envahir les rues. Le samedi 18, dans une des casemates près de la porte Saint-Louis, qui avait été aménagée à la demande du prince Édouard pour la troupe des Jeunes Messieurs canadiens, on présenta *La Comtesse d'Escarbagnas* de Molière ainsi qu'*Arlequin sauvage* de Louis-François Delisle de La Drévetière. Charles-Michel de Salaberry et ses amis François Romain et Michel-Flavien Sauvageau ainsi que des officiers du 7$^e$ régiment des fusiliers royaux faisaient partie des comédiens qui jouaient dans les deux pièces. Les Salaberry de même qu'Édouard et Julie arrivèrent tôt pour admirer l'aménagement de la casemate, qui convenait mieux, se rendirent-ils compte rapidement, à une soirée théâtrale que la taverne de John Franks : il y avait plus d'espace, le plafond était plus haut, on avait augmenté le nombre de places et les chaises étaient moins tassées les unes sur les autres. Les Salaberry félicitèrent le prince de son initiative.

— Vous aviez raison, cher ami, dit Louis-Antoine de Salaberry, cette casemate est parfaite pour le théâtre.

— On respire mieux, poursuivit Catherine. Dans mon état, je n'aurais pas pu assister à une soirée théâtrale à la taverne de la rue Buade.

— Il est vrai que l'air est moins étouffant, renchérit Julie.

— Je suis très heureux que tout le monde semble satisfait, dit Édouard. Espérons qu'il en sera de même pour les autres spectateurs.

Les gens arrivaient assez nombreux et plusieurs saluèrent le prince en le félicitant d'avoir trouvé un endroit plus propice au théâtre. Le lieutenant-gouverneur Simcoe et son épouse, accompagnés des Baby, firent une entrée remarquée. Élisabeth Simcoe et Marie-Anne Baby circulèrent d'un groupe à l'autre en s'arrêtant finalement près de M$^{me}$ de Salaberry, qui s'était beaucoup alourdie depuis le bal chez le lieutenant-gouverneur Clarke au château Saint-Louis.

— Très chère, lorsque j'ai porté Francis, l'héritier du nom, qui a déjà sept mois le cher petit, j'étais méconnaissable tellement j'étais grosse, expliqua M$^{me}$ Simcoe. C'était mon sixième enfant. Le colonel et moi n'avions que des filles. Cette grossesse a été difficile du début à la fin, ce qui ne semble pas être votre cas.

— Effectivement, je me porte très bien, mais cette grossesse m'alourdit plus que les autres, commenta Catherine de Salaberry.

– Ce qui m'a beaucoup aidée, c'est que j'ai fait de longues promenades avant d'embarquer à Plymouth sur la frégate qui devait nous amener au Canada. J'aime marcher et, encore aujourd'hui, j'ai très hâte que l'hiver finisse pour pouvoir explorer la ville et ses alentours, que je n'ai connus jusqu'à maintenant que sous des montagnes de neige.

– Espérons que ce sera pour bientôt, madame Simcoe. Les habitants de Québec sont comme vous, ils ont tous hâte à l'été, déclara Catherine.

– Notre été est magnifique, vous verrez, dit M$^{me}$ Baby. N'est-ce pas, madame de Salaberry ?

– C'est vrai, l'été est habituellement chaud et ensoleillé, et la nature resplendissante.

– Je vois dans le programme que votre fils Charles-Michel fait partie de la distribution, dit M$^{me}$ Simcoe. Tient-il un rôle dans *Arlequin sauvage*, de ce Louis-François Delisle de La Drévetière que je ne connais pas ? Est-ce un Canadien ?

– Non, il n'est pas d'ici, mais je crois que M$^{me}$ de Saint-Laurent a déjà vu des pièces de cet auteur à Paris. Est ce que je me trompe, Julie ? demanda Catherine en s'adressant à son amie.

– M. de La Drévetière était français. Il est mort à Paris au milieu du siècle, répondit Julie. Effectivement, j'ai vu l'*Arlequin sauvage* de même que *Timon le misanthrope* il y a quelques années à Paris. Cet auteur n'est pas aussi connu et aimé que Molière, mais je crois que vous aurez du plaisir à le découvrir.

– Merci, madame de Saint-Laurent. Je vois que vous vous intéressez beaucoup au théâtre, dit M$^{me}$ Simcoe sur un ton qui sembla à Julie empreint de condescendance.

Comme le signal fut donné pour indiquer que la pièce allait commencer dans quelques minutes, M$^{mes}$ Simcoe et Baby allèrent retrouver leur mari après avoir souhaité une bonne soirée à Catherine et à Julie, lesquelles, au bras de leur compagnon respectif, se dirigèrent vers la première rangée, où le prince avait des places réservées. Quand tous les spectateurs eurent gagné leur siège, on entendit les coups retentissants annonçant le début de la pièce. Quelques secondes de silence suivirent la rumeur de l'assistance, puis les premières répliques se firent entendre. Le jeu des comédiens en étonna plusieurs. Le spectacle, qui fut longuement applaudi, combla tous les spectateurs sauf M. Simcoe, qui, après la représentation, ne se priva pas de dire à la ronde qu'il n'aimait pas voir des officiers du 7$^e$ régiment se donner en spectacle en faisant du théâtre. Il affirmait à qui voulait l'entendre qu'il n'avait pas l'intention de revenir au théâtre, au grand désespoir de sa femme, qui cette fois avait trouvé que les comédiens s'étaient merveilleusement tirés d'affaire. Avant de quitter la casemate, M$^{me}$ Simcoe invita le prince Édouard à un bal qu'elle allait donner dans sa nouvelle résidence de la rue Saint-Jean, transmit la même invitation aux Salaberry, mais ignora Julie qui s'était mise en retrait pour ne pas subir ouvertement cet affront et faisait mine de lire le programme de la soirée.

– Nous avons déménagé dans une maison plus grande, avec vue à l'arrière sur les jardins des ursulines. C'est magnifique, expliqua Élisabeth Simcoe au prince et à M. de Salaberry, Catherine ayant rejoint Julie. Nous avons fait enlever la cloison à l'étage et nous disposons maintenant d'une salle de quarante-cinq pieds de longueur, de même que d'une salle de thé et d'une salle de cartes. L'endroit est idéal pour les bals et les concerts. Nous pouvons y accueillir au moins une quarantaine de personnes.

– Et quand ce bal aura-t-il lieu? demanda Louis-Antoine de Salaberry.

– Le 2 mars, c'est un vendredi, dans une quinzaine de jours, répondit M$^{me}$ Simcoe, sous le regard bienveillant de son époux qui avait cessé de maugréer contre les officiers du 7$^e$ régiment. D'ailleurs, je vous ferai parvenir une invitation officielle au courant de la semaine.

– M$^{me}$ de Saint-Laurent et moi nous ferons un plaisir d'assister à votre bal, déclara Édouard, qui voulait montrer à l'épouse du lieutenant-gouverneur du Haut-Canada que son impertinence à l'égard de Julie ne lui avait pas échappé.

– Votre invitation nous touche beaucoup, madame Simcoe, mais notre présence dépendra de l'état de ma femme, laquelle, vous l'aurez deviné, ne peut plus danser comme elle le désirerait, dit Louis-Antoine de Salaberry.

– Je comprends tout à fait, monsieur de Salaberry, mais à défaut de pouvoir danser elle pourra s'asseoir dans notre salon de thé et discuter avec les autres dames. Ce sera tellement charmant de la recevoir.

– Nous verrons, dit Louis-Antoine, qui ne savait comment interpréter le comportement de son interlocutrice envers Julie, qu'elle avait maladroitement exclue.

– Sur ce, madame, je vous salue, et nous nous verrons le 2 mars, conclut Édouard, qui se dirigea vers Julie en grande conversation avec Catherine de Salaberry.

En quittant la casemate, ni Julie, ni le prince, ni les Salaberry ne relevèrent le comportement mesquin de l'épouse du lieutenant-gouverneur. En se couchant ce soir-là, Julie s'étonna de n'éprouver aucun ressentiment à l'égard de M^me Simcoe. Elle se rappela alors les paroles de sa grand-mère Montgenet lorsqu'elle traitait certaines personnes de « petites gens » : « Ce ne sont que de petites gens malgré leur titre, rien que des petites gens. » Elle comprenait maintenant ce que voulait dire cette vieille dame, morte dans son sommeil à soixante-quinze ans. « Grand-mère Mathilde, quelle dame charmante et pleine de sagesse qui ne s'en laissait imposer par personne ! » se dit Julie, le cœur léger.

# 4

# Février 1792 – août 1792
# L'hiver s'éternise, mais le printemps apporte de bonnes nouvelles

*D*urant les mois de janvier et février, plusieurs fois Séverine était sortie avec le soldat La Rose, mais plusieurs fois aussi il lui avait fait faux bond. « La pauvre petite », comme l'appelait M. Beaunoir, se morfondait à l'attendre jusque tard dans la soirée en espérant qu'il arriverait avec une excellente raison pour expliquer son retard. Une fois, à vingt-trois heures trente, il vint frapper à la porte de toutes ses forces comme un détraqué jusqu'à ce que John lui ouvre finalement. Celui-ci le découvrit complètement soûl. Le soldat s'accrochait à la poignée pour garder son équilibre en essayant tant bien que mal d'articuler quelques paroles. Après l'avoir semoncé et lui avoir demandé plusieurs fois ce qu'il venait faire à la résidence du prince Édouard à une heure aussi tardive, John comprit enfin qu'il désirait voir Séverine. John lui demanda de partir, disant ne pas vouloir déranger la femme de chambre, qui dormait à coup sûr. Guillaume La Rose se mit à crier :

– Séverine, Séverine !

John ne savait plus que faire pour qu'il ne réveille pas toute la maisonnée. C'est alors que Séverine se montra, en robe de chambre, les cheveux défaits et les pieds nus, cherchant à comprendre pourquoi Guillaume criait aussi fort. Elle demanda à John de la laisser seule avec le soldat, lorsqu'elle réalisa que Guillaume avait bu et qu'il avait toutes les peines du monde à se tenir correctement sur ses deux jambes. Un fond de café croupissait dans la cafetière sur le poêle encore chaud.

Elle versa le liquide tiède dans une tasse et pria Guillaume d'en boire tout le contenu s'il voulait vraiment lui parler. Il s'exécuta, non sans rechigner et grimacer en buvant le liquide amer.

– Dans ton ivresse, tu as au moins eu la présence d'esprit de te présenter à la porte de service, dit Séverine, qui cachait mal sa déception.

– Je ne voulais pas manquer notre rendez-vous, balbutia Guillaume en essayant de sourire.

– Tu aurais dû le manquer. Je n'en suis plus à un rendez-vous manqué près.

– Est-ce que tu es fâchée après moi ?

– Je ne veux plus te revoir lorsque tu es dans un état pareil. Tu me fais honte.

– Je n'ai rien fait de mal. J'ai pris un verre avec des amis, c'est tout. Tu ne peux pas m'en vouloir pour ça.

– Un verre, tu es certain ? J'ai plutôt l'impression qu'il y a plusieurs bouteilles qui se cachent derrière ce simple verre, corrigea Séverine, qui se demandait sérieusement ce qu'elle faisait avec un homme aussi peu responsable.

– Est-ce que tu m'aimes encore ? demanda naïvement Guillaume, assuré de la réponse positive de son amie.

– Demain, nous parlerons de tout ça, mais pour le moment je crois qu'il est préférable que tu ailles dormir si tu ne veux pas subir des sanctions de la part de tes supérieurs. Ton comportement est honteux et indigne du 7e régiment des fusiliers royaux de Sa Majesté le roi…

– … George III sous le commandement de Son Altesse Royale le prince Édouard d'Angleterre, ânonna le soldat ivre, laissant ensuite retomber sa tête sur la table et commençant aussitôt à ronfler.

– Il est hors de question que tu dormes ici, Guillaume ! dit Séverine, qui n'avait pas le cœur à rire. Il est tard et tu dois rentrer à la casemate.

– Hum, hum…

– Guillaume, réveille-toi. Tu ne peux pas rester ici, c'est impossible, dit Séverine en essayant de ne pas crier et en le brassant aussi fortement qu'elle le pouvait. Guillaume, je t'en prie, réveille-toi.

Le soldat ne réagissait pas. Séverine comprit avec effarement qu'il passerait la nuit dans la cuisine de la résidence du prince, couché sur la table, à ronfler la bouche grande ouverte. Elle réfléchit rapidement tout en séchant les larmes qui coulaient sur ses joues et décida d'aller dormir quelques heures, le temps que ce voyou se remette de sa cuite.

Elle se réveillerait à l'aube et le ferait sortir avant que M. Beaunoir commence à s'affairer à la préparation du déjeuner.

À six heures le lendemain matin, un grognement d'animal attira l'attention d'Hubert Beaunoir. Il pénétra dans la cuisine, qu'il appelait toujours « ma cuisine », et découvrit un individu qui avait empesté ce lieu avec sa transpiration. Le chef entra dans une colère difficile à qualifier, agrippa le jeune homme, qui ouvrit à demi les yeux, et lui ordonna de se réveiller immédiatement sinon il le jetterait dehors dans la neige tel un chien galeux. Guillaume ne reconnut pas tout de suite M. Beaunoir, qu'il avait déjà rencontré au marché. Il réussit à se tenir debout, et c'est alors seulement que le chef reconnut le soldat La Rose.

– Holà ! soldat, ma cuisine n'est pas un endroit pour venir cuver son vin, nom de Dieu de nom de Dieu ! Qui vous a fait entrer dans cette résidence ? Que faites-vous chez le prince Édouard, votre commandant ? Qu'est-ce que vous faites dans ma cuisine, citrouille vermeille ? tempêta Hubert Beaunoir.

– « Citrouille vermeille », ça c'est tout un juron pour un cuisinier, dit Guillaume en éclatant de rire, ce qui horripila son interlocuteur.

– Espèce de... macaque véreux ! Je vous interdis de vous moquer de l'honnête homme que je suis et, de plus, je vous demande de sortir d'ici aussitôt que vous aurez répondu à mes questions.

– J'ignore qui m'a fait entrer dans la maison. Je ne sais pas ce que je fais ici, dans votre cuisine, et je ne me souviens pas du tout comment je suis arrivé rue Saint-Louis par ce froid de canard. J'ai peut-être eu l'aide de mon ange gardien, dit Guillaume, qui n'était d'humeur qu'à se moquer du cuisinier malgré le terrible mal de tête qui le faisait souffrir.

– J'ai peine à croire que vous ayez un ange gardien qui protège l'ivrogne que vous êtes. Comme il ne sortira rien de bon de vous, je vous demande de sortir sur-le-champ et ne revenez plus jamais, le somma Hubert Beaunoir qui, en ouvrant la porte, reçut une rafale de vent en plein visage.

Au même moment, Séverine se présenta à la cuisine dans le but de réveiller Guillaume, mais elle se heurta à la colère de M. Beaunoir, qui poussait vivement hors de la maison le soldat pendant que celui-ci lui vociférait des injures. Elle s'assit et se mit à pleurer si fort qu'Hubert Beaunoir en fut bouleversé.

– Comment puis-je approuver vos relations avec un tel homme, ma pauvre petite, comment le pourrais-je ? demanda-t-il à Séverine tout en essayant de la réconforter.

– Il est si gentil quand il le veut, réussit à dire Séverine, toujours en pleurs, qui se mouchait bruyamment.

– J'ai bien peur qu'il vous faille prendre une grave décision dans les prochains jours.

– A-t-il parlé de moi avant de partir ?

– Pas du tout. Il ne savait pas ce qu'il faisait dans la résidence du prince Édouard. Il ne se souvenait de rien et n'a pu répondre à aucune de mes questions.

– Il rentrera comment à sa casemate ?

– À pied, à pied ! Ça le dégrisera et le fera peut-être réfléchir, répondit Hubert Beaunoir, qui ne comprenait pas pourquoi Séverine lui manifestait encore autant d'égards.

– Il fait très froid, vous savez, monsieur Beaunoir.

– Cessez de protéger cet ignoble personnage, et surtout arrêtez de vous faire du souci pour un homme qui ne vous mérite pas, c'est moi qui vous le dis.

– Je crois que je vais retourner dans ma chambre. J'ai besoin de faire le point.

– C'est une bonne idée, ma petite Séverine. Revenez dans une heure. Un bon déjeuner vous attendra, parole de chef, déclara Hubert Beaunoir qui s'était quelque peu calmé devant le désarroi de la jeune fille.

Séverine se recroquevilla dans son lit et ferma les yeux, mais ce n'était pas pour dormir, c'était pour essayer de voir plus clair dans sa vie. Elle constatait que M. Beaunoir avait eu raison de la mettre en garde contre Guillaume, qui ne se souciait pas vraiment d'elle et ne réussissait qu'à lui nuire lorsqu'il se comportait comme il l'avait fait cette nuit. « Comment envisager l'avenir avec cet homme ? » se demanda-t-elle. Elle pensait à leur seule nuit d'amour, qui aurait peut-être de graves conséquences. « S'il ne se passe rien dans trois jours, je serai contrainte d'en parler à M<sup>me</sup> de Saint-Laurent. Qu'est-ce que j'ai fait, mon Dieu, qu'est-ce que j'ai fait ? » se répétait-elle sans arrêt comme un leitmotiv qui la fit doucement sombrer dans le sommeil.

Attablé devant une tasse de café fort, Hubert Beaunoir se demandait s'il n'avait pas été trop dur avec cette petite si bonne et si naïve qui ne voulait rien voir du véritable soldat La Rose. Il enfila son tablier et prépara une de ces épaisses omelettes au lard tant prisées par le prince.

Cinq jours plus tard, comme Séverine était toujours sans nouvelles de Guillaume, elle décida de parler à sa maîtresse dès le lendemain matin. Elle ne pouvait plus garder un tel secret. En sortant du lit, elle se soulageait sur son pot de chambre lorsqu'elle réalisa qu'un liquide rouge foncé se mêlait à son urine, puis elle ressentit une douleur aiguë au ventre. Elle espérait ce moment depuis bientôt deux semaines. La joie qu'elle éprouva fut telle qu'elle se sentit coupable d'être si heureuse de ne pas se trouver enceinte, bien que les derniers jours de février aient été si cauchemardesques pour elle.

Le 2 mars, comme prévu, Édouard se rendit au bal de M$^{me}$ Simcoe. Julie ne l'accompagna pas, refusant, malgré son insistance, de se montrer chez le lieutenant-gouverneur et de subir le mépris de M$^{me}$ Simcoe. Édouard, contrarié par cette affaire, espéra trouver au bal quelques-uns de ses officiers pour dissiper sa mauvaise humeur. Il était certain de ne pas y rencontrer les Salaberry puisqu'il avait appris que Louis-Antoine souffrait d'une vilaine grippe. Il lui avait d'ailleurs écrit la veille pour lui souhaiter un prompt rétablissement et lui annoncer sa visite, aussitôt que les chemins seraient praticables.

Vers les huit heures, John vint prévenir Julie que Charles Jouve l'attendait dans le petit salon. Le cœur de Julie se mit à battre et, spontanément, elle alla vérifier sa tenue dans le miroir de sa coiffeuse. « Mais, qu'est-ce qui m'arrive ? s'étonna-t-elle. Ce n'est que mon professeur de musique après tout. » Elle ne le fit pas attendre très longtemps et demanda à John de faire préparer du café. Charles Jouve était debout devant la fenêtre, admirant le château Saint-Louis, qui était entièrement illuminé. Lorsqu'il l'entendit venir, il se tourna et ne put réprimer ses paroles d'admiration :

– Madame, vous êtes plus belle encore que la dernière fois que je vous ai vue.

– Bonsoir, monsieur Jouve, l'accueillit Julie en souriant.

Elle lui offrit sa main, qu'il emprisonna dans les siennes et baisa tendrement. Julie eut du mal à cacher les frémissements de son cœur. Elle aperçut un énorme étui noir couché sur l'épais tapis rouge et or apporté de Gibraltar.

– Mais, monsieur Jouve, qu'y a-t-il dans cet étui ?

– Votre violoncelle, chère madame.

– Comme j'étais sans nouvelles de vous, j'ai cru que je ne vous reverrais pas de sitôt et que vous n'aviez pu vous procurer le violoncelle dont vous m'aviez parlé.

– C'est mal me connaître, madame, dit Charles Jouve avec une certaine tristesse dans la voix tout en libérant l'instrument de son étui noir.

Julie ne put retenir un cri d'admiration et d'étonnement en voyant le magnifique violoncelle.

– C'est vrai, je ne vous connais pas, constata-t-elle.

– Lorsque j'ai reçu votre lettre au mois de janvier dernier, dans laquelle vous me donniez votre accord, je me suis tout de suite rendu à Boucherville, où habite Joseph Quesnel, qui est négociant en plus d'être compositeur.

– Vous avez fait toutes ces démarches pour moi !

– Je me devais de vous trouver un instrument en parfait état. Ce violoncelle a été vérifié par M. Quesnel lui-même.

– Quel est le prix de ce magnifique instrument ?

– Le prix indiqué dans ma lettre. Il n'a pas changé.

– Attendez-moi, je reviens tout de suite, monsieur Jouve.

Julie s'absenta quelques minutes et revint avec la somme de quatre-vingts livres dans une pochette de velours noir. Son professeur était en train de jouer le morceau qui les avait tant charmés, Édouard et elle, le soir de l'anniversaire du prince. Maintenant, Charles Jouve le jouait uniquement pour Julie, en l'honneur de qui il l'avait d'ailleurs composé. Elle s'était assise et l'écoutait religieusement. Il lui sembla deviner ce qui se cachait derrière cette musique. « Se peut-il que Charles éprouve des sentiments d'une telle intensité à mon égard ? » se demanda-t-elle, un peu honteuse. M. Jouve laissa la dernière note s'étirer longtemps, puis il regarda intensément Julie.

– Cette musique est tellement belle, crut-elle bon de dire, encore sous le charme de l'interprétation magistrale de Charles Jouve.

– Quand je joue du violoncelle, j'ai l'impression de prendre une femme dans mes bras, lui chuchota-t-il.

– C'est un instrument exceptionnel, ajouta Julie, que les propos de son professeur rendaient mal à l'aise.

– Approchez-vous, madame de Saint-Laurent, l'invita-t-il, touchez ce bois soigneusement choisi par le luthier, d'une très grande richesse sous le verni si doux.

– Quelle sorte de bois a été utilisé ?

– Différents bois. Les côtés et le dos sont faits d'érable plein ondulé, la table d'harmonie, en épinette allemande, mais la touche et les chevilles sont en ébène. Admirez le travail du luthier, les courbures des deux ouïes en forme de S, de véritables arabesques, continuait-il en caressant l'instrument.

Une telle sensualité se dégageait des longues mains fines qui se promenaient lentement sur le violoncelle que Julie ne put s'empêcher de penser qu'un artiste aussi passionné devait caresser le corps d'une femme avec autant d'attention. Ses pensées la firent frémir, elle sentit ses joues rougir. Elle se leva et demanda à son professeur s'il lui avait apporté des partitions.

M. Jouve sembla revenir à lui et attrapa une petite valise de cuir d'où il sortit des cahiers et des feuilles.

– Vous savez que Bach a composé six suites pour violoncelle uniquement, dit-il en lui montrant les partitions. J'ai apporté également quelques concertos de Vivaldi, qui en a écrit plusieurs. Il a même écrit un concerto pour deux violoncelles en *sol* mineur. Nous pourrions le jouer ensemble, qu'en dites-vous ?

– Oui, en effet, ce pourrait être intéressant, répondit Julie, pas du tout convaincue que cette idée lui plaisait particulièrement.

– Il y a également le très beau concerto pour violoncelle en *si* bémol majeur de Boccherini, dont j'ai copié la partition chez mon ami Quesnel.

– Il faudrait commencer par le commencement, vous ne trouvez pas, monsieur Jouve ? l'arrêta Julie, affolée. Je n'ai jamais joué d'un tel instrument, comment pourrais-je interpréter ces grands compositeurs ?

– Je vous sens terrifiée, madame. Ne soyez pas aussi bouleversée. Vous pourrez aborder les grands compositeurs dans un an, peut-être deux. Nous pouvons nous permettre de rêver, mais d'ici là, nous avons beaucoup de travail à faire.

– Dans un an, peut-être deux, monsieur Jouve, le prince et moi ne serons peut-être plus à Québec.

– Que me dites-vous là ? C'est impossible, dit Charles Jouve le plus spontanément du monde. Que ferais-je à Québec sans vous ? Je n'ose même pas y penser.

– Je n'en sais rien mais, avec le roi George III, il faut s'attendre à tout.

– Le prince n'a-t-il pas son mot à dire dans le choix des destinations ?

– Le prince Édouard ne peut aller à l'encontre des décisions du roi. C'est loin d'être aussi facile que vous le supposez.

Ce que Julie révélait à Charles Jouve était tout à fait vrai, mais elle refusa de lui mentionner qu'Édouard espérait retourner en Angleterre. L'exil lui pesait et le climat rigoureux du Canada lui était intolérable, même s'il n'en parlait jamais à ses amis.

– Dans quelques mois alors, consentit M. Jouve, désemparé par ce qu'il venait d'entendre. Vous êtes si talentueuse, chère madame.

– Il faut nous mettre à l'ouvrage dès maintenant. Qu'en dites-vous ?

– En France, j'ai assisté à de nombreux concerts extraordinaires de viole de gambe où les musiciens interprétaient des pièces de Sainte-Colombe, de Marin Marais, de Louis de Caix d'Hervelois et des Forqueray, père et fils.

– J'ai assisté moi aussi à un concert de viole de gambe lorsque j'avais sept ou huit ans. Ma mère nous avait amenées, ma sœur Jeanne Béatrix et moi, à un concert qui m'a laissé un très bon souvenir, mais pourquoi me parlez-vous de la viole puisque c'est le violoncelle qui m'intéresse ?

– Parce que la viole est l'ancêtre du violoncelle. Vous souvenez-vous de la célèbre guerre des Bouffons, dont je vous ai parlé il y a quelque temps ?

– Oui, très bien. C'était une querelle entre partisans de deux styles d'opéras français et italiens.

– Un certain abbé Hubert Le Blanc a publié un pamphlet, il y a une cinquantaine d'années à peu près, vers 1738 ou 1740, qui s'intitulait, écoutez bien cela, *Défense de la viole contre les entreprises du violon et les prétentions du violoncelle*. Parce que, un peu avant la guerre des Bouffons, il y eut la querelle entre les violistes et les violonistes, qui opposait encore les Français et les Italiens. Beaucoup de pamphlets ont été écrits, mais les critiques les plus virulentes sont venues de cet abbé Le Blanc. Selon lui, le violoncelle est un misérable cancre représentant le diable, rien de moins.

– Eh bien ! attaquons le diable, monsieur Jouve, lança Julie en riant.

L'élève et le professeur rirent de bon cœur comme deux personnes qui auraient fait un coup pendable sans faire naître le moindre soupçon. Charles Jouve présenta le violoncelle à Julie, qui l'installa entre ses genoux.

– Piquez-le bien. Cet instrument, qui est quatre fois plus gros que le violon, ne doit pas bouger. Vous devez être très à l'aise pour bien jouer, vous devez faire corps avec votre violoncelle, expliquait Charles Jouve en plaçant les bras et les mains de son élève. Ouvrez vos bras, ils sont trop près de votre corps. Il ne faut pas approcher le violoncelle comme on approche la harpe, madame. Souvenez-vous de cela.

– Est-ce que je dois cesser de jouer de la harpe ? demanda Julie, inquiète.

– Pas du tout. Lorsque vous aurez apprivoisé le violoncelle, vous ferez vraiment la différence entre les deux instruments.
– C'est uniquement une question de temps.
– Voyez les courbes de la tête juste au-dessus du chevillier. N'est-ce pas admirable ?
– Vous êtes un poète en plus d'être un musicien, le taquina Julie.
– L'un ne va pas sans l'autre, madame.

Julie apprit vite les rudiments du violoncelle. Elle aimait l'instrument et le son chaleureux qu'il produisait l'émerveillait. Au bout de quelques semaines, elle put jouer les suites pour violoncelle seul de Jean-Sébastien Bach. M. Jouve était enchanté des progrès de son élève. Leurs rencontres musicales durent cependant être interrompues pendant les quelques jours que dura l'installation de Julie et du prince Édouard dans leur résidence louée au gouverneur Haldimand à Montmorency. Même si tous les meubles du gouverneur étaient restés dans le manoir, Julie dut compléter l'ameublement et acheter des tapis et des rideaux plus appropriés. Après le décès du juge Mabane, les meubles de sa maison de campagne de Woodfield ainsi que des calèches, des carrioles et des vins de Madère, de Bordeaux et de Porto furent mis en vente. Édouard et Julie choisirent certains meubles précieux, une calèche et plusieurs bouteilles de vin et améliorèrent ainsi le confort de leur charmante résidence d'été.

Dès la deuxième semaine du mois d'avril, Julie avait terminé l'aménagement et le couple invita les Salaberry, le curé de Québec, M. Augustin David Hubert, ami intime du prince, les lieutenants-gouverneurs Clarke et Simcoe avec leurs épouses, l'aumônier du régiment du prince, M. Wetherall, ainsi que son frère, le capitaine Wetherall, à un souper qui se voulait amical. Les convives furent enchantés par la beauté des lieux, Même M$^{me}$ Simcoe félicita l'hôtesse pour son goût des plus raffinés en matière de meubles. Julie fut polie et souriante avec elle, sans jamais laisser entrevoir la moindre animosité envers cette femme qui n'avait montré qu'indifférence et condescendance à son égard. Il faisait frisquet en ce début de soirée d'avril, mais tous manifestèrent le désir de sortir sur le balcon surplombant la chute. Même s'il était difficile de converser en raison du bruit de l'eau, les invités se laissèrent charmer par le spectacle majestueux qui s'offrait à eux en dégustant un verre de vin. À dix-neuf heures, on annonça le souper. Les invités s'avancèrent vers la grande salle à manger, où deux serviteurs leur indiquèrent leur place. M. Beaunoir avait investi tout son savoir-faire, avec la complicité de Julie, dans l'élaboration du menu. Les convives se régalèrent de potages aux légumes finement coupés et parfumés aux herbes aromatiques, de bœuf en croûte, de poulet en sauce, de pâtés de perdrix, de légumes au beurre, le tout arrosé des meilleurs vins de Bordeaux. Suivirent les crêpes au sirop d'érable nappées de crème fraîche que le prince Édouard aimait tant et l'excellent gâteau aux fruits confits dont Hubert Beaunoir taisait toujours la recette. M$^{me}$ de Salaberry n'en avait jamais mangé d'aussi bon, affirma-t-elle. Même le sien ne pouvait supporter la comparaison. Quand tout le monde fut repu, on servit le café, le thé et le cognac dans le salon. On discuta de tout et de rien, mais rapidement les hommes se mirent à parler des élections qui approchaient à grands pas.

– C'est un jour historique qui s'en vient, déclara Alured Clarke, celui des premières élections législatives au Canada.

– C'est vrai, dit John Simcoe en faisant tourner son cognac dans son verre,. Les citoyens pourront enfin élire leurs députés, leur propre Parlement.

– Attention ! répliqua Louis de Salaberry, il ne faut pas oublier que la Chambre d'assemblée ne pourra que suggérer des lois au Conseil législatif. En fait, elle n'a guère de pouvoirs.

– Vous avez raison, mon cher Salaberry, le Conseil exécutif n'aura pas de comptes à rendre à l'Assemblée législative, précisa le prince Édouard.

– Avant qu'une loi votée par le Conseil législatif ou la Chambre d'assemblée entre en vigueur, elle doit obligatoirement recevoir l'approbation du roi, poursuivit Alured Clarke, et je suis tout à fait d'accord avec cette façon de faire.

– Et le lieutenant-gouverneur n'est pas élu, il est toujours nommé par Londres, dit John Simcoe.

– De même que le Conseil exécutif, qui continuera d'être nommé par Londres, ajouta le curé de Québec, M. Hubert, que le lieutenant-gouverneur Clarke regarda d'un air condescendant.

– Nous avons un roi et nous sommes ses fidèles serviteurs, répliqua-t-il en continuant de regarder le curé Hubert, qui affronta son regard sans sourciller.

– Je me demande sérieusement si, dans ces conditions, l'Acte constitutionnel correspond à une vraie démocratie, osa dire Louis de Salaberry d'un air songeur.

Ce commentaire surprit ces messieurs, qui se mirent à parler tous en même temps. Édouard, pris de court, ne savait que faire pour calmer les discussions houleuses qui envenimèrent le débat.

– Mon cher Simcoe, commença le prince pour faire diversion, j'ai l'intention, et j'y pense depuis un certain temps, de me rendre à Kingston au début du mois d'août. Qu'en pensez-vous ?

– C'est une idée, en effet, fut le seul commentaire du lieutenant-gouverneur, quelque peu surpris.

John Simcoe pensait que ce voyage était prématuré, surtout qu'il ne savait pas dans quelles conditions sa famille et lui vivraient à Kingston, ni même si une maison avait été construite pour le lieutenant-gouverneur.

– Par chance, mon mari et moi serons déjà très loin de Québec lorsque les élections auront lieu, déclara M$^{me}$ Simcoe, qui entretenait les dames de son prochain départ pour Kingston, prévu le 8 juin, où son mari assumerait les fonctions de lieutenant-gouverneur du Haut-Canada. Je peux dire que j'ai été très heureuse à Québec. Les soirées d'hiver ont presque toutes été occupées par des bals, des concerts, des soupers, des parties de cartes, du théâtre. Je pars le cœur rempli d'heureux souvenirs.

Vers minuit, quand les invités furent partis, Julie et Édouard retournèrent sur le balcon, bras dessus, bras dessous, sans dire un mot. Avant de rentrer, Édouard serra Julie dans ses bras et l'embrassa passionnément. Ils dormirent paisiblement, et c'est le piaillement continu des oiseaux qui les réveilla, plus tôt que prévu.

– Le pépiement de deux ou trois oiseaux, dit Julie encore sous l'emprise du sommeil, c'est très agréable, mais le piaillement de toute une armée d'oiseaux aux petites heures du matin, c'est difficile à supporter.

– Nous sommes à la campagne, il faudra vous y faire, très chère Julie, déclara Édouard dans un bâillement qui lui décrocha presque la mâchoire. Déjà que dans la rue Saint-Louis ils s'en donnaient à cœur joie, imaginez à Montmorency, où nous sommes seuls au monde. Avec tous ces arbres où construire leurs nids, ils sont dans un décor paradisiaque, vous ne trouvez pas ?

– Vous êtes comme mon professeur de musique, un poète dans l'âme.

– Qu'advient-il de vos cours de musique, chère amie ?

– Avec l'aménagement de la maison et le déménagement, j'ai dû annuler quelques leçons, avec l'approbation de M. Jouve naturellement, mais mes cours de violoncelle reprennent la semaine prochaine. Dorénavant, mon professeur viendra à Montmorency me donner un cours d'une durée de deux heures.

– J'aimerais vous entendre, si vous le voulez bien.
– Ce soir, après le dîner, je vous jouerai quelques suites de Bach.

Le mercredi suivant, Charles Jouve arriva sur le coup de quatorze heures après avoir parcouru les six milles séparant Québec de Montmorency. Il fut émerveillé par le site enchanteur de la résidence de Montmorency, que le soleil enveloppait de ses puissants rayons. Après un si rude hiver, la nature consentait enfin à sortir de sa longue léthargie, au grand plaisir des habitants du Bas-Canada. Julie vint à la rencontre de son professeur pour profiter de la chaleur du soleil, dont elle se protégeait avec son ombrelle. En la voyant, Charles ne pensa qu'à accélérer la cadence de son cheval pour courir vers elle, mais il retint ses ardeurs pour ne pas déplaire à son élève, si merveilleuse dans sa robe jaune clair et sous son ombrelle blanche. Il descendit de son cheval en sueur, l'ayant fait galoper sans arrêt pour arriver à l'heure.

– Bienvenue à Montmorency, monsieur Jouve. J'espère que la chevauchée ne fut pas trop pénible depuis Québec.

– Au contraire, chère madame, cela m'a permis de découvrir la campagne des alentours de Québec, que je ne connaissais pas, malheureusement, déclara Charles d'un air qui se voulait insouciant alors qu'il brûlait d'envie de prendre Julie dans ses bras.

– J'ai fait préparer du thé pour vous détendre un peu.

– Merci, c'est une excellente idée. Je dois me reposer un peu avant de commencer le cours.

Julie et Charles Jouve s'installèrent sur la grande galerie, où le soleil était le plus chaud. Ils s'assirent dans de confortables fauteuils de rotin et admirèrent en silence la vue impressionnante du fleuve Saint-Laurent et de l'île d'Orléans pendant qu'un serviteur apportait une théière, deux tasses et deux soucoupes sur un plateau en argent. Ce dernier s'apprêtait à verser le liquide chaud quand Julie le remercia en lui disant qu'elle ferait le service elle-même. Le serviteur retourna à l'intérieur du manoir et Julie versa le thé, noir pour M. Jouve, avec un soupçon de citron pour elle.

– Je présume que vous n'avez guère eu le temps de consacrer ne serait-ce que quelques minutes à la pratique du violoncelle, avança M. Jouve avant de déguster sa première gorgée de thé.

– Vous avez tort, bien que je me sois peu exercée, mais pas plus tard que vendredi soir dernier j'ai joué pour le prince à sa demande, l'informa Julie, qui soufflait sur son thé pour le refroidir.

– C'est très bien, chère madame, et qu'avez-vous joué ?

— Deux suites de Bach, répondit-elle avec une certaine fierté dans la voix.

— Je vous félicite, et, si je puis me permettre, quelle a été la réaction de Son Altesse Royale ?

— Sa réaction fut assez bonne, pour ne pas dire excellente. Il m'a même dit, et je le cite : « Ma chère Julie, vous êtes chanceuse d'avoir un professeur de la trempe de Charles Jouve. » Voilà.

— Je dirais plutôt, sans vouloir offenser le prince, que je suis chanceux d'avoir une élève aussi talentueuse que vous, chère madame de Saint-Laurent.

— Il est certain que si nous avons un point en commun, c'est que tous les deux nous aimons passionnément la musique.

— Voilà qui est bien dit, et, sur cette note gracieusement improvisée, si vous le voulez bien, nous pouvons maintenant commencer notre cours, déclara M. Jouve, qui se dépêcha de boire sa dernière gorgée de thé.

— Suivez-moi dans la petite chambre de musique, l'invita Julie, qui se dirigeait déjà vers la porte d'entrée.

Dans la pièce où Julie avait placé sa harpe, sa flûte, son violoncelle, son lutrin et ses partitions, pièce qu'Édouard avait joliment surnommée la petite chambre de musique, Julie attaqua immédiatement une suite pour violoncelle de Bach afin de montrer à son professeur qu'elle était une bonne élève et qu'elle désirait plus que tout devenir une excellente violoncelliste. Même si Charles, le regard accroché au paysage époustouflant de l'autre côté de la large fenêtre, semblait perdu dans ses pensées, il écoutait attentivement son élève. Aucun geste, aucune note ne lui échappaient et il ne put que constater que la belle M$^{me}$ de Saint-Laurent avait une âme de musicienne accomplie lorsqu'elle termina la sixième suite de Jean-Sébastien Bach.

— Bientôt, vous n'aurez plus besoin de moi, avoua-t-il avec tristesse. Je le regrette, croyez-moi.

— Je crois surtout que vous exagérez, monsieur Jouve. L'élève que je suis ne peut pour le moment se passer de son professeur et, quoi que vous disiez, j'aurai toujours besoin de vous parce que j'aurai toujours besoin d'un ami.

Au lieu de rassurer Charles Jouve, cette phrase de Julie l'attrista davantage. Depuis qu'il était à Québec, aucune autre femme n'avait retenu son attention. Il n'en désirait qu'une, la plus intelligente, la plus talentueuse, la seule hélas ! qui ne voulait de lui qu'à titre d'ami, la belle Julie de Saint-Laurent, qui le rendait fou d'amour et de désir.

– J'ai apporté d'autres partitions, des concertos de Vivaldi, entre autres celui en *sol* mineur pour deux violoncelles, dont je vous ai déjà parlé. Je crois que vous êtes prête. Vous pouvez commencer à le répéter et la semaine prochaine, ou la suivante, nous le jouerons ensemble. Êtes-vous intéressée, chère madame ?

– Naturellement que je le suis, mais n'oubliez pas que je suis loin d'être de votre niveau.

– Tout ce que je vous demande, c'est de vous faire confiance. Maintenant, assez de tergiversations, je voudrais que vous repreniez la dernière suite de Bach que vous venez d'interpréter. Il y a quelques modifications à votre interprétation que je désire vous suggérer.

Julie se remit à jouer sans plus tarder. Elle écouta attentivement les recommandations de son professeur et essaya de corriger certains passages où son rythme était trop lent. Le reste de l'après-midi se déroula ainsi, maître et élève s'abandonnant aux émotions vives que seule la musique peut procurer. À dix-huit heures, Charles Jouve quitta le manoir, non sans avoir au préalable fortement conseillé à Julie de s'exercer au moins une heure par jour, préférablement deux. Il lui serra la main en ne la quittant pas des yeux, monta rapidement sur son cheval et partit au galop sans se retourner ni faire un signe de la main.

Julie revint vite à l'intérieur. Le fond de l'air était trop frisquet pour que l'on s'attarde dehors. Elle rencontra alors Séverine, qu'elle n'avait pas vue de la journée.

– Tu me sembles bien triste, Séverine. Qu'as-tu fait aujourd'hui ?

– J'ai aidé M. Beaunoir à préparer son jardin.

– La journée se prêtait admirablement à ce genre d'activité, n'est-ce pas ?

– Oui, c'est vrai, et M. Beaunoir a semé plein de légumes, pois, carottes, betteraves, pommes de terre et navets, mais pour les haricots, les oignons, les choux et le maïs, on doit attendre que tout risque de gel soit écarté, sinon ce serait la catastrophe.

– Est-ce que M. Beaunoir s'est montré gentil à ton égard ?

– Je l'aime beaucoup, M. Beaunoir. Il est toujours si gentil avec moi.

– As-tu eu des nouvelles du soldat La Rose ?

– Maintenant que je suis à Montmorency, je ne crois plus que j'aurai de ses nouvelles, avoua Séverine en éclatant en sanglots.

– Nous ne sommes pas au bout du monde, Séverine, ne pleure pas. Nous ne sommes qu'à six milles de Québec. Même M. Jouve accepte de faire la chevauchée pour me permettre de poursuivre mes cours de violoncelle.

– M. Jouve est amoureux de vous, madame, alors que Guillaume La Rose ne l'est pas de moi.

– Que dis-tu là, Séverine ? Pourquoi inventes-tu des ragots pareils ?

– Je n'invente rien, madame, et ce ne sont pas des ragots. Jamais je ne chercherais à vous offenser ou à vous nuire, mais il faut bien se rendre à l'évidence, votre professeur vous regarde comme un homme amoureux regarde une femme. C'est de cette façon que j'aimerais que Guillaume me regarde.

– Tu as peut-être raison, mais moi, c'est le prince Édouard que j'aime.

– Je sais que vous l'aimez, le prince, et je sais que le prince vous aime, mais je comprends que M. Jouve vous aime aussi. Vous êtes si belle et si gentille. Et je sais qu'il souffre d'amour parce que je souffre du même mal que lui.

– Il va revenir, ton soldat. Il suffit d'être patiente.

– Je sais qu'il ne reviendra plus, madame.

– Pourquoi ?

– Parce qu'il s'amuse avec des filles de mauvaise vie à Québec.

– Qu'est-ce que tu racontes, pour l'amour de Dieu ?

– C'est vrai, madame. C'est M. Beaunoir qui me l'a dit. Il l'a vu pas plus tard que la semaine dernière en train de boire dans une taverne avec d'autres soldats et des femmes de mauvaise vie.

– Qu'est-ce qui te dit que c'étaient des prostituées ?

– C'est ce que j'ai demandé à M. Beaunoir et il m'a répondu qu'on ne se trompait jamais avec ce genre de femme.

– Ma pauvre Séverine, la vie est drôlement faite, tu ne trouves pas ?

Sur ce, les deux femmes se turent. Séverine n'avait plus rien à dire tellement sa peine était grande et Julie réfléchissait à cette étrange vie qui était la sienne.

Ce matin-là, en pénétrant dans la casemate près de la porte Saint-Louis, le prince Édouard piqua une colère mémorable. Il était furieux et cette fois-ci il irait au bout de l'affaire, il retrouverait coûte que coûte le soldat fautif, il mettrait un terme à cette plaie qu'était devenue la désertion. Plusieurs soldats s'étaient évadés sans qu'on les retrouve jamais, mais il ferait un exemple avec le soldat Guillaume La Rose, qui s'était évadé en pleine nuit, afin d'arrêter cette épidémie. Il demanda à ses officiers d'organiser les recherches sans plus tarder. Le prince lui-même y participa avec ses hommes. Après avoir fouillé les environs de Québec sans succès, ils s'aventurèrent vers Montréal et, quelques jours plus tard, on découvrit le jeune soldat à Pointe-aux-Trembles ; il finissait de dîner chez des gens qui l'avaient accueilli le temps d'un repas. Lorsque le prince entra dans la maison, Guillaume La Rose ne leva même pas la tête et continua de manger. Les yeux pleins de colère, le prince se planta en face de lui, puis La Rose se dressa et l'affronta de son regard mauvais.

– Sire, vous êtes chanceux que je sois sans arme, car je prends le ciel à témoin que, si j'avais un pistolet, je vous flamberais la cervelle.

– Soldat Guillaume La Rose, au nom de Sa Majesté George III, je vous arrête pour insubordination et tentative d'évasion.

Édouard ordonna à deux de ses soldats de l'amener à l'extérieur. Ils lui lièrent les mains et les pieds et l'installèrent dans une charrette qui reprit la direction de Québec. Cinq jours plus tard, le soldat rebelle comparut devant une cour martiale, qui le condamna à neuf cent quatre-vingt-dix-neuf coups de fouet, le maximum prévu par le code militaire anglais.

François Bonniot, mis au courant par Draper de la sentence de La Rose, réussit avec la complicité de son ami à pénétrer sur le terrain des exercices militaires où elle serait exécutée. Il observait le prince Édouard, dont le visage semblait afficher un certain contentement. Quant au comportement du jeune soldat puni, il fut exemplaire, selon Bonniot. Par bravade, La Rose reçu son châtiment sans un cri, sans une larme, à croire que la douleur ne l'atteignait pas. Après l'horrible séance, son corps ensanglanté et lacéré ne lui arracha aucune plainte. Même s'il avait de la difficulté à se tenir debout, il refusa l'aide qu'un soldat lui proposa pour remettre sa chemise. Édouard demeura assis sans broncher, fixant La Rose. Ce dernier, de peine et de misère, s'approcha du prince et cria fièrement en se frappant le front de son poing :

– C'est du plomb, monseigneur, et non le fouet qu'il faut pour dompter un soldat comme moi.

En entendant cette algarade, Bonniot se dit que ce soldat était trop orgueilleux pour se soumettre à la discipline militaire et qu'il pourrait sûrement l'aider dans l'exécution du projet qu'il mûrissait depuis quelques mois et qu'il lui tardait à réaliser.

C'est Julie qui eut la pénible tâche d'informer Séverine de cette tragédie ; elle évita toutefois de lui mentionner le nombre exact de coups de fouet que le soldat La Rose avait reçus.

– Quand on s'évade, c'est qu'on n'a pas l'intention de revenir, n'est-ce pas, madame ?
– Je crois… qu'il y a du vrai dans ce que tu dis.
– Il est parti sans même me prévenir, sans même me dire adieu.
– Parce que tu aurais tout fait pour l'empêcher de s'évader, ma chère Séverine.
– Je serais peut-être partie avec lui.
– Mais… ce n'est pas ce qui s'est passé, heureusement, et je ne crois pas que ton ami Guillaume aurait accepté de te faire courir de si grands risques.
– Il ne m'a jamais aimée.
– Je ne pense pas que ce soit seulement une question d'amour.
– Qu'est-ce que c'est, alors ?
– La vie de soldat n'en est pas une de tout repos. Ils ont très peu de temps libres et, lorsqu'ils en ont, ils se réfugient pour la plupart dans les tavernes avec d'autres soldats ou avec des filles de mœurs légères. Comment leur en vouloir ?
– Est-ce que je suis une fille de mœurs légères parce que j'ai couché avec Guillaume ?
– Non, bien sûr que non ! Ne te rabaisse pas comme ça ! Tu étais amoureuse et l'amour nous fait hélas ! succomber à beaucoup de choses.
– Nous aurions pu nous marier.
– Les soldats ne veulent pas se marier, Séverine. D'abord, les régiments se déplacent souvent. Ensuite, les soldats doivent demander une permission spéciale qui n'est pas facile à obtenir parce qu'ils doivent démontrer une conduite irréprochable, ce qui, tu en conviendras toi-même, n'est pas le cas de ton pauvre ami Guillaume. Les soldats qui se marient le font souvent lorsqu'ils ne sont plus très jeunes.
– Je n'ai jamais eu beaucoup de chance avec les hommes.
– Tu es encore jeune et, crois-moi, l'amour se présentera au moment où tu ne t'y attendras pas du tout.
– Je n'y crois plus.
– Sois patiente, Séverine.

La chaleur s'installa pour de bon au mois de mai, au grand soulagement de Julie. Les routes étaient redevenues carrossables et plusieurs fois par semaine elle se rendait chez son amie Catherine, à Beauport, pour coudre, faire de la broderie ou tout simplement pour prendre le thé. Les enfants s'amusaient sous l'œil aimant de leur mère, qui, enceinte de sept mois, avait de la difficulté à se déplacer sans se plaindre de maux de dos ou de jambes. Julie plaçait de gros coussins dans son dos pour la soulager ou l'aidait à faire quelques pas dans le jardin lorsqu'elle voulait se dégourdir les jambes. Bras dessus, bras dessous, elles marchaient d'un pas de tortue. Cette grossesse rapprochait les deux amies. Julie avait fait promettre à Catherine de la prévenir aussitôt que l'enfant naîtrait. Elle voulait venir la journée même admirer la petite fille ou le petit garçon dont elle serait la marraine, un honneur qu'elle considérait comme le plus grand qu'on lui ait jamais accordé de toute sa vie et qui lui inspirait une fierté et une reconnaissance immenses.

Catherine et Julie se reposèrent sur un banc dans le jardin, où les lilas et les pivoines embaumaient l'air d'un parfum enivrant.

– Je suis fatiguée, dit Catherine. Cette grossesse a été une de mes plus pénibles. Je n'ai plus vingt ans et je le ressens dans mon corps. À vous, ma très chère amie, je peux bien le dire.

– Vous pouvez être assurée que tout ce que vous me confiez restera entre nous. Cela dit, vous êtes loin d'être vieille. Votre grossesse vous fatigue beaucoup, c'est certain, mais lorsque vous aurez accouché vous oublierez tout, n'est-ce pas ?

– Puisse Dieu vous entendre.

– Je vous assure qu'il vous entend. Comptez-vous chanceuse d'avoir tous ces beaux enfants.

– Ne désespérez pas, Julie, vous êtes jeune et votre tour viendra. Il faut faire confiance à la nature.

– Je voudrais tellement offrir ce bonheur à Édouard, que j'aime plus que tout au monde.

– Soyez patiente. Vous aussi vous enfanterez, croyez-moi.

– Puissiez-vous dire vrai, ma chère amie.

– Comment va-t-il, notre prince ?

– Il va très bien, mais il est occupé à toutes sortes d'activités. D'ailleurs, je n'ai qu'à lire *La Gazette de Québec* pour connaître son emploi du temps, commenta Julie en riant. Dimanche dernier, un gros navire, nommé en son honneur le *Prince Édouard*, a été lancé à Saint-Roch en sa présence. Ce vaisseau a été bâti l'hiver dernier par un certain M. Black. Ensuite, le lendemain, c'est-à-dire le lundi, les membres du Club commémoratif de 1775 et 1776 avaient organisé un dîner anniversaire à la taverne de Franks, auquel assistèrent le prince et les lieutenants-gouverneurs Clarke et Simcoe.

Les deux femmes rirent de bon cœur devant l'énumération des activités du prince, qu'elles n'enviaient d'aucune manière.

– Pauvre Édouard ! Il se soumet à ces rencontres parfois sans grande envie, mais comme c'est un homme de devoir, il est toujours disponible quand on a besoin de lui, ajouta Julie.

– Avec la campagne électorale qui est commencée depuis quelques jours, dit Catherine, il sera encore très sollicité.

– Parlant d'élections, Édouard me disait que les femmes auront le droit de vote. Est-ce que je me trompe ?

– Pas du tout, confirma Catherine. En effet, la loi ne fait pas de distinction de sexe, mais il y a certaines conditions à respecter pour avoir le droit de vote, autant chez les hommes que chez les femmes. Je vous les énumère de mémoire : premièrement, il faut que la personne ait habité ici au moins douze mois avant la date des élections, ensuite, qu'elle soit propriétaire, qu'elle ait au moins vingt et un ans et, enfin, qu'elle n'ait jamais été trouvée coupable de trahison. J'en oublie une, il me semble. Quelle est donc cette dernière condition ? Comme je suis bête ! Naturellement, c'est qu'elle soit sujet britannique de naissance ou à la suite de la Conquête.

– Comme je ne remplis que deux de ces conditions, celles concernant l'âge des électeurs et la trahison, je peux vous confirmer tout de suite que je ne pourrai voter pour notre bon ami Louis-Antoine, et cela me cause beaucoup de chagrin, déclara solennellement Julie, sous les rires de Catherine.

– J'aime votre sens de l'humour, chère Julie. Rire me fait du bien, j'en oublie mes maux de dos.

– Je suis heureuse d'entendre cela.

– Vous savez que j'ai déjà retenu l'assistance d'une sage-femme pour mon accouchement.

– Vous ne vous ferez pas accoucher par un médecin ?

– Bien sûr, lorsque le travail commencera, Louis-Antoine ira chercher le médecin. Mais la sage-femme s'installera à la maison quelques jours avant l'accouchement, au cas où il y aurait des problèmes et que le médecin soit occupé ailleurs.

– Est-ce que ce sont des femmes d'expérience ?

– La plupart ont beaucoup d'expérience. Certaines accouchent presque toutes les femmes de la campagne. Croyez-moi, n'est pas sage-femme qui veut.

– Comment cela ?

– Parce qu'elles doivent se soumettre à des examens, l'un devant le curé qui vérifie leur moralité et, surtout, leur aptitude à baptiser l'enfant dans l'extrême nécessité, et l'autre devant le chirurgien du roi. Bien que depuis la fin du Régime français ce second examen soit plus rare, je sais que M$^{me}$ Roberte l'a subi parce qu'elle accouche surtout les femmes de Québec et qu'elle a été formée par la sage-femme que l'on dit « entretenue » par le roi et venue de France expressément pour former d'autres sages-femmes.

– Comment savez-vous tout cela ?

– Quand on a des enfants, on apprend vite à connaître tous les moyens pour accoucher dans les meilleures conditions possibles. Vous verrez quand votre tour viendra, ma chère Julie.

– Il est vrai que je n'ai pas encore eu besoin de recourir aux services d'une sage-femme.

– Les vêtements du bébé sont fin prêts, dit Catherine, qui voulait dissiper la tristesse qu'elle lisait dans le regard de son amie. La robe de baptême a été nettoyée. Même si elle était jaunie par le temps, nous avons réussi à lui redonner sa blancheur d'antan, enfin presque.

– Si je comprends bien, cette robe a déjà servi à six reprises, n'est-ce pas ?

– Et si c'est la volonté de Dieu, elle servira encore une autre fois.

– Vous avez sept enfants, c'est une famille plus que respectable.

– Je ne peux me plaindre. À la campagne, il y a des femmes qui ont dix, douze et même quatorze grossesses en presque autant d'années.

– Oui, mais combien d'enfants meurent en très bas âge ! Et il y a toutes ces mères fatiguées et ces femmes vieillies prématurément.

– Elles travaillent si dur à la ferme, expliqua Catherine. En plus d'entretenir la maison, de s'occuper des enfants et de préparer les repas, elles doivent s'occuper du jardin, du bétail et même aider aux labours et à la récolte du blé. Qui plus est, elles n'ont aucun domestique pour prendre la relève après l'accouchement.

– Avec une vie si difficile, ne font-elles pas à l'occasion des fausses couches ?

– Oui, en effet, il y a beaucoup de fausses couches, mais ici, on ne parle pas de fausse couche, les gens utilisent plutôt le mot *blessure*.

– Une blessure, répéta Julie, comme pour elle-même. Ils ont raison, ces gens, Catherine, c'est réellement une blessure.

Les deux amies se regardèrent intensément. Devinant ce qui se cachait dans les larmes refoulées de Julie, Catherine enveloppa ses mains dans les siennes. Ni l'une ni l'autre ne prononcèrent un mot ; seul le silence pouvait les unir. Au même moment, Charlotte-Amélie, qui avait terminé sa sieste quotidienne, accourut en criant : « Maman !

maman ! » Catherine et Julie accueillirent le petit bout de chou de quatre ans en riant aux éclats. La fillette les imita avec la joie de vivre propre aux jeunes enfants. Julie prit Charlotte-Amélie dans ses bras pour soulager Catherine et l'écouta raconter à sa mère dans les moindres détails le vilain rêve qu'elle avait fait. Dans ce rêve, un ours méchant rôdait autour de la maison, mais son père avait demandé à l'ours de partir parce qu'il faisait peur à sa petite fille.

– Qu'est-ce que l'ours a fait, mon petit ange ? demanda Catherine.
– Il est parti en courant parce qu'il avait peur de mon papa.
– As-tu encore peur de cet ours, maintenant ? s'informa Julie.
– Non, parce que mon papa lui a dit de ne plus me faire du mal.

Julie, Catherine et Charlotte-Amélie marchèrent lentement jusqu'au manoir et cette fois ce n'était pas à cause de la grossesse de Catherine.

On ne parlait que des prochaines élections dans la ville de Québec et les comtés des alentours. Le 7 mai, lorsque les limites des nouvelles circonscriptions furent publiées, certains se demandèrent pourquoi, sur les vingt et un comtés, seulement six portaient un nom français ou amérindien, tous les autres ayant un nom anglais. Comme les Canadiens étaient supérieurs en nombre, plusieurs Anglais croyaient que la Chambre d'assemblée risquait de n'être composée que de députés de langue française. Le journal *Quebec Herald* n'avait-il pas, sous la plume de « John Bull », sonné l'alarme : « Avez-vous jamais pensé, lorsque vous demandiez une Chambre d'assemblée, qu'il y a dans la province dix-neuf Canadiens à être représentés contre un Anglais ? Ne voyez-vous pas que dans ces conditions il y a cinquante contre un à parier que les Canadiens n'éliront pas un seul Anglais ? Avez-vous pris en considération cette question avant de demander par pétition des maîtres pour vous gouverner ? » Édouard critiquait cette façon de soulever la population avec de tels propos propos :

– Le Bas-Canada est d'allégeance britannique au même titre que le Haut-Canada. Même si la population est majoritairement française, elle respecte son roi. Il ne faudrait pas croire que la guerre continue entre les Anglais et les Français, disait le prince Édouard à qui voulait l'entendre.

Louis-Antoine de Salaberry parcourait les comtés de Québec et de Dorchester – parce qu'il était possible pour un même citoyen de se présenter dans deux comtés – et rencontrait un très grand nombre d'électeurs, parmi lesquels plusieurs lui promettaient leur vote. Il ne distribuait ni insigne, ni cocarde, ni bière, ni alcool, comme certains le faisaient sans vergogne. Il préférait parler avec les gens plutôt que d'exercer des pressions indues et leur remettait des circulaires et des manifestes imprimés. Il avait également fait paraître une annonce dans *La Gazette*, comme MM. Panet, Germain, Deschenaux, Lynd, Smith, Macnider et plusieurs autres candidats des deux langues.

> *Aux libres électeurs du comté de Québec.*
> *Messieurs et Concitoyens,*
> *Engagé par les marques d'estime que j'ai constamment reçues, et porté de moi-même en toute occasion à servir mes concitoyens, je m'offre respectueusement pour votre représentant à la prochaine Assemblée ; si vous m'honorez de vos suffrages, je mériterai cette confiance par le zèle qu'on a droit d'attendre de quelqu'un fortement persuadé que l'intérêt public doit marcher avant tout.*
> *J'ai l'honneur d'être, Messieurs et Concitoyens,*
> *Votre très obéissant et dévoué Serviteur,*
> *L. de Salaberry.*
> *Québec, 16 mai 1792.*

Souvent, il écrivait personnellement à ses futurs électeurs et leur demandait de l'aider à remporter la victoire parce qu'il était le meilleur candidat à pouvoir les représenter en tant que député à la Chambre d'assemblée du Bas-Canada.

La campagne électorale allait bon train, mais elle fut interrompue par un événement qui bouleversa la ville entière. Le 21 mai, l'ami du prince et de tous les habitants de Québec M. le curé Augustin David Hubert trouva la mort lorsque la chaloupe dans laquelle il s'était embarqué vis-à-vis de Pointe-Lévis, avec treize autres personnes, s'enfonça dans les eaux tumultueuses du fleuve Saint-Laurent en raison de sa charge trop élevée. Seulement deux personnes réussirent à se sortir presque indemnes de cette tragédie ; les douze autres périrent sans qu'on ait pu faire quoi que ce soit pour les sauver. La nouvelle se répandit comme une traînée de poudre et, de toutes parts, on entendit les pleurs incessants des gens qui refusaient de croire à une si triste nouvelle. Jour et nuit, des chaloupes arpentèrent le fleuve à la recherche des corps des victimes. Le prince Édouard demanda même à ses soldats de plonger afin de récupérer des corps, surtout celui de son ami, mais rien n'y fit, les recherches se révélèrent vaines. Malgré l'absence du corps du curé Hubert, on procéda à un service solennel. Le prince,

Julie et des centaines de fidèles assistèrent à la cérémonie et entendirent, les larmes aux yeux, un éloge funèbre empreint d'amour et de dignité.

> *Je m'efforcerais en vain de vous faire ressentir toute la perte que nous faisons dans la personne de ce digne pasteur. Il suffit de jeter un coup d'œil sur ses rares talents et sur ses admirables vertus, pour nous faire concevoir des regrets qui ne dureront pas moins que nous-mêmes... Point de cœur si dur qu'il n'attendrît et ne portât à l'amour de Dieu, tant il était animé lui-même de ce feu divin... Le Ciel nous le ravit au milieu de sa carrière, par le plus fâcheux accident, et dans les circonstances où nous en avions le plus de besoin. Ah! c'est ici, mes frères, que je vous exhorte à bien prendre garde de ne pas accuser d'injustice la divine Providence. Il semble jusqu'ici qu'elle veuille nous ravir jusqu'à son corps, et ne pas nous permettre de le faire reposer dans une église où il s'est épuisé de fatigues...*

Ce n'est que le 6 juin, soit seize jours après le drame, que des personnes aperçurent le corps du curé Hubert sur le rivage; il était méconnaissable. Comme il l'avait déjà manifesté, sa dépouille fut inhumée dans la chapelle de la Sainte-Famille. Malgré la douleur générale, les habitants de Québec accueillirent avec affabilité le successeur de leur bien-aimé pasteur, le jeune abbé Joseph-Octave Plessis. À sa suggestion, la fabrique accrocha dans la cathédrale de Québec, tout à côté d'une statue de la Vierge Marie, un portrait du curé Hubert, une huile sur toile peinte en 1788 par Louis-Chrétien de Heer, afin de permettre aux fidèles de venir se recueillir et de prier leur dévoué curé qui avait tant soutenu les pauvres et les démunis. Ce portrait montrait la bonté et la générosité caractéristiques du bon pasteur Hubert.

Pendant plusieurs jours, Édouard ne put cacher sa peine. Il parla longuement avec Julie de son grand ami, avec qui il discutait aussi bien de philosophie et de religion que de politique et de la société canadienne. Pour se changer les idées, le prince accompagnait parfois Louis de Salaberry dans ses visites électorales, mais ce dernier devina très vite le chagrin que l'enthousiasme de son ami cachait.

– Vous êtes triste, mon ami, bien triste.
– Je n'arrive pas à me faire à la perte d'êtres chers.
– Qui y arrive, mon cher Édouard, qui y arrive? Il faut apprivoiser votre peine, le temps vous aidera.

Comme la votation n'avait pas lieu le même jour dans toutes les circonscriptions, les électeurs de la basse ville de Québec se présentèrent le 11 juin au bureau de scrutin alors que ceux de Charlesbourg, où Louis-Antoine disputait son élection du comté de Québec avec David Lynd et Michel-Amable Berthelot Dartigny, ne votèrent que le 25, soit quatorze jours plus tard. L'électeur pouvait se prévaloir de son droit de vote dès dix heures le matin. Il déclinait son nom devant l'officier rapporteur, puis d'une voix forte nommait le candidat à qui il accordait son vote. Il était alors facile de suivre l'évolution du vote dans un comté en particulier. Le bureau de scrutin était déclaré fermé lorsqu'il s'était écoulé au moins une heure sans qu'aucun électeur se soit présenté, et le gagnant était alors officiellement déclaré.

Une nuit, avant l'élection du 25, Catherine de Salaberry lança à son mari, en essayant de toutes ses forces de retenir ses cris pour ne pas réveiller les enfants :
– Louis-Antoine, va chercher le médecin.
– Tu es certaine, ma souris ? dit-il, juste pour dire quelque chose parce qu'il savait très bien qu'elle ne l'aurait pas réveillé pour rien.
– Dépêche-toi, je t'en conjure ! répondit Catherine en grimaçant.
Son mari sortit du lit à la vitesse de l'éclair et, dans la minute, partit chercher le médecin après avoir prévenu la sage-femme, qui dormait chez les Salaberry depuis que le travail avait commencé, deux jours auparavant. La sage-femme monta à l'étage pour examiner la parturiente, constata que tout semblait se dérouler comme prévu et redescendit réveiller la servante afin que celle-ci fasse bouillir de l'eau et apporte des serviettes et des linges propres dans la chambre de M$^{me}$ de Salaberry. Deux heures plus tard, le médecin y entrait.
– Comment se présente l'enfant, madame Roberte ?
– Tout se déroule normalement. Je viens tout juste de vérifier le col de la matrice, il est complètement dilaté et, au rythme où se manifestent les contractions, le bébé ne saurait tarder, expliqua la sage-femme au médecin.
– Poussez, madame de Salaberry, poussez le plus fort que vous pouvez, ordonna le docteur Véroneau en entendant les cris de Catherine.
– Je pousse, docteur, je pousse, mais je suis si fatiguée que j'ai l'impression que mes forces me lâchent.
– Je comprends, chère madame, mais il faudra bien qu'il sorte, le petiot.

M$^{me}$ Roberte épongeait d'eau froide le front en sueur de Catherine, qui, les yeux fermés, essayait de reprendre son souffle en attendant la prochaine contraction, laquelle serait la dernière, espérait-elle, avant la venue de l'enfant. Quelques secondes plus tard, une douleur indescriptible lui déchira le bas-ventre. Catherine ne put retenir un cri perçant qui fit sursauter le docteur Véroneau et la sage-femme. Une belle petite tête ronde apparut et le médecin sortit rapidement l'enfant.

– C'est un garçon, s'empressa-t-il d'annoncer à la mère, qui pleurait et riait en même temps.

Quand le médecin lui tapota les fesses, le nouveau-né commença immédiatement à crier, au grand soulagement de la mère et de M$^{me}$ Roberte. Cette dernière coupa le cordon ombilical et s'empara de l'enfant pour le nettoyer et l'emmailloter, sans oublier de lui couvrir la tête d'un joli béguin brodé par Julie, pendant que le docteur Véroneau terminait le curetage de l'accouchée. M$^{me}$ Roberte déposa le poupon propre dans les bras de sa mère admirative, puis elle alla prévenir M. de Salaberry qu'il était le père d'un autre beau garçon et que son épouse l'attendait. Louis-Antoine accourut aussitôt, prit le nouveau-né dans ses bras et l'embrassa jusqu'à ce que l'enfant se remette à pleurer, ce qui fit rire le père autant que la mère, qui reprit son enfant avec joie.

– Nous l'appellerons Édouard-Alphonse, annonça Louis-Antoine.

– Sois le bienvenu dans ta famille, Édouard-Alphonse, dit Catherine, confirmant ainsi le désir de son mari.

Les parents embrassèrent encore et encore leur nouvel enfant, qui s'était endormi dans les bras de sa mère. Après avoir ramassé ses instruments, dont il n'avait heureusement pas eu à se servir pour sortir l'enfant, et s'être lavé les mains, le docteur Véroneau donna une bonne poignée de main au père.

– Félicitations, mon cher ami Salaberry, c'est un beau gaillard, ce petit.

– Merci, docteur Véroneau. Êtes-vous certain que tout va bien pour Catherine ?

– Elle a besoin de repos, il faut qu'elle dorme, mais tout va bien, même si cet accouchement a été plus éprouvant que les autres.

Le médecin demanda alors à la sage-femme de libérer M$^{me}$ de Salaberry et de déposer l'enfant dans son berceau. Avant de sombrer dans un sommeil profond, Catherine demanda à son mari d'écrire à leurs amis Julie et Édouard afin de leur apprendre l'heureuse nouvelle, ce que Louis-Antoine promit de faire aussitôt qu'il aurait montré le nouveau petit frère aux enfants.

Au milieu de l'avant-midi, Julie reçut le message de Louis-Antoine annonçant qu'un petit garçon en parfaite santé était venu agrandir l'heureuse famille des Salaberry. Julie ne put retenir quelques larmes de bonheur et aussitôt elle écrivit à son amie pour la féliciter de l'arrivée de cet enfant tant attendu :

> Ma très chère Catherine,
> Hourra ! Hourra ! Hourra ! Un millier de rondes en l'honneur de la charmante Souris et de l'enfant nouveau-né. En vérité, ma tête est remplie de joie et ma main tremble tant que je peux à peine tenir ma plume. Et c'est un autre garçon ! Comme je souhaiterais être une de ces puissantes fées qui accordent une profusion de cadeaux ; comme le cher enfant serait comblé ! Malheureusement, ce n'est pas le cas, mais peu importe, quelque chose me dit que ce petit garçon est né sous une bonne étoile ; embrassez-le pour moi, ma chère amie, et informez-le de la prédiction de sa marraine. Oh ! non, je n'ai jamais été aussi heureuse de toute ma vie. J'ai fait parvenir l'heureuse nouvelle à notre prince, mais il était inutile d'attendre sa réponse pour vous assurer du bonheur qu'elle lui procurera. Je connais trop bien ses sentiments pour n'avoir aucune crainte de les exprimer. J'irai à Beauport aujourd'hui même dans les environs de sept heures ; j'y retournerai demain ainsi que les jours suivants. Ah ! je souhaiterais tant que ce soit à l'instant même. Je me réserve le plaisir de féliciter M. de Salaberry en personne ; en attendant, j'embrasse la famille entière sans distinction d'âge ou de sexe.
> Votre très sincère amie,
> J. de Saint-Laurent.

Pendant les jours suivants, Catherine dut garder le lit à cause d'une grande fatigue, mais cela ne l'empêcha pas d'allaiter le petit Édouard-Alphonse. Elle avait catégoriquement refusé la suggestion de son mari de confier l'enfant à une nourrice jusqu'à ce qu'elle se rétablisse complètement.

– J'ai allaité tous mes enfants, Louis-Antoine, et ce n'est certes pas un peu de fatigue qui me fera renoncer à ces moments privilégiés avec mon enfant.

M. de Salaberry ne reparla plus de nourrice à sa femme et profita des derniers jours avant l'ouverture du bureau de votation du comté de Québec à Charlesbourg pour rencontrer quelques électeurs.

Le lundi 25 juin, dès dix heures le matin, Louis-Antoine de Salaberry se présenta au bureau de votation pour serrer la main aux personnes qui viendraient se prévaloir de leur droit de vote. Il rencontra également ses adversaires, MM. Lynd et Berthelot Dartigny. Le mercredi 27 juin, Salaberry avait recueilli cinq cent quinze voix, David Lynd, quatre cent soixante-deux et Michel-Amable Berthelot Dartigny, quatre cent trente-six. Une heure s'écoula sans qu'aucun électeur se présente, alors le président des élections, James Shepherd, déclara que la votation était terminée et que les candidats élus étaient MM. Salaberry et Lynd. Sur ces entrefaites arriva une délégation d'amis – on en compta soixante-deux – de Berthelot Dartigny qui venaient à la rescousse de leur candidat préféré. Ils manifestèrent si violemment leur désaccord quant à l'élection de David Lynd qu'une émeute aurait éclaté n'eût été la présence d'esprit du prince Édouard, venu à Charlesbourg pour être témoin de la victoire de son ami Salaberry, qui réussit à calmer les ardeurs des émeutiers.

Dans *La Gazette* du 5 juillet, Julie apprit ce qui s'était passé, Édouard ayant refusé de lui commenter l'incident que lui avait rapporté son amie Catherine :

> *Un impromptu mémorable à Charlesbourg lors de la clôture de l'élection pour le comté, mercredi dernier, le 27 juin. Lorsqu'on abattit le* husting, *c'est-à-dire le bâtiment qui avait été érigé pour tenir la cour d'élection, une émeute était sur le point d'éclater par des actes de violence. Dès l'instant où le prince aperçut la multitude irritée, il s'avança et, avec une rare présence d'esprit, se posta de manière à pouvoir être vu de tout le monde et ordonna le silence. « Messieurs (dit Son Altesse Royale, avec un air de sensibilité et même d'autorité), y a-t-il parmi vous qui que ce soit qui ne regarde le roi comme le Père de son peuple ? » À ces paroles, le peuple répondit par des hourras et des acclamations de « Vive le Roi ». « Y a-t-il parmi vous (ajouta le prince) qui que ce soit qui ne considère la nouvelle Constitution comme la meilleure qui soit pour garantir le bonheur des sujets de Sa Majesté et le bon Gouvernement de ce pays ? » Les hourras furent réitérés. « Je vous recommande donc (conclut Son Altesse Royale) de vous retirer en paix ; je vous recommande la concorde et l'unanimité ; et, que je n'entende plus parler de cette distinction odieuse d'Anglais et de Français. Vous êtes tous également les bien-aimés sujets canadiens de Sa Majesté britannique. » Il y eut d'autres hourras et d'autres*

*cris de « Vive le Prince ». Le tumulte cessa ; et les menaces, la rage et la fureur firent place à l'admiration et aux applaudissements. Puissent l'éloquence laconique et efficace du prince Édouard et la sagesse de ses conseils être retenues et demeurer éternellement imprimées en nos mémoires.*

Julie déposa le journal sur une petite table en acajou près de la fenêtre et dégusta lentement son café en savourant la fierté que cet article lui procurait. Son esprit vagabonda pendant un certain temps. Il retourna jusqu'à un certain jour de novembre, à Marseille, quand M. Fontiny lui avait offert de devenir la compagne du prince Édouard d'Angleterre. Sans même connaître le prince, elle avait senti que cet homme méritait son attention. Aujourd'hui, *La Gazette de Québec* lui confirmait qu'elle ne s'était pas trompée. Elle aimait un homme honnête, intègre et généreux qui détestait les conflits et faisait tout en son pouvoir pour faire régner la bonne entente et l'harmonie. Julie but rapidement les dernières gorgées de son café plutôt tiède et décida d'aller se promener sur le balcon suspendu. L'éclat du soleil et le bruit de l'eau lui insufflèrent une étonnante joie de vivre. Elle ne put s'empêcher de penser combien elle était heureuse loin de la ville et des regards indiscrets. Appuyée sur le garde-fou en bois peint rouge foncé, elle admirait la chute majestueuse. À l'occasion de sa dernière visite, le 5 juin, M$^{me}$ Simcoe avait fait de très jolis dessins représentant le manoir et la chute. Julie reconnaissait le talent de l'épouse du lieutenant-gouverneur du Haut-Canada. Aucun détail ne lui échappait. Elle regardait longtemps le paysage, le scrutait presque à la loupe, puis dessinait sans lâcher son crayon et, une trentaine de minutes plus tard, elle avait reproduit le paysage dans un réalisme des plus éclatants.

– C'est dommage que vous ne soyez pas venue au bal hier soir, avait dit Élisabeth Simcoe. Le prince m'a informée que vous étiez un peu souffrante. Vous vous sentez mieux aujourd'hui, n'est-ce pas ?

Malgré l'insistance d'Édouard, Julie n'avait pas voulu se rendre à ce bal donné en l'honneur des Simcoe qui s'apprêtaient à quitter Québec, le vendredi suivant, surtout que les Salaberry n'y seraient pas non plus vu l'état de Catherine. Elle avait demandé à Édouard de l'excuser en prétextant qu'elle avait une migraine épouvantable.

– En effet, je me sens un peu mieux, répondit Julie. Mais le prince m'a mentionné que vous êtes une danseuse intrépide et infatigable.

– Il a dit ça ? fit Élisabeth Simcoe, un peu gênée. Il est vrai que je me suis beaucoup amusée, j'ai même dansé le *Money Musk* et le

« jupon rouge », mais la chaleur était si grande que j'ai failli m'évanouir.

– Le *Money Musk* est une pièce musicale si entraînante, oui, mais j'aurais été incapable de danser tellement je souffrais d'un atroce mal de tête.

– J'aime beaucoup danser, chère madame, mais je crois qu'il s'écoulera beaucoup de mois avant que je puisse assister à un autre bal, Kingston n'étant pas aussi développé que la ville de Québec. C'est pourquoi je m'en suis donné à cœur joie. On nous a écrit que Kingston était une petite ville d'une cinquantaine de maisons de bois et une seule en pierre. On y trouve également les entrepôts des marchands. Il y a aussi une petite garnison et un havre pour les navires. Je sais que nous logerons à un quart de mille, où campe l'unité loyaliste d'Amérique, les *Queen's Rangers*, mais j'ignore dans quel état sera notre demeure. Vous savez, madame de Saint-Laurent, il y a beaucoup d'incertitudes.

– Peut-être que ce ne sera pas aussi terrible que vous semblez le croire, madame Simcoe. Je l'espère pour vous.

– Je l'espère aussi, mais je regretterai beaucoup cette ville. Québec est un endroit délicieux.

Le 2 juillet, le prince et Julie avaient participé au baptême de leur filleul Édouard-Alphonse de Salaberry. Dans le registre de l'église de Beauport, le parrain signa « Édouard, prince de Grande-Bretagne » et la marraine, « Madame Alphonsine Thérèse Bernardine de Montgenet de Saint-Laurent, baronne de Fortisson ». Le choix d'un parrain protestant, fût-il un fils de roi, avait semé la consternation chez les prêtres de Québec. Le statut de M$^{me}$ de Saint-Laurent, qui était catholique, ne fut jamais remis en cause puisque les dignes membres du clergé supposaient qu'elle était mariée au prince. Sinon, comment aurait-elle eu l'audace d'accepter de devenir la marraine d'un enfant catholique ? Toutefois, certains eurent des soupçons après la lecture de son interminable nom dans le registre, où aucun élément ne faisait allusion à un mariage princier. Devant les critiques, Édouard avait pensé faire célébrer le baptême de son filleul par l'aumônier de son régiment, le grand vicaire Gravé, mais finalement l'évêque Charles François de Capse avait accepté que le prince soit le parrain. Ce dernier expliqua à M$^{gr}$ de Capse, ainsi qu'à Catherine et Louis-Antoine de Salaberry, qu'il acceptait d'être le parrain non pas en tant que fils du roi, mais plutôt en tant que fils d'un souverain qui avait toujours accordé sa protection au clergé de l'Église catholique romaine du Canada. Cette explication en soulagea plus d'un et le baptême se termina dans la joie au manoir du seigneur de Beauport.

Le mois de juillet fut très chaud. Certains jours, le thermomètre marquait quatre-vingt-seize degrés Fahrenheit ou même plus. Julie s'assoyait toujours à l'ombre sous les chênes et lisait en dégustant une limonade à laquelle M. Beaunoir avait ajouté des morceaux de glace pour conserver la fraîcheur. Aussi, elle prenait soin de s'armer d'un éventail pour se rafraîchir, mais surtout pour éloigner les vilains insectes que les habitants appelaient « frappe-d'abord » et qui piquaient en tirant le sang. Le soir, pour ses promenades avec Édouard, elle portait une voilette qui lui recouvrait entièrement le visage afin de se protéger des piqûres d'insecte, qui provoquaient des démangeaisons insupportables.

– Demain, belle Julie, je vous emmène à l'île d'Orléans, annonça Édouard.

– À l'île d'Orléans ? Mais en quel honneur ?

– J'ai entendu parler d'une vieille dame qui y habite, mais alors là très vieille, puisque l'on m'assure qu'elle est centenaire, et je désire lui rendre visite.

– Vous êtes un homme sensible et généreux, mon ami, je vous accompagnerai avec grand plaisir.

– Je suis surtout curieux. Je me demande comment une personne peut vivre jusqu'à cent ans et garder toute sa tête, cette dame ayant, paraît-il, conservé toute la sienne.

– C'est ce que nous verrons.

Le lendemain, vers les treize heures, le prince, Julie et six officiers des fusiliers royaux s'embarquèrent dans deux chaloupes et traversèrent le fleuve jusqu'à l'île.

– Je ne peux m'empêcher de penser à mon cher ami le curé Hubert, confia Édouard à Julie.

– Moi aussi, j'y ai pensé. Pourquoi ne pas nous recueillir quelques instants pour le repos de son âme, même si nous sommes certains qu'il se trouve actuellement auprès de Dieu ?

– Je vous aime, ma douce amie, merci de cette pensée, chuchota Édouard à l'oreille de sa bien-aimée.

Le fleuve était calme et, malgré l'intense chaleur, un vent léger les accompagna jusqu'à l'île. Pour accueillir le prince, la centenaire s'était parée de ses plus beaux atours. Une robe claire à fleurs bleues décorée d'un collet de dentelle blanche et une jolie coiffe de mousseline blanche sur son chignon tout aussi blanc lui donnaient un air primesautier qui enchanta Julie et Édouard. La vieille dame était assise dans un fauteuil de velours usé à côté duquel on avait placé un autre fauteuil de velours rouge, moins défraîchi. Le prince salua la dame, qui s'apprêtait à se lever mais à qui il demanda de rester assise. Il lui baisa la main et des yeux rieurs éclairèrent son visage extrêmement ridé.

– C'est exceptionnel de vivre aussi longtemps. Quel est votre secret, chère madame ?

– Je n'ai pas de secret. J'ai travaillé fort toute ma vie, j'ai mis au monde dix enfants et j'ai toujours prié le bon Dieu.

– Vous êtes une femme bénie de Dieu, vous ne trouvez pas ?

– Je crois surtout que le bon Dieu m'a oubliée, dit la centenaire en riant. Ça fait longtemps que j'attends la mort parce que c'est normal de mourir, mais il faut croire que le bon Dieu ne veut pas encore de moi.

Les invités et les gens de la maison rirent de bon cœur à ces propos de la centenaire.

– Je vous ai apporté des petits cadeaux pour honorer une dame qui a plus d'un siècle de vie derrière elle, dit Édouard en lui offrant des mouchoirs brodés, une chaîne en or avec une petite croix, un chapelet en pierres de lune et une jolie broche en argent en forme de rose.

– Je n'ai jamais reçu autant de cadeaux, dit la dame, qui laissa échapper quelques larmes. Je suis comblée, je ne vous remercierai jamais assez. Vous avez exagéré, mon beau prince.

– Je n'ai pas exagéré du tout, croyez-moi. Il me fait tant plaisir de vous offrir ces choses.

– Je vais prier pour vous avec votre beau chapelet.

– Chère madame, puis-je faire quelque chose qui vous serait agréable ?

– Oh ! oui, monseigneur, que vous dansiez un menuet avec moi afin que je puisse dire, avant de mourir, que j'ai eu l'honneur de danser avec le fils de mon souverain.

– Messieurs, s'il vous plaît, préparez-vous à jouer un menuet, demanda Édouard à ses officiers musiciens qui sortaient déjà les violons de leur étui.

Le prince dansa le menuet de bonne grâce avec la plus vieille dame du Bas-Canada, dont la souplesse l'étonna. La danse terminée, il la reconduisit à son fauteuil, mais, avant de s'asseoir, la centenaire lui fit une profonde révérence qui en émut plus d'un. Un petit goûter fut servi et, pendant que les gens se régalaient de gâteaux, de délicieuses petites prunes de Damas noirâtres et de thé, Édouard en profita pour présenter

Julie qui était restée assise sans dire un mot. La centenaire avoua au prince qu'elle n'avait jamais vu une femme aussi belle. Édouard la remercia en lui baisant la main. Après de chaleureuses salutations, le retour à Québec se fit vers les six heures du soir.

– Quelle magnifique journée, mon amour ! Et quelle femme charmante ! dit Julie.

– Oui, ce fut une journée exceptionnelle.

Avant de s'endormir, ils s'embrassèrent longuement, mais ne firent pas l'amour, la chaleur quasi insupportable ralentissant les ardeurs des amants.

– Je ne comprends pas pourquoi, dans un pays où l'hiver est si froid et si rigoureux, l'été nous amène des chaleurs aussi suffocantes et insupportables.

– Et des insectes qui ne cherchent qu'à nous dévorer, le soleil qui nous brûle la peau, la sueur qui nous dégouline dans le dos, dans le cou, sur le visage…

– En hiver, ce sont les engelures, le nez qui coule, les maux de gorge, la toux,…

Cette énumération des inconvénients du climat canadien les fit s'esclaffer.

– Mais c'est un si beau pays, affirma Édouard entre deux éclats de rire.

Julie s'approcha et posa la tête sur l'épaule de son amant. Leurs peaux moites rendant ce contact inconfortable, ils s'éloignèrent bientôt l'un de l'autre et, couchés sur le dos, entièrement nus, ils se prirent la main, puis s'endormirent rapidement. Ils ressemblaient à deux gisants figés pour l'éternité.

Le lieutenant-gouverneur Simcoe reçut une lettre de Francis Le Maistre, secrétaire militaire à Québec, datée du 9 juillet, lui annonçant la visite de Son Altesse Royale le prince Édouard, qui quitterait Québec au début du mois prochain, soit le 11 août. Le prince désirait aussi se rendre à Niagara depuis Kingston sur un des vaisseaux du roi. Il souhaitait être reçu à titre privé, précisait le secrétaire, mais manifesterait peut-être le désir de passer le 5$^e$ régiment en revue.

– Nous serons partis plusieurs semaines, alors il faut penser à tout et ne rien oublier, dit Julie à sa femme de chambre, qui l'écoutait attentivement.

– Nous irons jusqu'à Niagara ? demanda-t-elle, un peu incrédule mais enchantée de faire ce voyage.

Le mois de juillet fut consacré aux préparatifs, qui se déroulèrent dans l'excitation et l'enthousiasme. Le 4 août, Julie et Édouard reçurent leurs amis les Salaberry pour un repas non pas d'adieu, comme disait Édouard, mais d'au revoir. Ils sablèrent le champagne et portèrent un toast à la découverte d'un nouveau coin de pays.

– Nous avons presque terminé les préparatifs de ce voyage, qui, tout compte fait, ne sera pas aussi long que je le prévoyais, dit Édouard.

– Vous comptez être absent pendant combien de temps ? s'enquit Catherine.

– Entre quatre et six semaines. Je ne crois pas que nous soyons partis plus longtemps. Nous serons de retour à Québec au plus tard à la mi-septembre.

– Tant de bagages pour un si court voyage ! commenta Julie.

– Vous ne pouvez quand même pas voyager en montgolfière, dit Louis de Salaberry en riant.

– Quelle folie, mon cher époux !

– Cet aérostat n'est pas très sûr, cher ami, dit Julie. Le physicien français François Pilâtre de Rozier a trouvé la mort lorsqu'il a tenté de traverser la Manche. Son ballon a pris feu. Je me souviens que les journaux français en ont beaucoup parlé.

– Quelle mort affreuse cela a dû être ! dit Catherine.

– À Versailles, l'ascension en ballon des frères de Montgolfier, à laquelle j'ai assisté, en 85, avec mon cousin Charles-Victoire de Salaberry, relevait plus du spectacle que d'une aventure effrayante, déclara Louis-Antoine.

– À quoi ça sert de vouloir voler ? dit Catherine. Ces inventions me font très peur.

– Ça peut être amusant de planer au-dessus d'une ville, chère Catherine, affirma Édouard.

– Mais lorsque des gens meurent, ce n'est plus très drôle.

– Hélas ! nous ne pouvons arrêter le progrès, affirma Julie.

– Certes, mais qu'est-ce que c'est que ces hommes qui veulent se promener dans les airs ? protesta Catherine. Il ne faut pas oublier ce qui est arrivé à Icare dans son désir de vouloir voler toujours plus haut. Moi, je dis que seuls les oiseaux peuvent voler, pas les hommes.

– Souris, dit Louis-Antoine à son épouse en lui caressant la main, je crois que Julie a raison, nous ne pouvons arrêter le progrès.

– Que diriez-vous de nous faire servir le thé et le café sur la terrasse ? dit Édouard, qui venait d'avaler sa dernière bouchée de gâteau au chocolat.

– C'est une excellente idée, cher ami. J'ai besoin de me dégourdir les jambes après tout ce que j'ai mangé ce soir, approuva Louis-Antoine.

– J'ai remarqué qu'il y a moins d'insectes, Catherine. Est-ce que je me trompe ? demanda Julie.

– J'ai fait la même constatation, dit Catherine en riant, et je ne m'en plains pas. Ces vilains insectes nous empoisonnent l'existence. Ma petite Charlotte-Amélie était couverte de piqûres. Ses démangeaisons étaient presque insupportables. J'ai eu toutes les peines du monde à l'empêcher de se gratter.

– Même si notre voyage ne sera pas aussi long que je l'aurais cru, vous me manquerez, très chère Catherine.

– Vous me manquerez aussi, chère amie, mais pensez plutôt à tout ce que vous aurez à me raconter à votre retour. Je n'ai jamais vu les chutes du Niagara ; je vous envie quelque peu.

– Vous avez raison. Nous aurons sûrement beaucoup de choses à nous raconter à mon retour.

Les Salaberry partirent tôt, mais Julie et Édouard se promenèrent main dans la main sur la terrasse jusqu'à ce que le sommeil les convie à un repos bien mérité.

Le lendemain après-midi, Charles Jouve se présenta au manoir Montmorency. Il conduisait sa propre calèche et avait placé son violoncelle sur le siège arrière. Lorsque, précédé de John, il pénétra dans le petit salon de musique armé de son gros étui noir, Julie l'accueillit en écarquillant les yeux.

– Vous voulez que nous jouions en duo ?

– Cela semble vous déplaire, madame.

– Pas du tout, c'est seulement que je ne me sens pas à la hauteur. Après tout, vous êtes un concertiste, alors que je ne suis qu'une élève qui cherche à devenir meilleure.

– Ce n'est pas en partant en voyage pendant de longues semaines sans toucher à votre instrument que vous deviendrez meilleure, comme vous dites.

– Mais, cher professeur, pourquoi me dites-vous des choses pareilles ? Je croyais que nous étions amis.

– La musique, madame, il ne faut jamais l'abandonner, car alors elle aussi nous abandonne. Cessez de jouer une seule journée et il vous faudra deux jours pour rattraper ce que vous aurez perdu.

– Pourquoi me dites-vous tout cela ? Je ne suis pas esclave de la musique. Vous en parlez comme d'un tyran. Je ne vous comprends plus.

– Pardonnez-moi, madame, je ne sais plus ce que je dis.

– Que se passe-t-il, monsieur Jouve ? Vous savez combien j'aime profondément la musique, et cela, depuis que je suis toute petite. La musique, c'est mon refuge, c'est ma joie, je ne puis vivre sans elle.

– Comment pourrez-vous passer de longues semaines sans faire de musique, alors ?

– Rassurez-vous, je ne partirai pas sans ma flûte et ma voix, parce je chante aussi, ne le saviez-vous pas ?

– De longues semaines sans pouvoir venir à Montmorency...

– Vous pourrez y venir, monsieur Jouve. Je préviendrai les domestiques et vous pourrez y faire de la musique pendant mon absence, si c'est votre souhait.

– Ce n'est pas uniquement Montmorency qui m'intéresse, madame de Saint-Laurent, c'est vous surtout, installée dans la délicieuse campagne de Montmorency.

– Ah !...

– Je vous en prie, madame, ne dites rien.

– Ce voyage se présente peut-être au bon moment...

– Vous voulez sans doute dire que votre départ refroidira mes sentiments, mais je suis déjà parti deux mois à Montréal et je ne pensais qu'à revenir près de vous.

– Que pouvons-nous faire alors ?

– Rien, madame, absolument rien. Vous êtes une femme trop bien pour moi qui ne respecte pas les sentiments sincères que vous éprouvez pour le prince Édouard et qui vous ennuie avec mes déclarations malvenues.

– Je ne vous ai jamais caché l'amour que j'éprouve pour Édouard, n'est-ce pas ?

– Vous n'avez rien à vous reprocher. Je ne suis qu'un vieux professeur amoureux de sa jeune élève talentueuse, dit Charles Jouve avec beaucoup de tristesse dans la voix. Et maintenant, vous et moi allons nous réfugier dans la musique, puisque c'est la seule qui comprenne vraiment ce que nous ressentons.

Charles installa son violoncelle près de celui de Julie, il donna le signal de départ en hochant la tête et tous les deux attaquèrent le *Concerto pour deux violoncelles en sol mineur* de Vivaldi. Julie suivait la partition en redoublant d'attention parce que les propos de son professeur l'avaient touchée plus qu'elle ne l'aurait voulu. Charles Jouve connaissait par cœur la partition ; il garda les yeux fermés pendant toute la durée du morceau et ne les rouvrit que pour donner le coup d'archet final dont l'écho s'évanouit sous le chant des passereaux.

# 5

# Août 1792 – octobre 1792
# Julie est victime
# d'une tentative d'assassinat

*T*ôt le matin du 11 août, le prince Édouard et sa suite commencèrent leur périple jusqu'à Niagara. Julie et Édouard partageaient leur carriole avec deux officiers du régiment. Séverine, Philip Beck, Robert Wood et John Woolmer occupaient la calèche réservée au personnel. Quelques autres calèches escortaient le couple princier avec les malles de robes et de vêtements, des paniers de vin et de *porter*, un assortiment de thé, des verres, des assiettes, des cuillères, des couteaux et des fourchettes, quelques meubles et des matelas. Ils longèrent la rive du fleuve Saint-Laurent et tous s'émerveillaient des paysages enchanteurs et des coquettes maisons blanches des fermiers. Partout, on les accueillait chaleureusement, surtout le prince et sa dame, qui furent toujours reçus avec une hospitalité plus que bienveillante. À Berthier, on hissa même le drapeau britannique pour rendre hommage aux prestigieux visiteurs. Des miliciens formèrent une élégante colonne de chaque côté de la route et, au passage du prince, retentit une salve de vingt et un coups de canon. Édouard et Julie rencontrèrent cinq capitaines de la milice reconnus comme de loyaux serviteurs du roi ainsi que le seigneur de Berthier, M. Cuthbert. Le prince et sa suite quittèrent Berthier vers les quatre heures après un copieux dîner offert au manoir de Berthier. Le cortège s'éloigna au son des cloches de la chapelle du manoir, qui carillonnèrent jusqu'à ce que les habitants de Berthier perdent de vue leurs prestigieux visiteurs. À chacun des arrêts, Édouard et Julie étaient accueillis avec beaucoup de déférence. Julie, tout en se montrant discrète, profitait de l'affabilité des notables et de leurs épouses. Arrivés à Oswegatchie, ils embarquèrent sur la péniche royale, qui les emmena à Kingston.

– Ce paysage est tellement beau que j'en ai le souffle coupé, déclara Julie.

– Toutes ces îles de formes et de grandeurs différentes, c'est prodigieux ! dit Édouard. Et que dire de leur nombre, qui est astronomique ? Il y en aurait plus de mille, mais les a-t-on vraiment comptées ?

– Vous vous moquez de moi, mon ami. Il y en a beaucoup, certes, mais je préfère les admirer que les compter.

Édouard se mit à rire et entoura de son bras les épaules de sa maîtresse. De passer toute la journée ensemble les avait beaucoup rapprochés. Ils appréhendaient tous les deux leur retour à Québec, où reprendraient les bavardages malveillants.

Leur arrivée à Kingston fut soulignée avec grande pompe malgré les moyens restreints dont les Simcoe disposaient. D'ailleurs, cette visite royale avait occasionné bien des soucis au colonel Simcoe et à son épouse, qui avaient dû annuler un voyage à Detroit. Aussi, quatre jours plus tôt, une violente tempête avait renversé les tentes érigées pour abriter le prince et sa suite, et les Simcoe durent, à contre-cœur, accueillir le prince et sa compagne dans leur résidence. Une salve de coups de canon marqua l'arrivée du prince Édouard pendant que les soldats du 5$^e$ régiment faisaient le salut militaire. Le colonel Simcoe, trop près des canons, ressentit une telle douleur à la tête qu'il fut obligé de garder le lit pendant deux semaines, un contretemps qui était loin de lui déplaire puisqu'il le dispensait de participer aux activités sociales entourant la visite du prince et de l'embarrassante M$^{me}$ de Saint-Laurent. Durant cinq jours, Élisabeth Simcoe représenta son mari aux diverses activités, militaires ou autres, organisées pour le fils de Sa Majesté le roi. Le 23 août, à six heures trente le matin, Édouard passa en revue le 5$^e$ régiment et fut si impressionné par les *Queen's Rangers* qu'il demanda si certains aimeraient servir dans son régiment des fusiliers royaux à Québec. Le prince manifesta également le désir de rencontrer des chefs indiens, qui se firent un devoir de répondre à l'invitation du fils de leur Grand Père, ainsi qu'ils appelaient le roi. Cinq jours plus tard, le prince et sa suite quittèrent Kingston et un vaisseau du roi les emmena à Niagara.

– C'est de loin ce que j'ai vu de plus beau jusqu'à maintenant, affirma Julie.

— C'est si impressionnant, grandiose, renchérit Édouard. Ne serait-ce que pour voir ces chutes du Niagara, le voyage en valait la peine, n'est-ce pas, madame ?

— Oh oui ! mon ami, à n'en pas douter.

Le 6 septembre, le cortège royal fit une entrée remarquée dans Québec. Des badauds s'agglutinèrent de chaque côté de la rue pour saluer le prince, qui hochait la tête en souriant. François Bonniot était un de ceux-là, mais il ne saluait pas et son visage demeurait de glace. Ensuite, le convoi se rendit jusqu'à Montmorency. Julie était très heureuse de s'y trouver enfin. Le confort de sa villa lui avait manqué. Elle se sentait lasse et l'air sain de la région la ragaillardirait.

Édouard était très satisfait de son voyage. Le soir même, il écrivit à son père pour lui en faire un compte rendu.

Une imposante délégation de toutes les nations avoisinantes était venue à Niagara pour attendre son arrivée, précisa-t-il, en ajoutant : « Leurs déclarations d'attachement à Votre Majesté et au gouvernement britannique furent extrêmement chaleureuses. » Il expliqua aussi qu'il avait visité « chaque poste occupé par les troupes de Sa Majesté dans le Haut et le Bas-Canada entre le fort Érié et Québec, excepté Oswego en raison d'une violente tempête qui nous a rejoints sur le lac Ontario, et qui a rendu impossible le débarquement à ce poste ». Il termina en disant qu'il avait vu « tout ce qui était nécessaire ou approprié pour moi de voir, à la fois comme professionnel et comme voyageur ». Plus que jamais, le prince tenait à ne pas décevoir le roi parce qu'il projetait de retourner à Londres dans les prochains mois ; il considérait qu'il s'était racheté et qu'il avait fait de gros efforts pour rembourser ses dettes accumulées en Suisse et à Gibraltar. Il dormit bien cette nuit-là parce qu'il croyait sincèrement avoir fait du bon travail et que cette lettre le rapprocherait de son père, lequel lui permettrait peut-être enfin de quitter le Canada. Un mois avant son départ pour Niagara, soit le 8 juillet, il s'était confié à son frère, le prince de Galles. à ce sujet : « Je dois reconnaître que même si ce pays est préférable à Gibraltar, par la liberté d'aller où bon nous semble, je redoute le prochain hiver, étant convaincu qu'il sera encore plus stupide et insipide que le dernier. »

Malgré la fatigue qu'elle ressentait, Julie eut du mal à s'endormir ; elle avait chaud et les ronflements d'Édouard l'incommodaient. Au petit matin, un mal de cœur la sortit de son sommeil et elle vomit dans son pot de chambre, au grand désarroi d'Édouard, qui s'était aussi réveillé.

– Que se passe-t-il, Julie ?
– Je n'en sais trop rien. Je crois que je ne digère pas le bœuf en sauce de M. Beaunoir.
– Je vous verse un peu d'eau. Cela vous fera du bien.
– Merci, dit Julie, en buvant tout le contenu du verre. Ne vous dérangez pas pour moi, Édouard, faites-moi le plaisir de vous rendormir, ce n'est rien.
– Je peux faire venir le médecin.
– Ne soyez pas ridicule, mon ami. C'est fini.

Julie prit une petite serviette dans un tiroir de la commode, vérifia s'il restait encore de l'eau dans le broc, en versa dans la cuvette de porcelaine blanche à fleurs bleues, mouilla la serviette et s'épongea le visage et le cou. Malgré la tiédeur de l'eau, cela lui fit un très grand bien.

– Vous avez maigri, ma mie, constata Édouard. Que vous arrive-t-il ?
– C'est tant mieux, mon amour, répondit Julie en souriant. Jamais une femme ne se plaindra d'un tel commentaire, surtout que je trouvais que certaines robes me serraient trop à la taille. Il n'est que six heures trente, Édouard. Rendormez-vous, je vous prie.

Édouard ferma les yeux pour cacher son inquiétude et il se rendormit bientôt. Julie se recoucha, mais ne réussit pas à dormir. Elle se promit de demander à M. Beaunoir de préparer des soupers moins copieux les prochains jours puisqu'elle avait des problèmes de digestion. « Jeune, je mangeais n'importe quoi ; il faut croire que je vieillis », se dit-elle tristement.

À huit heures, John vint prévenir le prince que le déjeuner était servi.

– Merci, John. Nous prendrons notre déjeuner sur la galerie. Veuillez en informer M. Beaunoir.
– Je n'ai pas très faim, dit Julie.
– Il faut que vous mangiez un peu tout de même.
– Pour vous faire plaisir.
– Voilà ce que j'aime entendre, déclara Édouard d'un air taquin. Vous verrez, ma chérie, que le grand air stimulera votre appétit.

L'ardeur du soleil matinal annonçait une journée torride. Julie et Édouard sirotaient leur café en admirant la vue magnifique que leur renvoyait l'île d'Orléans. Édouard mangea de bon appétit et Julie grignota du pain grillé et de la confiture de fraises faite par Hubert Beaunoir.

– Aujourd'hui, je veux que vous vous reposiez, suggéra Édouard. Je crois que le long voyage que nous avons fait jusqu'à Niagara vous a fatiguée plus que vous ne semblez le croire.

– Je me sens lasse. Vous avez raison, un peu de repos me fera le plus grand bien.

Édouard quitta le manoir vers les dix heures et se rendit au château Saint-Louis rencontrer le lieutenant-gouverneur Clarke pour lui faire un compte rendu de son voyage. Julie traîna longtemps en robe de chambre sur la galerie à parcourir distraitement les *Gazette de Québec* qui s'étaient accumulées pendant leur absence. Puis, après avoir demandé à Séverine de l'aider à s'habiller, elle essaya de jouer du violoncelle, mais le cœur n'y était pas. La lecture sous les grands chênes l'ennuyait. Elle manqua d'entrain toute la journée. Elle ne mangea qu'un potage aux légumes à midi et, au souper, avala quelques bouchées de poulet et de purée de petits pois, plus pour faire plaisir à Édouard que par appétit. Elle se coucha à neuf heures. Édouard vint la rejoindre deux heures plus tard, en prenant toutes les précautions pour ne pas la réveiller car il savait qu'elle avait le sommeil léger, et s'endormit aussitôt. Le lendemain matin, à sept heures, Julie sortit précipitamment du lit et alla vomir dans la cuvette de porcelaine. Édouard se leva instantanément.

– Mon amour, vous êtes malade, dit-il, incapable de cacher l'inquiétude qui le rongeait. Ne me dites pas que vous n'avez pas digéré votre souper, vous n'avez rien mangé.

– Oui, vous avez raison, je crois que je suis malade. Depuis notre retour, je me sens lasse et je n'ai aucun entrain.

– Je fais le nécessaire pour que le médecin de mon régiment vienne le plus rapidement possible vous examiner.

– Je m'habille tout de suite.

– Il n'en est pas question, dit Édouard, sur un ton qui ne tolérait pas la réplique. Vous devez rester au lit.

Julie se sentait trop fatiguée pour dire quoi que ce soit et la perspective de dormir encore quelques heures ne lui déplaisait pas trop. Elle se recoucha après s'être aspergé le visage d'eau froide. Le prince enfila un pantalon et une chemise et demeura près d'elle jusqu'à ce que son homme de confiance, Philip Beck, arrive avec le médecin. Les ordres avaient été formels : « Vous faites le plus vite que vous pouvez et vous me ramenez le major Ovila, chirurgien dans mon régiment. Allez et ne perdez pas une minute. » Édouard calmait son impatience en appliquant des compresses d'eau froide sur le visage de Julie.

– À vrai dire, mon cher Édouard, je ne me sens pas malade, mais lasse. Je me sens même plutôt bien en ce moment.
– N'essayez pas de minimiser votre état pour me rassurer. Quand on vomit, c'est parce qu'on est malade.
– Ce peut être un aliment que je digère mal. Ce peut être la chaleur. Ce peut…
– Je préfère attendre le médecin avant de poser un diagnostic, la coupa Édouard. Essayez plutôt de dormir un peu.

Le major Ovila arriva trois heures plus tard. Il examina attentivement Julie pendant une bonne quinzaine de minutes, puis leva la tête vers Édouard en écarquillant les yeux. Le prince ne comprenait pas ce que le médecin voulait lui dire et demanda, s'attendant au pire :
– Qu'est-ce qui se passe, docteur ?
– Il se passe, il se passe, colonel, que vous serez père dans quelques mois.
– En êtes-vous certain ? demanda Édouard, tout à fait incrédule.
– J'en suis absolument certain.
– Julie, vous avez entendu, ma chérie ? dit Édouard, qui ne savait s'il devait être content ou contrarié.
– Quelle merveilleuse nouvelle ! Je suis tellement heureuse ! Ne l'êtes-vous pas, vous aussi, Édouard ? demanda Julie, qui se doutait depuis le début d'une possible grossesse.
– Si vous êtes heureuse, je le suis également.
– Que Votre Altesse ne le prenne pas mal, mais je conseillerais à M$^{me}$ de Saint-Laurent de consulter un autre médecin plus qualifié pour faire des accouchements que je ne le suis, conseilla le docteur Ovila. Je connais le docteur Véroneau et je sais qu'il est plus compétent que moi dans ce domaine.
– Je vous remercie de votre franchise, dit Julie. Je connais le docteur Véroneau parce que c'est lui qui a accouché notre amie M$^{me}$ de Salaberry.
– Avant de partir, dit le docteur Ovila, je vous conseille du repos, chère madame. Si tout se passe bien, l'enfant devrait naître au mois de mars.

Le major quitta la chambre en empêchant Édouard de l'accompagner jusqu'à la sortie.
– Altesse, je connais le chemin. Il est préférable pour vous de demeurer auprès de madame.

Édouard s'assit sur le bord du lit, embrassa tendrement Julie et lui avoua qu'il avait très peur.

– Rassurez-vous, mon ami, je vais faire tout ce qu'il faut pour éviter de perdre l'enfant.

– Je ne parle pas de l'enfant, je parle de vous. Jamais je ne me remettrais de vous perdre.

– Toutes les naissances n'entraînent pas nécessairement la mort. Reprenez-vous, mon ami. Pensez à Catherine qui vient de mettre au monde un enfant magnifique. Tous les deux se portent très bien.

– Vous avez raison, s'excusa Édouard en serrant Julie dans ses bras, je crois que je dramatise trop. Pardonnez-moi, ma mie.

– Je suis tellement heureuse de pouvoir vous donner un fils, Édouard. Ne gâchez pas mon bonheur avec vos peurs inutiles.

– Avoir un enfant de vous, c'est mon désir le plus cher.

– Nous allons avoir un enfant, Édouard, et tout se passera merveilleusement bien, je vous l'assure.

– J'ai confiance en vous et je vous aime plus que ma vie.

– Je vous aime aussi.

Julie sortit du lit en se demandant si cette grossesse se terminerait par une fausse couche dans quelques semaines. Elle fit chercher Séverine. Quand celle-ci entra dans la chambre, Édouard les laissa, non sans avoir auparavant prié Julie de ne pas se fatiguer inutilement. Il s'en allait à Québec rencontrer quelques officiers, mais il reviendrait le plus tôt possible, au plus tard vers la fin de l'après-midi.

– Je vous supplie de ne pas abuser de vos forces, ma tendre. Promettez-le-moi.

– Je vous le promets, dit Julie, le sourire aux lèvres.

Séverine était impatiente de connaître les dernières nouvelles. Toute la maisonnée se demandait ce que pouvait avoir M$^{me}$ de Saint-Laurent pour que le prince fasse venir d'urgence le médecin de son régiment. Les membres du personnel attendaient donc avec impatience que quelqu'un vienne les informer de ce qui se passait.

– Je suis enceinte, Séverine, dit Julie à sa femme de chambre aussitôt qu'Édouard eut refermé la porte.

– Oh! madame, nous allons avoir un bébé. Comme je suis contente! Et celui-là, je vous jure que nous ne le perdrons pas.

En entendant la réaction de sa femme de chambre, Julie éclata de rire. Elle la serra dans ses bras et se convainquit qu'elle mènerait à terme cette grossesse tant désirée.

– Permettez-moi, madame, d'aller prévenir les autres. Ils sont si inquiets pour vous.

– Prends quelques minutes, ma bonne Séverine, je t'attends.

La femme de chambre revint avec un plateau rempli de soupe aux légumes du jardin et de pain fraîchement sorti du four.

– M. Beaunoir vous envoie ses hommages et vous prie de manger un peu pour reprendre des forces.

– Il a lu dans mes pensées, ce cher M. Beaunoir, parce que j'ai réellement faim. Apporte le plateau sur la galerie et demande à John de nous apporter des couverts. Nous mangerons dehors.

Julie se sentait revivre ; de se savoir enceinte lui donnait des forces insoupçonnées. Elle consacra son après-midi à écrire, à Jeanne Béatrix et à Charles Jouve, entre autres.

De ce dernier, elle reçut la réponse suivante :

*Chère madame de Saint-Laurent,*

*Vous êtes revenue et j'en suis très heureux. Comme vous me le proposez, mardi prochain, je viendrai vous voir à Montmorency et nous reprendrons les cours. J'en profiterai pour vous faire connaître de nouveaux compositeurs.*

*Avec toute mon amitié,*

*Charles Jouve.*

La brièveté de cette lettre étonna Julie. Elle y décela même un certain détachement qui la laissa perplexe. Presque deux mois s'étaient écoulés depuis leur dernière rencontre, au cours desquels les sentiments de son professeur à son égard semblaient s'être quelque peu refroidis, et elle réalisa, à son grand désespoir, qu'elle en éprouvait de la déception. « Qu'est-ce qui m'arrive ? J'aime Édouard et, de surcroît, je suis enceinte. Est-ce que je voudrais qu'un autre homme continue d'entretenir des sentiments amoureux envers moi sans être payé de retour ? Loin de Québec, je n'ai pensé que très rarement à lui. Je dois me ressaisir. » Julie ne savait plus où elle en était. Elle se promenait sur la grande galerie en tenant fermement son ombrelle contre le vent alors que le soleil chaud de septembre annonçait un automne riche en couleurs. L'invitation des Salaberry pour le lendemain tombait à point. Elle avait rudement besoin de se changer les idées.

À onze heures, ce dimanche-là, Julie et Édouard se rendirent chez les Salaberry la gaieté au cœur ; leurs amis ne savaient pas encore que Julie attendait un enfant. À midi, Séverine mangea dehors avec John, Philip et Hubert Beaunoir qui avait préparé un bœuf en sauce et des légumes. Ils burent du vin et parlèrent du futur enfant du prince, de l'hiver qu'ils détestaient tous et du retour à la rue Saint-Louis dans cinq ou six semaines, qu'il faudrait préparer. Après le dîner, Séverine manifesta le désir de se promener dans les bois autour de la maison pour chercher des champignons, mais surtout pour rester seule pendant un moment.

– Pour le souper, nous mangerons ce que tu auras cueilli, dit Hubert, mais fais très attention de bien les choisir.

– Soyez sans crainte, j'ai eu un excellent professeur, déclara Séverine en empruntant un ton taquin sous le regard comblé de M. Beaunoir.

Elle quitta le manoir munie d'un sac de jute pour les champignons. Elle marchait lentement en chantant sans se soucier des oiseaux qui lui faisaient compétition. Soudain, une main s'empara de son bras. Elle hurla, voulut s'enfuir; la main la retint sans difficulté. Comme elle ne pouvait plus bouger, Séverine se retourna pour affronter son agresseur.

– Guillaume! Guillaume, que fais-tu ici? Tu m'as suivie? Depuis quand es-tu là?

– Holà! mademoiselle Boucher, une question à la fois. Je suis ici pour te voir. Je t'ai suivie, oui, et je suis là depuis quelques heures. Je croyais que le dîner n'en finirait plus.

– Tu nous espionnais?

– Tout de suite les grands mots! Puisque je ne sais pas écrire, je ne pouvais pas t'envoyer un message pour te donner rendez-vous. Comme tu es loin de Québec, je ne pouvais pas te voir au marché ou aller à la maison du prince. Alors, il ne me restait qu'à te surprendre à Montmorency.

– Surprendre, le mot est juste.

– Tu n'as pas l'air très contente de me voir.

– Tu as du culot, Guillaume La Rose, de me parler comme ça!

– Qu'est-ce que j'ai fait encore?

– C'est justement là le problème, tu n'as jamais rien fait pour moi, à part me créer des ennuis, et je me demande pourquoi tu es ici aujourd'hui.

– Pour te voir. Tu me manques.

– Elle est bien bonne, celle-là! Je crois plutôt que tu ne t'es pas trouvé une femme de mauvaise vie pour s'occuper de toi en ce beau dimanche après-midi.

– Tu es méchante.

– Est-ce que je me trompe?

– Tu me fais une crise de jalousie?

– Qu'est-ce que tu racontes ? Je vais te dire, moi, pourquoi je suis en colère. Nous sortons quelques fois ensemble, nous nous entendons bien, j'ai le malheur de te céder, je n'entends plus parler de toi, tu reviens me voir quelques semaines plus tard complètement soûl, je meurs de honte, j'apprends que tu t'évades de ton régiment, le prince te retrouve à Pointe-aux-Trembles, tu es arrogant et tu reçois d'autres coups de fouet, et, trois mois plus tard, tu reviens vers moi pour me dire que je t'ai manqué. Tu es fou et tu crois que je suis assez folle pour te sauter dans les bras et te dire que tu m'as manqué aussi ? Je rêve ou quoi ? Je ne veux plus jamais te revoir, Guillaume La Rose. En ce qui me concerne, tu n'existes plus depuis longtemps. J'ai compris quel genre d'homme tu es et je ne veux plus rien avoir à faire avec toi. Adieu, Guillaume La Rose.
– Attends, Séverine, il faut que je t'explique…
– Il n'y a rien à expliquer parce qu'il y a longtemps que j'ai tout compris, lança la jeune fille, qui s'était mise à courir de toutes ses forces pour échapper à cet homme qui l'avait déçue.
– Va au diable !

Séverine revint au manoir en nage. Elle entra en trombe dans la cuisine, s'assit, incapable de prononcer un seul mot tellement elle était à bout de souffle. Hubert Beaunoir, affolé, attendit qu'elle se ressaisisse.
– Il était là, réussit-elle à articuler.
– Qui ? De qui parles-tu ?
– Guillaume, lança-t-elle dans un souffle.
– Lui… Où est-il à présent que je lui dise deux mots, à cet intrus ?
– Parti… Enfin, je crois. Il nous épiait pendant que nous mangions et il m'a suivie dans les bois. Il m'a dit que je lui avais manqué et je lui ai répondu que je ne voulais plus rien entendre de lui.
– Bravo, ma petite, je suis fier de toi.
– Je suis fière de moi aussi.

Séverine se mit à pleurer toutes les larmes de son corps. Elle se mouchait, reniflait, s'essuyait les yeux, se mouchait de nouveau. Hubert Beaunoir, stupéfié, la regardait, se demandant s'il devait la consoler ou la laisser pleurer. Finalement, il la prit dans ses bras et lui dit doucement :
– Ma petite Séverine, tu ressembles à notre chute de Montmorency.

Un immense éclat de rire fit écho à cette plaisanterie.
– Eh bien ! voilà, c'est fini maintenant, affirma le chef, qui s'était emparé du mouchoir de sa protégée et essuyait les larmes sur ses joues.

Il se promit de faire part de cet incident à M^me de Saint-Laurent pour qu'elle en parle au prince le plus rapidement possible. Il n'avait jamais eu confiance en ce soldat La Rose, et voilà que ses craintes se révélaient justes.

– Je suis seule, maintenant, dit Séverine.

– Comment ça, seule ? Nous sommes là.

– Je sais, mais…

– Ne t'en fais pas, il y a certainement un beau jeune homme à Québec qui tombera amoureux d'une belle fille comme toi, c'est sûr.

– Je n'ai pas eu le temps de ramasser des champignons.

– Allons-y ensemble.

Séverine et Hubert Beaunoir cueillirent des champignons pendant une heure, remplissant presque entièrement leur sac de jute. Le chef ne cessait de raconter des histoires pour la faire rire ; elle se disait qu'elle avait de la chance de connaître un homme aussi bon.

– Quelle nouvelle extraordinaire ! déclara Catherine. Comme je suis heureuse pour vous deux.

– Depuis quand le savez-vous ? demanda Louis de Salaberry.

– Depuis deux jours. Depuis vendredi en fait, répondit Édouard.

– Je n'ose le croire, affirma Julie.

– Et c'est pour quand ? demanda Catherine.

– Pour le mois de mars. Je suis enceinte de trois mois, l'informa Julie.

Édouard et Louis-Antoine s'éloignèrent pour discuter de sujets plus sérieux à leurs yeux.

– J'apprends que la première séance du nouveau Parlement, qui devait se tenir le 10 juillet, a été reportée. Pourquoi donc ? demanda Édouard.

– Elle a été reportée deux fois, rectifia Louis-Antoine, d'abord au 20 août, puis au 1^er octobre. C'est tout ce que je sais pour le moment.

– Et vous ne connaissez pas les raisons de ces reports ?

– Nous, les députés, avons reçu une lettre du lieutenant-gouverneur Clarke dans laquelle il fait allusion à des affaires urgentes concernant la défense de notre province qui l'obligent à reporter de nouveau la date de la première séance du Parlement. Nous ne savons cependant pas de quelles affaires urgentes il s'agit.

– Il faut juste attendre, à ce que je vois.

– C'est tout ce que nous pouvons faire, mais le lieutenant-gouverneur ne doit pas oublier qu'il doit convoquer la Chambre d'assemblée avant le 31 décembre de cette année, conclut Louis-Antoine.

– J'ignorais ce détail. Je dois rencontrer le général Clarke à dix heures demain matin. J'essaierai d'en savoir plus, promit Édouard.

Le prince en profita pour parler alors de son voyage à Kingston et aux chutes du Niagara. Il était heureux, également, d'apprendre à son ami combien le roi était apprécié dans le Haut-Canada. Un peu plus loin, les femmes, elles, parlaient du bébé à venir.

– Dès la semaine prochaine, si vous le voulez bien, nous commencerons à préparer le trousseau, Julie.

– Cela me convient parfaitement, Catherine. C'est une très bonne idée.

– Je vous attendrai mardi au début de l'après-midi, disons à deux heures.

– Mardi, je ne peux pas, je suis désolée. Je reçois mon professeur de musique.

– Disons mercredi à la même heure, alors.

– Je serai ici mercredi prochain à deux heures, comptez sur moi. Et maintenant, Catherine, serait-il possible de voir notre filleul ? Il a dû grandir depuis deux mois. Édouard et moi avons beaucoup pensé à lui.

– Il dort, mais je vais demander à notre gouvernante de nous l'amener. C'est un bébé très sage et les enfants l'adorent.

M$^{lle}$ Beaudoin apporta l'enfant, qui continuait de dormir dans ses bras, et le déposa délicatement, pour ne pas le réveiller, sur les genoux de Julie, qui se pencha et l'embrassa sur le front. Elle regarda la mère et lui chuchota combien Édouard-Alphonse avait changé et combien il était beau. Catherine approuvait en faisant oui de la tête. Quelques minutes plus tard, M$^{lle}$ Beaudoin reprit le bébé, qui ne broncha pas, pour le ramener dans son petit lit. Édouard, en grande discussion avec Louis-Antoine, se leva rapidement pour voir l'enfant lorsque Julie l'interpella. Il admira quelques secondes le poupon en souriant et dit à la mère que c'était un très bel enfant, puis retourna s'asseoir avec son ami pour continuer sa conversation, laquelle, de toute évidence, l'intéressait plus que le nouveau-né. Julie lui en voulut de son indifférence, mais ne laissa rien paraître.

Le reste de l'après-midi se déroula dans le jardin. Les hommes déambulèrent dans les sentiers bordés de fleurs tandis que Catherine et Julie, assises sous un grand chêne, continuèrent de parler de l'enfant à venir.

En revenant de Montmorency, Guillaume La Rose se rendit à la taverne de John Franks, où se trouvaient des soldats qui, comme lui, cherchaient à se distraire en ce dimanche ensoleillé de septembre. François Bonniot était attablé avec des soldats passablement éméchés qui parlaient fort, se plaignant des journées de travail interminables et de l'horaire trop rigoureux que leur imposait le colonel.

– Le colonel ? vous voulez sans doute parler du prince Édouard, dit Bonniot.

– C'est bien lui, répondit un soldat qui s'appelait Smith. Pendant qu'il se balade à Kingston et fait la belle vie, nous, nous travaillons sans relâche. Parfois, je me dis que faire la guerre, c'est plus facile que satisfaire un prince.

– Tu ne veux quand même pas qu'il lui arrive malheur ? s'enquit Bonniot, mine de rien.

– Malheur ?... Non, répondit Smith, embarrassé. Tu parles d'une question.

– Un accident est si vite arrivé, lança Guillaume La Rose d'un air arrogant.

Il vint s'attabler avec les autres en enjambant le long banc de bois, un grand verre de bière à la main. Son intervention avait suscité une explosion de rires chez certains et un tollé de protestations chez d'autres. Parmi ces derniers, François Bonniot remarqua Joseph Draper, qui ne décolérait pas et vint s'asseoir à côté de Guillaume.

– Tu ne peux pas fermer ta grande gueule ? chuchota Draper à l'oreille du jeune soldat en serrant les dents. Tu risques de tout faire échouer, espèce de tête de linotte !

– D'accord, j'ai compris. Ne prends pas le mors aux dents, Joseph. Je n'ai rien dit de compromettant, chuchota également Guillaume.

– Les murs ont des oreilles et tu ne cesses de faire le fanfaron dans une taverne pleine de soldats, le chapitra Draper. J'ai appris que la sentence de Young et de Williams serait exécutée demain à l'aube.

– Combien ?

– Deux cents coups chacun.

– On pourrait peut-être les recruter.

– Il n'en est pas question et je t'interdis de leur en parler.

– Il me semble que plus on sera de monde, plus on aura de chances de réussir.

– C'est tout le contraire. On est six et c'est suffisant, crois-moi.

– C'est quand même moi qui ai eu l'idée de ce complot, ne l'oublie pas.

– Oh ! je suis loin de l'oublier ! Parfois même, je me demande à quoi je pensais en m'embarquant dans cette galère avec toi.

– Tu penses la même chose que moi, ne me dis pas le contraire ! C'est même pour ça que tu t'es embarqué avec moi.

– Ne parle pas aussi fort, on risque d'être démasqués ! lança Draper en se levant pour aller rejoindre d'autres soldats qui jouaient aux cartes à la table voisine.

Mine de rien, François Bonniot avait fait de gros efforts pour tenter de déchiffrer sans trop de succès ce que ses deux amis complotaient. Il commanda de la bière pour La Rose et lui.

– T'es mon invité, dit-il en déposant un grand verre de bière devant La Rose.

– Merci, c'est pas de refus. À la bonne tienne, dit Guillaume en levant son verre à la santé de Bonniot.

– Vous êtes trop sérieux, toi et Draper, affirma Bonniot, qui cherchait à mettre le soldat en confiance pour recevoir ses confidences. Vous n'êtes pas capables de profiter de votre journée de congé ? Riez donc un peu.

– On est sérieux parce qu'il se passe des choses sérieuses.

– Il ne se passe rien de vraiment sérieux à Québec depuis un bon bout de temps, dit Bonniot, qui fit signe à l'aubergiste d'apporter deux autres bières.

– Ça va changer, crois-moi. Je m'en occupe.

– Dis-moi pas que tu prépares une grande fête ! Tu as bien raison. Les dimanches sont tellement ennuyants à Québec. À part se soûler la gueule, il n'y a rien à faire.

– Ça va être toute une fête, crois-moi, répondit La Rose, dont les yeux commençaient à rapetisser étant donné la quantité de bière qu'il avait déjà ingurgitée. Ça ne ressemblera en rien à la fête à laquelle tu t'attends. C'est une surprise, toute une surprise.

– J'aime les surprises.

– Celle-là, ça va en être toute une. C'est moi qui en ai eu l'idée, puis les autres ont embarqué.

– Tu veux pas m'en parler un peu plus ? risqua Bonniot. Je peux peut-être t'aider.

– J'ai déjà trop parlé, dit La Rose à voix basse en mettant son index sur ses lèvres entrouvertes.

Bonniot héla l'aubergiste, qui apporta d'autres bières, au grand plaisir de La Rose qui continuait de boire à grandes gorgées, à croire que sa soif ne s'apaiserait jamais. Plusieurs soldats étaient trop ivres pour penser ne serait-ce qu'à se lever ; La Rose était du nombre. La tête retombée sur sa poitrine, les paupières lourdes, il tenait à voix basse un discours inaudible que personne n'écoutait, sauf Bonniot, qui percevait certains mots à l'occasion. Pour lui, aucun doute n'était plus possible : il était clair que des soldats, dont Guillaume La Rose et Joseph Draper, tramaient un complot dans le but d'assassiner le prince Édouard. Bonniot se leva, paya l'aubergiste et laissa le soldat La Rose cuver son vin. Il marcha rapidement jusque chez lui ; il transpirait à grosses gouttes. « L'heure approche, maman, l'heure de la vengeance est presque arrivée. Je dois me dépêcher, le temps presse. Il est hors de question que quelqu'un d'autre que moi tue le prince », se disait-il. Il pénétra dans sa maison et descendit à la cave, où trois pistolets étaient cachés dans une vieille armoire. Il les sortit et les examina de près, en choisit un, le pointa sur une cible imaginaire. Un sourire diabolique illumina son visage. Il s'assit sur une chaise bancale, s'empara d'un morceau de feutrine qu'il trouva dans l'armoire et commença à nettoyer son pistolet, méticuleusement, lentement, comme un bijou de famille qu'il léguerait à ses héritiers. L'arme resplendissait de propreté. François l'admirait et la caressait comme si elle avait eu une valeur sentimentale connue de lui seul.

En se couchant ce soir-là, Édouard annonça à Julie qu'il désirait organiser une petite fête le 30 septembre.
– Mais, c'est bientôt, dit Julie, surprise.
– J'en ai parlé avec M. Beaunoir et il est enchanté de cette idée. Il préparera un souper digne des plus fins gourmets et un gâteau, je le cite, que nous n'oublierons pas de sitôt. Il a même ajouté qu'il ferait n'importe quoi pour contribuer au bonheur de M$^{me}$ de Saint-Laurent.
– L'idée est tout à fait charmante, vous êtes merveilleux, Édouard, et je suis certaine qu'Hubert Beaunoir fera de cette soirée une très grande réussite.
– Je n'ai aucun mérite, je vous aime et je veux que vous soyez heureuse, à plus forte raison le jour de votre anniversaire.
– Je le suis, n'en doutez pas.
– Après cette petite fête, je vais faire le nécessaire pour que nous regagnions notre résidence de Québec.
– Déjà ? Nous sommes si bien ici.
– Je comprends vos réticences, mon amour, mais je pense à votre état. Je ne veux pas que vous couriez des risques inutiles en demeurant ici. L'hiver arrive si vite dans ce pays et les routes, si peu praticables en cette saison, pourraient nous immobiliser à Montmorency.

– Vous avez entièrement raison, concéda Julie.
– Il vous sera plus facile de voir le docteur Véroneau puisqu'il habite pas très loin de nous.
– Lorsque nous serons à Québec, j'irai le voir.
– Dans moins de trois semaines, nous serons installés rue Saint-Louis et nous ferons préparer une chambre pour l'enfant et sa nourrice. Après, ma tendre Julie, vous aurez tout votre temps pour vous consacrer au bon déroulement de votre grossesse.
– Vous êtes donc content d'avoir cet enfant ?
– Vous faites de moi le plus heureux des hommes, avoua Édouard en serrant Julie dans ses bras. Si mon comportement des derniers jours a pu vous faire croire que la venue de notre enfant me contrarierait, veuillez me pardonner, mon tendre amour. Mes seules craintes, et elles sont toujours présentes, ne concernent que vous. Je ne veux pas vous perdre.
– Tout se passera bien, je le sens.

Au petit matin, des nausées réveillèrent Julie, mais cette fois-ci elle ne s'alarma pas puisque ses vomissements ne faisaient que confirmer qu'elle était enceinte. Même Édouard se rendormit aussitôt en réalisant que ce n'était que ça, comme il disait. Les derniers jours à Montmorency s'écoulaient paisiblement. Julie se reposait comme le lui avait conseillé le docteur Ovila, mais, aussi, elle aidait Séverine dans la confection de robes de maternité, lisait sur la grande galerie ensoleillée ou marchait quelques minutes au bras d'Édouard autour du manoir.

Charles Jouve vint lui donner son premier cours de violoncelle depuis son retour de voyage. Après un moment, il ne put s'empêcher de lui dire :
– Votre jeu est moins précis. Il est évident que vous pensez à autre chose, chère madame.
– Je vais essayer de me concentrer davantage.
– Ne serait-il pas plus simple de me dire ce qui vous tracasse ?
– Il n'y a rien qui me tracasse, comme vous dites. C'est plutôt quelque chose qui me comble au plus haut point.
– Vous me faites languir.
– J'ai le bonheur de vous annoncer, commença Julie, que j'attends un enfant.

Charles Jouve ne broncha pas. Il ne savait que dire ni que faire.
– Ah bon ! réussit-il à articuler.
– Ne dites rien, répondit Julie, qui s'amusait de sa réaction. Cela vaudra mieux.

– Et la musique ?
– Quoi, la musique ?
– Serez-vous en mesure de continuer vos leçons ?
– Je ne vois pas pourquoi je les abandonnerais. Voyons, monsieur Jouve, ressaisissez-vous. Vous réagissez comme si je vous avais annoncé une épouvantable tragédie.
– Excusez-moi, madame de Saint-Laurent, vous avez raison, je suis un imbécile, veuillez me pardonner, le pria Charles. Je me rallie entièrement à votre bonheur, croyez-moi.
– Je vous crois parce que vous êtes mon ami.
– Oui, je suis votre ami, chère madame. Et maintenant, si vous recommenciez cette suite de Bach ? Si vous n'êtes pas trop fatiguée, naturellement.

Julie éclata de rire, replaça le violoncelle et rejoua, cette fois merveilleusement, la pièce de Bach qu'elle avait écorchée quelques minutes plus tôt. Le sourire revint sur les lèvres de M. Jouve, qui appréciait tellement le talent de son élève.

Le dimanche suivant, ce dernier joua avec d'autres musiciens pour l'anniversaire de Julie. Les invités – les Salaberry, les Saint-Ours, les Lanaudière, les Grant, le capitaine Wetherall et son frère, l'aumônier du régiment – applaudirent chaleureusement les musiciens qui leur présentèrent un concert d'une demi-heure dans le grand salon donnant directement sur le fleuve. Après la prestation, M. Jouve vint informer le prince que le programme musical n'était pas réellement terminé, qu'il y avait une petite prolongation de dernière minute. Édouard annonça aux invités qu'une surprise avait été préparée par les musiciens et il leur demanda de bien vouloir se rasseoir. Quelques personnes voulurent en savoir plus, mais le prince ne pouvait leur répondre. Quelle ne fut pas leur surprise de voir Julie et son professeur jouer en duo le *Concerto en sol mineur* de Vivaldi. Les spectateurs même les plus difficiles n'en revenaient tout simplement pas du talent de leur hôtesse. Des bravos et de longs applaudissements saluèrent ce numéro improvisé. Julie resplendissait de beauté et de confiance. À part les Salaberry et M. Jouve, personne n'était au courant qu'elle attendait un enfant. Elle aurait voulu le crier au monde entier.

– Vous jouez divinement, ma chère Julie, la félicita Louis de Salaberry.
– Oh ! oui, vraiment, vous m'avez impressionnée, renchérit M$^{me}$ de Lanaudière.

– Vous avez des talents cachés, chère madame, dit M. de Saint-Ours. Mon cher prince, vous devez être comblé, vous qui aimez tant la musique.

– Il est vrai que je suis un homme comblé, approuva le prince. Je suis entouré de beauté, de grâce et de musique, quoi demander de plus ?

– Il n'y a rien d'autre à demander en effet, mon cher Édouard, rétorqua Catherine de Salaberry. Il ne vous reste qu'à remercier le ciel de vous combler de la sorte.

– Vous me mettez fort mal à l'aise, croyez-moi, déclara Julie en arborant un large sourire, même si la femme que je suis apprécie grandement ce que vous dites.

Tous éclatèrent de rire.

– Un excellent sens de l'humour en plus, affirma Louis de Salaberry, qui aimait taquiner Julie.

– Mesdames, messieurs, invita Édouard, je vous prierais de vous approcher de la table. Mon serviteur John indiquera à chacun la place qui lui est réservée.

– Monsieur Jouve, invita à son tour Julie, je vous prie de venir prendre place à côté du prince et moi.

Charles Jouve s'avança sous les regards souriants des femmes avec beaucoup de fierté dans la démarche. Il s'assit et tout de suite M$^{me}$ de Saint-Ours lui dit :

– Je crois que M$^{me}$ de Saint-Laurent sera d'accord avec moi si je vous dis que vous êtes un professeur hors du commun.

– Je suis très heureuse que vous le mentionniez, madame de Saint-Ours, dit Julie, parce que, sans mon professeur, je vous assure que ma performance de ce soir aurait été médiocre.

– M$^{me}$ de Saint-Laurent se sous-estime, affirma Charles Jouve.

– Est-ce que vous donnez des cours à d'autres élèves ? demanda l'épouse du capitaine Grant.

– Lorsque je suis arrivé à Québec, l'année dernière, j'ai donné des cours de guitare française à quelques élèves, mais les concerts de l'orchestre du régiment prenaient tout mon temps et je n'avais presque plus de moments libres à consacrer à la composition, alors j'ai dû renoncer à l'enseignement. Je n'ai gardé que M$^{me}$ de Saint-Laurent parce que je considère qu'un talent comme le sien se doit d'être encouragé et développé.

– Naturellement, répondit Marie-Charlotte Grant, qui, voyant Charles Jouve dévorer son élève des yeux, comprit rapidement que ce n'était pas seulement le talent de Julie de Saint-Laurent qui l'incitait à fréquenter la maison du prince.

Le repas se déroula avec beaucoup d'entrain, les conversations s'animaient, de nombreux toasts furent portés tantôt à Julie, tantôt au prince, tantôt aux deux merveilleux hôtes. Le chef s'était surpassé, le coq au vin qu'il avait préparé fut grandement apprécié et plus d'un se servit une seconde fois. Les bouteilles de vin se succédèrent à une vitesse folle ; les serviteurs n'en finissaient pas de remplir les verres vides. Le gâteau d'anniversaire apporté par Hubert Beaunoir s'avéra le clou de la soirée. Les convives se régalèrent du somptueux gâteau aux fruits à trois étages qui dégoulinait de crème au beurre. Personne n'osa demander à Julie son âge. D'ailleurs, elle ne l'avait même jamais révélé à Édouard, qui n'avait pas insisté pour le connaître ; il se doutait qu'elle avait deux ou trois ans de plus que lui, peut-être moins, mais cette information ne l'intéressait guère. Le matin même, ne lui avait-il pas dit en sortant du lit : « Bon anniversaire, mon amour. Vous êtes tellement belle que ce n'est pas une année de plus qui altérera votre beauté. » Cette réflexion, avait pensé Julie, portait à croire que le prince savait qu'elle était plus vieille que lui et qu'il s'en moquait. Comme c'était le premier matin depuis les deux dernières semaines qu'elle n'était pas incommodée par les nausées, les deux amants en avaient profité pour faire l'amour, et leurs retrouvailles matinales les avaient comblés. Julie promena son regard autour de la table et se demanda si toutes ces femmes belles et élégantes vivaient avec leur mari une relation aussi satisfaisante que la sienne.

Lorsque les convives se levèrent de table après y avoir passé quelques heures, on entendit toutes sortes de propos, des dames affirmant en riant : « Je ne mangerai pas pendant trois jours si je veux que mes robes me fassent encore », et des messieurs grognant : « J'ai besoin d'un bon cognac pour digérer cette excellente nourriture préparée par votre chef, que je vous envie. » À une heure du matin, les invités partis. Julie n'en finissait plus de remercier Édouard pour la magnifique soirée, où tous s'étaient montrés si gentils avec elle.

– Et ce n'est pas terminé, dit-il.

– Que voulez-vous dire ?

Il vint la retrouver sur le canapé et lui présenta une petite boîte rouge entourée d'un mince ruban blanc.

– J'ai choisi de vous offrir ce présent lorsque nous serions seuls, expliqua-t-il.

– Vous avez bien fait, dit Julie en ouvrant la boîte.

La surprise fut tellement grande lorsqu'elle vit le bijou qu'elle sentit une chaleur intense l'envahir. Elle éclata en sanglots. Elle s'excusait de sa réaction trop excessive, elle riait, admirait la bague en or sertie d'un incroyable diamant bleu, mais n'osait la mettre à son doigt. Édouard la sortit de la boîte et la glissa à l'annulaire de Julie.

– Vous portez mon enfant et cette bague scelle notre union, déclara-t-il solennellement en baisant les mains de Julie. Je vous aime.

– Je vous aime.

Ce soir-là, ils s'endormirent dans les bras l'un de l'autre sans dire un mot. Julie était très heureuse du déroulement de la journée qui avait marqué son trente-deuxième anniversaire, mais, en même temps, elle ne pouvait se cacher la déception qui l'accompagnait. Elle savait que le mariage morganatique auquel elle aspirait n'aurait jamais lieu. Dût-elle porter tous les enfants d'Édouard, elle n'aurait droit qu'à un diamant, même si le coûteux bijou ferait l'envie de toutes les femmes de Québec. Un petit instant, juste un tout petit instant, en ouvrant la boîte, elle avait attendu la demande en mariage qui normalement accompagne un diamant, mais en vain. Elle n'aurait pu dire, d'une façon certaine, si elle avait pleuré de chagrin ou de joie.

Julie se retrouva à la résidence de la rue Saint-Louis avec un pincement au cœur. Vu sa grossesse, elle se devait de passer l'hiver enfermée, loin des regards indiscrets et des commérages, qui ne feraient que nuire au prince. D'ailleurs, Édouard trouvait normale la retraite que Julie s'apprêtait à commencer entre les murs de sa maison. Elle savait qu'elle pouvait compter sur l'amitié et la discrétion de Catherine, qui viendrait lui rendre visite comme elle le lui avait déjà promis pour préparer les effets du nouveau-né. Son professeur de musique continuerait à lui donner des cours. Charles Jouve lui avait dit : « Je ne crois pas que votre grossesse fasse disparaître votre talent. » Julie avait trouvé cette remarque très drôle, mais surtout elle en avait été touchée. Tous les jours, elle se réjouissait de l'existence de ce petit être qui se développait à l'intérieur de son ventre, mais elle n'aimait pas voir son corps s'épaissir, sa poitrine déjà généreuse s'alourdir, son ventre se strier de fines lignes blanches. Elle se demandait si Édouard, qui aimait tant son corps, la trouverait encore attirante. Elle avait décidé de ne porter pendant sa grossesse que les quatre robes que Séverine avait habilement et joliment modifiées, parce qu'elle se promettait après l'accouchement de retrouver sa taille de jeune fille. Elle ne voulait pas qu'Édouard se désintéresse d'elle, elle dont la beauté du corps avait tant fait frémir son amant. Demain, elle allait rencontrer le docteur Véroneau en fin d'après-midi. Elle lui parlerait d'une petite douleur dans le dos et lui demanderait des conseils pour ne pas trop engraisser.

– Ce n'est rien de grave, madame de Saint-Laurent. Vous devez vous reposer pour mener à terme cette première grossesse. Aussi, déclara le docteur en ne quittant pas Julie des yeux, il est normal de prendre du poids dans votre condition. Il est hors de question de vous priver de nourriture. L'enfant pourrait en souffrir. Ce pourrait même lui être fatal. Comment pouvez-vous envisager une telle chose uniquement pour conserver votre corps de jeune fille ? Vous n'êtes plus une jeune fille, madame, vous êtes une femme ; plus encore, une mère. Il est temps de penser à l'enfant, non plus à vous.

Le docteur Véroneau était irrité. Jamais, depuis qu'il accouchait les femmes de Québec, il n'avait entendu des propos aussi égoïstes de la part d'une parturiente. Toutes sans exception se préoccupaient de la santé de l'enfant à naître, non de la leur. Julie ne savait que dire tant la réaction du médecin dont Catherine lui avait tant vanté les mérites la désarçonnait.

– Croyez bien, docteur Véroneau, réussit-elle à dire en essayant de cacher l'émotion que sa voix trahissait, que je me soucie de la santé de mon enfant plus que vous ne pouvez l'imaginer, et je peux vous assurer que je ne pense qu'à lui en me préoccupant de la santé de sa mère.

– Je suis désolé de la tournure de notre rencontre, chère madame, s'excusa Thomas Véroneau, mais il y a tant de femmes qui mettent au monde des enfants mort-nés – encore une ce matin – ou qui accumulent les fausses couches sans que je puisse faire quoi que ce soit que vous comprendrez, j'espère, que j'aie perdu mon sang-froid en entendant vos propos.

– Je suis désolée également, docteur Véroneau. Je crois que vous m'avez mal comprise. Tout cela m'attriste beaucoup, conclut Julie, qui se leva en lui promettant de bien se reposer.

Thomas Véroneau la raccompagna jusqu'à la porte. Au même moment, la carriole du prince arrivait. Édouard descendit pour saluer le médecin.

– Est-ce que tout va bien, docteur Véroneau ? demanda-t-il.

– Vous pouvez dormir tranquille. Votre femme est en parfaite santé, de même que l'enfant qu'elle porte.

– Je suis très heureux d'entendre d'aussi bonnes nouvelles. Au revoir, docteur, merci pour tout.

– Au revoir, madame de Saint-Laurent. Au revoir, Altesse.

John et le prince aidèrent Julie à monter dans la voiture. Édouard prit place à côté d'elle en priant John de ne pas rouler trop vite.

François Bonniot avait appris que le prince était revenu rue Saint-Louis. Le lendemain de son arrivée à Québec, les soldats, attablés devant un verre de bière à la taverne de Franks, commençaient déjà à maugréer.

– Avant, on ne le voyait que vers les dix heures à la garnison. Maintenant, il se fait un devoir d'être là à huit heures. Il habite juste à côté. Il n'a plus, hélas ! une heure de route à faire.

Certains n'y allaient pas de main morte dans leurs commentaires plutôt acerbes.

– Son absence de plusieurs semaines durant son voyage à Kingston nous avait presque fait oublier qu'il existait.

Ces paroles sarcastiques étaient suivies de bruyants fous rires abondamment arrosés d'alcool. François sirotait une bière en ne perdant rien de ce qu'il entendait autour de lui. Guillaume La Rose était le plus bavard ; Draper, le plus laconique. Souvent, ce dernier regardait La Rose avec des yeux mauvais, mais le jeune soldat ne tenait pas compte des avertissements de son aîné. La Rose détestait le prince et ne se gênait pas pour commenter ouvertement sa réputation d'homme cruel envers ses hommes. Tout le monde sentait qu'il se tramait quelque chose, mais personne n'aurait pu deviner quoi.

François dormit mal cette nuit-là. Il faisait de mauvais rêves et se réveillait constamment. Quand l'horloge de la cuisine sonna six heures, il se leva, s'habilla, mangea rapidement, mais dégusta lentement une tasse de café chaud, puis une deuxième. À huit heures, il prépara méticuleusement son pistolet. Il le remplit de poudre et d'étoupe, y plaça la balle, le fourra dans une large poche de son manteau et sortit dans le matin brumeux d'octobre. Il était dix heures. Il se rendit au château Saint-Louis et en fit le tour tout en évitant de se faire remarquer par les soldats. Il savait que le prince y venait presque tous les matins pour s'entretenir avec le lieutenant-gouverneur Clarke, mais réalisa rapidement que les gardes étaient trop nombreux et ne manqueraient pas de le reconnaître et de l'attraper très vite. Il marcha jusqu'à la casemate de la rue Saint-Louis et constata que les manœuvres matinales avaient commencé, mais que le prince était absent. Il décida alors de se rendre jusqu'à la résidence du prince parce que c'était de toute évidence le meilleur endroit pour une exécution discrète puisque aucun soldat n'en assurait la garde. Il traversa la rue et se cacha derrière un chêne juste à côté de la porte d'entrée principale du Palais de Justice. François Bonniot remarqua que de cet endroit il lui était impossible de manquer sa cible, la vue étant parfaite. Il regarda l'heure sur sa montre de poche ; il était dix heures cinquante. Il sortit son pistolet, le chargea et attendit. Ses yeux ne quittaient pas la maison du prince, il était prêt.

À onze heures trente exactement, le prince sortit enfin, mais il n'était pas seul. M$^{me}$ de Saint-Laurent, vêtue d'une immense cape de velours noir, l'accompagnait. François eut un moment d'hésitation, mais vite il le chassa. L'image de sa mère mourante s'installa dans son esprit. Il ne changerait pas d'idée sous prétexte que des circonstances imprévues venaient le distraire de ses plans initiaux. Jamais il n'avait envisagé que M$^{me}$ de Saint-Laurent serait témoin de cet assassinat, mais tant pis, il y a toujours des impondérables, se dit-il. Il était hors de question qu'il plie bagage et reporte son projet. Il arma le chien du pistolet, visa, trembla légèrement lorsqu'il entendit le rire de la jeune femme et tira.

Un cri d'épouvante se fit entendre. Julie gisait sur le sol, Édouard gémissait à fendre l'âme. Les serviteurs accoururent. Séverine pleurait.

– Philip, allez chercher le médecin, ordonna le prince en reprenant son sang-froid. John et Robert, aidez-moi à transporter madame dans sa chambre. Séverine, trouvez des linges propres, le médecin en aura certainement besoin. Monsieur Beaunoir, faites bouillir de l'eau, on ne sait jamais.

Tous s'activaient autour de Julie, qui avait perdu connaissance. Séverine débarrassa sa maîtresse de la belle cape noire qu'elle avait elle-même cousue et dégrafa sa robe. Édouard appliquait des compresses d'eau froide sur son front. Ils eurent un choc en découvrant le bras gauche de la blessée presque entièrement couvert de sang. « Mon Dieu ! Mon Dieu ! Mon Dieu ! » ne cessait de répéter Séverine. Édouard, assis sur le bord du lit, prit la main inerte de Julie et implora sa compagne d'ouvrir les yeux ; elle n'eut aucune réaction. Au même moment, le docteur Ovila entra au pas de course et retira son manteau, qu'il jeta sur une petite table en merisier. Édouard se leva précipitamment.

– Que s'est-il passé ? demanda le major. J'apprends que votre femme a reçu un coup de pistolet.

– Cette balle m'était destinée, major Ovila, à n'en pas douter, et c'est Julie, M$^{me}$ de Saint-Laurent, qui l'a reçue. Je ne peux y croire. Je n'ai pas eu le temps de voir l'assassin, mais aussitôt que j'aurai la certitude que M$^{me}$ de Saint-Laurent est hors de danger, j'organiserai les recherches.

– Quelques officiers, informés par Beck, sont déjà en train de faire le nécessaire.

– Docteur, demanda Édouard, complètement abattu, dites-moi si la blessure est mortelle.

– Pas du tout, le rassura le médecin. La balle s'est logée dans son bras, mais l'os est intact. Elle ne perdra donc pas l'usage de son membre. Il faut que je retire tout de suite cette balle.

Le médecin sortit son bistouri et constata avec bonheur que le projectile n'était pas entré profondément.

– C'est bien, c'est très bien, dit-il.

Après qu'il eut soigneusement nettoyé la blessure, il put extraire la balle sans trop de difficulté. À ce moment, un cri de douleur se fit entendre. Julie ouvrit les yeux et, en voyant tant de gens autour du lit, prit peur.

– Mon bébé ? Est-ce que j'ai perdu mon bébé ? réussit-elle à articuler.

Édouard sursauta à cette question. À aucun moment il n'avait pensé à l'enfant que Julie portait. Il regarda le major Ovila et, d'un geste de la tête, le pria de répondre.

– Rassurez-vous, madame de Saint-Laurent, vous n'avez pas perdu votre bébé. Tout est en ordre de ce côté, expliqua le docteur Ovila.

– Que s'est-il passé ?

– Vous avez reçu une balle de pistolet, mais je viens de la retirer. C'est la raison pour laquelle vous avez ressenti une douleur aussi intense. C'est terminé, maintenant. Je vais entourer votre bras d'un pansement et je viendrai tous les jours le changer et m'assurer que la blessure guérit bien.

– Qui veut me tuer ? Qui me déteste autant ? demanda péniblement Julie.

– Personne ne vous déteste, ma chérie. Malheureusement, vous avez reçu la balle qui m'était destinée, répondit Édouard, qui s'était assis sur le bord du lit pour la consoler. Croyez que je suis l'homme le plus malheureux de la terre.

– Qui a fait cela ?

– Les recherches sont lancées depuis quelques heures. Maintenant que je sais que vous êtes sauvée et que votre vie n'est plus en danger, je peux vous laisser entre les mains du docteur Ovila. Je veux que l'auteur de cette tentative de meurtre soit trouvé dans les plus brefs délais et que son sort soit scellé à la même vitesse que la balle qui s'est logée dans votre bras, ma chère Julie.

– Vous n'avez aucune idée de qui est l'assassin ? s'informa le major Ovila.

– Aucune, mais je ne crois pas me tromper en supposant que cet homme n'était pas un tireur particulièrement doué.

– Je vous souhaite bonne chance, déclara le major en tendant la main à Édouard.

– Soyez prudent, Édouard, ce tueur peut encore sévir, dit Julie en grimaçant de douleur.

– Ne vous inquiétez pas pour moi, Julie.

Le prince sortit bientôt de chez lui et se rendit d'un pas alerte à la casemate de la rue Saint-Louis accompagné des trois soldats qui montaient la garde devant sa résidence. Cinq autres soldats entouraient la maison et avaient reçu l'ordre de tirer à vue sur le moindre suspect qui refuserait de donner son identité. Les officiers accueillirent le prince avec soulagement et s'informèrent de l'état de M$^{me}$ de Saint-Laurent. Tous déplorèrent qu'une femme aussi charmante ait été victime d'une telle violence.

– Nous avons formé plusieurs groupes de soldats volontaires qui veulent participer aux recherches, mentionna le capitaine Thomas Green.

– Je veux que vous ratissiez la ville et les alentours, ordonna Édouard d'un ton colérique. Tous les coins et les recoins doivent être fouillés. Trouvez-moi ce salaud le plus rapidement possible. Il n'a certainement pas eu le temps de fuir très loin. Messieurs, amenez-le-moi vivant, il me le faut vivant.

– Nous partons sur-le-champ, dit le capitaine Green.

En voyant M$^{me}$ de Saint-Laurent étendue sur le sol, François Bonniot s'était rendu compte qu'il avait manqué sa cible. Le prince était toujours vivant et une personne innocente était morte pour assouvir sa vengeance. « Je suis un meurtrier, je viens de tuer une femme innocente que j'aimais. Je suis un monstre. » En voyant les gens s'activant autour du corps de Julie, il n'avait eu qu'une envie, celle de s'agenouiller auprès d'elle pour lui demander pardon, mais il s'était plutôt sauvé le plus rapidement possible avant que l'on se mette à sa recherche pour le pendre. Il était entré dans le Palais de Justice, où il n'avait aperçu qu'un homme assez âgé, besicles sur le nez, absorbé par la lecture d'un épais document, et un jeune clerc, qui montait rapidement les marches du grand escalier en sifflotant, et était ressorti par la petite porte de derrière, qui donnait sur une cour en terre battue au milieu de laquelle un immense sapin se prenait pour une vigie. Maintenant, François marchait très vite, à la façon d'un homme en retard attendu impatiemment, mais ne courait pas pour ne pas éveiller le moindre soupçon. Son épais manteau le faisait transpirer, il sentait la sueur lui dégouliner dans le dos et sur le front. Finalement, il ouvrit la porte de sa maison, lança le pistolet maudit sur un fauteuil, se débarrassa de son manteau et se versa une bonne rasade de whisky, qu'il avala goulûment avant de s'asseoir pour réfléchir à ce qu'il devait faire. Fuir était la seule solution qui s'offrait à lui. Il vida son coffre-fort de tout l'argent qu'il contenait, plaça cet argent dans une aumônière qu'il fixa à sa ceinture, mit vêtements et nourriture dans un vieux sac en cuir, puis sortit et courut dans les champs en direction du fleuve, qu'il longea à la recherche de quelqu'un qui accepterait de l'amener de l'autre côté, à Pointe-Lévis, moyennant une forte somme.

– Une livre pour traverser le fleuve, dit-il en reprenant son souffle à un habitant qui réparait une clôture.

– Le courant est fort par ici, répondit l'habitant, je traverse uniquement quand il y a une urgence.

– Il y a urgence, expliqua maladroitement Bonniot. C'est ma mère… Elle est malade et… et je dois aller la voir avant qu'elle meure.

Les fils de l'habitant s'étaient rapprochés et examinaient cet homme qui, très certainement, mentait à leur père.

– On ne traverse pas à moins de trois livres, risqua audacieusement le plus costaud des trois, sans doute l'aîné.

– Pas en bas de trois livres, répétèrent les deux autres.

– Voici trois livres, accepta Bonniot sans aucune forme de discussion.

Le père s'empara de l'argent gagné facilement et les fils se dépêchèrent de mettre l'embarcation à l'eau comme s'ils avaient craint que l'étranger change d'avis et reprenne son argent.

– Il va falloir que vous ramiez, vous aussi, dit l'aîné. On n'aura pas trop de cinq paires de bras pour affronter le courant.

Les hommes s'agenouillèrent dans le canot et ramèrent vigoureusement jusqu'à l'autre rive. Enfin arrivé, Bonniot respira mieux. Il se croyait à l'abri. Le temps que les soldats du prince atteignent Pointe-Lévis, il serait déjà hors de portée. Tout de suite, il pensa à son grand ami Étienne Cazeau ; il demanderait asile à sa veuve, Marie Cugnet. Il se dirigea vers sa maison en prenant soin de ne pas être vu. Il frappa doucement à la porte. Le vieux chien Bado jappa jusqu'à ce que l'aîné, qui ressemblait tant à son père, le tranquillise. Pierre-Marie ouvrit la porte, reconnut François Bonniot et l'accueillit avec une bonne poignée de main.

– Quel bon vent vous amène, monsieur Bonniot ?

François évita de répondre à Pierre-Marie et demanda à voir sa mère. Le ton de sa voix laissait deviner un malaise. L'orphelin alla immédiatement chercher sa mère.

– François ? Que se passe-t-il ? demanda Marie, sans cacher son étonnement.

– Il faut que je te parle, Marie. Seul à seule. C'est très important.

– Les garçons, dit Marie en s'adressant à ses trois fils, allez dans l'atelier ou dans votre chambre. M. Bonniot et moi avons à parler.

– Merci, les garçons, dit François, qui en les regardant constata qu'ils étaient devenus des hommes.

– Qu'est-ce qui t'arrive ?

– J'ai tué une femme, Marie. Je suis un assassin.

La veuve sortit une bouteille de rhum et en versa une bonne rasade à son visiteur. Il vida son verre d'un trait et grimaça tellement l'alcool était fort.

– Une femme ? Mais quelle femme ?

– La femme du prince Édouard, à Québec.

– Qu'est-ce que tu racontes, Dieu du ciel ?

– La vérité, Marie. Rien de moins que la vérité.

– Je ne te crois pas. Ce n'est pas possible. Toi, un homme si sage, si sérieux…

– Il faudra bien que tu me croies. La police et les soldats du régiment sont certainement à ma recherche au moment où je te parle.

– Qu'as-tu fait au juste ?

– Je visais le prince et j'ai tué sa femme, M$^{me}$ de Saint-Laurent. Elle a éclaté de rire, Marie. Un rire comme une petite cascade d'eau, le rire d'une femme heureuse, et ça m'a troublé. J'ai tremblé, j'ai hésité, puis le coup est parti et je l'ai touchée, elle au lieu du prince, et maintenant je suis le plus malheureux des hommes.

– Es-tu certain de l'avoir touchée mortellement ?

– Elle s'est écroulée aux pieds du prince, je l'ai vue. Tout le monde criait, c'était épouvantable, et c'est moi le responsable de cette horreur.

– Qu'est-ce que tu comptes faire maintenant ?

– Est-ce que je peux demeurer ici pendant quelques heures, le temps de dormir un peu et, ensuite, d'organiser ma fuite ? J'ai de l'argent pour toi, Marie.

– Tu peux rester ici le temps que tu voudras et je ne veux pas entendre parler d'argent. Est-ce que quelqu'un t'a vu entrer dans la maison ?

– Je ne crois pas. J'ai bien regardé autour de moi et je n'ai vu personne.
– Où veux-tu t'enfuir ?
– Aux États-Unis. Dès demain dans la nuit, je partirai en direction de Montréal.
– Dis-moi, François, pourquoi voulais-tu tuer le prince ?
– C'est une longue histoire, une histoire que je n'ai jamais racontée à personne.
– Il faudra bien que tu te vides le cœur un jour.
– Me vider le cœur ? Tu as raison.
– Il n'y a rien de pire qu'un mauvais secret pour t'empoisonner l'existence, tu sais ça, n'est-ce pas, François ?
– Je le sais maintenant, je le sais.
– C'est bien.
– Si c'était le prince qui était mort, je serais heureux. J'aurais eu l'impression d'avoir accompli la promesse faite à ma mère avant qu'elle meure et je ne me serais pas enfui, j'aurais attendu qu'on me pende.
– De quelle promesse parles-tu ?
– Mes parents ont été sauvagement tués par les soldats anglais en 59 et, avant de mourir, ma mère m'a dit : « Sauve-toi, mon fils, et venge-nous. » J'avais dix ans. J'ai promis, et cette vengeance, je l'ai entretenue, je l'ai méditée toute ma vie, une vie remplie de haine. Tous les jours, Marie, tous les jours que le bon Dieu amenait, j'entendais le « venge-nous » de ma mère résonner dans ma tête. Il m'a fallu attendre trente-trois ans avant de pouvoir venger les membres de ma famille de leur mort atroce aux mains des Anglais. Je voulais tuer le fils du roi George, le prince Édouard, mais c'est une femme innocente que j'ai abattue, une merveilleuse femme qui méritait tout sauf de mourir.
– J'ai du mal à croire que ta mère voulait que tu deviennes un barbare à l'image de ceux qui ont détruit ta famille.
– Elle m'a dit : « Venge-nous. » Ce furent ses dernières paroles avant qu'elle rende l'âme.
– Je ne sais pas ce qu'elle voulait dire au juste, mais certainement pas que tu détruises ta vie comme tu l'as fait. Une mère ne voudrait pas ça pour son fils.
– Il est trop tard pour revenir en arrière, ce qui est fait est fait, trancha François. Et pour moi, « venge-nous », ça veut dire « venge-nous », rien de plus, rien de moins.

Marie n'insista pas, même si la réaction de François l'étonnait. Elle ne dit plus rien au sujet de sa mère.

– Tu dois te reposer. Il y a une couchette dans la cave, tu y seras à l'abri. Tu trouveras une couverture dans l'armoire juste à côté du lit.
– Je ne sais pas comment te remercier, Marie.
– Bonne nuit, François. À demain.

Louis et Catherine de Salaberry arrivèrent enfin rue Saint-Louis. Catherine pleurait en silence depuis le moment où un soldat expressément envoyé par Édouard leur avait raconté le drame qui s'était déroulé devant la résidence du prince en fin de matinée. Tout ce qu'il avait pu dire se résumait à ceci : non, M$^{me}$ de Saint-Laurent n'était pas morte ; non, il ne connaissait pas l'ampleur des blessures causées par la balle, le médecin du régiment étaient toujours au chevet de madame. Le prince l'avait envoyé parce qu'il souhaitait leur présence, dès que possible, auprès de la blessée.
– Merci, mon brave, partez devant nous, avait dit Louis, et rassurez le prince. Dites-lui que nous arrivons le plus rapidement possible.
À grands coups de cravache, Louis-Antoine avait poussé le cheval tirant leur carriole pour qu'ils atteignent Québec au plus vite. Durant le trajet, il avait transpiré à grosses gouttes malgré la fraîcheur du temps et Catherine avait pleuré, reniflant constamment. Devant la résidence du prince, elle se moucha enfin, au grand soulagement de son mari, qui détestait voir sa femme pleurer.
– Dans quel monde vivons-nous, Louis ?
– Dans un monde de violence, à n'en pas douter.
– Pourquoi elle, elle qui n'a jamais fait de mal à la moindre petite mouche ? Pourquoi Julie ? Quelle est cette barbarie ?
– Je suis d'accord avec vous. Ce geste est révoltant.
John sursauta lorsqu'il entendit les coups insistants à la porte et alla rapidement ouvrir pour ne pas que Julie, qui se reposait, soit dérangée.
– Soyez les bienvenus, monsieur et madame de Salaberry. Comme je suis content de vous voir ! ne put-il s'empêcher de dire. Je vous emmène tout de suite au chevet de M$^{me}$ de Saint-Laurent. Je suis certain qu'elle ne m'en voudra pas de la tirer de son sommeil.
– Souffre-t-elle beaucoup ? demanda Catherine.
– Elle nous a beaucoup inquiétés. Elle est demeurée inconsciente pendant un très long moment, vous savez.
Louis et Catherine pénétrèrent dans la chambre en marchant sur la pointe des pieds. Séverine appliquait des compresses d'eau froide sur le front de sa maîtresse, qui ne dormait pas même si ses yeux étaient

fermés. Julie tourna lentement la tête. Une esquisse de sourire éclaira son visage blême lorsqu'elle vit ses deux amis les plus chers.

— Catherine, Louis, chuchota-t-elle péniblement.

— Ne parlez pas, chère Julie, dit Louis-Antoine, vous allez vous fatiguer inutilement.

— Louis a raison, approuva Catherine. Nous ne sommes pas venus ici pour vous fatiguer, mais pour vous dire combien nous vous aimons et combien nous sommes attristés de ce qui vous arrive.

— Très chers amis, vous êtes venus. Comme je suis heureuse ! réussit à dire Julie.

Catherine s'approcha de son amie, lui saisit la main et lui dit que c'était un miracle qu'elle n'ait pas perdu l'enfant qu'elle portait. Les deux amies se regardèrent en silence.

— Pouvons-nous faire quelque chose pour vous ? demanda Louis-Antoine pour faire diversion parce que cet échange de sentiments le mettait mal à l'aise. Demandez ce que vous voulez.

— Pas vraiment, répondit Julie. On s'occupe très bien de moi. Ma chère Séverine ne me quitte pas, la pauvre petite.

— Madame, vous êtes si bonne pour moi, affirma Séverine.

— Maintenant, nous allons partir, déclara Catherine. Il commence à se faire tard et la journée a été affreusement difficile pour vous, chère amie. Il est tellement important que vous vous reposiez. Vous avez grand besoin de récupérer vos forces.

— Mais soyez sans crainte, ajouta son mari, nous viendrons prendre de vos nouvelles tous les jours.

Catherine et Louis-Antoine embrassèrent Julie avant de sortir de la chambre.

— Quel malheur, quel drame, dit Louis-Antoine, mais je suis heureux de constater que notre chère amie Julie est vivante et qu'elle semble très optimiste.

— Elle s'en remettra parce qu'elle reçoit les meilleurs soins.

— Demain, à la première heure, j'essaierai de rencontrer Édouard. S'il le faut, je participerai aux recherches.

Les Salaberry rentrèrent à Beauport à la brunante. Comme ils avaient quitté précipitamment le manoir au milieu de l'après-midi, ce n'est qu'à leur retour qu'ils informèrent leurs enfants de la tragédie. Voyant la frayeur que la nouvelle leur causait, les parents essayèrent de calmer les enfants en leur assurant que M$^{me}$ de Saint-Laurent guérirait très vite et que, très bientôt, ils pourraient lui rendre visite à Québec.

Quand John ouvrit la porte, il fut étonné d'apercevoir Charles Jouve, violoncelle sous le bras. Il était dix-neuf heures cinquante-cinq.
– Bonsoir, John. Auriez-vous l'obligeance de prévenir M$^{me}$ de Saint-Laurent de mon arrivée, je vous prie ?
– Ce n'est pas possible, dit John, ahuri.
– Et pourquoi cela ?
– Vous n'êtes donc pas au courant ?
– Au courant de quoi ?
– M$^{me}$ de Saint-Laurent a été l'objet d'une tentative de meurtre, monsieur, vers les onze heures trente ce matin. Heureusement, la balle s'est logée dans son bras gauche et le docteur Ovila a pu l'extraire. M$^{me}$ de Saint-Laurent est très faible. Elle est alitée. Sa femme de chambre est à son chevet.

En entendant cette nouvelle, Charles Jouve, anéanti, se laissa choir dans le fauteuil Louis XIV qui montait la garde dans le vestibule.
– Tentative de meurtre ? dit-il incrédule, les yeux écarquillés.
– Le prince croit que c'est lui qui était visé, mais c'est madame qui a reçu la balle.
– Est-ce que l'on connaît l'auteur de cet acte ignoble ?
– Pas encore, mais les officiers et les soldats du régiment ainsi que le prince Édouard lui-même ont commencé les recherches au début de l'après-midi. Elles se poursuivent au moment où je vous parle. Présentement, c'est tout ce que l'on sait.
– Cela me semble tellement incroyable.
– Incroyable, c'est le mot qui est sur toutes les lèvres aujourd'hui.
– Est-ce que je peux la voir ? demanda Charles Jouve, presque en suppliant.
– Je vais voir ce que je peux faire, monsieur.

Le serviteur, suivi du musicien, se rendit jusqu'à la chambre de ses maîtres, où il appuya l'oreille contre la porte fermée. N'entendant rien, il tourna la poignée et, très délicatement, ouvrit la porte. Il vit Séverine qui aidait sa maîtresse à manger une soupe aux légumes et de la mie de pain.
– Veuillez pardonner mon intrusion, madame, mais votre professeur de musique tenait à vous voir.
– Laissez-le entrer, John, dit Julie. Mais avant que vous repartiez, j'aimerais savoir si vous avez des nouvelles du prince.
– Nous sommes sans nouvelles du prince depuis son départ au début de l'après-midi, madame. Mais soyez sans crainte, si nous recevons la moindre information, elle vous sera transmise aussitôt.

– Merci, John.

John quitta la pièce et Charles Jouve, armé de son violoncelle, s'approcha du lit de son élève.

– Est-ce que je peux m'absenter quelques minutes pour aller manger à la cuisine, madame ? demanda Séverine, devinant que M. Jouve apprécierait de se trouver seul avec Julie.

– Bien sûr, prends tout le temps dont tu as besoin, et remercie M. Beaunoir pour cette excellente soupe.

Séverine prit le plateau sur le lit et quitta la pièce en assurant à sa maîtresse qu'elle accourrait aussitôt qu'elle la rappellerait.

Dès que Charles Jouve fut seul avec Julie, il s'empara de sa main droite et la baisa amoureusement.

– Seulement penser que j'aurais pu vous perdre d'une façon aussi dramatique me rend malade, commença-t-il.

– Je suis bien vivante, faible un peu, il est vrai, mais vivante, alors cessons de dramatiser, voulez-vous, cher professeur ? répondit Julie, qui ne voulait pas participer à son débordement de sentimentalité.

– J'ai envie de jouer quelque chose au violoncelle. Puis-je ? demanda Charles en commençant déjà à sortir l'instrument de son étui.

– Je vous en prie.

Le musicien attaqua les premières notes et Julie reconnut la pièce qu'il avait composée pour elle, un morceau plein de sensualité et de volupté qui la troublait toujours autant. Charles perçut ce trouble et s'en réjouit, continuant à insister sur certaines notes pour faire pleurer le violoncelle. Julie ferma les yeux pour n'avoir pas à soutenir le regard de son professeur, qui la dévisageait sans aucune retenue. Charles Jouve fit se prolonger la dernière note jusqu'à ce qu'elle devienne un souffle. Julie rouvrit les yeux et le remercia pour ces minutes d'extase.

– Je suis fatiguée, déclara-t-elle.

– Je crois qu'il est préférable que je parte.

– Je vous remercie d'être venu.

M. Jouve rangea son violoncelle, se dirigea vers la porte et, avant de sortir, se retourna vers Julie et lui souhaita un prompt rétablissement. « Je suis un imbécile, se dit-il, je suis en train de perdre la tête. Qu'est-ce que c'était que cette dernière note qui n'en finissait plus de finir, qui s'éternisait dans un sentimentalisme qui ne me ressemble pas ? Je vieillis et je deviens gâteux. Cette femme est en train de me rendre fou. Je n'ai plus le choix, ou bien je retourne en France, ou bien je me ressaisis et je cesse de me comporter comme un idiot. »

Quelques minutes plus tard, Séverine entra dans la chambre avec une lettre du prince, qu'un soldat venait tout juste d'apporter. Elle la remit à Julie, qui s'empressa de la lire :

*Ma très chère Julie, mon amour,*
*Je crains de ne pouvoir rentrer auprès de vous, ce soir. Les recherches se poursuivent sans relâche. Je suis déterminé à faire tout ce qui est en mon pouvoir et même plus pour retrouver l'ignoble individu qui s'en est pris à votre vie. Je me sens profondément responsable de ce qui vous est arrivé parce qu'il est indéniable que ce misérable individu en voulait à moi et non à vous. Mes hommes travaillent d'arrache-pied pour retrouver ce meurtrier. Jusqu'à maintenant, nous avons recueilli quelques informations qui nous indiquent qu'il se serait dirigé vers Pointe-Lévis. Je termine cette lettre et tout de suite nous traverserons le fleuve dans des embarcations mises à notre disposition par le lieutenant-gouverneur Clarke.*
*Je voudrais vous assurer de mon amour le plus profond et le plus sincère. Croyez bien, ma Julie adorée, que j'espère me retrouver auprès de vous le plus rapidement possible, même si je sais, à mon grand soulagement, que vous recevez les meilleurs soins du docteur Ovila et de tout le personnel de la maison.*
*Je vous embrasse tendrement et vous envoie mes pensées les plus amoureuses.*

*Édouard, pour toujours.*

Épuisés, des dizaines de soldats rentrèrent à leur caserne pour dormir quelques heures. Ils avaient marché de nombreux milles et étaient vannés. Plusieurs, écrasés de fatigue, dormaient déjà dans les chambrées humides, où étaient entassés une vingtaine de lits et où le manque d'aération rendait l'atmosphère fétide. On entendait des ronflements à la grandeur de la caserne. D'autres soldats les remplacèrent dans la poursuite du criminel. Le prince avait été formel : les recherches ne cesseraient qu'au moment où cet individu serait sous les verrous.

Guillaume La Rose avait fait équipe avec Draper et quatre autres soldats, perquisitionnant dans les maisons de la rue Saint-Pierre, dans la basse ville. Ils avaient pénétré dans celle de François Bonniot même si personne ne s'y trouvait, la porte n'étant pas verrouillée. Ils avaient fouillé minutieusement les six pièces et le soldat Johnson avait trouvé sur un fauteuil un pistolet sur lequel des traces de poudre indiquaient que l'arme avait servi dans les dernières heures.

– C'est la maison de Bonniot, pas vrai, les gars ? avait demandé Johnson.

– J'en sais rien, avait répondu Draper.

– Tu le connais pourtant, Bonniot ?

– Je le connais, c'est vrai, mais pas plus, pas moins que toi, avait menti Draper. Je le rencontre à la taverne, c'est tout.

– On ne le connaît pas, on le voit à la taverne de Franks, c'est tout. Cesse tes insinuations, avait ajouté La Rose d'un ton tranchant.

– Vous vous défendez comme des coupables, les gars. C'est mauvais signe, avait dit Johnson.

– Mais toi, Johnson, avait demandé agressivement La Rose, comment tu sais que c'est sa maison ?

– La Rose a raison. Comment tu sais ça, Johnson, que c'est la maison de Bonniot ? avaient aussi voulu savoir les autres soldats, qui dévisageaient Johnson avec suspicion.

– Parce que... parce que..., parce qu'il m'a invité à venir prendre un coup avec d'autres soldats le mois dernier, voilà, avait avoué, mal à l'aise, Johnson.

– C'est ton grand ami ? avait demandé La Rose.

– C'est pas mon ami, on a pris un coup ensemble, c'est tout. Je ne le connais pas.

– C'est vrai que c'est pas parce qu'on prend un coup avec un gars qu'on le connaît et puis que c'est notre ami, hein, Johnson ? avait déclaré Draper, mi-figue, mi-raisin.

– T'as raison, Draper, avait approuvé Johnson.

– Je constate, vu l'état de la maison, que notre ami Bonniot s'est dépêché de sortir d'ici au plus vite. Tout ça est bizarre, avait constaté le soldat Smith.

– Smith a raison. Ne perdons plus de temps et apportons le pistolet au capitaine Grant, avait ordonné Draper.

– C'est ce qu'on a de mieux à faire, avait renchéri La Rose.

En arrivant à la caserne, les soldats apprirent qu'un habitant avait été abordé sur la rive nord du fleuve par un homme muni d'un sac qui voulait traverser à Pointe-Lévis. Comme il avait offert une somme rondelette, l'habitant n'avait osé refuser et, aidé de ses trois fils, l'avait emmené de l'autre côté du fleuve. C'est à leur retour que le père et ses fils avaient été questionnés par les soldats de Sa Majesté et avaient compris qu'ils avaient peut-être aidé un criminel à se sauver. Mais ils avaient insisté qu'ils n'étaient au courant de rien, même si l'offre de trois livres leur avait paru un peu louche.

Ces informations ayant été transmises au prince, l'embarquement en direction de Pointe-Lévis avait été immédiatement ordonné. Douze embarcations furent mises à la disposition du régiment par le général Alured Clarke, qui partageait la colère du prince. Plus de cent soldats traversèrent le fleuve vers les onze heures du soir et abordèrent l'autre rive un peu avant minuit. Les perquisitions commencèrent aussitôt. Les gens furent réveillés par des coups répétés à la porte et aux fenêtres. À chaque demeure, le chef de famille, entouré de sa femme et de ses enfants apeurés, ouvrait en se demandant ce que voulaient les soldats anglais à une heure aussi avancée de la nuit. Ceux-ci répétaient inlassablement la même question : « Nous sommes à la recherche d'un homme, petit, yeux noirs, cheveux bruns : avez-vous vu un tel homme ? » Les habitants répondaient tous de la même manière : « Non. Pourquoi vous le recherchez ? » Malgré cette réponse, les soldats procédaient à une fouille minutieuse de la maison.

Le prince, accompagné de six soldats, frappa vigoureusement chez Marie Cugnet. Le chien jappa. Marie vint ouvrir et Bado continua de japper malgré les exhortations de sa maîtresse. Un à un, les fils de la veuve s'amenèrent afin de protéger leur mère. Édouard déclara que ses hommes et lui étaient à la recherche d'un meurtrier et qu'ils fouillaient toutes les maisons. En entendant les coups dans la porte, François s'était réveillé instantanément. Il avait ramassé ses affaires et s'était caché dans la grande armoire en pin que son ami Étienne avait fabriquée il y avait au moins dix ans. Il était étonné que les soldats aient trouvé sa trace aussi rapidement. Il ne bougeait pas, respirant à peine. Soudain, il réalisa qu'en se cachant dans la cave de son ami il se comportait déjà comme un prisonnier. Aucune sortie ne s'offrait à lui, qu'un immense trou noir dans lequel l'air gorgé d'humidité était irrespirable. Il attendit calmement en sachant que sa vie se terminait là.

– Nous ne cachons personne, dit Marie Cugnet, sur la défensive.

– Alors, vous n'avez aucune raison de vous en faire, madame, rétorqua le prince.

Pendant que les soldats poursuivaient leur fouille armés de lanternes et de pistolets, Édouard surveillait le chien qui grognait en grattant un tapis.

– Y a-t-il une cave, ici ? demanda-t-il.

– Oui, mais vous n'y trouverez que des meubles que mon défunt mari a faits. Il était menuisier, un excellent menuisier. Les gens d'ici et d'ailleurs le regrettent beaucoup.

– Enlevez le tapis et ouvrez la trappe, ordonna Édouard, qui, devant le flot de paroles de la mère et le regard inquiet des fils, pensait qu'il avait peut-être enfin trouvé ce qu'il cherchait.

Dès que la trappe fut levée, Bado descendit à la vitesse de l'éclair l'escalier raide pour aller retrouver François Bonniot, caché dans l'armoire en pin. Les soldats ouvrirent les portes de l'armoire, Bado jappa et un soldat cria :

– Colonel, on a trouvé votre homme.

Édouard descendit à son tour et regarda intensément cet homme qui avait attenté à la vie de Julie.

– Monsieur, au nom de Sa Majesté le roi George III d'Angleterre, je vous arrête pour tentative de meurtre sur la personne de M^me Julie de Saint-Laurent.

Édouard passa les menottes au suspect et demanda à ses hommes de l'amener sur la rive.

– Sergent O'Connor, prévenez les autres que nous arrêtons les recherches et que nous rentrons à Québec.

– Elle n'est pas morte ? chuchota François. Merci, mon Dieu.

– Elle n'est pas morte, François, lui dit Marie avant qu'il sorte. Tu n'es pas un meurtrier.

– Merci pour tout, Marie. Adieu.

La veuve referma lentement la porte. Elle savait qu'elle ne reverrait plus jamais François Bonniot. Avant de retourner dormir, elle s'adressa à ses fils :

– Il faudra prier pour l'ami de votre père.

À six heures trente du matin, Édouard entra doucement dans la chambre. Il s'assit à côté du lit et regarda dormir Julie. Son visage n'était pas immobile ; elle plissait les yeux, comme si l'inquiétude qui l'habitait depuis l'attentat ne la quittait jamais. Édouard était sale, il empestait la sueur, mais il voulait être le premier à annoncer à Julie que le tueur avait enfin été arrêté et qu'elle n'avait plus rien à craindre. Alors, il attendait son réveil. Quelques minutes plus tard, Julie se tourna et son bras blessé reçut le poids de son corps. La douleur la tira de son sommeil. Sentant une présence, elle ouvrit les yeux, balaya la pièce du regard et aperçut Édouard.

– C'est vous, Édouard. Depuis quand êtes-vous assis là ? demanda-t-elle, les yeux encore pleins de sommeil et cachant un bâillement avec ses mains.

– Quelques minutes seulement, mon amour. Je vous regardais dormir.

– Comment se déroulent les recherches ?
– Nous avons trouvé le coupable à Pointe-Lévis. Il se cachait chez des amis.
– Que lui arrivera-t-il ?
– Nous verrons.
– Pourquoi a-t-il essayé de me tuer ? Vous l'a-t-il dit ? Connaissez-vous ses raisons ?
– Nous ne savons rien encore. Pour le moment, il croupit dans une cellule jusqu'à ce que nous le soumettions à un interrogatoire. Tout ce que je peux vous dire, c'est qu'il était content de ne pas vous avoir tuée.
– C'est étonnant ! Connaissez-vous le nom de cet homme, au moins ?
– Oui, il dit s'appeler François Bonniot.
– Quoi ? Oh ! mon Dieu !
– Que se passe-t-il ?
– Je connais cet homme. Il est même venu me voir ici. Il m'a apporté de magnifiques dentelles. Sa mère était dentellière. Je ne comprends plus rien, Édouard. Dites-moi, je vous en supplie, que ce n'est pas vrai.
– Racontez-moi tout, insista Édouard. J'ai besoin de tout savoir de vos rapports avec cet homme.
– Il n'y a pas grand-chose à raconter, commença Julie, qui détailla ensuite les circonstances qui l'avaient mise en rapport avec François Bonniot.
– C'est tout ?
– C'est tout. Je vous ai dit tout ce que je sais concernant cet homme.
– C'est un drame passionnel.
– Mon cher Édouard, ne soyez pas ridicule.
– Vous ne connaissez pas les hommes comme je les connais. Il était amoureux de vous, il savait que vous ne seriez jamais à lui et il a préféré vous tuer plutôt que de me tuer, moi, et d'avoir l'armée à ses trousses.
– C'est là que vous vous trompez, dit Julie, qui trouvait très drôle l'interprétation d'Édouard. Je connais très bien les hommes, moi aussi, et je crois plutôt que, s'il s'était agi d'un crime passionnel, l'assassin aurait tué l'amant et consolé la belle. Il se serait rendu indispensable pour que la belle. ignorant le crime de son sauveteur, ne puisse plus se passer de lui. Voilà, mon ami, comment un homme amoureux se serait comporté. Vous voyez bien que ce n'est pas un crime passionnel.

– Votre logique me stupéfie, affirma Édouard, qui se libérait de son uniforme. Je suis exténué.

– Vous devez dormir, maintenant. J'entends les sept coups de l'horloge. Vous avez besoin de repos.

Avant qu'elle ait fini de parler, Édouard dormait déjà. Julie se recroquevilla contre lui. « J'aime la senteur d'un homme exténué », se dit-elle avant de se rendormir.

François Bonniot, des fers aux pieds, marchait péniblement dans le corridor, poussé par deux gardes pour qu'il augmente la cadence de ses pas. Devant la pièce réservée à l'interrogatoire, un des soldats frappa à la porte. Le lieutenant Campbell ouvrit et l'autre soldat poussa Bonniot, qui faillit s'étendre de tout son long sur le plancher. Immédiatement, les deux soldats l'attrapèrent et l'aidèrent à reprendre son équilibre.

– Faites asseoir le prisonnier, ordonna le capitaine Wells aux soldats, qui le traînèrent presque à une chaise devant le bureau du capitaine.

Les militaires se mirent au garde-à-vous de chaque côté de la porte pour y attendre l'ordre de ramener le prisonnier dans sa cellule. Le capitaine n'avait pas encore levé les yeux de la paperasse qu'il remplissait avec une plume qu'il plongeait souvent dans l'encrier. Seul le grattement de la petite lame de métal sur le papier brisait le silence étouffant qui régnait dans la pièce. Au bout de plusieurs minutes, le capitaine Wells leva enfin les yeux, déposa sa plume et tourna la tête en direction du lieutenant Campbell, qui attendait son signal pour commencer à noter, sans en omettre un seul mot, l'interrogatoire du prisonnier.

– Nom, prénom, âge ? demanda le capitaine Wells.

– Bonniot, François. Quarante-trois ans.

– Lieu de résidence ?

– Québec.

– Profession ?

– Menuisier.

– Avez-vous tenté d'assassiner M$^{me}$ Julie de Saint-Laurent, le 6 octobre dernier, vers les onze heures trente du matin ?

– Non.

– Elle a pourtant reçu une balle dans le bras gauche, que le docteur Ovila lui a retirée.

– J'en suis navré.

– Niez-vous toujours cette tentative d'assassinat ?

– Oui.

– Le 6 octobre dernier, vers onze heures trente du matin, vous êtes-vous retrouvé devant la maison du prince Édouard, située au 6 de la rue Saint-Louis ?

– Oui.

– Expliquez-nous clairement ce que vous faisiez là.

– J'étais venu assassiner le prince Édouard, mais, au moment de tirer, j'ai entendu le rire de M$^{me}$ de Saint-Laurent. Un rire merveilleux, plein de fraîcheur. Ma main a tremblé, le coup est parti et la balle a atteint la belle dame au lieu du prince. Bouleversé par mon erreur, je me suis enfui le plus loin possible.

Le capitaine Wells écarquilla les yeux, le lieutenant Campbell cessa d'écrire et les deux officiers se regardèrent. « Les choses commencent à s'éclaircir », pensèrent-ils en même temps.

– Pourquoi vouliez-vous assassiner le prince ?

– Parce qu'il a tué mon père, ma mère, mes frères et mes sœurs, en plus d'avoir incendié notre maison le 29 juin de l'année 1759, à Beaumont.

– Vous rendez-vous compte, Bonniot, que le prince Édouard n'était pas encore né au moment où ces événements se seraient produits ?

– Je sais.

– Vos récriminations contre lui ne tiennent donc pas. Le prince n'est pas responsable de la décimation de votre famille.

– Il est le fils du roi. C'est le même sang.

– Mais ce n'est pas George III qui a déclaré la guerre à la France, c'est le roi George II, son grand-père, précisa, exaspéré, le capitaine Wells.

– Ne jouez pas sur les mots, capitaine. C'était le roi qui donnait les ordres, même si ce n'était pas lui qui scalpait, tuait femmes et enfants et mettait le feu aux maisons. Ce n'était pas lui qui faisait le sale boulot, mais c'était lui qui l'ordonnait. Alors, pour moi, le roi est un meurtrier, et le prince Édouard doit mourir pour venger les victimes innocentes de cette guerre.

– Nous étions en guerre, justement, et en temps de guerre certains codes sont transgressés, autant chez les uns que chez les autres. Et dites-vous bien que les rois, de quelque côté qu'ils soient, ont très peu de contrôle sur leurs armées.

– Les membres de ma famille ont été tués sauvagement sous mes yeux par les soldats du colonel Robert Monckton, et vous êtes en train de me dire que ce n'est pas la faute de votre pays, l'Angleterre, ni de votre roi ?

Le capitaine Wells leva les yeux au ciel et se dit que ce civil ne comprenait rien aux affaires de la guerre.

– Pourquoi avez-vous attendu presque trente-cinq ans pour vous venger sur des innocents ?

– Avant de mourir dans mes bras, ma mère, une innocente victime, m'a fait promettre de venger ma famille. J'avais dix ans. J'ai attendu le moment propice et l'heure de la vengeance a sonné le 9 octobre dernier, alors j'ai tout mis en branle pour réaliser le vœu de ma mère. Je lui devais bien ça.

– C'est un geste ignoble que vous avez commis.

– C'est vrai, mais je ne regrette rien parce que les soldats anglais ont commis des gestes plus ignobles encore.

– Vous êtes chanceux que M$^{me}$ de Saint-Laurent ne soit pas morte, très chanceux.

– Je n'ai jamais désiré la mort de cette charmante personne.

– C'est quand même elle qui a été la victime de votre vengeance, une vengeance que vous avez entretenue trop longtemps.

– Je suis très bien placé pour savoir que ce sont toujours les innocents qui paient pour les fautes des responsables des guerres.

– Nous ne sommes plus en guerre, Bonniot.

– C'est ce que vous croyez, capitaine Wells.

– J'en ai assez entendu pour aujourd'hui. Gardes ! cria le capitaine, ramenez le prisonnier dans sa cellule.

En début d'après-midi, après quelques heures de sommeil, le prince Édouard se pointa au bureau du capitaine Wells. Ce dernier lui révéla que François Bonniot avait tout avoué et il lui tendit la transcription de l'interrogatoire, que le lieutenant Campbell venait justement de terminer. Le prince lut attentivement le document en entier. Il ne fut pas étonné d'apprendre qu'il était la cible de cet attentat, même s'il avait cru un moment que ce pouvait être un crime passionnel.

– Capitaine Wells, dit-il, je veux que vous fassiez les démarches nécessaires pour que *La Gazette de Québec* ne publie aucun mot sur cette affaire.

– Je vais de ce pas aller voir Neilson, l'éditeur, pour lui soumettre votre demande. Mais, ajouta le capitaine Wells, si j'avais une lettre signée de votre main, il me serait plus facile de présenter votre requête.

– Vous avez raison, dit Édouard. Je vous prépare sur-le-champ une lettre afin que cette affaire se règle le plus rapidement possible…

Capitaine Wells, dites-moi, combien de gens dans cette ville ruminent une vengeance et espèrent l'assouvir sur ma personne ?

– Bonniot est un illuminé, Votre Altesse. Je crois qu'il est le seul de son espèce, le rassura le capitaine Wells. Nous avons les choses bien en mains. Vous pouvez dormir tranquille, il ne fera plus de mal à personne. Et vous pourrez consoler M$^{me}$ de Saint-Laurent, son cauchemar est bel et bien terminé.

– Merci, capitaine, répondit Édouard, qui s'installa pour rédiger la lettre que le capitaine attendait de lui.

Chez John Franks, les clients ne parlaient que de Bonniot et des événements tragiques qui s'étaient déroulés la veille. Draper et La Rose, en congé pour l'après-midi et la soirée en raison des heures supplémentaires que les recherches du fugitif avaient exigées, s'étaient retirés dans un coin tranquille de la taverne pour discuter.

– Quel salaud, ce type qui se présentait comme un ami ! commença Draper.

– Fils de pute ! ajouta La Rose. Il nous a bien eus. Il nous arrosait de bière pour nous faire parler. Je comprends son petit jeu, maintenant.

– Il nous a presque coupé l'herbe sous les pieds, ce salaud !

– Il ne sait même pas se servir d'un pistolet, ce bâtard ! Il manque sa cible et c'est une femme qui récolte la balle.

– Lui as-tu parlé de notre projet ? demanda Draper en regardant son compagnon droit dans les yeux.

– Je te jure que non ! répondit La Rose en soutenant son regard, même s'il ne pouvait affirmer hors de tout doute qu'il n'avait rien révélé sous l'effet de l'alcool.

– À partir de maintenant, il est interdit de dire quoi que ce soit si nous voulons que notre plan réussisse, compris ?

– Compris, répondit La Rose. N'oublie pas qu'il est en prison et qu'il ne peut plus nous nuire.

– À la condition qu'il n'ait rien dit lorsqu'on l'a interrogé, dit Draper avec un air suspicieux.

– Je t'ai dit que je ne lui ai rien dit, chuchota La Rose, les dents serrées et administrant un coup de poing sur la table.

– Buvons à la réussite de notre plan, suggéra Draper, qui arbora rapidement un large sourire à la vue des dizaines de têtes qui se tournaient dans leur direction, les clients se demandant si une bagarre n'était pas sur le point d'éclater.

Il choqua son verre contre celui de La Rose.

– À notre réussite ! trinqua La Rose en vidant son verre d'un trait.

Aussitôt après, il héla l'aubergiste pour qu'il apporte d'autres bières.

Une semaine plus tard, Julie, grâce aux bons soins du docteur Ovila et de Séverine, put se lever et faire quelques pas dans la maison.

– Je me sens beaucoup mieux, docteur Ovila. Je n'ai plus cette douleur lancinante dans mon épaule et mon bras.

– Je suis très heureux d'entendre des nouvelles aussi rassurantes, chère madame. Je vois que votre blessure se cicatrise très bien, dit le docteur en retirant le pansement. L'enflure disparaîtra complètement dans quelques jours. Il ne vous restera qu'une petite cicatrice sur le bras, que vous saurez habilement camoufler sous des dentelles et des rubans.

– La cicatrice extérieure ne me dérange pas. C'est la cicatrice intérieure qui sera plus longue à disparaître.

– Le coupable est en prison, madame, et il subira le châtiment qu'il mérite. Je vous assure que vous n'avez plus à avoir peur.

– Mais la peur ne me quitte guère.

– Il n'y a que le temps et la prière qui cicatrisent ce genre de blessure. Hélas ! la médecine n'y peut rien, conclut le docteur Ovila en terminant le nouveau pansement sur le bras de sa patiente.

Dans sa cellule étroite, François Bonniot, recroquevillé sur sa paillasse humide, attendait que les autorités décident de son sort. Il avait perdu l'appétit. L'odeur forte des rares morceaux de viande flottant dans une sauce maintes fois allongée, et qui étaient accompagnés de pain ranci, lui soulevait le cœur. Seule l'eau tiède dans un verre d'une propreté douteuse trouvait grâce à ses yeux. Inerte, les yeux fermés, le prisonnier ne dormait pas. Vivre ne voulait plus rien dire pour lui. Ce qui l'avait motivé jusque-là, c'était sa vengeance. Maintenant, plus rien ne lui importait. L'accomplissement de sa vengeance l'avait coupé du monde. Il ne pensait plus qu'à mourir. Il réalisa soudainement que Madeleine Le Mons avait raison lorsqu'elle lui avait dit que la vengeance ne faisait qu'empoisonner l'existence de celui qui la cultivait. Tout compte fait, son sentiment était un poison qui s'était infiltré en lui par tous les pores de sa peau, à son insu, et qui avait pris toute la place, ne laissant aucun recoin pour l'amour, les enfants, le bonheur, seulement la solitude, la rancune et la haine.

– Maman, maman, maman, répétait inlassablement François, est-ce que la famille est vengée ? Es-tu satisfaite, maman ? Es-tu contente de moi, enfin, maman ? implorait-il en pleurant.

Dès que Julie fut mieux, Catherine de Salaberry vint passer quelques heures avec son amie dans le petit salon qui donnait sur la rue Saint-Louis. Elle tricotait de la layette en écoutant Julie lui expliquer en détail les raisons qui avaient poussé François Bonniot à commettre son attentat. Elle était estomaquée et n'arrêtait pas de s'exclamer :
– Mon Dieu ! Mon Dieu ! Mon Dieu !
– C'est terminé, Catherine. Le coupable a été arrêté.
– Dieu soit loué ! Je suis tellement soulagée pour vous. Quels durs moments vous avez dû traverser.
– Je me sens un peu coupable de vous regarder préparer la layette toute seule.
– Que me dites-vous là, chère Julie ? Je suis votre amie et je suis très heureuse de vous aider.
– Je me considère tellement chanceuse de vous avoir, Catherine.
– Quand pensez-vous reprendre vos cours de musique ?
– J'en ai parlé avec le docteur Ovila et il m'assure que je pourrai jouer de nouveau du violoncelle, de la flûte et de la harpe, mais il ne peut me confirmer dans combien de temps mon bras sera complètement guéri et pourra exécuter les mouvements requis par les instruments.
– Il vous faudra encore un peu de patience.
– Le docteur m'a dit que je le sentirai, lorsque le moment sera venu. Il ne faut rien brusquer car je pourrais déclencher des douleurs qui ne feraient que retarder mon rétablissement complet.
– Il a une excellente réputation, ce médecin, déclara Catherine. Il faut lui faire entièrement confiance.
Pendant que ces dames discutaient, John apporta le thé et des gâteaux aux noisettes qu'Hubert Beaunoir venait à peine de sortir du four. Il versa le thé et présenta les pâtisseries que Julie et Catherine s'empressèrent de déguster tellement leur bonne odeur stimulait leur appétit.

Le lieutenant-gouverneur Clarke termina la lecture de l'interrogatoire de Bonniot et se frotta les mains de satisfaction. Le prince Édouard et le capitaine Wells attendaient sa décision.
– Messieurs, c'est très clair. Bonniot a tout avoué, y compris les raisons de son crime, qui m'apparaissent, quant à elles, plutôt incohérentes.

– C'est très clair pour moi aussi, confirma Édouard.

– Mon cher prince, quand ces Canadiens vont-ils cesser de nous haïr ? Quand vont-ils comprendre qu'en temps de guerre des actes regrettables sont commis ? Et par les deux camps, ne l'oublions pas. Nous ne les approuvons certes pas, mais nous ne pouvons les empêcher, bien que nous les tolérions.

– Je me pose les mêmes questions que vous, général, dit le prince, et je n'ai pas encore trouvé de réponse.

– Quand la vengeance cessera-t-elle ? Ce Bonniot, par exemple, ça fait plus de trente ans qu'il rumine des idées d'assassinat pour nuire au roi. Quelle folie !

– Comme l'a souligné le capitaine Wells dans l'interrogatoire, dit Édouard en souriant, au moment où a eu lieu la décimation de la famille de Bonniot, je n'étais pas encore de ce monde.

– Vous voyez, mon ami, lorsque je parle de folie, je n'ai pas tout à fait tort.

– Comme le coupable a tout avoué, nous n'avons pas besoin de faire un procès, déclara le capitaine Wells.

– Je suis d'accord, affirma le lieutenant-gouverneur. Et comme cette affaire n'a pas été dévoilée par *La Gazette*, j'aimerais que la suite non plus ne le soit pas. J'ai obtenu du Conseil législatif, même si les honorables Harrison, Finlay et Fraser ont émis quelques réticences, que cette affaire se règle en privé, vu les circonstances du crime. Ces messieurs m'ont assuré de leur entière discrétion pour ne pas nuire à M$^{me}$ de Saint-Laurent. Le juge en chef William Smith me laisse toute la latitude possible afin que l'affaire se règle à la satisfaction de tous. Il m'assure de sa pleine confiance, et de sa collaboration si cela s'avérait nécessaire.

– Voilà qui est bien dit, dit le capitaine.

– Avant que je le fasse en personne, je vous demande, général Clarke, d'exprimer ma gratitude et mes remerciements les plus sincères au Conseil législatif. Je ne veux surtout pas que cette histoire s'ébruite, renchérit Édouard. J'aimerais que l'on étouffe l'affaire et qu'elle se règle dans les plus brefs délais.

– Vous pensez sans doute à M$^{me}$ de Saint-Laurent en disant cela, dit le capitaine.

– Comment faire autrement ? Elle a beaucoup souffert et je voudrais qu'elle oublie vite ce tragique événement qui a failli lui coûter la vie.

– Comment va-t-elle, aujourd'hui ? demanda le lieutenant-gouverneur.

– La peur ne la quitte guère, mais c'est une femme exceptionnelle, et si courageuse que je ne désespère pas de la voir retrouver son sourire et sa joie de vivre.

– Tant mieux, Édouard. Veuillez transmettre à M$^{me}$ de Saint-Laurent mes meilleurs vœux de prompt rétablissement.

– Je n'y manquerai pas, général.

– Maintenant, revenons à l'affaire Bonniot, suggéra le lieutenant-gouverneur. Je crois qu'il ne serait pas approprié d'ordonner une pendaison publique et de risquer ainsi de soulever un vent de panique dans la population.

– C'est juste, affirma le capitaine Wells.

– Mais je crois que cet homme mérite la mort, dit Édouard, d'un ton vindicatif.

– Pour la mériter, il la mérite, dit le gouverneur. La question n'est pas là. Ce que nous voulons, c'est étouffer l'affaire et, surtout, débarrasser Québec d'un criminel et d'un fauteur de troubles.

– À quoi pensez-vous ? demanda le prince.

– À la déportation.

– La déportation ? Ai-je bien entendu ?

– La déportation ? répéta le capitaine Wells. Expliquez-vous, général.

– Je crois que la façon la plus rapide de régler cette affaire serait de déporter François Bonniot vers la Louisiane, où il ne nuira plus à personne. Nous pourrions l'embarquer en pleine nuit sur le prochain navire en partance pour La Nouvelle-Orléans, et nous n'entendrions plus jamais parler de cet ignoble individu.

– Le prochain départ est prévu pour quand ? demanda Édouard.

– Dans quatre jours.

– Nous l'enverrions seul ? demanda le capitaine.

– Pas du tout. Deux officiers et trois gardes l'accompagneraient afin que nous ayons la certitude qu'il soit bien débarqué en Louisiane. Les officiers iraient voir le gouverneur, François-Louis Hector, baron de Carondelet, afin que Bonniot ne puisse jamais sortir de la Louisiane pour quelque raison que ce soit. Pour ce, il serait soumis aux travaux forcés à perpétuité.

– Les travaux forcés plutôt que la mort, dit Édouard, c'est une peine douce pour un meurtrier.

– Le meurtrier n'a tué personne, précisa le lieutenant-gouverneur, cela dit sans vouloir minimiser le tort qu'il a causé à M$^{me}$ de Saint-Laurent.

– La déportation et les travaux forcés m'apparaissent une sentence équitable pour Bonniot, qui ne retrouvera plus jamais la paix de l'esprit, dit le capitaine Wells.

– Qu'en dites-vous, Édouard ? demanda le lieutenant-gouverneur.

– Vous êtes le représentant du roi, je vous fais entièrement confiance.

– Aujourd'hui même, je ferai connaître ma sentence à François Bonniot, et dès demain je donnerai les ordres pour qu'elle soit exécutée.

Les trois hommes se levèrent et échangèrent des poignées de main pour sceller leur accord. Quelques minutes plus tard, le capitaine et le prince quittèrent le château Saint-Louis pour se rendre à la caserne choisir les meilleurs officiers et les meilleurs soldats pour accompagner le détenu à sa destination finale.

# 6

# Octobre 1792–janvier 1793
# Julie refuse de sortir de la résidence de la rue Saint-Louis

À la demande du docteur Ovila, le docteur Véroneau s'était présenté au début de la matinée à la résidence du prince pour rassurer Julie quant à l'enfant qu'elle portait depuis maintenant quatre mois. Elle souffrait d'insomnie et les quelques heures de sommeil qu'elle réussissait à voler à la nuit ne lui apportaient pas tout le repos dont elle avait besoin. La fatigue se lisait sur son visage, mais ses yeux n'avaient pas perdu leur éclat malgré les fines lignes qui s'étaient dessinées sous ses paupières inférieures. Depuis l'attentat, Édouard la touchait à peine, l'effleurant comme s'il avait eu peur de la briser. Il ne lui avait pas fait l'amour depuis maintenant dix jours. Elle connaissait ses besoins amoureux et cette abstinence suscitait de l'inquiétude chez elle. Tous les soirs en se couchant, il la prenait dans ses bras et, invariablement, il lui posait la même question : « Est-ce que je vous fais mal ? » Julie lui donnait toujours la même réponse en se blottissant contre lui : « Je suis en excellente santé, mon cher Édouard, et, quoi que vous fassiez, vous ne me ferez jamais mal. » Avec son bras en écharpe et son ventre qui s'arrondissait joliment, elle se demandait si Édouard éprouvait toujours du désir pour elle. Souvent, le seul commentaire qu'elle entendait après lui avoir confirmé que son état de santé était excellent se résumait à un ronflement qui l'agaçait au plus au point. Elle savait alors que de longues heures d'insomnie se préparaient. Elle devinait cependant que ses insomnies n'étaient pas uniquement dues aux ronflements de son amant, mais aussi à ses inquiétudes face à son comportement amoureux. Elle décida d'en parler ouvertement avec le docteur Véroneau, qui lui recommanda de la patience et de la compréhension à l'égard de son mari – Julie n'avait jamais détrompé le docteur Véroneau lorsqu'il parlait d'Édouard comme étant son mari –, qui croyait sûrement comme beaucoup d'hommes que les femmes enceintes n'ont plus de désir pour l'amour. Pour ses insomnies, il lui suggéra des infusions d'écorce d'aubépine.

– C'est une vieille recette indienne qui est assez efficace, dit le docteur Véroneau.

– Une recette indienne ? Vous croyez à de telles sornettes ?

– Notre médecine n'est pas la seule qui existe, la rassura le médecin. Comment croyez-vous que les gens se soignaient avant nous ? Les Indiens pratiquent ce genre de médecine depuis des centaines d'années. Ils se soignent avec les plantes et, dans certains cas, comme le vôtre, ça fonctionne très bien. Nous avons beaucoup à apprendre d'eux. C'est ce que j'ai moi-même appris depuis que j'exerce la médecine ici.

– Vous dites de l'aubépine ? demanda Julie, qui s'en voulait de s'être montrée si condescendante à l'égard de peuples dont elle ignorait tout.

– Vous demanderez à M. Beaunoir de vous préparer une décoction d'écorce d'aubépine. Je préfère la décoction à l'infusion parce que tous les sucs médicinaux que la plante contient sont ainsi extraits, et le traitement n'en est que plus efficace. La préparation est très simple : il faut faire mijoter les morceaux d'écorce deux ou trois heures dans de l'eau, puis filtrer. Buvez cette tisane et le sommeil viendra aussitôt. Vous m'en donnerez des nouvelles.

– J'en voudrais dès aujourd'hui, dit Julie. Où trouverons-nous cette écorce d'aubépine ?

– Je vous en enverrai aujourd'hui même, en fin de matinée. Mon fils Jérôme, qui est revenu il y a à peine trois mois de l'université d'Édimbourg, en Écosse, avec son diplôme de médecine en poche, vous apportera des morceaux d'écorce pour faire cinq ou six décoctions. Si après cela il vous en faut encore, votre cuisinier pourra aller en chercher dans les champs.

– Je vous remercie beaucoup, docteur.

– Au sujet de votre autre problème, dit le docteur Véroneau, qui s'apprêtait à sortir de la chambre, je vous conseille d'en parler ouvertement avec le prince. Il comprendra.

Le médecin laissa Julie rassérénée. Elle se promettait de parler avec Édouard dès ce soir, et, enfin, un remède à ses insomnies lui avait été proposé. Il lui tardait de boire la tisane d'aubépine qui la conduirait jusqu'au sommeil.

Quelques heures plus tard, Jérôme Véroneau frappa à la porte de service. Lorsque Séverine ouvrit, ses yeux s'agrandirent en voyant ce beau jeune homme lui sourire et lui annoncer qu'il venait de la part de son père, le docteur Véroneau.

– Bonjour, mademoiselle, j'aimerais voir M. Hubert Beaunoir, expliqua Jérôme.

– Entrez, jeune homme, entrez, dit M. Beaunoir avec empressement. Séverine, vous n'allez quand même pas laisser ce monsieur dehors par un temps pareil ! La pluie va nous le tremper !

– Excusez-moi, monsieur, dit la jeune fille toute confuse, je suis en train d'oublier les règles de politesse les plus élémentaires.

– Vous êtes tout excusée, mademoiselle, dit timidement le jeune homme.

Jérôme pénétra dans la maison, retira son manteau, le secoua ; des gouttes d'eau tombèrent sur le parquet. Séverine lui retira le vêtement des mains et le suspendit au seul crochet vacant parmi les dizaines d'autres, utilisés pour faire sécher les herbes aromatiques. Hubert Beaunoir ne releva pas la maladresse de Séverine, qui, il le voyait bien, était sous le choc de la beauté du jeune Véroneau. « Adieu, Guillaume La Rose », ne put-il s'empêcher de penser.

– C'est votre père, n'est-ce pas, qui vous envoie ? demanda le chef cuisinier.

– C'est juste, monsieur Beaunoir. J'ai apporté des morceaux d'écorce d'aubépine pour faire des décoctions.

– M$^{me}$ de Saint-Laurent m'a mis au courant du remède de votre père, confia le chef en offrant une tasse de café au jeune Véroneau et en le priant de s'asseoir.

– C'est plutôt un remède que mon père a emprunté aux Indiens, rectifia Jérôme, et il s'est avéré très efficace dans les cas d'insomnie, comme celle dont souffre madame.

– Je dois faire mijoter l'écorce, dit Hubert en manipulant les morceaux, environ trois heures, si j'ai bien compris.

– Oui, deux à trois heures. Vous devez laisser refroidir le liquide avant de le filtrer. Je vous suggère ensuite de presser ce qui restera des morceaux afin d'en faire sortir tout le jus, que vous ajouterez au premier liquide recueilli. M$^{me}$ de Saint-Laurent doit boire une tasse entière de cette tisane. Les effets ne tarderont pas à se manifester, je vous l'assure.

– Vous parlez comme un vrai médecin.

– C'est que je suis moi-même médecin, monsieur Beaunoir, un nouveau médecin fraîchement sorti de l'université d'Édimbourg, en Écosse, déclara Jérôme en riant. J'ai terminé mes études au séminaire de Québec en 88. À la recommandation du juge Adam Mabane, qui était un ami de mon père et qui avait lui-même fait ses études de médecine à cette université, je suis entré à la faculté de médecine pour n'en ressortir que quatre ans plus tard. Je voulais devenir médecin comme mon père et, présentement, je suis en train de monter ma clientèle. Je travaille à l'Hôtel-Dieu en chirurgie avec le docteur Ovila. J'aime soigner les gens. La médecine me passionne.

– C'est tout à votre honneur d'avoir suivi les traces de votre père.

– Mon père est un excellent médecin, je vous l'accorde, mais mon grand rêve serait d'aller compléter ma formation à l'université Harvard, près de Boston, comme le docteur Pierre de Sales Laterrière, qui pratique actuellement à Trois-Rivières.

– Vous avez de grandes ambitions, jeune homme. Tu entends cela, Séverine ? Ce jeune homme veut aller étudier aux États-Unis.

– Je ne partirai que deux ou trois ans, dit Jérôme. Après, je reviendrai à Québec et j'ouvrirai mon propre cabinet de chirurgien.

– C'est très bien d'avoir de grandes ambitions, je vous félicite, dit Hubert Beaunoir. Votre amie de cœur doit éprouver beaucoup de fierté à l'égard de son futur époux, n'est-ce pas ?

– Je n'ai pas d'amie de cœur, monsieur Beaunoir, du moins… pas encore, dit Jérôme en jetant un regard touchant à Séverine.

Séverine ne savait plus où poser les yeux tellement les paroles inquisitrices de M. Beaunoir la mettaient mal à l'aise.

– Ça viendra, continuait Hubert Beaunoir. Il suffit de regarder autour de vous. Il se trouvera certainement une belle jeune femme qui acceptera de partager tous vos beaux projets avec vous.

– Ce n'est pas aussi simple, dit Jérôme en regardant furtivement Séverine, surtout si je dois m'exiler à Boston pendant quelques années.

– Boston, cher ami, ce n'est pas au bout du monde !

– Pour certaines jeunes femmes, ça peut l'être, osa déclarer Séverine, qui suivait la conversation avec beaucoup d'intérêt même si elle faisait semblant de compter les mailles du chandail qu'elle tricotait pour le futur bébé de sa maîtresse.

– Est-ce que pour vous, mademoiselle Séverine, Boston est au bout du monde ? demanda maladroitement Jérôme, qui s'en voulut aussitôt la question posée.

– Je ne sais pas, répondit-elle timidement, sentant une chaleur torride lui envahir les joues. Je ne me suis encore jamais posé la question.

– Monsieur Beaunoir, je vous recommande de préparer la décoction d'aubépine le plus rapidement possible afin que M$^{me}$ de Saint-Laurent puisse boire sa première tisane une heure au moins avant de se mettre au lit, suggéra Jérôme pour changer le sujet de la conversation, étant un peu affolé par la tournure qu'elle prenait.

– Je suivrai vos conseils à la lettre, cher docteur Véroneau fils.

– Je m'éternise et je vous fais perdre votre temps. Veuillez m'excuser, monsieur Beaunoir, ainsi que mademoiselle Séverine, dit Jérôme en se levant et en enfilant son manteau humide.

– Vous ne nous avez pas dérangés, n'est-ce pas, Séverine ? dit le chef cuisinier.

– Monsieur Véroneau, vous ne nous avez pas dérangés du tout, confirma Séverine.

– Ce fut un plaisir de vous rencontrer, dit Hubert Beaunoir en lui serrant la main. J'espère que nous aurons l'occasion de nous revoir dans un avenir rapproché.

– Au revoir, dit Jérôme en ouvrant la porte.

Séverine était en colère contre M. Beaunoir. Elle ne lui disait rien, ni ne le regardait. Elle déposa son tricot sur une petite table et commença les préparatifs du plateau de dîner de sa maîtresse.

– Je sais que vous m'en voulez, chère Séverine, commença le cuisinier, mais je ne regrette rien. Ce jeune homme est le garçon le plus gentil qu'il m'ait été donné de connaître depuis que je suis à Québec. J'ai tout de suite vu que vous vous plaisiez tous les deux et qu'il vous ferait le plus merveilleux des maris.

– Monsieur Beaunoir ! s'exclama Séverine, sous le choc de ce qu'elle venait d'entendre. Vous me faites passer pour une fille en mal d'homme qui tombera dans les bras du premier venu.

Parce que, justement, il se souciait plus de son avenir que de son passé, Hubert Beaunoir se retint de lui rappeler qu'elle était déjà tombée, il y avait de cela pas très longtemps, dans les bras d'un premier venu du nom de Guillaume La Rose.

– Séverine, vous dramatisez tout. Dites-moi, ce Jérôme Véroneau, ne le trouvez-vous pas gentil ?

– Oui.

– Ne trouvez-vous pas qu'il est beau garçon et qu'il est charmant ?

– Oui.

– Bon, alors ? Il est vrai que j'ai peut-être exagéré un peu, mais parfois il faut forcer les choses.
– Tout ce que j'espère, c'est que vous ne l'ayez pas fait fuir.
– Je suis certain que non. Faites-moi confiance, ma belle enfant.

Encore cette année, un dîner suivi d'un bal étaient donnés au château Saint-Louis pour célébrer le vingt-cinquième anniversaire du prince Édouard. En cette froide soirée du 2 novembre, Julie avait refusé d'accompagner Édouard. Elle ressentait encore quelques élancements dans son bras, mais surtout, elle se refusait de devenir un objet de curiosité et de devoir répondre à des questions qui ne feraient que l'embarrasser puisqu'elle savait que les femmes de Québec n'éprouvaient aucune compassion pour elle. Comme son amie Catherine comprenait très bien ce que Julie vivait, elle n'insista pas ou ne chercha pas à la faire revenir sur sa décision lorsque Julie lui confia les raisons qui l'empêchaient de se joindre à tous ceux qui célébreraient l'anniversaire d'Édouard.

Pendant que la haute société de Québec dînait au château au son de la musique de l'orchestre du régiment, Julie, que la solitude effrayait plus particulièrement ce soir-là, prit son repas dans la salle à manger avec Séverine, qui lui parla longuement du jeune docteur Jérôme Véroneau, dont elle était sans nouvelles mais au sujet duquel elle entretenait de grands espoirs, fortement encouragée en cela par M. Beaunoir. Le cœur de Séverine se gonfla lorsque Julie lui annonça que le docteur Véroneau, venu le matin même pour vérifier les effets de la décoction d'aubépine sur l'insomnie de sa patiente, lui avait confié que son fils Jérôme n'arrêtait pas de parler de la belle M$^{lle}$ Séverine.

– Madame de Saint-Laurent, en êtes-vous bien certaine ? demanda Séverine, qui avait envie de crier son bonheur.
– Je n'ai pas l'habitude d'inventer des histoires, ma chère Séverine.
– Pardonnez-moi, madame, je suis tellement contente et j'ai tellement peur de ne plus jamais le revoir.
– Ne t'emballe pas trop vite. Tu as déjà oublié toutes les larmes que tu as versées à cause du beau Guillaume, à ce que je peux voir.
– Jérôme Véroneau n'a rien à voir avec Guillaume La Rose. Il est si gentil.
– Son père m'a annoncé que son fils voulait aller à l'université Harvard pour compléter son éducation en médecine.
– Je sais, Jérôme nous en a parlé, à M. Beaunoir et à moi. C'est un jeune homme ambitieux et je suis certaine qu'il va réussir.

– Il faudra qu'il parte quelques années. Il sera loin de Québec. « Loin des yeux, loin du cœur » : tu connais ce dicton, n'est-ce pas ? N'est-il pas plein de bon sens ?

– Je le connais très bien.

– Je te demande d'être sage. Promets-le-moi. Je ne veux plus que tu souffres.

– Je vous le promets, madame. Vous êtes trop bonne pour moi.

Julie et Séverine finirent leur repas en dégustant un gâteau aux fruits confits, spécialité de M. Beaunoir, que ce dernier avait enrobé d'une crème au beurre digne d'un souper de roi. Hubert les regardait avec plaisir savourer ce gâteau dont il était le seul à posséder le secret. Mine de rien, il les avait écoutées parler et ce qu'il avait entendu lui avait plu énormément. Son souhait de voir Séverine heureuse allait peut-être se réaliser. Il leur servit le café dans de jolies tasses de porcelaine blanche à fleurs roses et dorées. Son visage resplendissait de bonheur.

– Vous ressemblez à un homme très heureux, monsieur Beaunoir, souligna Julie. Est-ce que je me trompe ?

– Vous avez tout à fait raison, madame de Saint-Laurent, je suis un homme très heureux, répondit Hubert en faisant un clin d'œil à Séverine, qui comprit tout de suite les raisons du bonheur de son ami.

– Ce dîner fut excellent, dit Julie en se levant de table. Vous êtes libres tous les deux. Je t'appellerai un peu plus tard, Séverine. Monsieur Beaunoir, vous pourrez apporter ma tisane d'aubépine dans ma chambre dans environ une heure.

Elle se rendit dans le petit salon, d'où, par la grande fenêtre, elle admira la ville de Québec entièrement illuminée en l'honneur du prince. Elle se sentait seule, mais n'éprouvait aucune tristesse. Elle caressait son ventre qui s'arrondissait de plus en plus et se demandait si elle portait une fille ou un garçon. Elle était partagée entre son désir de donner naissance à une petite fille aussi intelligente et gentille que la douce Charlotte-Amélie, qui ressemblait tant à Catherine, et son besoin viscéral d'offrir un enfant mâle à son compagnon. Une envie soudaine de jouer du violoncelle la décontenança ; elle ne résista pas et sortit l'instrument de son étui qui reposait contre la cheminée. Elle attaqua une suite de Bach. Son bras blessé, malgré quelques petits élancements, répondait très bien aux exigences de l'archet. Sa mémoire limpide lui renvoyait les notes avec toute la sensualité que l'instrument lui permettait d'exprimer. Julie joua longtemps, elle avait l'impression de revivre. Elle réalisa que, enfermée depuis de nombreuses semaines, elle avait perdu le goût de rire, d'être belle, d'être aimée et de prendre la musique à bras-le-corps. Elle se rendit compte que c'était elle qui se désintéressait d'Édouard et non Édouard qui ne la désirait plus. Et tout ça, c'était la musique qui venait de lui révéler. Elle arrêta net de jouer, mais ne rangea pas son violoncelle parce qu'elle comprit enfin qu'un instrument caché dans un étui ne fait que bouder. Elle se dirigea vers sa chambre en laissant son violoncelle confortablement assis dans un fauteuil devant la fenêtre, comme s'il avait pu s'imprégner de la magie des lumières qui éclairaient la ville en ce jour de fête.

Il était onze heures. Julie savait que son amant ne tarderait plus. Elle ne but pas la tisane d'aubépine que M. Beaunoir avait apportée parce que l'effet risquait d'être instantané et qu'elle ne voulait pas dormir, pas en ce jour de fête. Elle appela Séverine, qui accourut immédiatement, pour qu'elle l'aide à retirer sa lourde robe grise. Julie choisit une chemise de nuit bleu clair en voile de coton agrémentée de fines dentelles. Ses beaux seins ronds et durs de femme enceinte s'affichaient avec fierté. Séverine libéra de son chignon savamment constitué l'épaisse chevelure ondulée de sa maîtresse, qui se répandit avec arrogance sur ses épaules. Elle brossa longtemps les beaux cheveux noirs lustrés, et les parfuma à l'eau de rose. Avant de quitter la pièce, Séverine ajouta trois bûches dans l'âtre de la cheminée de crépi blanc jauni par la fumée. Au moment de sortir, elle souhaita une bonne nuit à sa maîtresse, qui la remercia d'un sourire laissant supposer qu'elle n'avait pas l'intention de dormir tout de suite. Julie attendit Édouard. Elle se sentait belle et désirable et souhaitait que son amant ne lui résiste pas malgré la fatigue de cette longue journée. Elle s'assit dans le magnifique fauteuil Louis XIV et décida de se plonger dans la lecture des merveilleux contes persans des *Mille et Une Nuits* traduits par Antoine Galland, car c'était la seule qui réussirait à tromper son impatience et son désir.

Au château Saint-Louis, la fête se poursuivait avec beaucoup d'entrain. Édouard ne manquait aucune danse. Les dames de la haute société de Québec, ravies de l'absence de Julie, lui manifestaient toute leur attention, en particulier la belle Éliza Greene, qui lui faisait les yeux doux parce qu'elle savait que sa beauté et sa jeunesse ne laissaient aucun homme indifférent. Elle s'approcha du prince, le complimenta sur son élégance et sur sa manière de danser, le gava de sourires et de minauderies. Finalement, ils dansèrent à deux reprises.

– Mon cher prince, chuchota-t-elle tout en le fixant de ses beaux yeux noirs enjôleurs, que diriez-vous de m'accompagner tout à l'heure chez des amis ?

– C'est une invitation ?

– Oui, nous désirons nous retrouver entre jeunes seulement, si vous comprenez ce que je veux dire, dit-elle en lui offrant un clin d'œil aguicheur.

– Je ne suis plus très jeune, jolie demoiselle.

– Vous n'avez que vingt-cinq ans, n'est-ce pas ?

– Ce ne serait pas très gentil à l'égard de tous ces gens qui se sont déplacés pour souligner mon anniversaire.

– Vous ne le regretterez pas, je vous le promets, insista Éliza.

– Je crois que je vais refuser votre offre alléchante, mademoiselle Greene, s'excusa gentiment Édouard. Je me dois de faire danser d'autres dames tout aussi jolies que vous.

– Est-ce qu'il en existe ? demanda d'un air condescendant Éliza en balayant du regard la salle de bal du château Saint-Louis.

– J'ose espérer que cette impertinente question a dépassé votre pensée, déclara Édouard sans perdre son sang-froid, sinon elle me révèle que vous n'êtes qu'une petite écervelée, pardonnez ma franchise, qui se prend pour une femme séduisante.

Édouard laissa en plan Éliza Greene, qui ne comprenait pas pourquoi une blague aussi banale avait mis le prince dans un tel état. Édouard se dit qu'il était temps de rentrer retrouver la seule femme qu'il aimait vraiment. Avant de quitter les lieux, il désirait saluer ceux de ses amis qui n'étaient pas encore partis. Il s'attarda à la table du lieutenant-gouverneur et de son épouse, qui discutaient avec Louis-Antoine et Catherine de Salaberry.

– Je n'ai pas le choix, disait Louis-Antoine, je ne suis pas né sujet de Sa Majesté.

– Il n'a pas été naturalisé, non plus, précisa M$^{me}$ de Salaberry.

– Je comprends très bien, monsieur de Salaberry, déclara Alured Clarke. Je suis d'accord avec vous, vous n'avez pas d'autre choix que celui de démissionner, et croyez bien que j'en suis extrêmement déçu, même si je sais que vous conservez le comté de Québec.

– Je ferai publier le plus rapidement possible dans *La Gazette de Québec* une lettre explicative à l'intention de mes électeurs, déclara Louis-Antoine.

– Que se passe-t-il, mon cher ami ? demanda Édouard.

– Je dois démissionner de mon poste de député du comté de Dorchester pour les raisons que vous venez d'entendre.

– Il n'y a rien que l'on puisse faire ?

– Il est trop tard, répondit laconiquement Louis-Antoine, sans cacher sa déception. Depuis que Berthelot d'Artigny a écrit dans *La Gazette*, à mots couverts bien sûr, que les élections dans le comté de Québec ne reflètent pas la justice, les électeurs ne cessent de me poser des questions. D'Artigny ne se gêne pas pour écrire que Lynd et moi ne sommes pas propriétaires et que nous n'avons pas été naturalisés. Dans le premier cas il a tort, je suis un propriétaire terrien, mais il a raison sur le fait que je n'ai pas été naturalisé.

C'est avec une certaine tristesse qu'Édouard se sépara des Salaberry. Il ne pouvait rien faire aujourd'hui pour aider Louis-Antoine, mais il se promettait d'en discuter avec son ami et d'essayer de trouver une solution si cela était encore possible. Lorsqu'il rentra, il entendit l'horloge sonner un seul coup. Était-il minuit et demi ou une heure du matin ? se demanda-t-il. Il prit toutes les précautions pour ne pas réveiller Julie quand il pénétra dans la chambre. C'est avec étonnement et ravissement qu'il la contempla, lisant dans la bergère, rayonnante de beauté et l'accueillant avec un sourire qui mettait un baume sur la tristesse causée par la mauvaise nouvelle qu'il venait d'apprendre.

– Chaque jour, je redécouvre votre beauté. Chaque jour, je me répète que ma vie serait vide sans votre amour, dit-il. Dieu ! que je vous aime !

Julie déposa son livre sur la petite table de merisier et s'approcha de lui. Il l'enveloppa de ses bras, la serra et l'embrassa passionnément. Il la souleva de terre et la déposa sur le lit, qui sentait bon la lavande. Julie se laissa séduire, elle avait attendu ce moment depuis si longtemps. Édouard semblait avoir tout oublié, et sa blessure et sa grossesse. Il enleva rapidement son uniforme en ne la quittant pas des yeux, et se trouva complètement nu. Julie admira le désir de son amant. Édouard s'étendit à côté d'elle et commença à l'embrasser. Aucune partie de son corps ne fut oubliée. Il s'attarda longuement entre les cuisses chaudes et douces de son amante et se réjouit lorsque celle-ci manifesta sa jouissance par des gémissements langoureux et par une série de petites secousses qui invitèrent Édouard à la pénétrer afin de prolonger leur extase. Les cris de Julie redoublèrent d'intensité.

– Mon amour, mon amour, chuchota Édouard avant de sombrer dans un sommeil profond.

Il était toujours étendu sur elle, ruisselant de sueur, mais Julie ne bougeait pas de peur de rompre le charme. Elle ne fermait pas les yeux non plus, elle savourait l'intensité de ce moment. L'ardeur d'Édouard lui avait révélé qu'il l'aimait toujours et qu'il la désirait même plus que jamais. Au bout d'un certain temps, le sommeil vint la chercher. Édouard ne bougea que lorsque le feu fut devenu trop faible pour empêcher le froid de s'immiscer dans la pièce. Il se réveilla, frissonna, libéra lentement sa maîtresse endormie de son corps lourd, se leva, plaça trois nouvelles bûches dans le foyer, attendit que le feu ait bien repris et revint s'allonger dans le lit. Comme sa place était froide, il remonta le lourd édredon de plumes en recouvrant doucement le corps de Julie, et se rendormit. Au petit matin, le sourire de Julie accueillit Édouard à son réveil, qui sourit à son tour.

– Je vous aime toujours, dit-elle.
– Je n'ai jamais cessé de vous aimer.

Avant de sortir ce matin-là pour se rendre au château Saint-Louis afin de discuter avec le lieutenant-gouverneur de l'affaire de son ami Salaberry, il lança un regard si amoureux à Julie qu'elle en fut toute retournée. Elle aimait ses regards remplis de désir, qui laissaient présager que les nuits prochaines n'apporteraient que bonheur et félicité. Elle appela sa femme de chambre.

– Séverine, fais-moi belle, ordonna gentiment Julie dont le visage rayonnant laissait deviner que la nuit avait été troublante.

Séverine accueillit cet ordre avec ravissement parce qu'elle avait bien senti que sa maîtresse, ces derniers temps, traînait une tristesse peu coutumière. Elle constatait que cette période était finie.

Une dizaine de jours plus tard, lorsque Julie ouvrit *La Gazette de Québec* au déjeuner, elle réalisa avec tristesse et désappointement qu'Édouard n'avait pas réussi à convaincre le général Clarke d'accorder un passe-droit à M. de Salaberry. De l'avis d'Édouard, le lieutenant-gouverneur du Bas-Canada devait tenir compte du fait que Salaberry avait été élu légitimement par les électeurs des comtés de Québec et de Dorchester. Édouard avait rapporté à Julie que le général l'avait écouté attentivement, mais il n'avait pas voulu répondre immédiatement à sa requête ; il avait besoin de réfléchir, avait-il dit, ajoutant cependant qu'il était peu probable qu'il accueille formellement sa demande. Julie lut avec un grand intérêt l'article de *La Gazette* et se promit d'écrire le jour même à son amie Catherine pour lui faire part de ses regrets les plus sincères et aussi pour souligner le grand courage dont son mari faisait preuve en de telles circonstances. Aussi, elle écrirait à Charles Jouve. Elle voulait reprendre ses cours ; elle avait grand besoin de remettre la musique au centre de sa vie, cette merveilleuse musique qui la rassérénait tant dans ses moments de doute. De plus, elle ne pouvait se cacher, malgré tout l'amour qu'elle éprouvait pour Édouard, que M. Jouve lui manquait ; cette façon aussi qu'il avait de la regarder, son regard unique plein d'admiration et de désir qui la fascinait et lui faisait oublier ses trente-deux ans.

Dans l'après-midi, quelqu'un frappa à la porte de service. Séverine, qui se trouvait dans la cuisine en train de boire une tasse de café avec Hubert Beaunoir et John Woolmer, se leva naturellement pour ouvrir.

– Bonjour, docteur Véroneau. Quelle heureuse surprise ! lança-t-elle spontanément, incapable de cacher sa joie.

Son audace la rendit mal à l'aise, gênée, incapable de réagir, et aucun autre mot ne lui vint à l'esprit. Alors, elle resta figée.

– Mais entrez donc, cher docteur, le pria Hubert Beaunoir. Vous venez sans doute prendre des nouvelles de M$^{me}$ de Saint-Laurent, dit-il pour venir à la rescousse de Séverine, laquelle, bouche bée, ne bougeait plus, s'agrippant à la poignée de la porte.

– Bonjour, monsieur Beaunoir. Bonjour, mademoiselle Séverine. Mon père m'a déjà donné d'excellentes nouvelles quant à la santé de M$^{me}$ de Saint-Laurent et je suis très heureux que les tisanes d'aubépine aient réglé ses petits problèmes d'insomnie. Non, je ne suis pas venu pour M$^{me}$ de Saint-Laurent, je suis venu plutôt pour demander à M$^{lle}$ Séverine si elle voulait m'accompagner à un bal donné chez M$^{lle}$ Juliette Fargues, la belle-fille du juge Dunn, samedi prochain en huit.

Aucune réponse ne vint. Les trois hommes présents observaient Séverine, espérant un acquiescement ou un simple sourire d'approbation de sa part. La jeune femme tourna la tête vers M. Beaunoir.

– Mais répondez, ma belle enfant, ordonna gentiment Hubert Beaunoir à une Séverine sans voix, trop étonnée de cette invitation. Je suis certain que vous aimez les bals. Vous m'avez déjà mentionné que vous êtes une excellente danseuse et, qui plus est, une danseuse infatigable.

– Je crois… qu'il sera possible de me libérer… pour assister à ce bal, réussit à articuler Séverine, qui ne quittait pas des yeux son futur cavalier.

– Vous m'en voyez ravi, je vous remercie, dit Jérôme, visiblement soulagé en entendant la réponse positive de la jeune fille.

– Vous prendrez bien une tasse de café avec nous, cher ami, proposa le chef cuisinier. Venez vous asseoir que je vous présente le majordome du prince Édouard, M. John Woolmer.

Les deux hommes échangèrent une bonne poignée de main.

– Je veux bien partager une tasse de café avec vous, mais je ne peux pas rester longtemps car mon père m'attend pour visiter ses malades à l'Hôtel-Dieu. Dans une demi-heure au plus tard, nous devons être à l'hôpital.

– Un petit dix minutes de rien du tout, dit Hubert Beaunoir, et après, je vous mets gentiment à la porte.

Tous rirent de bon cœur en entendant cette formule inusitée. Séverine retrouva enfin la parole et s'informa des malades de l'Hôtel-Dieu. Tous écoutèrent Jérôme avec grand intérêt quand il décrivit les symptômes de certaines maladies et les diagnostics posés par les médecins. Il insista aussi sur le fait que la médecine n'était pas très avancée, raison pour laquelle il voulait poursuivre ses études à l'université Harvard. Les dix minutes s'écoulèrent trop rapidement. Quand Jérôme sortit sa montre de gousset, il constata qu'il était plus que temps de partir.

– Monsieur Beaunoir, dit-il avec un large sourire accroché à ses lèvres, vous m'avez oublié. Vous deviez me mettre à la porte et vous n'en avez rien fait.

– C'est un oubli impardonnable, mais je souffre de troubles de la mémoire et je crois que je devrai vous consulter très bientôt, rétorqua le chef cuisinier sur un ton qui suscita le fou rire.

Jérôme se plaisait dans cette maison où les serviteurs du prince et de madame se montraient si gentils et si accueillants. Il salua Séverine en lui rappelant qu'il viendrait la chercher le samedi suivant, 24 novembre, vers les sept heures du soir. Puis il tendit la main à John et à Hubert en les remerciant de leur accueil chaleureux et sortit au pas de course.

– Je vous avais bien dit, Séverine, que c'était un charmant garçon.

– Il est merveilleux.

– Je ne savais pas que vous aimiez danser, dit John. J'adore danser, moi aussi. Avoir su, je vous aurais invitée au bal.

– John, ne venez pas semer la confusion dans le cœur de cette pauvre enfant, le réprimanda Hubert Beaunoir.

Séverine éclata de rire en entendant son vieil ami, qui se mit à rire aussi. John les regardait sans trop comprendre, mais il ne tarda pas à les imiter parce que leurs rires étaient contagieux.

La Rose et Draper avaient convoqué une réunion chez Franks afin de s'entendre sur le meilleur moment pour éliminer le prince. La bière coulait à flots et plusieurs de leurs compagnons élevèrent la voix, de sorte que Draper dut leur demander de parler moins fort.

– J'ai eu un tour de garde supplémentaire parce que mon casque n'était pas droit sur ma tête et que je n'avais pas eu le temps de nettoyer mon fusil, se plaignait James Landrigan.

– C'est ridicule, dit La Rose. C'est un vrai tyran.

– Il a réduit nos temps de repos parce qu'il veut que nous nous couchions de bonne heure et que nous ne fréquentions plus les tavernes, dit James Shaw.

– Ce ne sont pas les exemples qui manquent pour susciter notre révolte, messieurs. Nous avons tous des plaintes à formuler contre notre commandant, dit John Draper, qui avait déjà avalé goulûment de nombreuses bières. Mais ce n'est pas le but de notre rencontre d'aujourd'hui. Nous devons nous entendre sur une date pour exécuter notre plan.

– Juste avant Noël serait le moment idéal, déclara La Rose. Ça me fait enrager d'être privé de tout pendant ces journées de réjouissances où nos supérieurs s'empiffrent et s'amusent au château Saint-Louis en faisant danser les plus belles femmes de Québec endimanchées.

– Tout pour eux, rien pour nous, renchérit Timothy Kennedy en vidant son verre de bière.

– Noël tombe quel jour, cette année ? demanda Draper.

– Un mardi, répondit La Rose.

– Alors, nous agirons le 22 décembre dans la nuit, disons vers deux heures, lança Draper.

– C'est un samedi, dit La Rose, c'est parfait.

– Pour moi aussi, dit James Shaw.

– Je suis de garde au château cette nuit-là, dit Kennedy, mais je trouverai un moyen de me faire remplacer.

Landrigan et Wigton acquiescèrent en levant leur verre à moitié vide. La Rose commanda d'autres bières et la discussion se poursuivit avec plus d'entrain maintenant qu'une date avait été fixée.

– Étant donné que, parmi nous, c'est le soldat Guillaume La Rose qui a reçu le plus de mauvais traitements de la part du prince, je propose qu'il dirige le complot, mentionna Draper. Nous lui devons bien ça.

– Merci, Draper. J'accepte avec grand plaisir, si, naturellement, tous les autres sont d'accord.

– Je suis d'accord, dit James Shaw.

Timothy Kennedy, le sergent Wigton et James Landrigan se consultèrent du regard et acceptèrent aussi.

– Wigton, reprit La Rose, je voudrais que tu consacres du temps à convaincre les soldats de l'artillerie de se joindre à nous.

– Es-tu certain qu'ils accepteront de faire partie du complot ? lui demanda celui-ci.

– De nombreux soldats ont des récriminations, comme nous, et je te jure qu'ils ne portent pas le prince Édouard dans leur cœur.

– Tu peux toujours essayer, nous verrons ce que cela va donner, dit Draper. Et nous aussi, de notre côté, nous pouvons faire quelques tentatives d'association.

– C'est une très bonne idée, approuva La Rose, tellement absorbé par ses responsabilités qu'il en oubliait de boire sa bière, qui s'affadissait. Shaw et moi, nous allons nous occuper de trouver des bateaux et nous les chargerons de vivres et d'armes.

– Ce ne sera pas tellement compliqué, dit Shaw.

– Lorsque le prince sera notre prisonnier, poursuivit La Rose, je lui ferai l'inventaire des griefs des soldats des fusiliers royaux et de l'artillerie royale. J'exigerai qu'il remédie à la situation dans les plus brefs délais, et qu'un pardon soit accordé à chacun des mutinés. S'il refuse tout ce que nous lui demandons, nous serons, messieurs, dans l'obligation d'exécuter Son Altesse Royale de même que tous les officiers qui n'appuieront pas nos revendications. Nous n'épargnerons que ceux qui prendront la part des soldats.

– Ensuite, quels sont tes plans ? demanda Kennedy.

– Nous traverserons le fleuve et nous forcerons les capitaines de la milice à nous fournir des guides pour que tout le régiment puisse se rendre aux États-Unis. Là-bas, nous demanderons au grand général Washington, qui est président de l'Union, de nous intégrer dans ses troupes, déclara La Rose sur un ton d'euphorie.

– C'est bien beau tout ça, rétorqua Landrigan, mais je me demande si c'est réalisable.

– Ce que je voudrais, moi, dit James Shaw, c'est retourner en Angleterre, pas aller pourrir aux États-Unis. J'en ai assez de me geler le cul en Amérique.

– Moi, ton plan m'intéresse, commenta le sergent Wigton. Je pourrais peut-être devenir officier.

– Moi aussi, ça m'intéresse, les États-Unis, assura Draper. Il est hors de question que je retourne en Angleterre.

– Partir à l'aventure, je suis prenant, dit Kennedy. Je ne pensais pas que notre ami La Rose en avait autant dans sa petite cervelle.

Tous les hommes se mirent à rire. Ils portèrent un toast à La Rose, qui vida son verre d'un trait. La soirée se déroula dans l'allégresse. Ceux qui au début se montrèrent réticents quant au projet de La Rose se laissèrent finalement assez facilement convaincre d'embarquer dans cette belle aventure. N'éprouvant plus aucune appréhension, ils étaient maintenant impatients que le 22 décembre arrive parce que, pour eux, cette date était devenue synonyme de liberté. Tous rentrèrent passablement éméchés à leur caserne, parlant fort de leurs griefs et de leur projet de mutinerie, se souciant fort peu d'être entendus de leurs camarades, lesquels déduisirent aisément, pour la plupart, ce qui était en train de se tramer au sein du régiment du prince. Ils s'endormirent rapidement parce que la levée du corps se faisait toujours avant le lever du soleil.

Le 24 novembre, à dix-huit heures trente, Jérôme Véroneau frappa à la porte de service, même si M$^{me}$ de Saint-Laurent l'avait invité, par l'entremise de son père, à se présenter à la porte principale. Robert Wood le reçut poliment et, lorsqu'il entendit le jeune homme décliner ses nom et prénom, un sourire complice se dessina sur son visage. Il le fit entrer aussitôt et l'amena dans la cuisine surchauffée, où le chef Beaunoir s'affairait, des gouttes de sueur perlant sur son front, au-dessus de ses étincelants chaudrons en cuivre dans lesquels mijotait un potage, reposait une sauce au beurre ou attendaient des haricots verts, des oignons et des pommes de terre. En apercevant Jérôme, M. Beaunoir ne put s'empêcher de le féliciter de sa ponctualité.

– C'est une bien grande qualité, d'être ponctuel, jeune homme. Vous savez, vous au moins, qu'il ne faut jamais faire attendre les dames, affirma le chef d'un ton professoral. Ce sont plutôt elles, ces charmantes créatures, qui adorent hélas ! exercer leur privilège de nous faire patienter.

– Les malades non plus n'aiment pas attendre, précisa Jérôme.

– Mais, pardi, ne confondez pas un de vos malades avec une dame, cher ami.

– Je ne confonds rien du tout, monsieur Beaunoir, je veux simplement dire que les malades, au même titre que les dames, même si ce n'est pas pour les mêmes raisons, n'aiment pas attendre, expliqua Jérôme, mi-figue, mi-raisin. C'est tout. Et je crois que là-dessus vous ne pouvez pas ne pas être d'accord avec moi.

– Bien sûr que je suis d'accord avec vous, s'excusa tout de suite Hubert Beaunoir, se rendant compte qu'il était allé un peu trop loin, lui qui ne voulait surtout pas gâcher la soirée de Séverine ni se mettre à dos le jeune Véroneau qui lui plaisait tant. Je m'amusais à vous taquiner, Jérôme. Loin de moi l'idée de ridiculiser vos malades, lesquels, j'en suis certain, ont besoin de vos bons soins le plus rapidement possible. Je n'ai qu'à penser à notre bonne M$^{me}$ de Saint-Laurent, qui, sans l'empressement du docteur Ovila et du docteur Véroneau, votre père, serait peut-être morte aujourd'hui.

– Vous avez raison de mentionner que M$^{me}$ de Saint-Laurent a reçu les meilleurs soins. Aujourd'hui, merci mon Dieu, elle se porte merveilleusement bien.

– Cher ami, dit Hubert Beaunoir en s'adressant à Robert Wood, qui avait été un témoin silencieux de cet échange verbal, je ne vous ai pas présenté le docteur Jérôme Véroneau, le fils du docteur Véroneau qui s'occupe si bien de madame. Le jeune docteur Véroneau sera ce soir l'heureux cavalier de notre Séverine. Cher Jérôme, continua-t-il, voici M. Robert Wood, qui nous quittera bientôt pour occuper le poste de portier au Conseil exécutif. Il entrera en fonction le 15 décembre prochain. Nous le regretterons tous.

– Toutes mes félicitations, dit Jérôme en échangeant une poignée de main avec le serviteur du prince.

– Trêve de bavardage, messieurs, interrompit Hubert Beaunoir. Cher Robert, auriez-vous l'amabilité de prévenir Séverine que M. Véroneau est arrivé et qu'il l'attend depuis déjà une bonne dizaine de minutes.

Lorsque Jérôme aperçut Séverine dans sa robe de taffetas vert émeraude ornée de dentelles et de rubans écrus qu'elle avait elle-même confectionnée, il pensa aussitôt que la jeune fille qui l'accompagnait au bal ce soir était à n'en pas douter une femme du monde. Ses cheveux blonds remontés en chignon dégageaient son joli cou agrémenté d'un rang de perles que sa maîtresse lui avait prêté pour la soirée en insistant gentiment qu'elle se devait d'impressionner le jeune homme pour qu'il lui demande de la revoir.

– Le fils du docteur Véroneau est un charmant garçon et, à la façon dont M. Beaunoir me vante les qualités de ce jeune homme, il ne faut absolument pas le faire fuir, avait déclaré Julie.

– Je vous promets de me comporter comme une femme sérieuse, avait répondu Séverine.

– Je n'en attends pas moins de toi, je te fais confiance, ma bonne Séverine.

Jérôme présenta son bras à Séverine et le nouveau couple, sous le regard enchanté de M. Beaunoir, s'engouffra dans le soir, qu'éclairait une fine neige blanche. Jérôme aida sa cavalière à monter dans la calèche à deux roues que son père lui avait offerte lorsqu'il avait terminé ses études de médecine avec succès, attrapa la bride du harnais de son cheval et dirigea ce dernier dans la rue Saint-Louis jusqu'à l'intersection de la rue Sainte-Ursule. Juliette Fargues, la fille aînée de Mme Dunn, vint accueillir ses invités, tandis qu'un serviteur s'emparait du manteau de l'un et de la cape de velours de l'autre. Jérôme présenta Séverine à Juliette, laquelle, béate d'admiration devant la robe de son invitée, la complimenta gentiment.

– Où avez-vous acheté cette merveille ? demanda Juliette.

– Je n'achète aucun vêtement, avoua fièrement Séverine. Je confectionne toutes mes robes.

– Vous avez un talent inné, alors.

– J'ai appris à bonne école. J'ai travaillé pendant quatre ans à Paris chez la célèbre marchande de modes Rose Bertin.

– Celle-là même qui habillait la reine Marie-Antoinette ? s'extasia Juliette.

– J'ai moi-même travaillé à la confection de quelques robes de la reine, précisa Séverine.

– Est-ce que vous l'avez déjà vue ? demanda Juliette, grandement intéressée.

– Jamais. La reine n'est jamais venue à l'atelier. C'est Mlle Bertin elle-même qui se rendait à Versailles pour les essayages.

– Mesdemoiselles, assez parlé chiffons, taquina Jérôme, allons plutôt rencontrer nos amis.

Jérôme, une jeune fille à chaque bras, entra dans l'immense salon de la résidence des Dunn, où une vingtaine de jeunes filles et de jeunes messieurs causaient plus en anglais qu'en français et riaient plus par nervosité que par agrément. Le juge et sa femme circulaient d'un groupe à l'autre en leur souhaitant la bienvenue et en les priant de transmettre leurs salutations à leurs parents. Mme Dunn avait fait appel à Charles René Langlois, rôtisseur, pâtissier, traiteur et restaurateur de Paris, qui avait ouvert au mois d'août dernier près de l'Hôpital général une maison sous le nom d'Hôtel de la Nouvelle Constitution. M. Langlois avait préparé les mets et apporté les boissons pour satisfaire le plus difficile des invités. Il avait vite rassuré Mme Dunn et sa fille qui s'affolaient à la pensée de ne pouvoir terminer à temps les préparatifs de cette soirée que Juliette voulait inoubliable : « Mesdames, je m'occupe de tout, faites-moi confiance.

Profitez de cette belle journée froide mais ensoleillée pour vous reposer et vous faire belles. » Les jeunes dansèrent toute la soirée, mangèrent avec appétit ce que les serviteurs leur offrirent et dégustèrent, avec modération, de délicieux vins de Porto ou de Bordeaux. À minuit et demi, Jérôme ramena Séverine encore sous le charme de la musique et des gens si gentils qu'elle avait rencontrés.

– Je sais que vous auriez aimé rester plus longtemps, dit Jérôme avec un peu de déception dans la voix, mais tôt demain matin j'assisterai le docteur Ovila dans une opération délicate. J'aurai besoin de toute ma concentration et ce n'est qu'une bonne nuit de sommeil qui me l'assurera.

– Je ne suis pas déçue, au contraire, le rassura Séverine. J'ai passé une très agréable soirée et je suis heureuse que personne ne m'ait regardée comme une intruse.

– Pourquoi dites-vous cela ?

– Parce que je ne fais pas partie de l'aristocratie, même si je côtoie ce milieu chaque jour.

– Vous avez beaucoup de classe, vous êtes une fille très intelligente et je vous assure que, ce soir, je n'ai vu aucune différence entre vous et les autres jeunes filles, déclara Jérôme avec enthousiasme, surtout que, je peux vous le dire maintenant, vous étiez la plus élégante. Toutes les filles admiraient votre robe, qui est une pure merveille.

– Comme vous êtes gentil ! Merci pour ces beaux compliments, que je ne mérite sans doute pas.

– Vous méritez beaucoup plus, ma douce Séverine.

La calèche s'arrêta devant la résidence du prince. Jérôme descendit et accueillit Séverine dans ses bras lorsqu'elle descendit à son tour. Une bourrasque souleva une poussière de neige, faisant frissonner Séverine. Jérôme resserra son étreinte en collant sa joue froide sur celle aussi froide de la jeune fille. Puis il se dégagea, chercha sa bouche et déposa un baiser sur ses lèvres chaudes. Séverine ne bougeait pas, le temps s'était arrêté. Elle ne rêvait pas. Elle se laissa ensorceler par l'intensité de cet instant unique. Quelques minutes plus tard, Jérôme la raccompagna jusqu'à la porte de service. Avant de la quitter, il la serra dans ses bras et lui demanda s'il pouvait la revoir. Elle répondit qu'elle désirait le revoir aussi. Cette nuit-là, Séverine dormit paisiblement. Elle sentait que sa vie prenait un tournant décisif et remercia Dieu d'avoir mis sur sa route un homme comme Jérôme.

Au matin, elle se réveilla le sourire aux lèvres, fit quelques ablutions et s'habilla d'une robe chaude parce que le givre s'accrochait déjà aux vitres des fenêtres. L'hiver était hélas arrivé et les quatre prochains mois seraient froids et chargés de neige. Quand elle entendit la lourde porte principale se refermer bruyamment, signe que le prince était déjà parti, elle se rendit dans la cuisine préparer le plateau du déjeuner de sa maîtresse. M. Beaunoir l'examina en silence et ce qu'il détecta le rassura grandement.

– Inutile de vous demander si le bal d'hier soir fut une réussite, la taquina-t-il, les étincelles de vos yeux et votre sourire resplendissant nous révèlent tout.

– Ce fut une délicieuse soirée, si vous voulez le savoir, monsieur Beaunoir, lança fièrement Séverine, et Jérôme est un garçon attentionné et si gentil. Il est complètement différent des autres garçons que j'ai connus.

– Ça se voit tout de suite que c'est un garçon attentionné. Il deviendra un médecin très aimé de ses malades, j'en suis certain.

– Il m'a demandé si j'acceptais de le revoir.

– Vous avez dit oui, j'espère.

– Bien sûr, répondit Séverine en riant.

– J'ai terminé le plateau de madame. Tout est y est : les toasts, le beurre, la confiture aux fraises, la compote de pommes, la gelée de bleuets, les biscuits à l'avoine avec le pot de sirop d'érable – c'est un goût que madame a développé depuis qu'elle est enceinte – et le café sans sucre ni lait, puisque madame prend toujours son café noir. Voilà, tout y est. Allez vite porter ce plateau, je vous attends. Je vous ai préparé des crêpes aux pommes sucrées au sirop d'érable, ça vous remettra de vos émotions, charmante demoiselle.

– J'en ai l'eau à la bouche juste à vous entendre.

Séverine frappa à la porte et entra sans attendre la réponse comme Julie l'avait invitée à le faire. Celle-ci bâillait en s'étirant et caressait son ventre qui commençait à accuser une rondeur assez audacieuse. En voyant le plateau que Séverine lui apportait, son appétit se réveilla. Elle sortit difficilement de son lit et s'assit dans sa bergère, Séverine lui versa une tasse de café qu'elle dégusta avec satisfaction. Elle s'informa de la soirée que Séverine avait passée avec Jérôme et écouta avec plaisir la jeune fille relater les événements de la veille. « Les femmes de la maison sont plutôt heureuses, ces temps-ci. Tant mieux », se dit-elle. Julie mangea presque tout ce que M. Beaunoir avait préparé « pour elle et le petit bébé », comme il disait, ce qui faisait bien rire Julie, car il était de ceux qui croyaient qu'une femme enceinte devait manger pour deux.

M. Jouve n'avait pas répondu à la lettre que Julie lui avait envoyée concernant la reprise de ses cours. Cinq jours plus tard, elle lui en écrivit donc une seconde. Elle craignait qu'il l'ait déjà oubliée ou qu'il ne désire plus donner des cours à une femme qui avait dû si souvent en annuler, même si c'était pour des raisons indépendantes de sa volonté. Cette fois-ci, Charles Jouve répondit sur-le-champ :

*Chère madame de Saint-Laurent,*
  *Comment avez-vous pu ne serait-ce qu'une seule seconde penser que je vous avais peut-être oubliée ? Vous me peinez, madame, moi qui ne pense qu'à vous, ou plutôt, permettez-moi d'être franc, qui ne cesse de penser à vous. Et c'est justement pour cette raison que je ne voudrais plus vous importuner avec mes sentiments dont vous ne savez que faire. Vous m'avez expliqué si gentiment que votre cœur n'appartenait qu'à un seul homme, et je vous comprends. La raison pour laquelle j'ai longtemps tardé à répondre à votre première lettre, c'est que j'ai longuement réfléchi sur l'attitude que je devais adopter face à vous. La voici : comme je ne peux pas ne plus vous voir, je continuerai de vous donner des cours et je vous promets, dans la mesure où faire se peut, de ne plus vous ennuyer avec mes états d'âme, lesquels me sont d'ailleurs plus utiles, je le réalise maintenant, pour composer que pour vous séduire.*
  *Veuillez, chère madame de Saint-Laurent, me répondre le plus tôt possible pour que nous puissions, si tel est toujours votre désir, reprendre nos cours dans les plus brefs délais.*
  *Votre tout dévoué,*
                                                              *Charles Jouve.*

Julie lut cette lettre très attentivement, la relut et décida d'y répondre immédiatement. Elle demandait à M. Jouve de venir cet après-midi même vers les trois heures. La réponse laconique ne se fit pas attendre : « J'arrive. » À la vue de ce simple verbe, Julie éclata de rire. Elle était heureuse que le cours de sa vie reprenne normalement. Quand le professeur se présenta à l'heure dite, Julie l'attendait déjà dans le petit salon. Un sourire illumina le visage de M. Jouve lorsqu'il l'aperçut, complètement rétablie de sa blessure.

— Vous êtes resplendissante, madame.

— Bonjour, monsieur Jouve. Je suis très heureuse de me remettre à la musique.

— Commençons tout de suite alors.

L'heure et demie se déroula dans l'harmonie et Julie se félicita de ne pas avoir trop perdu de sa dextérité. Elle ne ressentait plus les élancements si désagréables dans son bras qui l'avaient empêchée jusqu'alors de s'exercer plus d'une trentaine de minutes.

– Vous avez très bien joué, votre agilité est intacte et j'en suis très heureux, dit M. Jouve. Après une blessure comme celle que vous avez eue, il arrive parfois que les doigts ne retrouvent pas la même souplesse. Ce n'est de toute évidence pas votre cas, quel bonheur !

– Merci, monsieur Jouve, vos commentaires me vont droit au cœur. Moi aussi, j'avais peur de ne plus pouvoir jouer comme avant.

– Nous nous revoyons la semaine prochaine, n'est-ce pas ?

– Je vous attendrai à l'heure prévue.

Charles Jouve quitta la pièce sagement. Restée seule dans le petit salon, Julie sentit pour la première fois son enfant bouger. Elle pleura et caressa son ventre.

– Je suis là, mon petit amour, et je t'attends, lui dit-elle.

Elle riait et pleurait en même temps tellement ses émotions étaient grandes. En passant devant la porte ouverte, John se demanda pourquoi M$^{me}$ de Saint-Laurent semblait si bouleversée. Immédiatement, il soupçonna le musicien qui se donnait des grands airs d'être responsable de sa peine. Il chercha Séverine et la trouva dans la cuisine en train de tricoter de la layette en parlant avec M. Beaunoir. Il lui demanda de se rendre au plus vite auprès de sa maîtresse, qu'il venait de surprendre en train de pleurer :

– Je n'ai pas osé entrer. Je me suis dit qu'entre femmes vous vous comprendriez mieux.

Séverine accourut et constata qu'effectivement Julie pleurait à chaudes larmes.

– Que vous arrive-t-il, madame ?

– Oh ! Séverine, dit Julie, qui n'arrivait pas à contrôler ses pleurs, mon petit a bougé, n'est-ce pas merveilleux ? Mon petit bouge. Touche, rends-toi compte toi-même.

– Il bouge, je le sens bouger, s'extasia Séverine, qui se mit à pleurer en se rappelant la première fois qu'elle avait senti son enfant bouger dans son ventre.

Julie et Séverine séchèrent leurs larmes en se disant que cet enfant apporterait tant de gaieté dans cette grande maison. Dans les semaines qui suivirent, Julie s'émerveilla de ce petit être qui ne cessait de lui donner des coups de pied dans le ventre pour lui confirmer, aimait-elle à le croire, qu'il était bien vivant et qu'il ne demandait qu'à sortir au grand jour, le moment venu.

Juste avant la fête de Noël, Julie et Édouard invitèrent leurs grands amis Catherine et Louis-Antoine à souper pour célébrer l'ouverture officielle de la première session du nouveau Parlement du Bas-Canada. Édouard avait voulu inviter plusieurs amis députés, mais Julie s'y était farouchement opposée, son état risquant d'inspirer des ragots de toutes sortes. Édouard s'était conformé à son désir parce qu'il savait qu'elle avait raison.

Le froid s'était abattu sur la ville de Québec et la neige qui s'était accumulée en d'énormes bancs devant les maisons et dans les rues rendait la conduite des traîneaux très difficile et la marche quasiment impraticable. Les Salaberry, grelottant malgré leurs lourds manteaux de fourrure, pénétrèrent dans la résidence du prince et apprécièrent instantanément la chaleur de la maison, qui contrastait avec le froid insupportable du dehors. Catherine avait les pieds et les mains gelés, le nez rouge, les yeux en pleurs, et ses lèvres glacées l'empêchaient d'articuler correctement.

– Venez vite vous réchauffer devant la cheminée, l'invita Julie.

– Je n'ai jamais eu aussi froid, dit Catherine en se laissant conduire jusqu'à la cheminée du salon.

– Fait-il plus froid que l'année dernière ? s'informa Julie. Il me semble bien que oui.

– Je ne sais pas, ma chère Julie. Ce que je sais, c'est que nos hivers sont tous les ans extrêmement froids et que nos étés torrides nous les font oublier.

– Il y a plus de neige, par contre. John a dû engager deux hommes pour enlever la neige devant la porte de service et déblayer les marches et la grande galerie en avant. Selon les deux engagés, la neige est plus abondante cette année.

– Comme nous sommes le 21 décembre aujourd'hui, il ne nous reste que trois mois à souffrir, souligna Catherine avec une pointe d'humour.

– L'enfant que je porte se montrera dès que l'hiver sera terminé, pas avant, dit Julie en riant.

– C'est un sage.

Catherine fut étonnée de constater que le ventre de Julie s'était beaucoup arrondi depuis leur dernière rencontre.

– Comment vous sentez-vous ? demanda-t-elle.

– Très bien. Il bouge tout le temps, n'est-ce pas merveilleux ?

– Ce sont des moments merveilleux, en effet, lorsque l'enfant bouge dans notre ventre. Mais dites-moi, Julie, pourquoi parlez-vous de votre bébé au masculin ? Ce sera peut-être une fille.

– J'aimerais accoucher d'une belle petite fille, mais j'ai l'impression que ce sera un garçon. Je ne sais pas pourquoi. Ce n'est qu'une impression, mais c'est plus fort que moi.

– Je vous comprends très bien. Nous, les femmes enceintes, ressentons des choses que peu de gens perçoivent. C'est comme si notre intuition s'intensifiait. Comment expliquer cela ? C'est difficile, mais j'ai appris qu'il ne faut surtout pas en parler, même pas à notre médecin, parce que nous nous faisons souvent accuser d'inventer n'importe quoi pour nous rendre intéressantes.

John vint prévenir les convives que le repas était prêt et qu'ils pouvaient s'asseoir autour de la table, sur laquelle reposait déjà une large soupière de porcelaine qui répandait un délicieux arôme plein de subtilités. Il tira les chaises des deux dames en s'assurant que ces dernières étaient parfaitement à leur aise et, une fois les messieurs assis, il fit signe aux serviteurs de servir le potage aux champignons. La corbeille de pain de froment circulait d'un convive à l'autre. À en juger par la rapidité avec laquelle la soupière se vida, il était incontestable que le célèbre potage aux champignons du chef Beaunoir avait encore fait des merveilles. On débarrassa la table de la soupière vide et un serviteur la remplaça par une large assiette où fumait un rôti de chevreuil en croûte accompagné d'une épaisse sauce aux fines herbes, et par un joli récipient de porcelaine plein de ragoût d'orignal. Pour compléter, on apporta une purée de navets rehaussée de crème, des haricots grillés assaisonnés de poivre et des carottes au beurre. Pendant que les serviteurs remplissaient les assiettes, John apporta deux carafes de cristal remplies de vin et versa le liquide d'une belle couleur rouge foncé à reflets orangés dans des verres également de cristal. Un toast fut porté au Parlement du Bas-Canada. Le goût racé du vin suscita bien des éloges à l'égard de M. Beaunoir, qui choisissait toujours les vins, en connaisseur qu'il était. Devant une nourriture aussi exquise, les convives s'extasiaient, à la fois sur la tendreté de la viande, la légèreté des sauces et l'assaisonnement parfait des légumes. Quand tous eurent terminé, John remplit de nouveau les coupes des messieurs et des dames pendant que les serviteurs retiraient les assiettes vides. Au bout d'une dizaine de minutes, un impressionnant gâteau aux amandes recouvert de glaçage à la crème et à la vanille fit son entrée. Des exclamations de joie de la part de Julie et de Catherine accueillirent ce merveilleux dessert. De généreuses portions furent servies à tout le monde. Quand Édouard demanda une deuxième portion, Catherine, Julie et Louis-Antoine s'esclaffèrent. Le gourmand, un peu gêné, ne tarda pas à les imiter.

– Notre chef est extraordinaire, se défendit-il. Si la cour du roi était au courant des talents, pour ne pas dire des dons de M. Beaunoir, il y a longtemps que le Premier ministre Pitt m'aurait écrit pour m'ordonner de mettre mon chef à bord du premier navire en partance pour l'Angleterre.

– Je ris, cher Édouard, s'excusa Catherine qui avait du mal à se retenir, parce que je ne connais personne qui ait autant que vous la dent sucrée. Et puisque votre chef excelle dans les desserts comme dans le reste, vous êtes un homme chanceux.

– C'est vrai, confirma Édouard en regardant Julie, et, croyez-moi, je le suis à bien des égards.

Les serviteurs apportèrent une théière et une cafetière fumantes, qu'ils déposèrent sur des plateaux d'argent.

– John, dit Édouard, vous pouvez nous servir dans le salon. Apportez aussi la bouteille de cognac.

– Tout de suite, Votre Altesse.

Julie et Catherine s'assirent devant la cheminée pour profiter de la chaleur du foyer. L'une demanda du café noir, l'autre, du thé avec un soupçon de lait. Louis-Antoine et Édouard prirent place devant la fenêtre givrée par le froid pour, au contraire, échapper à la chaleur trop intense de la pièce. John servit un cognac au premier alors que le second opta pour un café parfumé au cognac.

– Finalement, mon cher Salaberry, les débats de la Chambre seront-ils ouverts au public ? demanda Édouard, qui respirait les effluves capiteux du cognac que son café chaud lui renvoyait.

– Certainement. Dès demain, les gens intéressés pourront venir nous voir délibérer, répondit Louis-Antoine en faisant tourner son cognac dans son verre pour le réchauffer.

– Qu'en pensez-vous ?

– Je suis tout à fait d'accord. Je trouve que c'est une excellente idée que nos électeurs puissent venir en personne entendre nos délibérations. Ils ont le droit de vérifier s'ils sont bien représentés, voire défendus.

– Croyez-vous que Panet, le président de la Chambre d'assemblée, fera un bon orateur ?

– Il n'a pas eu mon appui. Ça n'a rien à voir avec lui. Jean-Antoine est un homme charmant, instruit, avocat de formation, mais il parle à peine l'anglais et je considère que l'orateur de la Chambre doit être bilingue. Il doit pouvoir s'exprimer autant en anglais qu'en français.
– Mais il a tout de même été élu.
– Au grand mécontentement des députés anglais. Ça ne peut pas faire autrement, ils sont minoritaires.
– Vous souvenez-vous du résultat du vote ?
– Vingt-huit contre dix-huit.
– Les Anglais seront toujours en minorité. Cela fera des débats assez houleux.
– Ils le sont à l'Assemblée législative, c'est vrai, mais ils ont toujours été en majorité au Conseil exécutif et au Conseil législatif, et ils continuent de l'être, dit Louis-Antoine.
– Mon cher ami, le Bas-Canada ne peut pas être dirigé uniquement par des représentants de langue française, comme si les Anglais n'avaient jamais conquis le pays. Le souverain de ce pays est britannique et la province est une colonie officiellement anglaise depuis le traité de Paris de 1763, il ne faudrait pas l'oublier.
– Si cela vous intéresse, suggéra Louis-Antoine, qui n'aimait pas la façon dont s'orientait la discussion et qui ne voulait pas que cette agréable soirée se termine sur une note discordante, vous pourriez assister aux prochains débats, qui porteront sur la langue de rédaction des procès-verbaux.
– Encore un sujet chaud qui soulèvera des tempêtes, dit Édouard.
– C'est certain. Jean-Antoine Panet a soulevé un point intéressant lorsqu'il a répondu à son cousin, Pierre-Louis Panet, qui n'appuyait pas sa candidature, mais plutôt celle de James McGill. Il a dit que le roi parlait plusieurs langues, incluant le français, que même si les îles de Jersey et de Guernesey étaient des possessions anglaises on y parlait français et que l'objection à la candidature d'un membre basée uniquement sur la langue parlée par ce dernier était irrecevable compte tenu que ce membre parle la langue de la majorité.
– Le roi doit parler les langues de toutes les nations avec lesquelles il transige, affirma Édouard. C'est une condition *sine qua non*. Bien sûr, il peut compter sur l'aide d'interprètes et de traducteurs, mais je peux vous assurer que le roi se fait un devoir d'apprendre les langues des pays avec lesquels il signe des traités.

– Joseph Papineau est même allé jusqu'à dire qu'il était impensable qu'un Canadien soit privé de ses droits sous prétexte qu'il ne parle ni ne comprend l'anglais, dit Louis-Antoine.

– C'est ridicule de dire une telle ineptie ! Les Canadiens ne sont pas privés de leurs droits. Ils conservent leur langue et leur religion. Ce n'est pas rien. Dites-moi, Louis-Antoine, y a-t-il des députés anglais qui ne parlent ni ne comprennent le français ?

– Oui, il y en a, mais, comme plusieurs députés français sont bilingues, nous ne nous en rendons pas compte parce que nous leur parlons naturellement en anglais. Je maintiens ma position. J'aimerais que le président de la Chambre soit bilingue. Cela éviterait bien des problèmes que je ne peux m'empêcher d'anticiper.

– Je suis d'accord avec vous et je me ferai un plaisir d'assister aux prochains débats.

Il se faisait tard et Catherine s'aperçut des bâillements que Julie essayait de retenir et de la fatigue qui assombrissait son visage. Elle se leva et annonça à Louis-Antoine son intention de rentrer à Beauport. Comme la neige avait cessé de tomber et que la pleine lune éclairait merveilleusement le chemin, les Salaberry entreprirent la longue route vers leur manoir, emmitouflés dans leurs manteaux et dans de lourdes couvertures de castor.

Le lendemain soir, Julie et Édouard s'installèrent dans le petit salon après un copieux repas pour se détendre et savourer un délicieux café. Julie parcourut *La Gazette* du jeudi, qu'elle n'avait pas encore lue. Édouard en profita quant à lui pour noter dans son journal quelques idées que lui inspirait le débat sur la langue devant avoir lieu le lundi suivant :

> *Je crains, lorsque je pense à l'ignorance, à la stupidité et au peu d'instruction de la majorité des membres de la Chambre basse, qu'il faille nous attendre à quelque chose d'assez semblable à une diète polonaise. Il est certain qu'il existe une jalousie invétérée entre les Français et les Anglais, et les gens les plus sensés et les plus expérimentés d'ici semblent craindre que la nouvelle Constitution ne soit inopportune. La situation de la France ayant créé une telle fermentation partout dans le monde, si je puis dire, nous pouvons assurément craindre que le même esprit qui s'est manifesté en Angleterre influence tôt ou tard les gens d'ici, et entraîne des conséquences semblables à celles qui ont malheureusement fait en*

*sorte que l'Angleterre a perdu ses colonies américaines. À cet effet, je souhaite ardemment être un faux prophète, mais je crois ne pas être le seul à entretenir de telles craintes.*

Édouard venait à peine de déposer sa plume que John surgit telle une apparition, faisant sursauter Julie.

– Votre Altesse, dit le majordome sans s'excuser, le capitaine Wetherall désire vous voir de toute urgence.

– Dites-lui de venir tout de suite, répondit Édouard, inquiet.

– Que se passe-t-il, Édouard ? demanda Julie, les deux mains sur son ventre comme si elle avait voulu protéger son enfant d'un danger imminent.

– Je n'en sais rien, ma chérie.

Le capitaine entra dans le petit salon comme un coup de vent. Il salua son supérieur et, à la vue de M$^{me}$ de Saint-Laurent, demanda s'il pouvait parler seul à seul avec lui. Il se tourna vers Julie et lui présenta ses excuses.

– Vous n'avez pas à vous excuser, capitaine Wetherall. Je vous laisse, messieurs. D'ailleurs, je suis fatiguée.

– Merci, madame, dit le capitaine.

– Bonne nuit, madame, dit Édouard, en la regardant amoureusement.

Après s'être assuré qu'il pouvait parler en toute sécurité, le capitaine Wetherall fit des révélations qui estomaquèrent le prince :

– J'ai appris de source sûre qu'un complot se tramait contre vous.

– Un complot ? Parlez-vous d'une mutinerie ?

– Absolument.

– Quelles sont vos sources ? exigea de savoir Édouard.

– Un soldat du 52$^e$ régiment du nom de Jeffries m'a informé il y a à peine une heure que des soldats de l'artillerie royale lui avaient appris qu'un complot avait été formé au sein du régiment des fusiliers royaux dans le but de tuer Votre Altesse et de brûler sa résidence.

– Quand ?

– Cette nuit.

– J'ai beaucoup de difficulté à croire cette histoire.

– Lorsque des rumeurs de ce genre circulent dans les régiments, je crois que c'est de notre devoir de ne pas les prendre à la légère, déclara le capitaine, même si je suis comme vous peu enclin à y croire vraiment.

– Que me conseillez-vous, capitaine ?

– Des gardiens devraient surveiller votre maison toute la nuit pour vous protéger ainsi que M^me de Saint-Laurent et tout votre personnel.

– Si vous pouvez trouver dans l'heure une dizaine de soldats dignes de confiance pour monter la garde autour de la maison, vous leur direz qu'ils auront une journée de repos de plus, lundi.

– Je connais de bons soldats qui ont toute ma confiance, dit le capitaine Wetherall.

– J'attendrai vos soldats parce que je ne peux laisser sans surveillance M^me de Saint-Laurent et mon personnel, mais je me rendrai à la garnison aussitôt que je saurai ma maison entre bonnes mains.

– J'emmènerai également quelques officiers pour vous accompagner. Je ne voudrais pas qu'il vous arrive malheur durant le trajet jusqu'à la garnison, même s'il n'est pas très long.

– Merci, capitaine. Partez maintenant et revenez vite.

En attendant le capitaine et ses soldats, Édouard écrivit dans son journal ce qu'on venait de lui rapporter ; il avait besoin de calmer son impatience de rejoindre ses officiers pour essayer d'en savoir plus sur ce prétendu complot. Après avoir refermé son journal, Édouard le rangea dans le tiroir de son bureau, qu'il ferma à clé. Ensuite, il se rendit auprès de Julie, qui ne dormait pas, persuadée que le capitaine Wetherall n'apportait que de mauvaises nouvelles.

– Je dois partir, ma chère Julie, j'ai des choses urgentes à régler. Je ne sais pas à quelle heure je rentrerai. Tâchez de dormir, suggéra Édouard en s'asseyant sur le bord du lit.

– Comment voulez-vous que je dorme lorsque je vous sais en danger ?

– Qu'allez-vous chercher là, ma chérie ? Vous n'avez aucune raison de vous en faire pour moi. Il se passe des choses qu'il faut absolument régler, mais tout rentrera dans l'ordre, je vous l'assure.

– Vous me jurez que vous ne courez aucun danger, mon amour ?

– Je vous le jure et vous ne courez aucun danger vous non plus. La maison est surveillée par une dizaine de soldats qui monteront la garde toute la nuit. Vous pouvez dormir tranquille.

– Que me racontez-vous là ? Que se passe-t-il pour que vous jugiez nécessaire de poster autant de soldats autour de la maison ?

– Ce sont des petites choses sans importance, répondit Édouard, peu convaincant, mais je veux régler ce problème avant qu'il prenne des proportions incontrôlables.

– Vous ne me dites pas tout. Vous me laissez dans l'ignorance et j'imagine le pire.

– Pour le moment, je ne peux vous en dire plus. Faites-moi confiance, c'est tout ce que je vous demande.

– Je vous fais confiance, dit Julie, qui se réfugia dans les bras de son compagnon.

– Je pars, maintenant. J'entends le capitaine Wetherall qui est revenu. Faites-moi plaisir, essayez de dormir. Si vous ne le faites pas pour moi, faites-le pour notre enfant.

Julie sourit parce que cette recommandation la ravissait. C'était la première fois depuis qu'elle se savait enceinte qu'Édouard s'appropriait leur enfant. Elle en fut profondément touchée. Elle caressa son ventre et sentit l'agitation de son fils, parce que maintenant elle était certaine qu'elle accoucherait d'un enfant mâle.

Édouard referma délicatement la porte derrière lui et se dirigea prestement vers le grand salon, où le capitaine et trois officiers l'attendaient. Ils se mirent aussitôt en route vers la garnison. Le jeune lieutenant Gawler avoua au prince que plusieurs officiers se doutaient qu'un fort esprit de mutinerie se répandait depuis quelques mois parmi les soldats, mais qu'ils ne pouvaient en trouver la cause réelle malgré leurs efforts pour connaître les noms des conspirateurs. Tous sans exception faisaient la sourde oreille lorsque certains officiers posaient des questions aux soldats qu'ils soupçonnaient de tremper dans quelque affaire louche. Les soldats ne savaient rien, ne disaient rien, restaient muets comme des carpes. Certains se montraient même surpris qu'on leur pose des questions de cette nature et juraient sur la tête de leur mère que jamais ils ne comploteraient dans une affaire pareille. À son arrivée à la caserne, Édouard rencontra tous les officiers qui y étaient et les informa de la raison de sa présence. Plusieurs d'entre eux confirmèrent la véracité des propos du lieutenant Gawler, mais sans qu'aucun pût donner le nom d'un seul conspirateur. Le prince leur enjoignit, à partir de maintenant, de toujours avoir un pistolet sous leur cape et leur demanda d'établir un horaire quotidien pour que trois différents officiers l'escortent dans tous ses déplacements ; il désirait que seuls des volontaires se chargent de cette corvée, précisa-t-il.

Le soldat Landrigan, qui revenait de sa garde au château Saint-Louis. entendit des soldats de l'artillerie royale passablement éméchés qui rentraient à leur baraque se moquer d'une mutinerie qui avait échoué. Une vingtaine d'officiers, apprit-il, étaient présentement rassemblés dans les quartiers du prince Édouard pour tenter d'établir qui étaient les conspirateurs. « Nous les connaissons, ces conspirateurs, mais nous ne dirons rien », entendit Landrigan à travers des rires gras et des rots sonores qui déclenchaient des fous rires incontrôlables. Landrigan prit peur ; il accéléra le pas pour atteindre sa caserne le plus vite possible. Aussitôt arrivé, il chercha La Rose, ou Draper, ou Shaw. Ne trouvant personne, il déposa son fusil et courut jusqu'à la rue de Buade. Il pénétra dans la taverne de Franks et aperçut ses amis retirés dans un coin et parlant à voix basse. Il s'approcha, s'assit à côté de Draper qui avait ingurgité trop de bières et leur annonça que leur projet de cette nuit devait être annulé immédiatement.

– Qu'est-ce que tu racontes, Landrigan ? demanda La Rose.

– En revenant du château Saint-Louis où j'avais fini ma garde, j'ai croisé des soldats de l'artillerie royale qui parlaient d'une mutinerie qui avait échoué. Ils disaient même qu'ils connaissaient les conspirateurs.

– Est-ce qu'ils mentionnaient des noms ? demanda Draper, inquiet.

– C'est tout ce qu'ils disaient ? demanda La Rose.

– Non, poursuivit Landrigan, un peu essoufflé. Ils disaient aussi que le prince Édouard avait réuni dans ses quartiers une vingtaine d'officiers.

– Qui a pu nous dénoncer ? demanda le sergent Wigton.

– Des traîtres, il y en a partout, répondit Draper, qui avait miraculeusement dessoûlé après avoir entendu Landrigan. Partout, répéta-t-il, même là où on ne le soupçonnerait jamais.

– Draper, fais-tu allusion à quelqu'un en particulier ? demanda sur un ton agressif James Shaw.

– Et toi, Shaw, as-tu des choses à te reprocher ? demanda Draper sur le même ton.

– Ce n'est pas le temps de vous battre, espèces d'imbéciles, dit La Rose pour rappeler à l'ordre les deux hommes qui s'étaient levés et commençaient à se tirailler.

– Arrêtez, les gars ! lança le sergent Wigton, qui était venu se placer entre les deux bagarreurs. Nous avons besoin de garder notre calme en ce moment.

– Wigton a raison, coupa La Rose. Nous devrions nous disperser pour éviter les soupçons ou simplement prendre la direction de nos casernes pour dormir.

– Est-ce que c'est vraiment le temps de dormir ? demanda Kennedy, qui avait réussi à se faire remplacer pour son tour de garde à minuit au château.

– Des conspirateurs qui dorment à poings fermés pendant la nuit où doit avoir lieu la mutinerie ne sont plus des mutins. Personne ne peut les accuser d'un crime quelconque, expliqua La Rose, le regard sévère.

– Ce n'est que partie remise, affirma James Shaw, qui ne voulait pas renoncer à son rêve de retourner en Angleterre.

– Si le prince pense s'en tirer aussi facilement, dit La Rose en regardant chacun des hommes qui l'entouraient, c'est qu'il ne me connaît pas. Il ne sait pas de quel bois je me chauffe. Comme dit Shaw, ce n'est que partie remise et notre très cher colonel de prince n'a pas la moindre idée de ce qui l'attend.

– Il te connaît, au contraire, commenta Draper. Il sait que tu es un dur et que tu ne fais de cadeau à personne.

– Je rentre, annonça La Rose. J'ai besoin de dormir.

Il se leva et, sans regarder personne, sortit de la taverne. Un froid glacial le paralysa. Exceptionnellement, en cette soirée fatidique, il n'avait presque rien bu, au grand étonnement de ses amis soldats. Ceux-ci, même s'ils ne l'admettaient pas d'emblée, avaient de l'admiration pour La Rose. Ils enviaient son sang-froid et son impertinence, mais jamais, au grand jamais ils n'auraient soupçonné la peur qu'éprouvait Guillaume La Rose à la pensée qu'il pourrait devoir assumer seul les conséquences du crime qu'il n'avait pas encore commis.

Durant les semaines qui suivirent, même si le nom d'aucun des conspirateurs n'avait encore été révélé, un climat de constante suspicion régnait dans les casernes, et les regards soupçonneux que les soldats se lançaient empoisonnaient l'atmosphère. Le prince prit des précautions supplémentaires, ordonnant des inspections plus fréquentes des casernes et doublant le nombre de sentinelles. À l'occasion d'un rassemblement, il avoua à ses soldats le très grand choc qu'il avait ressenti en apprenant qu'une mutinerie se préparait parce que la discipline qu'il prônait au sein de son régiment suscitait beaucoup de plaintes et d'insatisfaction.

– Aussi, je tiens à vous annoncer que dès demain les hommes qui effectueront leur tour de garde auront droit à vingt minutes de pause pour pouvoir manger. Quant à la demande de certains de retarder le couvre-feu de deux longues heures, il n'en est pas question. Tous ceux parmi vous qui ont des plaintes à formuler doivent obligatoirement les acheminer à leur officier immédiat, qui, lui, les transmettra au commandant en chef, à qui la décision finale incombera.

Après son discours, le prince crut déceler une certaine satisfaction chez ses hommes, tout en se demandant si cela serait suffisant pour calmer les ardeurs des conspirateurs.

Le 2 janvier 1793, alors que tout le monde pensait que les comploteurs ne seraient jamais punis, la bombe éclata. Le soldat Joseph Draper, trop ivre lorsque commença son temps de garde au château Saint-Louis, demanda à son camarade Dawson de le remplacer quelques heures. C'est alors qu'il lui révéla, l'alcool lui donnant de l'assurance et du cran, qu'il était de ceux qui projetaient d'assassiner le prince Édouard. Il donna avec une aisance désarmante le nom de tous les autres conspirateurs et avoua même, dans des phrases difficiles à comprendre parce que l'alcool lui ramollissait la mâchoire, que son rêve de servir dans l'armée américaine pour le général Washington se réaliserait un jour. Dawson l'écouta sans sourciller, incitant Draper à poursuivre par une ou deux questions et des interjections d'encouragement. Au bout d'une heure, il invita Draper à retourner à la caserne pour dormir, précisant qu'il monterait la garde toute la nuit. Draper reprit son fusil qui traînait sur le sol et d'une démarche hésitante fit quelques pas. Puis il se retourna et d'une voix chevrotante dit à Dawson :

– T'es vraiment un ami, Dawson, je te revaudrai ça.

Celui-ci le regarda s'en aller et se dit que le pauvre Draper ignorait que ses jours étaient comptés. « Il y a certainement une médaille pour moi là-dedans. Aussi, devenir sergent me ferait le plus grand des plaisirs. J'exigerai ma médaille et ma promotion avant de donner les noms des conspirateurs. Et dire que tout cela m'est apporté sur un plateau d'argent par l'imbécile de Draper. » Ce soir-là, Dawson ne ressentit pas le froid glacial qui engourdissait le cap Diamant ni ne perçut les heures qui s'écoulaient à une vitesse folle, tant sa hâte de se comporter en héros l'obnubilait.

Le lendemain matin à dix heures, les soldats James Shaw, Joseph Draper, Guillaume La Rose, Timothy Kennedy, James Landrigan et le sergent Thomas Wigton furent arrêtés pour avoir comploté d'assassiner le prince Édouard, colonel du 7e régiment des fusiliers royaux de Sa Majesté le roi George III d'Angleterre. Ils furent enchaînés et traînés jusqu'à leur cellule.

– Qu'est-ce qui va nous arriver ? demanda Landrigan.
– Nous allons être pendus, lança Shaw.
– J'ai rien fait, moi, dit Kennedy.
– Fermez-la, bande d'imbéciles ! ordonna La Rose. Les murs ont des oreilles. Par contre, j'aimerais bien connaître le nom du salaud qui nous a dénoncés.

– T'as raison, La Rose, fermons-la, trancha Draper, qui savait être le seul responsable de leurs déboires. « Quelle curieuse issue cette histoire a eue ! se dit-il. Maintenant, nous allons goûter au remède du prince à cause justement de l'alcool qu'il dénigre tant. »

Les geôliers poussèrent les mutins dans une petite cellule pourvue seulement d'une pauvre paillasse sur le sol humide.

Séverine resplendissait de bonheur, ce que lui soulignait Hubert Beaunoir tous les jours.

– Je ne vous reconnais plus, ma chère enfant. Votre joie de vivre nous enchante.

– Je suis si heureuse, monsieur Beaunoir. Jamais je n'aurais cru que cela puisse m'arriver encore. Jérôme est si gentil, si attentionné, si respectueux, si beau, que parfois je dois me pincer pour ne pas croire que je suis en train de rêver, que mon rêve se terminera et que je me retrouverai avec peine et déception.

– Ne soyez pas aussi défaitiste, Séverine. Profitez de votre bonheur bien réel.

– Vous croyez que Jérôme m'aime vraiment ? demanda Séverine d'un ton si solennel qu'Hubert pensa tout de suite que l'avenir de cette jeune femme dépendait entièrement de sa réponse.

– Jérôme vous aime vraiment, je le crois dur comme fer. N'en doutez pas, ma petite. C'est un garçon sérieux qui n'a que des projets sérieux.

– Merci, monsieur Beaunoir, merci, dit Séverine, dont les magnifiques yeux noirs commençaient déjà à s'embrouiller.

– Vous le voyez ce soir, n'est-ce pas ?

– Oui. M$^{me}$ de Saint-Laurent m'a permis de le recevoir dans le petit salon de musique, à la condition de laisser la porte ouverte. Jérôme désire que je lui lise les plus beaux passages des *Mille et Une Nuits* et aussi des *Rêveries du promeneur solitaire* de Rousseau.

– Je croyais qu'il aimait danser, votre amoureux !

– Oui, mais pas tout le temps. Il n'aime pas fréquenter les tavernes et les salles de bal. Il préfère se trouver chez des amis pour danser ou discuter.

– C'est un jeune homme sérieux avec une bonne éducation.

– L'autre soir, quand j'ai dîné avec sa famille, j'ai beaucoup parlé de livres avec M$^{me}$ Véroneau. Elle lit beaucoup, elle aussi, mais elle déplore que son fils soit toujours plongé dans ses livres de médecine. Il ne lit jamais de romans ou de poésie. La mère de Jérôme a été très étonnée que je lise autant d'ouvrages qu'elle qualifie de sérieux. Je lui ai dit que M$^{me}$ de Saint-Laurent me prêtait tous les livres que la comtesse de Jansac, sa sœur, lui envoyait par bateau, après les avoir lus, naturellement.

– Si je comprends bien, résuma Hubert Beaunoir, la soirée sera réservée au développement du goût de la lecture chez Jérôme.

– Si vous voulez, confirma Séverine en riant.

Julie avait de la difficulté à se déplacer tellement son ventre avait grossi. Elle s'en inquiétait, mais le docteur Véroneau l'exhortait à la patience. Sa grossesse se déroulait bien, c'était tout ce qui comptait pour lui.

Elle commanda deux robes de maternité de plus à Séverine, qui les confectionna en quelques jours parce que Julie ne pouvait plus supporter d'être aussi à l'étroit dans les autres. Elle avait du mal à respirer et croyait que l'enfant qu'elle portait en souffrait. Par contre, elle se consolait en examinant son corps ; ses cuisses n'avaient pas grossi, ni ses bras. Son visage n'était pas bouffi et son menton était resté ferme. Elle se promettait, après l'accouchement, de porter à nouveau les robes qui mettaient si bien en valeur son beau corps. À son grand désappointement, elle ne pouvait plus jouer ni du violoncelle ni de la harpe, alors elle se remit à la flûte traversière, qu'elle avait délaissée pendant de trop longs mois pour réussir à en jouer avec la même aisance qu'avant. M. Jouve préférait le son du violoncelle, mais se gardait de le mentionner à son élève. « L'important, c'est la musique », ne cessait-il de lui rappeler.

– Nous allons nous armer de patience et continuer de jouer de la flûte pour faire plaisir à votre enfant, lui dit-il un jour, ce qui fit s'esclaffer Julie.

– Le ventre d'une mère est entièrement étanche, si je puis dire, c'est du solide. Mon bébé ne risque pas d'entendre la musique.

– Je n'en sais rien, madame de Saint-Laurent, mais avouez que si un enfant percevait les sons de la flûte ou du violoncelle, quel miracle ce serait !

– Vous êtes un incorrigible romantique, monsieur Jouve.

Charles Jouve sortit une partition au titre enchanteur, *Caprice en duo*, de Jacques-Christophe Naudot. Julie la parcourut pendant quelques instants pour se familiariser avec ce compositeur nouveau pour elle, puis elle regarda son professeur pour lui signifier qu'elle était prête et les musiciens commencèrent à jouer. Ils consacrèrent l'heure entière à répéter ce magnifique morceau rempli de difficultés qu'ils surmontèrent allègrement.

7

# Janvier 1793 – septembre 1793
# Julie met au monde un bel enfant blond

À neuf heures, le matin du 11 janvier 1793, le procès débuta. Le tribunal militaire, présidé par le juge avocat général William Thompson, procéda à la mise en accusation des cinq prisonniers debout dans le box des accusés. C'étaient des soldats misérables et inquiets dont les yeux hagards trahissaient la peur qu'ils essayaient de cacher sous des dehors frondeurs. Ils écoutaient attentivement le président de la cour énumérer calmement, d'une voix enrhumée, les crimes dont on les accusait. Comme le soldat James Shaw avait témoigné contre ses complices, il n'était pas présent au procès de ses compagnons. Le prince Édouard, à titre de colonel du 7e régiment des fusiliers royaux, assista au déroulement de tout le procès, assis à une place d'honneur dans la première rangée, réservée aux dignitaires.

Quand les interrogatoires commencèrent, la confusion la plus totale s'installa. Certains ne se rappelaient plus où et quand avaient été tenues les réunions pour organiser la mutinerie, d'autres disaient que la mutinerie devait avoir lieu une douzaine de jours après Noël. Timothy Kennedy provoqua un immense éclat de rire lorsqu'il ne put nommer avec certitude le mois où commençait la nouvelle année.

– On travaille tout le temps, jamais de congés, dit-il agressivement pour justifier son ignorance.

James Landrigan jura que personne ne lui avait communiqué le plan à suivre. Lorsque l'avocat de la Couronne demanda à John Dawson de venir à la barre, l'assistance était suspendue à ses lèvres.

– Soldat Dawson, dans la soirée du 2 janvier dernier, avez-vous rencontré un des prisonniers ici présents ?

– Oui, j'ai rencontré le soldat Joseph Draper, répondit Dawson en se gardant bien de regarder du côté des accusés.

– Voulez-vous nous raconter les circonstances de votre rencontre ?

– Draper… euh… je veux dire le soldat Draper… m'a demandé de le remplacer pendant son tour de garde au château Saint-Louis.

– Pourquoi vous a-t-il demandé de le remplacer ?

– Parce qu'il avait trop bu pour faire sa garde.

– Avez-vous accepté de le remplacer ?

– Oui.

– Est-ce que le soldat Draper vous a quitté immédiatement après que vous avez accepté de le remplacer ?

– Non, il a traîné. J'avais l'impression qu'il voulait causer un peu.

– Vous a-t-il parlé avant de partir ?

– Oui.

– Pouvez-nous nous répéter, en essayant de ne rien oublier, ce qu'il vous a dit ce soir-là ?

– Il m'a dit qu'il faisait partie de ceux qui voulaient assassiner le prince Édouard. Il m'a donné les noms des autres conspirateurs et il m'a dit que son rêve était de servir dans l'armée américaine du général Washington.

– Vous rappelez-vous les noms que Joseph Draper vous a donnés comme étant les noms de ceux qui ont conspiré avec lui dans le but d'assassiner le prince Édouard, qui est également le colonel du régiment des fusiliers royaux ?

– Oui, Guillaume La Rose, James Shaw, Timothy Kennedy, James Landrigan et le sergent Thomas Wigton.

– Il ment ! il ment ! je n'ai rien fait, s'écria Landrigan, malgré les exhortations du juge qui le sommait de se taire.

– Le fumier ! grogna Draper.

Puis il se replia sur lui-même, honteux parce que Dawson venait de révéler sa traîtrise et son manque de solidarité à l'égard de ses compagnons, qui se trouvaient dans le box des accusés à cause de lui. Il se sentit coupable non pas d'avoir ourdi un complot contre le prince, mais d'avoir dénoncé ses amis, qui lui jetaient maintenant des regards remplis de haine et de vengeance.

– Soldat Dawson, le soldat Draper vous a-t-il dit autre chose ? demanda l'avocat de la Couronne.

– Oui, il m'a dit que six hommes armés iraient dans les chambrées des casernes et qu'un homme du groupe, je crois qu'il a nommé Landrigan mais je ne pourrais pas le jurer, serait désigné capitaine pour obtenir les signatures des soldats qui accepteraient de se joindre à eux. Ceux qui refuseraient de signer seraient mis à mort, et ceux qui ne sauraient pas écrire pourraient mettre un *X* sur le papier.

— Quand cela devait-il avoir lieu ? demanda le juge.

— Pendant la nuit de Noël.

— D'après d'autres témoignages, la mutinerie devait avoir lieu dans la nuit du 22 décembre, souligna le juge, et vous nous parlez de la nuit de Noël.

— Je répète ce qu'on m'a dit, monsieur le juge. C'est tout ce que je sais, moi.

Des soldats qui fréquentaient la même taverne que les prisonniers vinrent ensuite raconter ce qu'ils savaient ou croyaient savoir sur la mutinerie qui se préparait. Nombre de témoignages se contredisaient, ce qui exaspérait le juge, qui, déjà, anticipait un procès interminable. Un soldat vint déclarer à la cour que pendant des semaines et des semaines il avait entendu La Rose se plaindre de son sort et dire à qui voulait l'entendre qu'il avait beaucoup trop souffert et que Son Altesse Royale l'avait suffisamment puni. « Il n'y a plus rien qui me surprend, venant de sa part. Ce La Rose est un délinquant irrécupérable, à n'en pas douter », se dit Édouard, qui ne perdait pas un seul mot de ce qui se disait dans cette cour. Un autre soldat raconta qu'il avait surpris Draper disant à La Rose qu'il détenait peut-être la solution pour le libérer de ses souffrances et de ses insatisfactions, mais que La Rose devait accepter d'en prendre l'entière responsabilité puisqu'il était le seul homme capable de mener à bien l'affaire en raison des mauvais traitements qu'il avait reçus. Un soldat du nom de Albert Smith précisa que le signal du début de la mutinerie devait être donné par La Rose lui-même, d'une fenêtre ; il devait agiter un large mouchoir sur lequel les mots « Général Washington » seraient écrits en rouge. La Rose avait affirmé au soldat qu'il avait été dans le passé le sergent attitré du général. L'assistance éclata de rire.

— Je ne l'ai pas cru, mentit le jeune soldat, qui ne voulait pas qu'on le prenne pour une personne crédule.

Ensuite, les accusés témoignèrent un à un. Certains, comme La Rose, ne se firent pas prier pour faire des aveux qui en surprirent plus d'un ; d'autres, comme Landrigan, se montrèrent plus réticents à avouer.

— Baddow, le vieux tambour du régiment, avait accepté de battre du tambour quand je lui en donnerais l'ordre, pour le rassemblement des chefs dans la cour de la caserne, expliqua Draper.

– Pendant ce temps-là, je devais convaincre les soldats de l'artillerie royale de se joindre à nous, dit Wigton. La Rose m'avait assuré que je n'aurais aucune difficulté et que ceux qui refuseraient, il les tuerait sur-le-champ.

– Draper et Shaw, poursuivit La Rose, avec des pics qu'on avait cachés, devaient m'aider à défoncer la grille arrière pour faciliter l'évasion.

– Moi, commença Landrigan, ce que je devais faire se résumait à surveiller le prince.

– Moi, dit La Rose en jetant un regard mauvais à Landrigan, j'allais m'occuper avec Shaw de charger les bateaux d'armes et de provisions. Ensuite, je serais allé rejoindre le groupe de Landrigan au château, où je présenterais à Son Altesse Royale le prince Édouard la liste des griefs des deux régiments, c'est-à-dire celui des fusiliers royaux et celui de l'artillerie royale. Je lui aurais demandé de promettre des changements et d'accorder le pardon aux mutins. S'il n'acceptait pas, nous avions décidé de le tuer ainsi que tous les officiers partageant ses opinions. Ceux qui prendraient la part des soldats seraient épargnés.

– Après, nous aurions traversé le fleuve et forcé les capitaines de la milice à nous trouver des guides pour nous mener aux États-Unis, dit Draper.

– Lorsque nous serions arrivés aux États-Unis, je serais allé voir le général Washington pour qu'ils nous accepte dans son armée.

– Dans l'éventualité d'un échec, demanda le juge Thompson à La Rose, qu'auriez-vous fait ?

– Nous étions déterminés à ne pas mourir en vain. Nous aurions tué le plus de personnes possible afin que notre vie soit chèrement payée.

Le prince Édouard éprouva un immense désappointement en entendant les accusés, surtout le sergent Wigton, à qui il avait déjà fourni une lettre de référence, dans laquelle il le décrivait comme « un soldat de grande valeur, un homme de confiance rarement coupable de ces irrégularités dans lesquelles tombent facilement la plupart des soldats ». Il l'avait également recommandé pour son entrée dans la loge des francs-maçons au cours de leur réunion du 17 décembre dernier. Kennedy et Landrigan le déçurent aussi. Avaient-ils oublié, ces deux ingrats, qu'il leur avait accordé des passe-droits et prêté de petites sommes d'argent pour leur venir en aide ? Édouard souffrait de ces trahisons, réalisant qu'il ne pourrait plus jamais faire confiance à aucun de ses soldats. Cela le peina amèrement parce que son régiment, pour lui, était une famille. Le soir même, il écrivit à Sir William Fawcett du ministère de la Guerre au sujet du soldat La Rose, dont le nom n'était pas inconnu au ministère, où on savait que c'était un fauteur de troubles et qu'il avait dû subir plusieurs châtiments pour réparer ses fautes : « Je considère le Français Guillaume La Rose comme l'un des plus profonds, des plus rusés et des plus dangereux vauriens qu'il m'ait été donné de rencontrer jusqu'à maintenant. »

À la mi-février, un incendie à la place du marché dans la basse ville vint semer l'émoi chez les habitants de Québec. Le feu se propagea vite et deux maisons furent entièrement brûlées et le toit de l'église, sérieusement endommagé. Sans l'intervention rapide des citoyens, le sinistre aurait causé des dommages encore plus graves. Pour aider les citoyens et la Société du feu, les soldats, les officiers de la garnison, le lieutenant-gouverneur Clarke et le prince Édouard vinrent leur prêter main-forte. Devant l'ampleur du sinistre, le juge Thompson avait reporté l'écoute des témoignages suivants au lendemain.

En voyant apparaître Édouard couvert de suie, Julie, même si elle savait ce qui se passait par John, Philip et Hubert Beaunoir, qui s'étaient précipités pour offrir leur aide, s'étonna de son apparence désordonnée. lui qui ne pouvait supporter la moindre tache sur son uniforme.

– Que vous arrive-t-il ? demanda Julie, qui ne pouvait imaginer Édouard en train d'éteindre un feu.

– Vous ne savez pas qu'il y a un feu dans la basse ville ? s'étonna-t-il.

– Oui, je le sais, les domestiques sont allés offrir leur aide, mais je ne croyais pas que…

– Que je pouvais me salir les mains ? s'indigna Édouard.

– Ne vous fâchez pas, dit Julie d'un ton calme. Je suis surprise, c'est tout.

– Beaucoup de gens pensent comme vous que je ne suis bon qu'à me montrer dans les réceptions royales et les bals, à faire acte de présence dans les funérailles et les mariages, à baptiser un navire ou à parrainer une association quelconque. Je m'ennuie, madame, je m'ennuie. Si vous saviez comme je m'ennuie ! Mon père le roi me barde de titres militaires et je n'ai jamais participé à aucune guerre. Je veux lui montrer que je pourrais me comporter en héros dans une guerre. Je ferai tout ce qu'il faut pour qu'il me sorte d'ici.

– Vous me prêtez de bien mauvaises intentions, mon cher Édouard. J'ignorais que vous vous ennuyiez autant que moi dans ce pays où je suis confinée dans cette maison à vous attendre comme une Pénélope son Ulysse, à la différence que vous, vous n'êtes pas parti en voyage. L'ennui, Votre Altesse Royale, je pourrais vous en parler très longtemps. Par contre, la chose qui me peine le plus, c'est que vous ne vous soyez jamais rendu compte à quel point je m'ennuie. À n'en pas douter, pour vous je ne suis qu'une femme entretenue, dit Julie avec une colère non retenue.

Elle se précipita dans les marches du grand escalier, qu'elle monta si rapidement, malgré son état, qu'Édouard ne put la rattraper.

– Julie ! cria-t-il, Julie ! pardonnez-moi.

Pour toute réponse, il entendit le retentissant bruit sec d'une porte que l'on referme en la faisant claquer. Julie, dont l'enfant s'agitait, mit les mains sur son ventre pour le calmer. Elle lui parla, même si elle savait qu'il ne l'entendait pas.

– Mon cœur bat, mais n'aie pas peur, je me suis un petit peu énervée, c'est tout. N'aie pas peur, je t'aime, mon petit amour.

Elle continua de caresser son ventre et peu à peu le bébé cessa de donner des coups de pied. Elle entendit bientôt les domestiques qui parlaient ; ils étaient revenus. Elle s'étendit dans le lit préparé pour la nourrice dans la chambre du nouveau-né. Des douleurs dans le bas-ventre l'inquiétèrent, mais elles se dissipèrent quand elle retrouva son calme. Elle s'endormit. Une demi-heure plus tard, Édouard cogna doucement à la porte. Aucun signe de vie. Il ouvrit et vit Julie endormie dans le lit de la nourrice, les deux mains sur son ventre. Cette scène l'émut. Il s'approcha, s'assit sur le bord du lit, caressa les mains de Julie, qui ouvrit les yeux.

– Pensez-vous tout ce que vous m'avez dit ? chuchota Édouard, comme s'il avait voulu ne pas la réveiller davantage.

– J'aimerais que vous me disiez si je suis en droit de penser tout ce que je vous ai dit, répondit Julie, qui ne voulait pas se laisser attendrir par les remords d'Édouard.

– Vous savez que je vous aime plus que tout.

– Il ne suffit pas de le dire.

– Que voulez-vous que je fasse ? Dites-le-moi et je le ferai.

Que pouvait répondre Julie ? Pouvait-elle lui dire qu'elle voulait être reçue comme les autres femmes de l'aristocratie canadienne, qu'elle exigeait le respect de la haute société de Québec, qu'elle n'en pouvait plus d'être considérée comme une courtisane entretenue par le prince, qu'elle étouffait dans cette résidence royale dont elle ne pouvait sortir librement ? Pouvait-elle lui répondre cela ?

– Je voudrais que nous oubliions cette fâcheuse affaire, lui dit-elle en croyant que c'était la meilleure réponse qu'elle pouvait lui donner. Pensons plutôt à notre enfant qui va bientôt naître.

– Je vous aime, dit Édouard, soulagé de la tournure des événements. Je vous aime.

– Je voudrais dormir encore un peu, Édouard. Soyez gentil, fermez la porte en sortant.

Julie ferma les yeux, la conversation était terminée. Édouard se leva, referma doucement la porte et descendit allègrement le grand escalier en pensant que les choses s'étaient finalement bien arrangées. Il sourit à la vie et se rendit au château Saint-Louis, où le général Clarke l'attendait. Julie, qui ne dormait pas, réalisa que c'était leur première dispute et sentit qu'un tel déchirement ne se réparerait pas de sitôt.

Le 20 mars, après qu'un nombre incroyable de témoins eurent défilé devant la cour, le juge avocat général Thompson mit fin aux témoignages. Il avait en sa possession suffisamment de données pour mettre en place toutes les pièces du puzzle. Pendant une heure, en s'inspirant des faits qu'il avait entendus au long du procès, il reconstitua le plus fidèlement possible, devant un auditoire attentif, l'histoire du complot qui devait aboutir à une prétendue mutinerie. Les accusés l'écoutèrent la tête basse, sauf La Rose, qui affrontait avec arrogance ses accusateurs. Lorsque le juge eut terminé, les gens dans l'assistance dévisagèrent les cinq inculpés, scandalisés par les propos qu'ils venaient d'entendre, et ils ne se gênèrent pas pour manifester leur colère à l'égard des mutins.

Le juge Thompson, avant de clore la séance, fixa au vendredi suivant, soit le 22 mars à neuf heures, la reprise du procès, où les avocats présenteraient alors leurs plaidoiries. Il précisa aussi qu'il prononcerait les sentences le lundi suivant, le 25 mars. Puis il frappa avec son maillet sur un bloc de bois pour indiquer que la séance était levée.

Lorsque M. Beaunoir lut *La Gazette de Québec* en ce 28 mars, il écarquilla les yeux tellement il avait peine à croire ce qu'il lisait.

*Lundi, le 25 de courant, furent publiées les sentences de la Cour martiale générale, contre les soldats des fusiliers royaux qu'elle a jugés pour avoir excité une mutinerie dans ledit régiment, et avoir eu connaissance d'une mutinerie projetée sans la révéler ; chacun desquels crimes est déclaré capital par l'acte touchant les mutineries.*

*Joseph Draper, déclaré coupable des accusations portées contre lui, a été condamné à être fusillé, Guillaume La Rose, aussi déclaré coupable, à recevoir cinq cents coups de fouet. James Landrigan, faute de témoignage suffisant, a été absous. Thimothy Kennedy a été reconnu coupable et condamné à sept cents coups. Le sergent Wigton, qui avait été relâché, a insisté pour qu'on lui fît un procès, pensant probablement que les témoignages ne seraient pas assez concluants pour le convaincre du crime, a été reconnu coupable d'avoir eu connaissance d'une mutinerie projetée, et condamné à être réduit à servir comme simple soldat et à recevoir quatre cents coups de fouet. La Cour a recommandé à Son Excellence le commandant en chef d'envoyer La Rose, Kennedy et Wigton en Europe à la première occasion convenable, pour qu'il en soit disposé dans le service du roi de la manière que Sa Majesté l'ordonnera...*

– Quel imbécile ! Quel imbécile !

Au même moment, Séverine entra dans la cuisine. Hubert Beaunoir referma le journal rapidement. comme s'il eût été pris en défaut. La jeune fille s'aperçut du malaise que son entrée avait provoqué chez le chef, et elle s'informa de ce qui le faisait réagir de la sorte.

– Je ne sais pas si je dois te le dire, mais, de toute façon, tu finirais par l'apprendre tôt ou tard. Voilà, lui dit M. Beaunoir en pointant le doigt sur l'article et en l'incitant à le lire.

Séverine lut l'article jusqu'à la fin sans broncher et ne prononça aucun mot quand elle eut terminé. Son visage exsangue inquiéta Hubert Beaunoir, qui lui servit immédiatement une tasse de thé chaud. Séverine but une longue gorgée et reposa sa tasse dans la soucoupe sans le moindre bruit, puis elle regarda Hubert Beaunoir.

– Cela ne m'étonne pas de lui, il n'a que ce qu'il mérite, dit-elle. Savez-vous, monsieur Beaunoir, ce qui me fait le plus plaisir dans cette affaire, même si je trouve épouvantable ce qui lui arrive ?

– Non.

– C'est que je ne l'aime plus. J'en suis certaine maintenant et vous ne pouvez vous imaginer le grand bien que cela me fait.

– J'aime ce que tu me dis, ma chère enfant.

Hubert Beaunoir ouvrit les bras et Séverine s'y réfugia ; des bras aussi protecteurs la rassurèrent.

– J'ai du travail à faire, dit Séverine en s'éloignant de M. Beaunoir.
– Nous avons tous du travail à faire, ajouta Hubert Beaunoir, qui attendit que Séverine quitte la cuisine pour terminer sa lecture de l'article.

> *Il avait été ordonné que Joseph Draper soit exécuté le lundi 8 avril, aussi près de la place d'exécution publique que l'état du terrain pourrait le permettre — et en présence de la garnison –, mais une sursé ance d'une semaine a été demandée et nous apprenons qu'il a plu au lieutenant-gouverneur de l'accorder. Il est apparu dans le cours des enquêtes qu'il y avait un complot formé de s'échapper des casernes, et que, confiants de pouvoir persuader un grand nombre de les joindre, ils se proposaient de rassembler le prince, le général, et autant d'officiers qu'ils pourraient, dans le château, et de les tuer s'ils ne consentaient pas aux demandes qu'ils devaient leur faire alors ; ensuite de quoi leur projet était de se sauver aux États-Unis en traversant le fleuve et forçant les capitaines de milice à leur donner des guides. Il est difficile de décider laquelle était la plus grande, ou l'atrocité ou la folie de leur complot ; car la moindre réflexion aurait dû les convaincre de l'impossibilité de s'échapper. Cependant on ne peut guère douter que s'ils eussent fait la première démarche, leur situation désespérée les aurait conduits à commettre autant de mal qu'il eût été en leur pouvoir.*

– Quel affaire, mon Dieu, quelle affaire ! dit Hubert Beaunoir à voix haute. Je ne me suis pas trompé sur ce Guillaume La Rose. Je l'avais bien dit à Séverine que c'était une forte tête et qu'il ne lui apporterait que des ennuis.
– Vous parlez tout seul maintenant ? lança John en se moquant du chef.
– Avez-vous lu le journal, ce matin ?
– Pas encore. Qu'est-ce qui se passe ?
– Les sentences contre les conspirateurs de la mutinerie ont été rendues et *La Gazette* les publie aujourd'hui, dit Hubert Beaunoir en lui présentant le journal ouvert à la page où se trouvaient les informations sur le verdict. Je ne voudrais pas être à leur place.
– Ils n'ont que ce qu'ils méritent, résuma John en parcourant le début de l'article.

Hubert Beaunoir ne put qu'approuver ce que John venait de dire. Il retourna à sa table de travail vérifier si les carottes que ses deux cuistots s'apprêtaient à couper en petits dés pour le potage avaient été bien nettoyées.

Pendant tout le déroulement du procès, Édouard avait traîné une mélancolie qu'il avait du mal à s'expliquer, une lassitude qui ne le quittait guère. Il s'interrogeait sur son comportement, mais ne trouvait pas de réponses satisfaisantes. Ayant toujours cru qu'il était un bon commandant, il ne comprenait pas pourquoi ses hommes le détestaient autant. Il était si fier de son régiment lorsqu'il marchait au pas dans les rues de Québec, et le sourire qu'il remarquait sur le visage des habitants en disait long sur l'admiration qu'ils éprouvaient envers les fusiliers royaux. Édouard n'avait rien vu venir et voilà que tout s'écroulait. Tout était à recommencer, et il ne s'en sentait pas la force. Il ne voyait autour de lui que suspicion, doute, hypocrisie, flagornerie, tout ce qu'il détestait le plus chez les gens, encore plus chez ses soldats. Julie le regardait s'enliser chaque jour davantage. Il refusait de parler, insistant qu'il se sentait parfaitement bien, « J'éprouve peut-être un peu de fatigue. C'est normal avec l'hiver qui n'en finit plus », lui répondait-il, mais Julie savait qu'il lui cachait la vérité. Il dormait mal ou pas du tout, souvent il la réveillait tellement il tournait et se retournait dans le lit. Il avait perdu l'appétit, finissait rarement son assiette, refusait même les desserts qu'Hubert Beaunoir préparait uniquement pour lui, Le chef s'en était ouvert à Julie lorsqu'il s'était aperçu que le prince avait à peine touché les crêpes au sirop d'érable qu'il aimait tant :

– Le prince ne va pas bien, madame. Je l'ai remarqué depuis quelque temps déjà.

– Je sais, monsieur Beaunoir, mais il refuse d'en parler, alors il faut être patient et espérer que tout s'arrangera.

Julie attendait son accouchement avec impatience et inquiétude depuis que le docteur Véroneau lui avait dit il y avait à peine trois jours qu'elle aurait dû normalement accoucher aux alentours du 20 mars, tout en précisant qu'il était naturel que la venue au monde d'un premier bébé retarde de plusieurs jours et qu'il n'y avait rien à faire que patienter. Il rassura Julie en lui confirmant que le bébé était très bien placé et qu'il sortirait lorsqu'il ne pourrait faire autrement. La layette était prête et le magnifique berceau qu'un artisan canadien avait fabriqué attendait dans la chambre du nouveau-né, où s'installerait dès la naissance la jeune nourrice, qui avait accouché d'un enfant mort-né quelques jours auparavant. Julie avait hâte de s'occuper de son enfant. Elle n'en pouvait plus de porter cette lourde masse qui n'arrêtait pas de grossir. Ce petit être tardant à naître avait-il peur d'affronter les vicissitudes de la vie ? Julie arpentait lentement le corridor en s'appuyant sur Séverine, espérant ainsi inciter l'enfant à sortir. Elle marchait des heures durant, montait et descendait le grand escalier de chêne. Refusant de rester longtemps inactive de peur que l'enfant ne l'imite en s'accrochant davantage, elle ne s'accordait que quelques minutes de pause. « Va-t-il sortir un jour ? » demandait-elle à Séverine, qui ne savait que répondre. Plutôt désemparée, celle-ci lui répétait qu'il allait venir au monde très bientôt. Julie se remettait alors à marcher, commentant parfois que le pauvre petit (ou la pauvre petite, ajoutait Séverine) connaîtrait l'hiver dans ce pays si froid.

Julie avait demandé à M. Beaunoir de préparer un repas frugal pour le souper parce qu'elle avait de la difficulté à digérer et qu'Édouard manquait d'appétit ces temps-ci. Vers les onze heures, ce soir-là, Julie, comme elle le faisait tous les soirs depuis un mois, se pendit au bras d'Édouard pour se rendre à leur chambre. Ils commencèrent à monter lentement le large escalier lorsque soudain Julie s'agrippa à la rampe en se tordant de douleur.

– Qu'y a-t-il, Julie ?
– Je vais accoucher, Édouard. Faites prévenir le docteur Véroneau, répondit Julie, que la première contraction avait littéralement figée sur place.
– Séverine ! hurla Édouard. Séverine !

La jeune fille accourut aussitôt et, voyant sa maîtresse accrochée à la rampe, attendit que le mal cesse, puis l'aida à se redresser pour la conduire jusqu'à son lit. Édouard chercha Philip Beck pour lui demander d'aller chercher le docteur Véroneau et se rendit ensuite à la cuisine, où John et M. Beaunoir prenaient une boisson chaude aromatisée de brandy, comme à l'accoutumée, et leur dit :

– L'enfant arrive, messieurs. John, allez vite prévenir la nourrice, M$^{me}$ Bertaut, que le moment est venu. Monsieur Beaunoir, préparez ce qu'il faut.

Pendant ce temps, Julie montait péniblement les marches.

– Profitons de cette pause pour nous rendre au lit le plus rapidement possible avant qu'une autre contraction vous traverse le ventre, madame, suggéra Séverine, qui avait pris sa maîtresse sous les bras et la poussait à chacune des marches.

– C'est horrible, Séverine. Je n'en sortirai pas vivante.

– Ne vous en faites pas, madame, vous verrez, vous oublierez vite, la rassura Séverine, qui se rappelait les atroces douleurs de son propre accouchement.

Juste avant que Julie pénètre dans la chambre, une autre contraction l'immobilisa et elle poussa des cris perçants. En entendant ces hurlements, Édouard en resta paralysé quelques instants, ne pouvant s'empêcher de se remémorer les insupportables douleurs qui avaient conduit la pauvre Adélaïde à la mort. Il se ressaisit rapidement parce que ce n'était pas le moment d'imaginer le pire. Le docteur Véroneau l'avait maintes fois rassuré et lui avait recommandé de se tenir loin de la chambre de l'accouchée parce que les femmes n'aimaient pas être vues par leur mari lorsqu'elles étaient dans un état aussi lamentable. Alors que M. Beaunoir faisait bouillir l'eau qu'il avait lui-même puisée dans l'après-midi au cas où – parce qu'il n'y avait pas que Julie qui attendait impatiemment cet enfant, tout le personnel de la maison était sur le qui-vive depuis au moins deux semaines –, Édouard lui demanda de lui préparer un café très fort avec une bonne dose de cognac. Le chef obtempéra avec plaisir parce qu'il n'aimait pas le voir arpenter la cuisine comme une âme en peine.

– Avez-vous des enfants, monsieur Beaunoir ? demanda Édouard, qui recherchait la compréhension d'un pair.

– Non, je n'ai pas d'enfant, Votre Altesse. Je n'ai jamais eu le bonheur de vivre ce que vous vivez présentement, et croyez bien que je vous envie.

– Merci, monsieur Beaunoir, dit Édouard, un peu étonné de la réponse.

Les paroles de son cuisinier avaient fait surgir la force et le courage qui sommeillaient en lui. Il but une gorgée de café et adressa un large sourire à Hubert Beaunoir, qui comprenait si bien le genre humain.

Séverine débarrassa sa maîtresse de ses vêtements et l'aida à s'étendre sur son lit. Julie transpirait à grosses gouttes. Elle attendait la prochaine contraction avec frayeur, certaine que celle-ci l'emporterait vers la mort. Séverine lui enfila une chemise de nuit en batiste blanche brodée de fleurs bleues à l'encolure.

– Pourquoi le docteur Véroneau n'arrive-t-il pas ? demanda Julie, angoissée.

À ce moment précis, Julie sentit la tête de son enfant glisser entre ses cuisses.

– Votre enfant est en train de sortir, madame, constata Séverine, affolée, qui ne savait que faire.

– Quoi ? Mais qu'est-ce qui se passe ?
– Je me calme, madame, je respire profondément car je crois que nous allons être obligées de nous passer du docteur Véroneau. Le petiot ne veut plus attendre.
– Qu'est-ce que tu me racontes, Séverine ? Je vais le retenir, je ne peux pas accoucher comme cela.
– Mais la tête est déjà sortie, madame. Vous poussez juste un petit peu et l'enfant sera au monde dans quelques secondes.
– Mon Dieu ! mon Dieu ! ne pourrions-nous pas attendre le docteur Véroneau ?
– Ce n'est plus possible. Le petit bébé est là.
– Il ne pleure pas ? s'affola Julie.

Séverine l'agrippa par les pieds et lui tapa à deux reprises sur les fesses comme elle avait vu faire la sage-femme qui l'avait accouchée à Besançon. Le bébé cria à fendre l'âme. Sur ces entrefaites, le docteur Véroneau entra dans la chambre, suivi d'Édouard, qui, en voyant l'enfant qui hurlait, s'effondra à côté de Julie, qui avait de la difficulté à contenir ses larmes.

– L'enfant est déjà là ! s'étonna Édouard. Comment vous sentez-vous, très chère Julie ? Vous n'avez pas attendu le docteur Véroneau ?
– Je n'ai rien pu faire, Édouard. L'enfant voulait sortir et je me rends compte maintenant que rien n'aurait pu l'en empêcher, dit Julie, riant et pleurant en même temps.
– On ne peut rien contre la nature, dit le docteur Véroneau. Lorsque le temps est arrivé, on ne peut que se soumettre.
– C'est merveilleux ! dit Julie, qui avait déjà oublié les pénibles douleurs de l'enfantement.
– C'est un garçon, madame de Saint-Laurent, dit le docteur Véroneau, qui coupait le cordon ombilical. Un beau garçon tout rond et en parfaite santé.
– C'est un garçon, Édouard, comme vous le vouliez, lui dit Julie, qui souriait de bonheur.
– Grâce à vous, je suis le plus heureux des hommes. Merci, mon amour, dit Édouard en embrassant tendrement la femme qu'il aimait.

Séverine s'affairait à laver le petit, qui n'arrêtait pas de pleurer malgré la délicatesse avec laquelle elle le manipulait. Elle le parfuma de poudre à la lavande et il se calma enfin. Alors, elle l'appuya sur son épaule en lui chuchotant doucement les mêmes mots d'amour qu'elle avait chuchotés à son petit Antoine pour l'endormir pendant les huit jours de sa si courte vie. Habillé de douce finette blanche, le nouveau-né s'endormit. Amandine Bertaut venait tout juste d'arriver. Séverine lui remit l'enfant en prenant soin de ne pas le réveiller, « Comme il est beau ! » lui confia la jeune nourrice, émerveillée devant cet enfant en excellente santé. Amandine n'attendait que le moment de lui offrir ses seins lourds du lait destiné à un autre petit qui ne s'en gaverait jamais. Amandine était une amie de Marie Dupuis, la femme de l'ancien serviteur du prince, Robert Wood. Lorsque Marie lui avait demandé de servir de nourrice au futur enfant du prince, Amandine avait catégoriquement refusé. Elle voulait garder son lait pour son enfant, rien que pour lui. Marie n'avait pas insisté ; elle comprenait son amie, même si elle-même aurait probablement accepté pour rendre service à la femme du prince. Après un accouchement long et difficile, son premier, c'est une petite fille sans vie que la sage-femme avait sortie du ventre épuisé d'Amandine. Celle-ci pleura pendant deux jours, même si son mari essayait de la consoler en lui promettant de lui faire un autre enfant aussitôt que la nature le permettrait. Amandine ne pouvait se résoudre à oublier aussi rapidement la petite fille qui avait bougé dans son ventre et qui ne demandait qu'à vivre. Au bout de deux jours, après avoir séché ses larmes, elle s'était rendue chez Marie pour l'informer qu'elle acceptait le rôle de nourrice. « J'ai tout le lait qu'il faut », avait dit Amandine avec fierté.

Amandine apporta l'enfant à la mère. Julie avait peine à croire qu'elle avait conçu, porté et enfanté un être aussi beau. Elle le soûla de baisers et de caresses. L'enfant, les yeux pleins de sommeil, étirait ses petites jambes et ses petits bras, donnant l'impression de se prélasser dans ce nouvel univers moelleux qu'il était en train d'apprivoiser.

– Altesse, vous pouvez le prendre dans vos bras, suggéra le docteur Véroneau.

– Vous croyez ? fit Édouard, qui essayait de cacher sa crainte devant les trois femmes qui le regardaient en souriant. Il est si petit.

Le docteur Véroneau s'empara de l'enfant, qui sommeillait toujours dans les bras de Julie, et présenta le nouveau-né à son père, qui, ému, l'embrassa spontanément sur les deux joues. L'enfant se réveilla et se remit à pleurer à pleins poumons. Julie, Séverine et Amandine éclatèrent de rire devant le père découragé de l'effet qu'il produisait sur son enfant. Séverine libéra le prince de son petit fardeau, qu'elle coucha dans le si joli berceau, à côté duquel Amandine s'était assise.

– Je ne veux surtout pas être indiscret, mais ce petit, il s'appellera comment ? demanda le docteur Véroneau.

– Nous avons décidé, Édouard et moi, de l'appeler William.
– C'est un très joli prénom.
– C'est le nom de mon grand-oncle William Auguste, duc de Cumberland. Il est mort avant que je naisse, expliqua Édouard, mais par sa victoire de Culloden, en Écosse, on lui doit la consolidation de la dynastie des Hanovre, dont je fais partie.
– C'est une excellente raison, en effet, dit le docteur Véroneau. Mais aviez-vous choisi un nom au cas où cet enfant aurait été une fille ?
– Nous lui aurions donné le prénom de la reine, Charlotte, la mère d'Édouard, dit Julie.
– Maintenant, il faut que M$^{me}$ de Saint-Laurent se repose, dit le docteur Véroneau, qui confirma ensuite à Julie qu'il reviendrait la voir vers la fin de l'après-midi, le lendemain.

Une petite chambre avait été aménagée pour héberger Amandine Bertaut, mais Pierre Boisseau, son mari, refusait que sa femme s'absente de la maison pendant les longs mois de l'allaitement. Or, pour Julie, il était hors de question qu'elle soit privée de son enfant pendant cette période. Finalement, les honoraires de dix livres par mois proposés à la nourrice firent changer d'idée au mari. Le berceau fut apporté dans la chambre d'Amandine pour que les pleurs de l'enfant ne dérangent pas ses parents lorsqu'il avait faim.

Trois jours plus tard, au milieu de l'après-midi, Catherine et Louis-Antoine de Salaberry se présentèrent à la résidence du prince les bras chargés de cadeaux. Ils embrassèrent Julie et admirèrent le nouveau-né, qui ressemblait à Édouard, selon Catherine, ou à Julie, selon Louis-Antoine, ce qui fit rire les parents parce que eux non plus n'arrivaient pas à déterminer à qui il ressemblait. Julie lui trouvait une ressemblance non équivoque avec Édouard, alors que celui-ci jurait que cet enfant était le portrait de sa mère. Lorsque les invités se retrouvèrent au salon avec Julie et Édouard, John apporta le thé ainsi qu'un plateau débordant de gâteaux de toutes sortes préparés par M. Beaunoir. Julie et Catherine prirent leur thé avec du lait alors qu'Édouard et Louis-Antoine le dégustèrent nature, avec un soupçon de cognac. Édouard, le premier, fit honneur aux gâteaux en en mangeant deux d'affilée.

– Vous avez l'air fatigué, mon cher Édouard, commenta Louis-Antoine.
– Les derniers mois ont été difficiles et lourds de conséquences, chuchota Édouard en jetant un regard rapide du côté de Julie pour s'assurer qu'elle n'avait rien entendu.

– Une mutinerie chez les fusiliers royaux, dit Louis-Antoine, c'est à n'y rien comprendre.

– Je ne croyais pas que l'on me détestait autant. À vous, mon ami, je peux le dire, ce fut une révélation qui m'a complètement assommé, surtout que je me préoccupe tellement de mes hommes.

– N'exagérez pas, Édouard. Cette mutinerie, faut-il vous le rappeler, n'a pas eu lieu, parce qu'il y a des hommes qui se soucient de vous et de votre bien-être.

– Bénis soient ces hommes qui m'ont sauvé la vie.

– Il n'y a que quelques têtes fortes qui créent ce genre de situations et qui les créeraient de toute façon dans n'importe quel régiment, dit Louis-Antoine en essayant de rassurer le prince. Je ne crois pas que cela ait été dirigé contre vous personnellement, mais plutôt contre la personne qui commande le régiment et, malheureusement pour vous, vous êtes le commandant du régiment.

– Ce La Rose sème la zizanie partout où il passe. Il avait fait des siennes à Gibraltar avant que nous nous embarquions pour le Canada. Il s'était disputé avec un sergent-major et il était passé en cour martiale. L'année dernière, il s'est évadé, ce qui lui a valu des coups de fouet. Cet homme semble paré d'une auréole de héros. Son influence est néfaste pour de nombreux soldats, qui ne s'en rendent même pas compte.

– Il y a des hommes qui refusent toute forme d'autorité.

– Alors, je me demande ce qu'ils viennent faire dans l'armée, où la soumission à l'autorité est primordiale.

– La discipline est essentielle dans l'armée, confirma Louis-Antoine, sinon c'est l'anarchie, la confusion la plus totale. Tous les soldats savent cela.

– Mais il faut croire qu'il y en a qui l'ignorent encore.

– Cette histoire est derrière vous, maintenant, Édouard. Il faut penser au futur. La paix va se rétablir dans votre régiment et, avec les sentences prononcées par le juge, que j'ai lues dans *La Gazette* de jeudi, je crois que vous n'entendrez plus parler de mutinerie avant bien longtemps.

– Les sentences me satisfont, même si je considère que certaines sont trop sévères.

– Comment cela ?

– Je sais que seul le lieutenant-gouverneur Clarke peut accorder un pardon. Je n'ai absolument pas ce pouvoir. Mais je peux intercéder auprès de lui pour réduire une peine.

– À qui pensez-vous en particulier ?
– À Kennedy. Ce n'est pas un soldat très intelligent, il est facilement influençable et, en plus, il a un gros problème d'alcool. Je pense qu'il devrait être gracié au lieu d'être puni.
– Il a été jugé et reconnu coupable, ne l'oubliez pas.
– Je sais, mais je vais quand même intercéder pour lui auprès du général Clarke.

Catherine n'était pas encore revenue de l'accouchement si facile de Julie.
– Vous êtes faite pour avoir des enfants.
– L'avenir nous le dira, n'est-ce pas ? dit Julie, qui repensait à ses fausses couches antérieures et à ce que le docteur de Bonne lui avait dit à Gibraltar.
– Quand prévoyez-vous déménager à Montmorency pour l'été ?
– Il est trop tôt pour décider quoi que ce soit. Nous ne connaissons pas les disponibilités d'Amandine et, surtout, William pourra-t-il supporter le voyage ? Je ne veux rien faire qui pourrait nuire à la santé de mon enfant. Il faut que j'en parle avec le docteur Véroneau.
– C'est un excellent médecin. Il vous donnera les conseils les plus judicieux, à n'en pas douter.

Lorsque les Salaberry quittèrent la résidence du prince, une fatigue subite et une envie soudaine de dormir s'emparèrent de Julie. Édouard l'aida à monter le grand escalier qui menait à leur chambre mais, d'un commun accord, ils bifurquèrent pour se rendre à la chambre de William. Celui-ci dormait paisiblement. Amandine, qui brodait près de la fenêtre, se leva pour accueillir le prince et M$^{me}$ de Saint-Laurent. Les heureux parents se penchèrent pour embrasser leur enfant, qui, selon eux, embellissait de jour en jour. Ils sortirent de la chambre sur la pointe des pieds et Amandine referma la porte derrière eux. Julie se retira dans leur chambre et dormit d'un sommeil de plomb pendant une bonne heure. Édouard en profita pour écrire au général Clarke au sujet de certaines sentences qu'il trouvait trop sévères.

On parla longtemps à Québec de l'exécution du soldat Joseph Draper, fixée au 9 avril. Une foule nombreuse se présenta tôt ce matin-là pour assister à cet événement qui suscitait beaucoup d'intérêt. Le but de telles exécutions publiques était de décourager les délinquants de commettre des crimes. Les pendaisons devaient servir de leçon aux futurs criminels : ils n'y échapperaient pas s'ils persistaient dans le mauvais chemin. Après que Draper se fut entretenu avec l'aumônier du régiment pendant une quinzaine de minutes, la marche funèbre se mit en branle à dix heures pile. Draper, qui ne cessait de répéter qu'il était innocent des crimes dont on l'avait accusé, suivait son cercueil recouvert d'un drap mortuaire au son d'une musique de circonstance.

Julie refusa d'accompagner Édouard à un spectacle aussi macabre.

– Ce n'est pas un spectacle, avait dit Édouard, c'est l'expression de la justice. Un criminel doit être exécuté pour le crime qu'il a commis, c'est tout.

– Ce n'est pas tout, avait affirmé Julie. C'est à la mort d'un homme que tout le monde assiste. Je suis contre ces exécutions publiques. Elles devraient plutôt se faire en présence de quelques personnes seulement, en privé.

– Vous oubliez que c'est moi que ce criminel voulait assassiner, et vous semblez éprouver de la pitié pour lui.

– Je n'éprouve pas de pitié pour un assassin. Ce que je dis, c'est que je suis contre ces exécutions publiques, où des parents emmènent leurs enfants comme s'ils les traînaient au cirque.

– Les exécutions leur donnent une leçon de justice et leur montrent ce qui peut leur arriver s'ils se comportent comme des petits vauriens.

– J'espère que notre fils n'aura pas besoin d'assister à une exécution publique pour savoir ce qu'est la justice et avoir un comportement digne de son père, commandant de régiment.

– Notre fils ne connaîtra jamais ce genre de problème.

Le jeudi suivant, Julie lut le compte rendu que *La Gazette de Québec* avait fait de l'exécution du soldat Joseph Draper. Elle n'en crut pas ses yeux. Elle refusait de croire qu'Édouard, le père de son enfant, un être si honnête, si généreux, si plein de bienveillance, se soit comporté d'une manière aussi cruelle. Elle lut l'article une deuxième fois pour être certaine qu'elle ne s'était pas trompée.

> *Mardi dernier vers les dix heures du matin, Joseph Draper, soldat des fusiliers royaux, dont l'exécution avait été sursise à ce jour-là, fut sorti des casernes, habillé en drap blanc et marchant derrière son cercueil, qui était couvert d'un drap mortuaire et porté par quatre hommes. Les troupes sous les armes marchaient lentement devant. La musique suivait jouant des airs funèbres et un vaste concours de spectateurs accompagnait. Quand cette touchante procession fut rendue à la place d'exécution, que le patient se fut préparé à subir la mort, déclarant jusqu'au dernier moment*

> *qu'il était innocent du crime dont on l'avait accusé, et lorsque le moment critique fut arrivé où il devait passer à l'éternité, son pardon fut annoncé par Son Altesse Royale. – « Vous êtes aujourd'hui arrivé au terrible moment où dans quelques secondes vous seriez en la présence immédiate de l'Être suprême. Vous devez être intérieurement convaincu de votre crime, et que vous n'avez pas le moindre droit à la miséricorde humaine. Comme votre commandant, je ne puis absolument faire aucune démarche en votre faveur, car, d'après diverses circonstances de cette affaire, il n'y a aucune raison qui pût me justifier dans cette qualité de faire une telle démarche. Cependant, comme fils de votre souverain, dont la plus illustre prérogative est de dispenser la clémence, je me trouve heureusement en état de faire ce à quoi en qualité de votre colonel, les lois indispensables de la discipline militaire ne me permettraient seulement pas de penser. Dans cette situation, j'ai demandé votre pardon au représentant du Roi et j'ai en conséquence la satisfaction de pouvoir vous informer que mon intercession a réussi. Le major général Clarke a eu la bonté, sur mes prières et supplications ferventes, d'acquiescer à mes désirs, et de me mettre à même de vous prouver ainsi qu'au public que, quoique vos atroces machinations fussent principalement dirigées contre moi, je suis le premier à vous pardonner, et à obtenir pour vous le pardon du Roi. Puissiez-vous profiter de cette scène effrayante et vous conduire durant le reste de votre vie de manière à expier vos crimes passés, et à ne pas me donner occasion à l'avenir de me repentir d'avoir été votre avocat. Joseph Draper, vous êtes libre. » L'effet que produisit cette grâce inattendue sur l'esprit de cet infortuné, qui ne pouvait avoir que la mort en vue, ainsi que sur les sensations des spectateurs, peut être plus aisément imaginé qu'exprimé.*

Julie referma le journal. Elle était toujours sous le choc. Elle ne comprenait pas pourquoi les militaires se montraient aussi cruels entre eux. Pendant cette macabre procession, Édouard et quelques autres officiers étaient les seuls à connaître la véritable issue de cette mise en scène. « Pourquoi agir ainsi ? se demandait Julie. Pour ne pas décevoir la foule ? pour donner une leçon au coupable ? pour montrer la grandeur d'âme de Son Altesse Royale ? essayait de deviner Julie. Je ne comprendrai jamais les militaires. » Elle se dirigea vers la fenêtre, tira l'épais rideau qui la masquait et s'émut de l'éclatant soleil d'avril qui présageait un autre été chaud et libérateur. Elle n'avait pas mis le nez dehors de l'hiver et appréciait donc ce soleil si prometteur. Montmorency lui manquait. Il était plus que temps de quitter Québec pour qu'elle se remette à vivre pleinement, qu'elle puisse enfin respirer le grand air de la campagne avec William, qu'elle promènerait sur la grande galerie du manoir. Le désir d'exprimer toute cette gamme d'émotions qui l'assaillaient brusquement la déconcentançait. Elle alla chercher son violoncelle adossé contre la cheminée et joua de mémoire une suite de Bach. Cela la rasséréna. Elle en joua une autre et une autre encore jusqu'à ce que toute la colère et la déception qu'elle ressentait à l'égard de son amant s'estompât pour laisser la place au bonheur de vivre. Au moment où elle donnait son dernier coup d'archet, elle entendit les pleurs de son petit William. Les pas de la nourrice suivirent quelques secondes plus tard, et l'enfant se calma. Julie rangea son violoncelle et décida d'écrire à M. Jouve pour qu'ils reprennent les cours de musique.

– Vivement la musique ! dit-elle à voix haute.

Le départ pour Montmorency était prévu pour la première semaine du mois de mai. Le personnel de la maison était enchanté parce que la vie au manoir était synonyme de calme et de liberté, ce qui contrastait avec la vie trépidante de Québec où les rues grouillantes de monde, de carrioles et de calèches en plus des enfants qui s'amusaient en criant énervaient à la longue.

Par ce beau soir d'avril, Jérôme vint chercher Séverine à sept heures et l'emmena se promener sur les plaines d'Abraham. Il la trouvait belle sous son chapeau, dont le beige du velours accentuait le noir de ses yeux. Il lui tendit le bras, qu'elle prit de sa main gantée, et ils marchèrent lentement.

– Je suis amoureux de vous, Séverine. Je crois que je suis amoureux de vous depuis le premier jour où je vous ai vue.

Séverine cessa instantanément de marcher. Elle n'osait espérer une aussi belle déclaration d'amour de l'homme à qui elle rêvait toutes les nuits et qu'elle admirait tant. Devant son silence, Jérôme eut peur d'apprendre que ses sentiments n'étaient pas partagés.

– Si j'ai pris autant de temps avant de vous faire part de mes sentiments, ma chère Séverine, c'est que je voulais être certain de vraiment vous aimer avant de m'engager sérieusement avec vous, avoua Jérôme, que le silence de Séverine rendait nerveux.

– Je vous aime aussi, Jérôme, de tout mon cœur, dit enfin Séverine, qui voyait le sourire de son amoureux s'épanouir à mesure qu'elle parlait. Je n'ai jamais aimé un homme aussi fort que je vous aime. Je puis vous le confirmer, cher Jérôme, je suis tombée amoureuse de vous le premier jour où je vous ai vu.

Jérôme la serra dans ses bras en riant et lui annonça une nouvelle, bonne pour lui…

— Je suis accepté à Harvard, dit-il. J'ai reçu les papiers aujourd'hui même.

— Quand partez-vous ?

— La semaine prochaine.

— Ah ! commenta Séverine, qui se retenait pour ne pas pleurer devant Jérôme sur son rêve d'amour qui s'arrêtait par un beau soir d'avril sous une lune pleine et resplendissante. Je suis très heureuse pour vous, vous allez réaliser votre grand rêve, obtenir votre doctorat de Harvard.

— Avant de partir, Séverine, est-ce que je peux vous poser une question ?

— Certainement.

— Je voudrais vous demander si vous voulez vous engager envers moi jusqu'à mon retour.

— Que voulez-vous dire ?

— C'est très simple, je voudrais vous demander de m'épouser, mais le mariage n'aurait lieu que dans deux ans, juste après que j'aurai obtenu mon doctorat.

— Vous épouser ? demanda incrédule Séverine, qui ne savait que répondre à sa première demande en mariage alors qu'elle l'avait désirée si fort.

— Oui, je vous demande en mariage. Ou, plus exactement, je propose que nous nous fassions une promesse formelle d'engagement pour dans deux ans, dit Jérôme, qui avait l'impression de compliquer terriblement l'affaire. En fait, je voudrais que vous m'attendiez pendant deux ans pour que nous puissions nous marier à mon retour. Voilà, c'est dit. Qu'en pensez-vous ?

— J'en dis que je vous attendrai le temps qu'il faudra parce que je vous aime et que j'accepte d'être votre femme et que vous soyez mon mari.

— Deux ans, ce n'est pas trop long, pas vrai ?

— Le temps passe si vite, déclara Séverine.

— Je vous écrirai chaque semaine.

— Je vous écrirai chaque semaine, répéta Séverine en se blottissant dans les bras de son amoureux.

Jérôme sortit de sa poche un petit écrin en velours rouge, puis l'ouvrit. Séverine admira la bague en or sertie d'un magnifique diamant. Comme elle n'osait y toucher, Jérôme prit la bague et la passa à l'annulaire de Séverine, qui, sidérée, tendit sa main pour contempler le bijou qui confirmait leurs fiançailles.

– Est-ce que nous sommes de vrais fiancés ? demanda-t-elle, incertaine.

– Vous êtes ma fiancée, et je suis le plus heureux des hommes.

– Je vous aime. Je vous aime autant qu'il est possible d'aimer.

Ils se jurèrent fidélité et échangèrent un long et tendre baiser qui scella leur engagement.

Le 25 avril, après le déjeuner, Julie apprit dans le journal la mort du roi Louis XVI. Elle lut l'article avec beaucoup d'intérêt.

*La Malle du mois de février, arrivée hier d'Angleterre, nous apprend les détails suivants : la mort du roi de France est confirmée. Le 1<sup>er</sup> de février, la Convention nationale a passé un décret, portant que la France est en guerre avec le roi d'Angleterre, et le* stadthouder *des Provinces-Unies. Qu'elle a ordonné que chaque famille dans toute la République, composée de cinq personnes, en fournira deux pour joindre l'armée. Elle a aussi donné ordre d'arrêter tous les vaisseaux britanniques qui sont dans les ports de France. Un ordre semblable a été donné de la part de l'Angleterre.*

*Le Parlement a voté une augmentation aux forces de terre et de mer de la Grande-Bretagne. On dit que l'Espagne se joint aussi à la ligue contre la France et que des deux côtés l'on fait de grandes préparations de guerre.*

Dans la liste des officiers généraux de la Grande-Bretagne, Julie repéra le nom de Son Altesse Royale le duc d'York comme lieutenant général. En lisant cela, elle comprit que cette guerre mettrait fin à l'ennui du prince et que leur départ de Québec se ferait dans les prochains mois. Elle tourna la page du journal et lut le long article extrait de l'une des gazettes de Paris sur la mort du roi :

*Lundi, 21 janvier, était le jour fixé pour l'exécution du décret de mort prononcé contre Louis Capet. […] La tête de Louis est tombée à dix heures vingt minutes du matin. Elle a été montrée au peuple ; aussitôt, mille cris : Vive la Nation ! Vive la République française ! se sont fait entendre. Le cadavre a été transporté sur-le-champ et déposé dans l'église de la Madeleine, où il a été inhumé entre les personnes qui périrent le jour de son mariage et les Suisses qui furent massacrés le 10 août. Sa fosse avait douze pieds de profondeur et six de largeur ; elle a été remplie de chaux.*

Julie laissa couler ses larmes, pleurant sur son pays, qu'elle avait quitté depuis presque trois ans maintenant. Tant de choses avaient changé, la reconnaîtrait-elle, cette vieille France devenue République ? Il y avait longtemps que Jeanne Béatrix ne lui parlait plus de la situation politique de son pays dans ses lettres. Même sa sœur ne semblait plus reconnaître le pays dans lequel elle vivait. Julie se demanda pourquoi Jeanne Beatrix ne lui avait rien écrit sur la famille du roi qui souffrait tant. Était-ce parce que tous les aristocrates de France étaient persécutés ? Pourquoi ? Pourquoi ? Tant de questions lui vinrent à l'esprit, mais aucune réponse. Ses larmes coulaient toujours ; elle ne prit pas la peine de les sécher. Sa sœur lui manquait atrocement. Quand elle réalisa depuis combien de temps elle n'avait pas revu Jeanne Béatrix, son cœur se serra et fut inconsolable.

Le départ de Jérôme pour Cambridge se fit dans une certaine allégresse. Séverine refusait de sombrer dans une tristesse qui aurait risqué de l'amener à douter des sentiments de Jérôme et de détruire la confiance qu'elle mettait en lui. Deux ans, ce n'était ni long ni court, ç'allaient être des soupirs, de belles attentes, des lettres hebdomadaires, des rêves, ce serait ce qu'il faut de patience pour préparer un trousseau et confectionner une belle robe de mariée. La veille du départ de Jérôme, Séverine et lui s'aventurèrent jusqu'à la rivière Saint-Charles, où ils admirèrent le pont Dorchester, le premier pont de bois construit dans le Bas-Canada. Ils s'arrêtèrent sur le bord de la rivière pour se reposer et déguster les pâtés et les gâteaux que M. Beaunoir leur avait préparés. Ils avaient besoin de passer cette dernière journée seuls, loin de la ville. Ils parlèrent longuement de leur vie future, qui se résumerait à une relation épistolaire pour les deux prochaines années. Ils réitérèrent leur engagement et se confirmèrent de nouveau la force de leur amour qui résisterait à une séparation de deux ans. Ils y croyaient dur comme fer. Leur dernier baiser eut un goût de bonheur anticipé.

Le lendemain, Séverine ne vit pas la calèche du docteur Véroneau chargée des malles de son fils. Elle attendit que la grande horloge du corridor sonne l'heure du départ du navire en partance pour Boston. À deux heures pile, les deux amoureux se firent leurs adieux en pensée ; c'est ce qu'ils avaient décidé la veille pour éviter de souffrir davantage et de vivre les durs moments d'une douloureuse séparation.

– C'est une belle histoire d'amour que la vôtre, dit M. Beaunoir, l'air songeur.

– Je l'aime tellement, monsieur Beaunoir, tellement.

– Il vous aime aussi.

– C'est si merveilleux, conclut Séverine, à qui le bonheur allait si bien.

« Ses yeux pétillants et son merveilleux sourire donneraient à bien d'autres hommes l'envie de patienter deux ans », se dit le chef en regardant cette rayonnante Séverine qu'il considérait comme sa propre fille maintenant qu'elle lui avait demandé de lui servir de père à son mariage. « Comme je serai fier lorsque je l'emmènerai au pied de l'autel et la donnerai à Jérôme Véroneau ! »

Le navire venait de quitter le port de Québec. Les parents de Jérôme ainsi que ses trois sœurs et son jeune frère agitaient leur mouchoir en signe d'adieu. M$^{me}$ Véroneau pleurait le départ de son fils depuis que ce dernier avait eu la veille, après une délicieuse dernière journée passée avec Séverine, une discussion houleuse avec son père. Jérôme lui avait annoncé qu'il aimait Séverine et qu'il désirait l'épouser à son retour de Harvard.

– C'est une décision qui me semble quelque peu hâtive, avait dit le docteur Véroneau.

– Je suis sûr de moi en ce qui concerne Séverine.

– Il peut couler beaucoup d'eau sous les ponts, surtout pendant une séparation de deux ans. Y avez-vous pensé, tous les deux ?

– C'est tout réfléchi. Je ne reviendrai pas sur ma décision. Vous semblez oublier, père, que j'ai vingt-cinq ans. Je ne suis plus un enfant.

– On n'est jamais sûr de rien, mon garçon, même à ton âge, avait répondu le docteur Véroneau pour essayer de le dissuader.

– Moi, si.

– Ce n'est pas la fille à laquelle ta mère et moi pensions pour ton avenir.

– Enfin ! s'était exclamé Jérôme, voilà la vraie raison de votre réticence à l'égard de Séverine. C'est elle la femme que j'aime, pas Juliette Fargues.

– La fille du juge Dunn n'est pas indifférente à tes charmes, selon sa mère, et il me semblait qu'elle te plaisait bien. Tu ne peux dire le contraire.

– C'était avant que je rencontre Séverine. Juliette et moi sommes de bons amis, rien de plus.

– Mais enfin, Jérôme, ce n'est qu'une femme de chambre, avait ajouté spontanément le docteur Véroneau, le regrettant aussitôt.

– Séverine est beaucoup plus qu'une femme de chambre, beaucoup plus, avait dit Jérôme en élevant le ton. C'est une femme intelligente, généreuse, dévouée, réservée, compréhensive, avec d'excellentes manières. Elle aime lire et en plus elle possède des doigts de fée. Vous ne la connaissez pas comme je la connais. Je lui ai demandé de devenir ma femme, elle a accepté et je compte l'épouser à mon retour avec ou sans votre permission.

– Si tu ne changes pas d'idée immédiatement, je te coupe les vivres et tu n'iras pas à Harvard, avait menacé le docteur Véroneau en donnant un coup de poing sur le secrétaire.

– Je mendierai alors ! avait crié Jérôme avant de sortir du bureau de son père en claquant la porte.

Le jeune homme était monté à sa chambre en courant sans regarder sa mère, qui séchait ses yeux mouillés. Elle avait sursauté en entendant un autre claquement de porte. Quand le docteur Véroneau était entré dans leur chambre à coucher, M$^{me}$ Véroneau était déjà couchée. Elle attendait son mari.

– Promets-moi, mon ami, de te réconcilier avec Jérôme avant son départ pour Harvard, avait-elle demandé à son mari, qui n'arrêtait pas de bougonner. Notre fils aîné ne nous a donné jusqu'à maintenant que d'excellentes raisons d'être fiers de lui. Il a terminé premier de sa promotion, c'est un très bon médecin et je crois qu'il saura choisir la femme qui lui convient le mieux.

– Je verrai, avait répondu le docteur Véroneau d'un ton sec.

– Jérôme quitte Québec demain à quatorze heures. Tu dois me le promettre maintenant ; après, il sera trop tard et, comme je te connais, tu le regretteras amèrement. Philippe, promets-moi de faire la paix avec ton fils avant son départ.

– Je te le promets, avait enfin dit Philippe Véroneau en se penchant pour embrasser sa femme sur le front. Tu as raison. Endors-toi, maintenant.

– Bonne nuit, avait-elle dit, rassérénée, avant de sombrer dans le sommeil.

Le lendemain, dans la calèche qui amenait tout la famille jusqu'au port de Québec, Jérôme avait senti que son père voulait lui dire quelque chose, mais le jeune homme, que les propos de la veille avaient grandement blessé, n'avait rien fait pour faciliter la réconciliation. Juste avant l'embarquement, Philippe Véroneau avait amené son fils un peu à l'écart et lui avait dit, avant de le serrer dans ses bras :

– J'ai confiance en toi, mon fils, et je sais que tu ne me décevras pas.

– Merci, père. Je ne vous décevrai pas. Je vous promets de réussir mon doctorat, avait déclaré Jérôme, sans trop savoir à quelle déception son père faisait allusion.

Le déménagement à Montmorency se fit assez rapidement. La température clémente avait grandement contribué à faciliter l'arrivée au manoir avec William, qui gazouillait au chaud dans les bras d'Amandine. Le lendemain, pendant que le personnel s'affairait dans la maison, Julie et Édouard acceptèrent l'invitation des Salaberry. Le souper fut servi à vingt heures et comme toujours Catherine s'était surpassée dans la préparation du menu, que sa cuisinière exécuta parfaitement. Comme la soirée était chaude, le café fut servi sur la véranda.

– La session se termine bientôt, n'est-ce pas ? demanda Édouard.

– Dans quelques jours, le 9 mai plus précisément, répondit Louis-Antoine.

– Quel bilan faites-vous de cette première session ?

– Décevante, commença Louis-Antoine. Nus avons réussi à faire approuver seulement huit projets de loi par le lieutenant-gouverneur Clarke. Ce n'est pas assez. Plusieurs électeurs se plaignent. Ils trouvent que nous ne progressons pas très vite et ils ont raison. Nous avons été élus et nous avons des comptes à rendre. Mais notre plus gros problème, c'est l'absentéisme. Souvent, comme il n'y a pas assez de députés, on doit ajourner. Ma foi ! j'ai l'impression d'avancer en reculant.

– Les députés devraient obligatoirement être présents. Il me semble que c'est la moindre des choses puisqu'ils ont été élus pour représenter les citoyens.

– Vous avez entièrement raison, cher Édouard, mais ce n'est pas aussi simple. Hier, Walker a proposé que le quorum soit abaissé à vingt-six ; il était de trente-quatre avant. La proposition a été acceptée par vingt-deux voix contre douze. J'ai bien peur qu'avec un tel quorum les députés anglais prennent le contrôle de l'Assemblée, mais, d'un autre côté, il nous le faut, ce quorum, pour qu'on puisse voter.

– Vous avez longuement discuté de la langue aussi, dit Édouard.

– Effectivement, le problème de la langue a soulevé des débats virils, mais, devant l'impasse, le lieutenant-gouverneur Clarke a demandé à Londres de trancher.

– Il s'adressera à Henry Dundas, un des principaux secrétaires d'État de Sa Majesté. C'est un homme de bons sens et très efficace, mais je peux prédire de quel côté il penchera.

– Naturellement, commenta Louis-Antoine. Moi aussi, je peux faire cette prédiction.

– Vous avez sûrement lu dans *La Gazette* que la France a déclaré la guerre à l'Angleterre.

– L'orateur Panet nous a lu la lettre du lieutenant-gouverneur nous annonçant que la France avait déclaré la guerre contre Sa Majesté le roi George III. Le général Clarke nous a demandé de procéder en priorité à la révision des lois de la milice.

– Vous avez dû lire également que mon frère le duc d'York ira combattre en tant qu'officier. Le roi l'a nommé lieutenant général.

– Vous recevrez vous aussi vos ordres du roi, dit Louis-Antoine.

– J'ai écrit au roi aussitôt que j'ai su que l'Angleterre était en guerre et j'attends mon assignation avec impatience. Je veux participer à cette guerre, je veux défendre mon pays parce que je suis un militaire avant tout.

– Vous avez raison, surtout que vous êtes trop jeune pour avoir déjà participé à une guerre. Je comprends votre désir de vous trouver dans le feu de l'action. Même si la peur nous tenaille et que la mort rôde, c'est grisant et nous ne pensons qu'à foncer parce que nous défendons notre pays et que le patriotisme est une valeur primordiale pour un militaire comme vous ou un milicien comme moi.

– Je vous envie, mon cher ami, d'avoir vécu des moments aussi intenses.

– Croyez-moi, cher Édouard, vous les vivrez aussi, ces moments uniques. Ce n'est qu'une question de mois.

– Nous verrons.

– J'ai aussi lu le compte rendu de l'exécution de Draper, enfin, de l'exécution qui n'a pas eu lieu. Vous avez fait preuve de courage, de charité chrétienne et de grandeur d'âme en offrant le pardon à ce malheureux. Je vous admire.

– Merci, dit Édouard, mais ce n'est pas ce que pense Julie.

– Comment cela ?

– Elle croit que j'ai plutôt fait preuve de sadisme en n'annonçant le pardon qu'à la toute dernière minute, dit Édouard, quelque peu contrarié.

Elle m'a dit que j'aurais dû rencontrer Draper en privé pour lui annoncer mon pardon et annuler la mascarade entourant la fausse exécution.

– Vous savez combien j'apprécie M$^{me}$ de Saint-Laurent, cher Édouard, mais les femmes font preuve de trop de sensiblerie. Elles ne comprennent rien aux affaires militaires. L'armée est une affaire d'hommes et il n'y a que les hommes qui puissent en comprendre vraiment les enjeux.

– Ce que vous me dites me rassure beaucoup parce que je suis très satisfait de la tournure de cette fausse exécution, comme l'appelle Julie. Nous devons parfois, pour montrer que nous avons beaucoup de pouvoir, agir de la sorte. Certaines personnes peuvent nous qualifier de sadiques, mais elles ne connaissent pas toutes les implications d'une mutinerie. J'ai la ferme conviction qu'en agissant comme j'ai agi je n'ai fait que mon devoir de commandant de régiment.

– Voilà qui est bien dit.

Les mardis et les jeudis, la musique égayait le manoir de Montmorency, où seuls les pleurs de William créaient parfois de l'agitation. Charles Jouve aimait Montmorency. Il descendait de son cheval ou de sa calèche, admirait le paysage quelques minutes, levait les bras au ciel, basculait la tête vers l'arrière et respirait à pleins poumons. Au bout d'un certain temps, il pénétrait dans le manoir, ragaillardi et souriant. La première fois que Julie l'avait surpris en train de respirer ainsi l'air pur rempli d'une fine poussière d'eau propagée par la chute, une irrésistible envie de le rejoindre l'avait étreinte, mais elle s'était retenue de peur de briser le charme de cet instant privilégié. Les jours suivants, par les fenêtres ouvertes, elle entendit le brouhaha de son arrivée et remarqua qu'il faisait toujours le même rituel, telle une prière à la nature à laquelle il s'offrait. Elle le surveillait de la fenêtre, enviant sa façon de rendre hommage à la nature qui le comblait. La sensualité de cet homme la séduisait, tout en lui n'était qu'harmonie et beauté. Après ce moment de méditation, Charles Jouve s'installait dans le petit salon de musique et dégustait une boisson fraîche que M. Beaunoir avait préparée pour les deux musiciens, dont il prenait grand soin. Au manoir, on ne prononçait plus les mots *mardi* ou *jeudi*, on disait : « Aujourd'hui, c'est la musique », ce qui voulait dire qu'on chuchotait et qu'on écoutait. Même William, selon Amandine, s'interdisait de pleurer quand il avait faim ces jours-là. « Il adore la musique, avait-elle dit à Julie. Il sera musicien comme sa mère. » Julie avait souri, se régalant de cette déclaration qu'elle prenait pour un compliment. Tant mieux si son enfant avait des prédispositions pour la musique, se disait-elle. D'ailleurs le père et la mère de cet enfant n'aimaient-ils pas passionnément la musique ? Ces temps-ci, cependant, Édouard semblait surtout obsédé par la guerre que la France avait déclarée à l'Angleterre et à laquelle il lui tardait de participer. Les domestiques vivaient à un rythme ralenti pendant ces deux jours, profitant des concerts que représentaient les leçons de musique. Julie et Charles jouaient de plus en plus souvent ensemble. Leur relation élève-professeur prenait une autre dimension, celle de deux concertistes mettant au point leur prochain concert. Une complicité s'était développée à leur insu. Charles n'avait qu'à regarder Julie pour qu'elle fasse les corrections nécessaires à son interprétation. Au fil des jours, les corrections se firent moins fréquentes pour laisser la place à une assurance qui ravissait les auditeurs de la maison.

L'été fut chaud et ensoleillé, hormis quelques rares jours de pluie qui rafraîchirent l'air. « Il faut bien que les légumes poussent, pardi ! déclarait Hubert Beaunoir aux domestiques déçus. Consolez-vous, jamais la pluie ne s'est permis de tomber les jours de musique, n'est-ce pas merveilleux ? » John et Séverine réalisèrent qu'il avait entièrement raison, les jours consacrés à la musique étaient entourés d'une auréole imperméable à la pluie.

Toutes les deux semaines environ, Séverine recevait une lettre de Jérôme. Il lui parlait de ses recherches, de son directeur de thèse, de Harvard, de ses petites randonnées à Boston, d'amour et d'avenir. Ses lettres se terminaient toujours de la même façon, qui enchantait tant Séverine : « Mon amour, quand tu termineras la lecture de cette lettre, tu pourras détruire une page entière du calendrier comme je le fais moi-même tous les mois après avoir lu ta délicieuse lettre. C'est le moment le plus important du mois parce qu'il me rapproche de toi en me confirmant que les jours courent vers mon retour. À bientôt, ma Séverine que j'aime plus que ma vie. » Séverine consacrait ses temps libres des deux jours suivant la réception de la lettre de Jérôme à peaufiner la réponse qu'elle lui enverrait. Elle voulait s'assurer que ses phrases étaient bien construites, que son vocabulaire était varié et surtout qu'elle n'avait fait aucune faute de français. Dès la première lettre qu'elle écrivit, elle demanda à sa maîtresse de la corriger.

– Je veux bien t'aider, Séverine. Il me fera plaisir de vérifier ton texte, dit Julie, même si je suis convaincue que Jérôme ne remarquerait jamais les fautes dans tes lettres d'amour.

– Vous avez sans doute raison, madame. Vous savez que j'aime lire, mais je ne suis pas allée à l'école très longtemps, tandis que

Jérôme est allé à l'université, y est encore. Ses lettres sont merveilleuses et je ne voudrais pas le décevoir ni qu'il se dise en me lisant qu'il ne doit pas être trop exigeant envers moi parce que je ne suis qu'une femme de chambre.

– Je t'interdis, ma chère Séverine, d'être aussi cruelle envers toi, la sermonna gentiment Julie. Tu es beaucoup trop sévère avec toi-même et très injuste. Qu'aurais-je fait sans toi ? Qu'aurais-je fait ? Rappelle-toi plutôt cette maxime : « Il n'y a pas de sots métiers, il n'y a que de sottes gens. » Pour te rassurer, permets-moi de te dire que *La Gazette de Québec* n'est pas à l'abri des fautes. Ne sois pas étonnée, j'en détecte souvent.

– Mais moi, je veux que Jérôme soit fier de moi, c'est important.

– Pourquoi ne t'inscrirais-tu pas à l'école franche du dimanche ?

– Je ne sais pas de quoi vous parlez, madame.

– Le prince Édouard a décidé de promouvoir l'ouverture d'une école franche du dimanche, comme il y en a en Angleterre où l'expérience s'est avérée des plus positives. Les cours auront lieu au palais épiscopal le dimanche, de dix heures le matin jusqu'à trois heures l'après-midi, et l'enseignement portera sur les diverses branches de la littérature.

– Cela me semble très intéressant, mais il faudrait que je m'absente tous les dimanches.

– Ça ne me cause aucun problème. Au contraire, je tiens à ce que tu t'instruises plus, avoua Julie, surtout depuis que tu es fiancée avec le fils du docteur Véroneau.

– Je veux m'instruire plus et je voudrais aussi apprendre l'anglais.

– Quand nous rentrerons à Québec, j'essaierai de trouver quelqu'un qui accepterait de te donner des cours d'anglais. Tu es une fille intelligente et tu apprendras vite.

– Vous êtes si bonne, madame, dit Séverine, émue. Comment pourrai-je jamais vous remercier de tout ce que vous faites pour moi ?

– Je le fais avec tellement de plaisir que tu n'as pas à me remercier, ma bonne Séverine. Voyons cette lettre, maintenant.

Le 23 septembre 1793, Lord et Lady Dorchester revinrent à Québec à bord du *Severn*, un vaisseau du roi, après un long séjour de plus de deux ans en Angleterre. Lord Dorchester avait été promu, Sa Majesté le roi George III l'ayant nommé gouverneur-général du Haut et du Bas-Canada, le général Alured Clarke devenant alors officiellement lieutenant-gouverneur du Bas-Canada. Édouard espérait que le nouveau gouverneur lui remettrait une lettre du roi contenant des ordres précis quant à son affectation dans la guerre qui sévissait en Europe et ailleurs. Il n'en fut rien. Le prince refoula sa colère et sa déception, croyant que le roi l'avait oublié. Lorsque le *Severn* retourna en Angleterre au début du mois de novembre, les fusiliers Kennedy, La Rose, Wigton et Draper furent renvoyés dans ce pays sous la garde du lieutenant Maxwell. L'histoire de mutinerie n'était plus qu'un mauvais souvenir dans l'esprit du prince.

Édouard écrivit à son père, lui avouant avoir éprouvé «un cruel désappointement», mais insistant qu'il se soumettait à son bon vouloir sans aucune animosité. Même le lieutenant-gouverneur Clarke avait mentionné le désarroi d'Édouard dans une lettre au lieutenant-gouverneur du Haut-Canada, John Graves Simcoe :

> *Aucune instruction ne m'est parvenue au sujet du prince. Par conséquent, nous concluons qu'il restera ici, ce qui le rend triste et malheureux.*

Un autre incendie dans la basse ville permit à Édouard d'oublier un peu son immense désarroi, qui ne le quittait guère. Toute la journée, sans relâche, il se rendit utile. Il sortit des femmes et des enfants du brasier et les mena dans un endroit sûr à l'abri des flammes. Avec ses officiers, il fit la chaîne avec des seaux d'eau pour éteindre le plus rapidement possible cet incendie qui refusait de lâcher prise. Les hommes transis réussirent enfin à dompter le brasier au début de la soirée. Édouard rentra fourbu, mais avec la satisfaction du devoir accompli, et celle encore plus importante d'avoir sauvé des vies. À la suite de son dévouement, il reçut de la Chambre d'assemblée un témoignage plus qu'élogieux dans lequel les députés lui manifestaient leur attachement et leur bonheur de le compter parmi les personnages les plus prestigieux de la ville de Québec. Particulièrement touché de ces marques d'affection, Édouard envoya aux députés une réponse que l'orateur Jean-Antoine Panet se fit un plaisir de leur lire :

> *J'envisage avec l'attente la plus inquiète le moment où j'aurai le bonheur d'être appelé plus immédiatement à servir ma patrie dans une situation active et j'espère alors vous prouver que je redoublerai de zèle quand je serai employé dans une cause aussi chère comme me sera celle dont le but est la protection de vos propriétés et de vos personnes et la défense de votre Patrie.*

## 8

## Septembre 1793 – janvier 1794
## Julie quitte Québec le cœur triste

À la mi-octobre, les domestiques fermèrent avec tristesse le manoir de Montmorency pour l'hiver. La pluie n'avait pas cessé de tomber depuis les trois derniers jours et la route était difficilement carrossable. Dans la calèche recouverte, Julie, Séverine, Amandine et William étaient ballottés au gré de trous plus ou moins profonds. Les avertissements de Philip Beck qui lançait un cri devant chacune des inégalités du chemin engendraient des éclats de rire incontrôlables chez les dames et des cris de bonheur chez William, comme s'il s'était agi d'un jeu. La veille, John était rentré rue Saint-Louis pour ouvrir les fenêtres de la maison et chasser ainsi l'air chaud, humide et malodorant qui s'y était installé depuis cinq mois. De plus, il trouva quelques femmes pour faire le ménage ; celles-ci enlevèrent les housses dont étaient recouverts les meubles et débarrassèrent les lieux de la poussière qui s'était incrustée partout.

Lorsque Julie pénétra dans sa maison, elle fut enchantée des délicieux effluves de lavande et de menthe poivrée qu'elle respira. Amandine fut heureuse de constater que sa chambre resplendissait de propreté. William s'étant endormi, elle le coucha dans son berceau ; il gazouilla, mais se rendormit aussitôt lorsqu'il sentit les mains de sa nourrice sur son front.

Amandine aimait chaque jour davantage cet enfant qui n'était pas le sien, mais elle s'interdisait de s'y attacher comme une mère s'attache à son enfant car elle savait que le temps viendrait où elle devrait s'en séparer ; tous les jours, malgré son amour grandissant pour le petit prince, elle se répétait que son travail de nourrice tirait à sa fin. Durant l'été, Pierre, son mari, était venu la visiter souvent, pour quelques jours d'affilée. Les deux attendaient impatiemment que la période de l'allaitement se termine pour concevoir leur propre fils, qu'ils imaginaient aussi beau que le petit William.

Le lundi 11 novembre, Lord Dorchester ouvrit la deuxième session de l'année 1793 à la Chambre d'assemblée. Comme la menace d'une invasion française planait, il fallait se préoccuper de la sûreté de la province et renforcer les lois sur la milice. Son discours d'ouverture en tint compte :

> *La convenable administration de la justice et les arrangements nécessaires pour la défense et la sûreté de la province sont des objets de telle importance et si indispensablement nécessaires que je suis persuadé que vous ne perdrez point de temps pour faire telles corrections aux lois existantes qui peuvent procurer la meilleure sûreté à vos personnes et propriétés.*

Avec la permission du président de l'Assemblée, le lieutenant-gouverneur Clarke s'adressa également aux députés pour leur faire part de la décision du ministre de l'Intérieur, Henry Dundas, concernant la question de la langue qui serait utilisée à la Chambre d'assemblée. Le président exigea le silence et le lieutenant-gouverneur commença la lecture du document envoyé par Londres et qu'il avait reçu la veille :

> *Je suis d'avis qu'il importe que les lois de la province soient édictées dans la langue anglaise. Si les lois des provinces du Haut et du Bas-Canada étaient dans des langues différentes, ce serait certainement irrégulier et entraînerait plein d'inconvénients. Et ce serait encore pis si, à leur face même, quelques lois de la même province étaient dans une langue et quelques-unes dans une autre.*

Plusieurs députés de langue française se lèvent en entendant des propos aussi irrespectueux à l'égard de la majorité française du Bas-Canada.
– Il est curieux de penser que la langue anglaise deviendra la langue officielle du Bas-Canada, où les habitants parlant français représentent quatre-vingt-dix pour cent de la population, lança Joseph Papineau, représentant du comté de Montréal.

– Ce qui m'apparaît curieux, moi, c'est que le débat recommence, dit le représentant de Richelieu, Pierre Guerout, dans un excellent anglais. Londres a parlé et il faut se conformer, le débat est clos, messieurs.

Les députés anglais applaudirent Guerout et plusieurs représentants français le félicitèrent d'avoir mis un terme à un débat qu'ils jugeaient stérile. Avant de clore la question de la langue, l'orateur informa les députés que tous ceux qui désiraient que les bills soient traduits en français n'auraient qu'à en faire la demande au secrétaire de la Chambre.

Le mois de novembre, comme chaque année, vit arriver les premières neiges, puis en décembre la neige s'installa pour de bon dans la ville de Québec. Édouard était toujours sans nouvelles du roi. Il croyait, à la fois triste et en colère, qu'il ne participerait jamais à cette guerre, qui se poursuivait, avait-on appris, dans les Indes occidentales.

– Pourquoi voulez-vous faire la guerre à tout prix ? demanda Julie, qui ne voyait pas d'un bon œil son départ.

– Mais parce que c'est mon devoir. Le rôle d'un militaire est de défendre son pays lorsque celui-ci est attaqué. Vous semblez oublier que la France a déclaré la guerre à l'Angleterre et que nous devons nous défendre.

– Vous ne trouvez pas cela curieux ? Je suis française et vous êtes anglais, et nous sommes en guerre.

– Pas vous et moi, mon amour, dit Édouard en riant, mais nos pays. C'est très différent. Je suis persuadé que nous ne sommes pas le seule couple qui vit une telle situation.

– J'aurais beaucoup de difficulté à vivre sans vous.

– Moi de même, mais il y a des situations auxquelles on ne peut se soustraire, surtout quand on est commandant de régiment. Pour le moment cependant, je n'ai pas encore reçu d'ordres officiels du roi.

– Ça viendra bien assez vite.

– Vous devez savoir que, si je quitte Québec, vous devrez quitter Québec aussi, dit Édouard, pour vous réfugier en Angleterre.

– Je partirai avec William quand vous le voudrez.

– Je ne crois pas que William supporterait la traversée de l'Atlantique, commença Édouard, qui essayait de trouver les mots pour ne pas blesser Julie. Il est trop petit et je suis certain que vous serez d'accord avec moi pour que nous trouvions des gens bien qui s'en occuperaient pendant notre absence.

– Êtes-vous sérieux ? demanda Julie, qui ne pouvait supporter ce qu'Édouard proposait.

– Hélas ! oui. J'aime notre fils autant que vous l'aimez, mais je sais qu'à Londres il ne serait considéré que comme un bâtard de plus dans un royaume qui en compte déjà un nombre imposant.

– Je n'aime pas que le terme *bâtard* soit utilisé lorsque nous parlons de notre fils.

– Ça n'a rien de péjoratif, ma tendre Julie, et je n'en connais pas d'autre. En tous les cas, je veux que vous sachiez que je supporterais difficilement que notre enfant soit ridiculisé et subisse toute sa vie les conséquences d'une naissance illégitime.

– Nous n'avons pas donné la vie à ce petit être pour qu'il soit malheureux, dit Julie, qui pleurait.

– Ce n'est pas facile d'être fils de roi, même si je ne monterai jamais sur le trône puisque je ne suis que le quatrième dans l'ordre de succession, expliqua Édouard, avec un brin d'humour. En plus, je suis un protestant, amoureux d'une roturière catholique, française de surcroît, et, le pire, avec laquelle je vis une passion illégitime qui a mené à la naissance d'un fils, il y a huit mois.

Le résumé de leur situation fit sourire Julie.

– L'amour n'arrange rien dans notre cas, déclara Julie, il complique tout.

– Vous ne pouvez mieux résumer ce que nous vivons, dit Édouard en s'approchant pour la serrer dans ses bras.

– Nous ferons tout ce qu'il faut pour protéger notre fils, dit Julie.

Édouard respira mieux, la compréhension des choses dont Julie faisait preuve lui prouvant jusqu'à quel point cette femme l'aimait. Il décida alors de ne pas lui parler de la lettre qu'il avait reçue du prince de Galles la semaine précédente. Elle lui avait causé un tel choc qu'il ne doutait pas que Julie en éprouverait un aussi grand. Son frère lui apprenait qu'il souffrait d'être tenu à l'écart de l'action par le roi, qu'il aimerait servir à l'étranger pour mériter sa part de gloire, mais que pour le moment son rôle se résumait à faire la revue de camps militaires. D'ailleurs, les journaux de Londres s'en donnaient à cœur joie. Le *True Briton* et le *London Chronicle* du mois d'août avaient fait une description détaillée du lit construit spécialement pour le prince de Galles pour ses visites dans les camps, mentionnant qu'il dormait dans des tentes élégamment meublées pour lui éviter de connaître les rigueurs de la guerre et surtout pour qu'il ne soit pas trop dépaysé. Le prince de Galles avait été si blessé qu'il avait demandé à son secrétaire personnel d'écrire au directeur du journal pour se plaindre de la façon cavalière dont son journal traitait un futur roi. Dans sa lettre à son frère, le prince de Galles l'informait également que le roi savait qu'il vivait avec une Française, à Québec, et qu'il avait laissé exploser sa colère en apprenant qu'un enfant était né de cette union. « Un autre bâtard ne sera pas le bienvenu à Londres », aurait dit le roi.

Édouard n'avait rien mentionné de cette lettre à Julie parce qu'elle ressassait trop de méchancetés. Il savait que l'existence de ce fils retarderait son retour en Angleterre, lui qui n'était déjà pas dans les bonnes grâces de son père. La seule solution qui s'offrait à lui était de laisser l'enfant à Québec en le confiant à une famille digne de s'occuper d'un petit-fils de roi, fût-il bâtard. Édouard était convaincu que le seul moyen de se racheter auprès du roi était de partir à la guerre le plus rapidement possible et de gagner l'admiration de ses supérieurs, qui transmettraient assurément au roi le comportement héroïque de son quatrième fils. Jusqu'à maintenant, il ne subissait que le silence, qu'il qualifiait de « réprobateur », de son père. Édouard n'osait penser à la réaction de Julie lorsqu'il l'entretiendrait de leur avenir.

Malgré le froid intense des nuits glaciales de décembre, Julie et Édouard acceptèrent l'invitation de leurs amis Catherine et Louis-Antoine et se rendirent à Beauport pour le réveillon de Noël. Toute la famille, sauf Charlotte-Amélie et Édouard-Alphonse, trop jeunes pour supporter la longue veille de Noël, les accueillit avec une joie immense. On se régala des nombreux desserts préparés par Catherine et son aînée Adélaïde. Ensuite, les enfants chantèrent en chœur, mais Charles-Michel, n'en pouvant plus d'entendre ses sœurs chanter faux, demanda à M$^{me}$ de Saint-Laurent de leur interpréter quelques chants de Noël. Elle s'exécuta avec grand plaisir, ce qui enchanta Louis-Antoine, qui trouvait que Julie avait une voix magnifique. Après le récital, trop court selon Adélaïde et son père, Édouard s'amusa avec les enfants, qui ne le quittaient pas d'une semelle, mais, à trois heures du matin, Maurice-Roch, François-Louis et Hermine, exténués, s'endormirent d'un sommeil de plomb sur le tapis du grand salon.

Heureux de cette nuit de festivités en famille, Julie et Édouard quittèrent la famille Salaberry vers cinq heures du matin et, avant de rentrer chez eux, assistèrent à la messe à la cathédrale de Québec. L'orchestre de la garnison joua des airs de Noël, au grand plaisir des paroissiens, qui apprécièrent également les chants solennels de la chorale des ursulines. Ces dernières avaient fabriqué l'immense crèche de l'enfant

Jésus et décoré l'autel, qui brillait de mille feux. Dans la cathédrale insuffisamment chauffée, Julie grelottait de froid, pieds et mains gelés. Elle n'aspirait qu'à retrouver son lit, où un épais édredon de plumes l'attendait pour l'envelopper d'une chaleur rassurante. Quand Édouard et elle pénétrèrent dans la maison chaude, une forte odeur de café les accueillit, et ils entendirent les rires de Séverine, d'Hubert Beaunoir et de John qui déjeunaient dans la cuisine. Julie et Édouard montèrent le grand escalier et entrèrent dans leur chambre. Dans la cheminée, trois grosses bûches flambaient en répandant une chaleur douillette. Ils se glissèrent dans leur lit et s'endormirent presque instantanément.

Un peu plus tard, John vint frapper doucement à la porte ; aucune réponse. Il frappa de nouveau, Édouard n'entendait rien, il rêvait. Il avait douze ans et son père le semonçait sévèrement parce qu'il avait brisé intentionnellement, disait-il, sa pendule favorite, qui avait appartenu au duc de Gloucester, le fils de la reine Anne. Le roi martelait son bureau avec son poing en lui disant qu'il était un mauvais fils et qu'il le détestait. Entendant une espèce de grognement, John ouvrit la porte. Le prince dormait toujours, en émettant des sons inintelligibles. John s'approcha et essaya de le réveiller en disant à haute voix :

– Votre Altesse a reçu une lettre très importante. Le messager tient à vous la remettre de la main à la main, Votre Altesse.

Julie se réveilla alors et, apercevant John, poussa Édouard, qui émergea finalement de son cauchemar. Le prince s'assit dans son lit et écouta John répéter ce qu'il venait de dire, mais qu'il n'avait pas entendu. Il se leva immédiatement et demanda à John de l'aider à s'habiller, puis descendit rencontrer le messager. En apercevant le commandant de son régiment, le lieutenant James Harris se mit au garde à vous et le salua. Il lui tendit ensuite une lettre, que le gouverneur général Dorchester venait de recevoir il y avait quelques heures à peine. Avant de la lire, Édouard demanda à John de servir un café très chaud au lieutenant. Dans la lettre, datée du 2 octobre 1793, le roi informait son fils qu'il l'avait promu au grade de major général et qu'il lui donnait l'ordre de servir avec le lieutenant général Sir Charles Grey dans les Indes occidentales. Cette lettre était accompagnée des félicitations de Sir George Yonge, de Sir William Fawcett et du commandant en chef Lord Amherst.

– Enfin ! dit Édouard qui avait envie de crier tellement sa joie était grande.

Non seulement le roi ne l'avait pas oublié, mais il lui avait accordé une promotion très importante. Il réalisa qu'il devait commencer dès maintenant l'organisation de son départ. Julie, qui avait assisté à toute la scène assise dans l'escalier, ne disait pas un mot, attendant que le jeune lieutenant quitte la maison.

– Lieutenant Harris, confirmez au gouverneur général Lord Dorchester que j'ai bien reçu la lettre du roi et que je commence, dès aujourd'hui, les préparatifs de mon départ, dit Édouard.

– À vos ordres, colonel, répondit le lieutenant en faisant le salut militaire.

– À partir de maintenant, lieutenant Harris, vous m'appellerez major général, précisa Édouard avec fierté.

– À vos ordres, major général.

– Rompez.

Le jeune lieutenant ouvrit la porte et un courant d'air froid s'engouffra dans la maison. Julie et Édouard grelottèrent.

– Nous en sommes là, dit Julie.

Édouard se retourna et la vit assise en haut de l'escalier. Il monta rapidement les marches pour la retrouver, s'assit à côté d'elle, lui montra la lettre du roi et lui demanda de la lire à haute voix, ce qu'elle fit.

– Ce sont les ordres du roi. La lettre est datée du 2 octobre, vous le voyez bien, dit Édouard. Je me suis morfondu tout l'automne et ce n'est que maintenant que j'apprends les désirs du roi.

– Ce sont vos désirs aussi, n'est-ce pas ?

– Ce sont les désirs du roi avant d'être les miens.

– C'est une réponse habile, mon cher Édouard, dit Julie en souriant. Alors, dites-moi, quand partez-vous et quand dois-je partir ?

Julie savait qu'elle ne pouvait le retenir et de toute façon jamais elle ne lui aurait demandé pareil sacrifice puisque ce serait la meilleure façon de le perdre pour toujours.

– Je voudrais partir dans un mois au plus tard, et il va falloir que vous vous prépariez à quitter cette résidence en même temps que moi. Croyez-vous y parvenir ?

– Je ferai ce qu'il faut pour être prête.

– Le plus important demeure l'avenir de notre fils, dit Édouard. Je crois que notre ancien serviteur, qui est maintenant portier au Conseil exécutif, et sa femme, qui vient malheureusement de perdre un enfant, feraient de bons parents adoptifs pour William.

– Nous devrions les rencontrer dans les prochains jours, suggéra Julie, qui essayait de garder la tête froide pour ne pas hurler sa douleur d'avoir entendu les mots « parents adoptifs ».

– Je vais aller voir Robert et prendre rendez-vous avec lui et sa femme le plus vite possible.

– C'est la première fois que vous parlez d'adoption. Nous avions plutôt parlé de trouver des gens qui s'occuperaient de William pendant notre absence.

– C'est beaucoup plus compliqué que cela. Je crois que nous ne reviendrons plus jamais à Québec. Après cette guerre, j'espère ardemment que le roi nous permettra de rentrer en Angleterre. Mon exil a duré assez longtemps et je veux retourner dans mon pays. Pouvez-vous comprendre cela, ma tendre Julie ?

Julie ne comprenait plus rien. Édouard décidait tout sans lui parler et elle devait se soumettre sans dire un seul mot. Il lui demandait de comprendre son mal du pays, mais lui, ne comprenait-il pas que la France lui manquait, que sa famille lui manquait, qu'elle ne voulait pas se séparer de son enfant uniquement parce que le roi refusait d'entendre parler des bâtards des princes qui souillaient le royaume d'Angleterre ?

– Oui, répondit-elle laconiquement.

– Que ferais-je sans vous, mon amour ?

– Je me le demande également, répondit Julie avec un sourire qui cachait son désenchantement. Je sais que je vous suis indispensable, c'est ma seule consolation.

Édouard regarda Julie plus attentivement et vit une femme extrêmement belle mais fatiguée. La couleur inusitée de ses yeux qui brillaient continuellement cachait la tristesse qui s'y glissait parfois, laquelle n'était révélée que par de fines ridules au coin de ses yeux, que le moindre sourire accentuait d'une façon qu'Édouard qualifiait de charmante. Personne ne remarquait la tristesse de Julie derrière cette beauté qui fascinait tant. Édouard lui-même se demandait s'il connaissait vraiment cette femme aux yeux violets qui se tenait devant lui dans sa belle robe de chambre en velours rubis. « Peut-on aimer une femme que l'on connaît si peu ? » se demandait-il aussi.

– Vous m'avez l'air bien songeur, Édouard, dit Julie. À quoi pensez-vous ?

– À vous.

– Ce n'est pas beau de mentir, le taquina-t-elle.

– Vous ne me croyez pas, mais c'est la vérité.

Dès le 9 janvier, *La Gazette de Québec* commença à publier des témoignages, tous plus éloquents les uns que les autres, adressés au prince Édouard à la suite de l'annonce de son départ imminent. Les sentiments de surprise, de regret, de tristesse et d'incrédulité se manifestèrent chez les habitants de Québec et des alentours, et au sein de l'aristocratie canadienne tant française qu'anglaise. Tous, à l'unanimité, reconnaissaient l'affabilité, les bonnes manières, l'élégance, la générosité et le bon caractère du quatrième fils du roi d'Angleterre. Le premier témoignage à paraître fut celui de la Société des francs-maçons de la ville de Québec, qui déplorait « que votre résidence parmi nous ne peut être prolongée. S'il est compatible avec votre honneur et votre bien-être, nous nous réjouissons cordialement de vous voir revenir dans ce pays ». Dans sa réponse, le prince les remercia sincèrement, puis conclut en disant que « le principal objet de mes prières au Grand Architecte du Ciel sera toujours que chacun de vous puisse vivre dans un état de félicité et de contentement non interrompu ».

Le dimanche soir suivant, Robert Wood et sa femme Marie se présentèrent chez le prince à huit heures. Julie et Édouard les reçurent avec empressement et amabilité. John apporta du café et du thé ainsi que des gâteaux. Les invités échangèrent quelques mots avec John, pendant que celui-ci faisait le service. Très étonné de trouver l'ancien serviteur du prince et sa dame dans le grand salon, John ne posa cependant aucune question, une discrétion exemplaire étant la principale vertu d'un bon serviteur, et quitta la pièce sans se faire remarquer.

– Nous sommes très heureux, M$^{me}$ de Saint-Laurent et moi, dit Édouard, de vous accueillir chez nous et nous sommes également très heureux que vous ayez accepté notre invitation.

– Votre Altesse, j'ai discuté, comme vous me l'avez demandé, avec mon épouse Marie, commença Robert à brûle-pourpoint, n'étant pas le genre d'homme à tourner autour du pot, et nous en sommes venus à la conclusion qui s'imposait, c'est-à-dire que nous acceptons de prendre votre fils William dans notre famille et de donner un frère à notre Thomas qui a eu dix-sept mois le 10 janvier, d'en prendre soin, de l'élever dans la religion protestante qui est la mienne et de l'aimer comme s'il était de notre chair.

Julie écoutait attentivement Robert Wood, mais avait de la difficulté à croire qu'il était en train de parler de son fils William, si petit, si joliment potelé comme tous les bébés en bonne santé. Elle dévisageait la jeune mère. C'était une jolie femme de vingt ans à peine au regard doux et généreux et un peu timide. Elle écoutait son mari avec amour et admiration. Il était clair qu'ils avaient tous les deux accepté l'offre du prince comme une bénédiction du ciel à la suite de la mort de leur deuxième enfant, dont Marie avait refusé de connaître le sexe lorsque la sage-femme avait constaté le décès. La jeune mère était inconsolable depuis trois mois, s'enlisant chaque jour davantage dans la mélancolie. Robert désespérait de retrouver un jour la femme enjouée et rieuse qui l'avait tant séduit. Seule la présence du petit Thomas, qu'elle inondait de caresses, la raccrochait à la vie. Quand Robert lui avait rapporté la proposition du prince, un large sourire avait illuminé le visage de Marie, et il avait compris qu'elle revivrait.

– Robert, ce que vous me dites me touche plus que vous ne pouvez l'imaginer, dit Édouard. Je sais maintenant que notre enfant ne pouvait trouver meilleure famille.

– Je l'aime déjà, dit Marie, en fixant Julie dont le regard s'embrouillait.

– Je vous crois, dit Julie.

– Est-ce que je peux le voir ? demanda Marie.

– Venez, dit Julie en lui indiquant le grand escalier.

Julie et Marie pénétrèrent dans la chambre de l'enfant. C'était l'heure de la tétée. Amandine reconnut tout de suite Marie et les deux amies se saluèrent chaleureusement. William, les yeux grands ouverts, explorait autour de lui en continuant de se gaver du bon lait de sa nourrice.

– Il est beau, c'est un blond aux yeux bleus, dit Marie, émerveillée devant ce petit être si vulnérable.

– C'est le portrait de son père, déclara Julie.

– Est-ce que je peux l'embrasser ? demanda-t-elle à Amandine.

– Je finis de l'allaiter dans quelques minutes. Après, tu pourras le prendre et l'embrasser comme tu veux. C'est un bébé qui adore se faire embrasser et je ne me gêne pas pour le soûler de baisers pour le faire rire, dit Amandine, heureuse que ce soit son amie Marie qui adopte l'enfant du prince parce qu'elle pourrait le voir aussi souvent qu'elle le désirerait.

En voyant la complicité qui unissait les deux amies, Julie se sentit rassurée. Elle savait que son enfant serait aimé et cajolé, mais elle ne pouvait réprimer le sentiment de déchirement qui la tenaillait au fond de son ventre. L'amour qu'elle éprouvait pour Édouard était sérieusement entaché. Elle savait que leur relation prenait une route périlleuse et ignorait si leur amour survivrait à l'absence de William. Elle avait trente-trois ans et ses chances d'avoir d'autres enfants s'amenuisaient de mois en mois. De plus, elle se demandait si elle pourrait endurer une autre fois cette grande douleur de la séparation, insupportable pour une mère. William, dans les bras de Marie, gazouillait en souriant, et la jeune femme était sous le charme de ce gros bébé qui sentait si délicieusement bon et qui lançait ses petits bras et ses petites jambes dans toutes les directions. Cet enfant respirait le bonheur. Julie eut l'impression que William avait complètement oublié qui était sa vraie mère. Elle réalisait qu'Amandine était une mère de substitution hautement appréciée par son enfant et elle comprenait, maintenant, pourquoi Catherine de Salaberry allaitait ses enfants et refusait, malgré l'insistance de Louis-Antoine, qu'une nourrice franchisse les portes de sa maison. Son amie ne lui avait jamais parlé de la relation privilégiée et unique que l'allaitement établit entre la mère et son enfant. Il était trop tard, aujourd'hui. Son enfant ne lui appartenait plus.

Robert et Édouard discutaient des papiers qu'il leur faudrait signer devant le notaire Joseph Papineau et de la rente annuelle qu'Édouard verserait au couple Wood. Julie et Marie vinrent les rejoindre et Julie informa Édouard que Marie viendrait chercher l'enfant dans deux jours ; elle lui dit aussi que le berceau et les vêtements de l'enfant seraient déménagés le jour même.

– Naturellement, dit Édouard. Je n'en ai pas parlé parce que je croyais que la question ne se posait pas. Enfin, tout me semble clair. Désirez-vous aborder d'autres sujets, toujours concernant l'enfant, cela va de soi ?

– J'aimerais savoir si cette adoption est permanente ou temporaire, demanda Marie, qui ne tolérerait pas d'entendre une autre réponse que celle qui lui convenait.

– Eh bien ! je…, commença Julie.

– Permanente, trancha Édouard, même si ce mot déchirait le cœur de Julie.

Julie ne retint plus ses larmes, qui se mirent à couler sur ses joues. D'une certaine façon, elles rassurèrent Marie, qui ne pouvait comprendre pourquoi M$^{me}$ de Saint-Laurent acceptait de se séparer de son enfant ; ses pleurs semblaient indiquer qu'elle ne le faisait pas de gaieté de cœur.

Quand Julie informa Séverine qu'elles quitteraient Québec à la fin du mois, la jeune femme de chambre eut l'impression de recevoir une douche froide. Ce départ inattendu l'empêcha de dormir cette nuit-là. Elle tourna et se retourna dans son lit, pensant à Jérôme et à son avenir.

Aux petites heures du matin, elle en vint à la conclusion qu'elle ne pouvait quitter Québec avec sa maîtresse. Mais comment lui annoncer qu'elle l'abandonnait, elle qui avait été si bonne pour elle ? Aussitôt qu'elle entendit M. Beaunoir s'affairer dans la cuisine, Séverine courut le rejoindre.

– Tu es bien matinale ! Il n'est que six heures, dit Hubert Beaunoir, qui faisait chauffer l'eau.

– $M^{me}$ de Saint-Laurent m'a parlé hier soir et je crois que je vais lui faire de la peine, lui confia Séverine.

– Elle m'a parlé à moi aussi. Le prince et $M^{me}$ de Saint-Laurent quitteront Québec à la fin du mois. Partir en plein hiver, quelle calamité !

– Je ne vais pas partir avec elle. Je ne veux pas partir et m'éloigner de Jérôme.

– Il n'est jamais facile de prendre des décisions, surtout lorsque l'on sait que des gens en souffriront.

– $M^{me}$ de Saint-Laurent a été si bonne pour moi…

– Je suis certain que madame, quelle que soit la décision que tu prendras, ne t'en tiendra pas rigueur. Elle sait que tu es amoureuse et elle est très heureuse pour toi, alors comment exigerait-elle un sacrifice pareil de ta part ? C'est une femme trop sensible pour ne pas tenir compte de ton bonheur avec le jeune docteur Véroneau.

– Souhaitons que vous ayez raison, monsieur Beaunoir. Ça m'enlèverait une épine du pied.

– Que comptes-tu faire ici, à Québec, toute seule, lorsque $M^{me}$ de Saint-Laurent sera partie ?

– Je vais tout vous expliquer, commença Séverine, parce que ça fait très longtemps que j'y pense. J'ai un rêve très cher et je crois que le moment est arrivé de commencer à le réaliser. J'ai une petite somme d'argent, rien de bien important, mais c'est à moi, j'ai économisé sur mes gages et les cadeaux que $M^{me}$ de Saint-Laurent m'a généreusement offerts. Je vais louer une petite chambre et je vais offrir mes services de couturière aux dames riches de Québec. Lorsque j'aurai assez d'argent, je louerai un grand local et j'ouvrirai ma propre maison de couture comme $M^{lle}$ Bertin à Paris. Je formerai des jeunes couturières qui m'aideront à confectionner des robes à la dernière mode de Paris, parce que je sais dessiner des modèles. J'ai même pensé au nom de ma maison de couture : Séverine Boucher, marchande de modes. Qu'en dites-vous, monsieur Beaunoir ?

– J'en dis que je n'ai jamais entendu quelque chose d'aussi beau.

– Soyez sérieux, monsieur Beaunoir. Je veux tellement que Jérôme soit fier de moi et qu'il ne regrette pas de m'avoir choisie pour future épouse.

– Je suis très sérieux. Je t'écoutais et je réfléchissais en même temps, et j'en suis venu à la conclusion que tu es une vraie bénédiction du bon Dieu, ma chère enfant.

– De quoi parlez-vous ? demanda Séverine.

– C'est très simple, ma vie est entre tes mains.

– Je ne comprends plus rien, dit Séverine, complètement désarçonnée.

– J'aurai soixante ans le mois prochain et je suis trop vieux pour continuer à faire le chef dans les grandes maisons, alors j'ai pensé à me retirer à la campagne, mais je m'y ennuierais pendant l'hiver. Voici ce que je te propose, et dis-toi que rien ne t'oblige à accepter. Si tu refuses, nous resterons quand même amis, je te le jure.

– Vous m'intriguez.

– Voilà, dit Hubert Beaunoir, très excité parce que son avenir était en train de se jouer. J'ai beaucoup plus d'argent que toi et c'est normal parce que je suis plus vieux, j'ai travaillé toute ma vie et je n'ai ni femme ni enfants. Alors, que dirais-tu si j'achetais une maison dans la haute ville ? J'en ai vu une à vendre juste à côté du chapelier William Hall, dans la rue Saint-Jean. Nous occuperions l'étage, y vivant comme un père et sa fille, mais le rez-de-chaussée serait réservé à ta maison de couture. Tu pourrais recevoir les dames de l'aristocratie pour les essayages dans une pièce, tes couturières dans une autre, et ainsi de suite. Tu n'aurais pas à attendre des années pour réaliser ton rêve et tu permettrais à un vieux bougon comme moi de se sentir utile. Je ferais la cuisine tous les soirs et je pourrais même donner un coup de main à mon ami Charles René Langlois, le traiteur, qui me demande chaque fois que je le vois si je veux m'associer avec lui. Tu n'es pas obligée de me donner une réponse tout de suite. Tu peux y réfléchir et m'en reparler dans quelques jours, je ne suis pas pressé.

– Monsieur Beaunoir, monsieur Beaunoir ! dit Séverine, qui se mit à pleurer comme la chute de Montmorency.

– Qu'y a-t-il ? Qu'est-ce que j'ai dit ? Parle, ma petite Séverine, je ne voulais pas te faire pleurer.

– Oui, oui ! répétait Séverine à travers ses larmes, en hochant la tête.

– Tu acceptes, alors ?

– Oui ! cria-t-elle en le prenant dans ses bras. Vous êtes l'homme le plus merveilleux que je connaisse.

— Je suis le deuxième homme le plus merveilleux que tu connaisses... après Jérôme.
— Après Jérôme, naturellement.

Séverine et Hubert se mirent à rire, malgré le profond chagrin que le départ de M^me de Saint-Laurent leur causait. Une nouvelle vie commençait pour eux.
— J'ai une faim de loup, dit Séverine.
— Je suis là pour ça, dit Hubert Beaunoir.

Édouard se préparait à partir avec un entrain peu commun. Julie acceptait mal cet enthousiasme, qui la mettait mal à l'aise. Elle se demandait pourquoi il était si heureux d'aller à la guerre. Le nouveau major général choisit trois aides de camp parmi les plus fidèles et les plus solides des fusiliers royaux, les capitaines Frederick Wetherall, John Vesey et George Smyth, ainsi que le lieutenant George Fisher de l'artillerie royale. Il était heureux parce qu'il allait passer par les États-Unis, lui qui n'y avait jamais mis les pieds, toute tentative d'obtenir du roi la permission d'y effectuer une visite, même non officielle, ayant été infructueuse. Maintenant qu'il connaissait son itinéraire définitif, il écrivit à son frère, le prince de Galles, et lui précisa qu'il partirait de Boston, ajoutant qu'il se mettrait en route dès que les chemins seraient carrossables.

Une autre adresse envoyée au prince le 18 janvier et signée par cent quatre-vingts habitants de la ville de Québec le toucha profondément, ce qu'il exprima dans sa réponse.

> *Rien ne m'est plus flatteur que d'apprendre de vous que ma conduite pendant le séjour que j'ai fait dans cette Province m'a gagné votre amitié en gagnant votre approbation ; croyez que je marche de grand cœur au poste que m'a assigné le Roi mon père, et que je ne partirai pas de Québec sans sentir de vifs regrets et sans emporter un souvenir des marques d'amitié et de considération que j'y ai éprouvées.*

Son départ était prévu pour la dernière semaine de janvier, les jours couraient et les invitations s'accumulaient de la part de ses officiers, que le commandant des fusiliers royaux tenait à tout prix à saluer avant de quitter définitivement la ville de Québec. Un soir, il était attendu à sept heures chez le capitaine George Glasgow de l'artillerie royale, qui habitait avec sa maîtresse, Magdeleine Green. Édouard arriva un peu en retard. Lorsque le serviteur l'introduisit dans le salon, les autres invités, verre de vin de Bordeaux à la main, bavardaient de choses et d'autres. Édouard fit le tour pour les saluer et remarqua aussitôt la sœur de M$^{me}$ Green, la blonde Éliza, resplendissante de beauté dans une robe en taffetas bleu clair, qui l'observait avec un sourire au coin des lèvres. Il s'entretint une quinzaine de minutes avec M$^{me}$ Green et le capitaine Glasgow, puis, prétextant ne pas avoir encore rencontré tous les invités, s'éloigna et se rendit auprès de la belle Éliza, qui se laissait conter fleurette par les jeunes officiers de l'artillerie. En le voyant, la jolie demoiselle se désintéressa des hommes qui l'entouraient pour ne s'occuper que du prince, qui s'enorgueillit d'être l'heureux élu.

– Je vois que vous êtes venu seul, Votre Altesse, dit Éliza pendant que les autres officiers se dispersaient.

– Vous aussi, mademoiselle Green.

– Vous pouvez m'appeler Éliza, Votre Altesse.

– C'est un joli prénom, Éliza.

– Il y a tellement de monde ici que la chaleur devient insupportable, ne trouvez-vous pas ? constata la jeune femme, qui tentait sans succès de se rafraîchir avec son éventail.

– Y aurait-il un autre endroit où nous pourrions être plus à l'aise pour parler ? s'informa le prince.

– Il y a au fond du corridor un petit salon où il fera certainement moins chaud.

Le couple s'éclipsa sans se préoccuper des invités, qui dansaient ou discutaient.

– Vous avez raison, il fait moins chaud ici, confirma Édouard.

– Et en plus, nous sommes seuls, chuchota Éliza.

– Vous vouliez être seule avec moi, chère Éliza ? demanda le prince à la jeune fille, qui se faisait câline.

– Ne le vouliez-vous pas aussi, beau prince ? demanda-t-elle à son tour en le fixant de ses yeux noirs ensorceleurs, qui bouleversaient Édouard.

– Depuis que je vous ai rencontrée au château Saint-Louis, il y a plus d'un an maintenant, dit Édouard, qui essayait de cacher son trouble, je m'en veux de vous avoir mal jugée.

– Je me souviens que vous m'avez traitée de petite écervelée. Le pensez-vous toujours ? demanda-t-elle en glissant sa main sur son bras.

– Je vous demande de m'excuser. Me pardonnerez-vous un jour ?

– Je ne sais pas si vous le méritez, Votre Altesse.

– Que dois-je faire alors pour vous plaire ?

– Un baiser, lui souffla-t-elle dans le cou, pourrait réparer bien des malentendus.

– Après, vous me jurez que nous serons amis ?

– Il n'en tient qu'à vous.

Édouard emprisonna la belle et aguichante Éliza dans ses bras et l'embrassa avidement.

– Je peux vous offrir beaucoup plus, Votre Altesse, susurra-t-elle à l'oreille du prince, convaincue que son offre ne serait pas déclinée.

– Que voulez-vous dire ? s'enquit Édouard, qui avait très bien deviné le sens de cette invitation.

– Je vous attends chez moi demain après-midi.

– Je ne sais pas si je pourrai me libérer, belle Éliza.

– Je vous attends à deux heures, lança-t-elle, quittant le petit salon en se dandinant de plaisir.

Édouard rentra tard. Julie dormait déjà. Lorsqu'il s'étendit à côté d'elle, elle se retourna et se réfugia au creux de son épaule. Une odeur de parfum nouveau la réveilla complètement. Elle ne bougea pas. Son cœur battait la chamade. Elle entendit les ronflements d'Édouard et retourna dans sa position initiale. Elle ne retrouva pas le sommeil, Édouard ronflant trop fort. Elle essayait de ne pas imaginer le pire, mais ses pensées la conduisaient dans les chemins les plus tortueux.

À son réveil, Édouard chercha Julie à ses côtés, mais ne trouva qu'une place vide et froide. Il l'aperçut debout près de la fenêtre, son épaisse chevelure noire libre dans son dos. Le regard perdu fixé sur la vitre, stoïque, elle faisait le tour de sa vie.

– Vous me semblez bien lointaine, mon amour, dit Édouard, inquiet.

Julie sursauta. Elle ignorait depuis combien de temps elle était là, absorbée dans ses pensées.

– C'est à cause d'une odeur de parfum, lui dit-elle, sarcastique, en revenant vers lui.

– Vous me rassurez, mon amour. Je croyais que c'était à cause de moi, dit Édouard en s'étirant les bras et en bâillant. Ce matin, je rencontre Lord Dorchester et cet après-midi je réunis mes aides de camp. Je ne sais pas à quelle heure je rentrerai.

Julie ne le crut pas. Comme elle avait froid, elle plaça une nouvelle bûche dans la cheminée. Édouard vint derrière elle et la prit dans ses bras. Sous la chaleur de l'édredon, l'odeur de parfum s'était amplifiée. Édouard caressait ses seins en l'embrassant dans le cou. Julie le repoussa, prétextant une faim de loup, et sortit de la pièce en se disant que c'était la première fois qu'elle se refusait à Édouard.

Charles Jouve travaillait plus que jamais. La déception et le désenchantement l'accablaient depuis qu'il avait appris que la fanfare du régiment ne donnerait plus de concerts pendant un certain temps. L'orchestre était momentanément dissous en raison de la guerre qui sévissait dans les Indes occidentales, où plusieurs officiers musiciens devaient accompagner le prince Édouard. M$^{me}$ de Saint-Laurent quittait également Québec pour l'Angleterre, où elle attendrait le retour du prince. Elle lui avait annoncé cette horrible nouvelle la semaine précédente à l'occasion de ce qui avait été son dernier cours. Cela l'avait anéanti. Il ne savait pas quelle décision prendre. Devait-il rester à Québec et donner des cours, ou retourner en France et essayer de redémarrer une carrière ? Il en était là dans ses réflexions lorsque quelqu'un frappa à la porte. Il ne voulait pas répondre parce qu'il ne voulait voir personne. Plus rien ne l'intéressait

– Qui est là ? cria-t-il néanmoins.

N'entendant aucune réponse, il cria de nouveau ; toujours aucune réponse. Contrarié, il courut jusqu'à la porte pour dire deux mots à la personne qui dérangeait les gens sans raison en plein après-midi et qui de plus refusait de se nommer. Charles Jouve ouvrit la porte brusquement et s'apprêtait à semoncer vertement celui qui ne le laissait pas travailler en paix, quand il reconnut la personne debout devant lui, les joues rougies par le froid glacial de janvier. Sa colère tomba. Il la regardait sans pouvoir prononcer un seul mot. Au bout d'un certain temps, Julie, frigorifiée, demanda d'une voix tremblotante :

– Puis-je entrer, monsieur Jouve ?

Charles Jouve revint à lui et s'excusa de son manque de savoir-vivre.

– Veuillez me pardonner, madame de Saint-Laurent, j'étais loin de me douter que vous me feriez l'honneur de me rendre visite avant votre départ, s'excusa Charles Jouve. Voilà l'objet de ma surprise.

– Qu'une élève vienne faire ses adieux à son professeur qu'elle a tant apprécié avant qu'elle quitte le pays pour toujours ne devrait pas vous surprendre. La raison est suffisante et surtout normale, ne trouvez-vous pas ? demanda Julie, qui retirait sa cape de velours noir doublée de fourrure.

– Je l'apprécie, n'en doutez pas. Votre visite me touche à un point tel que je la convertirai en musique. Vous êtes ma muse et vous deviendrez musique.

– Vous me manquerez, Charles Jouve. Vous me manquerez plus que vous ne pouvez l'imaginer, avoua Julie. Il me sera difficile de trouver un professeur avec un talent aussi vif.

– Ce que je ne peux imaginer, c'est que je ne vous reverrai plus jamais. Sans vous, la ville de Québec ne sera que tristesse et obscurité. Vous étiez ma lumière. Seulement le fait de savoir que vous étiez là éclairait ma vie et ma musique, lui confia le musicien en s'assoyant à côté de Julie.

– Je ne mérite pas vos belles paroles, mais je les entends avec joie, dit Julie en déposant sa main sur celle de Charles.

– Restez, Julie de Saint-Laurent, restez avec moi, lança-t-il en se levant abruptement. Nous ferons de la musique ensemble et je vous montrerai la composition.

– Je ne peux pas, vous le savez bien, protesta Julie en se levant à son tour.

– Vous avez mis votre robe de velours noir, remarqua le musicien d'un air attendri, une robe pour les grands soirs, sauf que vous ne portez aucun bijou. Vous avez mis votre belle robe noire pour me plaire, n'est-ce pas ?

– C'est ma robe préférée, lui confia-t-elle. Je ne la porte que pour les grandes occasions.

– Et vous considérez que venir me faire vos adieux, c'est une grande occasion ? chuchota Charles Jouve en s'approchant de Julie, qui ne le repoussa pas lorsqu'il la prit dans ses bras.

– C'est la dernière grande occasion, affirma Julie en levant la tête.

Elle lui offrit ses lèvres et il s'empara de sa bouche, l'embrassant jusqu'à ce qu'il soupçonne qu'elle s'abandonnait entièrement. Il attendit alors que la moindre résistance de son corps s'estompe et la porta jusqu'à son lit. Il mit tout son temps à la déshabiller. Il ne voulait rien brusquer parce que cette première fois serait également la dernière. Il se gavait de sa beauté, de ses cuisses longues, de ses mollets fermes, de ses chevilles fines, de son ventre rond, de sa taille mince, de ses seins voluptueux et accueillants, de son cou élégant. Les mains de Charles, comme des aimants, la caressaient en essayant d'imprimer dans sa mémoire le moindre petit recoin du corps magnifique de cette femme qu'il aimait et espérait depuis si longtemps. Ce qu'il découvrait l'enchanta. Pendant qu'il se déshabillait à son tour, Julie ne le quittait pas des yeux. Il s'étendit à côté d'elle, la serra très fort dans ses bras et l'embrassa fougueusement.

– Je vous aime, Julie, lui susurra-t-il à l'oreille pendant qu'il se soûlait de ses gémissements.

– Charles, murmura Julie dans un cri langoureux qu'elle essaya d'étouffer.

Les deux amants imploraient le jour de retarder sa tombée. Conscients de leur désir non assouvi, ils se dévorèrent des yeux et firent l'amour de nouveau.

– Je ne pourrai jamais vous laisser partir, mon amour, dit Charles.
– Ne dites rien, dit Julie. Je vous en supplie, ne gâchez pas tout.
– Vous partez quand ?
– Dans quelques jours.

Charles la retint dans ses bras. Aucun mot ne fut ajouté. Seul leur souffle scandait le silence de la chambre. Julie s'endormit et Charles la serra contre lui pour l'entourer de toute sa chaleur. Une heure plus tard, elle se réveilla. Elle était bien dans les bras du musicien. Elle entendait déjà la sensualité que le violoncelle dégagerait au souvenir de leur union.

– Charles, vous me manquerez. Si Édouard n'était pas dans ma vie, je crois que je deviendrais amoureuse de vous.

– Mais il est dans votre vie et, pourtant, vous êtes dans mes bras.

– Ne dites plus rien, Charles, plus rien, dit Julie en déposant son index sur les lèvres de son professeur. Je dois partir maintenant, ajouta-t-elle pendant qu'il la serrait plus fort. Ne rendez pas notre séparation plus difficile, je vous en supplie.

Charles relâcha son étreinte, Julie se leva, se rhabilla et insista pour qu'il ne la reconduise pas jusqu'à la porte. Il protesta, elle insista de nouveau, et il se conforma à son désir. Avant de refermer la porte de la chambre, Julie échangea un long regard avec Charles Jouve, puis elle sortit de la maison comme elle sortit de sa vie.

La rencontre avec Lord Dorchester fut longue. Le nouveau gouverneur général avait tout mis en œuvre pour faciliter le départ du prince vers la Martinique, modifiant l'itinéraire initialement prévu. Au début, Édouard devait se rendre à Halifax pour prendre le bateau qui l'emmènerait dans les Indes occidentales, mais Lord Dorchester avait préféré, en raison des routes quasi impraticables en hiver, le diriger vers Portsmouth, dans le New Hampshire, et ensuite vers Boston, pour y attendre le navire qui partirait de Halifax. Au cours du déjeuner réunissant Lord Dorchester, le général Clarke, le prince et ses aides de camp, le départ fut fixé au 22 janvier. Une certaine fébrilité régnait dans la salle à manger du château Saint-Louis. Tout était prêt, il ne restait plus qu'à partir et à gagner la guerre contre les Français. Plusieurs toasts furent portés au roi, au prince, à Québec et à la prochaine victoire des Britanniques dans les îles occidentales.

Les heures s'écoulèrent et Édouard oublia complètement la jolie Éliza Greene, qui se morfondait dans la maison de son vieil amant William Goodall, décédé depuis six mois. À quatre heures, après un copieux repas qui s'était éternisé, Édouard rentra rue Saint-Louis. Il voulait être seul avec Julie et lui parler de la séparation imminente que la guerre allait leur imposer, des prochains mois pendant lesquels ils devraient faire preuve de beaucoup de courage pour que leur amour survive à l'absence. Il chercha Julie dans toute la maison. John lui apprit qu'elle était sortie au début de l'après-midi et n'était pas encore rentrée ; il ignorait où elle était allée, et non, elle n'avait pas demandé à être emmenée en carriole. Édouard était inquiet. Il retira son uniforme et mit des vêtements plus confortables, puis s'installa à son bureau et commença à écrire au roi. Son écriture était illisible ; il déchira la feuille de papier et recommença. À six heures trente, il entendit une porte s'ouvrir.

John s'était précipité pour aider Julie à enlever sa cape de fourrure et ses chaussures de neige.

– Son Altesse vous attend dans le salon, madame.

– Merci, John.

– Vous voilà enfin, Julie, dit Édouard. Où étiez-vous donc passée ? J'étais inquiet.

– Calmez-vous, mon ami, je ne me suis pas envolée, tout de même. J'étais chez mon professeur, Charles Jouve.

– Vous m'aviez dit que votre dernier cours avait eu lieu mardi dernier.

– Une envie soudaine de jouer du violoncelle avec mon professeur. Et même si je le dérangeais, il m'a accordé quelques heures de son précieux temps. Je ne me suis pas rendu compte qu'il était si tard et je ne croyais pas que vous rentreriez si tôt.

– Votre professeur vous manquera, n'est-ce pas ?

– C'est la musique surtout qui me manquera.

– Nous trouverons un autre professeur là où nous irons.

– Où irons-nous après la guerre ?

– Je n'en sais encore rien, mais je ferai tout ce que je pourrai pour que le roi me rapatrie en Angleterre.

— Je souhaite rester en Europe quand la guerre sera terminée car, si je revenais à Québec, je m'expliquerais assez mal l'abandon de mon fils.

— Nous ne l'avons pas abandonné, nous l'avons mis à l'abri.

— À l'abri de quoi ? voulut savoir Julie, dont les yeux s'embrouillaient.

— D'une vie de misère que sa situation de bâtard du prince Édouard lui conférerait.

— Il me manque et je ne connais pas de pire vie de misère pour un enfant que d'être séparé de sa mère.

— Il me manque aussi.

— Ses rires me manquent, ses pleurs aussi, même s'il ne pleurait pas souvent. J'aimais respirer son odeur de lavande, j'aimais le regarder dormir ; il souriait parfois dans son sommeil. Il avait vos yeux et votre blondeur…

— Et il avait votre nez et votre bouche.

— Pourquoi avons-nous fait une chose pareille ?

— Je ne veux pas débattre à nouveau de cette question, Julie, dit Édouard d'un ton calme, sentant la vulnérabilité de sa compagne. Nous ne ferions que nous déchirer et nous nous dirions des paroles que nous regretterions.

— Nous allons être séparés pendant de si longs mois. Vous avez raison, les reproches ne feraient qu'envenimer nos souvenirs.

— Je vous aime, Julie. M'aimez-vous encore ?

— Oui, je vous aime.

La nuit fut belle. Julie et Édouard s'endormirent paisiblement après l'amour et se réveillèrent à huit heures le lendemain matin, le sourire aux lèvres. Séverine aida Julie à s'habiller et à se coiffer.

— J'ai beaucoup réfléchi à ce que vous m'avez dit, M. Beaunoir et toi, et je voudrais que tu saches que je suis très heureuse pour vous deux.

— Merci, madame.

— J'ai toujours été satisfaite de tes services, tu le sais, et même si j'aurai de la difficulté à m'habituer à une autre femme de chambre, sois assurée que je ne t'en veux pas.

— Vous me rassurez tellement, dit Séverine. J'avais si peur que vous soyez fâchée contre moi.

— Non seulement je ne suis pas fâchée, dit Julie en lui offrant une jolie aumônière contenant une somme impressionnante, mais je voudrais que tu acceptes ce petit cadeau pour t'aider à établir ta maison de couture.

Dans l'aumônière, il y avait cinquante livres. Séverine ne savait que dire, ne pouvant que pleurer devant tant de gentillesse et de bonté de la part de sa maîtresse.

– Madame, dit enfin Séverine, incrédule, c'est beaucoup trop. Je ne mérite pas tout cet argent.

– Au contraire, je sais que tu le mérites, affirma Julie. Prends cet argent sans honte, il te revient et te sera nécessaire.

– Je ne sais pas ce que je serais devenue si je ne vous avais jamais rencontrée, madame, avoua candidement Séverine.

– Pense plutôt à ton avenir avec Jérôme et avec M. Beaunoir. Tu ne seras plus jamais seule, Séverine. Hubert Beaunoir sera ton gardien. Il ne peut t'arriver que de bonnes choses désormais.

– Il est vrai qu'avec M. Beaunoir je ne m'ennuierai jamais.

Les deux femmes éclatèrent de rire. Elles réalisaient qu'elles ne se reverraient plus jamais, mais elles ne se quittaient pas la mort dans l'âme, plutôt avec le souvenir d'une rencontre marquante dans leur vie.

Julie et Édouard arrivèrent à cinq heures chez les Salaberry. Ils quitteraient Québec tôt le lendemain matin et Catherine et Louis-Antoine avaient insisté pour que leurs amis viennent à Beauport passer leur dernière soirée en famille. L'émotion était à fleur de peau. Catherine et Julie acceptaient difficilement de ne plus jamais se revoir.

– Les guerres causent toujours beaucoup de ravages, dit Catherine.

– Il y a des séparations que nous ne voulons pas et qui arrivent quand même, constata Julie.

– Nous nous écrirons. Cela, personne ne peut nous l'interdire.

– Aussitôt que je serai en Angleterre, je vous enverrai une lettre, promit Julie.

– Je l'attends déjà.

Édouard expliquait à Louis-Antoine les changements apportés à son itinéraire.

– Vous resterez combien de jours à Boston ?

– C'est difficile à dire, puisque je ne sais pas exactement quand le navire en partance de Halifax accostera à Boston. Lord Dorchester a demandé l'aide du gouverneur Wentworth, qui s'est débrouillé pour que le bateau quitte Halifax le 8 février. Alors, si l'on compte bien, une semaine, au plus une semaine et demie, si le temps n'est pas trop désagréable, et la frégate sera à Boston.

— Ensuite, les Indes occidentales, dit Louis-Antoine. Dire que vous redoutiez de ne jamais faire la guerre, mon ami. Ça y est. Dans moins de deux mois, vous serez au cœur de l'action.

— Je ne vous cacherai pas qu'après cette guerre je compte rejoindre Julie à Londres.

— Qu'est-ce qui vous en empêcherait ? demanda Louis-Antoine, curieux.

— Que le roi m'envoie des ordres très précis quant à une prochaine destination, comme retourner à Gibraltar.

— Attendez que la guerre soit terminée avant de faire des spéculations, l'encouragea Louis-Antoine.

— J'ai entendu dire que le président de la Chambre avait eu une promotion.

— On vous a bien renseigné puisque Jean-Antoine Panet a été nommé juge de la Cour des plaidoyers communs par le gouverneur général, confirma Louis-Antoine.

— Qui sera le nouvel orateur ?

— Le nom de Chartier de Lotbinière circule, et je crois qu'il ferait un bon travail.

— Il représente quel comté ?

— York. Il est parfaitement bilingue. vous savez.

— Que pensez-vous de ce nouveau ministre à Philadelphie qui appelle les Canadiens à se libérer de la domination anglaise dans des textes qui ont été distribués dans le Bas-Canada au cours des derniers mois ?

— Un certain Genêt, dit Louis-Antoine. Beaucoup de Canadiens sont sensibles à de tels propos révolutionnaires et à la cause française, mais M$^{gr}$ Hubert a fait distribuer une lettre circulaire dans les paroisses du diocèse incitant les Canadiens à rester fidèles à leur roi, Sa Majesté George III.

— Je crois que ce n'est qu'une question de temps avant que les habitants du Bas-Canada se soumettent à leur souverain et abandonnent toute velléité de révolte. Qu'en pensez-vous, Louis-Antoine ?

— Ce n'est pas demain la veille que les agitateurs se calmeront. Il nous faudra toujours être prudents, dit Louis-Antoine.

— C'est ce que prône le gouverneur général. La prudence est de rigueur dans cette province, où une meilleure organisation de la milice assurera la sûreté du Bas-Canada. N'est-ce pas ce que Lord Dorchester a dit dans sa proclamation du 26 novembre dernier ?

— Le débat sur la question de la milice est continuellement remis à plus tard. En ce moment, nous devons voter pour choisir un autre président d'Assemblée, et nous parlons d'abaisser le quorum encore une fois. Toutefois, un comité a été formé pour débattre du projet de loi sur la milice et un rapport sera soumis à la Chambre dans quelques semaines. Et il y a tous les petits problèmes domestiques auxquels nous faisons face, comme trouver l'argent pour payer le bois de chauffage du palais épiscopal et payer les salaires du messager et des portiers. C'est un drôle de travail que celui de député, conclut Louis-Antoine en riant, aussitôt imité par son ami.

La soirée se déroula agréablement, mais elle se termina vers les neuf heures parce que Julie et Édouard partaient tôt le lendemain, pour entreprendre chacun de leur côté un voyage de plusieurs semaines. Catherine, Julie, Louis-Antoine et Édouard ne prolongèrent pas indûment les adieux pour éviter les épanchements de tendresse, qui provoquent souvent des pleurs inutiles et accentuent la tristesse des départs. Ils se promirent de s'écrire souvent. Quand Julie et Édouard s'installèrent dans leur carriole et que celle-ci s'éloigna lentement du manoir des Salaberry, les quatre amis continuèrent de se saluer par de grands gestes de la main comme s'ils avaient voulu prolonger leur dernière soirée.

Quand John accueillit M$^{me}$ de Saint-Laurent et le prince, Séverine, M. Beaunoir et Philip Beck les attendaient avec fébrilité dans la pièce de repos attenante à la cuisine. Six flûtes en cristal attendaient sur un plateau et deux bouteilles de champagne reposaient dans des seaux à glace. Séverine distribua les coupes ; Hubert Beaunoir fit sauter le bouchon d'une première bouteille et versa le pétillant liquide. Ensuite, il prit la parole :

– Madame de Saint-Laurent, Votre Altesse, Séverine et moi désirons vous rendre hommage et vous confier la tristesse que votre départ de Québec nous cause. Vous nous manquerez profondément. Je voudrais porter un toast à M$^{me}$ de Saint-Laurent et à Son Altesse Royale le prince Édouard. Vous servir pendant plus de deux ans et demi fut un honneur et une grande joie. Nous ne vous oublierons jamais. Nous levons notre verre à votre santé, à votre bonheur et à votre réussite. Longue vie à tous les deux !

Tous choquèrent leur verre à la santé de Julie et d'Édouard, puis le prince prit la parole à son tour :

– Mes chers amis, croyez que cette surprise nous touche sincèrement, M$^{me}$ de Saint-Laurent et moi. Merci de vos bons vœux et de votre dévouement que nous avons apprécié chaque jour de notre séjour à Québec. Vos noms resteront à jamais gravés dans nos cœurs. À votre santé, mes amis !

– Je voudrais aussi porter un toast à nos amis John et Philip, qui nous quitteront eux aussi, demain matin. Ce fut un réel plaisir de vous connaître. À votre santé, chers amis, lança Hubert Beaunoir.

Les deux bouteilles de champagne que M. Beaunoir avait trouvées chez son ami René Charles Langlois se vidèrent rapidement. Tous se remémorèrent des souvenirs accumulés au cours des deux dernières années. Édouard ne manqua pas de flatter le chef Beaunoir en lui avouant que ses crêpes au sirop d'érable et à la crème fraîche lui manqueraient plus que tout, ce qui déclencha une explosion de rires, renforcés par deux autres bouteilles du merveilleux champagne que le traiteur Langlois avait offert à Hubert Beaunoir lorsque ce dernier lui avait exposé ses projets d'avenir et son intention de l'aider dans son commerce.

Il était minuit passé lorsque le calme se rétablit dans la demeure de la rue Saint-Louis. Julie et Édouard, que le champagne avait émoustillés, tardaient à se mettre au lit. Ils réalisaient que cette nuit froide de janvier marquait la fin d'une époque heureuse et insouciante. Même s'ils appréhendaient les longs mois de séparation qui s'annonçaient, jamais ils ne mirent en doute le profond sentiment qui les unissait depuis bientôt quatre ans. Cette nuit-là, ils firent l'amour désespérément comme s'ils avaient voulu graver dans leur esprit et dans leur corps l'emblème de leur amour éternel.

# Bibliographie

ALLAIRE, Jean-Baptiste-Arthur, *Dictionnaire biographique du clergé canadien-français*, vol. 1, Imprimerie de l'École catholique des sourds-muets, Montréal, 1910.

ANDERSON, William James, *Two Chapters in the Life of F. M., H. R. H. Edward, Duke of Kent*, Hunter, Rose & Company, Ottawa, 1869.

ASPINALL, Arthur, *The Later Correspondence of George III*, vol. 1, Cambridge University Press, 1962.

———, *The Correspondence of George Prince of Wales 1770-1812*, vol. ll, 1789-1794, Cassell, Londres, 1964.

ASSINIWI, Bernard, *La Médecine des Indiens d'Amérique*, Guérin, Montréal, 1988.

AUBERT DE GASPÉ, Philippe, *Mémoires*, G. E. Desbarats, Ottawa, 1866.

BIBAUD, Jeune, *Dictionnaire historique des hommes illustres du Canada et de l'Amérique*, s.n., Montréal, 1857.

BOIS, Louis-Édouard, *Le Juge A. Mabane (étude historique)*, Imprimerie d'Augustin Côté & cie, Québec, 1881.

BOIS, Louis-Édouard, *L'Île d'Orléans*, Imprimerie générale Augustin Côté & cie, Québec, 1895.

DANIEL, François, *Précis historique ou Abrégé de l'histoire du Canada sur les principaux personnages du pays*, Eusèbe Senécal, imprimeur-éditeur, Montréal, 1867.

DELPIERRE, Madeleine, *Se vêtir au XVIII$^e$ siècle*, Adam Biro, Paris, 1996.

DROLET, Gustave-Adolphe, *Zouviana : étape de trente ans, 1868-1898 : lettres de Rome, souvenirs de voyages, études, etc.*, 2$^e$ édition augmentée de nouvelles et d'extraits des cahiers de M. René Boileau, de Chambly. Eusèbe Sénécal & cie, imprimeurs-éditeurs, Montréal, 1898.

DUFÈVRE, B., *Cinq femmes et nous*, Bélisle, Québec, 1950.

FULFORD, Roger, *Royal Dukes*, Collins, Londres, 1973.

GAGNON, Ernest, *Le Fort et le château Saint-Louis (Québec): étude archéologique et historique*, 4ᵉ édition, Librairie Beauchemin limitée, Montréal, 1925.
GILLEN, Mollie, *The Prince and His Lady*, Sidgwick & Jackson, London, 1970.
GUAY, Pierre et Luc GUAY, *Dictionnaire d'histoire nationale*, Pédagogia, 1993.
LACHANCE, André, *Vivre, aimer et mourir en Nouvelle-France. La Vie quotidienne aux XVIIᵉ et XVIIIᵉ siècles*, Libre Expression, 2000.
LACOURSIÈRE, Jacques, *Histoire populaire du Québec*, tomes 1 et 2, Septentrion, Québec, 1995 et 1996.
LE JEUNE, Louis, *Dictionnaire général de biographie, histoire, littérature, agriculture, commerce, industrie et des arts, sciences, mœurs, coutumes, institutions politiques et religieuses du Canada*, tomes 1 et 2, Université d'Ottawa, Ottawa, 1931.
LEMOINE, J. M. (James McPherson), *Les Rues de Québec*, Compagnie d'imprimerie canadienne, Montréal, 1875.
LEMOINE, J. M., *L'Album du touriste: archéologie, histoire, littérature, sport*, Imprimerie d'Augustin Côté et cie, Québec, 1872.
LONGFORD, Elizabeth, *Victoria R. I.*, Weidenfeld and Nicolson, London, 1964.
MOLIÈRE, *L'Avare*, Bordas, collection «Les petits classiques Bordas», Paris, 1962.
MUHLSTEIN, Anka, *Victoria*, Gallimard, Paris, 1978.
PORTER, McKenzie, *Julie The Royal Mistress*, Gage Publishing Limited, Toronto, 1975.
POTVIN, Damasse, *La «dame française» du duc de Kent: récits historiques canadiens/Damasse Potvin*, Garneau, Québec, 1948.
RIOUX, Christian, *La Garnison britannique à Québec*, Patrimoine canadien, Parcs Canada, Ottawa, 1996. Études en archéologie, architecture et histoire.
ROUSSEAU, Jean-Jacques, *Julie ou la Nouvelle Héloïse*, Garnier-Flammarion, Paris, 1967.
SAINTE-MARIE, Sœur, O.S.U., *Les Ursulines de Québec depuis leur établissement jusqu'à nos jours*, vol. 3, Presses de C. Darveau, Québec, 1863-1866.

**Journaux**
*La Gazette de Québec* (août 1791- février 1794).
*Bulletin des recherches historiques*, vol. IX, X, XIX, publié par Pierre-Georges-Roy, Lévis, 1903-1913.

# Remerciements

À Denis R. Tremblay, pour avoir trouvé le sujet.
À Pierre Guay, qui a accepté de vérifier certains éléments d'histoire.
À Clairmont De La Croizetière, luthier, pour ses précieux conseils.

# Table

**Prologue**
Juin 1838
Victoria doit prendre une grave décision .................. 11

**1**
Novembre 1790 – juin 1791
Julie accepte de rencontrer le prince Édouard .................. 19

**2**
Août 1791 – décembre 1791
Julie et Édouard s'installent à Québec .................. 57

**3**
Décembre 1791 – janvier 1792
Julie s'initie à la vie culturelle et sociale de Québec .................. 137

**4**
Février 1792 – août 1792
L'hiver s'éternise, mais le printemps
apporte de bonnes nouvelles .................. 207

**5**
Août 1792 – octobre 1792
Julie est victime d'une tentative d'assassinat .................. 243

**6**
Octobre 1792 – janvier 1793
Julie refuse de sortir de la résidence de la rue Saint-Louis .................. 289

7
Janvier 1793 – septembre 1793
Julie met au monde un bel enfant blond .......................................... 325

8
Septembre 1793 – janvier 1794
Julie quitte Québec le cœur triste ................................................... 357

Bibliographie................................................................................ 383

Cet ouvrage
composé en caractères Times corps 11
a été achevé d'imprimer
sur les presses de l'imprimerie Gauvin
à Hull
le huit avril deux mille deux
pour le compte des ÉDITIONS TRAIT D'UNION.

*Imprimé au Québec*